图书在版编目（CIP）数据

到处鸡毛 / 约等于失恋著. —合肥：黄山书社，2011.6

ISBN 978-7-5461-1886-4

Ⅰ. ①到… Ⅱ. ①约… Ⅲ. ①长篇小说－中国－当代 Ⅳ. ①I247.5

中国版本图书馆CIP数据核字（2011）第102918号

到处鸡毛

约等于失恋 著

出 版 人：左克诚　　选题策划：**华文经典**·段洁

责任编辑：赵子宜　　封面设计：天之赋

责任印制：李　磊　　版式设计：水晶方

出版发行：时代出版传媒股份有限公司（http://www.press-mart.com）

黄山书社（http://www.hsbook.cn）

（合肥市翡翠路1118号出版传媒广场7层 邮政编码：230071）

经　　销：全国新华书店

印　　制：三河市祥达印装厂　　电　　话：0316-3656589

开　本：710×1010 1/16　　印　张：15　　字　数：160千字

版　次：2011年7月第1版　　2011年7月第1次印刷

书　号：ISBN 978-7-5461-1886-4　　定　价：26.00元

约等于失恋◎著

全国百佳图书出版单位
时代出版传媒股份有限公司
黄山书社

80后**吐槽有木有**！90后嗷嗷厉害，你伤不起啊！

盘点史上**最囧最爆笑的80后**大学校园生活

天涯区域**论坛霸王**热帖，**狂点300万**，粉丝无数

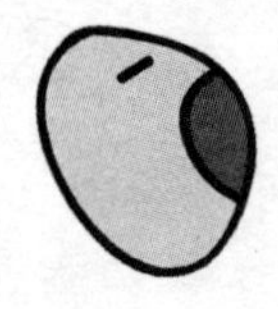

一

五年前的我很白，皮肤白，脑袋也白（痴），当我拖着一个大号的行李箱走到长沙火车站的出口，看到蓝蓝的天上白云飘，满大街的劳动人民在炎炎烈日烘烤下的车站广场依然健步如飞，一派欣欣向荣的景象，我就像傻B一样地在心底欢呼："啊！我滴亲爱滴省城，我来建设您了！"

第二天，我就收到本·拉登同志向美帝国主义世贸大楼开炮的消息。"阶级斗争，不能放松啊！"我想起了一个名人的话。

我费尽千辛万苦，勇闯黑色七月考上的S大学给我的第一印象很好，不惜财力物力人力，组建了声势浩大的欢迎团来火车站迎接新生，那一幕让五年后跑路般仓皇逃离长沙的我特别怀念：两大排的师兄师姐，穿着统一的T恤衫，就是后来被老狗叫做T的那种圆领短袖衫（他把T恤叫做"T写特"，"写特"据说是英语"狗屎"的音译），胸口处夸张地印着我们学校的大名。师兄师姐们高矮胖瘦各有千秋，都一样地热情洋溢，大叫欢迎，让我有刚拿奥运金牌的荣耀感。当一个猴瘦猴瘦的小师兄将温暖的双手搭在我拖行李箱的手上时，我差点儿热泪盈眶："好同志啊！太感动了。"

看到学校新修的漂亮教学楼和一排排绿得有些发黑的大树以及偶尔夹着课本和屁股匆匆忙忙找教室的书生书妞，我像传说中的傻B一样兴奋了两天——多么有学术氛围啊！

可这样的假象只在入校前两天遮盖了我清澈的双眼，很快我就发现同宿舍的五大"狼友"，大多是现代版的薛蟠。S大学在长沙不上不下，以商业类科目为主，多少有点儿贵族院校的意思，可以理解。

同宿舍的几个家伙第一天表现那叫一个乖巧，一律寡言少语，摸摸这本书，翻翻那本书，“一心向佛”的样子。第二天将爸妈送到公交车站台，依依不舍地表完忠，返回学校立马换了嘴脸。

“幸福的生活开始了！”我上铺的兄弟，一个高瘦黑的东北小子击掌欢呼。另外几个跟着张狂大笑，差点岔气。

从此君王不早朝

斗鸡走狗

肥马轻裘

从前的膏纨子弟，一只蟋蟀就能让他们满足，用个小竹笼装着它走街串巷，斗得天昏地暗日月无光不亦乐乎。21世纪的大学生，社会主义建设的希望，可不是玩个破蟋蟀就能满足的，还有更多更精彩的玩物让大家丧志。

从此哥们不上课

泡吧上网

抽烟喝酒

刚进学校时“上网风”盛行，开始是CS，然后是盛大传奇，网吧荼毒了无数生灵，无数高中时候的才子们在大大小小的网吧“碉堡”里纷纷落马，没有硝烟的战争！掏空腰包和身体，还有一寸一寸比金子还贵的光阴。我的朋友“傻强”就是这场战争的牺牲品。傻强住我对铺，每天晚上互相深情对视入睡的位置。初见时，他天庭饱满、一身横肉，精力明显过剩的那种，像头发情的小畜一样在寝室里蹦来跳去。深秋的某一个夜晚，当他像个堕落的嫖客一样被老狗拉进网吧，面授机宜，教会了他上网的初级教程。他就像个吸毒犯一样开始了漫长的网虫生涯，带着“自责”与“欲罢不能”的复杂心情坐在网吧充满尿骚味的沙发上度过一个个青春的日夜。“网上方七日，人间已千年。”四年后，当傻强终于在某个万籁俱寂的夏夜，面对乱七八糟的显示器幡然醒悟，为时已晚，他不得不念大五才能毕业。他当时的容颜已经很有吸毒犯的味道，目光呆滞，两颊凹陷，骨瘦如柴。

二

老狗是我有生以来见到的第一个高人，不论是个子，还是思想，都让我叹为观止。1.92米，这与我来上大学之前所接触的那些在温饱线上挣扎、面有菜色的乡亲们是多么的不一样。

老狗的名字源于他的开场白，他当时背对我们五个，趴在宿舍窗台，吐口烟圈，用《新闻联播》里的标准普通话说出如下名言："中国是一个男女比例严重失调的奇怪国度，男多女少。我之所以报考S大学，主要因为这里是出了名的男少女多。四年，漫长的猎艳过程，我们会像狗抢屎一样在这里角逐，我已经在中学练好了扎实的基本功，相比之下，你们太嫩了！哈哈哈哈！"

然后是类似梅超风的尖笑声，持续两分多钟。从此我们就叫他"老狗"。他说他其实更中意"情圣"之类的称呼，后面的事实证明他离情圣还有段不大不小的差距，"情棍"比较贴切。

下面闪亮登场的是我的另外三位室友：S大锦江、加爵第二、情场炮灰。这些人的名字都大有来头，一一解析如下：S大锦江，一年后名满S大学，一般凡夫俗子更熟悉的别号是"毛片王"。这个家伙长得一表人才，酷似后来红遍东亚的韩剧《蓝色生死恋》中的男一号，可对A片的热衷程度比牛郎对织女的感情还狂热，这方面的造诣也颇高，在S大学堪称泰山北斗，相当于武当如日中天时张三丰在江湖上的位置，是S大男生们的福音。锦江，就是《玉蒲团》里那个傻大个徐锦江。这样一个严重性压抑的帅哥，一直到毕业一年后才亢奋地告诉我他初恋了，非一般人所能理解。

加爵第二，之前的诨名是"变态狂"，后来，他老乡马加爵在云南大学一举成名，他的名号就跟着改了。广西某农村来的，他的高考史简直就是现代版的

"范进中举"，屡考不中，不中屡考，终于在正常人应该做爸爸的年纪金榜题名。与青春骚动的我们有代沟，一般情况下不屑与我辈进行思想层面的交流，当然，肉体层面的也不。我们五个在宿舍实行的是"超现代共产主义"，名字挺唬人，大意就是所有东西，大到奢侈品如CD、电脑，小到日用品如牙膏、香皂，都不分你我，买了大家用，没了大家买，唯加爵第二是"责任制"，谁动了他的牙膏，他会瓮声瓮气地追踪到底，硬是把一张好端端的大黑脸拧成苦瓜形状、猪肝色。老狗在知道马加爵的光辉事迹后，曾紧张兮兮地告诫我说，要与加爵第二划清界限，他迟早会暴起杀人的。事实证明他是杞人忧天，至少目前，我还没有风闻加爵第二紧随他老乡的革命脚步杀人放火的消息。

情场炮灰，一个外表老实巴交内心狂热如火的小个子，在老狗还按兵未动的时候，他已经物色好一个长雀斑的同班女生展开追求，一封乱七八糟的蹩脚情书换回雀斑同样乱七八糟的绝情书，在失恋后经历了曲折的、螺旋式的伤心阶段，但并不漫长，很快就重振旗鼓转移目标，结果又以失败告终。如此反复，他大学期间追求过的女孩子不下十人，统计结果显示，最少儿不宜的举动就是拉过一个女生的玉手，一触即分的那种拉法。

三

刚进大学的我听话得可以拖出来做好学生楷模、道德标兵，随时都快乐得如同刚发现一块香蕉皮的清洁工，这种快乐来源于单纯：来上大学是想有所作为的；我的理想是考上北大的研究生。现在回想起来，觉得当时的理想是多么没有根据，渺茫得比神话还神话。

理想中的我，应该是坐在医院一样安静、修道院一样干净的寝室，一盏枯灯，向着智慧与知识的高塔迈进。事实上，我一进寝室就是这么做的，拧开台灯，掏出课本"如饥似渴"地求索起来，但没有求索多久，就败下阵来，因为寝室实在是太不安静，也不干净，光"斗地主"就开了两桌，老狗的交际手腕是国际水准的，大旗一举，影从者众，打牌的、看牌的，几乎全班的男生都塞进了我们寝室，老狗当门高坐，主持全局。我发现一个相当奇怪的事实：十七个男生，居然有九杆烟枪！我们宿舍当时只有老狗一人抽烟，可就是这一个，让当时单纯快乐无瑕的我，到今天烟瘾大得比命还重要。

不可否认，一开始的我们除了打打牌，总体来说还是有理想有抱负的青年，应该说少年，尽量在老师面前，做一个中规中矩的顺民，不逃课，不捣乱，有节制地“娱乐”之余，在意识到落了课的情况下去自习室小补。情况在一个月后发生了变化。

郁闷啊郁闷

不在郁闷中恋爱

就在郁闷中变态

“少女感阳而思春，壮士临风而悲秋。”当秋风像情人的呼吸一样喷在我们脸上时，听着宿舍楼下群猫乱叫的淫荡声音，炮灰按捺不住，开始单相思了。我很不能理解炮灰怎么会爱上雀斑，就像不能理解秋天的夜晚，猫为什么要叫春。“情人眼里出西施”，我想：有些东西除了当事人，别人是无法洞悉的。

炮灰给人的感觉不坏，除了个子矮点儿，眼镜厚点儿，整体而言还是一个好同志，很爱笑，甚至有点儿“幽默”。我与他见第一面开始就建立了伟大的友谊，这种友谊一直持续到现在，虽然分隔两地，还不时能收到他嘘寒问暖的短信。

按理说热情而幽默的男生很快就能俘获芳心，抱得“美人”归，可当时春心荡漾的炮灰同志据说得了“恋爱紧张症”，这是老狗诊断的结果。炮灰在确信自己掉进了对雀斑的爱河之后，马上变得神经紧张、夜不能寐，按他的说法，差点儿一夜白头。他在充盈着猫叫声和我们五个呼噜声的漫长秋夜辗转反侧，一遍遍思念着雀斑的一笑一颦，这是我那晚喝多了水被尿憋醒了解到的，第二天，他黑着两个眼圈坦白了他的相思苦。

“女追男，隔层纱；男追女，隔重山。你需要的是翻山越岭的勇气和毅力。”老狗的话听起来高深莫测，实际上说了等于没说，等于放屁。炮灰终于在上厕所的时候找到了正解，那是师兄留在厕所蹲位旁的至理：“如果你爱她，带她去后山，因为那里是天堂；如果你恨她，带她去后山，因为那里是地狱。”

炮灰屁股都没来得及仔细擦，迫不及待地拉起裤子跑去后山实地考察。考察的结果相当令人满意：后山简直是S大学的情人坡，恋爱初级阶段的同学们，在长亭旁的走廊上坐着一边晒月亮一边倾心长谈；热恋的情侣们难分难解地缠绕在一起，凉飕飕的秋风也无法消融他们火一样的热情。当然，也有好几对苦命的即将分飞的鸳鸯跑到这个爱情的孵化器里缅怀逝去的风花雪月，分手，也要分得有格调，这叫有始有终好合好散。

19岁的炮灰当即做了一个大胆的决定——写情书，把雀斑约到这里来，大事济矣。他按捺住心中的狂喜，在从后山走回宿舍的路上，就打好了情书的腹稿。

之所以说炮灰的决定大胆，那是因为他写情书的水平，简直不敢恭维。这样的情书都敢给心仪的女生，炮灰，无愧于勇士的称号。这是我事后听他深情回忆这段历史知道的，如果当时他早点儿发现我的价值，绝对不至于铩羽惨败得那么干脆、那么迅速，如同秋风扫落叶一般。他那封蹩脚情书的内容，几乎可以与扫盲的教材媲美，返璞归真没有丝毫华丽词汇的修饰，也没有任何起承转合的通幽，像关羽的单刀一样直挺挺地摆到了雀斑面前：“晚上六点，我在教学楼门口等待，一起去后山晒月亮，我有话要跟你说。”

结果五点不到，炮灰就收到了雀斑的室友，一个结着八十年代红遍大江南北的大长辫子的女生递过来的十一字绝情书。

当时是下课时间，全班半生不熟的同学们都在装得很开朗的样子互相交流感情，大辫子就这么径直朝着炮灰走了过来，诡异地笑着，双手捧着雀斑小姐的回信，回信欲盖弥彰地用一本书夹着，“啪”地放在炮灰面前，全班同学一齐噤声，对着炮灰行注目礼。

“对不起，我已经有男朋友了。”

这十一个字炮灰翻来覆去看了绝对不下一百遍，研究出一个结论：数数，连标点符号刚好占用十三个方格。十三，多么不吉利的数字啊！

四

现在我要说说高人老狗，一个让我脱胎换骨的高人，他的光芒照耀着我们前进。他就像一个路标，一个精神领袖，让一开始傻了吧唧、充满理想的我们终于迷失了方向，一个个变成了像他一样的痞子高人。即便他现在人间蒸发一样销声匿迹了，可聆听过他的教义的我们清楚，他一定还在某个风声鹤唳、人烟稀少的地方，升华他深邃的思想。他真的应该找一个人多一点儿的所在，让更多的像当年的我一样的人儿受教化，这样的高手，如果“闭关”就太可惜了。

闲话少述，牛B人自有牛B事，下面我就拣几件事儿使他的形象丰满。

老狗在炮灰失恋的第二天，打着“报仇雪恨”的幌子，代表宿舍开始对班上的女生发起新一轮的猛攻。高手就是高手，他的猛攻是毁灭性的，三十几个女生无一幸免。

老狗采用的方式是一对多，撒网式的。他就像《黄飞鸿》里的黄飞鸿一样，一人一棍，面对大片的打手“棍扫一大片”，这才是高手风范。第二天，班上的女生们就人手一份老狗滚烫的精神告白，打印再复印的那种，具体内容记不清了，大意就是说他老狗是一个羞涩而热情、风流而正经、在爱情上受过伤，但还对爱情抱有希望的热血青年，现在背井离乡寂寞异常，需要知心姐姐妹妹的安抚，最后恬不知耻地留了手机号。当时用手机的同学很少，这在一定程度上也是一种暗示：我老狗可是又高又富又幽默！

一开始，我们几个颇受震撼，这是何等的胆量！这简直是最傻的白痴用的法子，这，这是爱情吗？于是，我们抱着看戏的心理坐山观虎。当这幕好戏的帷幕一拉开，我们——炮灰、锦江、傻强和我，不得不相信那句古老的俗话：天才和傻子，真他妈就是一线之隔。

“对女人的爱慕是对女人最大的尊重，但你要让她们看到你的诚意。”老狗得意洋洋地总结。诚意？他这样也叫诚意？

电话打过来了，一个，又一个。老狗趴在窗台上用装得特忧郁的沙哑嗓音一个又一个的接，说的话都是一个路子：“我一直在等你电话。”

"……"（听不清对方的回答。）

"我只是不好意思单刀直入地找你，只好用这一招，让别人以为是玩笑而已，就像有些帝王挂了后，害怕人破坏他高贵的坟墓，建一大堆坟墓做疑冢一样。"

"……"

"是的，她们都是疑冢。你例外。"

"……"

"我以我祖宗十八代的性命担保，我只对你一个人这么说。"

"……"

前前后后老狗接了五六个电话，他就将以上话语说了五六遍。真操蛋，他祖宗十八代的性命，本来就没几个活口了。

这帮傻妞不知道是怀着什么心思，居然还真有跟老狗聊上的，包括那个雀斑。这让我们几个大跌眼镜，尤其是炮灰，他终于明白雀斑那十一个字不过是信口胡诌。

老狗并没有将这些处于"宫花寂寞红"状态的女娇客当回事，按他的说法，爱情要当事业来做，要兢兢业业，他撒网的目的只是小试牛刀，测验一下自己的战斗力；这些窝边草，他是饿死也不会吃的。

然后老狗将自己的思想通过电波传达了下去，巧妙地将那些寂寞的宫女一一转型为并肩作战的同志、朋友。大学期间，老狗的人际关系是最好的，无论男女都喜欢与他交往，这直接导致他考试的时候左右逢源，四面八方的小抄雪片一样飞到他桌上，然后又直接导致他因为作弊事件留级。

五

在宿舍几乎不可能看到老狗像正常人一样穿衣服的模样，他绚烂的思想使他的奔放像黄河之水一样飞流直下，无论春夏秋冬，老狗进宿舍的第一件要事就是宽衣，很彻底的那种，将他1.92米的瘦骨嶙峋毫无保留地展露给我们，然后揭起床单，像高僧一样披挂在他的裸体上开始日常生活，这是狗性。

炮灰在追求雀斑失败后过了几天茶饭不思的郁闷日子，失恋加受辱，双重打击很容易击碎一个19岁少男敏感的心。看到他手托“香腮”、愁眉苦脸的样子，我担心了好几天，每天中午主动地跑到食堂给他打饭，劝他想开点。当时我心里暗想：一个善良的敏感的快乐的青年完了。

锦江为了安抚炮灰受伤的心，精选了几套A片来给炮灰转移注意力：欧美、日本、真人、卡通全齐了。宿舍当时没有电脑和电视，炮灰勉为其难抱着一大堆片子跑去他高年级老乡宿舍“与众乐乐”了一个下午，熄灯前拖着疲倦的身子走回宿舍，神情更加落寞。当时我们想，那雀斑的魅力这么强大？连“毛片王”奉为经典的作品都无法将她驱除出炮灰的心？结果炮灰走到锦江身边，说了三个字：“还有吗？”

这个时候已经是我来S大学的第三个月头，加爵第二除了因为发现牙膏不在原来的位置，审讯过我们五个一次之外，暂时没有别的动静。

傻强已经被老狗调教得能用“智能abc”输入法以每分钟五个字的速度跟他心目中的仙女海聊，“海聊”是他自己的说法，正常人看到他打字聊天的笨拙样儿，都会难以遏制想冲上去暴揍他的强烈欲望。

老狗说，“智能abc”的最大好处，是能教会傻强说人话。傻强来自与广东搭界的湖南某县城，刚进寝室的时候，就像未受教化的偏民，讲一口是人都听不懂的鸟语。后面我才知道，其实老狗会的打字方法也就限制在“智能abc”的境界，还是属于“二阳指”派。“二阳指”是指不能盲打，眼神在显示器与键盘之间高频率游移，单用左右手食指点穴般在键盘上狂戳的打法。

人似乎总是在对一件事物半生不熟的时候具有高度的热情，比如一首歌，当我们只会唱其中几句的时候，会莫名其妙地反复哼唱。傻强在中学时代过着心无旁骛的苦行僧生活，到了大学才接触网络，被老狗启蒙后，他像某些狂热的基督徒信奉上帝一样爱上了网络，一直到成为了此中高手，他的热情仍然不减，这不知是幸运还是不幸，毕竟，我们是学中文的啊。

第三个月头的我们，已经失去了切磋牌技的兴趣，于是开始逃课。

一开始，我们逃课的方针是“选修课必逃，必修课选逃”。“不逃课，怎么有大学生的样子？”这是老狗的原话。“选逃”的课程并非依据科目的重要度、难度，而是老师的严厉度。

念高中的时候，我曾经臆想过大学的老师、教授们该是多么的学识渊博、多么的有趣，站在象牙塔里的讲台上，口若悬河天花乱坠！结果大失所望，我们的老师们假正经的居多，不过比我们多了一本课本之外的教材，有气无力地用孔乙己唱书的口吻照本宣科，板书的东西全是教材上的，却要我们费尽眼力将他们潦草的粉笔字转化成简体中文做笔记，有时候比翻译外星人的文字还困难。这一开始让我无比自卑，是不是我的功力太过差劲了？后来醒悟过来，从此我再也不做笔记，临考的时候找老师要了教材去打印店复印，五分钟就搞定了。

当时我们班有一个英语老师，颇受欢迎。师大英语专业高才生，口语特牛。她老爸一定对看相算命之类玄幻的东西比较有研究，算准了他女儿长大了会学英语，因为该老师的芳名就叫学英，这比她自己不着边际取的鸟名“Kitty”传神得多，可这娘们显然缺乏爱国主义教育，比假洋鬼子还崇洋媚外，一定要我们叫她鸟名才开心。后来我知道，那其实是猫名。

Kitty姑娘当时二十八九的年纪，女人到了这个尴尬的年纪，就迫切地想要抓住青春的尾巴，她找了一个卖衣服的暴发户的儿子做情人，给我们上了一年英语课，每周两次，从来就没穿过一样的衣服。当时傻强一直在思考那些衣服的命运，老狗说，一定是拿回店里卖了。

Kitty热衷化妆，用厚厚的粉底填满眼角的鱼尾纹和脸上的笑纹，再把自己假设成一个十七八岁活泼开朗的女学生，站在讲台上活蹦乱跳，乍一看还真以为是个未谙世事的邻家妹妹。她当时最爱说的话就是：“英语是世界上最美的语言。相信我，多念念英语，会美容的！”她这套站不住脚的强盗逻辑还真骗倒了我们班那帮傻妞，后来她们的英语都挺不错。可惜的是她没有骗倒我们几个，这要怪锦江。

锦江在一次上课明目张胆讲小话的时候被Kitty发现，Kitty一边飚着可以美容的英语，一边柳摆春风地踱到锦江帅哥面前，温柔地敲敲锦江的头，暗示他应该听话。下课后锦江把我们叫到走廊，伤心地告诉我们一个事实：Kitty，我们的花仙子，在敲打他头颅的时候，将脸上结块的粉底掉到了他脸上。破坏形象啊！从此我们再也不相信“多念英语可以美容”的鬼话。

六

毕业后我写过一篇《水煮星城》，其中提及的东北朋友就是老狗，这篇文章正是我及众狼友们对长沙的印象总结，全文如下：女朋友是情人的学名，玫瑰花在植物学上叫做蔷薇科草本复叶植物，休妻的法律用语是协议离婚，而星城，是长沙的别称。

“脚都”长沙市井流传这么一个笑话：拿张北京地图，用针插三下，可能点中一个厅局级单位；拿张上海地图，也用针插三下，可能点中一个世界前五百强在沪的分公司；而拿张长沙地图，还用针插三下，哎呀，居然戳中了三个洗脚城！风闻市作家协会主席于建初将以此题材大做文章，冠名《脚都》，期待他的脚丫子早日问世，但愿不是“香港脚”。

橘子洲、天心阁——五年前来长沙，第一个白天就游了这两个景点，因为从小就听过一个典故：从前，有两个人携手站在橘子洲头，同看百舸争流、浪遏飞舟，其中稍胖的那位出口成章，出了一谐音上联云：橘子洲，洲上舟，舟走洲不走。索求下联，另一位帅哥冥想无果，直到游至天心阁，眼见满阁飞鸽，方灵光一闪，妙对下联曰：天心阁，阁上鸽，鸽飞阁不飞。那位稍胖者叫毛泽东，而另一位，是周恩来。

黄兴路步行街——步行街给我印象最深刻的是几个卖假鞋的毛头小子，五年如一日，每次去逛都能被他们逮到，半路截住，用地下党接头的神秘语气问：“走私的，偷来的，免税的名牌球鞋，要不要？”大二时有位朋友按捺不住，跟他们看了回鞋，满屋子耐克、阿迪，他们特意拿了双鞋子给朋友比较：“这双是假的，你看看，其他都是真的！”结果以专卖店半价买了双“真”鞋，一周后四百多打了水漂。这还不然，从此落下后遗症，每次朋友带女朋友，穿着货真价实的名牌意气风发上街，都会被那帮小子“追杀”，当着满大街的人叫：“兄弟，你还认识我吗？”

岳麓山大学城——麓山枫叶万山红遍的盛况已然成为诗词上的历史，可没有枫叶的岳麓山门票一涨再涨。“停车坐爱枫林晚”的爱晚亭名下无实，不见得比一般大学里新修的亭子高明到哪里，不过的确很上镜，拍照片出来，什么角度都漂亮，难道这就是建造者匠心所具？

湖大、师大、大马路，交融在一起，有教无类，据说是湖大没有围墙的注解，可千年学府里的师生并没有因为无墙垣之亘而放低高人一等的姿态。“湖大出才子”的传言也许已经不足为外人道，很少人知道了，可湖大人总念念不忘。

开福寺——三湘名刹，禅宗临济宗杨岐派著名寺院。交了门票进去，每人换了十元硬币丢进当门而卧的许愿池，刚看到“大雄宝殿”的影子，就有一胖尼姑在身旁催促我们写功德，每人至少十元，然后一路游进去，直到后院，每个菩萨下的蒲团旁都无一例外，有一胖尼姑捧着功德簿等着我们写功德，语言、表情恰到好处，刚好让我们有“不写功德，菩萨就会降祸”的感觉。

印象中开福寺没有尼姑是瘦的，朋友拉着我直奔厨房，断言一定能找到鸡鸭鱼肉。跟小尼姑绕着千年罗汉果树捡吃了几颗罗汉果，再买了些饲料喂了桥下同样体态臃肿的金鱼、乌龟，求了签，心满意足打道回府。

刚打开寺门，黑压压一群人围了过来，拉扯着我们叫嚷，仿佛开记者招待会，让我们有做明星的错觉。再一看，一律礼帽墨镜、长髯黑衫：“看相啵？我们持证上岗的！”然后细述他们是如何年幼通灵，专攻易经、五行，如何能知道过去未来，似乎比管辂、赖布衣之流还牛B。朋友拉了我手撒腿就跑：“别信他们，说些似是而非、模棱两可的话而已。”

在公车上，我们打开各自求来的签参悟，一求前程，一求婚姻，偈语上说的话跟心中所想暗合，称奇不已，嗟叹之余，互换偈语再想，用前程的签解婚姻、婚姻的签解前程，居然也说得通。

南门口——长沙是出了名的小吃名城，百年老店杨裕兴的面、甘长顺的粉、德园的包子、包括毛主席金口御鉴“就是好吃”的火宫殿的臭豆腐，名气很大，可名不副实，做出的东西千篇一律、味同嚼蜡，长沙人最爱去的小吃点是南门口。四娭毑的口味虾、黄鸭叫，那叫一个好吃，类似大学旁快餐店大小、装潢的小门市店，据说旺季一个晚上的营业额高达四五十万；旮旯缝里高老爹的臭豆腐，皮脆汁鲜，闻着臭吃着香，什么时候去买都要排长队，为么子？人家高老爹每天限炸一千片。

几片臭豆腐，一碟口味虾，再来一打冰镇白沙啤酒，这绝对是最长沙的长沙小吃吃法。

长沙话——外地人乍到长沙会有些反感长沙方言，认为调子太高，说话人似乎“盛气凌人”，这其实是一种错觉，一如女人说日语就让人觉得温柔的错觉。

有人说长沙公车售票员，都是千挑万选选出来的泼妇，倒也有些道理。在长沙五年，从没见到过一位和颜悦色的公车售票员，一律黑着脸，尖着嗓子对着乘客吼叫，让一切斯文人在公车上闹红脸，斯文扫地。她们全说长沙话，往往为了一块钱和乘客从起点站闹到终点站，很多外地人的长沙话就是这么学会的。

长沙话里有很多幽默元素，这造就了奇志、大兵以及汪涵、马可等人的走红，但这种幽默毕竟有地方局限性，一句“哈利油”就能把身在长沙的人逗乐，外地人却不知所云，所以那些靠方言走红的演员、主持人，要寻求更大发展，现在都老老实实将普通话说得挺溜。

长沙妹子——长沙毕业出来的女大学生，走在深圳人声鼎盛的东门、广州步行街，就会突然变得忧郁起来。开始思慕长沙步行街、东塘等地的长沙妹子，长相、身材、着装，常见明星标准，什么时候去那些地方绕一圈，都能见到无数抢眼的靓丽风景，这自然与周边地市如益阳、衡阳、岳阳盛产美女以及长沙人对流行元素的敏锐触觉割舍不开。

一个离开长沙两年的东北朋友给我留言：“什么时候能再回一趟长沙，上南门口吃点儿臭豆腐，沿街看看久别的长沙妹子们，然后踏上回母校的公车，挨一回售票阿姨淋漓尽致的骂？”

七

老狗逃课后穷极无聊，想到要在长沙有所斩获，先要熟悉地形，好比打仗，先要踏营，摸清哪里有山哪里有水哪里有平地，才好扎寨布兵。诸葛亮就是这么做的。

“哪里才有合适的美女呢？”老狗披上战袍——一套名牌，跨上战马——学校公交车，雄赳赳气昂昂地出发了。

这次出征老狗一直从起点站坐到终点站，再从终点站坐回来，然后又从起点站坐往终点站，反复三次，期间在第二次回起点站的时候飞奔如厕一次，又回到公车上。是什么让他如此痴狂？答曰：是售票员。

“一个徐娘半老的售票阿姨，至于吗？”

老狗悠悠地吐口烟圈：“但是她风韵犹存！”

“你还真博爱！”

“我是情圣，圣人眼里众生平等，没有年龄概念。”

“那你怎么不出手？”

“我还在观察！”

听着炮灰跟老狗非人的对答，看着老狗披着床单的裸体，我感受到耳朵跟眼睛同时被奸的痛苦，抓本书，夺门而逃。到了自习室才发现，忙中出错，我手里的书竟然是锦江手不释卷的《金瓶梅》，没奈何，看吧。

当炮灰、锦江、傻强紧随老狗，找到了各自上课替身后，我跟加爵第二老老实实朝九晚五奔赴课堂的身影就显得尤其另类。这四个家伙不遗余力地拉我下水，我知道他们是在寻求心理平衡，逃课，多少有点儿负罪感的，所以一开始不予理睬。

老狗他们的替身，全是旁听生。以前以为“旁听生”这种物体只有北大清华这类名校才有，直到某天，当我睡到“窗外日迟迟”的时辰，猛然记起有课，惊慌失措地冲到教室门口，居然找不到一个位置，一向中庸的《文学评论》老师拉下驴脸瞪着我。我在心底真诚地道歉：“老师，我错了，以后再也不迟到，好好学习天天向上！”

老师摇首长叹：“旁听生呀旁听生，我的课上得很好吗？”

我只好说：“是啊是啊，我仰慕您很久了！”半学期来我上他的课不下三十节，上次还在我作业本上划大勾，批阅：观点新颖。

老师的肥脸明显闪过兴奋，但稍纵即逝，指着在座的一个小子训道：“有这么好的老师，你还开小差，你看看人家，多有觉悟！”那小子我从来没见过，此后也没再出现。

那天我怀着无比内疚的心情在网吧度过了一个惴惴不安的下午，这是我第一次“逃课”。

老狗从我的遭遇中得到启发，有意结交了一个女旁听生做替身，从此，每当老师心血来潮翻开花名册点名，叫到“老狗”的时候就时男时女答“到”，再后来就只有女声，直到该女学成下山。

听着老师们味同嚼蜡的讲课，终于顿悟他们照本宣科的把式，不久后，我也堂而皇之地加入逃课大队，这还有两个重要原因：首先是心理不平衡的狼友们加大拉我下水的力度。

傻强：“现在只有变态才老老实实上课。”说完横睨我与当时唤作“变态狂”的加爵第二。

炮灰：“奶油，你不是跟变态一道的吧？”

锦江：“要划清界限呀！”

老狗：“尽快落实奶油同志重返组织问题。”

“奶油”是老狗大一时扣在我头上的帽子，因为发育较晚，刚入校的时候我皮光脸嫩，老狗说像极了大陆某奶油小生蔡××。我当时矢口否认，奇怪的是听着他们这么叫居然心下大悦，很是受用。这顶帽子在一年后得以摘除，因为抽烟，皮肤黯淡印堂发黑，老狗思虑再三，遂改以“煤球”呼之。

第二个逃课的原因是我的自信。

从幼儿园到高中毕业，一路走来，与我同过窗的广大人民，还有家长、老师，经过归纳总结，最终得出我是“天才”的结论，表现如下：小学一年级第一次考试，我得九分，于是我叔叔为了达到鞭策我的效果，自作主张将我的名字改为“九分”。四年后，我以全镇第一的成绩荣升小五。

进小五大受班主任老师器重，以为“奇货可居”，将唯一的“班长”这个肥缺赐给我。结果第一次考试我以全班二十几名的“优异”成绩“回报”班主任的知遇之恩，一怒之下，被他弃若敝屣。两年后，以全班第一荣升初一。

在初中一直徘徊在班里第十名左右，英语、化学均无及格记录，一直到中考，以英语97、化学99，总分全班第一落榜，差两分就进省重点啊！当时我们县唯一的省重点高中为了扩校，蓦然将录取线由原来的91分平均分提高到97分，差一分交一千，我一气之下进了号称“进校是文盲，出校是流氓”的八中。这次中考我一向出众的语文只得八十多分，原因是写作文的时候打草稿，只写了一半。沉痛！

高中一二年级，我跟一帮同样沉痛的落第秀才一起沉痛着，深感前途渺茫，因为该校居然有老师能写出“1+2=3+4=7”的数学式，于是，自暴自弃的我们放下课本，目迷五色，游走于学校旁的游戏厅、KTV、网吧。我记得高一期中考我的成绩是班级倒数第二，全班七十好几个人。三年后，我以全校理科第一金榜题名，考上S大学。由于语文成绩经过三年修炼尤为突出，特别是写作文的时候再也不要打草稿，分数压倒一切文科生，经过申请，S大开特例调剂到中文系。

这样的天才，还要听课吗？于是我找了个头发乱糟糟的旁听小男生做替身，回到“组织”的怀抱。

八

俗话说：“跟着狼狗吃肉，跟着土狗吃屎。”

老狗的领袖气质，再加上他自诩“情圣”，很有点儿狼狗的意思，于是，我们四个逃课后围着老狗，希望他指条明路。

“吃软饭，找个富妞！”老狗“啪”地点燃一支香烟，“一个不够找两个，这是出路。”

“没出息。”锦江嗤之以鼻，很有出息地打开抽屉，一门心思整理他的A片。

“还是上网吧，据说网吧老板勾结起来要提价，抓紧时间啊！”傻强蹭地跳起来。

“奶油，你还是帮我琢磨琢磨这封情书怎么写吧，我不管她是不是什么富妞，只要成功。”炮灰拉着我的手，一脸渴望。

“炮灰哥哥，你连人家名字都不晓得，我怎么写哦？”当时我说话很有家乡味，可现在走出去老被人误以为东北人。

“你不是号称什么中学情书专业户吗？一定有办法的。”炮灰坚持道，“哥哥的幸福就在你手里了。”

哥哥哥哥，给他阳光就灿烂，给他雨水就泛滥？不过炮灰说得对，我写情书的历史可以追溯到七年前，小学六年级，同班一个哥们无可救药地爱上了隔壁班一个发育超早的丫头，哥们流着清鼻涕，作文课连句通顺的话都写不出来，只好买了根冰棍作为贿赂，求计于我。结果我一封文采飞扬的情书递过去，他俩就比翼飞了起来，到现在都结婚了。从此，我中学就靠着替男生写情书换取游戏币过上小康生活，那是一段“为他人作嫁衣裳”的黑暗历史，直到今天，我都没有以自己的名义给异性写过只言片语。

炮灰已经走出了雀斑的阴影，前几天去篮球场锻炼身体，相中了一个女生，据说是虎女型的，风骚入骨，热情奔放。说到“奔放”就让人想起老狗，于是炮灰见到老狗就想起虎女。昨天炮灰在食堂偶遇虎女，于是坐在她对面偷窥了一顿饭时间。锦江都只偷窥女的如厕，炮灰居然兴致勃勃偷窥人家吃饭，不可谓不变态。回来后炮灰遐思起来，应该说瞎思：在篮球场邂逅后不到一百个小时，又在食堂偶遇，这，不就是传说中的缘分吗？

于是，炮灰在从食堂回宿舍的过程中又开始构思情书内容，联想他上次的情书事件，实在看不过，我只好很不谦虚地坦白——你身边有个高手啊！

老狗说，要想在情场永立于不败之地，需在两方面做文章：一为精神，一为身体。

精神上要达到物我两忘，“女朋友就像鞋子，如果你只有一双旧的，哪怕再合脚，找到新的后一定要痛下决心将旧的蹬掉；但在没找到新的之前一定不能丢，否则，你就是一双赤脚。”“在开始新感情的时候一定要将旧感情统统丢掉，连思想的角落都不让逗留。高明的骗子能达到的最高境界，就是先将自己骗倒，是为忘我！”“三月换一把，爱情如牙刷。但寻风头草，不觅解语花。”……老狗说只要能达到以上要求，就能“万花丛中过，片叶不沾身。”泡尽S大妞，最后也能“挥一挥衣袖，不带走一片云彩。”

身上，要么不穿，要穿就穿名牌，这是其一；要锻炼身体，以备后用，这是关键。

于是老狗就动员还没有过初恋的弟子我去锻炼身体，我俩合资买了一个足球。

“抽完烟就出发。”老狗翻出球衣。

“那我的情书呢？”炮灰语带哭腔。

我问了几句他爱上虎妞的大致情况，潇洒地扬手：“笔墨伺候！”草成情书一篇。该情书在毕业后整理手稿时得见天日，看官有幸，得窥全豹：

某某or某某某：

你好！

纳闷儿了吧？站在你面前的是位面若冠玉、目似朗星、玉树临风的超级帅哥。对不起，请把你的目光向左稍微移动一下，看到一位男生了吗？那就是我。

记得十月十八下午三点过四分吗？（不记得不要紧，我瞎蒙的！）你我在同一篮球架下打同一个篮球。作为女生，你有如此球技，令我绝倒；再仔细看你本人，则令我一倒再倒。于是乎，接下来的日子我常去那个篮球架下守株待兔——别误会，我没有让你撞毙球架、香消玉殒的意思。那是为了见你一面？认识你？非也！那是因为吃活兔子是我的至爱。

当一个男生羞羞怯怯给你递信一封，一个立正，向后转，旋即消失在茫茫人河，要命的是信封上地址全无，姓名加免，你的所有呼吸急促、心跳加速都浓缩为两个字——情书？暂停，假设是情书，将会是此番景象：

记得篮球架下的邂逅吗？你趁我专心于篮球的间隙做了回贼，偷心贼，从此，你的芳影便深深地印，哦不，是刻在了我心深处，没了心的我的眼自由了，菁菁校园，无端地寻觅你的芳踪，只因为你是我一切原因的结果；我住一栋中，卿住一栋底，日日见卿不说话，共吃食堂饭，何日花下同携手，更尽杯中酒？哎！我为卿狂，卿为谁痴？李敖说神话有三种：一种是神话；第二种是台湾反攻大陆；第三种就是学生爱情故事。我一向奉为真理，但你的出现令我开始怀疑此真理的正确性，竟有化第三种神话为现实的冲动。我的心很大，装得下你的所有优缺点；我的心又很小，小到只容得下一个你！

哈！哈！哈！领教了吧？申明一点，第三段全为戏言，不会失望吧？交个朋友如何？不同意？那请把前三段的末字连读，嘻嘻！

最后请做一道单选题：

a.（电话号码）今晚六点，空着肚子的我等肚子空空的你的电话。

b. 同上

c. 同上

d. 同上

九

跟着老狗踢球的日子，是我在S大学感到幸福的时光，多少年后回忆那段血汗史，强烈的幸福感仍然会在一瞬间充盈我的心扉，虽然我踢了一年，只是从一个菜鸟晋级为一个大菜鸟。

一开始我们玩的是单挑，一高一矮一黑一白，乍看似乎我不是老狗的对手，可事实并非如此，毕竟足球工夫集中在下盘，我脑袋离下盘比老狗要近十多公分，1.92米再加轻度近视，老狗须将身体弓成一个大C才能摸准球的方向，头球基本不可能，因为狗头比较尖。我俩在足球场飞快地奔跑着，兴奋地尖叫着，有时侯摔倒了破皮流血就痛苦地尖叫着，淋漓尽致地发泄后，特别畅快。

踢了两场球后，我们在足球场结识了另外两个高人，一个与我们同届，兄弟班级的，叫宫雍。此君其貌不扬，在球场上不抢眼，力求抢耳，叫得最凶，且全是鸟语，诸如“I'm best one！”“You're dog 等！”之类，用丹田之气吼出来，余音震膜，三日不绝。几天后在一次S大选秀活动中见到他，当时是考那些师姐们的英语能力，请了两老外当副主持，正主持就是宫雍，一口纯正的美式英语，问得穿着比基尼的师姐们七荤八素结舌不已，“花枝”以另一种形式“乱颤”起来。原来，在老狗眼中“长得像吸血鬼”的宫雍竟是疯狂英语李阳在湖南的唯一弟子，也是关门弟子。后来在S大学办了个疯狂英语社团，赚了个盆满钵溢。

另一个高人姓高，比我们高一届，踢球的时候不见得高明，特爱耍痞拉对手的裤头，每次跟他抢球我都要死死拽住裤腰带，避免走光。之后我看到他穿着极不合身的西装牛仔领着一群女文学青年坐在图书馆前的草坪上讲经论道、卖弄风骚，一打听，才知道他就是文学社社长，每周都要在校刊头版著文一篇的“S大第一才子”，究其原因，是因为他高三勇夺《新概念作文大赛》探花。他夺奖的那篇文章不仅让S大无视他高考区区几分的现实，将他纳入囊中，还让他在学校享受一个“作家”应该有的待遇，这让我感觉回到了“八股取士”的古时候。我翻出高×的文章拜读了几篇，千篇一律地表达了同一个主题，那就是一个农民的儿子对故乡——那片热土的无限热爱，最常见的句式就是：“啊！朋友，你到过甘肃某某某某地方吗？甘肃某某某某地方，我的故乡啊！那是一个美丽的地方啊！你知道吗？”“啊！朋友，你应该知道甘肃某某某某地方的，我的母亲啊！”后来我在厕所蹲位旁见到一句话：“啊！朋友，你到过S大学吗？S大学，我的母校啊！”疑为高×大作家留。

后来的后来，我写了一篇炮轰S大的雄文，《S大目睹之怪现状》，被高×宣见，于是有了如下对话：“小伙子，文笔不错，努力啊！可造之才！”

“社长抬爱了。”

“实话实说，我看人不会错的。我觉得你的文风像韩寒。”

奶油我最讨厌别人拿我跟姓韩的比，他能比过我吗？第一我比他年轻，第二我比他帅气，第三我比他学习要好，但我只能按捺住心中的不满，继续谦虚地表

示：“社长言重了。”

“言重？实话实说，我是农民的儿子，我只说实话的。”

他是农民的儿子，而我是农民的孙子。我一想不对，这下被他比下去了，于是在那一刻我下定决心：我这一生是无法当农民了，只好寄希望于儿子。我一定要让我儿子立志当农民，到时候，我就是农民的爸爸。

十

炮灰的再春，又一次被无情地证明只不过是单相思，“襄王有梦，神女无心。”“流水有心恋落花，落花无意随流水！”

这无关我的情书水平，抱着对雇主负责的态度，我的情书一向成功率居高不下。事实上，虎女在接到情书后也如约在准六点打了电话过来。炮灰饿着肚子紧张而兴奋地在后山门口等了两个钟头，他还要死守尾生之约继续等下去，被吃完晚饭打道回府的老狗撞见，死拉硬拽拖了回来。这件事情我跟老狗都有责任，因为情书是我交给虎女的，电话是老狗接的。炮灰在毕业后回忆这段往事，仍然坚持：只要再等两个小时，虎女一定会出现。

那天踢完球回到宿舍，见炮灰已经梳妆打扮妥当，桌上摆着正楷写就的情书，一副胸有成竹的样子。当他终于决定去食堂大门恭候虎女时，却莫名其妙心生恐惧，打起退堂鼓来。

“去吧去吧，去就有万分之一的几率，不去，几率为零！”老狗一边宽衣一边说。

炮灰头一扬，挺胸收腹，迈着正步做慷慨赴死英勇就义状，刚走到门口就耷拉着脑袋转过身来：“奶油，拉兄弟一把！”

食堂门口，我穿着血红的足球服凛然地站在西装笔挺的炮灰身后，像个保镖一样狼环鹰顾，搜索穿梭来去的同学们，一直没见到炮灰所言“面如半月、身段风流”的虎女出现。为什么要我来找呢，因为炮灰要摆造型呀，但见他“幽雅”的双手插在裤袋里，双目远眺，半皱着峨眉做“冥思苦想”状。“沉思的男人是最有魅力的”，老狗语录。

“来了来了！”炮灰急切而小声地催促，造型仍然保持不变。

“那你快上啊。”我一边回答一边忙看佳人，一个腰圆膀阔的大妞，摇着手中饭盆，哼着快乐的歌儿行走如风，“掠”过我们身边时明显感觉到一阵阴风扑面而来，“面如半月”？“身段风流”？我惊讶了：“是她吗？”

炮灰点点头，跟上几步，又折回来，表情痛苦：“帮我，最后一次。”

我飞速追到女生宿舍大门口才赶上虎女流星般的步伐，虎女抄过情书，上上下下打量我三次，方转身行歌而去。三次啊！用锦江的话，那叫“目奸”！

准六点，电话响起，老狗在炮灰苦求之下极不情愿地抓起话筒，因为炮灰怕自己由于紧张而语无伦次：“我一直在等你电话。”

……

“我以我祖宗十八代的性命担保，我只给你一个人写过。”

老狗挂完电话，炮灰重整仪容赶赴后山之约，在后山门口直挺挺地摆好造型，两个小时后被老狗拖回。

后来虎女还打过一次电话，说她那天在后山门旁观察良久，并没看到那个送情书的男生，老狗接的电话，炮灰不在现场，也一直不知道。

“人生自古谁无败，留取教训诫后人。”老狗最后拍着炮灰的肩膀总结道。

两天后，傻强从网吧带回一个令人振奋的消息：“知道联谊寝室吗？我物色了一个。知道长沙大学城哪里美女最出名吗？师大！知道我物色的联谊寝室是哪个学校的吗？师大！”

老狗紧了紧床单，猛吸一口烟，眯起眼睛抬首看窗台：“‘湖大的才子，师大的妹子。’江湖上流传甚广。得见其一，足矣！”

毕竟是傻强的网友，当时又没视频，是否“面如半月、身段风流”，谁也没把握，尽管对方大姐在网上对傻强自称“师大第一媚”，保险起见，我们制定好进退之策：手机为号，算准什么时候见面，老狗先定一个闹钟，到时候就假装到一旁接电话。

那次的“两寝会谈”让我明白了一个道理：看人，一定不能将人与地方混淆起来。很多人喜欢说我喜欢哪里哪里人，或者我就是讨厌哪里哪里人，这是极端错误的。林子大了什么鸟都有，断不可以偏概全。

我到今天都相信“师大的妹子”这句传言，可那次我们见到的“似乎确凿”不是什么好“鸟”。

时间：周六黄昏，月刚上柳梢头。

地点：岳麓山之下，东方红广场之上；湖大宿舍楼之后，毛主席庄严塑像之前。

人物：傻强、老狗、炮灰、锦江、我，还有勉为其难站在一旁的加爵第二。

加爵第二认为这件事是极其幼稚的，非他年龄范畴所为，架不住我们五个苦劝，才勉为其难答应过来。我奇怪的是，“勉为其难”的加爵第二为什么要在登车前沐浴更衣，而且“更”上的是崭新的漆黑的皮风衣，裹在他1.70米的肥硕的躯体上，说不尽的风流潇洒、仪态万千。

当“师大第一媚”一行六人天神下凡般在我们五人面前，在庄严的毛主席塑像面前一字排开时，我们五个差点栽倒：当时我想到了《兰亭序》里所言“群贤毕至”四字，“群龙毕至”啊！

老狗的电话如期响起，他飞快地跑到主席身后装模作样吼了几句，然后“惊慌失措”跑出来说抱歉，他大姨妈来了，要回去朝见。然后我们几个纷纷表示要护驾。

“一个都不能走！”一媚大姐虎哞一声，“小女子们已经在堕落街备了薄酒，略尽地主之谊，同学们不会不赏脸吧？”语毕媚眼一扫，脸上的青春痘们突然挤作一团，呈现出一朵巨大的菊花笑。天！这绝对是一媚大姐的原话。因为她们，也是学中文的。“同学们”三个字被她用那种语气说出来，怎么听都觉得应该换作“大爷”二字更合适。

我们五个正不知如何对答，猛闻一声长笑，加爵第二一撂风衣，朗声道：“好！好！好！那就多谢了！”这个老骚货。

当时声名远播的堕落街已经从良，赫然立着“商业文明街”的招牌，让人无端联想起“婊子立牌坊”的名句。我们几个对那次堕落街的“豆腐大宴”记忆犹新：一道道菜上上来，麻婆豆腐、日本豆腐、家常豆腐、臭豆腐、豆腐干……全是豆腐啊！这就是一媚她们点的菜！晕厥。

那家店我后来再也没去吃过，公正地说，豆腐做得还是挺好吃的。

十一

“是金子始终都会发光的”，此话不假。我在枫叶飘零的深秋时分突然接到一个电话，指名道姓叫我去系办，说有要事相商。

左老狗，右锦江；前炮灰，后傻强。我诚惶诚恐地来到系办门口，琢磨着：“难道逃课多日终有报？东窗事发了？那个头发乱糟糟的小男生呀！”老狗他们也是一般心思，惴惴不安地守在门外听候发落。

又是文学评论老师，那个驴脸！现在他正深坐在办公椅上，驴脸上挂着莫测高深的笑容，也不赐坐。我心下大乱：一看就知道不是什么好人！他一再在课堂上宣称他对于课堂纪律主张的是中庸式的无为而治，“不求有功，但求无过。”似乎暗示他的课可以逃，故而在我们五人“选逃”之列，看现在情形，这老狐狸用的分明是《厚黑学》中的“补锅法”，先放任自流，将锅子敲得稀碎，然后补起来，向学校表功的时候方便。我窃窃地叫了声老师。

“是你啊？不常见啊！”

“老师是贵人，当然见不到我。”

“呵呵，别跟我耍滑。”狡黠的小眼睛射出来的光，让我不寒而栗。

对着我上下三圈，目奸半晌，忽然问：“看过《红楼梦》吗？”

我心下大骇，折磨人啊，迂回战！就不能爽快给我一刀吗？点点头如实作答：“七八年前看过。”这的确是实话，我看四大名著的时候还没上初中呢。

“哈哈！”听得出是发自肺腑的笑，因为坐在他对面的我分明感觉到有几点冰凉的东西落在脸上，“你几岁了？”

没等我作答，老师递过来一个作业本：“《西厢记人物之我见》，你是不是抄的？”

我差点儿三呼万岁，原来是为了这个，底气一下子蹿了上来。我在这篇作业上颇下了点工夫，旁征博引，最后总结出“张生”不配“崔莺莺”的结论：“如果张生无法高中，一定‘一春鱼雁无消息’，杳了行踪；即便高中回来娶了莺莺，等他们有了子女，在对待子女爱情问题上，张生必效莺莺父。因为《西厢记》看似圆满的故事，其实是张生对封建礼教屈服的故事……”我将张生骂了个狗血淋头。

“观点新颖！新颖啊！”《文学评论》老师不停地点头，“去找本红楼读读，就按你这个思路写开去，我会在校报申请一个版，登我们的文章。”

我如闻梵乐，乐开了花。这老师显然已将我视为“爱徒”，虽然他并非我“爱师”。可有人“爱”，毕竟是幸福的。

出了系办我径直去了图书馆，居然发现一个让人不能容忍的事实：S大学，本科院校，居然没有《红楼梦》！管理员阿姨羞涩地笑着：“不是没有，有一本的，被人借了。”

接下来的一周我天天上图书馆找《红楼梦》，直到发觉自己像个偶被抬举的狗腿，“一副小人得志的小样”，才跑到校旁书店买了一本盗版书回来研究。

我像修炼某种需要“经脉逆行”的左道功夫一样，生生地将思想像麻花一样扭过来，神经错乱了，再动笔批驳：《贾宝玉跟林黛玉，扭曲的近亲爱情》《凤姐儿，疯姐儿？》《你不知道的红楼》，一个个怪胎生了出来，当时的我还满以为是在做学问。锦江看了我的题目后，提笔另赐一个曰：《红楼艳事（史）》。

我将我的怪胎一个个交到老师案前，老师拍案叫绝，然后又高深莫测地摇摇头：“还要润润色，料你也做不来，我就只好抽点时间了。”

令我为之气结的是，当我像《漂亮朋友》里的杜洛瓦一般苦等到校报发行之日，找到我的力作之时，署名俨然“张××（文学评论老师）”。不可否认他是润了色的，但润色而已，不伤筋动骨，要旨不变。

对于这样明目张胆的剽窃，我是相当生气的，遂将余下的两篇以自己名义投到校报信箱。这下真的“一春鱼雁无消息”了。

老师又来索稿，我只好将已投的底稿呈了上去，第二天，又见报了。

抓狂之余，我奋笔疾书《S大目睹之怪现状》以泄愤，就是后来被社长师兄，

那个农民的儿子夸赞的雄文，要义如下：

在商言商，在S大则言S大，余考于斯学于斯，无奈庸才一介，无缘高层，故难为高屋建瓴面面俱到之雄文，随笔苏轼所谓“不痛不痒、其情靡靡”杂文一篇，或可窥豹一斑：S大有图书馆一、教学楼二、却有食堂三，雄踞各方，以成三足鼎立之势，足见“民以食为天”！然则食堂厨师皆与佛有缘，颇具慧根，故尽为素食主义者，且佛光普照，惠及吾辈，从此我等盘中肉类有如武侠小说中的宝物般难寻。食堂打饭，两个一两永远多于一个二两，两个二两则永远多于一个四两，此乃三大食堂之共性，在下才疏学浅，来S大几近半年，徒增马齿，实实道不清其中奥妙。

寝室为吾等栖身之所，校明文规定不得在寝室使用热得快，每每有生顶风作案，被抓现形，自然引颈就戮，无可厚非；但各宿管同志秉着“宁可错杀三千，不可放过一人”的中心思想，屡逢寝室冷冷清清时入室寻寻觅觅，惹得众生凄凄惨惨之余怨声载道：抓奸讲究捉双，缉毒讲究人赃俱获，故，当热得快作为个人财产而未处于作案状态时被缉拿归案，敝人以为，大大不妥！在下愚见，不如学校将管理条例中的“不得使用”改为“不得出现”，宿管同志的做法就有法可依、理直气壮了，不过，如此下来列位同窗买了欲带回家使用的热得快亦不得出现在自己栖身之所，而要另寻宝地以为收藏了，可笑可笑！

至于吾亲历同一篇文章屡投不见于院报，署上某某老师大名则立马见效，且身居头版头条；于图书馆寻借《红楼》月余而未可得；美艳不可方物之巧妇相伴拙夫而去等等怪现状，俯拾即是，不胜枚举，故不一一详述。

在下理科出身，粗鄙无文，所谓“怪现状”云云，比及前辈所著若小鬼见阎王，贻笑大方，唯在此言论自由空气下发自由之笑言以资消遣而已，莫怪莫怪！

十二

冬天来临时，我意外地迎来了我的春天，我恋爱了，初恋。

“人生最痛苦的事莫过于回忆起往昔快乐的日子。”短暂的初恋彻底改变了我的人生轨迹，加上一个月的寒假，总共七十三天的初恋，是我身上永远无法痊愈的一道伤疤，初恋过后的我，直到今天都没有发自肺腑地笑过。每回忆一次那段历史，于我，就像动一次大范围的外科手术，不打麻药的那种。撕开伤疤，鲜血汩汩直流……她叫小素，一个瘦弱的女孩，云南傣族，大我一岁，S大艺术系音乐专业。我对学音乐的人向来没什么好感，虽然我歌唱得很好，还组过乐队，只是不喜欢音乐人贴着前卫、高雅的标签，看人都用俯角。有个经验，在大学校园里碰到女生问你学什么的，问的时候还一副自信满满高高在上的样子，她百分之八十是学音乐的，其实她对你学什么并不关心，目的是要你反问她学什么，然后可以骄傲地告诉你："我学音乐的！"小素例外。

如果我能未卜先知，知道跟她在一起会遭到那么多人的敌视，也许一开始我就会选择不开始。当我们像情侣一样漫步在S大，我感受到的同性的目光似乎全是愤怒的，让我油然而生"芒刺在背"的感觉。几乎所有心怀嫉妒的男同胞们看到清丽脱俗的小素和懵懂羞涩的我，都用他们的眼神和肢体语言发出同一个声音："一朵鲜花，就这样插在牛粪上了。"而当时的我还满以为我们是"金童玉女"，就像老狗说的："她是傣族，你是歹人，你俩挺配！"直到我在自习室课桌和厕所蹲位旁看到他们的留言："某某某（我的俗家姓名），我揍死你！"我才知道自己一不小心成为了别人的眼中钉。一开始我很苦恼，见多了之后我就一边大便一边掏出笔回道："如果你说说就能成为现实的话，还要生殖器干吗？"

反对的声音主要来自小素班上的男生们，一帮自以为是的音乐人。在他们眼里，除了他们自己和长得漂亮的女生，其他人是不能称之为人的。他们总以为他们的班花小姐是被奶油我用某种卑劣的手段搞到了手，然后不得不"屈从"的，其实大错特错，我们玩的是倒追，而且直到分手，都比石灰还清白。

为了不在"S大第一才子"高×面前示弱，我在校报编一些非主流的凄婉爱情故事。写这种东西我擅长，无非是先逗笑，然后抽几个感人的场景做细节描述，留给热恋中的那个后来没死的回忆，再让另外那个找机会死掉，然后没死的再回忆那段逗笑的细节，然后意志力不强的读者就开始流泪，万变不离其宗。我这样的东西在当时很有读者，那帮女生连鬼故事都不听了，热切地讨论着写这些东西的家伙是个什么样的家伙。小素就是抱着这样的好奇心理拐弯抹角找到了我们宿舍的电话，聊了几句，相约一起去自习。

“若轻云之蔽月，如流风之回雪。”这是我后来写给小素的话。其实第一次见面只是觉得她漂亮而已，但是我神态自若，面不改色心不跳。这要感谢我的高中同桌，一个号称“关之琳加梁咏琪平方和”的变态美女，她说我胆子小，为避免日后见到美女失血过多（流鼻血），规定我每天在看书之前先直视她一炷香时间，从此我见到美女和见到狗屎的反应差不多。小素真正吸引我的是她的文静。

十三

第一次不太亲密地接触后，我发现自己陷入了类似炮灰对雀斑的苦恼：躺在床上辗转反侧反侧辗转，脑子里全是几小时前小素的音容笑貌，呼噜声依旧，唯一不同的是没有猫叫。

忽然没了主张。人上了床却睡不着，尿就格外的多。我频繁地来往于厕所与床铺之间，终于闹醒了睡在我上铺的兄弟。

老狗翻身坐起，点燃一支烟，悠悠地道：“爱徒，思春了？”

说话总这么犀利。我只好坦白。

“计划没有变化快，你要尽快下手。择日不如撞日，明天就约她。是时候教你入门了。”老狗丢掉烟屁股，赤裸着爬下床，进厕所“滋溜滋溜”半晌，折回来坐在我床边，毫无保留地将他不外传的泡妞心得口授于我：“约女孩子出来，首先要装，装忧郁，越忧郁越好。最好先在电话里直言‘我心情不好，想跟你聊聊，一起吃个饭，好吗？’然后见面时的忧郁就顺理成章。至于为什么心情不好，你可以瞎编，什么想家了东西丢了头疼了等等。吃饭一定要喝酒，喝酒一定要喝多，‘酒是色中媒’，懂吗？喝到你自己还清醒而对方已经迷糊的程度，就埋单走人。你能保证她迷糊的时候你还清醒吗？”

我摇摇头。

“那就少喝点。‘走人’当然不是指送她回宿舍去啊，前功尽弃，是为大忌。要找一个玩儿的地方，唱歌、跳舞、溜冰等等，最好是找自己擅长的，比较能够显示你的‘风姿’的，她不会，你就教她。她会，你就装不会让她教你。喝了酒不要玩太久，让她看到你的风姿后就到一旁聊天，整个过程都要忧郁啊！忧郁！头要这样，水平向上四十五度角看远方，表情要像深思，话让她说，你听。你想想，那地方多吵啊！然后你就故意含糊不清地说句话，她当然不知道你在说什么啊！你自己都不知道自己在说什么。然后她一般会说‘啊’？你就又重复含糊不清一遍，她再‘啊’，你就凑她耳朵边，用你由于喝了酒而变得滚烫的气流喷到她耳根，对着耳根说‘我爱你啊’，声音要像这样，深沉一点，‘我爱你啊’！就势吻过去。说一遍，‘我爱你啊’听听……”

目瞪口呆。

“然后她就会很害羞地低头啊，‘讨厌’，‘不要这样’！别管她，记得师傅的话，女人都是外表冷漠内心如火的，继续吻！”

一个苍老的声音响起：“给她喝的酒里面要加味精，据说效果相当于催情药。”是加爵第二，我打颤。

锦江也醒来了，劈头一句：“进不去要拍屁股，片里面都这样！”

我忽然醒悟，他们这是在导演“迷奸”过程，这是恋爱吗？但不这样又该怎样？矛盾！

当我还在激烈地矛盾时，接到了小素的电话：“七点半，老地方，你说的故事我还没听完呢！”哈哈，发明《一千零一夜》的故事讲法的那个人，绝对是高手！给女孩子讲故事讲到高潮部分戛然而止，“凡（故）事留一线，日后好相见”，有理有理！

看到小素干净的笑，心为之酥，神为之摇，幸福如一块纤巧的方糖投进我的心波，荡漾开去。我暗想：“老狗的方法也许是正解？”

“小素，明天晚上我会很忧郁，能不能一起吃个饭，然后找个地方玩，然后……”我说这话的时候在笑，大忌啊！

“想追我吗？”小素忍住笑。

十四

在送小素回宿舍的路上，借着黑暗的掩护，她突然挽住我胳膊，说她冷。一切都那么突然，又那么自然。我只知道当时头“轰”的一声，被强烈的幸福感冲晕了，笨拙而别扭地将她送到宿舍楼下，然后犀牛望月一般怔怔地盯着二楼窗口，直到熄灯。

接下来的一个月，我像三流言情小说的男主角一样演绎我的爱情故事，用粮票换了玫瑰，然后饿着肚子带着小素满长沙游荡。先是各大高校，一帮高中狐朋狗友在各大学都有根据地；然后是岳麓山、烈士公园、世界之窗等等长沙旅游胜地。去得最多的是烈士公园，因为不要门票，挥霍半年，我的银两已经不多。

小素说见第一面开始，她就在写日记，关于我们的故事，这让我很感动。她答应记完了一本，换第二本的时候会给我看。我期待着，可最后我也没能看到日记的内容，因为七十三天的爱情，不足以记满一本。

我对烈士公园门口一个缺腿的老乞丐印象尤其深刻，恋爱状态的我大善人一般突然乐善好施起来，每次进出，都要搜尽身上的零钱，当着小素的面放到老丐的聚宝盆里，然后双双飘然而去，背后是老丐“祝你们幸福”的讨好声。

每天早晨，我站在女生宿舍下面对着二楼窗口吹口哨；小素在冰冷的玻璃窗上哈口热气，然后在结雾的玻璃窗上反写“我爱你”。歪歪斜斜的“我爱你”后面，小素模糊的脸蛋，天使一样的微笑。

老狗一次次怂恿我带着小素去“狼巢”（S大对面一个看碟的包厢，五年，老狗在那里迫害的良家少女不下十人。），我拒绝了。沉浸在对小素柏拉图式热爱和对父母负疚的复杂心境里，我们频频约会，不厌其烦地交换彼此的故事，在凉飕飕的后山的长亭里拥抱、亲吻，做完一切ml之前的前奏，再回宿舍躲进厕所diy。道德可以约束我们不逾越雷池，可本能使我们无法不意淫。

diy是加爵第二这个老骚货首先在宿舍提倡的，而后被老狗发扬光大。我开始无法理解加爵第二上厕所呈现给我们的一个现象：如果是十分钟的上厕所时间，在大约第五分钟的时候，会听到冲水声；五分钟后，又一次冲水。长期观察后，老狗找到答案——前五分钟他在diy，后五分钟大小便。然后老狗就循循善诱地为我们几个示范diy的操作要点，还是分解动作。

一个月后，考完终考的我送小素到火车站坐车。公车上，小素偷偷将泪撒在我怀里。小素在拥挤的人潮里回头深深地看了我一眼，消失在车站入口。心紧缩了一下，我想，我应该是爱她的。

一个月的寒假，我无数次在梦里见到小素，这得力于老爸老妈每天在我耳边念经般唠叨：从小到大，我一直是方圆数里同龄孩子的楷模，是比我小一点的男生女生的榜样，听话、上进。爸妈不知道怎么收到的风，得晓我恋爱了，诚惶诚恐，放下纸牌和工作，语重心长对我展开政治车轮战："恋爱会影响学习，这是铁律。"至今我都不知道爸妈的思想是否对，但我知道，失恋或让别人失恋，绝对影响学习。

成绩单寄回来，老爸等着我考得一塌糊涂的结果，以便作为规劝我"放下小素，立地向学"的话柄，结果大失所望，我考了全班第五。我也很失望，因为都第五了，上升空间不大，无法在日后突飞猛进证明我是"天才"。爸妈立马改变策略，细数我家的发家史，当年他们夫妻是如何如何白手起家，生了我之后又是怎么怎么寄予厚望，动之以情，晓之以理，直到最后我"从心底里"意识到自己的严重错误，流下"悔恨"的泪水，下定决心"痛改前非"，方才作罢。

正月初三情人节，我掐断电话，对着电视默默地磕了一天瓜子。午夜梦回，我在清冷的冬夜对着窗外孤灯暗誓：从明天起，做一个上进的人。忘情，忘爱，忘掉一切。从明天起，珍惜课本和资料。我有一段爱情，生在雪飘，死在花开。春暖花开，同学们穿着崭新的春装，喜气洋洋穿行在校园开始新的学期；我穿着小素一针一线织就的毛线衣，在宿舍隐居。

电话响了，是小素，听到我的声音很兴奋，约我出去，我闪烁其词拒绝。

电话响了，是老爸，叮嘱我不要跟他玩"暗度陈仓"的把戏，我忍着痛苦答应。

电话响了，又是小素，很委屈很小心地问我，是不是病了，我没吭声。

电话响了，是老妈，她说突击一下，看我是不是在宿舍，我说你放心。

三天后，电话响了，小素抽泣着、沉默着，两个人在电话两头像高手对峙般等待对方说话，我的心痛苦地跳动着，强忍着不发一言，因为我知道，话一出口，我便败了。

一张电话卡快耗完的时候，小素蚊吟般幽幽地低声道："奶油，我知道你在故意逃避我……可就算分手，我也要当面听你对我说。"

我们就这样分手了。我永远记得跟小素最后一次单独相处的情景：她将家乡的特产一样样摆在我面前，低着头，对着特产说："我把我们的事跟我妈说了，这些，是我妈让我带的，给你。我说过，我对你什么奢望都没有，只要你对我好，以后有一个安身的地方，不用太大，我会将它装点得温馨……"

上学期，一个老师在小素班上问大家理想中的另一半是什么样子，半数以上女生的回答都是"要有钱"，小素说，她的回答是"对我好"。她说第一次见面，横穿马路时我先走在她左边，到了中间又走到她右边的举动，深深打动了她。

最后的相处，我自始至终保持沉默。看着小素写满伤心的背影依依消失在视线范围，心迅速沉寂、跌落。

一般的情侣分手，都会有那么一段藕断丝连的过渡期。但初恋的我们尽管饱受煎熬难受至极，却赌气一样谁也不给对方打电话，可每次看到宿舍电话机，都会莫名地希望它突然响起。我在电话旁徘徊，直到小素的室友告诉老狗，小素不见了。

我疯狂地拨打我们共同的朋友的电话，找不到；去一起玩过的地方，还是找不到。那段时间，偏偏《潇湘晨报》跟《长沙晚报》连爆"无名女尸"，我心惊肉跳。

一周后，小素的室友打电话来，说不用找了，她已经回宿舍。我以五十米冲刺的速度跑到女生宿舍楼下，玻璃窗上写着三个大字——"我恨你"。

十五

看到小素旗帜鲜明的表态，我松了一口气。恨就恨吧，至少在恨的过程中，她还记得有我这个人。爱的反面不是恨，而是漠视。

有失恋为借口，我跟狼友们连续三天混迹K吧迪厅，夜夜笙歌。“蹦迪”的高明，是基本上不要智商和功底，你是天才或傻瓜、体态臃肿或妙曼，进了迪厅都可以杂乱无章瞎舞一气，没有人会嘲笑你，因为他们自己也一样。你可以说你是用灵魂在舞蹈。我坐在一旁喝酒的时候多，曾经看到一个一米见方的肥硕屁股在眼前重复同一动作摇摆两个时辰。我的心也在这样的环境里摇摆着：没有说出“分手”两个字，我只是沉默。我该怎么选择？

我画的是一个省略号，两周后，小素为了让旗帜更鲜明，断然画了句号，她再春了。这个消息是炮灰告诉我的，他说据他的朋友——一个不愿意透露姓名的目击者称，看到艺术系一男生拉着小素的手奔赴后山的背影。该消息在数日后得到证实，这次的目击者是我。

我想我跟小素的感情最大的受益者是音乐班，一改因为追求小素而四分五裂的状况，得归大统。

小素家乡的特产我还没吃完，用心封在一个纸盒里，纸盒埋在衣服底。老狗得知小素有了新欢后，凭借超乎常人的狗鼻子找到特产，翻出来跟锦江瓜分了。

我是在这个时候开始抽烟的，一支接一支，吸到肺隐隐作痛，代替心疼……一个被锦江称作“西红柿”的女孩闯进我们狗窝一样的宿舍，她是老狗的“姘头”，通俗的说法是“炮友”，湖大新生。悲哀的是她一直以为自己的身份是老狗的女朋友。“西红柿”的说法源于一个笑话：说，一帮女孩参加比胸大赛，有西瓜女孩、木瓜女孩，指的是她们胸部之巨堪比这些水果，最后出场的西红柿女孩，勇夺花魁，因为“西红柿”只是她乳头的大小。由此可见该女之丰满。

“西红柿”偷渡进男生宿舍，贤惠地为老狗洗衣叠被，让炮灰艳羡不已，遂第三次坠入爱河。这次炮灰的进攻对象是一个成教女生，虽芳名“牡丹”，却是个小家碧玉型的女子，颇有几分姿色。锦江在看到牡丹后，一次次对着炮灰感叹：“牡丹‘胯’下死，做鬼也风流！”

看着丰满的西红柿，老狗终于熬不住，心急火燎在校外找了一个两室一厅，强拉郁闷非常的我合租，同行的还有西红柿。我因为受不了偶尔路遇小素的心酸，决定“闭关”一段时间调整心情，就答应了。

西红柿高兴地为他们的“家”忙乎着，贴墙纸、铺地板，买窗饰，小两口过起了“新婚”般的生活。我们两间房子门对门，对比鲜明，一个像财主，一个像贫僧。我只有一盏台灯，一筐书。

去定王台图书城搜罗了一大堆古今中外的笑话大集，我躲在自己的小屋里机械地读着。我告诉自己要快乐，看着笑话大笑。三本过后，我发现写笑话的人都是伟大的悲剧大师，因为，躺在笑话堆里的我，终于哭了。

十六

两月后，我破关而出，扛着书筐“风度翩翩”地出现在宿舍门口。因为我实在受不了住我对门的“狗男女”。

我见证了老狗跟西红柿爱情三部曲的前两部：最初的一段时间，西红柿不舍昼夜，“幸福地惨叫着”，整个套间充满着淫靡之气，污人耳目！“目”的一面来自老狗，他仍然改不了进屋全裸的恶习，声称“都是自己人！”

不到一月，这对贱伉俪的感情出现了危机，原因是老狗跑出去见网友，回来后“身上有她的香水味”。这也难怪，老狗奉行的是“妻不如妾，妾不如偷。”

一连几天，我在半夜时分被西红柿凄厉的尖叫声惊醒，她歇斯底里地哭喊着、咒骂着，然后是扭打的声音。我想去拉架，又不敢确保他俩衣衫齐整，只好作罢。我相信，老狗是不会动手的。

他俩闹得凶的时候，西红柿爬上窗台，扬言要跳楼，吓得老狗魂飞魄散。后来老狗告诉我一条经验：跟女朋友住，切记，要住一楼！

老狗在我回宿舍一周后完成了第三部曲，胡子拉碴拖着蛇皮袋回到宿舍。他说他分手了，然后递来一支烟，我们默然对抽。

这个时候最得意的要数炮灰，他跟牡丹的爱情据说有了“突破性”的进展。所谓突破，就是在一次雨中，炮灰打着伞在前面走，牡丹淋着雨跟在后面，炮灰按捺不住激动的心情，将牡丹拉到伞底，然后自己淋着雨走。拉手了，虽然只是一触即分，可谁也无法否认拉过手的事实。

不久之后，老狗接完一个电话，紧了紧裸体上的床单，脸都绿了。他哭丧着脸对我说：“奶油，师傅完了！”

电话是西红柿打的。她用兴奋的语调告诉老狗一个“激动人心”的消息——她有了!

西红柿劝老狗迷途知返，她决定不计前嫌。她问老狗，是不是希望她立刻出现在他面前，他好兴奋地抱着她先转三圈，然后摸着她的肚皮猜测：“到底是男娃还是女娃？”

老狗装聋作哑，西红柿气急败坏，撂下一句话：“那好，我来宿舍找你，咱一起去找你们校领导！”

老狗吓坏了，跑出去躲了两天，最后悟出“逃避不是办法”，又乖乖地回来。这期间，西红柿并没有来宿舍找老狗。老狗自己打电话找到西红柿，用报丧的口吻无奈地说：“这个周末，找个地方做了吧！”然后是电话两头比赛一样的哭泣。

我们找了一个天天在“什么什么湿疣”、“什么什么过多”的两性节目过后打“无痛人流”广告的医院，因为那家医院在广告里说：“学生八折”。

我跟老狗坐在妇产科长廊上抽烟静待，感觉时间像个老态龙钟的裹脚阿婆，走得异常缓慢。

门开了，西红柿一步步挨了过来，头发凌乱，脸色苍白。

老狗长叹一声，站起身，拉着西红柿的手，嗓音沙哑：“走吧！”

西红柿用力甩开老狗，惨笑一声：“老狗，其实……那孩子……不是你的。”

十七

虽然已经过了油菜花开、狂犬病发作的时节，西红柿事件过后，老狗回到学校，仍然狂性大发。

最开始的不正常表现是，老狗回到宿舍不再宽衣，默坐在我床头抽烟，怔怔地盯着窗外，橡树上唧唧喳喳的鸟鸣尤为刺耳；遭到锦江和炮灰的质疑后，老狗记起宽衣，却忘了披床单，径直打开门走出去——他裸奔！虽然只是去对面宿舍串门，但仍然足以令我们汗颜：男生宿舍大门挂着“女生止步”的禁牌，可楼梯间女生的芳影络绎不绝，其坦然自若的表情，时常令我怀疑自己进错了楼。“女生止步”的牌子也忽而“女生上步”、忽而“女生正步”地变换着。

为了攀登A片事业的高峰，锦江弄了台电脑摆在我床边，不舍昼夜殚精竭虑地“研究”，一开始是小心翼翼戴着耳塞，后来为了方便众狼友，肆无忌惮地开起音响来。他的电脑在宿舍三年，几乎是“A片专用机”，同一部片子总要放七八遍，因为总有其他宿舍的同学慕名而来，往往错过首映。

为了在精神上报复西红柿，老狗快马加鞭地拈花惹草，在网上一次次发出“我等到花儿都泄（谢）了”的讯息，批量调戏网上的“姐姐妹妹”们。老狗的网名是“处女终结者”，网聊时的表情也大有“终结者”风范：凝神静气，叼着烟、吊着眉，表情相当严肃，不露痕迹地与姐妹们“相谈甚欢”。他说他用脚指头思考，都能以每小时三到四个的效率搞定她们，这一点我深信不疑：因为每次聊了不到二十分钟，老狗就推开键盘，翻箱倒柜寻找他的“名牌”，披挂上阵——深入花街柳巷，寻花问柳，然后眠花宿柳。

我剃了光头，标榜重生，却无法重生，像科威特难民一样胡子拉碴地窝坐在床上，看从图书馆借来的书，鲁迅、李敖、金庸、琼瑶一网收。我居然会看琼瑶，似乎离变态不远了；更为变态的是，我看了琼瑶还会哭，印象深刻的是有一本《失火的天堂》，哭了两遍。

在夜里，反复做着一个叫“想小素”的梦，梦里总有一个看不清面目的第三者，像程咬金一样，在关键时刻半路杀出，将我吓醒。然后在黑暗里翻身摸索床头柜的香烟，盯着明灭的烟头，静待天明。我在反复地想念着一个人，而被想念的那个人，却可以心安理得地将我当做陈世美，堂而皇之携着新欢招摇过市。

“治疗失恋的不二良药，就是开始下一段。”老狗建议，“不信，你可以看看炮灰。笑容总那么天真。”

我摇摇头：“人，毕竟不是动物！”

老狗摔门而去。

风水问题。在我跟老狗同遭重创过后，另外四个的“重创”接踵而至：首先是加爵第二，这个变态大概是饿急了，跑到兰州拉面馆面对满馆食客大叫“我要吃猪肉炒饭”，屡劝无效，结果被拉面馆老板伙同“纯粹的回民”围殴。在医院躺了一个小周天，回宿舍续躺一月，加爵第二终于明白“回民禁吃猪肉”的道理。

接下来就是炮灰，他在牡丹小姐二十大寿的傍晚，屁颠屁颠捧着鲜花去拜寿，不幸目睹了牡丹与前男友复合的盛况。当时牡丹媚眼如丝、一脸陶醉地倚在前男友胸口，为同学们深情演唱《花好月圆》。他们是花好月圆了，这边厢“门前闷煞送花人”。炮灰连迈进门的力气都没了，委屈地拖着鲜花，黯然下场。这件事对“情场不倒翁”的炮灰打击不可谓不大，毕竟，他俩是拉过手的啊！炮灰在校门口喝得烂醉，凭借超人的毅力爬回宿舍。

锦江的A片越来越多，素未谋面的同学们纷纷登门造访，一个个不着边际地套近乎，最后装模作样地提出“替朋友”求借一二的要求。锦江是厚道人，热情地问明各位色友兴趣所向，一一予以推荐。要命的是某些男生居心不良，自己看了不过瘾，将A片转借到了女生宿舍。美术专业的姑娘们在某天熄灯后集体观摩锦江宝片，被查夜的宿管大叔抓了现行（该大叔对于进女生宿舍查夜事业兢兢业业、乐此不疲，且不要加班费）。为了推罪，终于将锦江供了出来，成了S大道德教育的反典型。虽然锦江凭借此事一举奠定了他在S大A片界的无上地位，摇身而为权威，可警告处分并不因为他是“权威”而有所姑息。

最后就是傻强。临近终考，一向无为的老师们出其不意“秋后算账”，一丝不苟地查起考勤来，结果傻强的考勤本上居然没有一节到课记录。接到全部取消考试资格的通知，傻强一边目不斜视地玩着游戏，一边含混不清地嘟囔：“没关

系，不是还有重修吗？”

十八

我们陆续回到课堂，备战终考，除了傻强。

老狗摆脱了西红柿，也失去了快乐，狂性依旧：在宿舍，赤条条的他一声不吭地躲在床角接二连三地抽烟、沉思。宿管来检查卫生，老狗居然懒得回避，古道热肠的宿管大叔觉得有碍观瞻，力劝他把衣服穿上，老狗答：“没看过沉思者的雕塑吗？脱了衣服，思想才没有束缚。”继续抽烟。

大多时候老狗视我们五人如无物，一人在寝室里独来独去，一个都不搭理。偶尔会丢掉烟头，“蹭”地站直，振臂高呼：“不要不强奸我！”

上大课的时候，兄弟班级有一女子，小平头、短牛仔，举手投足充满阳刚之美，让人辨不出性别。一次课余，该女用极其吊儿郎当的潇洒姿势倚在教室走廊横栏上看楼下风景，老狗走过去，拍拍该女胸脯：“兄弟，借个火！”众生大哗。

直到锦江在老狗床边墙上找到“老狗大人千古”的刻字，我们几个才重视起来，断定他是精神崩溃了，为避免他轻生，决定明着做思想工作，暗里轮流监护他。

老狗背着书包，略有所思地行走在校外马路上，逢人问路，一律随手一指；有一对情侣迎上来，让老狗给他们照合影，老狗等他们摆好造型，对着四个脚丫子“喀嚓”一声了账。当他终于选择在一片草坪上落座，我跟上去坐在旁边。

烟递过去，老狗头也不扭，机械地掏出火打着。

“老狗，她（西红柿）打过宿舍电话找你。”半晌，我试探着问，“舍不得？”

老狗“嗯”了一声，闷头抽完烟，站起身拍拍屁股：“你还嫩。与其炒陈饭，不如做硬汉。懂吗？”斜着眼看我一眼，径直走了。

重拾课本，我骇然大惊，离终考还剩寥寥三周，我落下的课还真不少，比如英语，一学期才上了两节课，而新课程已经授完，即便有课，Kitty也只是走过场，叮嘱大家搞好复习。

我不得不发奋图强，秉烛夜读。老狗、锦江、炮灰三人的情况也好不到哪里，于是四人像寒门学子一般，在熄灯之后，围坐在厕所门口借着厕所里的微光学通宵。此时从不逃课的加爵第二最为开心，每天天一黑就炫耀似地躺到床上，自言自语："临阵磨枪，会光吗？呵呵！"酣然入梦。傻强依然待在网吧。

屋漏偏逢连夜雨。老师们为了突出他们讲课的重要性，这学期突然将教材当做机密封存起来，不让我们随便借来打印再复印，声称："考题都是平时上课的内容，老老实实听课的同学不用担心！"他们想用这种手段惩戒逃课生，还好我们有"交际花"老狗，软磨硬泡，将各班学委的笔记借了过来，当《圣经》一样逐字研究。这下发现一个大问题了，各学委的笔记风格、内容迥异，于是四人手里各版本的"考试重点"汇集，竟比教材还丰满。

连续几个通宵，四人坐在厕所门口苦读。一次半夜，大家都饿了，外面的店子都已经打烊，只有炮灰抽屉里还有一包方便面，四人分吃。炮灰在泡面的时候，我们三个一再要求："多放点水！"最后，连面汤都一滴不剩，喝得精光。

十九

短短十日，人熬瘦了一圈。欣慰的是，七月初，我可以胸有成竹、踌躇满志地奔赴考场。

第一场是《现代文学》，不枉我苦读夙夜，抓起笔"刷刷刷"半个小时将前面的题都做完了，翻开最后一题，差点兴奋地叫出声来，正中下怀呀！试卷上写着"假定你是文人，请就现代从文环境独立思考，做杂文一篇。提出你的期望。"括弧注："言论自由，请自由做答。2000字左右。"

多么开明的老师们呀！我于是将半年来的愤懑全发泄在"尺素"之上，洋洋洒洒，从第一个字写到最后一个字，硬是没抬一次头，也没停半步笔。

既然是"言论自由"，我就很"自由"地先炮轰老师：从小就受着"老师从事的是天底下最光辉的事业"的教育，直到遇到大学的老师们，我才大彻大悟——"'老师'，是天底下最'讨巧'的工作。"

古时"学而优则仕"，现在"仕而不优则教"。S大有好几位老师，当年毕

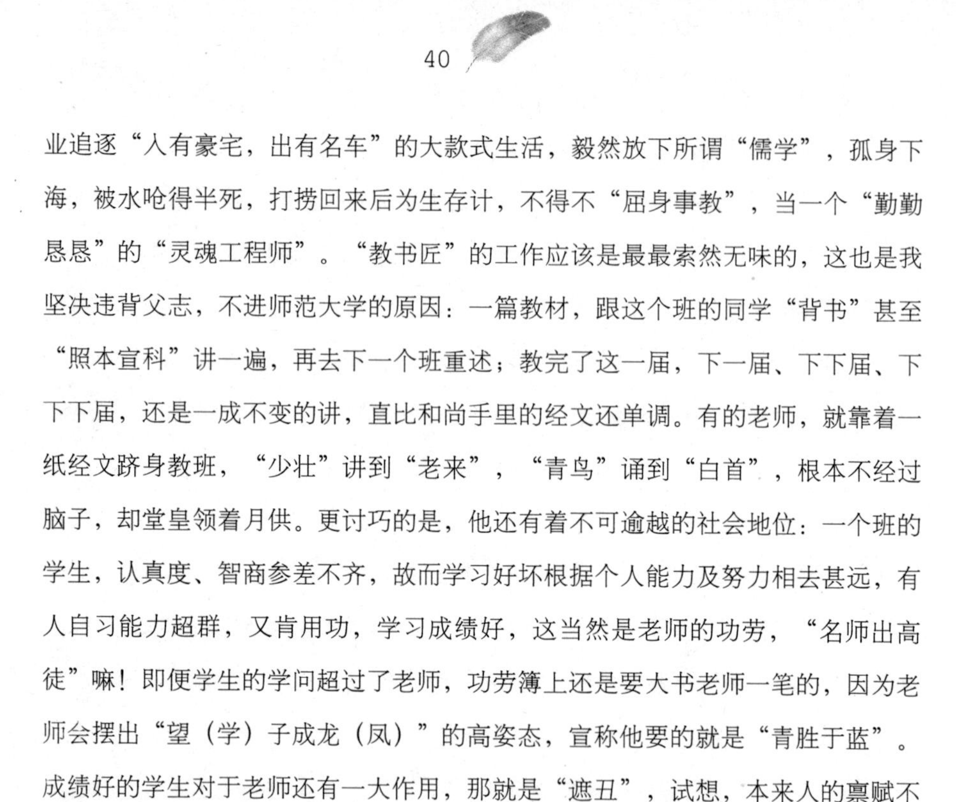

业追逐“入有豪宅，出有名车”的大款式生活，毅然放下所谓“儒学”，孤身下海，被水呛得半死，打捞回来后为生存计，不得不“屈身事教”，当一个“勤勤恳恳”的“灵魂工程师”。“教书匠”的工作应该是最最索然无味的，这也是我坚决违背父志，不进师范大学的原因：一篇教材，跟这个班的同学“背书”甚至“照本宣科”讲一遍，再去下一个班重述；教完了这一届，下一届、下下届、下下下届，还是一成不变的讲，直比和尚手里的经文还单调。有的老师，就靠着一纸经文跻身教班，“少壮”讲到“老来”，“青鸟”诵到“白首”，根本不经过脑子，却堂皇领着月供。更讨巧的是，他还有着不可逾越的社会地位：一个班的学生，认真度、智商参差不齐，故而学习好坏根据个人能力及努力相去甚远，有人自习能力超群，又肯用功，学习成绩好，这当然是老师的功劳，“名师出高徒”嘛！即便学生的学问超过了老师，功劳簿上还是要大书老师一笔的，因为老师会摆出“望（学）子成龙（凤）”的高姿态，宣称他要的就是“青胜于蓝”。成绩好的学生对于老师还有一大作用，那就是“遮丑”，试想，本来人的禀赋不尽相同，如果老师因材施教，各人在适宜的环境下面都能成为大材，而不负责任的老师大刀阔斧一刀切，用同一个顽固的模式施予学生，教坏了本来能成为大材的学生，（一朵花，到了草圃，也是要被当做杂草除去的。）老师就可以指着学习好的同学对学习差的同学的家长摇首喟叹：“你看看人家的孩子！您的孩子实在是……哎！怨不得我啊！”

老师在任职的时间优哉游哉，诵着老经，拿着月供，住着高楼，吃着软饭（大学老师们的收入普遍不低），该上课了，秉着“无为而治”的宗旨去教室唱个“诺”，讲两句经，也不管你听没听到，听没听懂，下了课捧经走人，终于有朝一日，桃李满天下，得享大成：无论同学们在今后有多大的成就，都得承认你是他学生的事实，如果你不认，那就是大不敬了，活该受万人唾弃。“一日为师，终身是父”，老师是上了中国百姓供祖台上“天地君亲师位”的匾的，至圣先师孔老二至今还端坐在文庙里大吃冷猪肉。至于被教坏的学生，落魄在今后的人生旅途，还要在某个角落懵懂地追悔：“当年真不应该不顺某某老师的意啊！”

然后是文坛。中国文人，特别是中国现代的文人，是最为可怜的群体。有两个雷池是中国现代文人无法逾越的，是为禁区，一曰“性”，一曰“政”。

中国人一出生，就背负着几千年“璀璨文明”的包袱，这是面子，也是累赘。很多变态的思想被老祖宗创造然后光大，通过代代传承而到新生婴儿，使我们一出生就陷入荆棘地，我们在茫然无知的情况下，就被环境潜移默化，将束缚人的思想作为行为准则，尚不自知，认为“本来就是那样的”。最明显的就是“性”。

为什么不能言性？一言性，稍能记事的孩童就会“认为是坏的”，他也许不会说什么“男女大防”，什么“伤风败俗”，但他会“面红耳赤”，会感觉羞耻。这是人的本能吗？非也，这是他的父母或父母外延的长辈们教育的结果。

有人问：“你认为中国的性教育如何？”

答曰：“理论课程很少，实践课程很多。”

文人言性，无不被打入另册，甚者认为你道德有问题。“假”并实践着。

有的文痞，抓住“假”的事实，在自己文章里大打擦边球，若有若无地言些“性”事，以敛人气。他（她）要的就是被查封的效果，禁书，一定程度上就是广告，多少人偷偷摸摸地穷其所能将“禁书”找出来，寻一微光处潜心拜读啊！这种事畅销书作者没少干，故有诸如《有了快感你就喊》之类狗屁不通的作品问世，可怜的文坛！

至于政治，为防封贴大厄，故不深论。看官可去qq聊天室试打“政治”二字，看发不发得出来。

这不是我考试的原文，却是我答题的中心思想。

二十

我在试卷上淋漓尽致地发表着我的“主见”，爽是爽了，代价是直到今天还落魄在人生旅途上追悔当年少不更事的愤青之举。写下“言论自由”的师长们毕竟有底线，他们能接受的，只是“奴见”。

其实，我从搁笔走出考场的那一刻，就开始后悔。沉沉天幕，混沌，压抑得让人窒息。我硬着头皮踏进一片灰暗昏黄，走了几步，就有冰凉的雨挟着风钻入脖颈。一切，预示着我从此的人生都是灰暗，永远笼罩着重重乌云。

整个暑假，我在诚惶诚恐中等待开学，一如等待判决的死囚。那张近乎“自杀”的考卷，反复出现在我脑海，然后我要么像慷慨赴死的革命者般做着最坏的打算，要么像一切懦夫一样期待着好的、侥幸的结果。

每当我的情绪亢奋或低落到难以自制的时候，我就要找一个无人的所在用香烟排遣，去得最多的是厕所。因为我老爸，一个超级古板、自律的小国土所所长，近五十岁了从来没抽过烟。不抽烟的人很容易闻出别人嘴里的烟味。我爸将他的古板，称为“有原则”。

如果考砸，对我而言，最大的恐惧来自家庭。我从小就很怕老爸。自律的人对待别人的要求也分外苛刻，“律己以律人”嘛！这在我老爸身上反应的尤其突出。很小的时候，我怕他打我。70年代的高级知识分子，当时还没有被“素质教育”教育过，所以我老爸坚信“严父出孝子”的古训，比同龄的勤勉农夫还要坚信，于是在某些时候他是不吝于使用暴力的。我很不愿意相信老爸是因为工作压力太大，而要把怒气宣泄在我这个独子身上，可事实上，后面他的工作道路相对平坦之后，的确没有再动过我一个手指头，而这个时候的我，也已经“知廉耻”到听不得他一句重话。发展到现在，我仍然很害怕我那头发花白、未老先衰得有些佝偻的老爸，那个跟我有近二十年代沟的男人，不怕他打，不怕他骂，怕他因为我的事而伤心地长叹。

大半个暑假，我在爸妈面前小心翼翼地表现着，“最坏也就是一科重修嘛！”我侥幸过，直到接到辅导员的电话，那个总在事情发生前拍着硕大的胸脯安慰大家没事的中年妇女，用报丧的语气告诉我：“做好思想准备。”

从此，我更惶恐。直到我的神经被惶恐折磨得几近崩溃，迎来开学。

我留级了。接到这个通知的时候我并没有像预想中的那样号啕大哭，我很清醒，却手脚冰凉。

学校新规定，挂科满12个学分的一律留级。我清楚地记得上学期傻强挂了二十多个学分的，却没有留级，学校给出的理由是：由于是第一学期，没地方留，所以不留。

《现代文学》零分。我没有看到《现代文学》老师怒发冲冠拍桌子的盛况，但据当时在场的辅导员称，他的确是拍了桌子的，嘴里还大骂“混账”。

《文学评论》30分。这让我很气愤，当即找到那个老驴脸，要查卷。他说，不小心毁了。后来我才知道，我忽略了一个严重的事实，我们尊敬的《现代文学》老师是系主任。

《英语》58分。Kitty姑娘比老驴脸要磊落得多，当我带着我伤心欲绝的老爸找她查卷时，她帮着翻了出来。卷面上就是铁板铮铮的58分。上过大学的都知道，大学终考的成绩都是由卷面分跟平时成绩相加而成。一般卷面分只要上了55分，课程老师都会加上平时成绩，放学生通过。我的平时成绩为零。从此在校园里每每碰到Kitty，我都会十二分亲热地叫“老师”，而后者总是眼神飘忽地择路而去，厚厚的粉底下透出红晕。

以上三科，合计12个学分。就这样，我留级了。老爸在火车站门口转身之前，一字一句地对我说：“不要伤心。在哪里跌倒，在哪里爬起来！”来长沙短短三天时间，我发现这个我害怕了小半辈子的汉子明显苍老了，头发稀疏，两眼血丝。看着他茫然走在人群中佝偻的背影，我双眼模糊。

二十一

如果记性不是太差，各位应该还记得我第一学期考试的成绩是全班前五。可学校的记性就显然不怎么好。我留级了，那么我第三学期就要上上一年一学期的课，这很滑稽。

“学费照交，课照上，免试。”这是S大在经过我提醒后做出的最终决定。就这么个荒唐的决定，让当时的我仿佛一下子找到了方向，感恩戴德地退出教务处，犹如迷途知返的出墙少妇一般回到教室。

我坐在最后一排，同桌是老狗。老狗留级了，这我不意外。一个将“舞弊”培养成一种爱好、一种习惯的人，迟早都会出事。我跟老狗相处的五年，只要在同一考室，还没有发现过他不被监考老师叫出门训斥的记录，包括开卷考试。老狗是那种“宁可没人格，也要考及格”的人，奉行“考试不舞弊，来年做学弟”的“真理”。1.92米的老狗坐在教室中犹如鹤立鸡群，分外抢眼，随便一个小动作都会引起监考老师的注意，故“每次考试都舞弊”的后果是“每次舞弊都被抓”。东张西望的结果只是被监考老师“好言相劝”，可上次考试，情绪低落的老狗发挥失常，防守失误，居然让监考老师人赃俱获，抄（“抄家”的抄）了小抄。

同时留级的还有加爵第二，那个一直“勤奋”得让我们自惭形秽的变态狂。

刚上小学，我就知道“考试成绩与离讲台距离成反比”的道理，距离越大，成绩越操蛋，才有那么多小学家长讨好老师争取将自己的孩子安排到靠黑板的位置。但是现在，留级的我们只能怯怯地呆在最后一排，这个恶习一直延续到现在，不管参加什么活动，都安静地待在不显眼的位置，以求心理“安全”。越过学弟学妹们黑压压的头颅遥观老师们“天花乱坠”，而他们讲的内容，又是我学得很好的东西，这让我很郁闷：我要在原地爬起来，而非原地踏步，做反刍的老牛。一段时间后，实在坐不住了。

我不再找什么“头发乱糟糟”的旁听生做替身，伙同老狗，彻底停课。你可以说我们愚蠢，无可救药，不知道吸取教训，为“在同一个地方摔倒两次”埋下伏笔，谁都知道，那种人是傻子。但在当时的情况下，学弟学妹们鄙夷的眼神、老师们重复的授课、无须考试的“免死金牌”，任谁，都会选择逃离。

我叼着香烟，像真正的败家子一样没日没夜地对着电脑，与各式各样的姑娘们谈情说爱，上午用文言文，下午用白话文，晚上用半文半白，我不需要什么爱情，只希望被人肯定，听着姑娘们或真诚或讽刺的“你文采真好”，我会陶醉，仿佛自己还是那个自信得有些自负的“天才”，直到意外地收到小素的信：

“奶油：

我恨过你。可五一去衡山玩的时候，我跟着大家求签，居然不自觉地就想到了你，于是帮你求了一签，希望你一切都好，结果……其实，爱的反面不是恨，而是漠视。恨，说明心里还有对方。我恨你，而你，漠视我。

不管发生什么，我都相信你。

不要让一切不快——我们的爱情和别的什么，成为你生活的阴霾。

我要你快乐。

曾经恋人的朋友　素”

我被淡淡的忧伤和快乐迷醉了两天，直到在校园的路上碰到她和他相携错身。小素认真地盯着身旁美丽的大树，假装或真的没看到我。

我想，我俩是再也不会说一句话的，属于“老死不相往来”之类。虽然，我还爱着她，在这段黑暗的日子里，猛然看到她的出现，有点委屈地想要哭泣。

周末，独自循着跟小素游玩过的轨迹缅怀，坐在烈士公园石凳上抽了整整一包烟，直到清园的老头赶我出去，才发现偌大一间园子只剩我一个了。

走到西门口，黑影里有一个人对我频频叩首，定睛一看，居然是缺腿老乞丐！快一年了，我仿佛经历了一个世纪，而老丐还是老样子。

我郑重地将准备坐车的钱放进他的聚宝盆，转过身。

“祝你幸福！”

我停住脚。以前他不是叫“祝你们幸福！”吗？

我将钱包里的钱全掏了出来，堆在聚宝盆里，盯着老丐：“我是天才，你知道吗？”我几乎喊了出来。

“知道。”老丐缩了缩他的断腿，用力点头，“我也是。”

那一晚，我走路回校。

二十二

路灯下，车流、人流，熙熙攘攘。我在人潮中森然前行，朝着S大的方向，朝着痛苦的方向。“世人熙熙，皆为利来；世人攘攘，皆为利往。”我突然对自己在此地来往的目的有些迷茫——是为“利”吗？

走到湘江一桥，天公作孽，下起雨来，夏天的暴雨来得很突然，淅淅沥沥几滴过后，豆大的雨滴密密匝匝狂泻，由于出门的时候天气燥热，身上只穿着短袖衬衫，走到桥中橘子洲的位置，已经全湿透，桥上风格外大，我哆嗦着，不得不怀疑“好人有好报”这话的准确性，连搭公车的钱都给了老丐，老天却偏偏在这个时候做出下暴雨的决定。一桥到S大，以我这么潇洒地走法，最少还要走一个小时。体味着彻骨的冰凉，一开始我很同情骆驼祥子当年的痛苦，又走了半个小时后，我醒悟：如果祥子大哥知道我所面对的是如此“漫漫长路”，一定会转而同情我。

反正都湿透了，我没有找地方躲雨，像骆驼祥子一样期望着“走久一点身上就会热起来”，结果一直走到学校大门口，也没片刻停止哆嗦。雨还在下，这多少让我为自己没有做躲雨的决定而欣慰。站在大门口，我面对漆黑的S大学，颤抖着手从裤袋里掏出香烟，湿的。

第二天，我病了，上吐下泻、头重脚轻，老狗去校医务室买了感冒药给我服下后，病情迅速转重，发起高烧来。学校医务室的药价格倒是很公道，可后来经常听到生病的同学抱怨：这药啊，是“病毒细菌良伴，自残自杀必备”，吃了它，绝对没病变有病，小病变重病。

炮灰和锦江轮流将我背到医务室，打点滴，老狗去食堂拜托师傅熬姜汤给我祛寒，折腾了三天，才恹恹地被扶回宿舍。虽然不吐不泻了，还是很难受，可我不好意思再麻烦他们，在床上昏天暗地的睡。

老狗坐在我床头，一边抽烟，一边用关切的眼神盯着我。

“老狗，把烟掐了吧。”炮灰说。

老狗恍然大悟：“给忘了。”

“不用。”我立起枕头，“老狗，给我一支。”

“被动吸烟危害更大，干脆自己吸。”我深吸一口，给他一个放心的微笑。

生病期间，有三个人过来看过我。第一个是高中时的铁哥们，叫王林，在农大念书。老狗说我的病主要是心病，心理太压抑，知道王林对我知根知底，每次来S大玩都“食则同桌、寝则同榻”，打电话让他来陪陪我。

我对王林感兴趣是从对他的姓名开始的，这小子老爸姓夏，老妈姓刘，本名叫“夏王林”，可他现在身份证上的名字都是两个字——王林。“为什么做儿子的一定要跟老爸姓？”王林很不服，于是在一切正式或非正式场合都用“王林”之名，全家就他一人姓王，当然，他对这种说法也很不以为然，“为什么‘王林’两个字里面，就一定要有一个是姓，一个是名？”这小子不是白痴，就一定是天才。

我叫王林做“亡灵”，他叫我“厕所友”：高中三年我们都在一个班，亡灵是那种学习很踏实，很爱“钻研”，坐得住的人，可从来不听课，全部自习，他的名言是“在八中，还想考大学，不听课你有一线生机；听课，基本可以宣告你脑死亡。”数理化，一道题目老师在黑板上给出一种解答，而亡灵能花一天琢磨出一大堆解法来，典型的慢工出细活。他比较牛B的历史是中考时，数学、物理、化学、生物四科只丢一分；尔后更牛B的历史是，高考前一月，文科生将文科综合中政治部分的题目标记出来给他解答，选择题只错一道，让众文科生羞愧不已。高一高二，忙着写情书打游戏的我跟亡灵“道不同，不相为谋”。高考总复习那段日子，学校让我们在晚自习后加学一小时，浪子回头的我总在第十分钟左右忍不住如厕的欲望，奇怪的是，亡灵也好此道，孤男寡男蹲在厕所里就聊开了，所以他叫我“厕所友”。他就是在厕所里教会我，“看书，要带批判性质的看。写书人不是圣人，有很多错误的地方。”其思想跟某位名人“尽信书不如无书”的说法暗合，所以我无比佩服。他的思想应该是独创，而非看到那句名言而改头换面得到，因为他的语文成绩一直作为“蹩脚”存在。高考，这位理科才子就败在我的语文之下，总分在八中屈居理科第二，现在在农大研究茶学。

“厕所友，死没死？”亡灵到我们宿舍说的第一句话。听他的语气，再睁眼看他焦急的神态，不像开玩笑。我用力咳嗽一声，证明我还活着。

亡灵安慰我的方式比较独特，一再强调他上学期挂了一科《马克思主义政治经济学》，上上学期挂了一科《马克思主义哲学》，因为他都用怀疑的、批判的眼光去研究那两本书，认为马克思某些地方错了，才沦落至此。他说他都想改称马克思为“马客死（‘客死’，长沙话‘去死’）”，而将自己改名“（被）马克死”了。最后总结：我留级，也没什么大不了的，要想开点。我说：“我靠，一份快乐两个人分享就翻倍，一份痛苦两个人承担就减半。你跟我说这些，现在我身上有一点五份痛苦了。”

第二、第三个来看望我的人比较意外，居然是宫雍，那个疯狂英语的高人和他骄傲的弟子——阳痿。

二十三

我后来明白过来，之前交情不算深厚的宫雍之所以萌生来看望我的冲动，完全是出于同病相怜的心理，因为他也留级了，除了英语，他的其他课程几乎全军覆没，留级后，干脆转系去了外语系。

宫雍身后跟着一个小伙子，很面生，1.78左右，相貌堂堂，像只骄傲的公鸡一样高昂着头笔直站着，老狗搬来凳子，他毫不谦虚地跷起二郎腿坐下，一举一动，让我联想起《霸王别姬》里的程蝶衣。

“他叫阳痿，学金融的，现在在社团里帮我做事，跟我学英语。”宫雍得意地笑着，阳痿点点头。

“怎么留级的都是些优秀人才！”宫雍打趣说，干笑两声，叹口气。半晌，宫雍问我，“你信教吗？”

我摇摇头。

“我是一个基督徒。”宫雍清了清嗓子，打开一本书，说了一通鸟语，然后问我，“你知道上帝跟耶稣是什么关系吗？”

“一个是爹，一个是儿子？”

“呵呵哈。”阳痿阴阳怪气地笑，我感觉很不舒服。后来我知道，我误会阳痿同志了。

“不全是。”宫雍郑重地摇头，“应该说，耶稣就是上帝。什么都是上帝，上帝无处不在。”

“那我也是上帝？”老狗呲着两颗板牙笑嘻嘻地。

“是的。”宫雍转向老狗，“只要你想到上帝，上帝就存在。上帝无处不在，无所不能……”

“真牛B。好强啊！”锦江戴着耳塞在看片，声音格外大。

宫雍还在没完没了地说，偶尔夹杂着锦江的欢呼，阳痿蹙起眉毛。

“得了，我们是不会信什么基督的。”老狗挥挥手，“贫僧信佛教。聊点别的吧。”

宫雍微笑着摇头，眼神里流露出“孺子不可教”的失望，合上他英文版的《圣经》，“我不是来传教的。这学期大家都没事，我整了个项目，有没有兴趣一起？”

这个项目据说是阳痿想出来的，我跟老狗听完后，欣然同意。有钱赚，总比闲着好。

阳痿其实叫“杨伟”，高中学过声乐，硬生生把他折磨成了一个娘娘腔，举手投足跟说话，都透露着阴柔之气，让人怀疑他的成长路上缺乏雄性榜样，他进了经济学系还在辅修声乐，也保持着“音乐人”的骄傲。

当时的宫雍还没被李阳正版疯狂英语学习班收编，怀才不遇，通过阳痿提点，于是想干“打家劫舍”的草寇勾当。

几天后，长沙市某中学的同学们收到一张张传单——“疯狂英语李阳关门弟子宫雍莅临”，传单上大吹大擂宫雍的英语水平以及独创的几月速成学习方法，附宫雍跟李阳、众洋人合影数张。

活动地点设在该中学电影院，我跟老狗犹如哼哈二将一般站在门口，卖门票。

门票，每人八元。这就是整个项目的关键所在。阳痿乐观地估计，只要第一站成功了，每人分个几百不成问题，以后就用这个模式做全国巡“教”，半年之后，名利两全。我们还没收到一分钱，先每人凑了一千上缴，做启动资金。在饭桌上，该中学的几位领导纷纷为宫雍的提议击节叫好，感谢他不辞劳苦，声称此举能提高该校的英语水平，可一提到用电影院的事，就不方便起来。没办法，将门票从原来的五元提到八元，校方分五成。

二十四

“我们是这个社会的渣滓，你们才是这个社会的狗屎，啦啦啦……”

歌声振聋发聩，能感觉到心脏富有节奏的狂跳，仿佛要跳出胸腔子一般，居然跟音乐合拍。我盯着老狗和宫雍凌乱的“舞”步，在一大群红男绿女中上摇下摆一通乱舞，力求达到一个“蒙”字的效果。阳痿坐在我旁边，举起杯子敬我，他喝可乐，还嫌太刺激，从学声乐开始，他一直很小心地保护自己的嗓子。

“你也是第一次来这种地方吗？”我看着阳痿同样茫然新鲜四顾的神态，猜测着。

“嗯。”阳痿慌慌张张将目光从一个辣妹身上收回，挤出一个笑容。

第一站，宫雍在台上扯着嗓子鬼叫了近两个钟头，算总账，减去学校领导的一半，再减去请他们吃饭和印传单弄广告牌的开支，就剩了三百多块，这让我们很沮丧。

“一口怎么能吃成胖子！”只有阳痿信心十足。

三百多块，“赃”都懒得分了，老狗提议将赃款“集体活动”掉，大家没意见，却在怎么活动的问题上产生了分歧，老狗和宫雍提议去酒吧，我和阳痿感觉不太好，毕竟是学生，但最后也找不出更“健康”的活动法，又舍不得捐给希望工程，只好半推半就。

“据说这家酒吧有同性恋耶。”阳痿笑着说。

“是吗？”我随口答着，看到阳痿瞪着怨妇一样的大眼睛四处瞟，打趣道，“那你要小心了，呵呵。”

“什么呀！”阳痿尖声叫道，扭了扭肩膀。我深悔自己失言。

“煤球，伟哥，来，一起呀。”音乐猝停的空当，老狗朝这边挥手。

“哼，伟哥，我呸！”阳痿嘴上不悦，扭扭捏捏地离座去慢摇台，我摆摆手，继续喝酒。

“不是伟哥，那是伟姐咯？哈哈！”老狗一边抽风一边扭，一边大笑，很多人停止跳舞看着阳痿笑。

音乐又开始轰炸耳膜，我点燃一根烟，抽一口，胃一阵翻滚，头有点晕眩，摇了摇脑袋，又灌了口啤酒。

我喜欢舒缓的音乐，待在酒吧很难受，做梦也没想到两周后我会来这工作。

那段时间，我见酒就会喝醉，喝醉后脑子里就会蹦出小素的身影，好几次都差点没把持住冲到电话亭去打电话。除了喝醉，大脑还会在几种情况下一瞬间被小素的笑容和玻璃窗上的“我爱你”占据，像一枚图钉被飞快地按进一面雪白的墙：遇到新鲜好玩的东西或事情，想有人一起分享的时候；感觉委屈，想找人倾诉的时候；猛然听到诸如《为什么你背着我爱别人》之类舒缓的歌的时候；碰到乞丐、尤其是把腿掰折了博取同情的那种的时候。

我们四人像暴发户一样叫了很多啤酒，老狗和宫雍跳累了回座开始猜拳斗酒，据说一直闹到半夜，我不知道我是怎么回的宿舍。第二天老狗表情凝重地对我说：“煤球，你叫了小素七八千次。这证明你是个重感情的人。”我差点儿晕过去。

二十五

紧接着又弄了两场演讲，最终宣告阳痿的项目阳痿了，第二次演讲在长沙周边的星沙镇一个中专，领导们比较善良，吃了我们一顿收两条烟，就不提出在门票费上分羹的无耻要求了，两个钟头，我们四个每人分了两百多，总结成功经验，认为地理位置偏僻的学校比较好赚，确定“农村包围城市”的方针，第三次演讲就找了个地级市——益阳。饭请了，礼也送出去了，活动当晚，我跟老狗站在门口傻眼：偌大的场子，就进去了二十几个人，还有几个是免票的学校英语老师。宫雍当晚的演讲特别有气无力，我想，他在演讲的时候一定在偷偷算账。撤退的时候，我们听到该校门口有学生在讨论：“李阳是谁？”

就这样，我们宏伟的发财计划流产，“真是诗一样的开始，屎一样的结尾！”坐在回长沙的车上，老狗叹息着总结。

回到学校，我们听到一个消息：长沙几大高校的领导组团去美国参加什么学术研讨会，结果在会议开完后组团去拉斯维加斯公款消费途中发生车祸，好几个学校的领导当场见了上帝，其中包括我们学校的黄副院长。“这真是湖南教育业的大损失、S校的大不幸啊！”我们的院长在周一升旗仪式后，对着数千学子用他浑厚而压抑的声音无比沉痛地念着稿子。

两天后，我跟老狗在校园里走，碰到校电视台的记者在录节目，拉着格外打眼的老狗采访：“在你眼中，黄副院长是个怎样的人？”

老狗迅速进入角色，露出院长哭丧的表情，用浑浊的声音说道：“在我眼中，黄副院长是一位亲切的长者。他是那么的关心我们的学习生活状况，笑容永远都贴心，无微不至地照顾着我和跟我一样的广大同学。他治学的严谨也让我们受益匪浅……”长篇大论完了，老狗甚至动情地流下了热泪。他擦了擦眼泪走回来。

“你跟黄副院长很熟吗？”我很奇怪。

老狗吸吸鼻子，莫名其妙地问我：“姓黄的是男是女？”

我跟老狗心血来潮去新班级上课，结果全班男女都用看怪物一样的眼神瞟我们。我有一次去晚了，见门口有个空座，坐下不到五分钟，同桌男生收拾课本和书包，趁老师转身写字的空当哈着腰像兔子一样窜到别的桌去了。这让我很受伤，恨不得剁了他。

我总结过留级一年我所受的损失：首先是浪费了一年的青春，虽然就算不留级我的青春也不见得不被浪费，可别人不这么看；第二是让我的心灵遭受了巨大的打击，抬不起头来，搭不上同龄人的车，我以后的学习工作都将跟比我小一岁的傻B们在一起，一想到此我就无比痛苦，家人的心灵也受到创伤，这让我更受伤；三是经济打击，要多花一年学费和生活费。前两项无法弥补，我想在最后一项做点努力，赚了钱自己交学费，当爸妈跟我提留级的事的时候心里会好受一点，这也是我答应跟官雍弄项目的原因所在。项目吹了，我决定找份工作。

这个时候的我，抽烟，失眠，印堂发黑，两个眼睛时刻都像刚经历一场恶斗被人揍肿了似的，谈不上丝毫精神面貌。

失眠已经困扰了我大半年，而且走日益严重的趋势，常常是好几天几夜不眠不休，医生确诊为“轻度神经衰弱”。最初开始失眠，我会很忧心，生怕第二天没精力。可现在，我已经坦然接受——“有思想的人都失眠，比如鲁迅、毛泽东。”既然睡不着，就干脆天马行空地想事情吧！常常是抓住某些记忆里的碎片延伸开去想，聊以自娱，构思些并没发生的幻境，想得入神，不知东方之既白。

失眠跟夜猫子的区别，是夜猫子白天会睡。刚跟小素分手那几天我养了只猫在寝室里，想让它在漫长的夜陪陪我，可它白天死了般昏睡，晚上没原由的瞎叫唤，不吃不喝，烦人至极。向老狗讨教养猫之道，他不以为然地说：“现在是春天，猫叫叫很正常！”

我日渐消瘦，精神恍惚，像干尸一样四处游魂，直到碰到张芬，居然说哭丧着脸的我表情够忧郁，像极了《流星花园》里的花泽类那厮。品位真独特，真是天下之大，无奇不有。

二十六

为了找工作方便，我买了部手机，在网上的人才市场撒网一样投了几十份简历，学历栏填的高中。终于接到了几个面试电话，前两个单位都要求能朝九晚五当班，一见到我的精神面貌，没怎么考虑就不考虑了。

路过酒吧一条街，见有一家门上贴着招聘，抬头一看，居然是上次来玩的那家。我不迷信，但有点宿命，所以相信“缘分”这东西。

得知我准备去酒吧当吧生，老狗很惊讶，预言我的堕落生涯开始了。

湖南地理位置并不理想，既非沿海，远没东南一带得天独厚的经济发展优势；又偏僻得不够彻底，享受不到国家西部大开发的政策优势。可湘人自有他的特质，岳麓书院“唯楚有才”的横匾可不是全无道理的。湖南人很能把握时代的脉搏，扼住潮流的喉咙，极易接受新事物：乱世中湖南出名将、出伟人，盛产血性的匹夫匹妇，因此流传“无湘不成军”；而太平盛世，湖南人又敢为人先，电视上，当别台清一色一男一女正襟危坐目不斜视有章有度机器般不带一点感情色彩播报新闻时，湖南电台的新闻人员偏偏要轻松地坐着，有说有笑仿佛邻家大哥大姐般亲切地跟观众拉家常，娱乐节目更不用说，已然成为各省电台的领军。作为省城的长沙，现在被很多人定位为娱乐城市，也叫星城。

长沙人爱吃、能玩，忙碌一天之后多半会呼朋唤友聚在小吃街喝两杯，小到臭豆腐、口味虾、鸡鸭架、猪蹄，再而至于麻辣烫，大到各类火锅，经由小吃店老板的炮制，都能做得香辣可口，比去外省开店的湘菜师傅们少了精细，却要纯正的多，而且不贵；吃完小吃，朋友们会红着脸膛粗着嗓门满口长沙话吆喝着去酒吧、KTV。这其中有十多二十岁、乃至三十岁的“满哥”妹子们，也不乏四五十岁的中年男女。

我工作的酒吧坐落在与步行街相交的酒吧一条街中心位置，正是长沙最热闹的地段，而且酒吧场子在长沙数一数二的大，分演绎吧和慢摇吧，每天晚上七点开始营业，无不门庭若市热闹异常，各色人等鱼贯而入，或歌或舞，且饮且乐，直达凌晨。我每天下午六点来上班，凌晨一两点下班，主要负责送酒，基本不需要用脑子。

一段时间后，酒吧老板花重资“进口”了一批娱乐圈“名人”，我就是这么认识李达的。这些“名人”是参加湖南某电视台一个选秀节目被刷下来的剩男剩女，据说有些还夺过小名次，大部分只是在电视上混个脸熟。当时电视台有一个《绝对男人》的节目火了一段，我在学校食堂吃饭的时候，就见到过一帮傻妞端着饭碗围着电视争看该节目的盛况，大致就是一帮所谓的“帅哥”“型男”在舞台上火烧屁股一样乱扭，讨好台下的女人们，还有唱歌跳舞等才艺表演，最后让女人们投票决定帅哥们的去留。据老狗观后总结：“参加《绝对男人》必须达到两个条件：第一要长得又高又帅；第二，唱歌要绝对难听。”

“绝对男人”们满以为夺了名次后就会有什么娱乐公司来签约，从此一脚踏进娱乐圈，成为日进斗金的明星，现在看来，好像没有靠该节目走红的家伙，大部分都被酒吧签了，当舞男。李达是进了《绝对男人》前十的，湘潭人，比我大两岁，身长八尺，长得面若冠玉目似朗星，花朵一样的男子。

李达穿着薄弱蝉翼的花裤衩在演绎吧大跳钢管舞，赢了个满堂彩，我看得目瞪口呆——山外有山，比老狗还奔放！

酒吧的舞男舞女跟我们做吧生的一般没什么交往，这些漂亮的男女，不知道是因为太过骄傲还是太过自卑，同在屋檐下，遇到我们从来都是昂然而过。“用自己高傲的外面掩饰内心的自卑。”我套用老狗形容某些女生的话形容他们。

“兜里有烟吗？”李达在一次表演完后穿好衣服找到我，看着他讨好的讪笑，我很吃惊。

两人在消防楼道抽完一根烟，没什么交谈。想起他刚刚的表演，我对这样的朋友多少有点儿抵触情绪，不好说什么。李达抽完烟，很坦然地笑笑，说声谢谢，走了。此后每次在路上碰到，都会打声招呼，直到天气转凉，我搬到公司集体宿舍，我俩从点头之交发展成朋友。

二十七

我选择在生日那天搬家，让庆生的人马帮忙搬东西到酒吧宿舍，晚上请他们在酒吧慢摇吧玩。室友们全来了，还有宫雍、阳痿、亡灵。加爵第二和炮灰各带了一个女孩子，让号称老江湖的老狗很不是滋味，三杯两盏淡酒下肚后，一向海量的老狗发起酒疯来，半真半假地给两个女孩看手相。加爵第二丝毫不掩饰他的气愤，重重地将酒杯哐在吧台，对着老狗横眉竖眼，老狗偏偏靠着他身边的女人（说女孩太牵强）坐：“你叫什么？”

“李真。”

“哎！”老狗放下李真的手，摇摇头，“根据你的手相，吃了名字的亏。最好取一个‘水’多一点的名字。”

“哈哈！”锦江大笑，“哈哈，水多一点儿。”加爵第二狠狠地剐他一眼，锦江举起杯挡住脸。

“那叫什么好呢？大师？”李真翻了翻她青肿的双眼，笑着问。乍看李真的双眼还以为她被人给揍了，仔细一看，原来是眼影。加爵第二说她是他老乡，可一直没听他们用家乡话交流过。

“不如，叫‘水水’呀！”锦江说。

“去你的！”老狗想了想，一本正经地说，“不如叫冰冰呀、波波呀什么的。”

“叫波波吧，有六滴，水比较多。”傻强掰着手指头。

“冰冰好，比水水还多了四滴，全是水呀！”锦江手舞足蹈，差点将面前的杯子打翻，慌忙狼狈地扶住，大家都笑了。

炮灰坐在我右手边，背对着我，在跟他右边的女孩子窃窃私语，全然不理这样被炮灰说跑了！

12点，听着他们稀稀拉拉的掌声和变调的《生日歌》，许完愿，我对着硕大的蛋糕正准备吹蜡烛，手机震动。

“生日快乐！早日找到属于你的她。小素。”

我紧紧抓着手机，茫然盯着蛋糕上跳跃的火苗。“噗”，蜡烛灭了，老狗和宫雍得意地擦擦嘴。

突然很想哭泣，我在许愿的时候已经有点醉意，脑中全是小素的身影。我的愿望，是小素能幸福、快乐……他们开始打蛋糕仗，一片混乱中，不知道谁在我脸上糊了一片奶油，大家心满意足地跳上慢摇台跳舞。我掏出一根烟，思绪犹如烟雾，袅袅升腾：“我说过，我对你什么奢望都没有，只要你对我好，以后有一个安身的地方，不用太大，我会将它装点得温馨……”

“帅哥！帅哥！”我擦了擦模糊的眼睛，见到一张灿烂的笑脸，五官很精致，对着我很调皮地挤眉弄眼。

“你是……？”我不认识她。

“我叫张芬。”女孩伸出手，我一头雾水，女孩凑过头来做贼一样轻声解释：“帮个忙，我在那边桌，跟朋友们玩‘大冒险’，我输了，他们让我来问你电话。”

我扭过头，见那桌旁坐着几个男女，使劲对着我眨眼摆手。

“怎么样？”张芬有些焦急，“交个朋友吧，我们都是学生，没有恶意的。我……”

“行了。”我接过她递来的手机，按上自己的电话号码。

我在公司宿舍住的第一晚，就将地板吐得一片狼藉，然后昏昏睡去，终于有一个晚上不失眠！

醒来的时候，我看到一个高高的身子背对着我拖地板，是李达，感觉很糗很内疚。

“不好意思！谢谢你啊！”

“没什么。”李达放下拖把，坐在我对铺，“我在扫我自己吐的，顺便帮你清理一下。”

“啊？这么巧，你也吐啦？”

“见到你吐的秽物，我忍不住，就吐咯，呵呵。”李达笑着，丢来一根烟。

宿舍里摆了四张床，就睡三个人，另一个也是吧生。

我很奇怪李达跟我们住一起。据我所知，他们跳舞的薪水都不低，又有点“小明星”作风。越小的明星，出门越喜欢戴头巾、墨镜掩饰自己，更别说跟我们凡夫俗子共处一室了。

“你们不是都自己租房住吗？”

“租不起。”李达自嘲似的笑笑。

抽完烟，李达站起来拍拍屁股：“跟你说……”

“什么？”我见他很不自然地笑，有话说又不好意思说的样子，仿佛即将给孩子进行性教育的父亲。

“以后少喝点酒吧！”说完打开门走了。我很感动，不管他是出于对我身体的关心，还是因为不想清理宿舍。

二十八

“有个腼腆的男孩终于鼓足勇气问心爱的女孩：你喜欢什么样的男孩子？女孩说：投缘的。男孩再问还是一样，他只好伤心地说：头扁一点的不行吗？你觉得我们头圆不头圆？”我念着短信，号码很陌生，随手回了两个问号。

“就知道你会忘，不过昨天晚上谢谢你。”昨天晚上？我想起那个五官精致的女孩，“张芬？”

“算你聪明。我第一次跟同学去酒吧玩，被作弄死了，还好有你，呵呵。”

我不明白她为什么要强调“第一次”，笑了笑，回道：“女人都喜欢说自己是第一次。你是学生？什么学校？”

半晌，手机又响，“是第一次啦！一大学生被敌人抓了，敌人把他绑在了电线杆上，然后问他：说，你是哪里的？不说就电死你！大学生回了敌人一句话，结果被电死了。你猜那个大学生怎么回答的？他跟我一个学校。”

我想了想，回道：“你电大的？”

“哈哈！聪明。”

此后，我几乎每天都收到张芬不知在哪找的搞笑短信：“问：董存瑞同志，你炸碉堡的时候，为啥不使用强力胶呢？答：涂了。不过，两面都涂，把手给粘了。”

“太监最讨厌的歌：把根留住；太监最讨厌的剧本：一剪梅；太监最讨厌的广告词：我有我可以；太监最讨厌的成语：空前绝后；太监最喜欢做的事：边看短信边笑。”

“世界上最远的距离不是生与死的距离，而是我站在你面前，你却不知道我爱你；世界上最远的距离不是我站在你面前你却不知道我爱你，而是爱到痴迷却不能说我爱你；世界上最远的距离不是我不能说我爱你，而是想你痛彻心扉却只能深埋心底。”圣诞节前晚，我收到张芬的短信，感觉有点儿突兀，想了想，回道：“这个短信一点都不搞笑。”

半晌，她回：“是不搞笑。谁规定我只能发搞笑的短信？”

半夜，她又发来消息：“明天我生日，你来不来？”

话都说到这份上了，我答：“来。”

“那好，记得带礼物！嘻嘻！”

“去你的。我上班了。”我收好电话，心里矛盾着。

下班回去的路上，接到老狗电话，跟他说起张芬的事：“那恭喜你呀！记得师傅的话，要装忧郁，要……”

“我不是这个意思。”

“那你什么意思？看不上？”

“这哪跟哪！没感觉。酒吧里认识的，再说，她跟小素一点儿都不……”

“别提什么小素了。”老狗大声嚷嚷，“酒吧怎么了？你还在那上班呢，只许州官放火，不许百姓点灯？讨了便宜还卖乖！”

“恩，讨了便宜还卖乖，嘿嘿。”李达不知什么时候跟在我身后。

“煤球，身上有没有钱？我急用。”李达敛了笑，很不好意思地搓着手，鼻头有丝丝汗珠，很紧张的样子。

“出什么事了吗？要不要帮忙？”

“没什么。有吗？”李达眼神闪烁着。

我将身上的钱全掏出来。

“谢谢，我尽快还。”李达接过钱，数都没数就转身往回跑。

二十九

一大早，老狗发来短信：“炮灰又吹了。你晚上一定要成功，别丢师傅的脸。”

“我真没那个意思！”

“没哪个意思？没意思，你转告她，让她来找为师。嘿嘿嘿……”

这个骚包，我气愤地回道：“禽兽。”

老狗说，炮灰是因为跟那女的上街，看到有人在学雷锋，义务剪头发，认为不剪就亏了，于是力劝女孩剪一个，女孩死活不肯，结果炮灰自己剪，女孩等都没等他剪完就走人。“对女孩子要大方，有钱没钱都得装！”老狗说，交代我务必买个上档次的礼物去见张芬。

我在商场转悠了一个上午，实在找不到“上档次”的东西，准备出门，看到门口一排布娃娃个头结实，挺拉风的样子，挑了个最大的，差不多有真人大小。

晚上，我抱着娃娃在电大门口等张芬，感觉进出的学生看我的眼神很奇怪。终于，张芬窈窈窕窕地走过来。

“吓死我了。”张芬笑着说，“视力不好。从远处看，我还以为谁这么变态，抱个胖子堵在校门口亲嘴呢。”

张芬显然精心打扮了一下，还穿着裙子，接过娃娃紧紧抱着。

“你冷不冷？”我不无担忧地问。

“是不是想脱衣服？还是故意问问，装作一副脱衣服救美的样子，在将脱未脱之际，等我回答‘不冷’？”张芬的双眼眯成一条线。

“你冷，不代表我热！”我淡笑，“别以为我有暴露癖！”

“别气我，气急了，我叫你非脱不可！”张芬恨恨地咬牙。

我俩并排往学校后门走，她说一帮朋友在后门重庆火锅店等着呢。

“我今晚漂不漂亮？”张芬突然跳到前面，转身面对我。

“嗯！”我站住脚，很肯定地点头。

“有点诚意好不好？”她皱皱眉，不依不饶。

“你没有从我眼中看到诚意吗？”我叼起烟准备打火，张芬一把捏过烟，坚定地看着我。我只好配合，夸张地退一步，“哇，哪里来的美女！请问，是堕入凡间的天使吗？还是……”

“别还是了！”张芬噗嗤一笑，将烟递过来。

火锅店生意很好，桌子摆到了门口。张芬说，这家火锅店味道最好，学校有两万多人，平均下来，每天就有两万除以三百六十五个人生日，所以生意好。这么精明，我不禁质疑她是不是学计算机的，她点点头。

绕到里面，五个女生围着一个大火锅，见到我俩，欢呼雀跃。

“饿死了，接个人搞这么久！”一个圆脸蛋笑着埋怨，看我一眼，吐吐舌头，“芬，介绍一下这位。”

“还用介绍吗，男朋友吧？”圆脸旁边的女生拖长声线。

“呵。”我挺不好意思，转头看张芬，她满脸通红，做个鬼脸，啐道：“瞎说！”

叫了两箱啤酒，我们开始吃东西。一个女人等于五百只鸭子，这三千只鸭子还真能闹，喝了几杯酒，她们五个人都跳了起来，整个火锅店就数我们这桌最有“气氛”。

“有帅哥埋单，我们多吃点，嘿嘿！”一个胖胖的女生怂恿着，不怀好意地看着我笑。

“笑笑笑，小心回去揭你的皮！”张芬狠狠地说完，灿烂地笑着。

她们五个像是商量好的，轮番给张芬敬酒，张芬喝不了，她们就出馊主意，让我代喝。这还真是个不错的馊主意，菜还没吃几口，我头就有些晕。

吃完饭，不知道谁提议去唱歌，我就屁颠屁颠地跟在她们五个后面，差点摔倒，被张芬扶着进了KTV。早晨醒来，我发现自己躺在KTV沙发上，旁边坐着张芬，她的五个同学全走了。

“小素是谁？”张芬的声音悠悠地传来，我吓得一激灵。

三十

“据研究，组成人躯体的细胞全部更新一次，只需要短短几天时间。时空变换，现在的你根本不是以前的你了。可以理解吗？”

我点点头：“我高中学的理科。”

“既然你都不是你了，就应该忘了以前那些事，全心全力投入现在和以后的生活。生活是一段一段的，知道吗？”张芬言辞恳切。

我笑：“那你的意思，是不是说我们出生几天后，就可以六亲不认？”

“去，狗咬吕洞宾！”她递过来一个信封，“送你的。”

“我又没生日。”我一边打开，一边笑，“情书啊？”

“做你的美梦吧。是我生日，也是耶稣生日。圣诞礼物！”

里面是一张照片：张芬蹲在河边掬水，脸上是招牌式的巧笑。奇怪的是照片背面用胶布封住了。

“后面被同学写过几个字，太自恋了，不给你看。”张芬说。

“呵，我回去拆开一样能看到。”我举起照片对着光照了照，“写的什么呀？”

“我送的东西你敢破坏！”张芬紧张兮兮，“告诉你不准笑。是‘所谓伊人，在水一方。’贴切吧？”

“太贴切了！”我忍住笑，“八个字，我开始还以为是‘张芬同志英容宛在'，呵呵……"

"你想死啊，不要就还我。"

"笑纳了！"

走在路上，我琢磨着张芬的话，"细胞更新"，"生活是一段一段的"，老狗说"在开始新感情的时候一定要将旧感情统统丢掉，连思想的角落都不让逗留。"是否也是要告诉我"生活是一段一段的"？

"砰……"

对面车道上一辆卡车猝然急停。

我前面十来步的一个人栽倒在地。

"出事啦！"路边摆摊的大妈尖叫，很多人围了过来。

血，一大摊暗红的血。伤者很年轻，一个钢圈从耳根削进去，生生将脑袋分做两个球面。

"车轮爆胎。装那么多货……"人们议论着。

"打急救，快打急救。"

"都这样了，还急救个屁！"

"……"

我看了一眼血泊中年轻人扭曲僵硬的脸，伤者？死者？胃里一阵蠕动。

"很年轻！"我坐在床上，又点燃一根烟，"比我大不了多少。一样的青春啊！"

"只差十步，你是幸运的。"李达拍拍我的背，站起身，"别太难过，这种事天天都有。"

"我先去上班了，你别迟到。"李达拉开门，走廊里传来他的歌声："……啊……有谁够了解，做舞男的悲哀，尽管流着眼泪，也要对人笑嘻嘻……"

李达做词的《舞男》，经常哼唱，聊以自嘲，今天听感觉很难受。

三十一

一连两天，胃里像有苍蝇在爬，吃什么东西都想呕吐，老狗发短信说：“你肯定是有了。”

脑中经常出现被轮胎钢圈击毙的年轻人脸：兔子死了，狐狸还难过呢，何况是同类！

很久没回学校了，我准备回去跟他们聚聚，一晚失眠，一大早就出现在宿舍门口。

“老狗昨晚没回来，肯定又去‘革命’了。”锦江一个人在玩电脑，嘿嘿傻笑。

“此……是烟鬼窟，休认……醉翁亭？”我念着墙上新贴的几个歪歪斜斜的毛笔字，“谁写的？”

“呵呵，炮灰真迹。”

“他也抽上了？”

锦江点点头：“偶尔。”

门开了，老狗头发凌乱，“名牌”皱巴巴的，两个眼睛肿得像水泡。

“你被强奸了？”

“谁，谁被强奸还能这么精神抖擞意气风发？”老狗讪笑着，开始宽衣，“再等我一会，煤球，为师洗个澡，一起出去喝两杯。”冲进洗手间。

“滴滴……”老狗扔在床上的手机响了两声。我抓起手机叫老狗：“有短信！”

“帮师傅看看。”老狗回道。

打开手机，我看到一行字，触目惊心：“你确定昨天晚上没事吗，我要不要买药吃？”

“哈哈，好强！”锦江对着电脑屏幕上机械运动的男女大叫。

“你跟张芬怎样了？”老狗喝口酒，抹抹嘴唇，“不会步炮灰后尘吧？”

“没感觉。”我笑笑，“谁能像你这么博爱！”

“感觉这个东西……”老狗举着杯对我晃晃，见我没兴趣，迅速转移话题，

“要不师傅帮你在学校物色一个吧。人不风流枉……”

“我不是来跟你说这个的。”我说，“我要是想找女朋友，当初就不会跟小素分开。”

“为什么？”

“家里。”

老狗瞪了我半分钟，“哈哈！”突然大笑。

“你家几个人？”

“爸妈强烈反对！”我放下杯子，“看清楚了，我是孝子！”

“了解，了解！”老狗直点头，“地球上有好几十亿人口，两个人反对，两个人之外的几十亿都没意见，你听谁的？”

“歪理邪说！”

“我说的是事实。”老狗又喝了口酒，“就这么着。我认识的人不少，等我好消息。”

“你兼职拉皮条？”我苦笑。

“如果我是拉皮条的，那你基本上只有两条出路了，要么做嫖客，要么当牛郎。你认命吧！”

三十二

快下班的时候，我的烟抽光了，只好去找李达要。

推开更衣室的门，李达背对着门坐在那，扭头看我，眼神闪烁，一只手捂住桌上的杯子，显得很紧张。

“在干吗呢，还有烟没？”我绕到他对面坐下。

李达掏出一根烟递过来，拉过被子轻轻摇晃，故作轻松：“喝……喝水，有点渴！”

我看了一眼玻璃杯，杯底有两片还没融化的黄药片，吓得瞪大双眼，直直看着李达：这种药片我见过，一次派出所的人来酒吧突击检查，在一个客人身上搜到过，类似于摇头丸、K粉之类的兴奋剂，说严重一点，就是毒品。

我很失望地看着李达，他颓丧地低下头，我仿佛看到了自己继续留在酒吧以后的影子，突然觉得很害怕，站起身，默默地走出去。

“煤球！”我转头，看着李达站在门口，哭丧着脸，“别说出去，算我求你。”我点点头，走了。

那天晚上，我跟李达一句话都没说。第二天，我给老狗发短信：今天我去辞职，你们过来搬东西。

上车的时候，李达将我拉到一边，悄悄说：“你的钱我会尽快还。保持联系！”

“为什么突然要辞职？”老狗很疑惑地问。

“没什么，快放假了。”我随口答道。望着李达的背影，我想，我再也不会来这儿了。

晚上，我们宿舍六人在校门口吃火锅，名义上是为我接风，饭钱我出。

火锅还没端上来，老狗打了个电话，然后凑我耳边神秘地说：“上次跟你说的那事，有好消息了。”

“什么事？”

“就是那事啊，帮你物色的，她们马上到。”看着老狗因为兴奋而显得紫胀的黑脸，我恨不得揍上一拳。

“在《水浒》里，你这种人叫王婆！”

“呵呵，保证不是潘金莲。你不要，我给炮灰了！”

哭笑不得。

等了不久，老狗的老乡带着一个女孩走了进来，老狗迎上去轻声嘀咕了半晌，一齐入座。

女孩长得有眉有眼的，长发披肩，羞答答地浅坐在老狗身边。

“这就是我说的煤球。”老狗指着我对那女孩说。

“朱丹。”女孩冲我点点头。

火锅端上来。由于有两个女孩在场，炮灰、锦江他们几个斯文不少，一改平时吃饭狼吞虎咽抢吃的传统，优雅而小心地挥舞着筷子，好像突然得了厌食症。

那女孩更离谱，每次都只拘谨地用筷子挑起一点食物，放进口中的米饭，大概都一粒粒数清了。

“都别假斯文，我难得请客，吃完再叫。”撂下这话，我自顾自地“埋头苦干”起来。

吃完饭，通过老狗一番用心良苦的折腾，终于只剩了我跟那女孩在校园走，有一搭没一搭地聊着，感觉特憋。老狗说她喜欢文学的，我就跟她聊文学。

“我只喜欢外国名著。”女孩说，“像《浪漫与偏见》等等。中国的小说，我看得很少。”

“《浪漫与偏见》？”我突然觉得自己太孤陋寡闻，“不会是简·奥斯汀的吧？”

“是啊，你也很厉害！连作家都记得。”女孩淡淡地说。原来她说的那书是《傲慢与偏见》。

我们聊来聊去，不知道怎么着，聊到了情书。

“你收到过情书吗？”她问我，我摇摇头。

“猜你也没有。”她得意地笑了笑，“我从小学开始就陆续收到不少。”

“大学呢？”

“大学更多……”一说到这个问题，她话就多了起来。接着她列举了几个生动的光荣历史事件，别人是怎么将情书递给她的，她又是怎么不屑一顾，懒得看上一眼的，然后摘了某些情书的“经典语录”念给我听，我叹为“听”止：太厉害了，看都不屑看，居然能背，果然不是凡品。

我们在学校漆黑的草坪上聊了半小时文学，再聊了两个半小时她的情书，之所以这么精确，是因为我在聊天同时不时掏出表看时间：什么叫做度秒如分！

最后，我不得不强迫自己相信“曾经有很多男生拜倒在她紧绷绷的牛仔裤下”，并适时表现出很崇拜的样子，她才罢休。

有点烦她，但好歹记住了她，叫朱丹，而不是鸡蛋或别的什么蛋。

后来朱丹通过老狗的老乡，再通过老狗向我传递了一个消息：那天晚上“约会”，由于不好意思说要上厕所，她憋了整整两小时。

三十三

天气越来越冷。宿舍楼下就是S大二食堂，这次回来，发现加爵第二总是舍近求远，迎着刺骨的寒风，跋山涉水翻山越岭跑去三食堂解决温饱问题，我们几个百思不得其解。

我跟老狗坐在二食堂吃饭，突然发现一个熟悉的身影经过桌旁，是李真。

“嗨！”老狗站起身打招呼，李真转头看了看我们，翻翻眼皮，慌慌张张地走向门口。老狗的笑容僵在脸上，眼睛都要瞪出眼眶了：门口站着一个男的，大冷天穿件衬衫，分外抢眼，一身横肉，一脸凶相，像极了样板戏里的打手。李真跟那男的手拉手走了。

“那是她对象，搞体育的，姓杨。”加爵第二恹恹地靠着墙，躺坐在床上，瓮声瓮气，“我不去二食堂，就是为了回避他们。”

“上次在酒吧，看你把酒当醋灌的熊样，还以为她是你的呢。”老狗还在为食堂的事生气，“招呼都不打，了不起呀！”

“她是怕那姓杨的。”加爵第二沉思了一会儿，特委屈地说，“那人找过我，差点动手，我避开了。”然后加爵第二将他跟李真短命的“恋爱”史和盘托出：李真根本不是他老乡，他俩在食堂认识的，当时加爵第二去打饭，好不容易排到了队，却发现忘了带饭卡，多亏站在他后面的李真“美女救英雄”，挺身而出拔“卡”相助，这给了大龄青年加爵第二可乘之机，他就以“报恩”为借口，高举“滴水之恩、涌泉相报”的伟大旗帜，约李真出来，左一顿火锅，右一顿麻辣烫地请。

“女好吃，男好色。你俩就各取所需？”老狗追问道。

“我对她是有感情的！”加爵第二急忙分辩，又叹了口气，“那姓杨的找到我，我才知道，原来她有男朋友！”

“呵呵，杨门一入深似海，从此变态是路人啊！”老狗笑道。

快放寒假了，有三个活生生的留级反典型，促使锦江跟炮灰发奋图强，天天往自习室跑；我跟老狗无所事事，大部分时间待在网吧，因为有暖气。我想，如

果学校教室的硬件设施都向网吧看齐，那学校的成绩一定会改观。

2002年的最后一晚，我跟老狗坐在足球场旁的乱石堆辞旧迎新，一口烟，伴一口酒，老狗说："煤球，我们师徒很久没踢球了。"

"是啊，我们都太忙了。"

长时间的沉默。我们直接干"瓶"，蓄意要醉。喝着喝着，老狗哭起来，大声对着空旷的足球场叫："我再也不想这么过了！"

叫声凄厉，尤其是在这漆黑的乱石堆中，让人毛骨悚然。

"我爸妈来求过情，你知道吗，煤球？"老狗仰起脖子咕隆隆地灌，不知道是因为激动还是太冷，声音颤抖，"这么大年纪了，还让他们来丢脸……我他妈不是人！"咣当一声，老狗将酒瓶砸在石堆上。

咣当咣当，我俩将酒瓶全砸了。聊着聊着，东方泛出鱼肚白，我俩打起精神，发泄般高唱《国歌》迎接2003年。

三十四

放假前一周，S大学突然来了一群民工，浩浩荡荡好几十人，围着崭新的第三教学楼施工。他们的工作，就是将教学楼表面漂亮的瓷板敲碎，据说是要趁着寒假进行大整修。

挨到开学，见到"脱胎换骨"的第三教学楼，大部分人莫名其妙：什么都没变！所谓整修，只是将原来的瓷板毁掉，再换上一模一样的瓷板。

类似这样的事件，每到放假，都要重演。我在S大五年，第三教学楼换过三次瓷板，宿舍下面的路面"整修"过两次：将光滑的水泥路挖得坑坑洼洼，再铺上水泥，恢复前貌。这种事情很不好解释，简直匪夷所思。后来，听了学金融的阳瘘一番高论，我们恍然大悟："国家最重视什么？农业，教育！每年财政都要拨一大笔款给学校做建设资金，那么学校一定要有项目，才能争取更多的资金，这是一个方面；另一方面，如果没有项目，即便资金到了手里也不能动，只能放在银行捞点利息，这是小钱。项目开工了，学校就可以堂而皇之地动用资金，让死钱变活钱。我们学校不像农大，在郊区，有那么多的地方可扩展。S大四周都是大马路，只好在原本就完美的校区搞破坏，再做修补。这也是项目！”

03年刚开学，就听到一个谣言，说寒假的时候，会计系一个留校的女生在第三教学楼前的小道上被施工的民工强奸了。之所以说是谣言，是因为学校根本没有这方面的公开报道，或许根本没这回事，或许学校是担心说出来会影响那个女生的清誉。谣言像长了翅膀，在同学们中间飞速地悄悄传播，终于传到了老狗耳里，“也许她很痛苦，也许她很享受。大学处女本来就少之又少，这种事，不好说的。”老狗说。

之后，经过第三教学楼的时候，就有长得相当保险的女生在小道入口处徘徊，用矫情的恐惧声音呼唤同伴：“我好怕，好怕啊！”老狗哭笑不得：“民工眼睛并不瞎，只是饥渴，但还没饥渴到饥不择食！”

当时S大学的在校生几乎都听过这个谣言，这害惨了会计系的所有女同胞：从此，S大男生谁也不敢找会计系的做女朋友：谁都不知道被强奸的是谁，所以，谁也不能担保自己找的女朋友正好是受害者。

我这学期需要考试的科目只有三门：《现代文学》《文学评论》和《英语》。新辅导员找我谈心，说我的问题不是成绩问题，而是思想问题，即便继续逃课，这三科也能过，但如果一直与新班级的同学们保持距离，形成惯性，等到以后开设新课程了也不上课，就很危险。我觉得很有道理，于是试图走进新班级，与那帮傻B打成一片。开学几天后班干部选举，在老狗的怂恿下我也参加了，我想，如果我是班长，就会有责任感，为了做出表率，不再信马由缰。

过半数的人上台慷慨陈词，由全班同学不记名投票。这似乎很民主。可能是我的出现比较新鲜，又或者我的竞选词写得真的很高明，虽然我一再宣称“我只竞选班长，如果是选组织宣传之类的班干部，请不要投票。”结果我的票数扶摇直上，稳居第一。从小学到高中毕业，我一直是班干部，这次竞选的成功让我找到了以前的感觉，走出教室的时候，我暗下决心：是该收收心，像个学生的样子了。

几小时后，我接到辅导员的电话，扭扭捏捏地表达他的观点，认为我其实更适合做组织工作，或者学习委员，拐弯抹角地表示我不适合做班长，虽然他一直在笑，用词也相当委婉，但我听得出来，他是觉得让一个留级生做班长很不妥，至于为什么不妥，他也说不出个所以然。

接完电话，我觉得心里特难受，背着书包坐在草坪上，点起香烟：老师们一再地为我们做思想工作，说留级其实没什么，不要自暴自弃，不要没了信心。可事实上，真正将学生分做三五九等的，正是这些老师们。宋人犯了事进衙门，会在脸上烫个金字，以为羞耻。我的那个金字，是刻在老师们心里的。

联想起高三发生在我身上的一件事，我突然觉得老师的形象在我心里何其渺小，我不痛恨，只是看不起：高三第一学期，我的成绩突飞猛进，连续几次月考都是第一，从高一的倒数第二到正数第一，很出风头，加上我老爸是个不大不小的所长，于是学校将班上的两个预备党员名额给了我一个，校领导一一找我“谈心”，每个人的语气如出一辙，都说我这名额，是他或她经过深思熟虑后帮我争取的，让我回家，跟我的党员爸爸多学学，努力成为一个合格的共产党员。我淡淡地将这件事告诉了老爸，他根本不当回事，觉得入不入党都无所谓。结果第二学期刚开学，校领导们就很不好意思地告诉我，我的名额转给了地方上一个老党员的儿子了。那个老党员，是地方上的一个官儿，他儿子上大学没希望，据说预备党员可以加个一二十分，就去学校“求情”。加不加分我不知道，只知道进了S大学后，高中就成了预备党员的人比濒临绝种的动物还稀有，整个中文系才一个，学校像保护大熊猫一样当校宝，什么活动都要让他掺和。

第二天，我站在新班级的讲台上很认真地宣布：“我不想做班长了。”

“组织宣传委员，或者学习委员，你挑一个吧。”辅导员笑容满面。

“什么都不做了，才疏学浅，我怕影响你们。”我很谦虚地对辅导员说，“重新选举吧。”

于是，他们又花了一堂课的时间，用很“民主”的投票法选举新班干部。

三十五

《现代文学》老师还是系主任，对我印象深刻，每次上课，都要狠狠地瞪我几眼，我很害怕。

《文学评论》老师还是那个驴脸，一脸似笑非笑，满嘴陈词滥调，我很恶心。

《英语》老师换成了一个架着深度眼镜的干瘪老太婆，据说“美丽动人”的Kitty姑娘考上了北大研究生，飞走了，我很失落。

每周八堂课，基本上我还是个闲人；老狗更轻松，因为是“事故留级”，除了舞弊被抓的《现代文学》一科，其余的科目都过了。我们的想法很美好，决定抓紧这一学期，将英语四级给过了。总是有这样那样的美好想法，到最后都事与愿违：比如大一的时候，为了练好英语听力，我们纷纷向家里要钱买Walkman，结果全用来听流行歌；比如买电脑，初衷都是为了学习，结果大多用来玩游戏、看A片。

我跟老狗有板有眼地跑去自习室读了几天英语，结果宫雍告诉我们一个“噩耗”：在S大，大二会统一针对英语过级开设课程，大一，能过都不让参加考试，所以他都不能过。一开始我们不信，找辅导员一问，果然如此。就这样，我们好不容易调动起来的积极性被一瓢冷水给浇灭了，老狗就再也积极不起来，直到快毕业，找了个代考，敷衍了事，此是后话。张芬从“遥远”的河东打来越江电话，兴奋地告诉我，她所在的电大诗社准备趁百花盛开的“天时”，找一个“地利”的所在踏青，如果我也去，对她而言“人和”也齐了。我说我是外校人，对什么诗歌也不感兴趣，她就骂我不识抬举：“我们社团里相互认识的人也很少，一堆鸡蛋里混个鸭蛋，鸡妈妈都分不出来。”

“呵呵，你们是鸡蛋，我可不是鸭蛋。”

“哼，你不过来，就是混蛋。活动费都替你交了，今年我们还没见过面，我换造型了，绝对给你惊喜！”

“为什么对我这么好？”

“因为你对我好啊。”

见到张芬，我才知道她所谓的“换造型”，就是将原本乌黑但不飘逸的长发染成了棕黄色，再打卷，弄得很“爆炸”，整个头大了一圈。

“惊喜吧？”张芬得意地眨眨眼睛，叉着腰，摆了个自以为“仪态万方”的姿势。

“很惊喜。不过，‘惊’的成分要多一点。”

“这是最流行的烟花烫。”张芬不满地撅嘴，“难道不漂亮吗？”

“我觉得应该叫火灾烫。”我忍住笑，“乍一看，还以为你刚从火灾现场被抢救回来呢。”

“你……”

校车过来了，我不等她发作，迅速跳了上去。一整车的“诗人”，叽里呱啦，聊天、吃零食。因为男生居多，所以不说“唧唧喳喳”——四十多人的队伍，只有十来个女生，难怪张芬说她们电大是“和尚拈花望月，恐龙立地成仙”的和尚庙。张芬坐在靠窗的位置，不时对着玻璃窗抓抓头发。

车开动了。我们要去的地方是长沙北郊有“洞天福地”美誉的黑麋峰，一描写长沙各景点的诗歌中有“黑麋峰，峰上栽枫，风吹枫动峰不动。白沙路，路边栖鹭，露降鹭寒路亦寒”的句子。

诗社的社长一上车就做开了诗，站在司机身旁，面对满车“诗友”，引吭高颂：“三月/我们出发/喜悦是翅膀/目的地是山冈。”满车掌声。

我对诗歌，特别是新诗的理解水平，比龚青韩寒高明不到哪里，认为无非就是将散文分行写，哪里押韵，就从哪里开始断句。在这样的场合，我只能算“高山流水”群里的“下里巴人”。车行几里后，听着身旁红男绿女们絮絮叨叨家长里短的聊词，意识到他们的目的也不过是游山玩水。真正有点诗人样子的，是社长，那个冒大学生着装大忌，毅然将一件大号西装套在身上的忧郁男子。老狗说，大学穿西装的只有两种人，一种是老师，一种是农民，现在我知道还有第三种，就是搞文学的，比如S大文学社高某，比如社长。社长沉默地坐在前排，偶尔回头扫一眼，眼神中高傲隐藏着孤独。他的思想一定在诗的国度驰骋，面对满车的诗盲，他肯定觉得“曲高和寡”。

“青山离绿水，鸟语逢花香。”社长的诗，对黑麋峰的真实写照。风光旖旎，水汽氤氲在群山顶，森林公园的空气格外清新，一行人下了车，第一个动作就是兴奋地举起相机。下午集体攀岩，爬到山顶一处草坪过夜，晚上就在草坪上“围炉夜吟”，这是社长拟定的活动内容。

攀岩进行了两个多小时，笔削般的峭壁，虽然系了保险索，仍然相当刺激。女生们借题发挥，将一分的恐惧感表现成十分，从山底一路尖叫到山顶，每每遇到难过的坎儿，就蜷曲着身子哀嚎，立马有几条英雄的身影“噌噌噌”蹿了过去，展猿臂、搂香肩救美，英雄的数量跟速度取决于美人美的程度。为了防备爬在我上面的人“屁滚尿流”，我将攀岩看做比赛，超水平发挥，“越众而出”，爬在最前面，坐在草坪上抽了两支烟，才见到第二名，居然是张芬，真是巾帼不让须眉。

“快，拉我一把。”

我将她拉上来：“你是不是女人？这么快。”

张芬白我一眼，怒道：“能不快吗？恐龙都立地成仙了，何况我是美女。这帮和尚简直像饿狼一样，虎视眈眈，就等着本美女有个什么闪失。”

“哈哈哈！”真不是一般的臭屁。

工作人员过来收保险索，张芬掏出相机，我俩背对着攀岩大队让工作人员给我们照合影。

“回去就到照片背面写两个大字——冠军！”

我笑笑：“不如写四个字吧，虎口余生。”

三十六

诗社的黑麋峰之游，最大的成果是凑合了几对男女，张芬说，据她日后观察，有七对之多，比玫瑰之约效率高多了。

当晚围着炉子做诗的打算，也临时改做围成几个圈圈玩“杀人游戏”，因为这帮“骚客”的诗实在不堪入目，记得其中有一个女友在河西师大的男生，满怀激情地做了首自我感觉极好的古体诗：

我住湘江东，
卿住湘江西；
日日思卿不见卿，
共饮湘江水。

诗、词都区分不开，很难沟通。

又有一意淫狂人，多情地吟道：

在我的生命中，
我遇见过许许多多的女孩，
我爱过其中的一部分；
喜欢过其中的大多数；
亲吻过更多；
她们纯洁的身躯，
多情的胸怀，
像黑糜峰的杜鹃花，
在沈阳在长沙，
像雨后的春笋，
像妈妈在1980。
——逃不开被采摘。

简直是天才儿童的天才之作。社长哭笑不得，对夜长叹，挥挥手：“你们玩吧。”别寻僻静的地方做诗去了。

第二天，要了社长的诗稿来看，我不得不佩服：分明是月黑风高的杀人夜，在社长笔下居然如此精彩，且不说抑扬顿挫的优美韵律，什么月呀星呀花呀美人呀丝竹呀，全齐了，我真怀疑他离开的那一小会儿，驾筋斗云去了江南，还是宋朝。社长笔下的花草树木似乎都是有感情的，真牛B，我想，诗歌跟童话也许有共通点。

“你不懂，诗人是需要丰富的想象力的，这是李白的浪漫主义风格。”社长冲我一笑，分花拂柳，扬长而去。

“好一个浊世佳公子！”我在心里感叹。

我们胜利地活动完了，张芬的战果就是相片，只要碰到顺眼一点儿的景点，就跑过去站好，右手手指做胜利的“V”字，让我给她照相。女人总喜欢在出游的时候本末倒置，将“照相”作为活动的主题，这一点我很不苟同，曾经在日记本上记录过这样的话：“我永远不懂喜欢在人文或自然名胜旅游时，钟情将自己镶嵌在那一个个经典背景里的人。”

旅游，应该是一种奢侈。至少对我而言是这样。花了那么多金钱和精力，坐了火车转公车，终于到达目的地，然后拖着疲倦的身子，在一处处盛景前立正、微笑，直到返程。到底是认为美景能衬托自己的美？还是以为自己能为美景增色？回来后，向朋友展示一张张完全能通过别的途径找到的照片（旅游公司展示的海报可能更美），然后朋友问你都玩了些什么，你只能错愕：“照相啊！”是啊。相片只是你到过某处的证明，而这却是挥掷了你享受美景的机会换来的。

回S大学，张芬送我到车站，突然问我：“我的烟花烫，是不是真的很不配我的花容月貌？”

“看习惯了，还行。”

“哦……”她若有所思。

当天晚上，接到张芬电话，她说她又把头发做回原来的样子了：“在美发店坐了大半天，腰酸背疼。看样子我不适合改变造型，以后有钱也不整容，就我这长相，整容就等于毁容了，嘻嘻！”

真是雷厉风行，我很惊讶，无言以对。

“就这样，下周末去你们学校给你看效果，顺便把黑麋峰的照片给你带来，好吗？”

老狗赤裸着身子站在我身边偷听电话，收了线，他说：“知道什么叫女为悦己者容吗？煤球，你完了。”

三十七

那个周末我没有等来张芬，因为非典来了，周四开始，长沙各高校统一封校，真是“太平不易之元，百花争艳之月，无可奈何之日”，S大全体师生人手一张出入证，挂在脖子上刚好吊在胸部的位置，只留一扇大门供出入，门口端坐着一个猥亵的保安，理直气壮肆无忌惮地盯着出入女生的胸部检查。张芬来电说，她们学校的安全意识更高，干脆将校门一锁，集体闭关。

非典时期，人人自危，学校要腾出一幢楼专门用来隔离高危分子，这其中包括不识时务流行感冒者、从外省刚回学校者、不小心在公共场所咳嗽被抓者等等，宁可错杀三千，不能轻饶一人，统一关在一幢楼里由你自生自灭。

选哪里做隔离区呢？图书馆不行，体育馆也不行，教学楼更不行，最后决定在众寝室楼里挑一栋。学校最终挑中了杂合成教和专科女生的第二寝室楼，刚好在我们宿舍对面，勒令二栋的莺莺燕燕在周六统一搬去学校外面的平房暂住。

挑二栋是有原因的，第一，她们不是学校的统招生，乌合之众，凝聚力不强；第二，她们是弱女子，应该不会撒野。结果学校估计错了，欺上门来，逼急了兔子都会咬人，更何况是颇具血性的成教匹妇！她们的第一感觉就是学校在歧视她们，越想越气，于是团结起来，终于在周六凌晨爆发，用行动证明她们并非善与之辈：周六，刚过凌晨两点半，万籁俱静，却有股肃杀之气在S大弥漫。成教女生泼水为号，但闻得对楼“唏哗”一声，将浓得化不开的寂静春夜划开一道口子，继而哀乐齐鸣，二栋所有宿舍都打开了电脑、录音机等家电，播放哀乐，我们所在的三栋先乱了，大家裤子都不及穿，全跑到窗口窥探究竟，人声鼎沸。

“还把人当人吗？”对楼一声尖锐的怒吼过后，哗啦哗啦，几桶水从几个窗口泼了下去，其他窗口略顿一顿，忽然苏醒似地一齐发作，大片振聋发聩的尖叫声，将哀乐淹没。

“噢，哈哈，继续啊！”三栋的男生终于弄清了状况，一起欢呼。锦江兴奋地跑回宿舍找相机，还没等他返回，三栋窗口已经有无数的相机闪起光来。

“兄弟们，一起啊！”劈里啪啦、哗哗，两栋楼的男女竞相扔东西、泼水、尖叫，垃圾包、烂鞋子、开水瓶、破凳子像下雨一样漫天飞舞。

“大家快看，脱衣服啦！”对面三楼一声尖啸，三栋全体男生血脉愤张，亮起嗓子有节奏地齐呼：“脱！脱！脱！……”

几道手电光束射过来，“全疯了？大学生，有点儿教养！”几个保安远远地站在楼下。

“滚！”几件家当齐齐往保安所站的位置招呼，保安抱头鼠窜。

几分钟后，保安领着宿管上三栋宿舍敲门，半威逼半利诱地做思想工作。男生们先停了，女生把能扔的东西都扔了，也叫累了，恢复平静。

“明天等着看《潇湘晨报》吧！”老狗“乐观”地估计。

结果凌晨五点不到，失眠的我就听到了清洁工阿姨打扫的声音。天亮一看，更干净更整洁，连以前的卫生死角都清除殆尽，仿佛什么事都没发生过。

周六上午，在校领导的监督下，可怜的成教跟专科女生打着哈欠背着厚重的大包小包搬家，留给我们一群悲壮的背影。

据传：为了预防此类事件重演，学校杀鸡儆猴，最后终于将带头的两个女生开除。

三十八

处理完二栋的“刁妇”，学校加强管理，干脆将大门关了，迫不得已要出校门须向辅导员提交申请，批准出去后还要限时回来，每天晚上，各班辅导员捧着花名册带着全副武装的保安来宿舍床上清点人数，像抓奸一样。

我们宿舍真正理解非典可怕的是加爵第二，认为封闭在宿舍仍然不保险，干脆躲在被窝，在料峭春寒冬眠。

傻强已经憋了两天没上网，打破了他学会上网后不上网时间的记录。听说网吧因为生意差，大幅度减价，傻强更加坐不住了，心痒难挠，像笼中的小鸟一样在宿舍坐立难安，急切地渴望冲破樊笼，回归大自然。

任风云变幻，锦江岿然不动，一如既往“性”致勃勃地抱着电脑看A片，通过一年多的修炼，锦江已非昔日阿蒙，除了A片什么片都不看，而且不是单纯从欣赏的角度去看，而是条分缕析、抽丝剖茧，深入而细致地研究，像亡灵学政治一样，用批判的眼光去看。每当看到好片，锦江都要由衷地感叹：“多么艺术啊！张艺谋他们，能拍出来吗？”

炮灰对爱情永远保持积极的态度，虽然不公平的爱情无数次地伤害他，但雀斑尚不可堕其志，虎女亦不能移其心，牡丹等女生的败仗也已经是隔海的涛声，炮灰再接再厉，带着比啤酒瓶底还厚的眼镜在校园里，在漫漫爱情路上孤独地求索。

令我叹服的是老狗，从来就不见他认真念过一句书，这辈子除了在锦江的极力推荐下勉强把《玉蒲团》看完，也没看过古今中外任何其他长篇小说，却常出惊人之句，语不惊人死不休，其思想范畴涵盖“哲学、社会科学、自然科学、心理学”等众多领域，“恋爱”学更是独辟蹊径，自成一派，造诣匪浅。非典肆虐，百业萧条，对老狗的泡妞大业也造成了很大的冲击，封了校，无法带女孩上狼巢互相研究，又不满足于躲在后山浅尝辄止，老狗干脆改变战略，偃旗息鼓休兵，四字曰之：养精蓄锐。

“床上一分钟，床下十年功。神州大地，非典东风。避娘们骚扰，学李白写诗。姑且修身养性。到明日，云开月明，东山再起，卷土重来，看我情圣展雄风！”老狗裹着被单在宿舍踱步，有板有眼抑扬顿挫地吟哦他写的所谓“诗”。

“狗屁不通，‘避娘们骚扰’？说得自己跟受害者似的。”我不留余地，一语中的。

老狗想了想，提笔在“诗”后面打了个括弧，注：树欲静而风不止。鱼（余）岂好色鱼（欤）？鱼不得已也！

傻强这条彻头彻尾的网虫终于熬不住了，在封校的第四个晚上，辅导员检查完宿舍后跑了出去，他是翻墙出的校区。真奇怪，他的体型不像是轻功了得的样子，真是深藏不露。

三十九

“非典到处，寸草不生，解药绝非板蓝根。如果解药是爱情，而你又很不幸地咳起嗽来，你会选择谁做解药？”张芬的短信。

“当然是隔离区的姑娘。因为我肯定只能待在那。”我回道，接着补充一句，“为了根治，最好多服点解药。”

良久，张芬回道：“道德沦丧！”

形式越来越糟糕，有谣言称，某些城市已经有大于二战死亡数的人在抗击非典中不幸罹难。极易传染，加之至今没找到解救药方，让人诚惶诚恐，恐惧的感觉以超光速蔓延，乐观如老狗，每天一日三餐之前都要规规矩矩地泡一包板蓝根，诗也不做了，百无聊赖地坐在床上抽烟。

学校发了口罩，《文学评论》老师连上课都舍不得将口罩取下来，捧着书，一张驴脸上只露出两只大环眼，像个很有文化的抢劫犯一样，不知道是担心传染人，还是害怕被人传染。

当时我很同情宿舍对面隔离楼的同胞们：上百号青春靓丽的男女由于不同的表现和相同的理由聚会在二栋，楼口大门上是冰冷的钢锁，大门旁是威武的保安。我隔着玻璃窗看对面，只见他（她）们一群群地围在宿舍或打牌搓麻将，或谈情说爱，忘记了白天和黑夜，及时行乐，大有末世之感。学校的做法真高明，这一百多人中只要有一个真正的病犯，结合非典的性质，二栋所有人都要蒙主召唤，死翘翘了，昆仑山道士的童子尿都救不了。检查死因，绝对个个都是死于非典，而非学校谋杀。

隔离区有女生给老师打电话举报，说有一个男生赖在她们宿舍过夜，明目张胆地跟他女朋友做有伤风化之事，弄得其他人都睡不好觉。老师接到举报后跑到二栋楼下叫那男生搭话，严厉地训斥他，该男生愤而回骂，振振有词：“人都要死了，你们要善待俘虏！”老师气得手舞足蹈，在隔离楼徘徊半日，最终没敢上楼。

傻强尝了一次甜头后，变得比找姘头的奸夫们还能吃苦，每晚都在学校围墙翻上翻下。夜路走多终遇鬼，傻强在一次通宵上网后居然咳嗽起来。晚上，例行检查的傻强班辅导员经过我们宿舍时听到傻强连串的咳嗽声，如获至宝，兴奋地冲将进来：“哎呀，这儿还有咳嗽的！”我的前辅导员，那个中年妇女，由于激动，硕大的胸脯起落有致，“不发烧吧，啊？”也许觉得自己的兴奋太没道理，辅导员突然换了焦急的面孔关切地问。

“不不不……我没事！”可怜的傻强，惊恐地瞪着辅导员身后的保安，语无伦次，“我……我，一点小感冒，只是感冒！”求饶地看看这个，看看那个。

保安鹰一样的眼神冷冷地扫了一眼傻强，用杀手般冷峻的口吻吐出几个字：“还是带走吧，保险一点。”

“老师，没这么恐怖吧？”老狗递上一根烟，保安摆摆手。在学校，你见了保安、宿管、图书管理员，一律都得叫老师，真他妈奇怪。

“他只是小感小冒，也许明天就好了，先观察吧？”我冲着辅导员说。然后锦江、炮灰纷纷向老师解释。

“这是学校的规定，有问题，找校长吧。”保安不耐烦了，“要观察的是你们几个，如果谁感染了，也得走。”把我们说得跟余党似的。

傻强立马像霜打的茄子，连咳嗽的力气都没了，委屈地收拾行李。这小子走的时候突然眼露寒光，腰杆挺得比以往任何时候都直，满脸视死如归的气概，只差没高喊口号：“十八年后又是一条网虫。”

“原来非典离我们这么近！”加爵第二喷了一句，把头缩进被窝继续春梦。

四十

“煤球，昨天晚上有没有听到傻强的哭声？”

“听到了，嚎了一宿，挺凄惨的。”

中午，我跟老狗躺在草坪上晒太阳。春光大好，对着天空吐烟圈，烟雾像云一样在天空飘着。

“真是草菅人命。”我说。

老狗眯着眼，特“哲学”地叹气说：“人啊，人是什么？人是人们一次冲动的副产品。”

我真的五体投地了：“你还真有成为诗人的潜质。”

“你才发现，太后知后觉了。”老狗骄傲地撑起身子。

我丢掉烟，笑道：“试着转型做下半身诗人，你一定会很出‘色’。”

“去你的。”老狗推我一把。突然老狗抓着我胳膊急促地摇，“煤球，你看，那头。”

我坐起身，顺着老狗的手指看过去，一对男女并肩坐在对面草坪上，侧对我们。他俩都戴着口罩，我看过去的时候刚好与那女的目光接触，她慌张地避开，那种眼神，只一眼就让我发懵，是小素。

“真他妈老土，谈恋爱都戴着口罩，牛！”老狗竖起大拇指，挑衅地大笑。

“我们走吧！”我抓起包站起来。当时我反复地想：小素还好，没被抓去隔离。日有所思，夜有所梦。而且，梦往往与现实相反。晚上，我梦见小素在对楼冲我哭喊：“奶油，我进来了。你来陪我好吗？”

“好！我马上来。”于是我跑到保安室卖力地咳嗽、咳嗽……

“……煤球，煤球！”老狗坐在我床边，一只手从裹着的被单里伸出来摸着我额头。

我默默地坐起身，点燃烟。老狗脱了鞋，挤坐在我旁边，接过烟。

漆黑的夜，两个明灭的烟头，孤独地燃烧着。

“今天晚上睡着了？”老狗知道我失眠已经很有历史。

“嗯！”

“又在想她？”

不可否认，老狗一直很了解我，不做我肚子里的蛔虫，真是浪费了。我一声不吭。

“都这么久了。她对你伤害挺深的！”老狗的声音在黑暗里幽幽传来，“不值得。”

抽完烟，老狗爬到上铺：“睡吧，煤球。别做梦了。”

是啊，别做梦了。小素对我而言，只能是回忆，恍如一梦。梦醒了，什么都不存在。

我重新燃起烟，听着对楼梦呓般遥远的打牌声，等待学校晨起的广播声：爱情，其实就像一根香烟带给人的感受；爱情在燃烧着两个人的激情，缥缈着快感，当爱情终于燃烧殆尽，化为灰烬，留给人的，只是一氧化碳和焦油的流毒。

我从枕头下翻出手机看时间，由于上课调的静音，忘了换，这才发现有好几个未接电话，全是张芬，最近的一个是在半小时前。另有三条短信：“死煤球，还健在的话就给本美女回电话。”

“没出事吧？煤球，怎么打这么久都没人接，你别吓我！”

“55555，我一直等你回电话，你不回，我就不睡。”

我看了看时间，凌晨，四点。

四十一

准备天一亮就给张芬回电话，刚点上第三根烟，手机闪烁来电显示，马上躲到被窝接听。

“看到我给你发的短信了吗？怎么不回电话！有没有良心你？我还以为……”连珠炮响。女人的逻辑真奇怪，居然能从回不回电话，推导到良心问题。

“你放心，我怎么会有事？真的出事，我会托梦给你的。”

“乌鸦嘴。”张芬骂道，沉默片刻，转而柔声道，“听同学说，你们河西已经有人被证实感染了，你别出去啊。”

“你比公鸡还起得早啊！”

“别扯！你不会出去吧？”

哪会那么巧！我不以为然，口里直答应：“不会不会！”

“我一直没睡。”手机里呼啦啦地响了几声，张芬的声音显得很轻。

“你在外面？”我听出那是风声。

“嗯。”声音有点哽咽，“怕吵她们睡觉，我在走廊。”

“那你快回去睡觉啊！”

很长时间，张芬一声不吭，如果我们是在一间斗室交谈，那气氛一定相当沉闷，空气一定无比压抑。

“煤球，我们多久没见了？”

终于打开沉默，我长舒一口真气：“一个多月吧，跟闹非典的时间一样长。”

“我们不会再也见不着了吧？”她的声音竟然有些伤感。

“呵呵，你想象力挺丰富的。”我觉得没有过不去的坎，那么多勤勤恳恳的医务人员坚守在非典第一线呢，倒数第一线的我们要做的只是等待，好吃好喝，耐心等待，“回去吧，外面挺冷的。”

“以后每天给我打电话？”

“领旨！”

老狗对傻强的“软禁”生活特别关心，推测着“铁门铁窗”里的傻强一定是愁肠百结，终日以泪洗面。结果傻强进去两周后借“狱友”手机打来电话，说他进去的第二天感冒就好了，跟那帮男女天天打牌，赢了点钱，现在想吃这个想喝那个，要我们买了送到保安手里，看样子生活过得挺滋润。

隔三差五，前前后后，给傻强捎了五六次吃的喝的用的，他还在电话里再三跟锦江唠叨：能不能把电脑借他玩一段。估计再关下去，他要在二栋买房子娶妻生子了。忽一日，学校广播播放出振奋人心的消息：全国人民同舟共济、齐心协力抗击非典取得胜利。播音员非常激动，说得非典跟日本鬼子似的。

二栋的男男女女成群结队荡漾着笑脸意气风发地奔出铁门，奔向新生。我们五个在门口等傻强。

“终于重见天日了。”傻强明显比进去的时候要胖，“现在是公元多少年？”

“完了，越来越傻了。”老狗指着傻强对我说，走过去敲了敲傻强的头，“还认识我吗？”

“哇，谁把赵本山给打毁容了？”傻强瞪着大眼盯着老狗，装疯卖傻。

一个多月没上网吧，傻强明显变得有活力了。饶是如此，他仍然对辅导员的“迫害”耿耿于怀，发誓要报仇雪恨，咬牙切齿恨恨地说，一定要让那个大胸脯吃不了兜着走。这个以前能将《小学生日常行为规范》倒背如流，可爱得就如动物一样纯真的愣头青，居然性情大变，如此偏执。

“傻强，知道海，为什么能纳百川吗？”老狗试图说服他，提醒他有“容”才能大。

“哈哈，那是因为它长得漂亮，身材又好！”锦江傻B呵呵地接口道，“有容，就是有容貌的意思；乃大，不要我解释吧？嘿嘿！”

集体傻眼。看来锦江的功力又上升了一个台阶。

四十二

“冲动是魔鬼，做人要低调。”

任凭老狗苦口婆心地教导，傻强像吃了秤砣的王八一样，下定决心，一定要有所“作为”。他的双眼又露出了摄人的寒光。估计是打打杀杀的网络游戏玩多了，傻强满脑子快意恩仇的江湖流弊。温顺的傻强，现在就像一件凶器一样躺在我对面，不露锋芒地揣摩着报仇大计。如果比喻成凶器，杨过的玄铁剑最贴近傻强的本性。“重剑无锋，大巧不工。”傻强就这样傻并强悍着。

老狗说，如果任由傻强的任性滋长，将来放出校门，一定会成为社会不稳定因素的一分子，贻害无穷。

非典过后，人民安居乐业的第二天，周六。一大早，我躺在床上接到张芬的电话：“煤球，猜猜我现在在哪！”打了兴奋剂似的兴奋。

“莫非，你也来长沙了？”

“你个臭煤球，不知所云。”张芬嗔道。“我在你们学校门口，快带你的欢迎团过来列队欢迎呀，不过别太隆重，我会不好意思的！嘻嘻！”

“你就放心吧。”我赶紧以人民子弟兵听到号角后的神速起床洗刷，临行特意交代老狗，起床后务必把衣服穿上，冲出宿舍。

张芬穿一身红，背个大肩包，喜气洋洋地“绽”在门口，她喜欢称她的站姿为“绽”，“绽放”的意思。

气喘吁吁地跑到她面前，看着她怔怔的表情，一时竟不知说什么好。

“煤球！”张芬的声音甜得能腻死蚂蚁，委屈地嘟起嘴，仿佛有千言万语，却不知从何说起，差点没把持住就和她“执手相看泪眼，竟无语凝噎”了。

“今天过年吗？”我盯着她红旗似的外套。

“穿红上街，比较安全嘛！”真是高论，司机见红就停吗？那穿绿的人危险了，“现在怎么样？”张芬甩甩头发。

我这才注意到，她把头发染回黑色，拉直了。

“哎呀，张大美女，经常听煤球提起你，如雷贯耳呀！幸会幸会！”老狗挺讲究，不光乖乖地穿戴整齐，还将出名邋遢的宿舍略略收拾了一下，见到张芬，又是拉凳子又是递茶，把张芬乐得双眼都弯成了月亮，意味深长地瞟我一眼，仿佛在说：你经常提起吗？

四十三

吃过晚饭，张芬要我带她在S大逛逛。大学长得都差不多，张芬却兴趣盎然，坚持要把每个地方都逛到，像刚入校的新生一样问东问西。并肩走在路上，我很紧张，生怕碰到熟人，特别是小素。我不知道小素跟她男朋友在校园里走的时候是否也担心碰到我，应该不会，但我还是紧张着。

走到后山入口，放眼望去，双双对对的情侣们忙得不可开交，石凳上、草丛中、大树下，他们旁若无人地打情骂俏，蔚为壮观。我俩挺默契地一齐转身，往回走，走了几步，张芬忍不住笑出声来。

“笑什么？”

“呵呵，煤球，老实告诉我，你是不是经常来这里约会？”

“不是经常。”我随口答道。

张芬愣了一下，站住脚：“那就是来过啦？”

“当然！”我笑道，“很多次，而且每次都是跟不同的人。”

“你个人渣。”张芬横我一眼，拍拍胸脯，长出一口气，“还好我及时转身，逃过一劫！”露出了蒙娜丽莎式的贼笑。

出了校门，张芬决定回去。

“要不要我送你？”

“当然要！”她还真的挺不把自己当外人，“像我这样的尤物，晚上一个人在外面很不安全的。”一本正经的样子。

“哈哈！……”我大笑起来。

等我笑完了，她淡淡地说：“有你送，我就走路回去了。没问题吧？”

“啊！”我以为自己听错了，或者是她在开玩笑，故意整我，“那我怎么回来？”

“同学！不要什么都只顾着自己。”张芬义正词严，“我坐不了车，为了来看你，我在公车上吐了三次，三次呀！”她竖起三个手指头摆了摆，“你就一点都不怜香惜玉吗？”

“可是……”我想提醒她，从S大到电大有多遥远。

“可是什么？你不想送，我自己走。”张芬拉了拉单肩包，扭头就走。

我只好跟上去。她回头看了一眼，幸灾乐祸地“嘿嘿”笑起来。

落夜时分，我俩还没走到湘江桥。开始的时候，张芬为了证明自己的决定是多么英明，抓着包踏着轻快的步子蹦蹦跳跳，显示自己的能耐，还不时指着路边的建筑对我说：“看看，多漂亮！天天坐车，你肯定没仔细欣赏过吧？”

“嗯嗯！”我叼着烟，不急不缓地跟着，她回头取笑：“哈，一口气上八楼，腰不酸，腿不抖！哼！”

街灯一盏盏地亮起，看了看时间，我们已经走了一个多小时。张芬有些气

喘，脚步慢了下来，不时弯腰揉膝盖，表情痛苦。

“怎么样？一口气上九楼就不行了吧？呵呵。”

“这路怎么感觉比唐僧当年走的那条还长啊！”她一屁股坐在路边花坛边上，叫起苦来。

“特别是像悟空那种走法，在前面跳呀跳的，最累！”我说。

张芬看我一眼，装作没听懂。

一个小姑娘捧着一把玫瑰花朝我们走来：“哥哥，买一朵送给姐姐吧！才十块钱。”

看了看张芬，她一副事不关己的神态，悠闲地左顾右盼。我觉得挺尴尬，买也不是，不买也不是：除了小素，我还没给别人送过玫瑰花。

正犹豫着，张芬拍了拍小姑娘的头，说：“姐姐不要，姐姐开花店的，去找别人吧。”

小姑娘挺失望，掉头走了，走的时候还用明显不相信的眼神看了看我。

休息了一会儿，张芬突然问我：“煤球，你吃过西餐吗？”

“没有，但我知道很难吃。”有道是，欧洲的房子中国的菜，西餐肯定没中餐好。

“我也没吃过。我们去西餐厅吃夜宵好吗？”她抓起包晃了晃，“我请你。”

“你发财了吗？”我莫名其妙。

“就奢侈这么一回嘛！”张芬站起身，“过了湘江一桥，去五一路旁边，有一家法式的，听说很有情调。”

“你知道多贵吗？”

“你不用管。”张芬抿抿嘴，“我带了四百多，大不了我们少叫点菜。”

我想了想，问她：“你不会是看我连十块钱的玫瑰都不给你买，故意刺激我吧？”

“什么话！”张芬认真地说，“你不去，我一个人也会去的。一个朋友去过几次，总在我面前炫耀，我发誓，我也要去长长见识！”

四十四

一想到马上就可以坐在朝思暮想的西餐厅左手叉右手刀，张芬又充满了活力，在湘江一桥上张牙舞爪喋喋不休，跟我讲西餐礼仪，她说为了这一天，她在网上查了很多资料，以确保不出洋相。

餐厅前停了很多车，这家餐厅连建造风格都挺“排中”，偏偏不把门开在中式建筑固有的对称线上，在屋角弄了扇低矮的门，我俩绕来绕去，总算找到了入口。

屋顶有吊灯，每张桌子上却都点着蜡烛，画蛇添足的法国式浪漫。半数以上的桌子空着，铺了桌布。

“好浪漫啊！”我觉得张芬的感叹多少加入了个人主观意识。

“请问，两位有预订吗？”侍应捧着本子扫了我俩几眼。

“没有。”

“那不好意思，要稍候片刻才有位置。”

“那里不是有很多空着吗？”张芬指了指近旁的桌子。

侍应诧异地盯着张芬，职业地笑笑：“那已经被人预订了，看到预订牌了吗？”顿了顿，问道，“小姐是第一次来吗？”

张芬的脸刷地红了，拉了拉我衣角：“我们出去等会儿吧。”

正准备走，侍应又问：“小姐，现在不预订吗？有一桌九点撤台。”

“多少钱？”我问道。

他翻了翻本子，漫不经心地回答：“先交五百吧，如果不算小费，吃完我们可以退。”

“可以刷卡吗？”我掏出钱包，张芬一把夺过，抓起我的手夺门而逃。

走出门，张芬放下手。我俩沉默着，感觉很窘。

“煤球，我是不是很虚荣？”

“每个人都有梦想。五百块实现一个梦想，不贵！”我掏出一根烟，“要不，我们换一家吧，上中山路。”

她摇摇头："那都不是法式的，不浪漫。"

我忍不住笑了："我俩还讲究什么浪漫？"

"就是我俩在一起，才要讲浪漫！"张芬昂起下巴，一字一句坚定地回答。我哑然失笑。

并肩在路灯下挪着步子，张芬一直低着头。左边是穿梭来去的车辆，右边是嘈杂的摊贩叫卖声。我们之间的空气却沉寂得仿佛能听到彼此的呼吸声。

走到公交车站台，去电大的车刚好到站。

"我自己回去，你不用送了。"张芬说着，走向公车。红色的背影在门口晃了晃，不见了。

四十五

傻强在宿舍一副"此仇不报非君子"的狠模样，老狗不无担心："他会不会一冲动，把学校给炸了？"

可报仇事小，上网事大。两天不到，傻强又端坐在网吧。

"哎！放了个哑炮。"听不出老狗的语气是放心还是失望。

炮灰笔直坐在椅子上叽里咕噜煲电话，从他很不正常的娇嗲语气，不难判断对方是女生。果然，他又开始长篇大论地回味他的童年趣事。每次跟女生聊天，他都要讲他小时候把自行车轮胎灌了水当水枪的破事儿，从怎么偷轮胎开始，一直讲到怎么使用，以及在使用的过程中他得到了多么巨大的快乐，不放过任何一个细节。

这时，一条绿影窜了进来，加爵第二穿着很少见的墨绿衬衣，气喘吁吁，脸色铁青，仔细一看，他的"铁青"不是由于表情，脸颊上真的青了一块。

"怎么回事？"我们几个很吃惊，老狗问道，"挨揍了咋的？"

加爵第二勉强挤出一丝笑容，笑得很贫苦："没事。"

"肯定有事。"老狗丢掉烟头，拉着加爵第二追问到底。

"我跟李真吃了顿饭，被姓杨的小子碰到。"加爵第二委屈地捂着脸颊。

“他就揍你？”老狗霍地站起身，“欺负人？要不要我……”

“这不是他打的。”加爵第二胆怯地低声道，“他们好几个体育生围着我，我就跑了。跑得太急，在门框上磕了一下。”

老狗重重地坐在我床上，横了一眼加爵第二：“君子好色，取之有道。你呀，自作孽！”

“啪！”炮灰挂了电话，坐在锦江身旁对着显示器出神。锦江的眼睛像在放映A片的显示器屏幕上生了根一样。

“锦江，你看我丑吗？”炮灰灰头土脸，扶了扶眼镜对着锦江。

“你是最帅的，帅呆了！”锦江懒得转头，俯向显示器，好像要钻进去一样。

“那女生居然说我长得像个土豆！”炮灰很气愤。

锦江这才转头看了炮灰一眼，摇摇头：“不像！”点了几下鼠标，他补充道，“就算是土豆，你也是削了皮的土豆。”

老狗冲加爵第二继续道：“话又说回来，相比于炮灰，你也算成功人士了。”

四十六

随后的几天，加爵第二很少出门，养伤是借口，他听到敲门声都显得异常紧张，生怕姓杨的小子余怒未消，上门寻仇，到了草木皆兵的地步。

后来，我听当日跟加爵第二他们在同一家饭店吃饭的人绘声绘色说书一样“分解”事情经过，四五个人将加爵第二团团围住，眼见一场恶斗一触即发，突然一条绿影以迅雷不及掩耳之势从缝隙中窜了出来，疾若星火，快如闪电，倏忽之间就消失在人们的视线范围。于是在他们口中，加爵第二有了另一个名号，叫做“绿箭”，与一种口香糖同名。

老狗大张旗鼓地谱写他的风流华章，在与众网友达到精神上的某些“共鸣”后，循循善诱地“宣淫”：“根据马克思唯物主义观点，物质才是根本，我觉得我们的感情不应该只停留在柏拉图式的精神层面……”

这段时间老狗的所谓“感情”，很像吃速食面，开封即食，吃完就扔。

“反正她们都挺放得开！”老狗解释说，跟他有关系的，都是在滚滚红尘中摸爬滚打身经百战的女子，“看她们的穿着就知道，多前卫！”

“这种残花败柳，你就不怕出事？”我劝他收敛一点，“万一有病，你就废了！”

老狗瞪大眼睛，直摇头：“你什么思想！不找她们，难道教唆我去祸害良家少女？”

我无言以对。

着装“前卫”跟思想“开放”毕竟有区别，老狗在花丛中行得久了，难免“片叶”沾身：他被一个女网友给粘上了，这女生穿得也很“去学生”化，高调地以“老狗女朋友”自居，天天缠着他，晚上还常常打电话查哨。老狗很头疼，每次接完电话都气急败坏：“她以为她自己是谁！”

闹剧一直持续到学期末，两人交恶，最终老狗撕破脸皮，承认自己只是玩玩，对她没一点感觉：“我知道你的深浅，你知道我的长短……你这么了解我，就不要再为难我了。”

这女生可能真的喜欢上了老狗，哭着闹着，死活不“分手”。老狗把该说的都说完，头也不回地走了。

当天晚上，女生发来短信：“死老狗，我会天天烧香拜佛，咒你早死的！”

就像古时候的皇帝，天天被人叫“万岁”，不会真的活一万岁。被诅咒的老狗依然在S大这片“沃土”健康茁壮地成长着。

傻强并非只打雷不下雨的孬种，他用他的方式不动声色得报“大仇”，有一天，他们班辅导员无精打采地向各位同学宣布一个消息：手机换号，有事请拨13×××××××××。

傻强得知这一消息后手舞足蹈，比过节还高兴。

“知道大胸脯为什么要换号吗？看看这个！”他打开一个论坛的网页，指给我们看：办证电话13×××××××××（辅导员的手机号码）；寂寞美女寻聊电话13×××××××××……“这一招太阴损了！”

“无毒不丈夫！”傻强得意地笑。

四十七

日子不咸不淡地过着，一周八堂课，平均下来每天上课的时间不到半个时辰，比少林寺和尚诵早经的时间还短。

大学统招生的命运其实很凄苦，差不多就是一个集体被愚弄的现状：每年一万多的学费杂费生活费，这对某些贫困家庭而言是一家人在庄稼地里刨了几十年的节余总和，但你在学校的待遇不见得比一分钱都不交的旁听生好。

一拿旁听生比较我们就无比沮丧：凭着高考落榜这个“优势”，旁听生们都是自由学者，喜欢哪个学校就大摇大摆地去哪个学校坐着上课，而且不用交学费，课本就从高年级学生手里用收废品的价格买来，大部分都是新的；住房更妙，每月花个三百块钱，就能在我们学校外面租个三室一厅，想怎么弄就怎么弄，没人来管你热得快、不叠被子之类的鸡毛蒜皮，也没人检查卫生，甚至可以将“三室”中的另外“两室”抬价租出去，自己每月就只要出几十块钱，靠这个赚钱的我都见过。时常看到什么什么寒门学子倾家荡产求学，每天唯酸菜馒头度日之类的报道，我一点都不同情。大学统招生，学费之外，先说书费，课本一律按照书后的标价分文不少由学生出资购买，这些课本粗制滥造，跟街边摊十元两本的黄书册子水平相当，偏偏能在正版、精装版书籍普遍打折出售的时代原价出售，而且你还不得不买，因为大学生，美其名曰都是来“读书”的，虽然很多同学只是以每本数十元的价格买来，到毕业又以每斤四毛的价格全新出售，翻都很少翻动；住宿，我们是六个人住一个大小类似于旁听生“一室”大小的寝室，每人每年一千二，寒暑假除外，只住了不到九个月，相当于学校将一个单间以每月八百多的价格租给我们，还不包水电。学校安排的课又这么少，我总觉得大学四年大部分时间都在等上课，如果将所有课本一次性发下来，拿出高考备考时一半的努力，大部分专业都可以在一年时间内学完。旁听生是想上什么课就上什么课，很多逃课生的位置空着呢！老师的讲课内容也不会因为有旁听生在场而偷工减料，获取的知识是一样的，甚至更扎实，只是不要考试，没有名分。旁听生在大学就像二奶，虽然无名无分，日子却要比明媒正娶的统招生过得舒服得多。

可以这么理解，统招生交那么多钱主要是为了一张正儿八经的毕业证，如果寒门学子们真的只是单纯的“求知若渴”，对学习抱有多么崇高的热情，而没有为一张毕业证奋斗的功利观，大可将大学录取通知书撕作两半，卷起铺盖去旁听，将钱留给多病或年迈的父母，也算尽了孝道。

老狗认为大学玩玩很正常，上大学之前，家长跟中小学老师们不是都这样教育我们吗：孩子，好好努力，考上了大学，有的是时间玩。他认为大学课外的那么多空白时间，绝对不是留给我们上自习的，而是要让我们“体验社会”，不要等到毕业了还是一身学生“酸”。他像《生命中不能承受之轻》里的登徒子一般，孜孜不倦地体验着各种女人大同之外的小异，很博爱，也可以说一个都不爱：“没有哪个女人值得我放弃自由，或者有，我没有遇到。”

放暑假那天，张芬打电话告诉我说，她决定留在长沙做暑期工：“体验社会！开学的时候就有钱请你吃西餐了，煤球！”

“体验社会”四个字，听起来感觉很别扭。

四十八

到家一周后，张芬发消息说她找到工作了：给长沙高桥大市场一个饮料代理商销售鲜橙多，每卖一箱拿四元提成。食宿自理。

现在不管什么专业的大学生出门找工作，最容易找到的都是“业务员”，区别只是称谓和所卖的东西。好像我们国家设立这么多的大学，主要是为了大量培养“业务员”似的。有的公司为了招人方便，大肆招聘“销售经理”或“销售工程师”，好像很牛B的样子，进去了才发现你这个“经理”并不是唯一的，经管的人却只有一个，就是你自己。张芬的名片上印着的就是“销售经理”。

“一天销十箱，那一个月下来就可以拿一千二；如果努点力一天销二十箱呢？……没准碰到大客户一单就进个几百箱呢？……哇！煤球，我要发了！”张芬畅想着，似乎找到了平民致富的最佳捷径。

“怎么说你也算五官端正，甚至有点面容娇好的意思，大街小巷地穿梭去卖饮料，你不觉得屈才吗？长沙天气那么热，你能受得了？”

“什么叫五官端正！明明是年轻貌美，还水灵灵！”我后面的话她仿佛没收到。

熄了灯点燃香烟，我脑中勾勒出这样一幅画面：明天，在长沙社会主义温暖阳光普照的街道上，多了一个苗条得有些瘦弱的女生，提着几瓶“多喝多美丽”的黄色液体招摇撞骗，笑容灿烂。

“煤球，我今天卖了五箱，零售店老板说好销的话下次还要。明天会更好。晚安！”

“煤球，长沙今天好热，高桥这边停电了。”

“煤球，我怎么突然觉得身边的人都走光了，一个熟人都没有。好盼望开学呀！”

……

几乎每天晚上，都能收到张芬“生活工作日志”似的短信，直到有一天，中午，躺在沙发上看电视的我突然接到她的电话，沙哑的声音里透着伤感：“煤球，我好难受。”

“怎么了？”

犹豫了一会，张芬说：“刚刚被人骂了……我看到有家商店柜台上摆了饮料，就跑进去找老板推销，结果里面没人。转身出来，正好在门口碰到一个妇女……她把我当小偷骂，很难听……”张芬哽咽了，电话里喧闹着汽车的嘶鸣声。

我想象着张芬拎着几个破瓶子站在街边被人指着鼻子臭骂的可怜样，心里一阵酸楚，劝她不要做了，早点回家，她回答：“没事儿，我只是一时情绪。大不了不去那一片做。”

此后我一直担心张芬打工妹的生活，八月中旬的某晚，她发来短信：“哈哈哈哈，煤球，我发工资了，有一千多呢，够我们吃两次西餐还有多余呢。”

盯着手机屏幕，我没有半点兴奋的感觉。

开学回到长沙，我提出要去电大看看张芬，她婉言道：“过一段时间吧，我现在晒得跟安南似的，怕破坏在你心目中我‘肤如凝脂’水灵灵的历史印象，等我恢复武功了再见。”

四十九

开学三天后是S大新生报到时间，学校大门口又悬起当年欢迎过我们的气球——“热烈欢迎03届新生。”每年都是那几个气球，只是将届数略做修改。校园里到处彩旗飘飘，洋溢着过年般的喜庆。

一连几天，炮灰都处于高度亢奋状态，原因是他通过一番死乞白赖的功夫，又是请吃饭又是送烟，终于搞定班长，同意他加入迎新志愿者队伍，可以穿上印着“湖南S大学”的圆领“T狗屎”去迎接新生。

有的人喜欢低头走路，幻想着谁丢了钱正好被他捡到；寂寞的炮灰想法更不切实际，总妄想着能在什么活动中“拣”回一个如花似玉的失意少女，因此无论什么活动他都积极参加，对活动中的女生们，炮灰往往表现得比八十年代居委会鹤发鸡皮的老大妈还要热心。炮灰的迎新，有着明显的动机不纯：那么多学妹离亲别友背井离乡来学校，心中一定无限惆怅，很多女新生在军训的时候甚至伤心哭泣，多好的机会啊！

新生就像一块冒着油的肥肉，让人垂涎欲滴，觊觎这块肉的绝不止炮灰一人。宫雍在新生入校前晚找到我和老狗，代表他的“疯狂英语协会”当场封了我两个官：“外联部长”、“外联副部长”，听起来像常在各国大使馆出入的名流，实际上我们的工作就是坐在大教室装腔作势，要新入会的学弟学妹们自我介绍，然后象征性地考核考核，最后批准他（她）们加入，每人收取二十元钱会费。

宫雍这小子不要脸的程度和他的贪婪一样功力深厚，为了创收，大肆招兵买马，协会的老会员们倾巢而出，宣传牌挂满了S大每一处显眼的地方。宣传广告上，宫雍拿着话筒龇牙咧嘴的彩扩照下大言不惭地大书道：你知道S大谁的英语口语最好吗？你知道湖南谁的英语口语最牛吗？你知道李阳将会被谁超越吗？

有人说，“出来混，一不要脸，二不要命，天下无敌”。“不要脸”的确比较容易成功，“疯狂英语协会”招新那天，“人才”济济，场面可以用“火爆”两个字形容。人虽然多，却丝毫不乱：宫雍演讲、“干部”发言、老会员代表致欢迎词、新会员代表表决心、新会员自我介绍、缴纳会费……简直比猪油渣子生产流水线还井然有序。

新会员的自我介绍环节，要求每个新生走上讲台，先在黑板上写下高姓大名，然后面对满教室的同学简单介绍自己，这看似简单，对新生的胆量也是个不大不小的考验，因为大教室里坐着站着的同学们不下两百人。有的新生鼓起勇气冲上讲台，说话的声音却在发抖。

我跟老狗坐在前排偷偷摸摸数钱的时候，突然听到全场发出“哇”的和声，仰头一看，讲台上端立着一个罕见的美女，身材曲线玲珑，皮肤白皙，面如芙蓉眉如柳，一双水汪汪的大眼睛顾盼生辉。老狗后来说，她的眼睛，仿佛时刻在诉说着一个凄美的言情故事。

所有人都屏住了呼吸，包括女生，眼神齐齐聚焦在美女身上。美女优雅地捏起粉笔，转身在黑板上写了三个歪歪斜斜貌似汉字的东西。

“我叫杨岳红，‘南岳’的‘岳’，不是‘岳麓山’的‘岳’字哦。美术专业的。都说字如其人，可认识我的人都说我是‘字不如其人’。”杨岳红手指黑板上的三个字，说话的内容似乎挺俏皮，可她的表情和语气给人的感觉相当冷淡，冷若冰霜，拒人千里的神态，这让她的俏皮话没有达到“哄堂大笑”的效果，大部分人觉得：“这丫头挺自恋的。”

老狗从仰头的那刻开始，眼神就像绳索一样套牢在杨岳红的娇躯上，眼见她款步走到我们桌前，老狗还在发呆。

“是交多少钱？”杨岳红打开坤包。

“二十。”我拿起笔，翻开登记簿。

她递过来一张百元大钞：“能找吗？”

“算了算了，找不开，我先帮你垫着。”老狗推开杨岳红的手，讪笑着，

“登记一下吧，记得写上联系方式。”

事实上，我们包里一大堆“十元”“二十元”面值的会费。杨岳红按部就班地填完资料，面无表情，转身离去，瞟都没瞟一眼深情注视着她的老狗，更别说感谢。

老狗喜滋滋地掏出手机，记下杨岳红的电话号码，自作多情地在称呼栏写上：宝贝。

五十

“东北人都是活雷锋”，咱湖南也并非只有“死雷锋”：中午，毒辣的骄阳直射下，一个瘦小的文弱男生扛着一个比他身体体积还大两倍的帆包，领着一个女生行走在S大校园。男生汗流浃背、气喘如牛，印着“湖南S大学”的上衣被汗水浸透，不论怎么用力晃动，上衣固执地紧贴在他身上，隐约着身体的形状，这让他无比尴尬，眼睛透过镜片不时偷看悠闲地走在他身边的女生。女生扭头瞟了他一眼，吝啬到连一个“清凉”的微笑都舍不得给，反而皱起了眉头，男生憨厚地笑笑。这个傻B呵呵的男生就是炮灰。

炮灰像重庆的“棒棒”一样卖完苦力，到了新生宿舍又像体贴周到的奶爸一样帮女生整理好东西，女生自始至终对他扳着脸孔，不理不睬，好像炮灰欠了她钱不还一样，炮灰始终找不到给她讲解“一个自行车轮胎怎样变成水枪”的突破口，这让他相当沮丧。

下了楼，女生在小卖部花一块钱买了瓶矿泉水递给炮灰：“你也累了，回去吧。”

炮灰咧开嘴，一个笑容从嘴角荡漾到了耳根：“不用破费，我做好事，不图回报的。”转身走了几步，心有不甘，又回头补充一句，“青山不改，绿水长流，我们后会有期！”

女生用不可思议的眼神瞪着炮灰，她大概把炮灰看做“神经病”或“邪教”组织的成员了。

“卖草鞋的刘备都能打下三分天下，我炮灰堂堂七尺男儿，高级知识分子，居然连个妹子都追不到手！”炮灰在宿舍自怨自艾。

“七尺？你那也叫七尺？”老狗一丝不挂地跑到炮灰面前，站直身子展示他的一米九二，炮灰避开锋芒，一屁股坐在傻强床上，长叹一口气：“到底我哪点不好？”

“我要是你，我早就自尽了。”老狗接过我的烟，坐到炮灰身边，教育起他来，“要说高，你没我高；要说帅，你又没煤球帅。先天条件决定的东西，我们从娘胎里滚出来就再也无能为力，我们只能用后天的东西自我弥补。”抽了口烟，继续说，“所以炮灰，你不要试图在‘帅’字上做无用功。现在的女生喜欢什么样的男人？”

炮灰茫然地摇摇头。

“酷！”老狗的话掷地有声，“女人是这样一种东西：你追，她就跑；你站住，她也站住回头观望你；你转身跑，她就转身追。所以，以后你要酷一点，不要整天咧着嘴一团和气，傻B呵呵，像冯巩似的满脸阴谋得逞般的浪笑。你这样下去，在感情上一辈子都甭想脱贫！”

五十一

英语课，干瘪瘦小的英语老师坐在高高的讲台后朗读课文，可能是由于年纪大了，她的“中式英语”声音不大，气却喘得很厉害，像只失去信心的垂死耗子，绝望地“吱吱”乱叫，真是我见犹怜。

教室里的景况，很像是一群无聊的大和尚在罚一个犯戒的小和尚背诵一百遍经文，而且小和尚已经背了九十九遍，背得嘴里冒烟舌头打结中气不足，而大和尚们也听得有些腻烦，开始交头接耳或昏昏欲睡。

我一直觉得学校让这样一个可怜巴巴的老奶奶来给我们上课很残忍，既不尊老，也不爱幼。她是那么的瘦小，往讲台后一坐，就只看到半颗头发花白的头颅。我想她年轻的时候也曾“丰腴”过吧，不知道有没有说过“多念英语可以美容”的话。上了一年她的课，经常有迟到的同学从后门窜进教室，稍微把身子一猫，就可以走到中意的女生身边落座。坐在后排的我从来没看清楚过英语老师的具体样貌，“老花”又“近视”的她应该也没看清过我。

老狗坐在我旁边，趴在桌上用圆珠笔专心致志地画着什么。

“像不像？”老狗终于完成了他的杰作。

我瞄了一眼，有眼睛有头发有鼻子，还光着身子，似乎是个人，又不敢确定：“自画像？头发没这么长呀！”

“杨岳红！”老狗两眼放光，“仔细看看，像吧？”

我拿过来仔细地看了半晌，想起从前有一个人画老虎，结果别人都以为他画的是猫的故事，老狗的画连猫都沾不上边，典型的“画虎类犬”：“人才！很有毕加索的感觉呀。”

“嘿嘿！”老狗抄起画狠狠地亲了两口，盯着画自我评价：“虽然‘形’有一点点不像，神韵还是有了。”

“就知道你对她没安好心。”我想起了老狗见到杨岳红的那天，仿佛要用眼神扒掉她的裤子一样。

“你等着，我早晚把她弄到手。”

在我的印象中，老狗还从没对某个女生这么迷恋过：“我觉得杨岳红好冷淡的，你一头热，顶个屁用！”

“冷淡？即便她是冰块，有我这团烈火不停地加热，我就不信她不融化。”老狗伸了伸腰，一副志在必得的表情，“你以为我是炮灰？‘攻无所克，战无不败’？我从来都是无往不利！”

男人的心从来就没有停止流浪，可流浪的心，同样需要归宿。老狗说，杨岳红给他“惊艳”的感觉，像一颗子弹，瞬间洞穿他的胸膛，那一刻，他生理和心理同时冲动起来。他觉得，其他庸脂俗粉在杨大美女的衬托下，就像皓月旁的星星，黯淡无光。最后，老狗懊悔地说道：“以前我找那么多的女人，其实跟被轮奸有什么区别？”

看来老狗是真的爱上杨岳红了。我想，这是件好事，“牺牲”她一个，可以挽救千万个姐妹脱离苦海，免遭老狗“迫害”。

五十二

“煤球，好想见你了，可用了很多美白产品，我的武功没有半点恢复的迹象，真是急人。”张芬在电话里泄气地说。

我笑道：“你练的是童子功吧？一旦被废，无药可救。”

“什么意思？”

“没什么。我的意思是叫你放心，即使你惨遭毁容，我也会尽量控制自己装做不歧视你的，何况只是晒黑一点。”

“呵呵，是吗？那我们这周五晚见见，去上次那家西餐厅等我哦！”感觉得到张芬的笑逐颜开。

按理说S大不缺美女，学姐中曾有一位参加长沙一年一度的“星姐选举”，勇夺第二，而且第一的那位怎么看都美不过第二，据说有黑幕。可S大的女生质量随着录取分数线的提高每况愈下，套用九斤老太的说法，那就是“一届不如一届”。当然，男生所谓的“质量”，主要是指外形，包含“长相”与“身材”两个要素。从这一点看，我觉得男人对待事物的认知比女人更为肤浅，单纯得与动物无异。

炮灰日出晚归，兴致勃勃地迎接了几天新生后回来告诉我们：“这一届的女生整体质量不达标，S大快从花园转型为侏罗纪公园了。”真是乘兴而往，败兴而归。

从“雀斑”到“虎女”再到“牡丹”，炮灰的审美观像绩优股般，一直在攀升，所以炮灰的话绝对可信。杨岳红算是一个例外，“万绿丛中一点红”，“英语协会”招新过后第二天，杨岳红的“艳名”就像宫雍的广告牌一样，传遍了S大的每一个角落，这其实也印证了炮灰的说法——其他女生都不行。“时无美女，遂使岳红成名。”

杨岳红的一夜成名，倒也并非纯粹是由于被其他“飞禽走兽”反衬所致，她确实很美，老狗说：“长相之外，她的身材也是该肥的地方肥，该瘦的地方瘦；而不只是该肥的地方不瘦，该瘦的地方不肥而已。”她这种长相放在古代，就属于媒人如织踏破铁门槛型的。在招新会上见过杨岳红的同学们，添油加醋地向其他同学转述，由于每个人的自我感受与表达能力各不相同，杨岳红的容貌在同学们口中出现了很多版本，大抵归纳为两派：一派口中的她美得惊天动地，“一笑倾班，再笑倾校”，简直是非人类，属“天人之姿”；另一派持反对意见，觉得不过尔尔。另一派的成员主要是女生，还有一小部分被女生误导的男生。

冷艳的杨岳红就像一条鳜鱼，有着味道鲜美的鱼肉，但她的冷漠像布满周身的刺，难以下咽；又像一包香烟，尽管打出了“吸烟有害健康”的招牌，上瘾的烟民们仍然会毫不犹豫，争相购买。老狗就是这样一个烟民，而且“烟瘾”比谁都大。

“杨家自古出美女，而且这些美女总是与不寻常人有不寻常关系，比如杨贵妃，比如杨开慧。风姿绰约的杨岳红，只有跟了风流倜傥的我，才算得归其所！”老狗放出话来，敲山震虎，试图让眼馋杨岳红美貌的其他“烟民”知难而退。

锦江冷不防来了一句：“‘得归其所’？‘死得其所’更贴切！哈哈！”

老狗终于决定正儿八经地向一个女孩子展开追求，这牵动着大家的心，尤其是炮灰，为了从老狗身上取经，像香港狗仔队一样关注着老狗的一举一动，有如九代单传的农村家庭里的奶奶，极度渴望抱曾孙，催促着孙子的婚事进展。

五十三

“老狗，怎么样，有没有出手？”周五，炮灰一回宿舍就急切地询问。

老狗懒洋洋地从上铺探出头：“还在观察。”

“又在观察，赶紧行动啊！”炮灰笑道，“你不会是怕了吧？”

“皇帝不急急死太监。你行你去追呀，我让你三招！”伴随的老狗气哼哼的叫声，我的电话响起，走到走廊接听：“煤球，我把钱全取出来了，晚上好好吃一顿哦。”张芬挺豪气地说，“我要把整个场子包下来，嘿嘿！”

“真没看出来，你还有成为一个优秀败家子的潜质。”我笑道，“省点花，我会内疚的。”

“没关系，大不了我请你吃一顿，你请我吃一个月，呵呵！”话锋一转，“你快点过去等我，记得穿帅一点！”

走回宿舍，老狗又在教育炮灰：“……女人如水，此话不假。水的温度不一，但所有水的沸点都是100摄氏度，只要你的热情够大，持续加热达到她的沸点她就会滚烫灼人；如果你本身只有四十五度，就不要期待她沸腾。”看了看一脸虔诚的炮灰，老狗继续吹，“我的优点是热情似火，搞定岳红，理论上是没有问题的，如果没有大方向的错误，现实实行应该只会有一点小小的偏差，不影响最终结果……”

出门的时候，我想：老狗快成疯狗了，疯得语无伦次起来。

在车上又接到张芬的电话，问我到了没有，她一定要等我到了再出发，说是想体验一下被人等的滋味，我只好在半路上发短信告诉她：已经到了。

九月的长沙，到了傍晚仍然闷热难耐，车里充斥着灼热的空气。看着窗外一闪而过的小卖部，我有些感动：比现在还要酷热难耐的八月，张芬这小妮子是怎么熬过来的！

站在路边等了不到半个小时，张芬发来短信，装神弄鬼：“煤球，等人要有等人的样子，姿势摆潇洒一点呀！”

我一转身，看到十米开外站着一袭白裙的张芬，恶作剧般地微笑着，举起手机向我晃了晃。我一步步走过去，她突然抬起双手捂住脸，声音从指缝间冒出来：“不许看我的脸，快成母煤球了！”无限委屈。

我心下一动，故做轻松地调侃：“呵呵，你能保持这样的姿势吃你的西餐，我保证不看！”

张芬慢慢地松开手，脸上化了淡妆，双颊泛浮着浅浅的灼伤痕迹，倒不像她说的那么恐怖：“比我白多了，呵呵！”

“那美不美？”她定定地看着我。

“美！你比西施还美！”我随口答道。

老狗说女人身上最柔软的部位是耳朵，只要是好话，不论真伪都照单全收，张芬立刻会心地笑出声来：“走吧，就冲你这话，值得奖励！”她取下单肩包准备递给我。

“呀！怎么回事？”张芬的目光落在单肩包上——包口的拉链是拉开的。张芬紧张地探手进去掏了两个回合，蹙起眉，抬头盯着我，嘴唇哆嗦，“煤球……钱包丢了！”两行眼泪扑簌簌地滚了下来……

五十四

报完警出来，张芬闷闷不乐地低着头走在我身边，一声不吭。钱包应该是在公车上被扒了，这种事情很普遍，能找回来的可能性跟买彩票中头奖差不多。警察们太忙了，要根据妓女提供的线报去敲诈嫖客；要抓了没有其他公仆罩的嫖客和其他不熟的妓女去游街；要找一些外乡的穷倒霉蛋练拳脚；要把刚放的很熟的小偷抓回来分赃；要设法找几辆违规停靠的车辆抄罚单，抄了故意让车主看到，以便私了，并由衷地希望车主下次继续违规；要加入水深火热的暴力拆迁队伍，要……总之，作为蚁民的我们丢了区区千把元，那是绝对不能太重视的，办事要有主次之分嘛！按照我的意思，报警的时候应该将钱包里的数额夸大个几十倍的。

我提议报警的目的，只是为了给张芬一个希望，这又跟彩迷“花钱买希望”的思想暗合。等到希望最终宣告破灭，我想张芬的痛苦期已经结束。

现在的张芬，身无分文。我身上带的银行卡上还有一千二——这个月的生活费。经过一个自动取款机的时候，我跑去取钱，扣掉手续费只能取出一千一。

“走，我们吃西餐去！”我把钱递给张芬。

张芬诧异地抬头看着我，眼神中闪过一丝兴奋，瞬间黯淡下去，无声无息地摇摇头：“不要浪费了，你还要吃饭、抽烟呢。”

“这些你拿着，这个月做生活费吧。”我把钱塞到她手里，用轻松的语调说，“我在酒吧打工的钱不够交学费，干脆没动，还有两千多。”

张芬感激地看我一眼，抿了抿嘴唇，什么也没说。

我俩在步行街逛了两个来回，买了些零食。张芬一改往日的活泼，东西也懒得吃，默不作声，让人产生她从来都是端庄文静的淑女的错觉。长发掩映的脸孔在沿街交替的灯光下忽明忽暗，说不尽的柔媚，说不尽的忧郁。

为了让她开心一点，路过一家精品店的时候，我将身上的现金全掏出来给她买了礼物——一条心型的纯银坠子。挂在脖子上，与她的白裙很搭调。张芬摸了摸坠子，终于朝我展颜微笑。

“人家‘千金博一笑’，你的笑还算便宜了。”我总算松了口气。

张芬淡笑：“煤球，我想去湘江边坐坐。”

政府投重资将湘江两侧建设成了风光带，坐在河东岸边的长亭横椅上，整个湘江风景尽收眼底，黑暗中的橘子洲头在一桥底灯的远照下，树影婆娑，显得格外靡丽。晚风徐徐，压抑了大半天的我们精神为之一爽。

张芬眺望着对岸高楼的灯火，陷入沉思。

我们坐了很长时间，风越来越大，眼见着河西居民楼的灯光渐次熄灭，张芬泥雕木塑般怔怔的身子抖动了一下。

“煤球，我只是想跟你……”她转头看我一眼，改口说，“我只是想去法式西餐厅浪漫一下！”幽幽的声音传来，晚风撂起张芬额前的刘海，我看到灯光下张芬挂着泪水的小脸呈现出两种颜色：被刘海儿遮盖、太阳无法直射的额头，白得晃眼……我脑中闪现出她在八月的烈日暴晒下提着鲜橙多走街串巷的样子……

五十五

送走张芬，回到宿舍已是午夜，只有老狗一人醒着，床头开着台灯。

“怎么样？搞定张芬没有？”听老狗的语气，好像我对张芬垂涎已久，是有预谋地去赴约。掏出一根烟给老狗，我虔心请教“情圣”：“你觉得我跟她合适吗？”

“还是那个比喻，‘女朋友就像鞋子’！”老狗点燃香烟，深吸一口：“你不要在乎鞋子是什么品牌，也不要在意别人对你脚上鞋子的评判，只要自己穿着合脚。”

我点点头，坐回下铺。老狗继续说：“煤球，张芬对你已经很用心了，你不要连最起码的矜持都不让她保持，听为师一句话：主动一点！”

很迷惘，不清楚自己对张芬是感激还是喜欢，跟她在一起的感觉很平静，而小素，哪怕只是远远的一个对视，都让我心潮澎湃。难道张芬对我好，我就有“喜欢她”的义务？感觉自己像个优柔寡断的小媳妇，没了主张。

“煤球，寝室同学都说你送的坠子好漂亮，钱包丢得不冤！嘻嘻。”合上手机，我想：顺其自然吧。

有关杨岳红的传闻再一次以口头新闻的形式弥散开，S大弹丸之地，杨岳红作为新生“明星”，备受关注，任何风吹草动都被男生们在茶余饭后津津乐道：音乐专业大三一个自我感觉极好的长毛男生，混进大一美术班，在上课时间给杨岳红写字条传递爱的讯息。

女人对于情书，感情是相当复杂的。所有女人收到情书，第一感觉绝对是窃喜，不管写情书的人是白马王子还是癞蛤蟆，因为有人愿意写情书给她，至少证明了她什么。愿意写情书给女孩子的人，即便是癞蛤蟆，也会在女孩子眼中变得可爱起来。这会让女人的虚荣心，在一刹那充盈满足到快溢出来了。读着美丽或蹩脚的字句，女人会真切地触摸到幸福的质地。如果这时候勇敢的癞蛤蟆继续勇敢地跳下去，抱定青山不放松，撞了南墙不回头，迟早都能俘获芳心，这就是大街小巷常见美女相伴拙夫的原因。

但女人在收到情书后又绝对不会流露出一丝兴奋，即便对方是她心仪已久的白马王子。女人会在这一刻迅速变成最出色的表演家，即便内心被巨大的幸福冲击，翻江倒海，也要表现得痛苦不堪，似乎受到了比强奸还可耻的侮辱，这样有两个好处：第一，可以显得姑奶奶我可不是凡品，狗屁男人我根本没放在眼里；第二，可以借此机会向别的女人“诉苦”，一般都会蹙着双眉甚至流着眼泪，找相好的女人倾诉道“哎呀不得了了，我造了什么孽，被不要脸的男人给盯上了，你看看”，顺势就把有男人喜欢她的证据给公开了，让别的女人去嫉妒吧。

长毛显然意识到了这一点，大胆地向杨岳红表白，他以为，即便杨大美女看不上他，也顶多只是忍气吞声不予回复，这个社会就是撑死胆大的饿死胆小的。音乐专业这位骄傲的长毛，甚至连“杨岳红看不上他”的可能性都没假设过，这帮垃圾在当今“全民娱乐”的时代很拉风，仗着自己所谓的“音乐才华”，留个长毛、打俩耳洞，穿上花里胡哨不男不女的衣裤，就以为自己引导了潮流，专门在校园里哄骗少女。

杨岳红的自我感觉似乎更好，接到字条后勃然大怒，大发雌威，不等下课就将字条揉成一团，死劲砸在长毛脸上：“癞蛤蟆想吃天鹅肉，你以为你自己是谁？”一点余地都不留。全班炸开了锅，长毛在老师严厉的目光注视下耷拉着脑袋悻悻离开。

“长毛有抛弃一切廉耻的决心，这是对的。”老狗听完炮灰声情并茂的讲述，分析道，“他败在自视过高，冒然出手。”

“杨岳红这么刚烈，你能驾驭得了吗？”炮灰急着从老狗身上学到东西，用起了猪八戒的绝招——激将法，“天鹅呀！音乐才子都败了，老狗，你这只癞蛤蟆就别送死了。”

“哈哈！”老狗莫测高深地笑道，“天鹅也是鹅。煤球，准备纸笔，帮师傅写封情书。”

“啊？”炮灰、锦江和我都大感意外。

“将别人觉得完全不可能的变成可能，这才是——高手！”

五十六

……在S大，1.92的我几乎可以俯视任何人，唯独你，让我不得不立足在“卑微”的地点，用朝圣者的姿势“仰视”。

理智告诉我“不应该对你有非分之想”，因为那不现实，就像“骑着扫把飞上天”一样荒诞不经；但另一个我顽强地与理智的我抗争，终于，理智像遭受原子弹袭击的广岛一样溃败，我“理智”的园地寸草不生，任由“想你”的毒雾弥散。

从你闯进我视线的那个午后开始，我就失眠。我在一个个难以入睡的午夜点燃香烟，试图燃烧对你的“思念”，可“思念”如同油田，愈燃愈旺，无法扑救。

我妒忌你肩上的包，你脖子上的手机，你手里的笔，你脚上的鞋，因为它们可以那么近距离的接触你，与你朝夕相处，多么幸福！如果给我一盏阿拉丁神灯让我许愿，我会毫不迟疑地让它把我变成你所钟爱的鞋，让你踩着，走遍天涯海角，直到被你穿破，丢在一个不起眼的角落。

你无须知道我是谁，也不必对我爱的举动做出任何回应，只要在每周日的晚上接受我送的玫瑰，保持快乐的心情开始新的一周。

爱你的人

PS：长毛的事我听说了，有我在，他不会再骚扰你，勿念！

老狗看完情书，满意地点点头：“不错不错！就是这个意思。”

“什么年代了，还送情书！会不会太老套了？”我接过老狗的烟，不无担心，“可别搞砸了。”

老狗摆摆手：“炮灰这丫挺的天天叨呼，我再不出手，他都要爬到我头上拉屎了！”

“你就为了在炮灰面前争口气？”我深悔自己助纣为虐，一把将情书抢在手里，“以后碰到玩弄女同胞的事不要找我帮忙了！”

“我是真的喜欢她！”老狗急忙分辨，笑道，“等着叫师娘吧！”

去花店挑了一大束火红的玫瑰，老狗让花童将情书和花一起送到杨岳红宿舍。

这只是一个开始，他决定如情书上所说的：每周写一封情书，在周日晚上买了玫瑰送给杨岳红。“泡妞也是需要成本的”，老狗很舍得下本钱，他说，炮灰总想施点小恩小惠就让女生倾心，可小恩小惠施多了，加起来成本不小，却没有一个能成功，这让人联想起挖井的故事。如果把“泡妞”比做“生意”，炮灰的小打小闹只相当于小摊小贩，发不了财，而他老狗开的是房地产公司。

五十七

阳痿在学生会做了一年“干事”，终于有所回报，拿了国家二等奖学金，有一千多块，很主动地找到我们宿舍，说晚上请我们六个好好撮一顿。学校“干事”以及各班班干部们只要考试不挂科，一般都比较容易拿奖，这叫“近水楼台先得月”。

学校对待学生福利无不雁过拔毛，比如我们每学期的生活补助，本来是国家拨了款给学校，再让学校负责发给个人，但S大从来不发现金，而是将生活补助悉数打在学生的饭卡里，让我们只能在学校食堂“消化”掉。食堂的伙食一向难以下噎，好像食堂的大师傅们成天什么事也不干，光琢磨着怎么才能把菜炒得最难吃，好端端一个鸡腿，经大师傅手烹制出来，怎么嚼都赶不上校门外盒饭店的土豆。如果气候不是太恶劣，同学们几乎从来不去食堂受罪，学校食堂门可罗雀，只有在发放生活补助之后一两周左右，同学们才被迫暂别盒饭店，食堂生意异常火爆，大师傅也很配合地将饭菜味道做得比任何时候都难吃。我跟老狗摸清这个规律后，总在领到生活补助之后几天去校外大快朵颐：因为这几天盒饭店突然没了生意，老板们一个比一个大方。等到其他同学饭卡上的钱都花完了杀回盒饭店，食堂的伙食质量又反弹回来，我俩再去食堂解决生活补助。

学校不是没有打过学生奖学金的主意，苦于找不到好的借口，老鼠抱油瓶——无从下爪，每人上千块钱，总不能也打进饭卡搞回收吧？最后心不甘情不愿地发了下来。“国家拨下来的标准，其实远比学校公布的高！”阳痿的话不知是真是假。

“干事”是同学们选举出来的，那么凭借“干事”的优势捞了好处，自然地回报同学们，于是每次学校一发奖学金，校门外的火锅店就聚满了吆五喝六的

“学子”，奖学金最终落实到了餐桌上。传闻以前有学长得了奖学金后跑去按摩，这让学校很兴奋，终于找到借口将他到手的奖金统统没收。拿了奖学金的同学作为多个社交圈子的一环，往往要摆好几次饭局，阳痿说昨天请了他们班的哥们，今天轮到我们。

傻强接到电话后赶到重庆火锅店时，两个大火锅已经上桌。

阳痿盯着傻强看了半晌：“傻强，我突然想起一件事，跟你有关。”

“什么？”傻强不明所以。

“你是不是在S大学生论坛上发过帖子，说了什么话？”阳痿问道。

“啊！”仿佛当头棒喝，傻强紧张地靠向阳痿，“你怎么知道？不会有事吧？”

“真的是你？”阳痿尖叫，用问询的眼光瞅着傻强，傻强不安地点点头。

“完了！”阳痿夸张地拍拍胸脯，摇头叹息，“你呀！你捅大娄子了！学校前几天在调查这事儿，安插了一群入党积极分子，把你的名字报上去了。”

“这……”傻强当场傻眼。

“轻则记过，重则开除。”阳痿挥舞着筷子，“学校领导说的。”

“‘文字狱’呢？”老狗气愤地骂道，横了一眼傻强，“到底怎么回事？”

傻强哭丧着脸，筷子都举不起来了。一桌人都没了食欲。酒精燃烧的蓝色火焰郁闷地舔着火锅底。

五十八

“将军额头堪走马，宰相肚里好撑船。这帮老师怎么这么小肚鸡肠！”傻强坐在我对面，心不在焉地把玩着手机。

据傻强所说，他是上网玩游戏玩得晕头转向，闯进S大学生论坛转悠，见到有同学发帖说，带女朋友在学校食堂吃饭，结果饭里面吃出个避孕套，学校为了息事宁人责令食堂赔偿，可事情过去了一周多，食堂仍然没动静，忍不住找食堂经理去问情况，由于物证已毁，经理居然翻脸不认人，矢口否认。看了这个帖子的同学们非常恼火，竞相将有关学校的“黑幕”抖了出来，难辨真伪：有人说学校某个食堂的肉全是老母猪肉；有人说会计系女生被强奸的事根本就是她班辅导员做的，故意栽赃给淳朴的民工；有人说学校老街的英子茶庄，是某某老教授的“后宫”，他老人家没一日不摸黑驾临，挽救失足少女，真正以传道授业为己任，诲人通宵不倦。同学们是如此踊跃，傻强岂可人后？新仇旧恨，心中一股无名业火腾腾升起，傻强是怒从心中起，恶向胆边生，花了一个小时跟帖，将他对S大的不满痛痛快快地发泄了出来。

S大一教学楼大厅有个“意见投递”箱，不知道挂了多少年，估计从挂上去那天开始就无人问津，意见箱上的大锁早已锈蚀，形同虚设。有的同学有意见要提，有不满要发泄，投进意见箱没回应，就去找领导当面谈。领导对于学生意见似乎向来不在乎，面对上访，有话绝对不好好说，一定要靠着沙发架起双腿端杯清茶拉长声音跟同学绕圈子，务求把简单问题复杂化，把今天能解决的事情拖到明天后天，把问题的实质用或这或那的形式掩盖起来。“街上如果没有公共厕所，人们就要随地大小便。”学生们满腔愤懑无法通过正常途径发泄，在论坛发发牢骚，这很容易理解。

如果论坛上的内容真如领导所言只是“恶意毁谤，流言中伤”，领导们大人不计小人过，抱无所谓的态度，“从来毁誉不由人”，其他人都会觉得帖子内容只不过是个别同学年少疏狂胡编乱造。可一向对“意见箱”置若罔闻的S大领导们，偏偏要偷偷摸摸地上S大学生论坛去看帖子。这就像你的朋友写了什么得意的著作让你看，你一般只会敷衍着看几眼，却对他小心翼翼锁起来的日记兴趣浓厚。“从窗口爬进来的情人最有魅力”，是不是任何事情都要“偷偷摸摸”地做才有韵味？

总而言之，学校领导们这次较起真来了。本来，那些帖子就像寡妇的孩子一样，是怎么也搞不清父亲是谁的。可一向拖拉的领导们这次半点也不含糊，聚集各班入党积极分子开了个动员会，将他们作为“内鬼”打入“人们”的队伍，不一一找出这些吃里爬外的“愤青”誓不罢休。很快，一份包括傻强在内的“黑名单”就飞到了领导桌上。

“死是死定了的。”阳痿拍了拍傻强，“你现在能选择的，是怎么死法。”

“就任由他们只手遮天？还有王法吗？如果开除，我就去告他们！”傻强蹭地站起身子握紧双拳。

“哼！”老狗紧了紧床单，做出面目狰狞的表情，用领导的口吻恶狠狠地说，“告？你去告呀！县太爷是我小舅子。蚍蜉撼大木，不自量力！”

傻强的表情立马像判了死缓的重犯——万念俱灰，颓然坐在床上。

五十九

我在网吧对着电脑搜肠刮肚，为老狗写第二封情书，一个网名叫“煤炉”的家伙发来消息：“煤球，在干吗呢？”

“你是？”

“张芬！”她连发两个调皮的微笑符号。

“在写情书呢！”把QQ撂在一边，继续组织语言构思。

快写完的时候，张芬发来消息：“是谁这么倒霉，被你瞄上了？”

“肯定不是男人！”我信手回道，在情书上敲完最后几个字，对张芬说，“你帮我参考一下下面这段话，要不要修改。”然后摘了一节发过去：“……你的一言一行一笑一颦已经成为我心中的经典，有如电视广告般在我不小心的时候，时不时插播……喜欢你，岳红！不管说出此话能换来的是你的什么，或者根本什么都换不到，我都会因为‘喜欢’本身而快乐着！……”

半晌，张芬问道：“她叫岳红？”

“是啊。”

“漂亮吗？”

“我是要你站在女生的角度看看这封情书能不能打动你，越说越远！”老狗等着交稿，我有些着急。

“你写得很好！”沉默了片刻，张芬说，“不过我觉得，你用心太过了。其实，要追女孩子很简单的。”

“愿闻其详！”

很长时间没有回应，我催促道："是不是不愿意把你的独门绝招传授给我？"

"没有。"张芬犹豫了一会儿，发过来这样一段话，"你只要找到那个岳红，跟她说，你跟朋友们玩'大冒险'玩输了，他们让你去问她电话……"

我的心触动了一下。qq上，"煤炉"的头像暗了下去，张芬下线了。打开"煤炉"的个人资料，一行字映入眼帘：你是煤球我是炉，我烧你!

"杨岳红是那种自视奇高的女子，这种人的虚荣心比一般人都高，我要做的是投其所好，最大限度地满足她的虚荣心。她那么漂亮，长这么大一定迎战过各式各样的追求者和各种各样的追求方式，普通的方式根本刺激不了她的神经，所以我要出奇招，等到她迫切地想知道给她送花的神秘男人是谁，再……"老狗订完花回来，兴致勃勃，侃侃而谈，"这可真是一场持久战，为了她我已放弃了整个花园，内分泌都要失调了！"

"你确信你能成功吗？"我懒懒地问道。

"我失败过吗？"老狗微笑着，自信满满。"虽然有难度，可再多的妖魔鬼怪，能阻挡唐僧取经的路吗？"

妙计即定，老狗像架好了钓钩的渔夫一样自在，坐等鱼儿上钩，到了晚上睡得特别安稳，呼噜打得惊天动地，让躺在下铺失眠的我无比郁闷。我很奇怪：如此气势磅礴的呼噜声，怎么就没吵醒老狗自己?

明天周一，上午有四堂课。我小心翼翼地搜寻着脑海中一丝朦胧的睡意，想"勾引"自己摆脱失眠，思绪却清晰地反复呈现张芬在网上最后说的话，总觉得曾经听过，又记不起是什么时候、在哪里。半睡半醒之间，记忆的碎片一点点拼凑起来，"大冒险"、"问电话"……猛然之间，大脑闪现出第一次见到张芬时的情景："我叫张芬。"女孩一脸灿烂，做贼一样轻声对喝醉的我说，"帮个忙，我在那边桌，跟朋友们玩'大冒险'，我输了，他们让我来问你电话。"

枕头下的手机急促地震动起来……

"煤球……"张芬的声音仿佛从另一个世界传来，悠远轻柔，欲言又止。

"你在哪？"我上床的时候已过一点，不禁有些担心。

“煤球！”她音带悲呛，竟自哽咽起来，我更加担心，“你怎么了？张芬？”

电话被挂断了，我掀起被子跑到走廊拨了过去。连拨几轮，张芬终于接了。

“你怎么回事？”

“没事。”她的声音镇定了些。突然觉得无话可说，两人沉默着。

“煤球，我们认识多久了？”终于，张芬打开沉默。

我想了想：“快一年了吧？”

“是三百零七天。”张芬很肯定的语气，“再过两个月，你又要生日了……”

“对哦，我是在上次生日认识你的。”

“嗯！”张芬犹豫了一会，突然说，“煤球，我喝酒了，有点多。”声音轻轻的，有些委屈。

“啊！”我这才发现她今天说话的声音大异寻常，“那你们宿舍有没有人？”

“我没在宿舍！”张芬幽幽地说，“我在沿江风光带，上次咱俩来过的长亭……”

六十

两月后，生日聚完会和张芬躺在脏不拉几的“狼巢”，说着酒话互相调侃，谁也说不清那晚是谁“勾搭”了谁。这是冤案。

的士司机径直将车开到沿江风光带长亭旁，透过车窗，我看到张芬背对着车道凭栏独立的娇弱身躯。推开车门，她回头怔怔地盯着我，脸上写着“可怜”，像极了小学课本上的简笔画——卖火柴的小女孩，不禁心生恻隐。

走到她身边，这才发现她眼圈红肿，满脸疲倦，看了我一眼，别开脸庞，轻咬着嘴唇淌下泪来。“砰”的一声，背后突然传来巨响，在寂静的黑夜尤为刺耳，心脏剧跳，张芬惊鸟般钻进我怀里，吓得尖叫。

扭转脖子，原来是刚刚乘坐的的士掉头过急，撞中迎面飞来的摩托车……“我们去看看。”我拉了拉张芬，她将头埋在我胸口，一动不动，一声不吭。摩托车司机站了起来，生龙活虎地指着的士尖声叫骂。

张芬缓缓抬起头来，无限娇羞地瞟我一眼，紧了紧双臂，垂下眼帘。没有星星，周遭笼罩着阴郁的黑幕，黑幕里摇曳着几盏昏黄的路灯，密密匝匝的蚊虫围绕着灯光飞舞，背后的两个司机亮开嗓子用长沙话对骂，满嘴污言秽语。我们在如此“浪漫”的夏夜紧紧搂抱着对方，继而情不自禁亲吻起来……

“我期待的今晚，不是一团漆黑，应该有满城烟火，还有数不清的玫瑰。”张芬靠着我肩膀，憧憬着。

玫瑰，我眼前突然出现小素的样子，捧着我送的玫瑰，绽露天使般的微笑。心抽动了一下，我勉强笑道：“你怎么这么小资！”

“哼！我小资？”张芬酸溜溜地，“啊！你的一言一行一笑一颦已经成为我心中的经典，有如电视广告般在我不小心的时候，时不时插播……岳红……”

我鸡皮疙瘩都冒了出来：“都解释过了，你还要生气？”

“以后，不许你给别人写那些东西了！”张芬皱了皱鼻子，用她肿得包子似的眼睛横我一眼，不屑地冷哼，“肉麻兮兮的！”

“小女人！”我淡笑，“我们这样，私订终生，会不会太……”

“反正我是受害者，是被勾引的！”张芬抢白道，促狭地笑问，“煤球，那一千一，你是故意的吧？”

“什么意思？”我莫名其妙。

张芬吃吃地笑着：“不管是不是，我都当你是故意的。”

我仍然听不明白她什么意思，跟着傻笑。

薄雾蒙蒙的长街，偶尔有早起的汽车呼啸着碾过凝重冰冷的水泥地面，急切却小心翼翼，天边撒下晨辉的光华，街灯渐次熄灭。张芬像个小媳妇似地挽着我的胳膊，紧紧贴着我走。

五一广场上有一群老年人在跳扇子舞。跳舞的是一群老奶奶，几个老头站在一旁欣赏，微笑着盯着奶奶们翩翩起舞的臃肿身材，满眼爱怜。音乐一停，就有老头拿着矿泉水走向舞群。看着一个老头走到一个奶奶身边，干瘦的手掌接过奶奶手中彩扇，僵硬地挥动，为满头大汗的奶奶打扇，说笑声撒满整个广场。张芬不觉痴了，双手绕上我的脖子，动情地说：“煤球，等我到了跳扇子舞的年纪，你一定要像那位爷爷一样。”

“一定要跟他一模一样吗？”我笑道，“比他帅也不行？”

“讨厌！”张芬两手抓起我耳朵揉了揉。

一种唤做“甜蜜”的感觉瞬间盈满胸腔……

六十一

老狗自称在“心理研究”方面下过苦功，“运筹帷幄之中，决胜千里之外”，他说无须见面，就能准确地把握杨岳红的心理变化。连续送了三次玫瑰，第四周，老狗故意暂停：“每次收到花，她一定是既恐慌，又甜蜜。类似被人偷窥的恐慌，可居然有人这么有诚意地偷窥她，还是觉得很甜蜜的。送了三周，她会变得麻木，不以为然。现在我突然不送了，打破她的思维定势，她会失落，会期待，也会深刻。这叫——以退为进！”

果然，骄傲的杨岳红在老狗有张有弛的“甜蜜”攻势下节节败退，变得心神不宁。炮灰仔细观察后比较：平时走在路上目不斜视的杨岳红，现在开始左顾右盼、东张西望了。

第五周周日，那个“1.92”许诺的玫瑰又没出现，杨岳红有些无精打采起来。

又挨了三天，老狗料定杨岳红已接近崩溃，而“期待”心理正攀上巅峰，他决定将“战斗”升级，转为短兵相接。

“‘骑着扫把飞上天’，哈里·波特做到了，我能吗？”翻出杨岳红的手机号，老狗果断地按下“发送”键。

很快，老狗的手机铃声大作——看来杨岳红真的被“撩拨”得有些迫不及待了。老狗嘴角泛出一丝得意的微笑，一手提着将解未解的裤腰带，一手抓起手机，清了清嗓门，用自我感觉极好的男中音低沉道：“你好！”

“你是谁？”杨岳红放炮一样的质问声……

“我？”老狗慢条斯理地答道，“我是那个送花人。”

“我知道！你是第四个自称那个送花给我的人了。”电话里的女声依然爆发力十足，“以后不要来骚扰我！”杨岳红声嘶力竭地喊了出来，电话挂断，杀猪般的尖啸戛然而止。

仿佛被人抽了一记耳光，老狗面目扭曲，喘了两口粗气，一拳击在厕所门上：“我操他妈呀！太无耻了！找到冒充我的人，我活剥了他！”

“冲动是魔鬼，做人要低调！”锦江盯着电脑，喃喃自语。

六十二

“哎！辛辛苦苦几十年，一夜回到解放前！”老狗弓着背坐在我床头抽闷烟，眼神中混杂着无奈和“杀气”，“无奈”是因为杨岳红的误解，“杀气”是针对抢占他“劳动果实”的无耻男生。

我放下书，安慰他：“也不是完全没救，你现在要做的，是怎么让她知道送花的人就是你。”

“咚咚咚……”巨大的敲门声，响声集中在门下方，来人应该是用脚在踹门，听着让人莫名烦躁。

“操！”老狗拉紧被单裹住身子，起身打开门，“你，没长手吗？咋不带钥匙？”气冲冲的质问声。

“忘了！”加爵第二大摇大摆走了进来。“砰”的一声，老狗在背后重重地将门一摔。加爵第二皱了皱眉头，满脸不快。

“怎么会有这么无耻的人呢？他爹妈怎么把他给生下来的！”老狗应该是在说冒充他的人，“别撞我手里，揍他个生活不能自理！”

“说谁呢？”加爵第二梗着脖子，充满火药味。

“别瞎搅和，不关你屁事！”我看到老狗脸色变了，连忙打圆场。

“就说你，咋了？”为时已晚，老狗狠狠地甩掉烟头，站了起来，“操！”我撂开被角伸手拉住他，锦江也起身插在他俩中间。

老狗对着加爵第二怒目而视，对视了几秒，后者哼了一声，像斗败的公鸡一样转身进了厕所。

趿上拖鞋，我将老狗拉到门外，给他点上烟：“干吗呢？低头不见抬头见的，心情不好也别得罪人！”

老狗深吸了一口烟，弹弹烟灰，骂道：“操他的，这几天这变态发疯了，你看他床头，贴的都叫啥玩意儿？”

不知道是不是因为长期面对老狗的裸体而诱发了艺术热情，加爵第二似乎对“人体美学”产生了浓厚的兴趣，这段日子天天去图书馆借《健与美》回宿舍如痴如醉地翻阅，看一遍不过瘾，总要在还书的时候挑几张特写彩照据为己有，用心贴在床头。让人失望的是，他所张贴的几十张彩照中，居然没有一个是女性，全是粗胳膊粗腿穿着三角内裤的男模特。加爵第二经常抚摸着“健美先生”强壮的肌肉，朝老狗胸前的排骨投递不屑的目光。

“哈哈！”我忍不住笑出声来，“就因为这个？”

老狗翻了翻眼皮，转而问我：“怎么让杨岳红确信花是我送的呢？”

“一定是她身边的人将她收到花的事公开了。”我猜测着，“可那些人肯定不知道情书内容，也不大可能有1.92的身高。”

老狗点了点头，咧嘴笑了。

“回头我把情书底稿给你，你自己想办法见她一面吧！”

“行，呵呵，你说得挺在理！”老狗满意地转身打开门。

六十三

有“心情不好”做借口，老狗第二天理直气壮地翘课了。我洗漱完毕等他在床上磨蹭了大半炷香时间，最后得到他不去的决定：“我得好好琢磨琢磨下一步的战略！”

这是我们留级后课程安排恢复正常的第一学期，即便有再多的不情愿，我都控制自己尽量不逃课，以加爵第二为榜样，朝九晚五。古人“闻鸡起舞”，我“闻加爵第二起床”。

上的课多了，我发现在众多无趣的老师当中居然也能挑出少数不那么无趣的特例，比如《文艺理论》老师就有趣得紧，用某女生的话说：“简直可爱得比‘可爱’本身还可爱！”

《文艺理论》老师姓刘，是一个年近花甲的儒雅小老头，为人特随和，笑容像是刻在他脸上一样，不管碰到什么人遇到什么事，都笑得那么舒心。夏末秋初的大热天，给我们上课的刘老师都要穿得整整齐齐，打着领带，一任汗水顺着脸颊直淌：“古人以在别人面前赤身裸体，作为对别人的羞辱。我很尊重你们，所以每次走进教室之前，都要‘振衣冠，整仪容’。”刘老师的话让我们很感动，感动之余，有的男生就将刘老师的话现学现卖，对着身边的女生说：“你羞辱我吧！”

刘老师上课从不点名，但《文艺理论》的到课率是所有课程中最高的，可见他是多么“可爱”，多么有魅力！刘老师的魅力不是来自他的和善、他的儒雅，也不是他不经意间表露出的学识渊博、满腹经纶，而是源自他滔滔不绝的“题外话”：上他的课，我们会有大半时间沉浸在“忆苦思甜”的甜蜜中。年轻的时候，刘老师作为“高级知识青年”下过乡，他将他最美好的青春年月用锄头和镰刀伴着汗水埋葬在了一个偏远农村的生产队里，天天喝着红薯粥，从事着高负荷的体力活。

回忆那段艰苦的岁月，刘老师的表情居然是陶醉的。他将他在生产队度过的日夜像说书人手中的“话本”一样整理过，每堂课讲那么一段，如果变成文字，绝对是一本类似《青春之歌》的长篇小说，听得我们心向往之。每次上完他的课，回味饿急了的刘老师躲在田坎下捧着偷来的生萝卜狼吞虎咽的情节，我会对食堂大师傅“精心”烹制的猪潲般的饭菜胃口大开。

《文艺理论》课上到第二个月，“长篇小说”的情节也随之发展到了“爱情”部分：外表弱不禁风的刘老师当年血气方刚，单薄瘦小的身子里奔腾着炙热的血液，他狂热地爱上了生产队长的女儿——一个据他所说“浑身散发着泥土香味，思想纯洁得像一张白纸”的农村姑娘。生产队长横竖看不上刘老师，嫌弃他每次干农活都被满地的青壮年落在屁股后面，于是百般阻挠。最后，“唯父命是从”的“白纸”姑娘强忍着伤心离开了我们的刘老师。

“我欲与卿相知，长命无绝衰。山无陵，江水为竭，冬雷震震，夏雨雪，天地合，乃敢与卿绝！”

当年刘老师为不识字的“白纸”姑娘改写的诗歌。从他改写汉乐府《上邪》的水准，我觉得他更适合教我们《中国古代文学》，至少比正在给我们上《中国古代文学》课的“吴奶奶”要够格。

“吴奶奶”其实是一个四十出头的雄性胖老师，这个外号不知道是谁首创，个人认为非常贴切：这个老师给人的感觉，就像一个老得神经有些错乱的奶奶，絮絮叨叨，且全是胡话。

锦江说，20世纪最难解的谜题，就是“吴奶奶是怎么混进号称‘人类灵魂工程师’的教师队伍的？”此人姓“吴”名“仁梓”，同学们不叫他“吴奶奶”的时候习惯在他的全名后加一个“弟”字称呼他，合为“误人子弟（吴仁梓弟）”。一本《中国古代文学》到了他手里，被讲解得乱七八糟不知所云，每堂课常识性错误层出不穷：同一篇骈文，今天是“先秦”人著，明天又是“五代”人作；同一个典故，今天发生在孔子身上，明天又嫁接给了屈原。除此之外，就是老念错字，《陌上桑》中有一句“行者见罗敷，下担捋髭须。”吴奶奶硬是对着全班近百只耳朵大声念做“行者现罗斧，下蛋寸此须。”大家面面相觑——“罗斧”是什么武器？“孙行者”不是用金箍棒的吗？后半句更是费解！

上过几堂课后，我本来就不怎么清晰的思维越搅越乱，学也不是，不学也不是。我觉得吴奶奶在每堂课伊始，都应该负责任地向全班同学郑重声明：“本堂课纯属放屁，如有正确，实属巧合！”

六十四

如果对待爱情的态度也像宋词一样分做两派，我想我应该属于“婉约派”，而老狗是如假包换的“豪放派”，但老狗对我的说法提出异议：“虽然你面对感情问题唯唯诺诺，可看了你写的那么多情书，我觉得你应该自成一派，叫‘闷骚’派！”

一直以为外表活泼的张芬其实是爱情上的婉约派，不轻易把“爱”字说出口，可那晚过后，温婉含蓄的张芬仿佛变了一个人，每天都要给我打三次电话，早中晚各一次，比女人的生理周期还要规律，晚上的通话时间还格外漫长，不厌其烦地向我报告她的日常生活和所见所闻：早餐吃了几个包子啦，午餐哪道菜放咸了，谁谁谁脸也没洗就跑去上课了……“我迟早被你调教成一个长舌妇、八婆！”我抽着烟，抗议道，“能不能换换口味？”

电话那头张芬银铃般的笑声传来：“行，你想听什么？”

“说说你小时候吧，小时候，你是不是也像现在这么不可爱？”我笑问。

“哈，你真要听？”在得到我肯定的答复后，张芬开始娓娓道来，从她“祥云罩顶满室生香”地呱呱坠地开始讲起，直讲到她到今天出落得“如出水芙蓉般年轻貌美，水灵灵！”趁势给我敲一记警钟：“有这么好的姑娘委身于你，煤球，你要珍惜，不能再对别的人有非分之想！”

“呵呵，每次都是‘水灵灵’，你就没别的形容词了吗？”

“当然有！”张芬换了暧昧的语气，“不过，这要留给你去寻思了，呵呵！”

学校领导对于在网上散播“反动”消息者的处罚迟迟不下发，这让各位“愤青”更为紧张，感觉这是大战前的凝默，一旦爆发，打击将会是灾难性的。傻强如履薄冰，惴惴不安，却拉不下面子，在我们面前装做挺有种的样子，摆出一副“无所谓”的表情，网却上得少了，躺在床上不经意地长吁短叹。

“傻B！”老狗冲傻强骂道，转头向我递了个眼色，打开门走了出去。

到了走廊尽头，老狗掏出烟：“煤球，咱想想办法帮帮傻强，出了这事儿，加上他平时总不上课，学校难免借题发挥。”

“怎么帮？”我接过烟。

“托人呗！”老狗拧紧眉头，想了想，“听阳痿说，学校要征求各系办的意见再做决定，只好让他找系主任了。”

我联想起系主任当初对我的“大义灭亲”，有些担心：“他会帮忙吗？”

“送东西呀！”老狗厌恶地将烟头往楼下一抛，“只要他愿意收，就不会袖手旁观。”

看来老狗的确比我们“世故”，我点了点头。

“煤球，你还有钱吗？先借那傻B一些，他说他的钱全送给网吧了。”老狗看我一眼，搔搔头皮，“我这段时间也空了。”

六十五

傻强“拜访”完系主任回来，表情轻松了许多，冲我傻笑：“煤球，谢谢你。”

“他收了？”老狗问道。

“收了，说了我几句，最后他让我放心，说能帮尽量帮。”傻强转而心疼起钱来，“一千多块呢，够我在网吧玩多长时间！”

“消财免灾！”老狗悬着的心总算踏实了。

周末，张芬提出要出去玩，让我去她们学校接她。

我在电大女生宿舍楼下站得腿都要抽筋了，打电话催张芬快下来，她不急不缓地回答：“快了，真的快了。你站着累，到宿管科传达室坐着等吧，大叔人挺好的。”

“嗯，你快点，再等下去，共产主义都要实现了！”收起手机，我犹豫了一下，走向一楼传达室。

大叔戴着老花镜靠在桌上看书，见了我，老朋友式地点点头：“等女朋友？”

“嗯！”我敬上一颗香烟，接过他递来的靠椅，“看什么书呢？”

“《三国演义》”！大叔扫了我一眼，“你是学生吗，学什么的？”

在得知我是中文系的学生后，大叔很兴奋，仿佛遇到了知音，热情地拉着我问道：“有个‘文学’方面的问题，你能不能帮我解答？”

“我在学校就是瞎混！”我谦虚地笑笑。

“好歹你也是学中文的呀！”大叔干笑两声，“有人说，‘三国看得全，三十年不吃盐’，你告诉我，《三国演义》里面三十年不吃盐的人，是谁？”

是董昭，我差点脱口而出，但一看大叔似笑非笑盯着我看的表情，明白了他的用意，立马装模作样地冥思苦想了一会，告诉他：“帮不了您，我还真不知道！”

“哈哈！”大叔舒心地长笑，“是董昭！你看看。”大叔拉过凳子，指着书上董昭所言“某无他法，只食淡三十年矣”的句子给我看，骄傲地盯着我。按大叔的意思，好像罗贯中当年只要写这一句话就够了，《三国演义》其余洋洋数万言都是多余。

大叔陶醉在“难倒了中文系科班弟子”的喜悦中，对我倍添好感，张芬打电话让我上她宿舍小坐，大叔不假思索就放我通行了。

登上二楼，我不禁目瞪口呆：昏暗的走廊夹道两旁各拉了一条长铁丝，花花绿绿档次不一的内衣内裤挂得满满的，一阵阴风灌进来，内衣裤在铁丝上忽前忽后迎风飘荡。

跟张芬手拉手下楼，经过传达室时张芬打了声招呼，大叔抬起头，笑得很开心：“你男朋友很不错啊！要好好把握！”

我不禁莞尔，暗想：只要能让大叔开心，下次他若再问我“谁三十年不食盐”的问题，我一定继续佯装不知道。

六十六

到了车站，张芬突然改变去逛街的原计划，这是我俩第一次正式约会，她想找一个更有意义的去处。

“去哪还不一样？关键是跟谁去！”我看了看时间，已过午时，估计她再折腾几下我们哪儿也去不了。

凝神思索半刻，张芬突然来了主意：“去你们学校吧，去上次我没逛到的地方。”她说的是后山，“哼！看你以后还敢不敢跟别人去那约会！”我说过的话她居然都记着，看着她翘起嘴唇气咻咻的样子，我笑着摇头。

就这样，我早晨从学校出发，傻B呵呵的等了她半天，现在又要原路返回，难怪有人说“爱情使人变成傻子”。我觉得此时的我简直傻到了极点。

我俩并坐在后排，车行一站，上来一个老头，张芬连忙让座，顺势倒在我怀里。以前我很看不惯在公共场所搂搂抱抱的情侣，炫耀似的，好像别人都找不到对象，就他们行。现在自己却这样，一时接受不了，忙不迭推了推张芬："别这样，大庭广众的……"

"怕什么！咱俩是自由恋爱！"张芬不以为然。

爱情早产的结果必然是发育不良，我问她："我们是不是太快了？"

"快吗？"张芬一骨碌爬了起来，凝视我，满眼恐慌，"煤球，你是不是不喜欢我？"

我很诧异，真的，我从来没有直视过自己的灵魂，没有像这样逼问过自己，甚至在偶尔冒出"到底喜不喜欢张芬"的疑问时，内心有意回避，不愿深思。但形势不容我多想——张芬咬咬嘴唇，泪水开始在眼眸里打转，楚楚可怜。我赶紧起身抱着她……汽车一路颠簸。看着张芬留在衬衣上的泪痕，我不自禁地想起了小素，心竟然真切地疼了一下。我觉得，这种疼很不道德。强迫自己将小素驱除出我的脑海，给张芬腾出地方来，但在每一个失眠的夜晚，心仿佛一个停摆的座钟，固执地将时针指在跟小素分手前。

"煤球，如果你对我没感觉，你可以说出来，咱们从长计议！"张芬柔弱的声音。

"别说傻话！"我慌忙错开话题，跟她说借钱给傻强的事，"再过一段时间，我俩连饭都没得吃了！"

张芬眨了眨眼睛："放心，真有我们穷得没饭吃的一天，我一定把你像个布袋一样背在身上，挨家乞讨，让别人往袋口倒米，先把你喂饱！"

听着这样的话，我居然有些感动。

学校后山山脚一如既往鸳鸯成片，长亭当口的一对情侣尤为惹眼：男生忘情地搂着女生，上下其手，女生死死盯着双手捧着的《英语词汇速记》，面无表情，好像一切与她无关。我想，《英语词汇速记》的编者如果看到这一幕，应该很满足。

我跟张芬一口气爬到山顶，空无一人，看来爱情的温度也跟气温一样，与海拔高度成反比。坐在一大块天然青石板上，S大尽收眼底，山风拂面，绿枝飘摇，我觉得这是我俩借景抒情畅想未来梦想明天的最佳地点，结果张芬问道："煤球，如果以后我难产，你只能在孩子与我之间选一个，你会选谁？"

"当然是你！"

她不置可否，继续问："如果我和阿姨，就是你妈妈一起……"

"掉进河里是吧？"我郁闷极了，不知道是哪个傻B发明了这些变态问题，被女生学了去，专门用来为难男同胞，"你放心吧，有我在，不会让你掉河里的。"

张芬忍不住笑了，轻轻靠过来，将头搁在我肩上。

"煤球，你也爱我，对吗？"张芬突然挺"豪放派"地来了一句。我凝重地点了点头。

"这样吧。"张芬从包里翻出一把小剪刀，递给我，"玩个游戏，咱俩一起在石板上刻一个字，一人一半。"

可以断定她是言情小说看多了，中毒非浅，我还是耐着性子问："什么字？"

"随便你，看咱俩有没有默契，是不是跟我想的那字一样。"张芬做了个鬼脸，考官一样袖起双手。

我想了想，起身在石板阴面刻了一个"友"字。张芬呆了呆，接过剪刀，虔诚得如同进行仪式，认真地在"友"字头上补了几笔，会心地笑了。

六十七

一份针对七位学生的处分文件下发到了各班辅导员手中，"大胸脯"复印一份存档，让班长将原件送到了我们宿舍：文件上其余六位，皆因"行为不检"、"晚归"、"聚众赌博"等"罪行"之一被"警告"或"记过"，唯傻强一人因"无故旷课累计达三十节以上"，被处以"严重警告"加"留校察看"。

"干脆直接说我们'以下犯上、流言中伤'，我还能接受一点！"傻强哭丧着脸。

"他们六个，也是在网上跟帖的？"我很惊讶。

傻强肯定地点了点头，指着第一个：“这人，就是在食堂吃出避孕套的小子，他在网上留名留姓的，不会错！”

“操！”老狗骂道，“谁跟了帖，回头跟别人玩石头剪子布，被抓了也要说你‘聚众赌博’！”

傻强满脸懊恼，失神地望着处分文件，突然大梦初醒般抓起文件，上下扫了两眼：“这，我的处分是不是最重的？”他瞅瞅老狗，又瞅瞅我。我跟老狗面面相觑。

这个世界从来都不公平，在傻强最郁闷的时候，宫雍迎来了他人生最得意的时刻，S大用来悬挂迎新气球的“黄金广告位”打出横幅：热烈祝贺我院外语系宫雍同学荣获全国大学生英语演讲比赛特等奖。

宫雍乐颠颠地邀我们去重庆火锅店小聚了一下，几天后接到“李阳疯狂英语学习班”的聘书，就像当年宋江被朝廷招安一样，收拾细软喜滋滋地飞走了。从此很难在学校看到宫雍的“芳影”，他的行踪比游击队员还要诡异，一手创办的“疯狂英语协会”群龙无首，大家傻呵呵地“疯狂”着，却再也不“英语”了。

在“疯狂英语协会”最终决定解散当晚，协会干部们凑资聚会，老狗以“外联部长”的名义将杨岳红叫了出来，一行人怀着“沉痛”的心情去老街一家KTV唱歌。

“解散了！”一个老“干部”举起酒杯，一阵稀里哗啦的碰杯声过后，我们仰起脖子干了一杯。我跟老狗没有半点难受的感觉，但在协会里“干”了近两年“部”的同学眼中，这次聚会，其实是协会的追悼会。

六十八

“岳红，你唱什么歌？我帮你点。”老狗放下杯子，三步并作两步冲到点歌台，在众目睽睽之下向杨岳红拍起了响亮的马屁。

音乐响起，杨岳红举起麦克风，老狗坐在我身旁闭目仰头做陶醉状，准备好好享受杨大美女奉上的“听觉大宴”。

“终于做了这个决定……”杨岳红摇头晃脑唱了起来，唱了一句，仿佛晴天一声惊雷，炸得所有人一激灵，老狗猛地睁开双眼，轻声嘀咕：“怎么这样？撕破花裤衩了？”他大概是要表达杨岳红的歌声“声如裂帛”，的确，杨大美女声喉丝毫不婉转，更兼走调严重，很像一门上乘武功——音杀！

一曲唱罢，老狗带头卖力地鼓掌，顿时掌声雷动，明显感觉到干部们舒了一口气，微笑的脸上写着五个字：“终于唱完了！”掌声有时候是会骗人的，这次的“掌声雷动”让我联想起中学时的一位教导主任：该主任总喜欢在我们做完广播体操后上台婆婆妈妈，说些学校的琐事，大家站得腰酸腿疼之余终于熬到他讲完，会兴奋地热烈鼓掌。

“新莺出谷，乳燕归巢！怎么唱得这么好？”老狗说得很有诚意，估计这个时候的他已经达到“把自己骗倒”的境界了。

这是我第一次看到杨岳红的笑容，腼腆地笑着摆手：“哪里哪里！我觉得，也就一般。”

杨岳红一定认为自己是在“谦虚”，虽然用“一般”两个字来形容她自己的歌声已经很不谦虚。我们身边不乏这样的人：平时给人感觉很聪明，但面对“唱歌”这件事，突然变得没有自知之明，即便五音不全，也要霸着麦克风深情演唱。我理解他们，走调的人绝对不会认为自己在走调，没有人会故意唱错，所以他们一定觉得自己唱的就是正确的。

老狗唱了第二首歌，一个“干部”在老狗开唱时一再对点歌台做手势，要求消原音，听到一半，才吃惊地发现早已消了原音。我认识的人里面，老狗的歌是唱得最好的，《绝对男人》李达都难望其项背。

“怎么样？”老狗在一片掌声中坐回我跟杨岳红中间，得意地问道。

杨岳红撇了撇嘴：“还行，你唱得也不错！”

“跟你还是有差距！”老狗干笑两声，抓起酒瓶给杨岳红添酒，“岳红，听说前段时间有人送花给你？”

杨岳红打量着老狗：“你怎么知道？”

“地球人都知道！”老狗举起杯子碰了一下，“据说还有人冒充送花人，你找到‘真凶’没？”

“你……你有多高？”杨岳红突然问道。

老狗尴尬地笑了笑：“1.92。”

杨岳红瞪大双眼看着老狗，老狗大胆地迎上她的目光，斗鸡一样对视着。

“那人是你？”杨岳红如梦初醒。

老狗点了点头。

“噔”的一声，杨岳红放下酒杯，气冲冲地抓起桌上的包站起身，拉开门往外走。

老狗愣了一下，仰头将酒喝光，擦擦嘴跟了出去。

六十九

提了半打啤酒回宿舍，以备老狗“借酒消愁”之需。我觉得老狗这么早向杨岳红摊牌很欠考虑，唐突佳人，结局一定是被佳人折辱而归，结果我又错了。

老狗凌晨才回到宿舍，我无法从他脸上看到喜怒哀乐。扫了一眼桌上的啤酒，老狗对我说：“睡吧！”爬到上铺抽了一支烟，很快就传来鼾声。

张芬像所有贤妻良母一样，一厢情愿地认定作为男人的我总处在丢三落四、不能照顾自己的状态，对我的生活牵肠挂肚，泛滥着她与生俱来的母性，天一转凉，她就在电话里反复交代我加衣添被、小心感冒，一直讲到她自己流感上身，说不上三句话就咳嗽连连：“煤球，我说得没错吧……咳咳咳……你看，我都感冒了，你小心！”张芬的话让我怀疑她是故意把自己弄得感冒，以便作为教育我的活教材。

第二天，张芬发消息说她高烧了，我很担心，决定去电大看她，锦江听说后很兴奋：“我陪你去，哈哈，终于可以进女生宿舍去欣赏内衣内裤了。”

跟传达室大叔打完招呼，上楼的时候我很不安，担心锦江见到铁丝上迎风飘荡的内衣内裤把持不住，会像电影里刻画的变态那样偷两件揣兜里，虽然他没有小偷小摸的前科。

“煤球，不像你说的那么壮观呀！”锦江快我几步上了楼。

我笑道：“‘变态狂’的名字应该给你才实至名归！”

“去你的！”锦江很不服，“假正经！”

走到张芬宿舍门口，我听到她痛苦的咳嗽声，很揪心，扬起手敲门。

“煤球！”门一打开，张芬就扑进我怀里，声音嘶哑，“我好想你！”

突然觉得带锦江来是个错误，转头看了他一眼，他在偷笑，强忍着不笑出声来，憋得脸都变形了。

我拍拍张芬：“进去吧，你是病患，可别激动！”

“我偏要激动！”张芬不依不饶，“煤球，你不想我吗？”

我感觉自己脸上烧得厉害：“张芬，别想来想去的了，学校可是净土，你怎么好意思……”

“哼！不准你再叫我张芬，一点都不亲密！”

“好了，芬芬！够了啊！”我急于脱身。

“这还差不多。”张芬终于松了手，拉着我进宿舍，我向后努努嘴，锦江傻B似地朝张芬挥手叫道：“嗨！”

张芬这才发现有外人，羞涩地笑着回应，朝我做了个鬼脸，躲回宿舍。

下了楼，锦江突然从背后抱住我，捏着嗓子说：“煤球，你不想我吗？”

“你他妈有病呀！”我用力甩开他，拍了拍上衣。

“哈哈！”锦江大笑，“你俩真恶心！”

七十

张芬请我和锦江在电大门口吃晚餐，点了三盘“什么炒肉”（“什么”代指辣椒、茄子、香干、土豆等等），菜端上来，才发现所谓的“炒肉”就是将肉末当盐一样撒在“什么”上，肉眼难辨。我记得有一次跟张芬来这家店吃牛肉面，老板娘象征性地放了两片牛肉端到饥肠辘辘的我面前，皱皱眉头又端了回去，拿筷子将被面汤遮盖的第三片牛肉挑出来铺在上面再端过来，让我吃得格外心酸。

我轻声问张芬：“为什么每次来你都带我上这家？减肥吗？”

“呵呵，只有这家店的老板娘不是盒饭西施，比较保险。”听完此话我很庆幸：还好有这家店在，否则我来电大就只有挨饿了。

吃完饭刚出门，就碰到一个卖玫瑰的小女孩，冲我们三个不怀好意地笑着，终于走了过来：“要玫瑰吗？”

正在为难，锦江迎了上去，凑她耳边说了一句话，小女孩大惊失色，瞪了锦江一眼，转身飞快地跑了。我跟张芬大惑不解，刚要问他，电话铃响，锦江掏出手机接听。

接完电话，锦江心急火燎地走回来：“煤球，我们快回学校，你师傅有大动作！”

“电话是老狗打的？”

“是炮灰，叫我们快回去看戏呢，哈哈！”

等到我们三个赶到现场的时候，“好戏”已接近尾声，这是个不大不小的遗憾：闹剧发生在艺术系女生宿舍楼下，远远地就看到黑暗中有一群人围了个圈子，圈子里泛出荧荧微光，拨开人群，圈子里一地荧光棒，中间有一对男女忘情地搂抱在一起，男生放在女生背后的手里紧握着一大束火红的玫瑰。“老狗太浪漫了！”阳痿就站在我旁边，尖声尖气，“我要是女人，就跟定他不放！”

锦江转头看着阳痿，不解地问道：“你不是女人吗？”

七十一

“岳红！我爱你！岳红！……”

“操！”老狗将烟头冲炮灰砸了过去，“我的叫声有这么贱？”

“比这还贱！”炮灰叹了口气，“看样子，我是无论如何都学不会了。”

我很佩服老狗破釜沉舟、背水一战的勇气：“那么多人站在旁边看着，你就不怕她拒绝你，下不了台？”

“人不多，怎么满足她非同一般的虚荣心？”老狗莫测高深地笑道，“再说，我有把握！你知道那天晚上我追出去她跟我说什么吗？”

我摇摇头。

“根本就没有人冒充。岳红之所以那么说，就是为了逼送花人现原形。”老狗满足地往墙上一靠，“以前我还以为她是花瓶，低估她了！”

我也低估了杨岳红，更低估了老狗，一直对老狗能否搞定杨岳红心存怀疑，结果他用如此平常而大胆的方式大获全胜。老狗一直在努力烧开杨岳红这锅水，结果不光烧开，简直点燃了，冷若冰霜的杨岳红居然拥有热情奔放的另一面，如同她家乡浏阳生产的花炮一样——易燃易爆。临近终考，老狗跟杨岳红出双入对如胶似漆，天天晚上往“狼巢”跑，老狗回宿舍换套衣服，稍有迟疑，杨岳红就打电话来催。据说他俩在闹剧发生的第二天晚上就“一炮而红”了，这就是效率！

我在圣诞节收到了一份厚礼——张芬亲手编织的毛衣，一个袖子长一个袖子短。

“多合身！”张芬赞叹着，“真羡慕你，有一个手这么巧的女朋友，嘿嘿！”

我哭笑不得：“以后我就穿着它，夏天都不脱下来！”

“那当然。”她翻弄着我的衣领，“准备送什么生日礼物给我？”

“你想要什么？”

“玫瑰！”

又是玫瑰，我犹豫了一下，心虚地说：“只有两种男人会去买玫瑰，一种是本身不咋的，却要追自己配不上的女人的男人；一种是有愧于他的女人的男人。你觉得我属于哪一种？”

“狡辩！”张芬白我一眼，不悦地翘起嘴巴，“你师傅怎么教你的？”

“那东西太不划算，换一个吧芬芬，贵一点都无所谓。”

“随便你。”张芬赌气地说道，“你什么都不送，我也不会跑。”

“要不，我给你买套衣服吧，上步行街，挑你最喜欢的。”我看到她穿来穿去就那两套衣服。

所有女人对衣服都兴趣浓厚，张芬一扫脸上的不快：“好啊！太好了，我要把你的卡都刷爆！”

跟着张芬从步行街第一家开始逛，她试了很多衣服，终于看中了一件紫色毛呢大衣，束上腰带，倍显她玲珑娇巧的身材，看着镜子中的自己，张芬两眼放光："这件多少钱？"

"衣服上有！"导购小姐走过来翻出大衣上的商标，"四百八。要不要包起来？"

"啊！"张芬像被火烫了般手忙脚乱地褪下大衣，看了看商标，"真这么贵呀！"

"这是新款，你穿着这么漂亮，一点都不贵呀！"

"喜欢吗？喜欢的话就这件吧。"我见她爱不释手的样子，不假思索地问道。

"不行，还是太贵了。"张芬把衣服一搁，拉着我就走。到了门口，又依依不舍地回头看了一眼。

"买下来吧！"我反转身，"小姐，包起来。"

"我不要！煤球。"老狗说，女人说不要的时候，就是要，包括买衣服。

"以后再也不跟你逛街了，让别人像猪一样宰！"张芬抱着大衣，埋怨着我，脸上却荡漾着幸福的笑容。

"拎都舍不得给我拎，你今晚抱着它睡吧。"

"呵呵，煤球，如果有一天我变坏了，一定是被你宠坏的！"

回到学校，我从箱底翻出一个用心封存的纸盒，打开它，仿佛打开尘封的记忆，纸盒里躺着小素两年前一针一线织的毛衣。

打开门将纸盒放进垃圾桶，对着它点燃一根烟，默默地抽完，转身回宿舍。

在门合上的刹那，清楚地感觉到，初恋如同污渍，无可挽回地被我擦去。

七十二

这是我上大学以来从不旷课的第一个学期，面对终考试卷，有种得心应手酣畅淋漓的感觉，我甚至从前几堂考试中体味到了做题的快感，每次考完还有充裕的时间帮老狗传答案，直到遭遇《中国古代文学》。

《中国古代文学》题目并不难，用高中所学解题都能混个及格，但它是考查科目，试卷由任课老师吴奶奶出，阅卷的老师也是他，这就是难题所在：打个浅显的比方，人人都知道《蜀道难》是李白的诗作，可吴奶奶在课堂上说过“杜甫的《蜀道难》”，那么面对试卷上这样的问题，我就很头疼，因为我不知道吴奶奶在阅卷的时候是否也像授课的时候一样糊涂。

类似的矛盾问题层出不穷，我坐在位置上左右为难，窗外北风呼啸，我却憋胀得满头大汗，老狗等了半天没见我回应，交卷走人，站在走廊上有意无意地叫嚣：“出来吧，别考啦，反正考不过！”

大脑里一片糨糊，心里着急，我决定折中答题：按正确答案答一半，按吴奶奶的答案答另一半。铃声一响，如蒙大赦般逃离了考场。

过年回家，老妈一见面就大骂我不孝：“天天等你电话，你小子十天半月都难得打一个！”

“以后每周至少打一个！”我连忙笑着赔不是。并非我疏忽，从留级开始我就很不愿意给家里打电话，这是负疚感在作祟，每次老爸老妈询问我学习情况，我就会不由自主地想到留级，心里直犯堵。

“你妈经常梦见你，很担心！”老爸接过行李，眼神中闪过一丝爱怜，马上被一贯的严肃掩盖，“这么大的人了，懂事一点！”

手机猝然响起，我心惊胆战，掏出来一看，果然是张芬。我犹豫着，看了看爸妈，他俩转身走出我房门。

“煤球，我好想好想好想你，待在家里好难熬……”张芬蜜里调油的声音。

我无可奈何地劝她以后别打电话，我会抽空打给她：“爸妈都放假在家，这样不好！”

“我们又不是偷情！”张芬大声宣泄她的不快，我赶紧挂断电话，侧耳听了听，客厅里传来电视声。

吃饭的时候，老妈不停地往我碗里夹菜。不可否认老爸老妈一直对我很好，但那种好太过客气，记事开始，我从没有过向父母撒娇的回忆，我觉得自己在家里的位置就像一个客人，主人待我如上宾，客气但不亲昵。我不知道自己跟爸妈的隔膜是怎么一步步生成的，可能跟从小严加管教有关。念中学时老妈就说过我：从来不会撒娇，也不像别人家的孩子一样在家里乱动东西，给我买了水果零食什么的放在橱柜里，出差回来居然什么都没动，水果都长霉了。

初二时，我在县里辩论赛上夺了名次回来，让老爸老妈大吃一惊：在他们印象中，我一直是个不善言辞的孩子。我在同学们面前表现的如簧巧舌，回到家变成了笨嘴笨舌，甚至有点结巴，还老说错话，比如现在，我将老妈夹的菜夹到老爸碗里，自以为幽默地说道："妈……您别夹了……就三个人吃饭……总给我夹……是怕我爸抢吗？"

爸妈面面相觑、哭笑不得，我的"幽默"跟杨岳红"字不如其人"的幽默一样不幽默。

张芬依旧我行我素地给我打电话，让我很尴尬，难以招架，她对我遮遮掩掩的做法很不满："丑媳妇总要见婆婆，何况我又不丑！"

爸妈分明看出了苗头，却假装不知道，对此事不闻不问。直到开学离家前晚，老妈终于憋不住，小心翼翼地问我是不是有女朋友了，我想到张芬的话，点头称是，暗下决心：如果爸妈再反对，我也不能因此而将张芬撵开。

没想到，老妈这次很大度："自己好好把握吧，爸妈再也不干涉你，别影响学习，别辜负人家！"

我感激得差点涕淋，联想起两年前的小素，一阵心酸。

七十三

回学校看到老狗递来的成绩单，我既兴奋又气愤：总分全班第二，《中国古代文学》不及格。

"考那么多分干吗？浪费！还得交重修费，你看看为师的成绩！"我顺着老狗的手指找到他的名字：全部及格，但没有一门超过七十分。

"操，抄都抄不全！"我骂了一声，奇怪地问他，"吴奶奶那科你怎么过的？"

"很简单呀，很多题高中就学过。"老狗骄傲地回答。

我不得不后悔：如果不去课堂受吴奶奶误导，或许我也能过！

“煤球，你的芬芬到长沙没？岳红请我们周末去她家吃饭。”

“你俩进展这么快？”我很惊讶，“她是请你一个人吧？”

“处女嘛！把我当准老公了，哈哈！”老狗笑得很放荡，“是请我们大家一起游浏阳，一个人，我才不敢去！”

听老狗说，杨岳红是单亲家庭，她妈妈生她时难产，抛下她走了，是她爸“又当爹来又当娘，将她拉扯大”的，这听起来像一个发生在旧社会的悲剧故事，但她家殷实的家底让悲剧色彩显得不那么浓厚。杨岳红的爸爸原来是浏阳市某花炮厂的厂长，在地方上呼风唤雨，年轻时很有事业心，三十好几才娶妻生女，视杨岳红如掌上明珠，为了爱女毅然决定不续弦，现在退休在家，迷上了泡药酒：将蛇呀鼠呀山果呀什么的泡进白酒里密封，一段时间后取出酒来内服外敷，据说效果相当于行走江湖必备的狗皮膏药——滋阴补阳、驻颜益寿、包治百病。难怪杨岳红美艳如斯。

杨岳红还有一个奶奶，像所有旧社会大户人家的老祖母一样，对一切跟“封建迷信”有关的活动兴趣盎然，为鼠常留饭、怜蛾不点灯，对孙女更是疼爱有加。她疼爱杨岳红的方式就是拜神：小时候求神保佑岳红健康成长；长大了保佑她考上大学；考上大学了保佑她在外面平安……反正总能找到求神的理由，所以她绝不担心无事可做。据说杨岳红的名字也是她奶奶取的，难怪第一次见杨岳红时她要强调：“岳”，就是“南岳”的“岳”，绝对不是“岳麓山”的“岳”。因为“南岳山”有“天下第一签”之称，香火比较旺盛。

可以说杨岳红在家里过的就是从前大户人家千金小姐的生活，合娇集宠，难怪脾气那么大。

浏阳市离长沙很近，我们一行七人十点出发，不到午饭时间就到了杨岳红家楼下。老狗不计前嫌，好言邀加爵第二一同过来玩，加爵第二拒绝了。宿舍五人，加上张芬、杨岳红，刚好七人。

“大过年的，什么也不带，这样好吗？”我在学校就想过这一点，老狗不让带，说我不能抢他风头。

杨岳红说：“我爸最讨厌这些客套，多去点人，热闹热闹他就很高兴了。”

“那我把这烟留在楼下，回去自己抽？”老狗一本正经，“免得惹他讨厌！”

杨岳红白了他一眼，伸手按电梯：“上了楼大家都别做声，给他们一个惊喜！”她调皮地眨着眼睛。

我们六个在杨家门外一字排开，屏声静气看着杨岳红掏钥匙开门。推开门，客厅里传来细微的电视声：“xx牌丰胸膏，女人坚挺的秘密……”

“爸！”杨岳红大叫一声。

“哎，哎来了！”电视马上换了台，声音跟着调大了，面色红润的杨大叔迎了出来，“宝贝，来这么多呀，快请进、请进！”

“叔叔好！”我们齐声叫道。

锦江在我背后，偷偷对我说：“哎，叔叔他们这一代人真是可怜！”

杨岳红的奶奶回来后，非常高兴，直呼菩萨显灵：“一下子就来了这么多贵客，哈哈！”系起围裙进了厨房。我看了看客厅的神龛，佛教的罗汉、道教的菩萨摆了好几个，心想：这个善良的老奶奶，信了一辈子神，大概连自己信的是什么教都没搞清楚。

张芬站了起来：“我帮奶奶去洗菜吧。”

“不用不用，你坐，她能行。”杨岳红挥动着遥控器，“爸，少泡一杯茶，我喝牛奶！芬芬你呢？”

“我随便！”张芬坐回沙发。

“来来，抽烟！”杨叔叔摆好茶，打开一包芙蓉王递给身旁的老狗，老狗急忙站起身摆手：“不抽的，不抽……”

“哎呀，抽就抽呗，虚伪！”杨岳红嗔道。

老狗毕恭毕敬地接过烟，不知所措。

“抽烟不是坏习惯，有节制就好！”杨叔叔爽朗地笑道，坐在我们对面，点了根烟，朝我们五个男生挨个看过来，他大概是在揣测谁是杨岳红的意中人，又或者在琢磨：谁比较适合做泡酒的药引子。

老狗将一袋烟酒摆上桌，怯声怯气：“叔叔，难得来看您一次，一点小意思，不成敬意。”

“这是哪里话！到叔叔家还破费，下不为例啊……”

杨岳红打断他：“什么小意思，爸，这可是人家一个月的生活费呀！”

“噢！”杨叔叔看了看老狗，冲他宝贝女儿意味深长地笑了，“呵呵呵！”

吃午饭的时候，杨叔叔就特别关注老狗和他东拉西扯，奶奶也看出端倪，使劲往老狗和张芬碗里添菜，对我们四个只是一挥筷子：“吃吧，随意一点，多吃菜！”

走的时候，杨叔叔送我们到楼下：“我们家岳红娇生惯养的，比较任性，脾气臭了些，作为朋友，你们要多多包容她！”话好像是对我们大家说的，眼睛却瞅着老狗。

“那是一定的，叔叔您放心吧！”老狗连连点头。

上了车，老狗对杨岳红说：“知女莫若父。岳红，你爸挺了解你呀！”

“呸！你听他瞎说。”杨岳红很不服气。

七十四

如果我跟张芬的爱情故事进展到这个时候就结束全篇，不失为完美的结局，如同武侠小说里的男女主人公，在江湖上栉风沐雨过后看破红尘，道一声“隐退”，双人一骑绝尘而去，唯留佳话予看官。

我想我在2004年所犯的最大错误就是答应携张芬“归隐”，这件事的罪魁祸首就是那一千一。张芬说，“一千一”是“一生一世”的意思。我在茫然无知的情况下“勾引”了张芬，事已至此，我还被迫承认自己拥有过人的智商和情商，居然能想出这么浪漫而高明的勾引法。因为承不承认，张芬都固执地声称：“反正我是受害者！”“不管是不是，我都当你是故意勾引的。”

当张芬将一千一递还给我时，我觉得我不应该接受：“你人都是我的了，还什么钱！”

“那太好了，我们用这些钱在你们学校外面租间房子吧！”看来张芬蓄谋已久。

我反抗过："我可是好人家的孩子，不跟你玩'同居'的游戏！"

"距离不只产生美，还产生路费。反正这学期我没什么课，就让我好好服侍你呀！煤球大少爷。"张芬开始实施美人计。如果计谋也像兵器一样排谱，我想"美人计"完全有实力稳坐"计谋谱"第一把交椅，英雄如我，都惨败在此毒计之下。

房子租在学校旁的一个小区里，窗外环境幽雅，对楼时常传来嘶哑的二胡声，断断续续，不时夹杂着一个中年男人的怒骂："宝里宝气，是这么拉的吗？"然后是一段相对而言不那么"断断续续"的二胡声。应该是一个父亲在教孩子拉二胡。

房内本是一片狼藉，经张芬巧手打理后居然泛着莫可名状的温馨，特别是床顶上的木质天花板装饰独特，上面斜插着十来张扑克牌，我想：这间房的前房客一定是赌神或赌圣之类的人物。

一开始我在这间房子里找到了家的感觉，幸福地享用着张芬用电饭煲做的汤，然后忘乎所以地跟她缠绵，再然后躺在床上陪她构想未来的生活，诸如以后是生男还是生女的问题，关于这个问题，我俩分歧很大，按我的想法是要生一个体贴的女儿，比较好养，可张芬不这么认为，她觉得怎么着都要为我生一个大胖儿子才显得她有本事，我俩谁也说服不了谁，最后张芬对我撒娇道："煤球，你一点都不疼我，这都要跟我争！"我只好让步，委屈地做出"以后生儿子"的决定。

更大的分歧是关于我的抽烟问题，记得以前张芬曾夸我抽烟的样子很有型，正因为此，她才会在初次见面壮着胆子跟我搭讪，但朝夕相处了一段时间后，张芬开始对我抽烟提出异议，搬出了一大堆烟民耳熟能详的理由规劝我戒烟，并提出了一套"科学"的戒烟法——用嚼槟榔替代抽烟，她认为嘴巴在嚼槟榔的时候就没空抽烟。我极力配合，无奈抽烟于我跟"食、色"一样，已经"性也"，对烟的需要已非我意识所能控制，戒烟的结果是烟没有戒掉，槟榔却上了瘾。

有人说，如果你身边有人戒烟了，千万不要再和他来往；因为，连烟都能戒的人，什么狠心的事都做得出来。于是，我向张芬汇报戒烟成果的时候总结：我是一个有情有义心软恋旧的好人。

张芬对此的表态是："煤球，你最好是在抽烟的时候睡着，把我俩一起烧死。我不想你以后得肺癌先我而去，留我一个人孤孤单单……"

七十五

受亡灵之邀，我决定带张芬去农大玩两天。亡灵在电话里骚包地说："草莓红了，是该摘了，不能不爱了。"

到了农大才体味到春天的感觉，花香满（校）园，暖风扑面，和煦的春光透过新绿的枝丫懒洋洋地流泻在我们身上。张芬高兴得像个孩子，倒退着走在前面，调皮地朝我挤眉弄眼："像不像公主？"

"像笑星！"

"讨厌！"一记粉拳突击我胸口穴位，堪堪闪身避过，张芬改袭下盘，右脚踏上了我左脚："实则虚之，虚则实之，哈哈哈……"长笑过后，她竖起单掌欲痛下杀手。

"厕所友！"亡灵来得正是时候，我连忙抽出脚拉着张芬介绍他们认识。

"厕所友？嘿嘿！"张芬冲我坏笑。

"走，摘草莓去！"亡灵晃了晃手提的袋子，"东西都准备好了。"袋子里装着六七瓶矿泉水。

"三个人喝得了那么多吗？浪费！"

亡灵神秘地说："不是用来喝的，进了草莓棚有用！"

自己进棚摘草莓，出来后过秤结账，每斤价格比市场上还要贵一元多，这听起来很没道理，"聪明"的农大学生们于是想出了一招"替天行道"的毒计——进棚后边摘边吃。

"这是偷盗！"

"这样才能捞回成本！"亡灵打开矿泉水洗草莓，"大家都是这么干的。"

"就是就是！"张芬将一颗草莓塞进我嘴里，眼神在草莓苗里搜索着，忙得不亦乐乎。

三人饱饱地吃了一顿，象征性地摘了两斤草莓出棚。过秤的时候，亡灵打了一个饱嗝，老板越过杆秤扫了我们仨一眼，满脸狐疑，这让我羞愧难当，恨不得将吃下的草莓全吐还给他。不过幸亏没吐，吐了也是罪证。

出了农田，张芬满足地匝着嘴：“这是我吃过最美味的草莓，难怪鲁迅当年要偷人家的豆子吃，呵呵！”

晚上，亡灵带我们去浏阳河畔吃农大鼎鼎大名的“叫花鸡”，打电话请了一位叫“露露”的同班同学出来共进晚“鸡”，我还以为露露是亡灵的女朋友，结果却是一个比他还壮实的小平头，一脸青春痘让他的五官在视力不是很好的我眼中，好像打了“马赛克”似的，不甚确凿，眉梢一颗豆大的暗红“风流痣”倒是清晰可见。

“你好！一开始我还以为你是女生呢，呵呵！”我伸出右手，以示热情。

“厕所友！”亡灵慌张的声音，埋怨地瞪我一眼，轻声告诉我，“她就是女生！”

七十六

一大坨干泥团，敲开后一阵浓香扑鼻而来，荷叶裹着整只鸡躺在泥团里，冒着热气——这就是“叫花鸡”。

“叫花鸡”味道很好，可饭桌的气氛却很沉闷：亡灵从露露出现的那刻开始就突然变得极不自然，表情羞羞答答，动作扭扭捏捏，像极了刚过门的小媳妇，给露露盛汤的时候双手都是颤抖的。

“你是不是觉得我长得像男生？”露露终于向我兴师问罪，神情倨傲。

亡灵抢答：“不像……你一点都不像。我同学视力不好……”

拍马屁的最高境界是狂拍而不响、猛拍而无形，亡灵的拍马屁太像拍马屁，结果只换回露露一双白眼。我看不过眼，故意将视线投向几十米开外的围墙：“芬芬，你看那边墙上，有两只蚂蚁打架呢！”张芬连忙在桌下踢了我一脚，歉意地朝露露微笑。

“诶，你这衣服什么牌子的，挺好看呀！”露露将矛头对准张芬。

“不知道……随便买的。”张芬怯怯的声音。明显看到露露嘴角泛起一抹嘲弄的笑，挪了挪身子，让人注意到她胸前某知名运动品牌的标志。

“今天这鸡怎么做成这样，换一个吧！”露露吃了几口，朝亡灵皱起眉头。

“这……能换吗？”亡灵瞅了瞅桌上七零八落的叫花鸡。

“不能换就再叫一个呗！”露露不屑地丢下筷子，眼睛环视一圈，定在亡灵脸上，“怎么，没带钱？没带钱我请好了！”

“带了带了……”亡灵求救似地看着我，我点点头。

跟亡灵躺在他们宿舍床上，我开始后悔：不应该让张芬跟露露过夜，她会难受的。

“你觉得露露怎么样？”亡灵挺诚恳地问我。

我这人不刻薄，很少讨厌一个人，可我对露露确实没有半分“好”的感觉，不是因为她的长相，而是她的性格，不可一世睚呲必报。有人说“美女如酒、丑女如茶”，世人喝茶的时候比喝酒的时候多，所以丑女比美女畅销，这可以理解，可露露这样的性格居然也有人喜欢，实在不好理解，偏偏垂涎露露“丑色”的人是好友亡灵，这让我很难受：“你到底喜欢她哪点？”

“我说了我喜欢她吗？”亡灵还想狡辩。

“那你不喜欢她？”

亡灵沉默了。

这年头，有剩男无剩女，什么货色的女生身旁都会围绕着一大群如饥似渴的男生，蠢蠢欲动，农大又是出了名的丑女窝，这让农大男生的审美观普遍不高，“入恐龙之校，久而不觉其丑”，像露露这样有性格的平头女在亡灵眼中也许是“绝色”，连她翻白眼都会被看做“美目盼兮”，作为朋友，我想我在同情加理解的基础上，更应该给予支持：“亡灵，你要真喜欢她，我可以帮你……”

“怎么帮？我没有把握在一招之内摆平她，所以选择不轻举妄动。”

“你要一招制敌？那很简单，最直截了当的方法就是迷奸，先把生米煮成熟饭，饭是怎么也变不回米的。”说这话的时候我有种被老狗英灵附体的感觉，

“可如果她本身就是一锅隔夜饭，那就……”

“呵呵，你越来越畜生了！”亡灵翻了个身，“厕所友，好像有蚊子！”亡灵打开灯，劈里啪啦地耍了一套拳脚，上床拉好蚊帐。

一向失眠的我闻着亡灵被子上淡淡的脚臭味居然睡得格外踏实，第二天起床浑身发痒，方才发现被蚊子叮了一身包。他们宿舍的蚊子真是勤劳，夏天不到就活跃起来，隔着蚊帐都能叮到人。我想：在“湖大的才子，师大的妹子”后面，应该加上一句——“农大的蚊子”。

七十七

从农大回来当晚，张芬开始闹肚子。

“你想想，肯定是吃了不该吃的东西。”

她拧眉想了想，紧张地说：“不会是草莓吧？”

“呵呵！不义之食，难怪吃了肚子疼！”我笑道，“瞧你在草莓棚的馋样！”

“可你也吃了呀，吃得比我还多！”

我故意逗她：“所以我才会被蚊子叮得满身疱！”

“啊！”张芬立马花容失色，连肚子都忘了疼，半张着嘴发呆。

可能是被杨岳红的奶奶传染了，张芬这段时间变得特迷信，相信神呀鬼呀命运呀之类玄幻的东西，鼓捣了一大堆算命的八卦杂志，一有空就拉着我瞎算，花样繁多：开始是生辰八字，然后是星座，再然后是手相，几天后又要我随便在她手上写一个字，我被她折腾得有些不耐烦，信手写了个“傻”字骂她，她如获至宝，喜滋滋地翻开杂志一本正经地测起字来。

“相书上说，我俩挺合的，会白头偕老，嘻嘻！”张芬往我手臂上擦药，擦完后小心地吹了几口，“咬这么重，疼吗？”

“再疼也比肚子疼好，我是吃一颗草莓咬一个包，哪像你……”

“还说，咬死你！”她甩掉棉签，咧开嘴做出“凶神恶煞”的样子扑了上来，“格格”笑声与对楼二胡的“咿呀”相映生辉……《大涅槃经》里说“女人大魔王，能食一切人”，沉湎在张芬的温柔乡，我感觉自己曾经昂扬的斗志正一点点离我而去，慢慢地向居家男人转型，一段时间后，我居然学着张芬的样子用电饭煲做起汤来，在一次做汤的时候，看着系在腰上的花围裙，我骇然大惊：我怎么这么像中央电视台那个教人炒菜的家伙？那个婆婆妈妈女声女气的家庭主男！

“上得厅堂，下得厨房。这才是新时代的好男人！”张芬循循善诱。

“世上最爱哭穷的是什么人？”

“是和尚。”

“为什么？”

“因为他们逢人就自称‘贫僧’！”

“你的理想是什么？”

“三亩地，一头牛，老婆孩子热炕头。”

“小农意识！”

“小资情调！”

“用四个字形容你自己的长相。”

“一个字帅。”

“你觉得自己才华横溢吗？”

“除了横着溢，还竖着流。”

“如果你的生命只剩最后一天，你会干吗？”

“抢银行！”

“你爱我吗？”

“不敢说不爱！”

“你想死！”

每天下完课，我俩就蜗居在小“家”里演绎着悲喜剧，虽然她总在洗衣服的时候不小心，经常把我的袜子或内裤塞进洗手间的马桶，端给我喝的汤也是忽咸忽淡，可我仍然很满足：张芬不喜欢我抽烟，也后悔介绍我嚼上了槟榔，可她仍然会主动给我买烟和槟榔放在橱柜里；责怪我的失眠，嘴里骂着“你怎么跟小偷的作息时间一样”，可每晚她都强撑着不睡，陪我失眠；成天跟我说以后，“以后我俩要有套房子买辆车子生个孩子”，虽然我不是很感兴趣，但看着她一脸陶醉的小女人样，我会感动——只有张芬，还把我当回事儿！

失眠的夜，张芬支撑不住趴在床上睡着了。点燃一根烟，看着她蝉翼般安静地闭合的长睫毛，听着她轻柔匀称的呼吸声，感觉很踏实。我想我俩永远不会分开，会一直过下去，没有心跳加速的激动，没有惊天动地的爱情，就这样平平凡凡地过，直到彼此在对方眼中苍老……

七十八

周五晚，陪张芬胡乱吃了点东西回学校上《商务英语》选修课，一进教室就看到坐在后排一本正经抠鼻孔的老狗。刚开学的时候，我是被他说服才在众多可选项中选修了这门课，可开课后我从没见他来上过，今天早晨的太阳可能是从西边升起的。

我坐在老狗旁边，专注地盯着他抠鼻孔的一招一式，近一月不见，老狗明显憔悴了，双眼周围国宝一样的黑圈昭示着他这段时间的纵欲过度。这双眼睛不仅外表无神，功能也大不如从前，黑人外教面对我们讲了大半天课，老狗竟然将外教黝黑的脸膛理解成了后脑勺，愤愤不平地嘟囔：“操，太不尊重人了，老他妈背对着咱讲课！”

既然老师不尊重学生，那么作为学生的老狗也理所应当地不尊重老师，这叫上梁不正下梁歪，于是老狗撂下课本，专心致志地拉我讲小话：“爱徒，没有你躺在下铺，我觉都睡不踏实，每晚都梦到你！”

“去你的，你在宿舍睡了几宿？哪次打电话你不是在狼巢！”

“呵，就是因为不想天天晚上做噩梦，才去狼巢过夜！”老狗笑道。

“明天我回趟宿舍，炮灰他们还好吧？”

“还不那样！”一听“炮灰”两字，老狗皱起眉头，“炮灰我可没少操心，这傻B太不争气了！”接着老狗就炮灰为解决“终身大事”而奋斗的故事侃侃而谈，一直讲到第三节下课还意犹未尽：狗的理想，永远只局限于得到一大个不太光滑的骨头，它不会梦想满汉全席。炮灰对于异性的思慕已经泛滥到没有半分原则了，标准低到连只母苍蝇都能引发他的性幻想，逢女必追，追之必败，“所向”从不“披靡”。他总打没准备的仗，屡犯兵家大忌，把事情搞得一团糟：教他选最冷的日子约女生出来，以便有机会脱衣服上演英雄救美，他却忽略了衣服几个月没洗的事实，或者约出来的女生胖得根本穿不下他的衣服；让他带女生去看恐怖片，以期在女生被吓倒的时候有可乘之机，他却把自己吓得半死，原本就可怜的形象被破坏得荡然无存。偏偏炮灰从不在自己身上找原因，却责怪女生不懂欣赏，一天到晚在宿舍长吁短叹、顾影自怜，感叹伯乐难求，自己“怀才不遇”。他用这种方式自我安慰，在精神上他从来都是强者。

下课铃响，老狗草草总结道：“要炮灰找到对象，老衲觉得，需‘雷峰塔倒，西湖水干’！”抓起书包冲我笑，“我要去狼巢了，要不要一起？”

“悠着点，别挂在那！”

“放心，死不了。”老狗走到门口，在蜂拥而出的人潮中回头，神秘地说，“煤球，明天回宿舍注意观察我床头。”

第二天中午，我带着张芬来到宿舍的时候老狗还没回巢，除了锦江坐在电脑前，估计已经“工作”了一个上午，其余三人全躺在床上，不同的是炮灰和加爵第二是已经睡醒在赖床，而通宵回来的傻强则呼呼大睡。

“煤球，想死我了！”炮灰高调地吼了一声，看了看我身旁笑嘻嘻的张芬，又低调地自语，“我想死了！”

我迫不及待地爬到上铺老狗床头寻找，枕头边放着一幅画，抄起一看，画中人居然是全裸的老狗，胸前几根排骨画得相当传神，不用说，肯定是出自杨岳红之手。

“看什么？我也要看！”张芬坐在下铺侧头叫我。

我回到下铺告诉她：“少女不宜！”

七十九

晚上六人一起在校门口吃饭，点了好几盘肉。我一边听着炮灰唾沫横飞激愤的讲述，一边将大小不一形状各异的肉块往嘴里塞，锦江他们也不甘示弱，一声不吭埋头苦干。炮灰有条不紊的讲述内容，全是昨晚老狗跟我说过的，区别在于老狗用的是第三人称，而炮灰用的是第一人称，等到炮灰讲到自己“怀才不遇”的部分，猛然发现盘子里只剩了最后一小块肉片，迅速用筷子捞起，据为己有。

直到胃里再也塞不进任何东西，事实上也没有什么东西可以塞了，我依依不舍地放下筷子打了一串饱嗝，开始针对炮灰的讲述发表安慰性质的演讲：我告诉他“年轻没有失败”，当年姜子牙八十岁才出山，你急个屁呀。何况“才”都已经怀上了，迟早都会生下来的，你需要考虑的只是顺产或剖宫产的问题……我逻辑混乱的长篇大论在炮灰沾着盘里的余汤吃完了三碗大米饭后还没结束，这期间锦江他们三个满足地抚摩着肚子昏昏欲睡，只有张芬一人听得格外认真，并适时用崇拜的眼神瞟我几眼。

演讲在张芬收到一个骚扰短信后被打断，她看完短信后笑得前仰后合，随后面对不知所以的我们公布了短信内容：“这人哪，一进云南大学就爱杀人，过去用刀杀，麻烦，现在用加爵牌铁锤，一锤顶过去五刀，方便。大铁锤，加爵牌，一人锤四人，不费劲。今天你锤了吗？”

哄“桌”大笑，我们一齐将目光从张芬脸上拉回，转向加爵第二，后者的脸已经悄悄紫胀，终于变成了久违的猪肝色。

吃完饭张芬拉我去剪头发，她对我头发胡子指甲之类的修理工程极为热心，每天催我剃一遍胡子，每周亲自操刀替我修一次指甲，每两周拉我进一回美发店，让我曾经深入人心不修边幅的艺术家造型不复重现。

剪头发的时候张芬全程监督，对着我的三千烦恼丝指指点点，告诉师傅这里要怎么下刀，那里该怎么下剪，师傅以为碰到了行家，拿剪刀的手有些哆嗦，屡次将我的头发绞在剪刀上连根拔起，我强忍着疼痛享受完他的服务，在埋单的时候再也控制不住，告诉他：“师傅，您的剪刀该磨磨了！”

回到我跟张芬的“爱巢”，我接到亡灵打来的电话。亡灵的声音含混不清，一听就知道他喝多了，每句话的间隙，喉咙里都无一例外地发出呕吐前的“呃”声，感觉到一股酒臭味随电波送到了我的手机听筒边，让我满肚皮的肉块仿佛要顺着食道往上爬。

“厕所友，我失恋了！呃……”说完这一句，后面的话夹着连串“呃”声断断续续地传过来，我捂着嘴用心听完，大体明白数十里外的农大发生了怎样一出爱情悲剧：亡灵终于鼓起攻打冬宫的勇气向露露表白，夜秉孤灯，血饷蚊蝇，集合他脑子里不怎么丰富的词汇为露露拼凑了一封情书，内容不详，只知道他在最后特有创意地写道：“别的话就不多说了，如果你不愿意你明天就穿衣服来上课，愿意你就裸体来上课，希望你明天给予答复。”

很不幸的是，第二天亡灵看到走进教室的露露居然穿戴整齐，差点当场崩溃。经过一整天的思索，亡灵灵光一闪：就算露露接受，也不可能真的裸体来上课呀！还有一线生机。

这一线生机在晚上约出露露后彻底被掐死，孤高自许的露露对满心期许的亡灵说了一句特伤自尊的话：“呸！穷倒霉蛋儿。”

“操，势利眼！”我骂道。

亡灵沉默了片刻，最后恨恨地发誓：“等我有钱了就把她娶回来，而且坚决不洞房，憋死她！”

说完此话他破天荒没“呃”。

八十

五一长假，我跟张芬待在家里无所事事，我俩将那二十四乘以七个小时的时间全部浪费在睡觉、做汤、喝汤、算命、聊天、发呆上，百无聊赖之余一致认为岁月如梭韶华易逝，我们不能眼睁睁地看着青春溜走，得想办法做点有意义的事情。

“我想买台电脑。”张芬说，“屋子里的生活太单调了！”然后张芬罗列出了一大堆理由说明“买电脑”之事如何迫在眉睫势在必行，像说相声一样流利，我认为她这个想法一定不是突然冒出来的，那套说辞也必定在她心里排练了很多遍。其中有两个理由打动了我：第一是她可以用来学习科学知识，她说自己作为计算机专业的学生而没有计算机，就像剑客没有剑一样，无法让剑术精进，甚至会荒废；第二是我可以用来玩游戏，或向锦江借片观看来打发大把无聊的课余时间。

鉴于双方家庭都是根正苗红的无产阶级，成年的我俩在出资问题上达成共识：不增加家里负担，留下最低生活保障的银两，合资购买。

几天后，我俩从电脑城搬回了继电饭煲之后的第二件家电——一台崭新的台式电脑。

我俩为此壮举的胜利完成兴奋了好几天，直到接好宽带，我俩的钱凑到一起都还有信心每天吃两个盒饭顽强生活到放暑假，可计划没有变化快，月中的时候老狗沮丧地告知我杨岳红出现了月经不调等症状，情况特殊，不敢向家里开口，请我念在师徒一场的情分上务必借点身外之物给他渡此难关；房东也来凑热闹，突然提出要涨租金……到六一儿童节的时候，我跟张芬已经落魄到通讯基本靠吼，制冷基本靠风：手机停机了，为了省钱都没交电话费；日子一天天转热，我俩商量着是否应该花三十块钱买一台电风扇，“三十块，二十袋方便面呀！”张芬最终决定放弃买电风扇的奢侈梦想，因为根据我俩的身体状况，被热死的可能性不大，但不能担保不会饿死。

手机停机的不良后果很快得以表现，由于没有及时打电话回家，老妈在打不通我手机的情况下拨通了宿舍电话，查询我的下落。一般遇到这种问题，室友们都会谎报军情，真诚地告诉被查询者的亲属，说被查询者去教室或图书馆自习了，然后设法通知在外面为非作歹的被查询者，统一口供后回电话给亲属。这几乎是所有大学宿舍的惯例，偏偏加爵第二这个变态喜欢打破常规别出心裁，在接到我老妈的电话后告诉她：“他不在，约会去了！”

我为此付出了在之后打电话回家时被老妈进行整整一个小时思想道德教育的惨痛代价。

“都怪我！”张芬心疼地说，“加爵第二肯定是对上次‘加爵牌铁锤’的事怀恨在心。”

八十一

下课后，我怀着无比沉重的心情走向小区，心里琢磨着如何在保住电脑的前提下过完最后一月。耳边听到熟悉的二胡声，鼻中随之飘来一股若有若无的肉香味，这对连吃了三天方便面的我来说是极其残忍的诱惑。

“夫君，你怎么才回来？”张芬站在楼下笑靥如花。

我大吃一惊：“芬芬，你没饿疯吧？”

“傻瓜！”张芬抓住我放在她额头的手，白我一眼，“一点幽默细胞都没有！”

电饭煲里的青菜下翻滚着水煮肉片，张芬吞了吞口水：“吃呀煤球，看我干吗？是秀色可餐，还是看着我吃不下饭？”

“今天怎么这么大方？”每餐一包方便面，这是张芬在独揽了“财政”大权后经过周密计算提出的方案，只有这样，我俩才能在不“借粮”的情况下“苟活”到放假。为此，我再次尝试戒烟，只在实在控制不住自己的时候抽几口两块一包的芙蓉。

“我把咱俩以前喝饮料丢在桌下的易拉罐拎下楼卖了。”张芬夹起一筷子肉片，堆在我碗里。

“你还真贤惠！”

“嘻嘻！你要有节制地夸我，不然，我会骄傲的。”

从此，张芬养成了在喝完饮料后将易拉罐整整齐齐摆放在桌底的恶习，将贤惠进行到底。

临放假的时候，房东查了一次电表，在多次登门催交欠款未果后毅然停电。那晚我上完自习回到家，打开门迎接我的是一片漆黑和漆黑中一袭白裙的张芬。

“煤球，我好怕！”我听声辨位，在黑暗中摸索到了张芬的脸庞，一片潮湿。

生活像疯狗，赶我入穷巷。我觉得此刻的我们像极了仓促私奔的情侣，穷得只剩下爱情。

“要不，我们先搬回学校住吧！”

“不！”张芬扑进我怀里，脸在我胸口摩挲了几个来回，“那样我宁可不要电脑。”

我苦笑，突然很想抽一支烟。

“煤球，明天我去找事儿做吧。”

暗夜里，床头烟灰缸静躺着一支未央的烟蒂。

八十二

“中老年朋友都来看看呀！凡是喝了我们鹿龟酒的朋友都出现了工作顺利，万事如意，天天开心等症状！而没有喝的则出现了腰酸，背疼，腿抽筋，肾亏等症状……”张芬站在阿波罗商业广场一楼某柜台后，举着小喇叭大声叫卖，怎么看怎么像是街头卖假药的。公司的广告词“诱劝”“恐吓”兼而有之，谁也搞不懂喝鹿龟酒跟“工作顺利”“万事如意”有什么关系。张芬头顶飘荡着一条横幅：“质量在手里，顾客在心里。”

等到十点，张芬才换好衣服走出来，跳上我从老狗那借来的二六自行车后座。

“今天怎么样？”

“颗粒无收。”

她双手箍住我的腰，靠在我背上。我踩着破旧的自行车在长沙夏夜的街道上缓行，使出了吃奶的力气，也无法达到理想中的飞驰。车轱辘承载着两颗沉重的心，重逾千斤。

回到家，我才发现背后的张芬睡着了，昏暗的路灯映衬着她倦怠的容颜。

终考前一天，张芬刚起床就迫不及待地叫醒我：“煤球，今天不要你送了，记得晚上接我，咱俩去吃大餐。”

“为什么？”

“明天我就要发工资啦！”拍了拍我的脸，她哼着歌儿蹦蹦跳跳地跑去厨房洗漱。

“好好复习！”张芬在门口灿烂地笑着叮嘱，做了个鬼脸，拎着皮包风风火火下楼。

恍惚中，我看到一缕阳光刺破层层乌云穿过玻璃窗斜射进来，打在我跟方便面同色的憔悴脸庞上，不自觉笑出了声。

那晚我俩吃得很尽兴，在午夜时分鼓胀着肚皮骑着自行车风一样飞回小区，铁门锁了，我俩使劲拍打着值班室大爷的房门宣泄大餐制造的过剩精力。

第二天，阳光明媚，我的第一堂考试出奇顺利。

好心情一直持续到晚上，照例骑着自行车去接张芬，看到她颓坐在阿波罗商业广场前的石凳上，失魂落魄。

“经理说，我要到下个月才能领工资。”

说完此话，张芬扑进我怀里，孩子似的哇哇大哭起来。

失去了回家泡方便面的兴趣，张芬让我载她去湘江边吹吹风。坐了两个钟头，肚子开始不争气地咕咕叫唤，我集中精力抵抗饥饿的侵袭，可我的防御工事就像是构建在沙滩上的城堡，在张芬对我们曾经享用过的美食的深情缅怀中轰然坍塌，我的胃一阵痉挛。“画饼充饥”绝对是没有挨过饿的人发明的说法，因为饿的时候想吃的东西，只能是更饿，“煤球，烟花呀！”我强忍着剧痛抬头，对岸漫天绚丽的烟花，肆意怒放，隐隐传来隆隆炮声。

张芬头靠着我的肩膀，幽幽叹息：“响一声，就是几块面包！”

我的心酸和着胃酸汩汩冒出，暗自汹涌……

几天后，张芬用辞职的绝招拿到了工资。

一开始，公司以“工作时间不满一月”为由拒绝，于是，张芬在营业时间举着小喇叭冲着顾客大叫：“对不起，我们已经打烊了！”半小时后，经理寒着脸，怏怏不乐地塞给张芬一个信封，里面装着她十天的劳动所得。

我俩在放暑假那天中午去S大校门口吃了一顿五块的盒饭，感觉幸福离我们如此之近。

八十三

“功夫不负有心人”“世间自有公道，付出总有回报”，我在考试前夕穷困潦倒食不果腹，但我穷而不堕青云之志，忍饥挨饿坚持不懈地天天自习，终于取得了该学期所有考试一次性通过的辉煌成就，新学期在我对“再创辉煌”的美好憧憬中接踵而至。

与我截然相反的是，老狗由于三科的缺考被处以黄色警告，而三年不及格科目累计已达五十个学分的傻强，则收到了更为严重的红色警告单。

如果按以前的校规执行，老狗跟傻强都要留级，但学校的规定比潮流还要变更得迅速，且变幻莫测：据说在我进S大之前S大是没有留级的说法的，考试不及格，只要每科交上十元人民币就能参加补考，补考时，老师会念在十元大钞的情分上适当降低试卷的难度和监考的严厉度，让同学们蒙混过关；到我念大一的时候，变成不论有多少科不及格，只要按每个学分五十元的标准缴足重修费，就可以在下个学期将功补过；2002年下，S大推出了“挂科满12个学分一律留级”的伟大规定，此规定在成功地将包括我在内的几十个倒霉蛋留了一级后，于2003年下寿终正寝；随后学校领导在校规的制订工作上孜孜不倦屡屡推陈出新，“三月一小变，一年一大变”，终于在本学期初暂定“学分制”为学籍管理之纲，并围绕该“纲”制订了一系列细则，组织全校师生进行学习。领导们之所以对校规制订工作如此热情，这一方面是由于人浮于事，实在无事可做，吃饱了撑的；另一方面，是学校准备以最快的速度步入国家一流本科院校之列，希望在进行多种规定的尝试后找到最佳校规，于是我们便很“荣幸”地成了该“尝试”中的试验品，不幸的是，欲速则不达，S大始终走在步入一流的路上，我们就像时髦青年追赶潮流一样，随着规定的变幻不断调整自己的学习计划，可潮流像天空漂浮的云，我们追之不及，总是慢了一拍，一旦出了状况，去找教务处的老师，他们也是一问三不知。

学习完两百余页的新校规后，我终于明白，所谓的“学分制”就像吃自助餐：“必修课”是你在自助餐厅必点的几道菜，“选修课”你可以根据自己的喜好选择，但必须点满规定的分量（我们是12个学分，每科两个学分）。以四年为限，无论你在四年中的什么时候吃完所有菜，餐厅（即学校）就会发放“该生已吃完所有饭菜”的相关证明（即毕业证），如果在用餐的时候表现优秀，用完餐后反应正常，没有出现与餐厅老板和顾客发生冲突或吃下去消化不良等状况，就可以得到学位证。如果超过四年仍然无法吃完所点饭菜，餐厅方面就要加倍罚款，这就造成许多该毕业而没毕业的学生买毕业证的现象。

八十四

“过完这一学期，我就要出去实习了。”张芬用这个理由来说服我继续租房，这让我联想起自己的留级，嗟叹之余，我决定利用“学分制”中“低年级可酌情辅修高年级课程”的新规定，争取提前毕业。我将四年一期的课程一分为二，以每科一百元的代价办理了其中四科的提前辅修，做着“下学期再辅修四科就功德圆满”的美梦。

相比于宿舍其他四位在学习道路上的磕磕绊绊，炮灰跟锦江要顺利得多，双双荣升大四，这意味着我跟他俩的“室友”关系还可维系半年，下学期，他俩也将走出校园，走向社会，一股淡淡的离愁过早萦绕在我心头，于是我答应了炮灰陪他选修《中国武术》的要求，这一方面是为了在这弥足珍贵的半年与他多待些日子，另一方面，是我脑骨突出，一直觉得自己可能是块练武的料。炮灰在最后一学期还拖着两个学分选修课任务的尾巴，并选修了根本不符合他身体实际情况的《中国武术》，都让我无法理解。我俩就这样同时成为了“武林中人”，在每周二下午去三食堂旁的篮球场上课。

《中国武术》是专门针对S大男生开设的选修课，张芬得知后极力赞成，希望我通过该门课程的学习达到“文武双全”，并在第一次上课的时候陪我前往，以资鼓励。

老师是一个年过半百的老头，严重的驼背使他原本就不足一米六的个子看上去更显矮小，太阳穴虽然不像武侠小说中形容高手所说那般“高高鼓起”，但我暗想：奇人必有异相，这个老师给人的感觉就很江湖，虽然长得有点像反派主角，但必有其过人之处。

我站在师兄弟中间跃跃欲试，上课铃响，驼背却叫我们“立正”“稍息”，然后掏出一本封面泛黄且残缺不全的书，很像传说中的武林秘籍，这让我激动不已，结果驼背朗声道：“下面，我们来学习第一章——武德。”

我们站在九月的如火骄阳下，聆听驼背阐述“善有善报，恶有恶报，因果循环，报应不爽”和“侠之大者，为国为民”以及“锻炼身体，保卫祖国”。几十分钟后，一个个汗流如柱。几个男生抱着篮球站在树阴下，朝占用篮球场的我们投来仇恨的目光。

正当我们快支撑不住的时候，相邻的篮球场出现了一群女生，迅速列好队，在女老师清脆的口号声中跳起了健美操，她们拥有看得过去的容貌和不算臃肿的身材，很快吸引了我们的目光，在吞了几口口水解渴后立马变得精神抖擞。尤其是站在我身旁的炮灰，死死盯着前排一位师妹跳上蹿下的傲人胸脯，血脉喷张，连驼背的呵斥声都没听到：“正讲武德呢！你们要是身怀绝技，别说弘扬中国武术的优良传统劫富济贫，只怕会奸淫掳掠，欺男霸女！”大家哄然一笑，好像说的根本不是自己。

从此，每周二中午炮灰都会打电话催我上课，因此我从不缺课。想起那些跳健美操的女生，张芬很不悦，总说我积极得有些不正常。炮灰可以在周二旁若无人地用眼睛抚摸健美操前排那个师妹一整个下午，我终于知道他为什么要选修这门课。

中国武术博大精深，我一直希望老师教点真才实学，像练健美操的女生那样“动起来”，可驼背却慢条斯理地东拉西扯，迟迟不切入主题。气氛如此沉闷，难怪大家会向往女生那边的春光无限。这样下去，何时才能打通任督二脉，变得武艺高强！

半学期过后，驼背终于丢下课本，着力教我们练一套长拳。我们依样画葫芦，浪费了后半学期的所有周二下午学会了他这套毫无力道可言的花拳绣腿，在对武学略窥门径的当口迎来考试，并齐齐凭借此花拳绣腿在考试中取得优异成绩。其中有两位师兄分数特别高，他们在打拳的时候始终驼着背，学到了该长拳的精髓。

八十五

算起来我已经有两年烟龄，由于每次放假在家我都坚持躲在厕所抽烟，所以爸妈并不知情，这让我有种莫可名状的成就感，但更大的感觉是压力，因为这意味着：在露出马脚真相大白之前，我在家里都无法将自己从厕所里解放出来。

通常，我会在陪老爸下棋或喝茶的紧要关头心痒难挠，于是我抓起一大把手纸，故意用侧对他的那只手攥紧，高频率摇晃着冲进厕所。摇晃的目的是为了吸引他的眼球，让他知道我去厕所是由于内急，现在回想起来觉得此举实在多余：我爸又不是青蛙，怎么会对运动的物体明察秋毫而对静止的物体视而不见？

为了给自己造成没有欺骗尊长的错觉，减少内疚情绪，我往往会在抽烟的同时尽量强迫自己进入角色，象征性地拉点东西出来，无论是多是少是干是稀，我都会满足，固执地认为孝与不孝的分水岭正在于此。

在家里度过漫长的暑假，除了给爸妈造成我肠胃一直不好的整体印象之外，还形成了一抽烟就想大便的条件反射，与之对应的是：明明大便喷薄欲出，如果不抽烟，无论我在蹲位上如何努力，它总是犹抱琵琶半遮面，在拉与不拉之间犹豫不决。烟一点上，一切“便”畅通无阻。

回学校后，我数度尝试改变这个不良习惯，故意不抽烟，蹲在出租屋厕所排除杂念，气沉丹田，一炷香的时辰过后，双腿战栗面无人色的我终于明白：如果习惯轻而易举就能改变，那就不叫习惯。

事实上，这段时间我很难做到心无杂念：突然增加的四门辅修课将我折磨得疲惫不堪，自由散漫了这么久，尽管我无数次提醒自己应该端正态度，可态度就像先天畸形的娃娃，怎么也端正不了。我无法忍受在上完半天必修课后背着书包不去食堂，而是抄近路去辅修班赶课。辅修班的老师对贪多的我们心怀敌意，故意将课程讲解得扑朔迷离，似乎越“晦涩”就越能在低年级的学生面前显得他们有深度，因此“曹操”一定要说成“曹孟德”，力求让我们消化不良。各辅修班老师众口一词，似乎不无担忧实则不无得意地告诉我们：“一般上我们辅修课的学生，都因基本功不扎实等问题而难获通过。”我在课堂上一无所获，急火攻心，不负众老师所望地出现了大便干燥症状。

伴随身体上的难受，我的心情也随着秋天万物的凋零一落千丈，郁闷并没有跟随夏天闷热气候的结束而结束，反而由淡转浓，渗透到了血液。如果我是女人，我会断定自己提前进入了更年期。

八十六

我无聊地按着鼠标，陷入沉思，我怀疑自己“提前毕业”的美好愿望可能会落空，想到了莫可名状的明天，深感前途渺茫。张芬叫了两声“煤球”，我懒得回答。

“宝贝，你爸不理我们了，妈带你回外婆家，哼！”张芬坐在床头，膝盖上放着我送她的第一件礼物——那个真人大小的布娃娃。

我瞥了她一眼，掏出一根烟。

“煤球，你知道我在想什么吗？”

“不知道。也不想知道。”

“你怎么这样？”

“我怎样了？”说出口，我才发觉自己分贝超标了。

张芬沉默了很久，突然问我：“煤球，你以后会娶我吗？”

“别跟我说以后！”我心烦意乱，“以后，我连自己都不敢保证，更别说向别人承诺什么！”

“我是别人吗？”

“你不是别人是谁？”我大声叫了起来。

不用转头，我就能感觉到张芬在横着眼瞪我，后脑勺泛起一股凉意。僵持了一会儿，背后传来一阵下床穿拖鞋、拉开旅行包拉链、打开立柜收拾东西的交响曲，急切得仿佛要赶火车一样，当拉链声再度响起，又是一段时间的沉默。

“你干吗？”我回转头，看到抿着嘴唇泪眼涟涟的张芬，站在门口，一手抱着布娃娃，一手提着旅行包。

“不用你管！”

我心里想说“别走算了”，说出来却成了：“你爱去哪去哪！”

“好！”砰的一声，铝制门将我俩隔开，楼道里响起熟悉的脚步声，有些凌乱，愈行愈远。

我打开厕所，再次点燃香烟。

理智跟我作为男子汉的尊严在脑海中展开殊死搏斗，血拼的结果是理智占了上风，于是我掏出手机：“你在哪？”

“你是谁？”

“你到底在哪？”

“我不知道，知道也不告诉你。”

“再不说我挂电话了！”

“你挂吧……你不挂我挂！”

她说到做到，再打过去，她索性关机了。

一怒之下，我也将手机关了，下定决心不再主动找张芬。可我的坚强决心随着幕降天凉逐渐瓦解，我打开手机，躺在床上盯着它的指示灯忽明忽暗，期待它猝然响起，我会迅速抓起它，告诉张芬刚刚是我一时冲动，现在我不生气了，咱俩言归于好吧！

等到八点多，手机仍然无动于衷，于是我拨了个电话给老狗，提醒他天凉了注意加衣小心感冒晚上睡觉记得起来小便，并要求他打电话过来，试验一下我的手机还能否接通。

折腾到九点一刻，手机终于响起，我第一次感觉到自己的手机铃声如此悦耳。

“我在小区门口，你来不来？”

“你干吗关机？”

“没电了。”

八十七

张芬抱着布娃娃，坐在旅行包上，专心地盯着对面一个大破碗，碗后面躺着一个脏兮兮的老人。

“你一直在这？”

“嗯！”

“盯着那破碗看了一个下午？”

“加半个晚上。”

我丢掉烟头，哭笑不得：“你不会饿得想去抢乞丐碗里的钱吧？”

“没有！”张芬紧了紧怀中的娃娃，苦笑道，“看着他，我才发现自己其实很幸运，应该知足。所以，什么气都消了！”

我所有道歉的话顿时全堵在嗓子眼，拉起她，提着旅行包：“饿了吧，我们吃饭去。”

“嗯！”张芬使劲点头。

饭店老板娘在我们吃饭的时候，一直埋怨她家的猫懒到极致，见到老鼠都不予理睬，胆大的老鼠甚至敢跟猫抢吃的。张芬可能是太饿了，胃口出奇好，连吃了三大碗米饭，这是她平时近两天的饭量总和。看着她日形娇弱的身骨，我心里特难受。

回到家，张芬对我说：“煤球，连猫跟老鼠都能和平共处，咱俩以后不要再闹了！”

我告诉她，她所说的正是我所想的。

“你发誓！”

“一起发誓！”

我们在营造欢乐祥和的“家庭”气氛问题上达成共识，信誓旦旦地要让第一次不快成为最后一次，誓毕热烈地彼此拥抱。张芬在百忙之中，喘息着伸出一只手，拧灭了床头台灯。

万事开头难，很多事情，有了初一就难以阻挡十五的脚步。我完全相信我俩

的誓言都是由心而发，但事情的客观进展并不因我俩的主观愿望为准则，这就像某些官员，在发表就职演说的时候，面对民众焦渴的眼神，会情绪激昂，发誓要将自己有限的生命投入到无限的为人民服务中去，上任后却未必能造福万民，反而祸国殃民。

2004年秋冬两季，因即将毕业而心神不宁的张芬，与担心无法提前毕业而愁肠百结的我，无法主宰各自的情绪波动，在无数次的争吵与言和中度过。

生气和生孩子一样，是专属女人的本领。那段时间，张芬不放过任何一次生气的理由，由于心情不好，我在她生气的时候所说的话往往会为她生更大的气提供契机，煽风点火，最后升华而为争吵。几次过后，张芬基本形成了“一哭二闹三回校”的固定模式，回到电大不久，又准会特没原则地打电话通知我去接她回来。她那几件破衣烂衫一次次被她用旅行包装着搭公车拎回学校，又在第二天被我拎着搭同一路公车带回来，辛苦地奔波于S大与电大之间。

摸清这个规律之后，我不再因为同张芬争吵油然而生天快塌下来的恐慌，甚至隐隐觉得小吵可怡情，我们不会真的分开，就跟天下大势一样，分久必合，合久必分。

八十八

我在与张芬同居生活的风起云涌和对所学课程的一知半解中日渐消沉，曾经对未来生活的美好构想变得支离破碎，唯留断壁残垣，散落在荒芜的心田，说不尽的衰败、颓废。

对于以后，我不再有美好的梦想：一方面，我看不到梦想照进现实的征兆，所能看到的只是生活的不确定性，我不知道自己能否顺利毕业，也不能把握在毕业后能否找一份衣食无忧的工作，省吃俭用积攒银两娶妻生子，更别说房子车子。我唯一能把握的，是坐在校门口的盒饭店，决定午餐是吃土豆烧肉还是茄子炒蛋，当然，这也是以钱包里躺着五块以上的人民币为基础的，否则，我就只能选择吃一碗米粉或者什么都不吃；另一方面，即便我跟张芬所构想的以后如愿以偿，我也会觉得索然寡味。多数人都有梦想，梦想使我们不再盲目，会自然而然地制定一套实现梦想的行之有效的方案，并遵循方案按部就班地去做，完成对自己生活自编自导自演的全过程。但很多方案在真正实施时会被证明其实是行之无效的，不过不要紧，我们会立即改编剧本，投身对下一轮梦想的追逐。生活就像经验丰富的钓翁，朝原本盲目游走的我们抛下各类诱饵，当我们通过一番努力，终于将诱饵吞进嘴里，结局却是被直直钓起——读书，毕业，工作，攒钱，买房，买车，结婚，生子，再供孩子读书，再教育孩子复制自己曾经经历过的一切，孩子再教育孩子的孩子复制他老爸或者爷爷……我不想再过预设了结果的生活，那样的自己，只不过是父辈或同龄的其他人的简单复制，规定了轨迹，了无生趣。我想，生活需要出其不意的惊或者喜，而不是一切非得在掌握之中。

在张芬面前，我不再掩饰对她所说的“房子车子孩子”问题的厌倦之情：当她抱着布娃娃，说我们以后的孩子也要像它那样大眼睛高鼻子的时候，我不再顺便推想他或她的眉毛跟嘴巴应该长什么样，而是直言不讳地告诉张芬：“如果我俩的孩子长成这样，那肯定与我无关。”

当她再一次跟我提及结婚问题，我会坦言：“婚姻是爱情的坟墓。”

“但没有婚姻，爱情会死无葬身之地。”

我在新一轮争吵发生前抄起课本跑去学校，坐在教室里发呆，并由衷地希望老师们无休止地瞎说下去，不要下课。下课后，我会习惯性地走向小区，却在即将到达小区大门的时候改变主意，折回宿舍，跟炮灰和锦江他们玩到天色向晚再磨磨蹭蹭地回到张芬身边。

宿舍里又摆起了牌局，仿佛一切都还停留在三年前。这三年，我除了一天比一天更老，其他方面毫无长进，包括牌技。

八十九

如果将欣赏A片比做一门功夫，锦江绝对是该门功夫的集大成者，达到了登峰造极炉火纯青，随便碰到一个女生，锦江都能透过层层衣物的表象看清衣物包裹中的本质，准确报出该女生的三围及胸部下垂尺度。同时，锦江将A片和专业这两个在他大学生活中接触最频繁的东西融会贯通，用文学的方式表述A片的思想，堪称一绝：寥寥数语，就能在读者或听者脑中勾勒出一幅香艳绝伦的画面；到毕业的时候，画面加入了声音效果，生动而为影像。

已臻化境的锦江能一边摸着纸牌思忖该出 J 还是 Q，一边用言语描述一场男女大战，说得对手产生生理冲动，心猿意马，无心恋战，最终被他杀得溃不成军片甲不留。炮灰对锦江的这项本领兴趣浓厚，每当锦江开始讲述，炮灰就要找一个距锦江较近的风水宝地，将耳朵调整到正对着锦江嘴的位置，洗耳恭听，往往在锦江吞唾沫或换气的短暂停顿中催促锦江继续，所以，炮灰只要跟锦江同时上牌桌，就必败无疑，但他明知山有虎，偏向虎山行，连防身的棍子都懒得带一根。

通过连续几周的观察，我发现炮灰在每周二上完《中国武术》过后都显得异常亢奋，澡都不洗就拉着我和锦江打牌，但赌徒之意不在牌，常常在聚精会神听锦江说书时忘记出牌，联想起几十分钟前他恨不得将眼珠子抠出来塞进健美操师妹胸脯里的操行，我明白，炮灰这是发情了，在屡战屡败的牌局中，他一定展开了丰富的想象，将师妹假设成了锦江影像里的女主角，浮想联翩心驰神游，以达到精神上的高潮。

我的猜想在一次师妹旷课时得到证明，那天我们在驼背的口号下，用长拳里的招式一对一互殴，炮灰的双眼在健美操的队伍中搜寻着师妹的芳影，心神不凝魂不守舍，驼背一声“青龙探海”，我划拉一拳过去，炮灰应声而倒，眼镜跌碎在水泥地上。下课后，他告诉我今天不打牌了。

那天，炮灰离开篮球场的背影格外疲惫，背景是深秋的夕阳，让我突然产生他就此离S大而去的忧伤。

我主动帮炮灰写了一封深情款款的情书，自作主张地逼他在第二周递给那个师妹，我跟他说："都要离开的人了，还有什么豁不出去的？"我在情书里用了满分的真诚，告诉不知名的师妹：有一个尚未初恋的大四学长，因为你的出现情窦初开，在每周二的下午用他积蓄了二十二年的多情凝视你，即便废了他一对招子，他的头颅依然固执地朝向你的方向……就这样，炮灰无数次在思想里对师妹下过毒手后，终于动起真格，开始了他在S大的黄昏恋。

当我看着一脸幸福的炮灰，在周二下午选修课的间隙，在不侵犯彼此身体主权的基础上跟师妹并肩坐在一起有说有笑，不禁感喟生活有时候真美好。

九十

2005年秋冬交替的时节，老狗每天醉倒在中山路李达新开的酒吧，每次都是我和李达将他拖上出租车，像拖条死狗。

我常常在照顾老狗的时候，呼吸着宿舍里熏得死蟑螂的酒味酣然入梦，我想我也喝高了。

宿舍墙上依然贴着炮灰留下的墨宝，"此是烟鬼窟，休认醉翁亭。"老狗说应该将"休认"两字改做"亦为"才符合他"多情酒鬼无情酒"的现状，但迟迟未见行动。

我无数次在梦里回到过去，回到一年前，那时还很热闹，炮灰跟锦江都没离开，还有张芬，想到张芬，我的心隐隐疼了一下。我看到了2004年冬天的自己，坐在出租屋楼下的石阶上抽闷烟，一只手里握着电话，满脸忧愁，我走过去，站在他面前，透过双眼看到了他的犹豫，于是我对过去的自己说："嗨！兄弟，振作起来，打电话给她吧，别再犹豫！"

我在梦里肆意篡改着过去，篡改自己，也篡改别人，就像杨岳红抓着画笔面对画布一样，想画飞鸟就画一只飞鸟，想画鸟屎就画一堆鸟屎，可过去不是可轻易修改的画作，任何事情在发生过后一秒就成为历史，对于历史，我们只能回忆，不能改变：我很想说我跟张芬在一起小吵着怡了一年情，并且会一直"怡情”下去，可事实上，我已经有一年没见到过她；就像我很想说奇迹终于在炮灰身上发生，他像王子一样终日陪伴着公主师妹同看日出日落云卷云舒直到永远，可S大没有奇迹，炮灰也不是什么狗屁王子，他俩的爱情，一如男人的早泻，刚刚开始，就已经结束。

记得那天我们在重庆火锅店吃饭，该去的人都去了，炮灰请客，庆祝他的“黄昏恋”。

张芬在吃饭的途中接到一个电话，提出要走。这段时间她的电话跟热线似的响个不停，说是在网上投了很多简历，公司打电话通知她面试。

我送她到门口，问她要不要我陪她去，她说不用，去陪你兄弟要紧，匆匆走了。

男生喝啤酒，女生喝鲜橙多。喝着喝着炮灰开起了小差，老往自己的啤酒杯倒女生的鲜橙多喝。后来一大瓶鲜橙多只剩了一小杯，而杨岳红跟炮灰身边的师妹杯子都空了，炮灰抓起瓶子，老狗盯着炮灰，想看他怎么处置，结果炮灰将瓶子扣上了自己的啤酒杯，嘴里说：“我就爱喝鲜橙多！”锦江一口饭顿时喷到了傻强脸上。老狗说，真应该把此情此景拍下来卖给饮料公司做宣传广告，每天在中央电视台黄金时段插播。

喝完酒，我头重脚轻，怕摔跤死死盯着地板跟大家一起走向店门。

“奶油！”

我的心触电般抽搐了一下，我想自己是喝多了酒幻听，一抬头，我见到了小素，只身站在我刚刚送走张芬的门口。

我以为我已经彻底将小素清除出脑海，就像清除杂念一样，即使她出现在我面前，也能做到波澜不惊，可当我终于看到了她文静的模样，听到她怯怯的叫声，一如当年，只感觉一股排山倒海的压抑堵在胸口，瞬间漫过喉管，我不知道该说什么，但必须说点什么，张开嘴，胃里一阵翻滚，心里刚想到不能在小素面前吐，吃下去的东西一股脑儿全涌了出来。

“奶油！”我听到小素焦急的呼声，她伸出手，又缩了回去，捂着嘴，眼泪无声滑过手指……我提醒自己不要哭、不要哭，这什么跟什么呀！可面前小素哭泣的面孔还是逐渐模糊……我努力挤出笑容，故作轻松地问她："过得还好吗？"

小素捂着嘴使劲点头。隔了半晌，她松开手抹了抹眼睛，笑着说："你呢？"

"我很好。"

一时我俩都不知道该说什么，相视微笑，感觉我们之间横亘着宽阔的鸿沟，看不见，却真实存在，谁也无力跨越，也许我俩谁都不敢跨越。

老狗拉了拉我胳膊，我才意识到我们站了很久了，于是对小素说："我走了？"

"嗯！"小素点点头，让开门。

我几乎擦着她的肩走过，感觉到她哆嗦了一下。

"奶油！"小素叫住我，"你电话换了吗？"

九十一

学校后山的春草，绿得有些不真实。

小素抱着日记本，小心翼翼地避开那些柔弱的小草，朝长廊下捧着玫瑰的我走过来，嘴角泛着甜甜的笑。

"奶油，你不是要看我写的日记吗？我带来了。"

我一阵惊喜，伸手去接……

"煤球！"我被张芬推了醒来，接过她递来的欢叫着的手机。晃了晃脑袋，甩掉刚刚那个矫情的梦，见号码挺陌生，便随手打开接听：

"奶油？"

我的酒立马全醒了，坐起身，不安地瞟了背对着我躺着的张芬一眼，低声答道："是我。"

电话那头沉默了。我的心突突乱跳，觉得应该找个借口挂电话，或跑出去接，最终一动未动，木偶一样坐在床上等着。

"你喝多了吗？"小素终于开口了。我松了口气，接着又觉得这口气松得很没道理，于是更紧张。

“嗯！”

“是不是很难受？”

“嗯！”

“那怎么办？有人照顾你吗？”

“嗯！”

小素又沉默了。我脑中闪现出她的样子：安安静静，大部分时候，都是一声不吭的，听我说话，她微笑……可我感觉得到，这个时候的她一定微笑不起来。我的感觉立马被证实：

“奶油，对不起……我给你发短信，你没回……见你喝成那样，只是不放心……我是不是不应该给你打电话？”

“没有没有！我高兴着呢。”

“真的吗？”

“是的。”

我听到小素轻轻笑了一声：“你没事就行。太晚了，睡吧。”

“嗯！”

张芬坐起身，靠在我肩上，似乎挺随意地问我：“她是谁？”

“一个同学。”我觉得自己的声音，明显没有底气。

“我认识吗？”

“不认识。”

良久，张芬一动不动。头发遮着脸庞，看不到她的眼睛，我无法判断她是否信了我的话。

“煤球，你还爱我吗？”张芬的声音有些颤抖。

我摸到烟盒，取出一根烟，笑道：“不敢说不爱。”

“我不是跟你开玩笑！”张芬仰起脸，眼眶湿润，“说真的，爱吗？”

深吸了一口香烟，我告诉她：“我对你一直都没变。”

张芬笑了，紧紧搂着我的臂。

第二天，等我醒来的时候，张芬已不知去向。

我看到烟盒下压着一张字条：

“煤球，我想静一静。今天生日，我什么都不要你送了。”

猛然记起今天到了圣诞节了。前几天，我还想过给张芬买件什么礼物，昨天跟老狗他们一闹，居然忘到了九霄云外。

她一定是见我在她生日来临时毫无动静而生气了。

我打开手机，找到张芬的电话拨了过去，已经关机。

翻看了一下短信，空空如也。突然记起昨晚，小素说她发过几条短信给我。还有，从重庆火锅店门口出来的时候，我是存了小素的电话号码的，她打电话来的时候，却成了陌生来电……

九十二

晚上十一点，我还坐在张芬宿舍楼下，手里提着生日礼物。我重复拨打着张芬的电话，电话里的女声不厌其烦地告诉我：“您拨打的电话已关机。”

“回去吧，宿舍就要关门了，要回来早就回来了！”传达室大叔笑眯眯地盯着我屁股下的凳子——两小时前他无比热情地递给我的那张凳子。

“大叔，再让我上去看看吧，没准她刚刚上别的宿舍串门去了……”我掏出烟，准备递上去，“最后一次了。”

“别别别！”大叔左手连摆，右手顺势接过我递上的烟，“这样不好，太晚了，不符合规定。”

“您就再帮我一次嘛！”我几乎在恳求了，打开火机恭恭敬敬地凑了过去。

大叔吧嗒了两口，又瞅了瞅凳子。我摸准了他的心思，装作很自然地一屁股坐了下去，叹了口气：“算了，我还是继续等吧。”

“好了好了，你上去吧！”大叔急了。我立马蹿起身子。

“到了上面，别乱看！”大叔忧心忡忡地交代道。

我径直跑到张芬宿舍门口。又一次空无一人。

公交车站台上站着一对男女学生，女生偎依在男生怀里，头戴小红帽，手里拿根荧光棒一通瞎舞，脸蛋红扑扑的，不知道是冻的还是被男生给灌的。男生满脸淫笑，搂着女生的手动个不停，脑袋焦急地朝着车来的方向摆动。

“还有没有车呀？”女生用古装剧里常见的陪酒女说话的腔调问男生。

一辆的士滑了过来，停在站台旁，朝我们三招手。

男生屁颠屁颠地靠了过去，问：“师傅，还有车吗？”

“这不就是车吗？”

“我是说公车。”

“哦，没了。”

男生搔了搔头皮，犹豫了好长时间，在的哥的催促下极不情愿地拉开了车门。

半分钟后，加班公车优哉游哉地开了过来。

这帮傻蛋！你中午十二点问的士司机有没有公车，他也会告诉你没车的呀！

坐在车上，我继续打张芬的电话。

公车在步行街口堵上了。透过车窗，我看到街上摇晃着三三两两的青年男女，小红帽、荧光棒……我觉得有些疲惫，收起电话，想趁堵车打个盹。

“宝贝，我们回家吧。”一对情侣挽着手走过车窗口。

张芬会不会已经回去了？冒出这一想法，我立刻来了精神，睡意全无。前面的车龙还没有丝毫松动的痕迹。我开始诅咒长沙这该死的交通。

我将预备要向张芬说的话，又在脑海排练了一遍：

我知道，她所看到的一切，足以让她展开丰富的想象力，胡思乱想。我的自作聪明，实际上愚顽可笑。

我想跟她说，我的确罪孽深重，思想有待整顿，不应该对你不坦白，这简直比杀人越货、比反人类还不可饶恕，但变起突然，我不是有意要欺骗你的，只是想找个合适的时机向组织交代，既然比冰雪还聪明的你提前知道了，我就不再隐瞒……我几乎看到了张芬的笑脸，却马上故意板起脸孔，说：“认不认错是态度问题，能不能让我接受你的认错是能力问题。既然态度端正了，念你初犯，姑且饶你一次，不可造次！”

“谢主隆恩！”我便适时呈上手中礼物，说什么恩主寿诞，小人备了薄礼不成敬意还望笑纳之类……

公车终于向前挪动了一下。

九十三

车快到站的时候，窗外下起雨来，噼里啪啦打在公车玻璃窗上。

“是冰雹耶！”“下雪了？”几个女生兴奋地尖叫起来。

下了车，我快步走向小区，走着走着，甩开膀子跑了起来。

我的心，早已飞回了小区那间温暖的出租屋。我想，张芬现在一定抱着布娃娃躺在床上等我回家，也有可能正捧着相书在算命，或者将面膜敷在脸上，猫在房门后，像以前那样等着我回家吓我一跳。我突然发现，自己原来这么在乎她的，突然发现她平日说的那些笑话，原来如此可爱：她说“动若脱兔”的“脱兔”，就是脱了毛的兔子；她说“凌迟处死”的“处死”，就是在处女的时候就死去；说鸡粪是鸡蛋的防伪标志，说拿个鸡蛋砸在石头上，劈啪一声，石头碎了。说完这些傻不拉几的笑话后，又一本正经地跟我说：“当听到不好笑的笑话的时候，你也要装作很好笑，这样你就成熟了！”

一整天杳无音讯，我觉得我真跟她离了三秋之久，甚至有点想念她了，想念她逼着我讲故事给她听，过了几天，又神秘兮兮地跟我说：“我听到了一个很有意思的故事，想不想听？”然后将我前几天讲的故事重述一遍，而且讲得那叫一个支离破碎；想念她总缠着我测字，测出的每一个结果都是“我俩挺合的，会白头偕老”，因为不是这个结果的，统统不算，需重新算过……

我一口气跑到了楼下，结果，二楼我们的窗口，并没有熟悉温暖的灯光洒落下来。死一般的幽暗。

再一次拨打那串号码，再一次被告以“关机”。豆大的雨夹冰雹钻入脖系。我这才感觉到刺心的冰凉，不禁哆嗦起来。

快快地爬上二楼，我用沉默在呐喊：芬芬，我是真的做好了听候你发落的准备了。你回来，哪怕跟我吵、闹，也好！

费了很大的劲，我才找到锁孔，将冰冷的钥匙插了进去。

然后，我就闻到了满屋子的酒味。

“煤球，我好渴！”

听到黑暗中张芬委屈而亲热的叫声，我知道，我准备了一整天的道歉，又没有用武之地了。

我将送她的生日礼物仔细打开——一套针织的围巾、暖帽。热烈的红色。

九十四

教授抄一口生硬的普通话向我等传道授业，我总认为他老人家普通话的生硬是装出来的，因为举凡大人物都不说标准普通话，用以标榜其不同凡响，比如国家领导人，你见过几个普通话标准的？但老教授一不小心还是露了馅，不时冒出几句贼标准的普通话，令各位学友咋舌不已——原来他会普通话！

“煤球，你说她怎么能这样？我为了她，还特意请大伙上火锅店大吃了一顿的，这可是大手笔呀！以后，我这脸往哪搁？”

我趴在桌上，摁着手机键用心开导炮灰：“操！该说的我都说了。人家有对象，你有什么办法？怪只怪我们看走眼了。你那一顿也不大，脸该搁哪搁哪呗！”

炮灰与师妹的“爱情”，随着选修课程的结束而结束。大学总有这么些女生，明明知道你对她有好感，偏偏不道破，你约她，她就来，你请她，她就去。这样做有两个好处，一是满足了她们天生的虚荣心；二是解决了生活费。等到你跟她表白的时候，她就会装出一副很吃惊很无辜的表情，说：“啊？怎么这样？我一直把你当朋友的。你可能误会了？”或者“我是真的不知道你喜欢我喔！”甚至“我有男朋友的，你不知道吗？”炮灰为之魂牵梦绕的学妹——那个有着傲人胸脯的健美操女孩，正属此类。原来，胸大也未必无脑。

我在为炮灰的不幸扼腕的同时，觉得自己是多么幸福！我想起了早晨，张芬一起床就迫不及待地将暖帽、围脖披挂上，对着窗外杨花般的飞雪吃吃地笑。

白的雪，红的装，愈发衬得她明丽可人，什么什么“明眸如水绿鬓如云冰肌如雪纤手香凝”之类，料也不过如此。

“芬芬，对不起，我……”我想把前天的不快解释清楚。

“不要说了。”张芬轻轻靠过身，“傻瓜，我们还要一起老呢！”

那一刻，我感觉拥有了全世界，心肺都像被熨斗一页页仔细熨过一样舒坦。

炮灰在悲伤着学妹的甜蜜，诗兴大发，自我安慰地写道：

别再追忆起那颗

在边远无垠的地方

隐约闪烁的星星了

好吗

虽然它曾被你深深爱过

我觉得他挺傻B，也挺可怜。我还记得我为了安慰他而绞尽脑汁想出来的那些话，什么“错过了一朵花，你却拥有了整个花园”，什么“人生总有低谷，越过低谷，没准眼前立马就是一座老大的高峰”……我是多么成功呀！多么伟大呀！我简直就是上帝本人，站在一个绝世的高度，用慈悲而怜悯的目光俯视芸芸众生，观望着他们的苦难，同情，然后觉得自己挺乐呵。

下课后，我像多年前的小时候那样，哼着愉快的歌儿赶往小区的“家”。一路粉雕玉砌，素裹银妆。我觉得长沙今年冬天的雪景格外美。

甩掉身上落雪，我打开房门。

“妖孽，还不现行？”瞟一眼门后，张芬不在。

从厨房找了一圈回来，我才看到键盘上她留的字条：“煤球，我面试去了，不用等我吃晚饭。”

连捡破烂的都配备手机的时代，张芬偏生喜欢将一个短信能解决的问题复杂化，什么事都留字条。她觉得这样挺生活、挺甜蜜。

我只好无可奈何地打开电脑。

一个qq号自动登录，我随手打开资料，是“煤炉”。

刚想关掉，有个男性头像就闪烁起来，话痨似的，消息一发就是几条。

我心里矛盾着，终于忍不住好奇，接了消息：

“你还好吗？”“好点没有？”“好了吗？”

这哥们真不是一般的啰嗦。我习惯性地回道：“你好，好久不见。”

片刻之后，我用张芬的qq接到了这样一条短信：“什么好久不见？我们不是昨天晚上才见的吗？你喝得是有点多，不至于还没醒吧……”

九十五

半小时后，我走在去学校宿舍的路上。

我像保留作案现场那样，将我跟那个什么“敢笑啥啥不啥啥”的男生的聊天内容，摊在显示器上。谁进了那间屋子，除非是瞎子，应该都能看到。

我将手机关了，不想被人打扰。可我又很想找个人去打扰一下，告诉他或她，我挺闷。

我挺喜欢骂人傻B的，炮灰是傻B，傻强是傻B，谁谁谁，都是傻B。可现在我觉得，其实我也是傻B中的一员，可能比他们都傻，简直就是傻B的升级版。

雪停了，我感觉越来越冷。物理老师说过，融雪的时候需要吸收空气中的热量，所以会冷。我冷得上牙直磕下牙，拿烟的手都抖了起来。

经过后山的时候，我又点了一根烟。

后山顶留着我跟张芬铭刻的“爱”字的青石板，应该被雪覆盖了吧。我还记得那个秋天的下午，山风拂面，绿枝飘摇。张芬认真地用剪刀在“友”字头上补了几笔，虔诚得如同进行仪式。

天气真的太冷了。我觉得我俩的爱，可能不耐寒；可能，过不了冬……

我又回到了宿舍。

当宿舍门打开，当老狗那张大黑脸摆在我面前装腔作势地大叫：“哎呀妈呀，什么风把您给吹来啦？稀客稀客！”的时候，我突然就不冷了。

我的床铺一片凌乱，像两头公牛刚在上面干过仗一样。我将被子拉平，老狗连忙仰躺了上去："稀客，回来干啥呢？"

"回来住。不走了。"我坐在他旁边，看着家爵第二拉开抽屉取出热得快，插进冒着热气开水瓶。他总在宿舍使用学校禁止的热得快，一有人敲门，就做贼一样藏起来，见来人不是保安或宿管，又取出来继续烧。

锦江破天荒没在看A片，抓着鼠标晃来晃去，鼓捣毕业论文提纲。

炮灰用被子蒙着头，一动不动，估计睡着了。

"昨天晚上翻滚了一宿，上午睡的，午饭晚饭都没吃。"老狗瞥了一眼炮灰，递给我一根烟。

我努力笑了笑，点燃烟，仰头闭上眼。

"芬芬呢？"老狗问道。我摇了摇头。

老狗没再说什么，陪我抽烟，眼睛始终盯着我的脸，叹了口气。我想他应该什么都看透了，我说过，他就像我肚子里的蛔虫一样。抽完烟，他又递上一根，接着，自己也点上一根……

九十六

早早地爬上床躺着，直到周围各宿舍的嬉闹声渐渐安静下来，我还没半分睡意。

床底扔了一地烟头。我想，照此下去，上铺的老狗不日就将成为一块熏狗肉。

喉咙像要冒烟一样，我爬起床，挨桌摸过去，终于摸到一个杯子不是空的，仰头猛灌。

拧开台灯，我将辅修课本翻了出来。这书对治疗失眠颇有神效，平时在课堂上，我翻不了几页，必睡无疑。

三支烟过后，我的眼神还停留在那一页。

我想，张芬应该回家了吧。她会不会正在找我呢？也许她已经睡了。

我小声地念着课本，想把思绪拉回来。终于明白和尚念经是怎么个状况，最后，我忍不住打开了手机。短信提示音接二连三响起，连串起来，差点让我以为是电话铃声。我看了看，全是“芬芬”。犹豫了半刻，将收信箱清空了。电话响起，我索性重新关机。

上铺传来打火机的声音，老狗醒了。

“闹你了？”我心怀愧疚。

“没呢。”老狗爬下床，钻进我被窝，“没睡着。”

“你俩怎么了？”老狗问道。

我掐灭烟，想了想，告诉他：“不知道。我跟张芬，可能久不了。”

老狗诧异地看着我，吸了口烟，“张芬，挺好一女孩。”

我点点头，不想说什么。

我能说什么呢？难道告诉老狗，圣诞节，我送了张芬一顶红帽子，而她，没准回敬了我一绿的？

如果有人在冬天结婚然后洞房，一定不会说“良宵苦短”。冬天的夜晚，实在太长太长。

我一支接一支地抽着烟，静待天明，抽完了自己的，又爬到上铺将老狗那盒拿下来。好几次，雪光从窗户斜映进来，我都以为是天亮了，迫不及待地从枕头下翻出手表看时间。

此起彼伏的呼噜声，衬得这个冬夜更加安静，寂寞如毒蛇，啃噬我孤独的心。

我在黎明时分点上最后一根烟，终于在恍惚中睡去。

在梦里，我见到一和尚，坐在一堆柴垛上，神态安详，跟我说咱俩一起去极乐世界吧。我说不去，怕疼，要去，吃安眠药不挺好的吗？他说阿弥陀佛，然后向我借了火机，啪地点燃。

很快地，我闻到一股焦臭味……

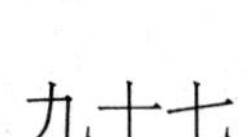

九十七

“煤球，你想死呀！”

刚睁开眼，就看到加爵第二气懑的脸，手里抓着搪瓷杯，盯着我的被子。被子上烧破了一个洞，刚被加爵第二用水泼过，意犹未尽地袅着青烟。老狗、炮灰和锦江都从被窝里探出头来。

“谁偷喝我水了？”加爵第二叫道，声音比刚才大了许多。

我感动得一塌糊涂，揉了揉被子，说：“已经熄了，不用了。”

“我是问谁偷喝我水了，那是我烧的水！”

操，在他看来，我烧不烧死和他的水被人偷喝完全是两码事，而且后者显然比前者情况严重，于是我告诉他，是我喝了，不知道是你的杯子，现在正恶心着呢。

加爵第二狠狠地剜了我一眼，气愤地将搪瓷杯往桌上一扣，摔门而去。这让我无比内疚，感觉自己像是做了什么类似于“杀了加爵第二全家”之类见不得人的勾当一样，而且，被我满门抄斩的当事人，还是刚刚将我从死亡线上拉回的救命恩人。

为了不让自己由于偷喝了加爵第二半杯水而羞愧至死，起床后，我找了个理由跑去农大亡灵那“避祸”。在车上，我的脑海不时出现这样的场景：张芬端着茶杯，放在电脑桌上，体贴地问我渴不渴。

“厕所友，前几天在老乡会上结识了一个老乡，长得挺漂亮，待会儿介绍你认识。”亡灵笑嘻嘻地搓着双手。

当晚亡灵请吃饭，理由是他要走了，去深圳。我想他去深圳的原因，主要是看到大家都往深圳跑，莫名其妙地便生出了“我也去”的想法，可等到自己的想法坚定之后，再听到别的同学说也去深圳，他就觉得挺巧。他说的这个女生，也准备考完试后去深圳，于是他俩都觉得挺巧。你想想，素不相识的男娃女娃，居然在同一个“家乡”长成了一对青年男女，然后又考上了同一所学校，再然后竟然又不谋而合地同时做出了去同一个地方的决定，这多巧呀！所以他俩聊了几个回合后，便相约同行。

我注意到亡灵用的是“结识”而非“认识”，可见他在经过上次情书事件后，一定针对提高语文水平下过一番卧薪尝胆的工夫。不过他所谓的“漂亮”，我倒真没敢当回事，直到那女生在我俩枯等了近一个小时后闪亮登场，方才明白，亡灵已不再是原来的亡灵。

九十八

我盯着叫花鸡，一边思忖着等一下该以迅雷不及掩耳之势夹起左腿还是右腿，一边焦急地等待着第二个露露登场。

“小娟，这边！”亡灵敲着筷子，我顺着他的视线望过去，看到一张似曾相识的面孔，鹅蛋脸儿，垂着两个不多见的辫子，长得挺具古典美。眼神接触，她半张着嘴，好像特惊讶。

“是你？”她挺热乎地凑过头来盯着我，而我还在纳闷，迅速在被杂物堆积得有些沉甸的记忆中翻找着，想拉一根弯弯曲曲百转千回的长线，跟眼前有些许熟悉的陌生人物形象连接，可记忆的闸门死活撬不开。

“你不记得我了吗？鼻涕虫？我俩捏过泥人儿的。”她两眼放光，说得就像是前两天发生的事儿，“你流着两滴老长老长的鼻涕，光着屁股蛋……”

“陆小娟？”我总算记起来了。

“果然是你！没想到还能碰上，真好！”她兴奋地抓起我的手，那个激动，特像红军过了雪山草地后终于会师。在我上下三路来回打量了一圈，她说道：“呵呵，像模像样了，差点没认出来。想当年那鼻涕流的，嘻嘻！”可见我“光屁股”“鼻涕虫”的形象在她脑中已经根深蒂固，经过这么多年时光的洗涤，仍然记忆犹新。

于是我俩你一言我一语地将思绪拉回了从前：话说十七八年前，也就是公元一九八六到八七年的样子，我俩都还是小屁孩的时候，曾住在同一间屋子里，也就是当时所谓的“团结户”。

陆小娟的老爸是一退伍军人，退伍后仍对一开始深恶痛绝到后来相当受用的部队生活念念不忘，每天清晨喊着口号带着我俩跑步。但我俩最大的兴趣所在，还是跑到楼对面的烂泥地和泥巴捏泥人。

记忆中的她，一头烂草样枯黄的头发，脸蛋红扑扑的，泥人捏得挺逼真。我怎么捏也捏不像，就管她要，她不给，然后我就一脚将她捏好的一排娃娃踩个稀巴烂，趁她还没回过神来的时候，溜之大吉。跑出去老远，才听到她哇地哭出声来，不知道是她反应慢还是我反应快。

当时陆小娟纠结了一帮姐妹给我取一外号叫“鼻涕虫”，我觉得她的评价挺中肯，便不以为意，隔壁楼比我大两岁一家伙还尿床呢，我想我流了鼻涕，就没东西尿床了，于是坚持将鼻涕流到底。

陆叔叔经常打趣说要给我俩凑对象，让我乐了好一阵，心想老婆有着落了，等陆小娟成了我老婆，我就天天逼她捏泥人儿，将家里都摆满，摆不完就送给隔壁那个尿床王。对此陆小娟好像不怎么感兴趣，她爸说一次，她就啐一次，有时候还哭。

快上小学的时候，陆小娟她爸调去了北方，陆家举家迁徙。

我还记得最后一次我俩撅着屁股蛋趴在烂泥地捏泥人的情景，她说我明天要走了，今天我捏的泥人全送你。我就老老实实帮她和泥巴。我俩从早晨忙乎到黄昏，一声雷响，下起暴雨来。我拉起陆小娟的手就往家跑，跑了几步，她甩掉我的手往回跑，泥人已经全被淋得稀烂了，她抓起两堆面目全非的泥巴，一边跑一边哭，嘴里喊着“泥人！泥人！”我也哭了。

九十九

陆小娟走后，她家就成了我家的一个支部，我被安排在她原来的房间。可我没有半分胜利者该有的兴奋，反倒失落了好长一段时间。

光阴荏苒，日月如梭（当时挺牛B的形容时间流逝的两形容词），当我差不多把她忘却了的时候，意外地收到她从遥远的北方辗转寄来的明信片，上面就一句话：“鼻涕虫，你还流不流鼻涕呀？”我打了两遍草稿工工整整地写了回信告诉她：感冒的时候偶尔还流。她再工工整整地回我回她的信，顺带寄了一张照片。照片上的她，头发已经不枯不黄，脸蛋照样红得柿子似的。当时我俩念小六。

接下来的半年，我俩书来信往，从大谈学校所见所闻到大抄诗词歌赋，字迹也从工工整整一笔一画到潦草得比医生的处方笺还杂乱难辨，数量更是由每周两封到每两周一封锐减，到最后，我收到她类似甲骨文的回信，一个字也没认得出来，于是决定不再浪费国家洁白的纸张，没再写此回信的回信。这段经历对我俩的直接影响，就是我俩的文笔跟书法都有大幅度提高。后来我才知道，我俩的关系，就是当时初中的哥哥姐姐们感觉挺时髦的“笔友”。

陆小娟兴致高昂地追忆着如烟般的往事，亡灵又打开一瓶啤酒。

“为了美好的明天，干杯！”三人一仰脖子。

亡灵在我跟陆小娟说话的时候，喝了不少闷酒，醉成了一摊烂泥，还在叫酒。店老板赶紧递了三瓶过来，好像生怕亡灵反悔。亡灵摇摇晃晃地支起腰去接，脚下一滑，人就到了桌底。我站起身准备去拉，一阵头晕脑花，连忙坐下身子。

三人相互搀着，好歹将亡灵折腾到了宿舍，我发现自己周身上下汩汩地直冒虚汗，算算，我在这四十多个小时中，睡了不到两个小时。于是我不假思索栽趴在亡灵身边，准备好好睡一觉。

“不行！鼻涕虫，你要送我回去！”陆小娟慌忙拽住我。醉眼朦胧中，我看到陆小娟的双眼，泛着水雾。

一路上，陆小娟一直拉着我的手，我便任由她拉着。当她在一处积雪的草坪旁钻进我怀里的时候，我心里居然有种复仇般的快感。

终于到了她宿舍楼下。陆小娟紧紧搂着我的腰，半盏茶的工夫过后，方才恋恋不舍地松开手。然后她问我有没有女朋友。我想了想，告诉她说，我有。她愣了愣神：

“那你为什么不说？”

“你也没问呀！你问，我不就说了吗？”

陆小娟恨恨地跺了一下脚，转身走了。走到门口，她回过头一字一顿特失望地对我说：“鼻涕虫，你变了！”我看到她的眼泪夺眶而出。

我笑了。是啊，我是变了，你总不能让我一辈子挂着两滴鼻涕，光着屁股蛋儿开展我的人生吧！

回转身的时候，我清楚地感觉到两滴东西滑过脸颊，痒痒的。

一百

半夜时分，我被亡灵的颤抖和哭声闹醒。

我跟亡灵躺在一个被窝里，感觉到他身体筛糠一样，抖动得正起劲。这要放在高中时候，身为理科才子的他，一定能迅速算出此震动的频率跟振幅。不过据他所说，高中学的那些东西，经过大学这些年对茶学一门心思的求索过后，除了留下双眼近视的后遗症，已经被遗忘得所剩无几。

“怎么了？亡灵！”

亡灵停止了哭声，吸着鼻子，颤抖得更加激烈，他说他冷。

我帮他把被子扎好，抓着他的手，他的哭声又在暗夜里想起，他极力克制，演变成了哽咽：“厕所友……你知道吗……我大学这几年……真是挺过来的……”

亡灵告诉我，他的学费全是他自己贷的款，他爸妈身子都有病，他不知道自己什么时候能还上；亡灵告诉我，人家不让贷生活费，他穷的时候，就跑去食堂打二两饭，花四毛，再喝碗免费的汤；亡灵告诉我，他去给人做家教，人家开始吃饭的时候，就打发他走；亡灵还告诉我，他忘不了露露，只是因为她在他穷得实在不行的时候，请同学们吃饭，也请了他。那顿饭，他吃得很舒心……

我抓着亡灵的那只手也跟着颤抖起来，又气又怜：“你为什么不跟我开口？”

亡灵苦笑一声：“我知道你把我当朋友，可我觉得不好意思，开不了口。现在不是都过去了吗？”

我无言以对。我觉得朋友不应该是这样的，死要面子活受罪。我告诉他，以后有什么事就告诉我，不要在事儿来的时候死撑，等事儿完了，再跟我说我以前怎么怎么，我不想听。

第二天，亡灵将我送到农大门口。车来了，他说："厕所友，我过几天就走了。如果你也想去深圳，我先给你铺路。"听到这话，再看他满脸的依依不舍，我差点当场落泪，赶紧挥挥手，钻进车门。

我在心底暗暗下定决心，以后要不时给亡灵打电话询问他还有没有钱花，不管自己多难，都要装得像钱带在身上随时有咬人的危险，迫不及待要借给他。

一百零一

推开宿舍门，当张芬憔悴的脸庞出现在我眼前时，我异常镇静。我甚至连半点突兀的感觉都没感觉到，好像她就应该在这等着一样。

张芬瘦了，颧骨高高地鼓了起来。

她手里抱着我送她的娃娃，头上戴着我刚送她的红暖帽儿，身上穿着我去年送给她的紫色毛呢大衣。她将我送她的东西全整上了，感觉特滑稽。

"煤球！"她在叫我，叫了一声，她的眼泪就扑擞擞地掉了一地。别人喜欢怎么形容这种掉泪方式来着？对，是叫"眼泪像断了线的珠子一样。"

她的双眼，居然是血红色的，这让我联想起柿子红，再又联想起陆小娟。我笑了笑，退出门。

"煤球，你站住！"老狗冲上来拉住我关门的手，我甩了甩，没甩掉。张芬的哭声透过门，传了出来。

老狗将我拉到走廊尽头，掏出烟点着，然后塞在我嘴里。

"芬芬都跟我说了。"老狗吐了口烟圈，拍了拍我的背，"你可能误会了。"

"我的事，我自已来。"我看到楼下三三两两背着单肩包有说有笑的男女生。有几个家伙抬着一块傻大傻大的三合板往橡树上挂，准备出板报。明天，又是元旦了。

"煤球！"老狗将烟头砸向橡树，"听为师一句话，回宿舍。"

我还在发呆，一动不动。

“她昨天来宿舍，一直等到晚上。今天一大早，她又来了。”老狗扭头看着我，“她什么都没吃。给她打的饭，还摆在你床头。”

我犹豫着。

“我说煤球你怎么就……”老狗扭头看了一眼，又拍了拍我的背，转身走开。

然后张芬就站在了我身边，她轻轻地说：“煤球，我们回家吧。”抿了抿嘴唇，她的泪又掉开了线，“我什么都答应你！”

一百零二

电饭煲里的青菜下翻滚着水煮肉片，张芬吞了吞口水：“吃呀煤球，看我干吗？是秀色可餐，还是看着我吃不下饭？”

透过蒸腾的热气，我看到坐在我对面的她，泪眼涟涟。我想起了她在上学期末，在我俩吃方便面的那段日子里，笑着对我说同样的话的情景。

“你不吃，我可吃了。”张芬夹起一筷子青菜，“我真的有点饿了。”我看到大颗的泪珠，滴在青菜上，被她送进嘴里。顿时没了食欲，我放下筷子，起身坐在床头。

昏黄的暖阳穿过窗户，斜照在电饭煲上，斜照在坐在电饭煲旁静静地吃着水煮肉片的张芬身上。

“煤球，你爱过我吗？”

我没吭声，看着一股股雾样的热气从她面前升腾、升腾，到了屋顶，散开不见。

窗口渐渐暗了下去。

张芬拧开灯，坐在电脑椅上，看着我的脸。我冷冷地盯着对面墙壁。

“我们还是分手吧。”说完这话，张芬捂着脸趴在电脑桌上。我看到她的肩膀，激烈地抖动着，抖动着……比昨晚亡灵抖动得还要激烈。

张芬前几天早晨说的话，穿越时空，刺进了我的耳朵：“傻瓜，我们还要一起老呢！”

当时她像现在这样，将暖帽、围脖披挂上，白的雪，红的装，对着窗外杨花般的飞雪吃吃地笑。

窗外的雪，已经融得差不多了。

张芬起身，开始收拾东西。她收拾得异常缓慢，异常仔细，就像当初她一样样地摆放那样仔细。

“你别走。”太长时间没说话，我觉得我的声音很涩，“我走。”

我看到张芬眼里刚燃起的光芒，流星一般，疾转黯淡：“这是你的地盘。我的学校，在河东！”

“电脑是给你买的，你带走。”

她摇了摇头：“你送的东西我都要，电脑你留着，我带不动。”

静静地看着她将一切收拾妥当。我心底无端生出一丝恐慌。

“天亮走不行吗？”无论如何，我希望我俩的爱情，能延续到二零零五年，虽然只是一夜之隔。

张芬再次摇了摇头，抱起布娃娃，提上旅行包：“煤球，我想你送送我。”

一百零三

我一直将张芬送回电大。

我俩并坐在公交车后排，她问我，能不能借肩膀靠一下，我点点头。然后她就靠在我肩膀上。她的眼泪，穿破我的冬衣，刺进了我的心脏。

车行至湘江边，她匀称的呼吸声淹没在公车的嘈杂里。她睡着了。

睡着的她，不会知道我的眼泪，全洒落在她那原本乌黑但不飘逸的长发里，全洒落在她曾烫过火灾一样的烟花烫，后来又拉直染黑的秀发里。

公车穿行在星城的夜道上，车窗外街边的霓虹如长画般在眼前舒展，照得人脸时红时绿、时暗时明。我看到一个个熟悉的景致，载着我们的故事，飞掠、后退，离我而去：

橘子洲头靡丽的树影，多情的晚风，一如从前。我俩已经很久没有来这看了看，这个爱情开始的地方。

五一广场上坐着几对情侣，耳鬓厮磨、窃窃私语。明天早晨，这里又会来一群老年人，跳扇子舞。芬芬，原谅我，不能在你年老的时候，为你递上一瓶矿泉水，再接过你手中的扇子，扇去你额头丝丝汗珠。

我简直煽情到比琼瑶阿姨还要过分了，把自己感动得稀里哗啦……

两人默默地走向电大女生宿舍楼。

到了楼下，张芬说煤球你能不能再抱抱我，就一下。然后我俩加上布娃娃，三人抱作一团。

“煤球！”她趴在我耳畔，如同梦呓，“你手机一定要换号码。我怕我控制不住……”

我感到了锥心般的疼痛。

“还有，你要少抽点烟！”

“我们不分了，好吗？”我听到自己的呻吟。

张芬轻轻笑出了声，紧了紧双手，松开怀抱……

二零零四年的最后一天，我像个输光的赌徒般，坐在出租屋楼下的石阶上抽闷烟，一只手里握着电话，犹豫着。

我刚从二楼那个“家”出来。进门后，我见到了两样东西，于是决定今晚不在这间屋子过夜。

电脑桌上厚厚的一叠字条，上面写着：

“煤球，今天我不回来吃晚饭了，你别饿着，吃好一点。”

“煤球，衣服晾好了，给你叠放在第二柜。”

“煤球，明天早课，不回来睡了，别熬太晚，少抽烟。”

……

电脑桌下整整齐齐码放着几排易拉罐。

我立马想到了我的芬芬，提着易拉罐，去废品店换回几块零钱的身影……

我想打个电话，告诉她，我们不分了。我说真的。可我还在犹豫。

电话自己响了。

然后我听到我妈的声音从遥远的家乡传了过来："……明天元旦了，别亏待人家女孩子……但是，别耽误了学习……她在不在你身边？"

我对着话筒说："妈，我想家了……"

一百零四

元旦收假后第二天，锦江和炮灰将毕业论文初稿交给了指导老师。他俩凑了点钱，决定安排舍友们吃顿散伙饭。

炮灰在网吧找到傻强，通知他晚上六点去重庆火锅店。其时傻强正在玩游戏，听到炮灰嘴里吐出"散伙饭"三字，立马傻眼，怔怔地盯着显示器屏幕。

锦江逐一往我们杯中倒酒时，杨岳红展开一幅画，说是特意为我们宿舍画的。她画的是六只雄鹰：两只展翅翱翔，另外四只在地上扑腾着翅膀，跃跃欲飞。我觉得属于我的那只，怎么看怎么像只瘟鸡。

"兄弟们，今晚不醉不归！"锦江端起杯子站了起来。

我们吃得可真热闹呀！炮灰大声地招呼着我们吃菜，还不停往我碗里堆肉，我还从没见他这么热情过。

锦江又举起了杯子："哎！要走了。这对S大、对湖南是多么严重损失呀！人才，就这么流失了！"

"你们两个祸害。"老狗笑着，指着锦江和炮灰，"趁早滚吧，别在这祸国殃民的。"

"畜生！""傻B！""狗逼操的！"……酒实在是一个矛盾的统一体：外形像水，喝了如火；朋友相聚，喝酒；朋友离别，喝酒；心情愉快，"一高兴多喝了几杯"；心情郁闷，"借酒浇愁"。

大家绞尽脑汁在找借口，开始还挺顺理成章，什么"为了这么多年的友谊继续到地久天长，干了这一杯。"什么"为了曾经的不愉快从此一笔勾销，干了这一杯。"几杯下肚后，就开始"为了中华人民共和国成立几十几年"，"为了隔壁大爷家的小舅子的朋友的姨妈”，一次又一次地举起杯子，一次又一次地一饮而尽。开始我还一杯杯地数着，数到后来，帐全乱了。

大家都在笑，我也在笑。大家的笑眼里都闪烁着晶莹的东西，我却哭不出来。

炮灰拉着我手，大起舌头：“我我我，我真的像，一土豆？”

我拍拍他后背，特诚恳地安慰道：“就算是，你也是上品土豆。”

“那那，那不还是一土豆？”炮灰两眼发直。

傻强一把拉过炮灰，可劲儿哭：“你们都走了！呜呜！我怎么办！呜呜！我毕不了业了！”

加爵第二夹着一筷子菜，在半空摇晃，哭丧着脸：“我的嘴呢？我嘴哪去了？”

锦江站起身，扭头就跑，老狗追了上去问他去哪，锦江说上厕所，老狗就跑回来问我要不要一起去。扭头一看，锦江早没了影儿。

我跟老狗一步三摇地走到离店最近的一公共厕所，对着便池解裤子。

“锦江呢？哪去了？”老狗问我。

“我咋知道！”

老狗裤子都没拉上，就一边叫着锦江一边去推便池后那排蹲位的门，刚推了两扇，就听到隔壁女厕所一声惨叫：“妈呀！流氓！”

不一会，就看到锦江摇摇晃晃地走了过来，问我俩：“兄弟，男厕所怎么走？”

我们一直喝到凌晨一点，店老板坐在门口打起盹来。

“走吧，上通宵去。”傻强说。

然后我们一行七人就去网吧。网吧门口挂一牌子“未成年人止步”。

“未成年人不能玩儿的地方，这他妈是妓院吗？”老狗骂了一句，就跑进去问老板：“有鸡（机）吗？”

“有。”

“来几只。”

“啊？”老板愣了一下，笑道：“通宵六块。”

杨岳红捏了老狗一把，老狗这才回过神来。

上网的时候，炮灰一直在沙发上翻找。

“你找啥？”我问他。

他搔搔头皮，特迷惑：“遥控器呢？”

一百零五

送走锦江和炮灰后，迎来这学期的终考。

开始几科必修课程的考试进行得很顺利，老狗抄得不亦乐乎。最后一堂辅修课却着实把我难住了。

我跟留级前的班级同堂迎考，雀斑小姐坐在我前排奋笔疾书，我用笔戳了她两下，她毫无知觉。我只好放弃。

见到雀斑，我想起了炮灰，想起送他们上车的时候，傻强还在拉着炮灰直哭。

“别这样，我们还会回来论文答辩呢！”锦江对傻强说。

傻强点点头，揉着眼睛。

老狗拉过炮灰：“早点找个对象，别再傻B呵呵地挨人家欺负！”

又走到锦江身边：“好好找份工作，别总看毛片儿。”抽了口烟，又说，“有好点的片儿，别忘了兄弟！”锦江会心一笑。

考完那天，我意外地接到小素的电话。

“奶油……”她犹豫了很久，终于鼓起勇气，“我要走了，你是不是该为老朋友饯行？”

我心潮起伏，想了想，回答：“好吧，我请你吃饭？”

“呵，还是我请你吧，位置已经订好了，我在五一路……”

当我按照小素的指引来到五一路，来到法式西餐厅的门口时，我再也无法往前迈出一步：建造风格挺“排中”，门不在中式建筑固有的对称线上，在屋角……我突然那么的渴望，坐在里面等着我的女孩，是张芬，而不是小素。

“奶油！进来呀！”小素出现在门口，朝我招手。我从她上妆的笑脸上，看到了陌生。

我坐在小素对面，盯着桌上的蜡烛——画蛇添足的法国式浪漫，出神。

小素拉了拉桌布："我分手了。"

我点点头。

"喝点酒吗？"

"嗯！"

小素优雅地扬起手，我看到那个一度漫不经心的侍应，满脸堆笑地走了过来。

小素变了。她话有些多，有些大大咧咧。

她的任何一丝改变，都让我难过。她说了什么，我都忘了，也许根本就没听清。我报之以沉默。

我觉得，这儿的吃食，不过如此。我宁可上重庆火锅店，吃个十几块的点菜。

吃完西餐，我俩坐公交车回学校。这让我感觉到了生活的强烈落差。

车上早就挤满了人，乘客像商场的沙丁鱼一般整整齐齐地码放在公车里。我俩站在一起，小心地保持着距离。小素温柔地看了看我，将视线转向车窗外。当时我想起了一首歌里唱的："那种温柔，再也找不到拥抱的理由。"

下车后，一阵凉风袭来，很冷——车上车下，温差很大。

小素搓了搓双手，又朝手心哈着热气："真冷！"

"是啊！"我说。

小素呆了呆，低声说："你变了！"

我苦笑："我们都变了！"

她的眼眸闪过一缕忧伤。

我俩一前一后静静地走着，走过校园那一条条熟悉的小道。天空仿佛突然就暗了下来，教学楼、图书馆的灯，渐次亮起。道路两旁的大树零星挂着几片枯黄的叶，风一吹，就杂乱地飞舞、飘落。

"我明天就走。"

"早点回来。"

小素苦笑了一下："不会回来了。我是去支边。可以不用回来论文答辩。"

我顿时感慨，学校的后门比前门还要开得敞亮。

终于到了分别的时候，我居然感到一丝轻松，目送她走向女生宿舍楼底的入口。当年，我每天早晨都会站在入口那侧，对着二楼窗口吹口哨，小素就在冰冷的玻璃窗上哈口热气，然后在结雾的玻璃窗上反写“我爱你”，对我微笑……

小素站在楼梯入口，停下脚步，扭头看我，我挤出一丝微笑，朝她挥手。突然，我看到她的身影转身飞奔回来，扑进我怀里：“奶油，四年了，四年！”小素喃喃地说，泪如泉涌。

我想抬起手来抱抱她，却毫无力气。

小素问我毕业后有什么打算，我倍儿煽情地告诉她，我想写一部小说，就写这几年发生的事儿，等我们都老了，能让年轻的我们——那些欢笑、泪水，永远鲜活在故事中，一如当年。

“小说里，会有我吗？”

“会有的。”

小素怔怔地盯着我：“我希望在小说中的我们，最后能在一起。”

我别开脸，猛点头。

她微微一笑，转身登上楼。

我没有告诉她，自从跟她分手后，我便很少快乐过，每次喝酒，都会做着关于她的梦。

我没有告诉她，自从跟她分手后，我就开始失眠，在无数个长夜，听着宿舍窗外风吹落叶的凄鸣声，抽烟，静待天明。

我没有告诉她，自从跟她分手后，我就没再给别人送过玫瑰，包括张芬。

我听到小素她们那栋楼里飘来吉他声，一个音乐专业的女孩子在唱歌：

岁月不留痕

忘了相亲相爱的人

你我也会苍老连相片也看不清

岁月不留人

无论海誓山盟有多深

你我也会苍老连模样都记不清

小素，总有一天，你我都会老去，各自儿孙满堂、各自白发苍苍。

我们的青春岁月，将在与各自爱侣经年的平凡、琐碎中淹没不再。终于，你我都会忘了对方是谁。

一百零六

走回宿舍，窗外的风声呼啸起来，一声紧过一声，折断了窗口橡树上一根老枝。我听到枝丫折断的脆响，跟着就停电了，宿舍里漆黑一片。

门窗紧闭，我能闻到宿舍里那股熟悉而难闻的异味，这是床底那排臭鞋袜和床头冬衣的霉味共同努力的结果，这些冬衣之前一直埋在各人箱底，从去年冬天的结束，躺到了这个冬天的开始。

老狗可能又跟杨岳红去了狼巢，刚考完试，当然要鬼混一下缓解这几天考试的紧张，虽然我看不出他哪里紧张。躺上床，我很想找个人说说话，像平日在宿舍那样，熄了灯，大家开始卧聊。可现在只有加爵第二一人蜷缩在对面上铺，一动不动。

风声呜咽，感觉风像是已穿过玻璃窗灌进了我单薄的被子里，全身冰凉。点燃一根烟，我想今晚可能又会失眠。

这时手机响了，我拿起来准备接，对方已挂断。我看了看号码，是张芬。

接着她就发了一条短信，她说："煤球，我梦见你不认识我了。醒来后，惊出了一身冷汗。"

那晚，我将上铺老狗和对铺傻强的被子全转移过来，压在身上，冰冷依旧，锥心刺骨。

我在三层棉被的重压下瑟瑟发抖，盼着天亮：天亮了，我想再去一趟电大。

结果，第二天我醒来的时候发现自己动弹不得，发烧头疼周身酸软等等重感冒该有的症状全齐了。我就这样一动不动地躺了一上午，怔怔地盯着上铺那几块宽窄不一的床板，就像电影电视里常见的惨遭强暴的少女那样：要死不活，眼神空洞。

求生的本能迫使我中午冒着寒风去了趟校医务室，可怜巴巴地盯着女医生修长的鼻毛，让她给我开点儿猛药，说还有大事等我办呢。她给我包一包黄丸子，交代我一日三次，每次两颗。说这是新药，吃了睡几觉，包好。我当场服了两颗，马上跑回宿舍睡觉。我想等病好了，我得把胡子刮一刮，再去剪个头发，然后买束花，去电大；我想告诉芬芬，这几天我受够了，咱俩老夫老妻的，别折腾了……

窗外北风呼啸，我想起雪莱《西风歌》里的名句："哦，风啊，如果冬天来了，春天还会远吗？"

一百零七

女医生交代我"一次两颗"的药，到第三天早晨剩了最后一颗，不知道这一颗是多出来的，还是她少给了另一颗。我仍然浑身乏力、食欲缺乏，头倒不怎么疼了，没有"小病变重病"。新药就是新药，比起医务室那一大把严重过期，号称"病毒细菌良伴，自残自杀必备"的老药来，我这疗效，堪称显著。

我将这学期剩的钱全取了出来，在午饭前赶到电大。我要带她去她一直想去，却从没去过的西餐厅，吃顿并不怎么好吃，可她就是想尝尝的西餐。

宿管大叔一看我的样子就乐了："哈哈，年轻人呀！羡慕哦！"指了指楼上，"快上去吧！"我捧着花直奔二楼。

门开着，迎头碰到张芬的室友，那个圆脸，端着一脸盆水走出门，看样子刚起床。

"你好！"我笑着走过去。

她瞟了我一眼："找芬芬？"

我点点头。

"走了！"她冷冰冰地说，放下脸盆，从水里捞出梳子，自顾自地梳起头发来。

“走了？”我心里一凉，“什么时候？”

“昨天。”她捏着梳子上绞着的几根头发，白了我一眼，“你都不要人家了，还来做什么？”

我站在那，呆若木鸡。

“她哭了两天，睡着了，还在那哭。认识她这么久，还没见她那么伤心过……”

我掏出电话，找到张芬的号码。这次女声告诉我的，是停机。

我将花递给圆脸，等张芬回来了，请她转交，她直摆手：“她办了缓考，说是去上海实习了。你总不能让我照顾这花到毕业吧？”

张芬就此杳无音讯。

那天下午，我坐在电大女生宿舍楼下的花坛旁，抽完了整整一包白沙。来往的女生全侧头看我，然后偷笑。她们一定会回去跟同学说，刚刚看到一傻B，捧着一束鲜红的玫瑰花坐在我们楼下，失魂落魄的……

回S大的时候，直到公车司机熄了火问我去哪儿，我才发现S大早过了，一不小心就坐到了终点站。

茫然地走在路上，我掏出烟，点上抽了一口，一股令人呕吐的焦苦味从舌间蔓散开——我点燃的，是过滤嘴……我承认，跟芬芬相处的几百个日夜，是真的不够爱她。可我的生活就是用她的爱和我的不爱构架、填满的，抽空后，一无所有。

回家过年前一天，我去小区退房，又去了趟我跟张芬曾经的“家”。

桌上的烟灰缸，还保持着离开时的模样，插满了烟头。

收拾东西的时候，一张照片掉在地上，照片上，张芬蹲在河边掬水，脸上是招牌式的巧笑。这是她送我的第一件礼物。

一直走到小区门口，我还隐隐听到背后嘶哑的二胡声，咿咿呀呀、如泣如诉……

一百零八

在爸妈眼中，这是我过得最快乐的一个假期。

我告诉他们，我辅修了大四一半的课程，虽然有一科由于种种合情合理的客观原因没能通过，但是没关系，我会在下学期补回来，争取在半年时间内胜利完成所有任务，然后找份工作，你俩的后半生就不用愁了；老妈问我跟女朋友怎样了，我说感情挺好，她对我体贴入微，说这话的时候我一脸灿烂。我妈一听，笑得更灿烂，说你觉得行的话下次把她带家来，让妈瞧瞧。

春节期间，老妈天天变着法儿做我爱吃的菜，我就天天变着法儿逗自己开心，让笑容时时挂在脸上。我每天的工作就是看看电视，陪老爸下下象棋。

老爸是棋迷，在我还没弄懂“蹩脚马”含义的年纪，最常见的，是老爸下了班邀着几个同事回家“两国争强各用兵，摆成队伍定输赢。”我就等着看戴高帽，谁输了，就弄本书打开顶在脑袋上，作为惩罚。老爸的棋技颇为了得，几个回合，大爷大叔们纷纷落马，高帽戴上就取不下来。最经典的，是一位跟爷爷年纪相仿的大爷，嗜棋如命，每每主动找到老爸捉对儿厮杀，惨败之后，戏称老爸为师傅，这么多年过去了，见了我妈还直呼“师娘”。

俗话说，虎父无犬子。偏偏上大学之前，我的象棋下得奇臭无比，特别是到了“不怒自威”的老爸面前，简直不堪一击。从此，我一碰到年纪较长的对手就方寸大乱，步入棋龄约等于棋技的思想误区。

大一，枕头底下压了本棋谱，稍有余暇就捧着棋谱比划，对布局变局似有所得，急急找人过招。

宿舍楼下有个小卖部，老板是个年过一甲的老大爷。从窗口探出头去，能见老大爷迎面静坐，敲棋终日。终于有一天，我踱进了小卖部：“来一局！”

老大爷微笑颔首，他的亲切让我仿佛看到老爸徒弟的影子，一扫思乡情愫。

我的风格是快攻急进，老大爷则深思熟虑，落子未几，高下立辩，老大爷哈哈一笑，轻推棋盘：“不要太紧张，练稳一点儿，有空常来坐！”

毕竟大爷不是慈禧，我并无连琪之危，从老大爷的态度，感觉我俩平辈论交，心下释然。第二天跟他连战数局，居然有所斩获。

从此一发不可收拾，在窗口一看到大爷有空，就打声招呼，进店对垒双营。如此半年，寒假回家跟老爸摆棋，竟能摸其大概，屡出奇兵。

大学几年匆匆而过，跟老大爷已然老友，象棋蒙他赐教，在朋友圈几无对手，现在跟老爸过招，我主要的精力就是琢磨着怎么不露痕迹地输一两盘，让他以为我着了他的道，以便看到他特有成就感的笑脸。

开学那天，老妈给我整了一大包吃的，交代我："记得给芬芬一半！"

我鼻子一酸，拉着我妈说我真舍不得离家，舍不得他俩。

"这孩子，越大越没出息，还跟妈撒起娇来了？"老妈揉了揉眼睛，"小时候都没见你这样！"

一百零九

我又背着大包小包风尘仆仆地回了长沙。感觉自己在这个世界是个尴尬的存在：在长沙，我是外乡人；回家，也成了过客。偏偏自己还自作多情地口口声声"回"到这"回"到那。

到了宿舍门外，就听到傻强的骂声："你，害我哭得跟死了亲爹似的！"推开门，就看到炮灰趴在床上贼笑。

"你怎么又滚回来了？"

"舍不得各位姐妹呀！"

我接过炮灰丢来的烟，"到底怎么回事？"

"回来重修！"炮灰叹了口长气，"上学期一不小心挂了一科，这真是临天亮尿了床，一世英明全毁了。"

"才一科，犯不着浪费半年美好的青春年华吧？"我琢磨着，半年时间，生个娃都能叫爹了。

炮灰说："我在家那边工作都找好了，大胸脯打电话到家，说无论如何都得把这科给学踏实才让拿毕业证，补考都不行。学校不能允许一个半成品出去以次充好，危害社会。”

下午，我去系办咨询这学期辅修课程的事，见驴脸端坐在系办公室那张大号老板椅上，得意洋洋。现在不管是人民公仆还是人民教师，只要挂了什么“长”什么“主任”，都喜欢弄一老板椅虚张声势。通过老狗的研究得出结论，这种椅子之所以受欢迎，妙就妙在底下那几个轮子，大大提高了椅子的灵活性，可以让坐在上面的人根据不同对象迅速摆出不同姿态：如果对方是一小角色，双手往桌上一推，人椅同时后退，可在桌椅之间腾出一块地方来，跷二郎腿；如果对方地位比自己高，双手抓住桌岩一拉，人椅靠近桌子，再挪挪屁股，就是一俯首帖耳的谦虚姿态，递烟、端茶，无不方便；如果对方地位再高，就可以站起身把椅子推过去“请上座”，又快又轻松。现在驴脸就推了推桌子，身子往后一躺，翘起了腿。

“老师，系主任在吗？”我尽量让自己看起来像个极度渴望拿三好学生奖的小学生，垂着双手，满脸恭敬。

驴脸翻了翻死鱼眼瞥了我一眼，从鼻子里哼了一声：“什么事？说吧。”然后摘下眼镜，装模作样地掏出一块眼镜布边吹边擦。

我想起了大一时他的种种劣迹：第一学期，拿了我的文章，署上自己的名字发在院报；第二学期，为了讨好系主任，给我的文学评论打了个漂亮的30分……

“啧……怎么回事呀？跟老师讲吗！”驴脸看到我似乎挺不高兴，可能他对自已做过的事记忆犹新吧，虽然他的记性一直不好：大一上了他大半学期课，还把我跟旁听生混为一谈。

“系主任不在，我明天再来吧！”我看到他也挺难受，转身就走。

“等等！”驴脸叫住我，“你一定要找原系主任？”

我看到他脸上的阴笑，再一琢磨，不对呀，他今天坐的位置，是系主任的专椅。

“他下去啦！有什么事，你找我！”

我便将自己准备将最后四科辅修完成、提前毕业的想法跟他说了，一边说，一边琢磨着他说的“下去啦”是何含义。

“这学期你本来有几门课？”

“七门。”

“上次辅修的四门，都过了吗？”

“过了三门。”

“那就是挂了一门咯？”驴脸戴上眼镜，抓起一支笔在材料纸上写上“7+1+”，看我一眼，“准备辅修几门来着？”

“四门呀，就剩四门了。”

于是他在“+”后添了一个“4”，递给我：“这是多少？”

“十二，老师。”

驴脸套好笔帽，往桌上一扔，又跷起腿：“同学呀，贪多勿得！学术，是不能急功近利的，就像煲汤一样，得用文火慢慢熬，才有营养嘛！是吗？”驴脸语重心长。

“可是……”我急了，“学校不是在实行学分制吗？我觉得我现在身强体壮精力充沛，再加上学习热情空前高涨，区区十二科应该能一举拿下。”

驴脸一边阴笑一边摇头：“年轻气盛！绝对是年轻气盛！什么学分制，我是一直反对的！”

一百一十

从系办出来，我直接去了教务处。

坦白说，我非常不喜欢跟老师打交道，站在老师面前，你总会不由自主地觉得自己比他们矮三分，这源于他们习惯性地认为他比你高三分。老师总喜欢没事儿摆出一副治病救人的姿态跟你谈人生谈理想谈希望，这时你会发现自己原来只不过是尘世中一迷途小羊羔，或者什么都不是。我想，老师在“治病救人”的时候，看到被教育者低眉顺眼服服帖帖的样子，一定是相当受用的，所以“老师”这个称呼现在越来越受人欢迎，什么刘德华老师蔡明老师观月雏乃老师，全一股脑儿冒了出来，真正进入了孔老夫子口中所谓“三人行必有我师”的时代。

相比于老师对我婆婆妈妈絮絮叨叨的废话，我更怕他们不说废话，只说一句“同学，你要做好思想准备。”就像从手术室走出来的医生对站在手术室门口左顾右盼的病人家属说的那样，这意味着：正在进行手术的病患，八成是没救了。教务处的老师在听完我宏伟的辅修计划后，对我讲的就是这话：“同学，学校的学分制还不完善，这学期可能会有变动，你要做好思想准备。”

“怎么说变就变？”

“这是上面的意思。”

我很想问一句他口中的“上面”是指哪，想了想，没再问。因为我知道，即便找到了“上面”，“上面”又会将责任推给另一个“上面”。我没有秋菊那样的能耐，能憋着一股狠劲将官司打到底，立马就做出了回宿舍等通知的决定。我心想，学校总会为我上学期的每科一百元辅修费给个说法吧！为了那些辅修课，我一度急火攻心大便干燥心情郁闷，从而直接导致了我与张芬的感情不和乃至破裂。

想起张芬，我又联想起了这段时间的骚扰电话：

张芬走后，我电话一直没换号，总在半夜猝然响起，刚准备接听，铃声就断了。好几次，我赶在第一时间拨了回去，可总是没人接，好不容易有人接了，一个极不耐烦的男声传过来：“你钱多呀？没事往电话亭打什么电话！你钱多给我寄点呀，哥们手头紧着呢！”

我刚准备问他他所处的位置是祖国的哪一个角落，“啪”的一声，电话就挂了。

后来我特意查了那个电话号码的区号，是上海。

几天后，校报头版刊了一条“原中文系副主任张xx（那个驴脸）老师接任中文系系主任”的报道，连篇累牍地详述了张老师的丰功伟绩：自进入S大教师队伍后，一开始是一名合格的人民教师，勤勤恳恳任劳任怨春蚕到死丝方尽蜡炬成灰泪始干地在教师岗位上干出了出色的成绩，为了不让人才埋没，学校领导适当给他加了加担子，于1999年被任命为中文系副主任，在副主任位置上他更加勤勤恳恳任劳任怨春蚕到死丝方尽蜡炬成灰泪始干……活脱脱一新时代焦裕禄！

又几天后，有关原系主任落马的消息就传开了，各种说法都有，通过归纳总结去伪存真，事情的经过大致整理如下：

话说中文系系主任自担任主任一职开始，就陆续受到个别不安好心的学生家长和老师糖衣炮弹的攻击，请客送礼，送礼请客，几次三番过后，系主任渐渐地忘了在各方面从严要求自己，无法端正自己的人生态度，终于迷失了党性，于2003年以学校名义在校外办了一S大自考班，在招生的时候欺骗学生，说“只要在自考班念上两年，百分之九十九的同学能转入S大念本科，毕业证与统招生别无二致。”现在两年过去了，系主任到手的钱也花得差不多了，他早就忘了自己两年前的承诺，但是，群众的耳朵是透亮的，学生们并没有忘记，也不愿让往事随风，他们在多次提醒系主任“到了该兑现承诺的时候”未果后，在某个富有正义感的老师带领下联名告状，惊动了“上面”。

那个富有正义感的老师，就是驴脸。这很好理解：副主任，实际上就是主任的候补。主任不动，副主任那个难看的“副”字就去不了。这就像古时候的皇帝，一旦确定了让哪个爱子做太子，这个太子就会烧香拜佛，盼望着他的皇帝老爸早死。

又几天后，学校下发了《调整学分制为学年制》的通知，声称“学校通过半年学分制的实施工作，胜利地证明了学分制并不适合现时的S大。”不再允许低年级学生辅修高年级课程，也就是说，我做了大半年的“提前毕业”美梦，破灭了。

接到通知的那一刻，我真的就像接到绝症化验单的病人——万念俱灰。

一百一十一

清晨，我被手机闹铃惊醒，爬起床习惯性地走到厕所旁，从水槽架上抓起牙膏牙刷。

洗漱完回头，见加爵第二仍然蒙头大睡，方才想起，今天是周六。

点燃烟站在窗口，远远的，看到一对情侣在我们宿舍楼入口相拥道别，估计是刚通宵回来。

我在宿舍无头苍蝇一样地翻弄了一阵，觉得实在无事可做，决定下楼去找小卖部老大爷下棋。这段日子很难有什么事情能像下棋那样让我精神高度集中、心无旁骛，特别是赢棋后，能拥有一小会儿胜利的喜悦感，因此我一有空就找那大爷。

我穿戴齐整，“杀气腾腾”地冲到楼下，相迎的并非大爷亲切微笑的脸，一位脸色煞白，似乎大病初愈的阿姨呆坐在大爷的位置。

“大爷呢？”

“走了！”

“走了？什么时候回来？”

阿姨斜眼盯着我：“走了，听不明白？心脏病突发，懂吗？”

“啊！”我大吃一惊，呆立在那。

虽说非亲非故泛泛之交，可大爷的死仍然让我特难过，阿姨劝慰说：“生死有命，这也是没办法的。”我想这阿姨肯定不是大爷的女儿，八成是儿媳妇。

回想着大爷的音容笑貌，我在校园里漫无目的地溜达了一圈，回到宿舍继续睡觉。刚一合眼，就看到大爷微笑着对我说：“来，杀几局吧！”我欣然从命，捏起棋子各就各位……

战事异常激烈，一直杀到日落黄昏。当我再次醒来的时候，头有些晕，可能是在梦里用脑过度。宿舍里空无一人，课本、衣服、臭袜子、休闲鞋，杂乱无章地散在桌上桌下，让我联想起抗日战争片里鬼子进村扫荡后留下的场景。

我又走到水槽边，慢条斯理地刷牙洗脸。拧开牙膏盖就花了近半分钟，我有意放慢速度，因为我不知道，洗漱完后，我还有何事可做。

已经过了晚饭时间，我觉得有点饿，如遇救星，随手拎起书包杀奔食堂。饭菜全凉了，打菜的小姑娘捧着饭盆一边嚼一边对我说：“想吃什么，尽管点！”好像是她请客。

“这个……这个。”我指了指，看到她飞快地放下饭盆，抓起勺子蜻蜓点水一般望我所指之处抠了两下，“你给我多打点肉！”

“为什么？”

“我正长身体呢。”

她笑笑，举起勺子又抠了一下。

吃完饭，我拿出手机轮流给宿舍几个打电话，想从他们那得到点情报，找点不太无聊的事儿打发今晚：

“喂，炮灰吗？在干吗呢？”

“无聊呀！上网呢。傻强也在，你来吗？”

“不思进取！虚度年华！你不觉得羞耻吗？”

“觉得呀！你来不来？”

“不来！”我挂断电话，拨通加爵第二的手机：“你在哪，干吗呢？”

“嘿嘿，李真在我旁边坐着呢！”

“操！”我只好翻出老狗的号码，犹豫着，担心他告诉我：嘿嘿，岳红在我旁边躺着呢！犹豫了片刻，还是打了过去。

“爱徒，干吗呢？没事过来陪我吧，我在图书馆，把我给憋的。”

“图书馆？”我以为自己听错了。

“五楼第二自习室，苦攻四级词汇呢！”

一百一十二

我对图书馆的感情相当复杂：当年，我尾随猴瘦猴瘦的小师兄心情激动地登上S大校车，途经无数烟柳花巷繁华之地，我心里呼喊着：“到了！到了！”司机一轰油门，死活不停；随着两旁街景愈形荒僻，我心里叹息着：“别停！别停！”司机一踩油门：“到了！”我环顾四周，登车时的激动荡然无存：好个破地方！

小师兄拖着密码箱嘿哧嘿哧地领着我拐了两个弯，忽然柳暗花明豁然开朗：气势磅礴的S大图书馆，赫然眼前。我对她一见钟情，像当年钱钟书那样暗誓——我要读尽此馆藏书！

第一学年，我经常带着课本上图书馆自习，一开始单枪匹马，几月后与小素共同革命，再几月后形单影只。

第二学年，我经常去图书馆借参考书，带到酒吧宿舍没事就看看。

第三学年，我偶尔去图书馆借武侠书，带回家看，过了还书时间一个把月还没看完，突然记起该把书还了，却死活找不到书，赔了几次钱。

没过多久，我干脆连借阅证也弄丢了，从此几乎没上过图书馆，只有一天凌晨，在校门口喝酒被尿给憋得受不了，去图书馆借用了一次厕所。从此，每当我路过图书馆旁的校道，心底就无比羞愧，不敢用正眼去瞧她。

我迅速回到宿舍，翻遍抽屉，终于在傻强的抽屉找到一张崭新的借阅证，风风火火地赶到图书馆，在过刊室借了两本杂志直奔五楼自习室。

一眼就看到老狗歪着屁股坐在潜心攻读的人群中左顾右盼，耳朵上架着圆珠笔，嘴里装模作样地念念有词。杨岳红端坐在老狗旁边，认真地写作业。

用小学作文里常见的话形容：自习室安静得连一根针掉在地上都能听得到。我放轻脚步绕了半圈，终于发现临窗那桌有一空位，径直走了过去，刚要落座，发现椅面上贴了一张纸条，用铅笔歪歪扭扭地写着四个大字：此座已占。仔细观察，可以看到隶属“此座”的桌面上铺着薄薄的一层灰，可见占座的人已经很久没来耕耘了，大概早就忘了自己曾在这占了个座位。

像这种“有心占座，无心学习”的同学大有人在，傻强就是这样的典型：在沉迷网络游戏之前，傻强曾是自习室的常客，每次离开，都会在桌椅上各放一个笔记本，以确保下次回自习室时宝座不至于改名换姓。当傻强转型成网吧的常客后，那俩笔记本依然坚持在自己的工作岗位上，直到学期末，傻强收拾东西回家，发现少了两个笔记本，那可是他在高中时因学习成绩优异而得的奖励呀！他把宿舍翻了个底朝天，猛然记起曾经有两个写着“奖”字的笔记本摆在去自习室找位置的同学们面前，于是他发足狂奔，一口气上五楼，我不明白他为什么要狂奔，都已过去半个多学期，也不差这么一会儿。没多久，傻强就高高兴兴地拿了两个本子回到宿舍，直夸S大学生素质高：两个笔记本依然坐南朝北地摆在原地，封面都已泛黄。

为了合理利用有限的资源，我撕下椅面上的纸条，用它将桌椅擦出本来面目，大大方方地坐下，打开杂志。坐我对面的男生，直挺挺地靠在椅背上，半仰着头，耷拉着双眼，将我的作案过程尽收眼底。我瞪了他一眼，专心致志地看杂志。

角落里传来一声闷哼，这在一片轻轻的翻书声和沙沙的写字声中，显得尤为刺耳，我转过头，看到一对男女抱在一起，女生将下巴靠在男生肩膀上，脸正对着我这边，上面布满了粉刺，可见火气过盛。来自习室的同学，大多是为了考研和考证，一个个近乎自虐地压抑着七情六欲，试图用短暂的痛苦换来长久的幸福。但是，物极必反，如果在潺潺小溪中流筑上一个水坝，试图截断水流让下游干爽起来，只要出现一个突破口，结果往往是坍塌水泄、泛滥成灾，所以，考研大军的男女就像纯氧瓶里的镁条，极易燃烧。

我理解地朝她微笑了一下，转回头继续看杂志，看了不到一页，对面传来呼噜声，仰头一看，对面的男生还是那样直挺挺地靠在椅背上，面朝天花板，耷拉着双眼，哈达子从嘴角源源不断地往胸口直流。

一百一十三

过了约莫半小时，老狗走过来拍我肩膀，竖起食指中指在嘴边做了个抽烟的动作，转身走出门。我揣上香烟，尾随其后。由于对抽烟的欲望过于强烈，我走得很快，在门口险些与一个进门的女生撞个正着，幸亏她反应敏捷，在千钧一发之际扭转身子，以极为怪异的身法从我臂膀边闪身而过，还抽空冲我嫣然一笑。我想她一定练过凌波微步之类上乘的轻身功夫。

我接过老狗的火，趴在栏杆上，点燃烟："你四级怎么还没过？"

老狗双眉紧锁："估计过不了了。"

"为什么？还有的是时间呢。"

老狗挠挠头皮，叹气道："我发现我对所有单词都不陌生。"

"那就没问题了！"

“问题大了。组成单词的字母，我全认识。也就是说，随便一篇什么英文到了我这，他他妈都是字母集，懂吗？”老狗丧气地甩起膀子扔烟头。

“死老狗！”杨岳红出现在门口，手里抓着作业本，迈着碎步走了过来，“你这一晚上都出来几趟了？我还真以为你喝多了水尿频来着。”

老狗讪笑着：“前几趟是真的上厕所，这次例外。”

“还骗我！”杨岳红将作业本朝老狗胸口扔了过去。

“喔，baby！你打我哪都可以，请不要打我的心。”老狗捂着胸口，拉着岳红的手。

“为什么？我偏要！”杨岳红撒起娇来，举起粉拳朝老狗胸口鸡啄米般轻轻打了几拳。

“因为，我的心里只有你，你打它，就等于自残，何必呢？”老狗柔声道。要多恶心有多恶心。我连忙转身走人，在门口听到背后传来杨岳红发情公鸭般的嗓音：“宝贝，你再这样，我下次不帮你抄作业了。”我说她写作业的时候怎么那么不假思索运笔如飞啦！原来如此。

我走进自习室，看到自己座位旁站着一个人——那个会凌波微步的女生。

“这两本杂志，是你的？”

“是图书馆的，我只是借阅。”

“我贴的纸条呢？”

“我撕了，擦了桌椅，拧成一个团儿，看到对面的兄弟打瞌睡，为了督促他好好学习，砸他头上，飞了。”

“哦！”她忍住笑，“上面写的字，你看到了吗？”

“看到了，写得很难看。”

她横我一眼：“看到了，为什么还要跟我抢？”

“因为我不知道这纸条是哪朝哪代贴上去的，没准贴这纸条的人已经毕业了，投身水深火热的社会主义建设，没空回母校把纸条撕掉，我就帮他撕了，为学弟学妹造福。”

“哪那么夸张！我就是下楼去买包手纸，想回头把桌上的灰擦擦，中途碰到

一同学，磨了下嘴，又顺便上了趟厕所，上完后觉得饿，再次下楼买了俩面包，把面包吃完，啥也没耽搁就回来了。你手脚真快！”

“你的意思，这纸条是你今天贴上去的？”

“是啊，之前别人贴了一张，字忒难看，我把它撕了，刚准备学习，发现桌子由于太久没人使用而落了很多灰，就下楼去买包手纸，想回头……”

“行了，你用吧，我回去睡觉。”

她诧异地盯着我，笑了笑：“不了，你都用上了，就继续吧。”

“我突然很想睡觉，你不用不好意思。”我抓起杂志，走到门口，又点上一根烟。

一百一十四

英语四级的考试日益临近，老狗在杨岳红的监管下天天上自习室苦读，因为作为一个大学本科生，如果英语过不了四级大关，哪怕你其余课程全部满分，也不能领取代表公德圆满的毕业证，由此可见中国大学教育的宗旨，是何等崇洋媚外。

老狗已尝试过两次失败的考验：第一次四十多分，第二次三十多分。他发誓这次一定要通过。苦读了一段时间后，他发现自己根本无法将一个个单独的字母组装起来进行理解，越学越糊涂、越学越心焦，就像阳痿患者，越是努力想要勃起，就越是勃不起。于是他预言：“这次考试，如果我能正常发挥，考个二十分应该问题不大。”

“那怎么办？”

“嘿嘿！”老狗点了两根烟，取下其中一颗递给我，“我这边厢琢磨出了两个计策，不知当讲不当讲。”

“操！又想舞弊？”

“你帮不帮我？”

“四级监考太严。再说，我已经通过了，进不了考场，怎么帮你传纸条？”

“你怎么总停留在原始的舞弊手法上，止步不前呢？”老狗义正词严地训道，“社会在进步！我的意思，是让你替我考。”

我想了想，觉得这个办法挺好，但我以六十几分惊险度过四级考试后，就再也没摸过英语课本，不敢担保现在的水平能否考及格。

几天后，老狗在校道旁的一个垃圾桶上看到了一张小纸条：“专业代考四六级，四级六百，六级一千。电话××××××”见四下无人，老狗迅速撕下沾着口水鼻涕和饭粒的纸条，揣在兜里，如获至宝，一回宿舍就拨通了该电话：

“哥们！四级，能不能便宜点？”

“你算找对人了，不过价钱没法下来呀！你要知道，我现在很抢手的，刚刚才接到一女生电话，正准备给我买件花衣裳乔装改扮一番，好替她考试。”

“这样呀。你有几分把握？”

“我是枪手，专业的，跟杀手差不多，拿人钱财替人消灾，身经百战从没失过手，你就放心吧！”

老狗喜上眉梢：“那行，你明天过来吃顿便饭，咱仔细聊聊！”

第二天，我跟老狗在校门口接到了传说中的枪手：一身土里土气的衣裤，一个西瓜头，一脸老实，朝我俩伸出手：“我姓李！”

老狗在重庆火锅店“大摆宴席”，他俩推杯换盏，你敬我喝我敬你喝，好不亲热，深感相见恨晚，甚而至于称兄道弟。李同学打着饱嗝，胸膛拍得山响：“放心！兄弟的事就是我李某人的事，我是湖大的高才生呀！放心放心！”

老狗软磨硬泡，终于将价格谈成了五百，预付二百五。依依不舍地将李同学送上公车，老狗翻出钱包数了数，一拍脑门：“吃饭一百六，合计六百六，还是亏了！”

四级考试那天，警戒线外站满了满脸焦灼的同学，翘首等待着在里面代考的枪手们，像等待孩子出世的爸爸那样，在妇产科门外来回踱步，期待里面传来“母子平安”的喜讯。老狗也在其中，他身旁一家伙不停唠叨：“这是我请的第三个了，不知道靠不靠得住。”

终于，李同学出来了，满脸笑容，冲老狗伸出手：“哈哈，李某人幸不辱使命，另一个二百五呢？”

“哈哈！你真行！”老狗心花怒放，但喜悦并没有冲昏他的头脑，“成绩还没出来呢！等成绩出来了，你随时来取。”

李同学撇了撇嘴，很不高兴。

一百一十五

数月后，据说网上能查到大学生英语四级考试成绩了，老狗欢天喜地地跑去网吧。输入自己的准考证号码后，老狗颤抖着手指按下鼠标，只觉天旋地转两眼发黑：五十六分。

老狗气急败坏，拨通了李同学的电话，劈头就骂：“你怎么回事？五十六分！”

“什么？五十六分？哈哈，我考了这么多吗？我居然真的能考到五十六分？”

“你……”老狗气得浑身发抖。

“兄弟，五十六分不少了！让你考，你能考这么多吗？”

“五十六分跟零分有什么区别？”

“哎呀！杀手都有失误的时候嘛！比如荆轲，是吧，信誓旦旦地要去刺杀秦王，结果呢，却被秦王给杀了，连个全尸都没有。你别气，这次让我考六级的那位同学就很好呀，爽快给了我一千，结果我考了三十分不到，人家说什么了？大不了，你另外那二百五我就不要了，反正你这个朋友我是交定了，好吗？”

老狗怒不可遏，狠狠地将手机摔在地上。

S大，老街，KTV。

老狗颓坐在我旁边，盯着满桌空啤酒瓶，脸上写满了无奈。

老板走过来拍了拍我肩膀：“要不要再来两瓶？”

“再喝就出人命了！”这些生意人，目光忒也短浅，只惦记着眼下多销几瓶啤酒，不知道让客人喝酒适量，保证好身体，以便反复利用？

我扶着老狗，刚走到KTV门口，他就弯下身子，三峡泻坝一般将一晚上灌进去的东西全吐了出来，一边吐一边咳，听着让我格外揪心，转头大叫：“老板，茶！”

老板端着茶跑过来，瞅了瞅地面上的米饭肉渣泡啤酒，皱起眉头："紧走两步呀，出了门，爱咋吐咋吐。"

老狗猛地直起腰，一个踉跄，我连忙拉住，将杯子递还给老板："我来清扫。"

拖完地出来，见老狗蹲在路边抽烟，吹了半晌夜风，清醒许多。

"要不，给岳红打个电话吧！"我掏出手机。

"不用。"老狗将书包递给我，"煤球，你先回宿舍睡吧，我想一个人待会儿。"

"你没事吧？"

"放心吧，一大老爷们，能有什么事！"

我回头看了眼KTV，不无担心："老板今天可能喝多了，小摩擦，你别……"

"哎呀你走吧，我不至于那么小肚鸡肠。"老狗厌恶地挥了挥手，"我就待一会儿，很快回来。"

一百一十六

在啤酒的催眠下，头刚沾着枕头就昏昏睡去。睡到半夜突然醒来，爬到上铺伸手摸了摸，没人。

我马上给老狗打电话，已经关机。看了看时间，已近凌晨三点，便穿着拖鞋去老街找他。

走到一教学楼下，我看到教学楼旁的草坪上躺着一个人，身材细长，对着夜空抽烟。

"老狗？"我试探着叫了一声，他坐起身子。

"你，还没醒？"我走过去，打开火机凑近他，"你……"我看到老狗左脸高高肿起，双眼血红，似乎刚刚哭过。

"KTV？你一把年纪了还这么冲动！"

"不是。"老狗摇摇头，"是岳红！"

老狗又躺了下去，盯着天空：“你刚走不一会，她就找到我了。”

我关掉火，坐在他旁边。校园里静得可怕，草坪旁的路灯没有一盏能正常发亮，仔细检查，你会发现路灯受的全是外伤，因为在草坪幽会的男女生，总喜欢在半夜用石头对路灯下毒手。

“我跟岳红，分手了。”老狗叹息一声。

我越听越糊涂：“到底怎么回事？”

老狗像僵尸一样直挺挺地躺着，一动不动，我正准备问他是不是睡着了，他要死不活地冒出一句：“你知道岳红在哪找到我的吗？”

“在哪？”

“英子茶庄。”

“那怎么了？”

老狗丢掉烟，苦笑道：“她找到我的时候，我旁边躺着一女的，是以前网友。”

“操，狗改不了吃屎。”

“她也是这么骂我的。”老狗说，“也许是跟我待在一起时间长了，她的嗅觉，真是惊人。”

“你难受吗？”

“她打了我一大耳光，我不怪她，也不觉得疼；然后她哭了，我这里疼……”老狗指了指胸口，嗓音嘶哑。杨岳红，果然像她家生产的花炮一样——易燃易爆。

一百一十七

有人说：“女子无才便是德。”似乎“才”“德”向来对立。S大道德教育的反典型“毛片王”锦江同志，道德的败坏丝毫不影响他才华的横溢，研究了四年A片，顺利毕业，暂时在一家航空公司做地勤，深得上司赏识。

锦江回学校论文答辩那天，我们五人顶着炎炎烈日，一字儿排在公交车站台旁，像等待香港回归那样，焦急地等待着与锦江重逢的那一刻。

车到站了，我们冲到门口，下了好几拨学生后，才见到西装革履的锦江大摇大摆地拎着箱子往车外走。

“同志们好！”锦江扬起右手，“都吃上大米饭了吗？”

“操你的。”老狗一把抓起锦江的领带拖下车，“你瞧瞧，什么天气？”

“哎呀！阳光，我又见到阳光了！”锦江丢下箱子，解开西装扣，“天天待在空调房，出来才知道热。”

“你就装吧。”老狗拖着箱子，带领我们杀奔重庆火锅店。

“看到你这一身，我想起一个成语。”傻强拿着锦江的西服，翻了翻。

“什么成语？”

“衣冠禽兽！”

“哎！”锦江摘下领带，“我说你们，怎么就不能用发展的眼光看待问题呢？”

“你上班都干些啥？”

“嘿嘿！”锦江两眼放光，“早晨八点准时坐在电脑前，透过玻璃墙看空姐在外面列队。”

炮灰支起耳朵，凑过头。锦江慢条斯理地喝了口茶，擦擦嘴：“大部分时候，都只能看到屁股，不过我凭屁股就能分清她们谁是谁呀！有时候她们会向后转，这下就壮观了，哈哈……”

“你一破地勤，上班坐电脑前干吗？”老狗问道。

“帮老板下片呀！其他地勤都在拎包呢，嘿嘿！”锦江得意洋洋。

原来，人，是可以无耻到这种地步的。

“岳红呢？老狗，叫过来一起吃饭吧。”

老狗的神情立马黯淡下去，抓起啤酒瓶咬掉盖子灌了一大口：“分了！”

老狗又一次喝得烂醉。

散席的时候，锦江冲老狗叫道：“老狗你个畜生，你那网友，好看吗？”

“不好看，照岳红差远了。”

“那你瞎了眼了？”

“你不懂。”老狗点燃烟，眯起眼：“你说，重庆火锅店的牛肉火锅，好吃吗？”

锦江点点头。

“可总吃，你腻不腻？”

一百一十八

考完大三最后一科，我接到锦江与炮灰毕业论文答辩顺利通过的喜讯：“煤球，快回宿舍，见我们最后一面！”搞得跟弥留似的。

宿舍里乱作一团，地上撒满了破洞的臭袜子、皱巴巴的运动短裤、缺水的珠笔、《体坛周报》、作业本……锦江与炮灰撅着屁股趴在这堆垃圾上，分配遗产。

“煤球，这风扇给你。”锦江指了指他凳子上咯吱直响的风扇，“它转了四年，有时候会偷懒，你只要用力照拍它后脑勺一拍，转得飞快！”

“我自己有，不用。”

“那不同，我跟它有感情的，见物如见人，赶紧把你自己那台扔了！”锦江站起身，爬上床，“还有这被子，我睡了四年，曾经在公元2003年春天洗过一次，洗得很干净，也给你。”

“哦！”

“好了，从此你夏天不怕热，冬天不怕冷，我放心了！”

“你那被子谁敢要！”老狗坐在我上铺抽烟，“每天晚上看片儿，看完了就钻进被窝里，一阵地动山摇。”

“也不是每天！”锦江撇撇嘴，“煤球，下午有时间吗？陪我上趟街。同事让我带点特产回去。”

锦江在步行街旁的沃尔玛超市挑了一大堆吃的，让我拎着。

“不是说买特产吗？这些东西，哪里都能买到！”

“这你就不懂了。”锦江无奈地笑道，“你真以为他们要什么长沙特产呀？无非是找个理由，敲我竹杠。”

一个小女孩捧着玫瑰花站在超市门口朝里张望，我突然想起一事，便问锦江：“还记得那次我俩跟张芬一起吃饭吗？你对卖花女孩说了什么话，把她给吓跑了？”

“哪次？”锦江歪头想了想，“老狗跟杨岳红勾搭上那天？”

我点点头。

“哦！”锦江若无其事地抹了抹头发，“她问我：‘要玫瑰吗？’我就问她：‘要毛片儿吗？’她转身就跑了。”

“你个人渣！人家还是未成年呢！”

“呵呵，每次碰到她们我都这么问，一般情况下她们就不再跟我纠缠不休。”锦江贼笑着，“不过也有特殊。上次跟一女同事上街，碰到一卖花姑娘，死缠着我，我也问她要不要毛片，你猜她怎么说？”

我摇摇头。

“她说，一朵花换一张毛片儿，行不？”

“我听你扯！”

“哈哈！真事儿。”锦江接过我手上的塑料袋，“你怎么突然问我这些？想到芬芬了？”

“没有！”我从兜里掏出烟，跟着他走出超市。

穿过步行街头的桥洞，右边就是五一广场。我俩向左转，上五一路的公交车站台等车。我还是忍不住，回头看了一眼五一广场。是的，我想到芬芬了，虽然我不想承认，可思念并不因为我的抗拒而停止。我想起了那个早晨，她就站在那儿，对我说：煤球，等我到了跳扇子舞的年纪，你一定要像那位爷爷一样……

坐在站台旁，我点上烟，看着一辆辆公车倏来倏往。每辆车停下，就有一群人蜂拥而上，从前门投币登车；另一些人，从后门下车。感觉自己，就像驾驶着公车的司机，身边的人（锦江、炮灰，还有张芬……）都只是乘客，会在我人生的某个站台登车，同路走过几站后，终究会一一下车，步入人海，再也找不到。

芬芬，现在又登上了哪辆车，和谁同路呢？我抽了一口烟，视线透过烟雾，看坐在公车窗口的人们。

一辆公车合上门，发动引擎。我扫了一眼窗口，心脏狂跳：一个女生头靠着玻璃窗，看不到脸，可分明便是张芬。我起身步向公车，它开始加速行使，我加快脚步，眼睛死死盯着窗口，希望“张芬”回头看一眼，可她一动不动。我觉得我跑得很快，可始终无法跑到她的前面，看一眼她的正脸，渐渐的，她的后脑勺也离我越来越远……最终，车尾留给我一个无声的视点。

我清醒过来，发现自己站在湘江一桥的中央，一辆辆大车小车从身旁呼啸而过。江面上吹来一阵狂风，双眼酸胀难耐。

“煤球，你要杂技呀？”锦江提着一大堆塑料袋，从一辆的士上下来，“这么多车，刺激吗？”

“我看到芬芬了。”我指了指前面，“在那辆车上。你看到了吗？”

锦江顺着我所指的方向眺望：“操！看了这么多年片，我只练成了透视眼，不是千里眼！”

一百一十九

送走锦江和炮灰，我开始讨厌躺在宿舍床上琢磨着“等会儿去找点啥事儿做做”的日子，开始期盼拿到和锦江手中一样的红色封皮的毕业证，开始渴望毕业。

我不知道该以怎样一种笔调，写下我2005年下学期的日子。记忆中的那半年，我跟老狗，大多数时候都不是清醒的——我俩在外面喝得烂醉，相搀着回到宿舍，看到床底一排空啤酒瓶，然后他问我：“谁在宿舍喝酒，也不叫咱？”

我也觉得气愤异常。

坐着抽了半天烟，我回想起来：“这些酒，是不是咱俩前几天喝的？”

“对呀！”老狗一拍脑门。抽完烟，他披上床单打开门：“我下去再拎几瓶吧，喝完就睡！”

不一会儿，门开了。老狗两手空空。

“酒呢？”

“操！”老狗哭丧着脸，“我没穿衣服，你怎么也不吱声？”

学校安排一个新生住进了我们宿舍，睡炮灰的床。

那天，我跟老狗坐在床上抽烟瞎聊，听到了敲门声。打开门，一个满脸稚气的倒霉孩子出现在我们面前，盯着老狗的裸体目瞪口呆，半晌才回过神来，结结巴巴地轻声道：“学长……你们好，我叫张张张明……”

“日本人？”

张明进宿舍的第一件事就是打扫卫生，花了一天时间，将每周在卫生排行榜上稳坐倒数的我们宿舍收拾得跟旧社会小姐的闺房相似。关于我们宿舍的卫生，可通过如下典故得见其一斑：我们宿舍是该楼层18号，旁边就是16号。话说16号的同学们某晚狂欢，先是扔了一地瓜子壳熟食袋啤酒瓶，将桌椅翻腾得跟孙悟空大闹天宫后的现场一般，第二天早晨睡过了头，急着赶课，统一没叠被子，正忙着刷牙洗脸，宿管大叔打开门检查卫生，扫视一圈，兴奋地大叫道：“呀！今天这卫生进步不少啊！”挥笔打了个及格，回头往门号上看了一眼，叹道：“错了，我还以为是18号呢！原来是16号！”

张明收拾完宿舍，就掏出课本坐在锦江用之看了四年A片的椅子上“如饥似渴”地求索起来。我从他身上，看到了自己当年的影子：我还记得当年那个有着清澈双眼，有着比雪黑不了多少的皮肤，在学校见了高年级的同学会羞答答地低声叫“学长”“学姐”的少年，听话得可以拖出来做好学生楷模、道德标兵，随时都快乐得如同刚发现一块香蕉皮的清洁工，理想，是考北大的研究生。转眼之间，当年那个十八岁的少年已经二十二了，用老狗的话说：“咱都是奔三十的人了！”

二十二岁的我们，在学校过着类似于《水浒》里牛二般无所事事游手好闲的生活。当我站在镜子前，能看到一个胡子拉碴头发乱糟糟叼着半截香烟的痞子，皮肤熏肉般黯黑，眼神空洞无神，与当年满脑子不切实际梦想的自己相去甚远。

一周过后，张明搬离了我们宿舍。他实在无法容忍刚刚将地面打扫得一尘不染，转过头，就被老狗吐一地米饭回锅肉，还泛着刺鼻的啤酒馊味儿。有一次，老狗甚至不偏不倚地吐进了张明的球鞋里。另一个迫使他离开的原因，是因为他发现根本无法与我们进行思想层面的沟通，照他的说法，是我们与他有代沟。

张明轮番问我和老狗：“高中念的什么学校？”在得知都是普通高中后，露出了不屑的表情：“我是长沙××高中（一个湖南知名的重点高中）毕业的。”我不知道在重点高中那么好的教学条件下，他却跟我们一样考进了S大，为什么他还会觉得骄傲，不以为耻，反以为荣，便问他：“那你的同学，都上哪了？”

“北大清华都有。”张明昂起头颅。

“你怎么不去？”老狗吐口唾沫。

张明半天没吭声。当晚，他伏案连夜写了一份题为《亲爱的老师，我想换一个宿舍》的申请。

一百二十

和杨岳红分手后，老狗除了喝酒，另外培养出了两个爱好：满地找餐馆寻找美食和在寻找餐馆的路上，看美女。说得好听一点，他这叫“对一切美好的事物心存向往”；说得不好听，他就是“既好吃，又好色。”

那天，我俩在学校旁的马路上溜达，看到一个藏汉在摆地摊卖藏刀，便蹲下来翻翻这把摸摸那把，觉得特新鲜。

“怎么样？来一口！”藏汉“哗”地抽出一口大刀，不怀好意地冲我俩淫笑。

老狗特镇定地丢下刀，站起身提了提裤衩：“这刀太次了。”

“才百把块一把。”藏汉开始激将，“不会连这点钱都没有吧？”

“你错了。”老狗掏出烟，“就是暂时还有钱，所以不买。等哪天缺钱花了，兄弟，一定记得给我留把好刀，我有用。”

“煤球！”我转过身，看到一辆小车停在我屁股后面，车窗渐渐下落，露出一张似曾相识的笑脸——是李达。

我从没想过，我跟李达还能再见面，可他说，他是特意来找我的：“来找过你好几次。我说过，我得还你钱的。”

“算了，我都忘了。”

“呵呵！”李达给我和老狗的杯里续满酒，“那就不说还不还的了，我在中山路开了一酒吧，你们以后多去玩吧。”

“你哪来那么多钱？”老狗端起酒喝了一口，“抢银行了？”

“女朋友给的。”李达撂起一缕长发，特风骚地甩了甩头，露出耳朵上一排银白色耳钉，“她老公有钱！”

“你不会是被人给包了，做小白脸吧？”老狗夹起一大块牛肉，塞进嘴里。

“呵呵！”李达干笑两声。几杯过后，李达有些醉：“她没别的爱好，就喜欢我和狗。我的任务，就是伺候好她和那条迷你型雪纳瑞犬。老头给她钱，她给我钱，我操！”李达口中的老头，属于被允许“先富起来”的少部分人中的一员，于是三十不到的她，就过早过上了在敬老院才能过的清闲生活，每天打打麻将遛遛狗……不想多说李达的传奇故事，总之就是一个花样年华的青年，过上了很多人羡慕而另一些人因为条件太差高攀不上从而强烈鄙视的被人蹂躏的幸福生活。

也许是长期被人蹂躏，李达需要在其他人身上找到心理平衡点。一顿饭下来，他双眼一直瞄着店门外来往的S大女生，嘴里不停地嘟囔：“怎么没人跟我搭讪！”

“你怎么变得这么闷骚？”

“闷骚？”李达表情严肃，“我以我这张天天擦大宝的帅脸担保：我，绝对是明着骚！”

临走的时候，李达将老狗拉到一旁：“老狗，一看你的眼神我就知道特饥渴。”

“哈哈！”李达打开车门，“下次跟煤球上我酒吧坐坐，我请了一服务员，胸部有这么大！”李达张开双手，做了个特夸张的姿势。

一百二十一

李达打电话催了我们几次，将老狗撩拨得像一头发情公狗般蠢蠢欲动，他决定去李达酒吧一探究竟：“这么大！”老狗张开双手，“那得是多大呀！”

几天后的一个夜晚，我们沐浴在了中山路某酒吧暧昧的灯光之下。

“你俩先喝着，我去叫她！”李达喷着酒气，满脸红光，转身“登登登”上了二楼。

老狗用手捅了捅我，向一旁沙发指了指：一个秃顶中年人抱着一女的窃窃私语。

“很稀奇吗？”

老狗莫测高深地笑笑：“你仔细看看，那男的是谁？”

我擦了擦眼睛，这才看清：那人居然是我们的《俄苏文学史》老师。看着此秃顶油光锃亮的脑门在那女的脖颈扫来荡去，实在无法将他与课堂上道貌岸然的人民教师联系起来。

“等下找个机会去跟老师打声招呼！”老狗狡黠地眨着眼。

“要去你去，我懒得理！”

“你傻呀！”老狗轻声道，“去叫声老师，这学期的《俄苏文学史》就保准能过，懂吗？”

不一会儿，李达领了个女的走下转梯。

“我操！”老狗眼都瞪直了。我顺着他的视线看过去，但见一女子昂首挺胸特做作地扭着腰肢款款而来，嘴巴抹得跟鸡屁股一样，竟是老狗前女友——“西红柿”……

何以解忧？唯有烟酒！

2005年秋冬交替的时节，老狗每天醉倒在中山路李达新开的酒吧，每次都是我和李达将他拖上出租车，像拖条死狗。

我常常在照顾老狗的时候，呼吸着宿舍里熏得死蟑螂的酒味酣然入梦，我想我也喝高了。

老狗嗜酒如命，还把自己划归李白、李寻欢之类，自诩“性情中人”。

我不止一次地劝告老狗：“你以为每天把自己灌得烂醉，连爸妈姓啥都不知道，也数不清自己几根手指头，那就叫性情中人？少喝点吧！”结果每次都是陪他喝。

宿舍墙上依然贴着炮灰留下的墨宝，“此是烟鬼窟，休认醉翁亭。”老狗说应该将“休认”两字改做“亦为”才符合他“多情酒鬼无情酒”的现状，但迟迟未见行动。

炮灰工作后打过一次电话回宿舍，说他喜欢上了一个女同事，但羞于表达，求老狗支招。

“你得大胆地表达出你的真实想法，现在这年头，不兴暗恋。”

“也不是从没表达过！”炮灰说，“我旁敲侧击了一下，她的反应不太乐观！”

“你怎么旁敲侧击来着？说来听听！”老狗悠悠吐了口烟圈。

话筒里传来炮灰的声音：“有一次，我跟她一起吃午饭，假意拜托她给我找女朋友，她问我想找啥样的，我就告诉她：可以丑点，可以脾气臭点，可以土里土气没品位，就是说，我想找一个跟你差不多的。”

“你真会说话！”老狗赞叹道。

一百二十二

大四一年，我所需要完成的任务就是通过最后五门考试，再做一篇毕业论文设计，然后领取那张本该在2005年6月得到的毕业证。如果全国人民的办事效率都像我这样，伟大祖国先赶超英美继而实现共产主义社会的计划，将永远只是呓语。可以说，我纯粹是为了等待毕业证，才在S大干耗着，虚度我人生唯一的二十三岁。

大学四年多，我通过了五十几门课程的考试，所学甚杂。看着自己满纸如菜单般罗列着“通过”的课程，我血脉喷张，觉得自己真他妈博学；可仔细一寻思，不禁沮丧起来：即便我全部通过，我还是什么都不会，不会造原子弹，也不会煮茶叶蛋。学校的目的，只是让我们通过一门又一门的考试，并非让我们真正掌握所谓的科学文化知识。考试通过了，该忘哪忘哪。

2005年冬天，最后的考试即将到来。加爵第二更加勤奋刻苦地埋头苦读（事实上他一直都勤奋地让我们有负罪感），晚上熄了灯，干脆躲进厕所里闭关不出；傻强临毕业还拖着十多门课程的尾巴，早在这学期初就将阵地从网吧转移到了自习室，重写占座生涯。如果不出意外，傻强有望在2006年上学期修完所有课程。

长沙又一个寒冷的冬天。每天早晨，我被洗手间传来的撕心裂肺的惨叫声惊醒——变态狂加爵第二在冲凉，他是想以此自残之举达到鞭策自己的崇高目标。

考试前一周左右，学校举办了一次招聘会；而在招聘会前一周左右，学校领导集合我们毕业生开了一场“走向职场、谱写人生”的动员大会，一些平时不怎么露脸的老头子老太太突然冒了出来，站在讲台上用与年龄严重脱节的高度激情演讲：“亲爱的同学们，你们是锐意进取的一代！”“今天你以S大为荣，明天S大以你为荣！”……院长的说法尤其有意思：“明天把握在你们自己手里。你们就像一片土豆田里生产出来的土豆，刚挖出来的时候看不出什么差别。当你被运出土豆田之后，有的土豆被做成薯条，卖十几块一小包；有的被餐馆炒了，卖五块一盘；有的被农民买回家喂猪了，卖几毛钱一斤。是做薯条还是做猪潲，你自己选！”激烈的掌声。老狗说：“操，我想做种！”

招聘会当天，临毕业的男女们将自己装在各类品牌和不同尺码的西装或套装里接受用人单位的挑选，很像超市里摆放的包装商品，等待着客人根据不同需要挑选回家，进行剥削。我跟老狗就在其中。

溜达了一圈，给几个公司投了几份严重不符合事实情况的简历，我俩跑出来抽烟，刚走到门口，就看到一女生在跟一招聘人员握手，那招聘的哥们盯着女生的领口咽着唾沫：“放心，我会把你这写真给我们老板过目的。如果不行，下次尺度适当放宽一点！”

“谢谢哥哥！太谢谢了！”女生激动得浑身发抖。

一百二十三

开完招聘会，我跟老狗等待着接受了我们简历的公司进一步接受简历的主人，每天二十四小时坚持不关机，临睡都盯着手机出神，期待着它猝然响起。此举实在荒唐，如果真有用人单位三更半夜打面试通知电话，那么该单位所做的事业就很令人生疑。

“祖国将我哺育大，而且哺育得这么茁壮，是时候回报社会了！”老狗憧憬着。

我们苦苦地等待，一直到考试前一天，也没有等到公司的电话。虽然只是一周时间，可等待总是漫长的。这件事情让原本就不是很自信的我们不得不客观地审视自己，终于发现：通过大学近五年的深造，现在的我们四肢简单，头脑也不发达。

“不管怎么样，先拿到毕业证再说。”也许有了毕业证，用人单位能重新认识我们。

傻强通过这一学期的认真学习，不光学到了很多他自认为有用的科学文化知识，连道德、情操也有大幅度提高，居然在考试前一天义务献了一次血。可“好人未必有好报”，这是永恒的真理。傻强义务献血的直接结果就是第二天在考场面无人色手脚发虚，没有考出实际水平。考完后，傻强大病了一场。他献血的经过如下：

那天傍晚，傻强从自习室回宿舍取东西，看到一辆面包车停在图书馆楼下，车里传出嘶哑的《爱的奉献》，车旁站着一个漂亮的白衣天使。

傻强走到面包车旁边，被护士小姐一把拉住，将一张宣传单塞在他手里：“同学，献点爱心吧！”然后护士小姐开始阐述“爱心献血”具体是怎么一回事：不光可以在未来的某个时候挽救一条垂危的生命，而且有益身心健康。而且，所谓的义务献血并非是完全无偿的，献血者可在事儿完了后领到一包旺旺雪饼和一瓶酸奶，以补充营养。护士小姐说：“我们的旺旺雪饼，可好吃了！你想吃吗？”

傻强点点头："我想吃！"

我不知道那位美丽的白衣天使何以忍心将针管插进了傻强已经瘦得不成人形的身体，抽走几百毫升，然后在未来的某个时候用天价卖给某个不知道性别的病人，只知道傻强献完血后，当场昏倒，但他心里尚存着"我明天还要考试"的信念，支撑着他，昏迷片刻后悠悠转醒过来，接过护士手中的旺旺雪饼，含泪啃了一口。

大学的最后一堂考试，我们都有些兴奋。老狗在考试前将我拉到厕所，对我前几堂考试的帮助表示感谢，并对最后打一场漂亮的仗寄予厚望："终于快熬出头了！"

"你别得意，拿到纸条后收敛点！"

开考铃响，监考老师夹着考卷走进考场，老狗立马乐了：主监考居然是我们留级前班上的班长，这小子居然留校任教。他以前住我们对面，烟瘾很大，却没有养成及时买烟的良好习惯，经常来我们宿舍找老狗和我蹭烟抽。一边抽烟，一边抱怨着他对学校某些不合理做法的不满。

"这下没问题了！"老狗冲我笑道。

原班长瞪了老狗一眼，开始宣布考场纪律，第一条就是将与考试有关的参考资料放到讲台。老狗干脆要了我的资料，塞在课桌里："这堂考试你不用传纸条了！"

答题进行到一半，副监考趴在窗台上抽烟，老狗认为时机已经成熟，掏出了参考资料，埋在试卷下露出该露的一小截。主监考开始巡考，在教室里慢悠悠地踱着步子。终于，他站在了老狗桌旁，老狗抬头冲他嫣然一笑，继续埋头抄写。

"你这是干吗？"原班长拖开老狗的试卷，抓起资料。

"你……"老狗诧异地瞪着原班长，半晌挤出一丝笑容，"兄弟，放我一马吧！"

"什么兄弟？"原班长面无表情，"你这样，太不把我放在眼里了！"

老狗蒙了，盯着原班长的双眼看了片刻，终于发现他不是在开玩笑。这时，副监考抽完了烟，正朝这边走来。

“我操你妈！”老狗霍地站了起来，一把抓住原班长的衣领，冲他脑门轰了一拳，我连忙拉住他。

“你出去！”副监考冲过来拽着老狗的衣袖，“胆子这么大？上教务处说理去！”

考完试，我跟着原班长出了教室，跟他说：“都是朋友，你别做得太绝！”

他叹了口气：“学校有制度，我也没办法！”

我火了：“刚刚你不搅和，他会有事？”

“哼！”他冷笑一声，揉了揉脑门，“实话跟你说，现在正处在我事业的关键时刻，他？自认倒霉吧！”

顿时感觉心凉了半截。我还记得这小子跟我们抽烟、抱怨学校的日子。原来，饱受婆婆欺凌的小媳妇，有朝一日熬成了婆婆，不光不会对自己的儿媳手下留情，反而会变本加厉地欺凌她。

一百二十四

考试还没结束，老狗就被告知他这次考试的成绩将做零分处理。更让他惴惴不安的，是教务处老师告诉他：“如果不及时采取有效措施，即便他在以后通过了所有课程，也将无法拿到毕业证。”

老狗思虑再三，决定做一回孙子，低声下气地给原班长打电话，邀请他晚上去喝酒，老狗想当面道歉，被原班长婉言谢绝：“我知道你只是一时冲动，该干吗干吗吧！好好找个实习单位，下学期过来把论文做了。至于零分的课程，只能在明年下半年跟班考试。我们之间，没有什么不可调和的矛盾。”

当晚我跟老狗去李达酒吧玩了一个通宵，喝掉一打半啤酒。

喝完酒，老狗掏出手机，踉踉跄跄地往门外走，他说他去打个电话，酒吧太闹。

过了许久，老狗回来了，坐在我身边，抓着手机出神。

“岳红感冒了。”老狗说。

“你俩还有戏吗？”我看到老狗，满脸伤心，“要不，你去看看她？”

老狗缓缓摇头：“她说，她的感冒会好；可我给她的伤害，永远无法痊愈……她再也不想见到我！”

我们在招聘会投递的简历如泥牛入海般再无声息，这对于对步入社会无限憧憬的我们，是个不大不小的打击：我们一度热血澎湃，磨刀霍霍地准备撇下学校这个包袱冲进市场经济的浪潮大干一场，一如期待着号角响起的猛士。可这件事情的发生，就像临出师，旗杆被风折断，很大程度上影响了我们昂扬的士气。让我们聊感欣慰的是：没有接到电话的，并不只我们俩。几乎当天所有参加招聘会的同学，都没了后话。

直到毕业N年后，我所在的公司接到某大学的招聘邀请，我才悟出其中道理：所谓的招聘会，不过是由学校导演，招聘单位主演，学生群演的一场戏，目的是要欺骗家长。很多家长在做出送孩子进哪所高校深造的决定时，最关心的问题，是学校包不包分配，孩子毕业后能找一份什么样的工作，每月或每年能给家里奉献多少钱。高校早已不包分配，但如果直接跟家长这么说，学校的形象势必大打折扣。于是，学校就告诉家长：“我们应该说是半包，因为只要孩子学好了，到时学校会与很多有实力的大公司大企业合作举办一场招聘会，将您的孩子推荐给这些单位……”事实情况是：到了毕业的时候，学校会分派任务，要求每个老师拉几个单位来学校招聘会现场坐坐。大部分老师为了完成任务，敷衍了事，将一些下三滥的皮包公司拉进了招聘会，而且，这些单位根本就不需要人。某些高校的做法更离谱，他们干脆向家长夸口说我们学校百分之百包分配。等孩子毕业了，不管你是学艺术的还是搞科学的，统统用卡车拉到早联系好的工厂做皮鞋或避孕套，成了一名光荣的苦力工人、廉价劳动力。工厂来拉人的时候就点人头，每一打给学校多少钱，比黑奴还贱。

话虽如此，可马克思毛泽东等伟人一致认为劳动是最光荣、最幸福的，毕业了，我们总得找份工作，往大了说，是回报社会，往小了说，是为了一日三餐。我们曾有过那么多伟大或渺小的理想，希望世界和平，希望适龄儿童都能上学，适龄青年都能过上正常的x生活，希望……可前提，是自己得吃饱。总之，我们需要工作。于是，我跟老狗各买了一套从没穿过的西装裹在身上，双管齐下：白天在长沙人才市场狂投书面简历，晚上在互联网猛发电子邮件，简历上大言不惭地集合了一大堆褒义词：学习成绩优异，思想品德高尚，能吃苦耐劳……可用人单位没有摆出“求贤若渴”的姿态，它就像颇有姿色并深刻地意识到了自己的姿色的骄傲女人，丝毫不为我们所动，甚至连眼皮都懒得抬起来，打量我们一眼。

很多同学开始考虑考研或考公务员，而省公务员录用体检标准竟抛出“女性要第二性征发育正常，乳房对称，无包块等方为合格”的条款，据说去年就有20%的笔试和面试都合格的考生因为达不到这个要求而被刷掉。

折腾到快过年了，老狗决定回东北看看有没有合适的工作，先实习，明年五月再回学校。

我在准备回家过年的那天，终于接到长沙周边的望城县某中专校长的电话，说是在人才网看到我的简历，通知我去试教。

命运真会开玩笑：我对“老师”这份工作以及从事该工作的人，从来就没有半分好感，却将在实习的时候，被人称谓“老师”。

根据校长的指示，我先坐大巴从S大出发，朝西行驶了半个小时，转中巴，朝西北方行使约一个半小时，再转摩的继续挺进，天渐黄昏，路越来越小，也越来越坎坷，前几年神州大地流行过“要想富先修路”的说法，我想：如果富裕程度跟路的大小成正比，那这所民办中专的出资方一定不是野心家——小富即安。

摩托车轰鸣着奔向一片夜色。每隔五六分钟，才能见到几幢平房，很有荒郊野岭的感觉。如果我找的这位摩托车司机不幸是个歹人，那我就真的“出师未捷身先挂”了。所幸，他是个憨厚的大叔，一口气将我送达目的地。

我站在学校的大门前，眺望周边躲在黑幕中的群山，感觉到了这里的荒凉。很突然的，我想到远在新疆支边的小素。

一百二十五

2006年五月，我回S大做毕业论文设计。

老狗明显胖了，这主要反映在脖子跟肚皮上：一开始我觉得他脖子短了半截，仔细观察，发现“短”其实是视觉错像，事实情况是粗了一圈；至于肚皮，明显凸出来一堆。他说现在他刷牙的时候，从嘴角流出来的液体都无法垂直滴到地面上，刷完牙，肚皮总是湿的，估计再过一段时间，他想看看自己的脚尖都成问题。这样一个庞然大物躺在我上铺，迫使我回宿舍后又开始失眠，总担心睡到半夜床突然塌了下来，将我砸得面目全非。

为了节约时间，老狗原封不动地将网上一篇毕业论文拷贝下来放在指导老师面前。指导老师是一位老教授，看完老狗的论文后直挠头皮，皱着眉头若有所思：“怎么这么熟呀！好像在哪见过一样。”

“绝对不是在网上抄的！”老狗做贼心虚，此地无银三百两。

“哦！记起来了！”老教授转身进房，在里屋翻找了一顿饭时间，拿着一本学术刊物走出来，递给老狗：“我视力不好，你帮我找找，里面是不是有篇一模一样的？”

老狗战战兢兢地找了找，果然找到了他抄的那篇论文，不禁惊叹于老教授过人的记忆力。

“你看看作者！”老教授指了指刊物，“这是我去年发表的一篇论著。”

老狗灰头土脸地回到宿舍，重写论文。直到毕业后，他才恍然大悟：“为什么老教授自己写过的东西都那么陌生？没准他也是抄的！”上网核对了一下，果然，这篇论文的作者有着与老教授截然不同的姓名，而论文的发表日期，是三年前。

学校安排了整整一个月的时间让我们准备论文答辩，期间，我跟老狗去久违的足球场踢了一场告别赛：一开始我跟老狗在大球场旁的土坪上单挑，跑了两个来回，感觉尚可。这时，大球场跑来一个小学弟，问我俩要不要一起踢一场，老狗说好，领着我直奔大场。

我俩在足球场飞快地奔跑着，兴奋地尖叫着，一圈过后，被学弟们抛在了屁股后面。我加快脚步，刚近中场，他们又从敌方球门追了回来，我连忙回撤，看到老狗正挺着比足球还大的肚子气喘吁吁地小跑。一个学弟冲他大叫："大叔，回防！别摔着！"

熬到终场，我感觉全身都快虚脱，站着都觉得腿肚直颤。

"看来，我们真的老了！"老狗懊丧地弓下身子，一任汗水顺着脸颊往下流淌。

对于最后那堂考试的零分，尽管老狗及时采取了措施，但并不有效。论文答辩完后，学校的处分随之而来，老狗因"舞弊并有意捣乱考场秩序，情节恶劣"，被开除学籍。这五年，老狗就像足球运动员，冒着重伤的危险从对手手里铲球得手，并左拐右晃地成功带球过了好几人，近得门来，却在临门一脚的时候，将球踢飞了。

"如果早知道是这样的结果，我就没必要千里迢迢从东北赶回学校来做论文了！"老狗趴在宿舍窗台上，看着楼下来来往往的学弟学妹，点燃一根烟。

那天下午，老狗将大学五年的所有课本与作业本全塞在一个蛇皮袋里，拎到废品站。大部分课本，都还保持着从印刷机上下来时的模样，从没被人翻弄过。

我站在废品站门外，听到老狗跟老头在讨价还价：

"这是知识，就值四毛一斤？"

"呵呵，什么东西到了我这，都是废品！你还想要多少？"

"起码……四毛五。"

一百二十六

回宿舍的路上，看到校门旁灰暗的水泥墙上写着几个雪白发亮的石灰字：办证138××××××××。老狗当即掏出手机。

第二天，我跟老狗在醉梦中被急促的电话铃声闹醒，办假证那小子让我们去办交接，要我们去工大门口等。

等我们到了门口，他又打电话说："还是去左边墙角吧，保险！"

我俩蹲在工大的围墙外，抽着烟，东张西望。

等了武侠小说里所形容的约一炷香的工夫，那小子贼头贼脑地冒了出来。我俩站起身，迎了上去。

他把假证递给老狗。

老狗说谢谢。

他特诚恳地说："没什么，只要你们有个好的前程，我就满足了！"

提前买了回东北的火车票，老狗用他卖书所得请我去重庆火锅店喝酒。这几年来，我们无数次在这喝得烂醉，但今天，是最后一次。

"即使拿了S大的毕业证，走出学校估计也没什么用。毕竟，S大不是清华北大！"我拐弯抹角地安慰老狗。

"煤球，大学不能代表什么，只是一个过程一个经历，就像去重庆火锅店吃饭，出来后火锅店能代表你吗？"我不明白他说这话的意图，他继续说，"所以，没必要说什么北大生S大生，大家都是大学生，只是个人选择的餐馆档次不一样而已。你要自信！"原来，他在拐弯抹角地安慰我。

门口闪过一对人影，老狗侧身看了看："是加爵第二，带着李真不知道上哪！"

我俩继续喝酒，直到打烊。喝完酒，我俩翻墙进了学校。老狗在前面走着，站在校道分岔路口犹豫了一下，折向女生宿舍。

老狗坐在女生宿舍楼下，点燃香烟，盯着杨岳红的窗口出神。宿舍已经熄灯，窗口漆黑一片。

默默地抽完几支烟，老狗站起身，说"走吧。"我看到了他脸上的泪痕。

当晚，加爵第二与傻强去向不明，我上铺的兄弟一直在翻腾。

公车到站了，老狗递给我一张二十的钞票，扛起箱子登上车。我提着包跟在他身后，将钱塞进自动投币箱，指了指老狗的背影，告诉司机"两个人"，然后站在前门口，等着到下一站收回十六块。

车刚启动，有人从背后拍了拍我，转头一看，是老狗："煤球，上后面坐吧。"

“还没找钱呢！”

“就那么点儿，不要等了。”老狗抿了抿嘴，叹口气，“坐着陪师傅说说话，回了东北，就没机会了……”

我点点头，跟着他走到车后排。我记得，老狗虽然一身名牌，可每次上街，都会苦等一元一趟的非空调车。

老狗从窗口探出头，看着公车越过“进入校区，车辆缓行”的标语，渐渐驶离S大。离时的公车，逢站必停。一如三步一回头的离人，驻足回望、驻足回望……终于，什么也望不到……

“煤球。”老狗拉好车窗，“昨晚又没睡着？”

我点点头。

“舍不得为师，还是想芬芬了？”

我摇摇头。

“哎！”他叹口气，仰头闭上眼，“你知道这一年多来，我为什么经常喝酒吗？”

老狗摸出烟，抬眼看了看车上的禁烟标志，又塞回衣袋：“有些事你可能不知道。岳红因为我上过两次医院，堕胎。”

“我知道。”我笑了笑，“所以你良心发现，觉得内疚？”

他苦笑了一下：“每次我喝醉，你也跟着醉。煤球，你心里还有芬芬，对吗？”

我继续摇头。

“你骗得了别人，骗不了我。她那照片，你还一直放在床头呢，为什么？”

“跟你说岳红的事呢，别转移话题！”

老狗沉默了，将视线投向车窗外，半晌，他说：“她经常跟我说，她想知道被打掉的孩子，究竟长大了会是什么样，像我，还是像她……我说，以后生一个不就知道啦？……可惜，我们永远都不会知道了！”老狗眼眶渐渐湿润，他笑了笑掩饰着，“这几年，我总是在关键时刻，将事情弄得很糟糕。”

一百二十七

到了火车站入口，傻强打来电话，说他跟加爵第二正赶过来，老狗说不用，赶不及了。

收好电话，老狗说："煤球，我总觉得加爵第二跟李真的事儿不稳妥，你看着点。"

我说好，拖着箱子跟他走进候车室。

坐在我们对面的一大叔在抽烟，老狗便掏出烟，分给我一颗。刚抽完，就有一戴着红袖章的大妈走过来，右手扫把左手簸，盯着地上俩烟头皱眉头："没看到墙上贴着什么字吗？"

我俩抬头看了看，对面墙上写着"请不要乱扔果皮纸屑"。

"我们扔的是烟头，不是果皮纸屑！"老狗眨巴着眼装无知，"再说，我们也没乱扔，你看看，两个烟头排放得很有规律，是吧？"

大妈冷笑一声："我说的是那边墙！"

我俩转头看了看，背后墙上写着"严禁在公共场所抽烟，违者罚款"。

老狗挠了挠头："罚多少？"

"五十！"

"这么多？能不能少点？"

大妈将袖章转了转，将"清洁卫士"四个大字朝向我们这边："谁跟你讨价还价！"

"呵呵，行！"老狗乖乖地掏出钱，递给大妈。大妈抄过钱气冲冲地转身就走，似乎余怒未消，走到门口，才低头看了看攥在手里的钱，咧嘴微笑。

"操！你不认罚，她能拿你怎样？"我感觉特奇怪，"铃一响，你就冲出那扇门离开长沙了！"

"哎！"老狗抓着钱包晃了晃，"这大妈多像咱们老师呀！以后想念学校了，我就找一公共场所抽烟去！"

我完全理解老狗这种变态的心理：戴近视眼镜太久的人，即使眼睛治好了，要在鼻梁上架副平面眼镜才能适应；当孙子太久，突然让他当爷，他会特怀念做孙子的日子。

铃声响起，老狗站起身排队。我站在队伍旁边，跟着他往站口走。

老狗接过我手中的包，剪票进站，隔着铁栅栏，朝我摆手，被汹涌往里冲的人群挤退了几步，他呆了呆，突然大声喊道："煤球！……听为师一句话……领了毕业证，把芬芬找回来，好好待她！"

我扶着栅栏，盯着他，猛点头。

第二天，班长一早过来叫门，递给我们四套学士服，让我们赶紧洗漱好去图书馆门前集合，照毕业合影。

学校的学士服很像剧团的戏服，谁登场谁穿。我穿上这套一定程度上代表着"学有所成"的黑衣裳，感觉自己就像演戏，特做作。摄影师架好相机，对着造型僵硬的我们喊："一、二、三、笑！"我们就很不自然地皮笑肉不笑起来。摄影师很不满意，于是跟我们阐述了一下"笑"的真谛，说像我们这样风华正茂的热血青年，应该是笑得很阳光很舒心的，应该能从我们的笑容里看到信心和希望，不要那么痛苦，不要傻笑，也不要淫笑，我们应该将自己最美丽的一面，镌刻在这次相片上，为青春留影："好了，现在我叫一二三，你们就一起说茄子！"

我回头看了看后排，空了一个人。

我仿佛看到老狗站在那，点燃一支烟，对我说："爱徒，思春了？"

一百二十八

在S大的日子，还剩最后一周。过完这一周，学校将举办一次毕业典礼，颁发毕业证书。

亡灵给我打了个电话，问我毕业后有什么打算，要不要去深圳。我说考虑考虑。

宿舍还剩三个人，一天傍晚，加爵第二说要不我们一起吃顿散伙饭，AA制。傻强说行，你要是没钱了，我安排也成。

经过学校大门的时候，傻强说："等毕业证到手了，我就在这写两个字——出狱！"

一连找了好几家饭店，全部客满，有的店甚至将饭桌摆到了马路旁，每张桌旁都挤坐着一大群同学，围成圈儿，难舍难分，感觉他们的队伍是那么团结，但他们，即将分开。

我们仨在闹哄哄的酒席间穿梭寻找，如同爱民如子的领导者下来检查子民的生活生平一般，六只眼睛全盯着桌面，看哪桌的杯盘比较狼藉，哪桌的同学们有要走的迹象，以便在第一时间接班。

在他们的喧闹声中，我有些头晕目眩。

"煤球……"我将视线从满桌酒红的脸孔上收回，转过头，恍惚中，张芬站在一片喧哗之外，躲在黑暗里。

我闭上双眼，晃了晃脑袋，试图让幻觉消失。可睁开眼，她还在那。于是我穿过几张桌子，走向她。

站在我面前的女子，一袭白裙，脖子上挂一条心型的银坠子，泪流满面："煤球！我回来了。"

直到张芬扑进我怀里，我觉得自己还在梦境中。

"你电话真的换号了……煤球……我以为自己一不小心就把你弄丢了……"张芬号啕着，如同梦呓。

还没开始喝酒，却觉得有些醉意。

我以为，我对张芬的思念，已经随着一个又一个日夜溜走，由浓转淡，原来，成捆的思念一直被我堆积在某个角落发酵。

"为什么你要换号？"

"我出去实习了，用不起长沙的卡。"

"呵！"张芬破涕为笑，"你吓着我了！"

"咱俩还能在一起吗？"

张芬松开手，打量着我："我是不是，失态了？"

我走上前拉她的手，她往后缩了一下："煤球，我有东西给你。"她递来一个信封。

“煤球！”傻强站在一张空桌旁，满脸堆笑，朝这边招手。

一百二十九

张芬坐在我身边，抓着筷子看着我微笑。傻强和加爵第二在一旁狼吞虎咽。

日光灯的照射下，我看清了张芬的脸，觉得她瘦了很多，这时她说：“煤球，你瘦了。胡子也不刮刮，快没人要了。”

“呵，你怎么突然就出现了，真让人惊喜。”

她敛了笑，盯着我的眼睛，表情特认真：“是不是惊的成分要多一点？”

“是啊。”

“我就知道！”张芬叹了口气，“我回长沙出差，刚在这旁边见完客户，就顺便去你们学校走了走。我以为你已经不在这了。”

“刚刚你可不是这么说的。”我感觉挺失望。

她笑了笑：“刚刚有些激动，我都不知道自己说了什么，你别当真！”

我看着她，她眨了眨眼睛，笑成一对月牙儿，夹起一筷子菜堆在我碗里：“快吃饭，吃完送我上车。”

“去哪？”

“五一路一个小酒店。”张芬撅了撅嘴，“公司订的。你总不能让我露宿街头吧！”

心里涌过一丝酸楚，我想说点什么，又觉得无话可说，端起酒杯仰起脖子。

猛听得“咯噔”一声，杯碗稀哗乱响，加爵第二惨叫一声，我连忙转过头，看到一张凶神恶煞般的脸孔，是李真的男朋友——那个姓杨的体育生。他背后还站着好几个体格健壮的男生，摩拳擦掌跃跃欲试。

我站起身，看到加爵第二蜷缩在桌底，脑门上裂开一道口子，鲜血汩汩往下流了一脸。那一声响，估计是姓杨小子从背后按住加爵第二的头往桌沿上猛磕了一下。

“干吗？”我挪开凳子，想走过去拉加爵第二，一双手从背后拉住我。转过头，我看到张芬瞪大双眼，吓呆了。

姓杨小子抬腿狠狠踹在加爵第二肚皮上。撕心裂肺的惨叫声……

傻强推开饭桌，抄起凳子扔向姓杨小子，没扔中，人跟着冲过去推了那小子一把。几个体育生围了过来。

傻强格外神武，在五六个体育生的包围圈中一阵拳打脚踢，疯也似的发泄长久以来积压在心底的怒气。

张芬的手在颤抖，我紧紧握了握，朝她微笑了一下：“你站这别动！”

她的眼泪涌出眼眶，抿着嘴缓缓摇头：“别去！”

我松开她，朝旁边一小子脸上轰了一拳，跟着又是一脚……几分钟后，我就感觉周围漫天黑地的手呀脚呀的，我跟傻强被围在中间，借着酒劲，挥拳伸腿。我听到人墙外芬芬的哭声，想扭头看她，耳根就挨了一记猛拳，“哄”的一声头就蒙了，只觉两眼一黑，朦胧中，我看到傻强抱着突袭我那小子的腿，将他撂倒在地，另一个人从背后抓住傻强的衣领，像拎着一只小鸡……我想帮傻强一把，却迈不起腿来……“不！”随着一声尖叫，有人突然扑过来，从背后紧紧抱住我。我转过头，看到芬芬煞白的脸孔……她的背上，插着一柄水果刀。刀柄下，雪白的裙子上殷红一片……姓杨小子站在她背后，呆若木鸡。

“芬芬！芬芬！……”我紧紧搂着她，伤心地发现，她真的瘦了很多很多，“你别吓我呀！芬芬……”

“煤球……对不起……煤球……不要离开我……我再也不逃了……”

“不要紧的，芬芬！”我手足无措了，我整个傻了，我将芬芬放在地上，又抱起她，看她在流血，又放下……

“煤球，你别怕，也别动，让我看看你。”芬芬扬起手，我抓住它，凑近她的脸。她在微笑，泪却止不住地流呀流，好像她的双眼里有两个泉眼一样，怎么流，也流不尽……

“干什么干什么？”好像有人来了，好像是保安。我盯着芬芬苍白的脸，新月一般的双眼，挪不开视线。

“你是学校的学生吗？”似乎有一双手搭上了我的肩膀，但我不想理会。

“煤球……你爱过我吗？”芬芬的声音越来越小。我抱起她，吻了吻她的脸，只触到一片冰凉。

肩膀上的手用力抓了抓：“问你话呢！是不是学生？身份证拿出来！”那双手的指甲刺进了我肩上的肉，试图将我扳转身。

我转过头，吼了一声。一个耳光结结实实打在我脸上，我摔倒在地。我感觉左边脸颊火辣辣地，这保安，不愧是祖国正规部队退伍的，果然够心狠手辣。

我听到芬芬痛苦地哼了一声，心如刀绞。我的手还抓着她的手，这一摔倒，牵动了她的伤口。

保安走到姓杨小子面前，问他有没有事。

那小子说没事。又说：“叔，那女的会不会死？”

保安说：“死就死呗，你没受伤就行。”

胖子说：“她死了，我会不会有事？”

我想大骂一声。血往上冲，耳根一麻，栽倒在地。

我在昏迷中，听到了急救车急促的叫声。

一百三十

2006年，九月。

我不知道这是亡灵的第几个电话，催我早点去深圳，离开长沙对我会好一点儿。直到这一次，我答应了他。

芬芬离开我已经三个月了。这三个月，我没有工作，也没想过要去找工作。

我租住在S大旁小区的一间小房子里，窗外环境幽雅，对面楼时常传来嘶哑的二胡声。房内本是一片狼藉，没有人用巧手打理过，所以，它始终狼藉着。

我最终没有拿到毕业证。“聚众斗殴”“殴打保安”，两罪并罚。主要是殴打保安，聚众斗殴的加爵第二和傻强，记大过处分，只需花几百块钱，在某某公开刊物上发表学术论文一篇，将功补过，就可以在十月份拿毕业证，这是学校的规定。我实在不知道打架跟发表论文有什么必然联系，但规定就是规定，我们只有服从权，没有知情权。

买到去深圳的车票那天，我带着李达去了趟学校保安值班室，当天值班的是姓杨小子的叔叔。他不是口口声声说我殴打保安吗？我怎么能让他失望呢！

傻强也要跟着去，我不想连累他。毕竟，他还有机会拿到毕业证。为了那张证，他苦等了五年。加爵第二一开始沉默着，后来嘟囔说：“那天，你们要是不出手，我就不要花这么多钱发表论文才能拿毕业证。”我突然明白，相比于他，马加爵本人是多么的义薄云天、多么的有种。

三个月的时间，我努力做着一件事，就是忘了芬芬。

三个月过去，我真的不再想念她了，可那个午后，我走在大街上，听到有人叫“芬芬”，还是忍不住顺着人声立足寻找。我看到一个胖乎乎的女孩。我觉得胖其实也挺美的，不管她是叫什么芬。

我离开的那天，S大新生入校。

从“驴脸”手中领过结业证，我连说谢谢的力气都没有，转身走出系办。

有一个班的新生穿着军装，在图书馆前列队，一个个骄傲地挺着www.nongmintv.com胸膛。

校道旁的草坪上，一如既往，坐着一对对的情侣。爱情，像野生植物一样在大学的校园里顽强生长、蔓延。遍地开花，却罕见结果。

我又一次打开了芬芬留给我的那封信：

“煤球，我想忘了你，可却很不争气地总想起你。我用一年的时间，证明了我张芬是永远也忘不了你的，越想忘记，越深刻。

煤球，你知道吗？我说离开静一静的那个晚上，你在醉梦中叫了一宿的‘小素’，接完电话后躺下，又在叫。你能体会当时我的心如刀绞吗？我知道，你其实一直都忘不了小素，我怎么努力，都进不了你的内心。你可能一直都没想明白过，你到底爱不爱我。你只是在为自己找一个借口，要跟我分手而已。

煤球，你知道吗？我生日那天，只是跟那个人吃了一顿饭，我的室友们都在。太想你了，我从学校一路走回家。

煤球，你知道吗？你离开那晚，我在S大后山，在你我刻着‘爱’字的石板上，坐了一宿。那晚的雨，好大好大。

煤球，你知道吗？我总是没出息地想起你，忍不住给你打电话，却不敢等到你接通。

煤球，你知道吗？离开你后，你送我的坠子，我再也没有戴过；你送我的大衣，我再也没有穿过。我舍不得。

煤球，你知道吗？……

我是那么爱你，怎么舍得离开？我只想跟你在一起，哪怕天天吃方便面，甚至连方便面都没得吃，也心甘情愿。我多么想看看我们的孩子，（你不是要生女儿吗？我答应你，你说什么就是什么。）长什么样。我们和好好吗？我说过‘如果有一天我变坏了，一定是你宠坏的’你放心宠我好吗？我怎么都不会坏……”

有一种东西轻易撕裂了我的心脏，我体会到了锥心的疼痛。泪水，终于漫过了我的双眼。芬芬，我们还要一起老呢？怎么你忍心用你的求和书，做了遗书。

我在长沙开往深圳的列车上睡着了，做了个梦。如果可以，我愿意用这个梦结尾：

我坐在教室里，等着校长给我们颁发毕业证、学位证。老狗、傻强和我流着哈达子盯着矫情的校长手中鲜红的毕业证书，全无心思听他唾沫横飞的演讲。他说：“你们是锐意进取的一代……”

我们终于拿到毕业证书了，那个高兴呀！

这时我的电话响了，我收到了张芬从医院发来的短信：“煤球，如果那一刀将我变成了植物人，你一定要离开我。我不想拖累你照顾我一辈子。”

“你变成植物人了吗？芬芬！”

“没有，所以，你躲不掉了，嘻嘻！”

我在校门口与老狗分手，赶往医院。

路过一家花店，我走进去，挑了一大束玫瑰花。

红得晃眼的玫瑰。

一百三十一

我到了深圳。

见到接我的亡灵，我感觉到了一丝陌生，但很快就在接风的晚餐上，用啤酒化解。

第二天，亡灵下班回来给我拎回一套西装。

我住在南山某公寓的13A，所谓13A，就是第十三楼以上十五楼以下的那一层楼，同理，三楼与五楼之间的那层，被叫做——3A。中国人的自欺欺人。幸好该楼修到第23A就没再往上修，如果跟地王大厦似的，我不知道它第44楼怎么表达。但13A住着不少外国人，每次在电梯里同上同下，就能闻到一股刺鼻的香水味和被香水覆盖的隐隐羊膻味。从此，我很少吃羊肉。

每天，我躲在屋子里投递简历，狂轰滥炸似的投递。每天，我都要打开电子邮箱，揣摩着面试通知背后的真相：太不正规的公司，不去，去了浪费时间；太正规的公司，也不去，去了也是浪费时间。

有一天，我在一大堆面试通知中打开了这样一封邮件：

“奶油，你好吗？

我想我找到我的归宿了，暂定于十一，举行婚礼。

我跟他，有一间小小的房子，虽然小，却很温暖，足以抵挡边疆的风雨……”

亡灵说，这是一座没有爱情的城市，什么都用金钱来衡量。我却在一次夜晚，亲眼见到一对情侣坐在后排从起站开始亲吻，直到我下车，还在难解难分。下车后茫然走在回家的路上，我忽然觉得有些暖人的感动。

我在一次面试回来的路上，碰到一个女生，饿得走路都跌跌撞撞，见到我，拉着我手说，她被人偷了，偷得很彻底，现在一文不名，因为听说过深圳警察强奸受害人的传闻，不敢报警，求我务必请她吃顿饭，大恩来日必报。

她说得挺流利，眼睛半眯着，估计她是逮谁都这么说，说了一上午了。这个人，是陆小娟。

留出车费，我将身上的钱全掏了出来，16块，在街边点了两个盒饭。

饭菜上桌，刚扒拉几口，一阵龙卷风刮过来，饭菜上便迷蒙一片。我俩慌忙端着饭菜跑进屋，就下起雨来。

陆小娟跟老板说，该赔，谁叫他们没事在门外摆两桌子。

老板说，那也不是我逼你上外头吃的。

最后，陆小娟将菜全吃了，然后跟老板讨价还价，力求15块钱摆平，老板死活不肯。

陆小娟很气愤，没等雨停，就拉着我冲进雨里。

我俩在雨里朝公车站狂奔，水花溅起老高。

狂奔着，狂奔着，一如童年……

全书完

慶祝周一田先生七秩誕辰論文集

慶祝周一田先生七秩誕辰論文集編委會◎編

目　錄

序

孔子云：「不知禮，無以立。」又云：「知我者，其惟春秋乎！」善哉夫子之言。夫禮，所以綱紀人倫，經緯萬彙；春秋，所以貫通今古，明辨是非。凡日月之所照，含識之屬，所以能安身立命，福祿永綏者，胥於是乎賴。故歷代先賢，無不重之。慨自西風東漸，國人怵於西學之勢利，遂以斯學爲迂闊而棄之，於是而經學式微矣，其中尤以三禮與春秋爲甚。洎乎輿圖換稿，神州陸沈，先聖先賢之學說更被目爲大毒草，而再遭厄運。經學之遺緒，惟存遷台學者之一縷。有識之士，憫其學將絕而道將喪也，日夜發憤，思有以救之，於是焚膏繼晷，研幾汲深，積數十年，而墜緒得以復振，斯文得以重光。以三禮與春秋言之，其用功最勤，成績最著者，當推鎮江周一田先生。先生早歲流寓台灣，篤志斯學，從聖裔孔德成先生與高郵高仲華先生受三禮，從大冶程發軔先生學春秋，從瑞安林景伊先生習小學，雖困躓流離，亦不誘於勢力，不望其速成，出入各家，取精用宏，其學大進，所謂南山之竹，鏃而砥礪之，其入益深，諸大師皆謂其出於藍而勝於藍焉。學既成，各大學爭禮聘之，先生以出身師大，終以師大爲家，講授三禮與春秋三傳，學子遠近嚮慕，講堂座無虛席。而先生誨人不倦，課餘又指導學生寫作博士論文與碩士論文，凡百餘篇，今弟子散布各大學，傳薪續火，光照四方。至先生自身之著作則有春秋吉禮考辨、禮學概論、說禮、儒家的理想國——禮記、新注春秋穀梁傳、春秋總義論著目錄、春秋公羊傳論著目錄、春秋穀梁傳論著目錄、中國訓詁學、青銅器銘文檢索及國語活用辭典，俱爲士林所重，巍然一代宗師矣。先生治學之暇，則以填詞遣興，有《小酌詞稿》一卷，妍雅宛曲，寄興遙深，在小山與納蘭之間，讀者絕愛之。孔子云：「學而優則仕。」先生於歷任師大國文系主任暨研究所所長、文學院長之後，又獲政府拔擢爲考試院考試委員，爲國掄才，功勳卓著，所謂「大德必得其名，必得其位，必得其祿，必得其壽」者，先生有焉。今年農曆二月八日爲先生七秩壽辰，受業弟子僉以爲不能無祝嘏之儀，以申感念之忱，乃相約各抒所學以爲先生壽，凡得論文壹拾肆篇，合爲一册，命之曰：「慶祝周一田先生七秩誕辰論文集」。武光既承乏師師大國文系系務，尤有感於先生對本系及學術界之貢獻，爰爲之序云。

是集編排既竣，行將付梓，又接北京人民大學張立文教授〈理智與情感——和合何以可能〉一文，囑以爲先生壽。因改版不及，只能殿諸集後，謹向張教授致歉。

傅武光序於國立台灣師範大學國文系

民國九十年三月二日

我對中（國）文系的一個夢

周何

人生都會有夢，有夢才能有希望，才能有理想。希望未必都能達成，理想也未必一定會實現，但夢往往是美好的，能說出來則更是件好事，因爲夢即使不能成之在我，也許將來會成之於他人。

民國四十年暑期，我以榜首之名，考入當時的省立師範學院，不久就升格爲國立師範學院，又再升格爲國立師範大學。四十四年畢業，四十六年考入國文研究所，四十八年再考入研究所的博士班，於五十六年畢業，獲得國家文學博士學位，蒙恩師　程發軔旨雲先生垂愛，留校任教，後來又蒙中國國民黨中央黨部的延攬，與施啓揚兄同時進入設計考核委員會任委員之職，每週六上午開一次會，會中遇到邢光祖先生，我們兩人因爲理念不同，時常有所爭吵，記得他曾批評說，現在的中文系畢業有甚麼用？博士碩士的論文都是在翻死人骨頭，東抄西抄些老舊文章，沒有一篇能申請諾貝爾文學獎的，這是中（國）文系教育的失敗。我說國文系的教育，就像教學生懂得如何執筆，至於能不能寫得出文學作品，還要加上個人的人生體驗及智慧，我們在培育好的師資，而不能保證個個都能成爲文學家。就如同化學系未必能培養出發明家一樣。後來我出任國文專修班主任，三年後又任國文系系主任及國文研究所所長，這些是說明我曾在國文系裡讀過四年的書，也擔任過一些行政工作。就是在任系主任的期間，我和學生多所接觸，因此也更瞭解了許多問題，我常徹夜不眠，思考這些問題。最大的問題是這些學生出去，能做甚麼？最多只是當個好老師，或者去做某機關的祕書而已。此外還能做甚麼？就不知道了。我自己在這裡讀了四年大學、兩年碩士、六年博士，修過幾十個專業學分和教育學分，經史子集，門類繁多，無不接觸，但都是些皮毛，真想得到些東西，一定要進研究所，於是研究所就等於是大學的後續教育。想到這些，不得不承認我們的課程設計確有問題，當時我只想到如何讓學生早點立定目標，於是在教務會議中提出把研究所中的「治學方法」這門課程開設在一年級，又把系內上百位老師依其專長分為「語言文字」、「學術思想」、「經學」和「文學」四組，同時在一年級末時，給學生作了一次學習性向的調查，也是依其性向分為四組，讓學生與老師配合起來，又在四年級內新開「專題研究」科目，希望學生在大三至大四這兩年間跟隨老師的指導，撰寫大學畢業論文，再由該組教授集體評審，遴選出最好的四名學生報部覈准，免試讓他們直升研究所。當時我還特地去謁見教育部林清江次長，提出這項辦法，林次長欣表同意，我還輪流到大四各班去作諮詢，聽聽學生們的反應意見，彙整後在系務會議中提出，不料竟有不少教授到校長面前說我採用共匪的聽壁與公審技倆，製造系內分裂的局面等許多不利的話。於是在我任滿兩年後，張校長即解除了我的一切行政職務。我一向不喜歡多作解釋，不幹就不幹算了。這個改進國文系的夢也就由此幻滅了。七十九年間，教育部聘我與沈清松、王仁宏、郭崑謨等文、法、哲、社會學者進入科技顧問室任顧問之職，也因此而將科技二字去掉，直稱爲顧問室。在那裡看到不少有關中文系的資料，我才領悟到我先前的想法，只是承繼著老一輩的理想，走的是發揚傳統文化的路，我先前的改革，不過是把學習進程稍予提前一點而已，對現在的學生仍無大用。於是我又有了新的一個夢，顧問室裡經費充足，對各公立大學的補助大多用在增添電腦等硬體方面，我說服陳主任，應分一部分給軟體如資助學術會議等方面，又各私立大學也應納入補助之列，才能刺激互動發展，他叫我提計畫方案，除了通知各公私立大學盡量提學術會議的申請方案外，我自己則提出過有關中國文字整理計畫，更想提一項改革中文系課程的計畫，於是邀集了師大的許錟輝、臺大的黃沛榮、輔大的王初慶、中央大學的蔡信發、政大的簡宗梧等教授，在和平東路的芳鄰咖啡店中聚會商量此事。我先說明此次聚會的用意，我認爲中（國）文系現行的課程須待改進，而且部裡有經費，足以讓我們提小組研究計畫，大家都同意，但須先蒐集所有各校之現行課程，以爲研究之資，於是分配各位先行蒐集。到二次聚會時，我也已有腹案，我認爲現有之各校課程，大同小異，都是以傳統文化的傳授爲主，因此學生的負擔太重，每節課就如入寶庫，張望一下，就又去另一寶庫了，根本來不及咀嚼，更遑論消化吸收了。四年下來，他們究竟能得到多少？實不可知。因此我提議應以系爲主，進而發展多所的辦法，系的課程只是在培養興趣之用，研究所可分「中國經學」、「中國諸子學」、「中國古典文學（依時代特色分類）」、「中國現代文學（內分小說、散文、詩歌、戲劇等類）」、「中國應用文學（如編劇、廣告、宣傳等）」、「中國歷史學」、「中國地理學」、「中國陰陽五行學」、「中國宋明理學」、「中國目錄學」、「中國版本學」、「中國醫學」、「中國藥學」、「中國堪輿學」、「中國園林建築學」、「中國美學」等門類，以中（國）文系爲基礎，向上發展爲十六個研究所，所的教學一定要以實用爲主，因應社會需要，培養實際的人材。最後組合成爲「中華國學院」，這才是我真正完整的一個夢，不過當時大家都以爲茲事體大，還要從長計議。沒多久，我又爲國立編譯館擬訂另一「十三經注疏整理小組」的大型計畫，付出所有精力和時間，這項大型計畫包括六大部分，到今年總算已完成了三大部分。其餘的部分則留待將來的有心人去完成了。我已年居七十，身體又不靈便，以前的夢早已淡了，以後恐也不會再做夢了。舊夢雖已淡了，如今還再重提者，是因爲我們都有學生，而且他們都很成材，國家老師栽培他們，他們也應該會有夢，但願在他們的夢中，還能記取一絲我們的夢影而已。

從科學的觀點探討說文解字

中正大學中文系　莊雅州

壹、前言

說文解字是中國文字學的經典。它從字形出發，闡述形音義三方面的關係，具有精密的體系，獨到的見解，影響後世，既深且鉅。世之研究說文者，或校勘、或正字、或註疏、或釋例、或解說六書、或探求語原，著作之多，已到了汗牛充棟的地步，方面之廣，也令人有難以開創新局之嘆。不過，我時常在想，在科學發達的現代，如果我們能暫時跳開文字學的圈子，從科學的立場來探測說文中所蘊含的材料，或者用科學的尺度來檢驗說文中所使用的治學方法，那麼是否能有一些新的發現呢？基於這樣一種理念，我在此作了一次簡單而淺陋的探索。

貳、科學材料

（壹）、優點

一、取材豐富

許慎生當大儒輩出的東漢，而有「五經無雙許叔重」的美譽。其學問之淵博，涉獵之廣泛，可由其說文解字徵引之富略窺一斑。在說文一書中，所引的經籍以古文經爲主，亦不廢公羊、三家詩等今文經。所引的羣書有墨子、山海經、楚辭、甘氏星經等二十餘種。所博采的通人有董仲舒、劉向、揚雄、班固等三十餘家。他這種旁徵博引的方式，使得他的著作更顯得言必有據，語不空發。

正因爲許慎學養深邃，加上長達二十二年的寫作時間，所以說文解字一書內容之豐富，在漢代的字書中無有出其右者。誠如其子許沖上說文解字表所云：

> 天地、鬼神、山川、艸木、鳥獸、蚰蟲、襍物、奇怪、王制、禮儀、世間人事，莫不畢載。

單以自然科學和應用科學而言，材料俯拾即是，不勝枚舉，如：

> 昴，白虎宿星。从日，卯聲。
>
> 閏，餘分之月，五歲再閏也。……从王在門中。
>
> 霾，風而雨土為霾。从雨，貍聲。
>
> 附，附婁，小土山也。从𨸏付聲。
>
> 尺，十寸也。人手卻十分動脈為寸口，十寸為尺，所以指斥規榘事也。

从尸，从乙，乙，所識也。周制，寸尺咫尋常仞諸度量皆以人之體為法。

音，聲生於心，有節於外謂之音。宮商角徵羽，聲也；絲竹金石匏土革木，音也。从言含一。

釀，醞也，作酒曰釀。從酉，襄聲。

丹，巴越之赤石也。象采丹井，丶象丹形。

柰，柰果也。从木，示聲。

貂，鼠屬，大而黃黑，出胡丁零國。从豸，召聲。

疸，黃病也。从疒，旦聲。

耘，除苗閒穢也。从耒，員聲。

軎，車軸耑也。从車，象形。

杇，所以涂也，秦謂之杇，關東謂之槾。从木，亏聲。

舉凡天文、曆法、氣候、地理、數學、物理、化學、礦物、植物、動物、醫學、農業、工藝、建築皆有所涉及。真是包羅萬象。宜乎高師仲華以爲：

治博物之學者，實應以說文為淵藪，誠所謂取之不盡，用之不竭者也。（高明文輯中冊·對說文解字之新評價頁十六）

蔣善國也說：

由於說文還保存著大量資料，在我們研究和總結我國古代社會歷史狀況、科學技術成就方面，它也有著不可忽視的作用。（說文解字講稿頁二十三）

所以我們今天對說文解字不能單以語言文字的經典視之，而應採取宏觀的態度，儘量去發掘它所蘊含的豐富的科學方面的材料。

二、重視類別

格於字書的體例，說文解字對於科學材料的分類當然是受到了許多限制。

但許慎在可能範圍內還是儘量地去加以分類。這項努力，我們可以從三方面去體會出來。

首先是說文創立分部來董理群類。它不像爾雅將動植物的材料匯集於釋草、釋木、釋蟲、釋魚、釋鳥、釋獸六篇。而是散佈到全書之中。但又以部首來統御諸字，例如有關植物者散見於艸部、竹部、木部、林部、麻部、尗部、韭部、瓜部、華部……，有關動物者，散見於蟲部、魚部、虎部、豕部、豸部、馬部、鹿部、犬部、鼠部、它部……，可見它已將各種動植物歸納成許多類別。

其次，每部之中，它也儘量區分異同，加以排列，例如馬、牛、羊等家畜，都按性別、年齡、毛色、高度等立了幾十種名稱，如：

騭，牡馬也。从馬，陟聲。

駔，牡馬也。从馬，且聲。

駒，馬二歲曰駒，三歲曰駣。从馬，句聲。

馴，馬八歲也。从馬、八，八亦聲。

驪，馬深黑色。从馬，麗聲。

騢，馬赤白襍毛。从馬，叚聲，謂色似鰕魚也。

驕，馬高六尺為驕。从馬，喬聲。

騋，馬七尺為騋，八尺為龍。从馬，來聲。

最後在釋字時，他也常用「屬」或「別」來點明生物的類別，如：

秔，稻屬。从禾，亢聲。

稗，禾別也。从禾，卑聲。

豠，豕屬。從豕，且聲。

甚至有時在解釋一種生物時，他也會仔細地加以分類，如：

雉，有十四種：盧諸雉、鷸雉、卜雉、鷩雉、秩秩海雉、翟山雉、翰雉、卓雉、伊雒而南曰翬、江淮而南曰搖、南方曰䍐，東方曰甾、北方曰稀、西方曰蹲。從隹，矢聲。

所以，我們若將這些材料聚集在一起，重新按現代生物學的方法加以分類，那就是研究古代生物最好的材料了。

三、闡明特性

說文解字不僅重視材料的蒐集和整理，它更重視對每個材料的詮釋，力求以最精簡的字眼，使讀者得到明晰的概念。例如：

> 歲，木星也。越歷二十八宿，宣徧陰陽，十二月一次。从步，戌聲。律歷志云五星為五步。
>
> 霸，月始生魄然也。承大月二日，承小月三日。从月，䨣聲。周書云：「哉生霸。」
>
> 閏，餘分之月，五歲再閏也。告朔之禮，天子居宗廟，閏月居門中。周禮：閏月王居門中，終月也。

歲字的解釋，讓我們瞭解歲星紀年法的根源及年歲的由來；霸字的解釋，使我們明白月相的變化及周書哉生霸的意義；閏字的解釋，令我們知道置閏的作用、方法及其禮儀。這些都須有淵博的學識始克勝任。又如：

> 橘，橘果出江南。从木，矞聲。
>
> 橙，橘屬。从木，登聲。
>
> 櫨，櫨果，似梨而酢。从木，盧聲。
>
> 梅，枏也，可食。从木，每聲。

木部四百二十一文，除了有關木器、木事者外，其餘將近一半是在介紹各種木本植物。對於這些植物的產地、分類、特徵、用途等都有詳細的觀察，可以略窺漢代生物學的水準。

（貳）、缺點

一、審物未諦

古人觀察生物的活動，有時不夠精細，以致產生錯覺，而留下一些錯誤的紀錄。例如夏小正云：

> 正月，鷹則為鳩。三月，田鼠化為駕。九月，雀入於海為蛤。十月，雉入於淮為蜃。

其他古籍如莊子、呂氏春秋、淮南子、逸周書、易緯、禮記、列子等往往也有類似的記載。許慎博極羣書，但目驗的功夫有所不足，所以就產生了以訛傳訛的現象。例如：

> 鼢，地中行鼠，伯勞所化也。
>
> 蠲，馬蠲也。明堂月令曰：「腐草為蠲。」
>
> 蠣，蠣贏，蒲盧，細要土蠭也。天地之性，細要純雄無子。詩曰：「螟蠕有子，蠣贏負之。」
>
> 蜃，大蛤，雉入水所匕。
>
> 盒，蜃屬，有三，皆生於海。厲，千歲雀所匕，秦人謂之牡厲。海蛤者，百歲燕所匕也。魁蛤，一名復絫，老服翼所匕也。

生物的變化，固然有毛蟲化爲蝶，蝌蚪變成蛙者，但上述的那些「化生」之說則純屬無稽。例如伯勞與鼤，可能是互爲食物生態的平衡，鼤鼠多了，伯勞無以爲生，只好他遷，人們只見鼤鼠，不見伯勞，遂誤以爲伯勞化爲鼤鼠了。又如雉、燕等化爲蜃、蛪，可能是由於秋冬之後，鳥雀南飛，而蚌類之殼適有種種花紋，古人不察，遂產生了錯覺。至於腐草爲蠲，郝懿行爾雅義疏釋蟲「熒火即炤」條已予以辨正。「螟蠕有子，蜾蠃負之。」孫中山先生的孫文學說也已指明螟蠕事實上成爲蜾蠃幼蟲的飼品，而非成爲其義子。在此就無須詞費了。許慎所以會產生這種以訛傳訛的錯誤，除了迷信古書之外，可能也是由於他相信鬼神之說的緣故。這從說文中對鬼、魃、彪、䰧、蛧蜽、祅、蠱等的解釋，即不難得知其中的訊息。

二、迷信五行

審物未諦的錯誤在許書中尚不多見，但陰陽五行的氣息在說文解字中則是到處都可嗅到，尤以干支、數目、顏色、五臟等爲然。如：

甲，東方之孟，昜氣萌動。从木戴孚甲之象。大一經曰：「人頭空為甲。」

子，十一月昜氣動，萬物滋，人以為偁。象形。

四，侌數也。象四分之形。

五，五行也。从二，侌昜在天地間交午也。

青，東方色也，木生火。从生、丹，丹青之信言必然。

赤，南方色也。从大、火。

腎，水臧也。从肉，臤聲。

心，人心土臧也，在身中。象形。博士說以為土臧。

陰陽五行濫觴於戰國時代，而這些文字老早就有了，以後起的學説解釋造字之本意，本已扞格難通。更何況這些學説往往閎大不經，窈冥難考呢！許慎這種做法，在科學發達的今天看來，實在令人覺得荒誕可笑。但我們必須瞭解他所處的時代，是陰陽五行學説盛極一時的漢朝，當時整個社會人心無不爲陰陽五行學説所滲透，正如賀凌虛所云：

> 一切政治組織、社會生活、禮儀規範、天文曆算、文學醫藥，甚至農工技藝，幾無不謀求與之配合，並以之為解釋的根據。（呂氏春秋的政治理論頁一八九）

不僅王公將相篤信它，士農工商也不敢反對它；不僅今文學家强調它，古文學家也常常提到它。許慎雖然對今文家及緯書都不敢苟同，但其好用陰陽五行解説文字的習氣，與今文家及緯書相較，也不過是五十步與一百步之差而已。人之難以超越於時代風氣之外，由此可見一斑。

參、科學方法

（壹）、優點

一、長於分析

說文最大的功績在於把漢字結構分析的理論——六書予以具體化，並且貫徹到全書當中。他分析字形的目的是爲了探求本義，所以分析每個字的一點一畫，探求其組合的道理，總是希望能與字義取得密切的配合。例如：

> 向，北出牖也。从宀，从口。詩曰：「塞向墐户。」

在古書中，向通常當方向、趨向、面向之類的意思，只有詩經豳風七月當北出牖解。許慎仔細探討這幾個不同字義與字形之間的關係，發現只有七月用的是本義，因此採用了它，並且使得字形的分析有了著落。後來學者又發現禮記明堂位：「刮楹達鄉。」鄭玄注：「鄉，牖屬，謂夾戶牕也。」儀禮士虞禮：「啓牖鄉如初。」鄭玄注：「鄉，牖一名也。」鄉與向音同義通，向的本意更多了兩個證據，顯得更爲確鑿。（王力中國語言學史頁三十六）又如：

> 自，鼻也，象鼻形。

在古書中，自或訓爲從，或解作由，或釋爲自己，從沒有當作鼻子講的。但這幾個字義顯然都與字形不相應。許慎發現鼻字從自，自的篆文自，古文𦣹正象鼻形，而皆、魯、者等與詞氣有關的字所從之白，正爲自之省體，所以他斷定自象鼻形，本義爲鼻。近世發現的甲骨文，自字正有當鼻解者，如：

貞㞢疾自，隹有壱？（乙、六三八五）

貞㞢疾自，不隹有壱？（乙、六三八五）

更可證明許慎的說法是顛撲不破的。分析是思維術的最基本方法之一，是剖析疑難、割除困惑的利器，許慎在這方面的運用，無疑是十分成功的。

二、擅於綜合

綜合法與分析法剛好相反，它將錯綜複雜的現象、原因、性質、關係、同異、結果等整理成單純的統一體系，使人可以綱舉目張，執簡馭繁。許慎對於這個方法的使用是非常著意。說文解字後敘云：

其建首也，立一為耑，方以類聚，物以羣分。同條牽屬，共理相貫，雜而不越，據形系聯，引而申之，以究萬原，畢終於亥，知化窮冥。

清代的學者如段玉裁、王筠都十分重視許書條例的整理，高師仲華更有「論說文解字之編次」（高明文輯中册頁九三）專文加以闡發。要而言之，許書之體系如下：

㈠、全書之分部：說文解字全書九三五三字，重文一一六三字，合計一〇五一六字，這麼浩繁的文字，許慎都逐一加以分析其結構，然後整理歸納其形類，建立了五百四十部首，使每個字都有了歸屬。讀者只要把握了這些部首，就不啻爲認識中國文字找到了一把鑰匙。

㈡、各部之次序：說文五百四十部首，始一終亥，以形體之相近者爲次。如由「一」而「二」而「示」而「三」而「王」而「玉」……其安排都是煞費苦心的。

㈢、每部之字次：每部中所收文字之先後，以義之相引爲次。如一部段玉裁注云：

一而元，元，始也，始而後有天，天莫大焉，故次之以丕，而吏之从一終者是也。

即使是收字多達四二一的木部，他也是先羅列木名，次列樹木的各個部分，最後列木製品，顯得次第井然。

㈣、每字之說解：許書解說文字都是先解說意義，再分析字形，最後說解其讀音。如：

昕，且明也，日將出也。从日，斤聲。讀若希。

其解說字義總是以本義爲主，因爲本義既明，則不難推知許多引申義，可以解決一系列的問題。

許氏將分析與綜合這兩種思維術運用得出神入化，使得說文解字全書成爲一個充滿生命的有機體。顏氏家訓書證篇云：

大抵服其為書，隱栝有條例，剖析窮根源。鄭玄注書，往往引其說為證。若不信其說，則冥冥不知一點一畫有何意焉？

顏之推以短短兩句話點出了分析與綜合在許書中的重要性。真可稱得上是許氏的知音。

三、慎於闕疑

說文解字敘云：「其於所不知，蓋闕如也。」這種知之爲知之，不知爲不知的精神，是儒家的傳統。許慎秉承此種鄭重其事的學術態度，而將其落實於文字的說解。許書著「闕」之字甚多，有形音義全闕者，有三者中闕其二，或闕其一者。如：

> 旁，溥也。从二，闕，方聲。
>
> 臱，宀宀不見也，闕。

這是說旁从冂之說未聞，臱从自，其餘不詳，都是屬於闕其形者。如：

> 𨙵从反邑，𨛜字从此，闕。
>
> 屾，二山也，闕。

這是說𨙵、屾的讀音不清楚，都是屬於闕其音者。如：

> 㯻，二東。𣜩从此，闕。
>
> 斦，二斤也，闕。

這是說㯻、斦讀音意義都不清楚，屬於闕其音義者。

如：

[illegible]，闕。
[illegible]，闕。

這是說[illegible]、[illegible]意義、形體、讀音一概不知，是屬於形音義全闕的。

今天，我們可以看到許多許慎所未見的甲骨文，鐘鼎文。曉得古文字中正反不拘，所以[illegible]與邑實爲一字，曉得古文字中方名有複體構字之例，（見魯師實先說文正補）所以屾、𣠺、斦等可能都是古方名複體之遺。許書中言闕之字，有一部份已經可以得到答案，但是還有不少迄今仍無法解答。我們當然也應該像許慎那樣，暫時付諸闕疑。

（貳）、缺點

一、界說不清

六書是中國文字構造的基本方法。在周禮地官保氏章中只提到六書一詞，漢書藝文志只有具體的名目，直到許慎，才對六書下了定義，舉出實例，並將這些方法貫徹到全書的說解，這對中國文字研究的貢獻實在太大了。唯其界說過份簡單，力求整齊，舉例亦有不甚妥貼之處，所以引起後人不少爭議，其中聚訟最爲紛紜者莫過於轉注，說文解字敍云：

轉注者，建類一首，同意相受，考老是也。

建類是什麼？一首是什麼？考老二字有何關係？許慎語焉不詳，後人只好猜謎般的討論了。說文解字詁林所列說者不下數十家，約而言之，可分爲三派：

㈠、形轉派：裴務齊、陳彭年、戴侗等屬之。

㈡、義轉派：徐鍇主之，復演爲三支派：

1. 形聲派：鄭樵、趙宧光、曹仁虎等屬之。

2. 部首派：江聲、黃以周、朱駿聲等屬之。

3. 互訓派：戴震、段玉裁等屬之。

㈢、聲轉派：張有、楊慎、章炳麟等屬之。

從古以來，學說之紛歧，恐怕無有出其右者，這實在不能不歸咎於許慎之界說不清。

此外，許慎在個別文字的說解上也常有值得商榷之處，謝雲飛先生就曾指出其缺失有六：一爲互訓而義有出入，二爲遞訓而還不了原，三爲同訓法間的字義不能相通，四爲音訓的捕風捉影，五爲解字不當用道學之言，六爲訓解語中有被訓之字。（說文訓詁之得失）這些無疑都是不能爲賢者諱的。

二、牽强附會

說文解字在字體方面以篆文爲主，古文、籀文爲輔，這些文字距離造字時代極爲遙遠。有些地方固然還保留造字的筆意，有些地方卻僅是符號化的筆勢而已。根據這種筆勢來解釋造字本意，如果不能善用闕疑的原則，自然難免牽强附會。例如：

哭，哀聲也。从吅，獄省聲。

段玉裁就曾批評許書言省聲多有可疑者，因爲取一偏旁，不載全字，就指爲某字之省，實令人難以信從。而从犬之字，如狡、獪、狂、猝等往往本謂犬，後來才移以言人，焉知哭不也是本謂犬嗥，而移以言人呢？又如：

> 止，下基也。象艸木出有阯，故以止為足。

王筠說文釋例已疑「止者，趾之古文。」孫詒讓進而據甲、金文、，以偏旁分析法斷定止之本義確爲腳趾（名原）。又如：

> 為，母猴也。其為禽好爪，下腹為母猴形。王育曰：爪象形也。古文為，象母猴相對形。

羅振玉據甲文、，古金文、石鼓文，以爲乃手牽象之形，古代役象以助勞動，故有作爲之意（增訂殷虛書契考釋卷中頁六十）。他們據古文字爲說，莫不怡然理順。可惜許氏未曾見到這些古文字，才會產生這麼多錯誤。

此外，漢代的學者解說文字或訓釋古書往往喜歡採取聲訓的方式，說文解字自然也難以例外。例如：

> 天，顛也，至高無上，从一、大。
>
> 馬，怒也，武也。象馬頭髦尾四足之形。
>
> 東，動也。从木，關溥說，從日在木中。

卯，冒也，二月萬物冒地而出，象開門之形，故二月為天門。

這些聲訓的資料固然有些可以作爲探索語源的梯航，但帶有很大的主觀性和任意性，穿鑿附會之處也比比皆是。

肆、結論

一、說文解字中蘊含了大量的自然科學和應用科學的材料，許慎也注意到類別的區分和特性的闡明。可惜一千多年來，人們往往只注意到對其語言文字的研究，而很少去留意這些有關科學的材料。如果我們能從文化史的立場重新來探勘這些材料，也許可以有豐碩的收穫。

二、許慎撰寫說文解字時，對於分析法、綜合法都十分重視，又能兼顧疑則闕之的原則，所以他能成爲「五經無雙許叔重」，說文能成爲中國文字學的經典。雖然經過一千多年的時間考驗，仍然具有無比崇高的地位。由此可見科學方法的重要。而許慎在一千多年前就擁有如此細密的科學頭腦，實在令人欽佩。

三、無可諱言地，說文中審物未諦、迷信五行、界說不清、牽强附會之類的缺點都是違反科學，都是應該予以批評、修正甚至揚棄的。但我們不能以一眚掩大德，整體說來，說文還是大醇而小疵，它的地位還是不應該受到質疑的。

參考書目

一、專書

爾雅義疏（郝懿行）中華書局　民55

夏小正析論（莊雅州）文史哲出版社　民74

說文解字注（段玉裁）黎明文化出版公司　民74增訂一版

附：說文正補（魯實先）

說文釋例（王筠）世界書局　民73三版

說文解字研究法（馬敍倫）華聯出版社　民56

說文解字通論（陸宗達）北京出版社　1981

說文解字講稿（蔣善國）語文出版社　1988

怎樣學習說文解字（章季濤）羣玉堂　民80

說文解字概論（周雙利、李元惠）香港新世紀出版社　1992

說文答問（蔡信發）作者印行　民82

說文解字的文化說解（臧克和）湖北人民出版社　1994

說文學導論（餘國慶）安徽教育出版社　1995

說文商兌（蔡信發）萬卷樓圖書公司　民88

增訂殷虛書契考釋（羅振玉）藝文印書館　民58再版

中國語言學史（王力）　泰順書局　民61

呂氏春秋的政治理論（賀凌虛）商務印書館　民59

顏氏家訓彙注（周法高）台聯國風出版社　民64再版

高明文輯（高明）黎明文化出版公司　民67

二、期刊論文

說文訓詁之得失（謝雲飛）學粹8卷6期　民55
對說文解字之新評價（高明）人文學報1期　民59
論說文解字之編次（高明）人文學報5期　民65

春秋魯國叔氏研究

中正大學中文系 陳 韻

摘要

本論文以春秋時代魯國世族之一——叔氏爲核心，自時代背景、氏族淵源、傳承脈絡、人物名號、言行事蹟、派衍態勢、成敗得失、羣己關係、社會互動、興衰榮枯等多重角度切入，細密考察、深層剖析，從而呈現叔氏一族的生命軌跡，展現存在的意義，並透過流轉的脈動，而對人倫秩序、親疏是非、名實異同、主從區分等人文義理有所省思。

壹、叔氏之時代背景

周代自犬戎之禍、平王東遷以後，畿領縮小，王室衰微，諸侯列國日益堀起，形成霸主，稱霸天下。春秋五霸之中，以齊桓公居首，魯莊公九年，「齊小白入於齊」①，霸主之業於是展開，春秋時代從此進入新階段，「尊王攘夷」是這一時期的標竿，齊桓公、晉文公也都有所成就。與晉文公同時的有宋襄公及秦穆公，秦穆公霸於西戎，秦晉雖好，但自殽之戰②以後，雙方交兵數十年，而秦常結楚爲援，楚莊王終於在邲之戰敗晉③稱霸。魯成公十六年，鄢陵之戰，晉勝楚敗④，霸權才再度易手，不過，此時真正的霸主已非諸侯，而是實際掌握政權的大夫，晉六卿、魯三桓、鄭七穆、衛孫甯、宋華向樂皇、齊國高崔慶鮑田等，逐漸將「禮樂征伐自諸侯出」的時代，推向「陪臣執國命」的局面。

春秋五霸稱雄的年代，與霸主相鄰的魯國，情形如何？自隱公居攝遭弑以來，禍亂相乘，動盪未已，直到僖公嗣立，內修政治，外睦鄰國，才漸趨興盛，然而僖公之子文公即位以後，形勢又有所轉變，不但國君失政，公室卑弱，而且亂相如麻——公孫敖之亂⑤、公子遂殺嫡立庶⑥、叔孫僑如之亂⑦、季孫專政⑧等，經歷宣公、成公、襄公各朝，終於釀成昭公去國之難⑨。

仲孫、叔孫、季孫等三桓豪强，固然是肇亂主因，不過，魯國由安定而憂患多事，轉捩點在於文公時期，而關鍵人物則是先後爲文公「如齊納幣」⑩、爲宣公「如齊逆女」⑪的公子遂（襄仲）。根據史書的記載，文公曾「作僖公主」而「不時」⑫；「大事於大廟躋僖公」而「逆祀」「失禮」⑬；「逆婦姜於齊」——「非禮」⑭；「閏月不告朔」——「非禮」⑮；「日有食之，鼓、用牲於社」——「非禮」⑯；而「逆婦姜於齊」尤其透露出日後公子遂殺嫡立庶的消息。

文公有夫人姜氏，又有二妃敬嬴。姜氏生太子惡及惡的弟弟視，敬嬴生宣公。敬嬴受寵，並將宣公託付於甚得君心的公子遂，因而開啓文公身後殺嫡立庶的亂源。《春秋三傳》曾詳述此事及影響，並有所評論，就事件本身而言，如——

《左氏文公十八年經》：

「春，王二月丁丑，公薨於臺下。」

「六月癸酉，葬我君文公。」

「冬，十月，子卒。」

「夫人姜氏歸于齊。」

《左氏文公十八年傳》：

「春，齊侯戒師期，而有疾，醫曰：『不及秋，將死。』公聞之，卜曰：『尚無及期。』惠伯令龜。卜楚丘占之曰：『齊侯不及期，非疾也；君亦不聞，令龜有咎。』二月丁丑，公薨。」

「六月，葬文公。秋，襄仲、莊叔如齊，惠公立故，且拜葬也。」

「文公二妃敬嬴生宣公，敬嬴嬖而私事襄仲。宣公長而屬諸襄仲，襄仲欲立之，叔仲不可。仲見于齊侯而請之，齊侯新立而欲親魯，許之。冬，十月，仲殺惡及視而立宣公，書曰『子卒』，諱之也。仲以君命召惠伯，其宰公冉務人止之曰：『入必死。』叔仲曰：『死君命，可也。』公冉務人曰：『若君命，可死；非君命，何聽？』弗聽，乃入，殺而埋之馬矢之中。公冉務人奉其帑以奔蔡，既而復叔仲氏。」

「夫人姜氏歸于齊，大歸也。將行，哭而過市，曰：『天乎！仲為不道，殺嫡立庶。』市人皆哭。魯謂之哀姜。」

《公羊文公十八年經》：

「冬，十月，子卒。」

《公羊文公十八年傳》：

「子卒者，孰謂？謂子赤也。何以不日？隱之也。何隱爾？弒也。弒則何以不日？不忍言也。」

《穀梁文公十八年經》：

「冬，十月，子卒。」

《穀梁文公十八年傳》：

「子卒不日，故也。」

《穀梁文公十八年經》：

「夫人姜氏歸于齊。」

《穀梁文公十八年傳》：

「惡宣公也。有不待貶絕而罪惡見者；有待貶絕而惡從之者。姪娣者，不孤子之意也，一人有子，三人緩帶，一曰就賢也。」

《公羊宣公元年經》：

「春，王正月，公即位。」

《公羊宣公元年傳》：

「繼弒君不言即位，此其言即位何？其意也。」

《穀梁宣公元年經》：

「春，王正月，公即位。」

《穀梁宣公元年傳》：

「繼故而言即位，與聞乎故也。」

就後續影響而言，如——
《左氏宣公十八年經》：

「公孫歸父如晉。冬，十月壬戌，公薨於路寢。歸父還自晉，至笙，遂奔齊。」

《左氏宣公十八年傳》：

「公孫歸父以襄仲之立公也，有寵，欲去三桓以張公室，與公謀而聘于晉，欲以晉人去之。冬，公薨。季文子言於朝曰：『使我殺嫡立庶，以失大援者，仲也夫！』臧宣叔怒曰：『當其時，不能治也，後之人何罪？子欲去之，許請去之。』遂逐東門氏。子家還，及笙，壇帷，復命於介。既復命，袒括髮，即位哭，三踊而出，遂奔齊。書曰『歸父還自晉』，善之也。」

《公羊成公十五年傳》：

「文公死，子幼，公子遂謂叔仲惠伯曰：『君幼，如之何？願與子慮之。』叔仲惠伯曰：『吾子相之，老夫抱之，何幼君之有？』公子遂知其不可與謀，退而殺叔仲惠伯，弒子赤，而立宣公。

「宣公死，成公幼。臧宣公者，相也，君死不哭，聚諸大夫而問焉，曰：『昔者叔仲惠伯之事，孰為之？』諸大夫皆雜然曰：『仲氏也，其然乎！』於是遣歸父之家，然後哭君。歸父使乎晉，還自晉，至檉，聞君薨家遣，墠帷哭君成踊，反命于介，自是走之齊。魯人徐傷歸父之無後也，於是使嬰齊後之。」

宣公死而成公幼，成公死而襄公幼⑰，幼君相繼而立；至於襄公之後的昭公，雖然不是稚齡即位，但是「年十九猶有童心」⑱，因季氏而立，依舊不能脫離佐政重臣。重臣良窳，攸關國祚，而魯國自春秋中葉以下，累世爲卿的大族有孟氏、叔孫氏、季氏、臧氏、叔氏等，三桓爭權奪利、僭逆驕淫，賢者難勝不肖者，風雨如晦之際，幸而臧氏、叔氏賢者較多，尤其叔氏一族，賢德之名是三桓遠不能及的，因此，考察叔氏，是瞭解魯國的重要途徑之一。

貳、叔氏之氏族淵源

「叔氏」一稱，見於《左傳》⑲，也見於《禮記》⑳，但一指晉臣籍談，一指孔子弟子子游，都不是針對春秋魯國叔肸一族而言。叔肸一族始自叔肸，而叔肸是宣公母弟，《左氏宣公十七年經》曾經記載：

「冬，十有一月壬午，公弟叔肸卒。」

《左氏宣公十七年傳》也有所說明：

「冬，公弟叔肸卒。公母弟也。凡大子之母弟，公在曰公子，不在曰弟，凡稱弟，皆母弟也。」

魯宣公是魯文公與敬嬴所生㉑，那麼，叔肸也是文公與敬嬴之子，因此，叔肸一族直接源自春秋魯國文公，不過，什麼時候立爲叔氏？爲什麼氏名是「叔」？爲什麼又稱作「子叔氏」？典册之中並沒有明確答案，歷代學者倒是各有見解。在時間方面，有的認爲叔肸本人就生而賜氏㉒，有的卻不以爲然㉓；有的認爲叔肸之子立卿之後爲叔氏㉔，有的認爲叔肸之孫叔老以叔爲氏㉕，有的籠統以後人含括㉖。在氏名方面，有的主張「孫以王父字爲氏」㉗，有的比照季氏等大宗世卿的成例㉘，有的依據兄弟排行而定㉙。至於叔氏又稱作「子叔氏」，則是在氏名——「叔」之上加一男子通稱、美稱的緣故㉚。

綜合《春秋經傳》中叔肸一族人物的名號加以觀察，「叔肸」之後有：

「公孫嬰齊」又稱作：「子叔聲伯」、「子叔嬰齊」、「聲伯」、「嬰齊」；

「叔老」又稱作：「子叔齊子」、「齊子」；

「叔弓」又稱作：「子叔子」、「弓」、「敬子」；

「叔輒」又稱作：「子叔」；

又有「叔鞅」、「叔詣」、「叔還」、「叔青」等人。

分析「叔肸」的名號——「叔」是行次，「肸」是名㉛。自「叔肸」之子「公孫嬰齊」開始，便有「子叔某」型的名號，多見於《左氏傳》中；而「叔某」型的名號，見於《春秋經》，也見於《左氏傳》。「叔某」的「某」，是該人物的名㉜；「子叔某」的「某」，是該人物的名、字、或謚㉝；而「子叔子」的

「子」，是當時男子美稱㉞；至於稱「叔輒」爲「子叔」，則是以氏名指稱該人㉟。然而「子叔」氏名從何而來？或許可從「子叔」的使用情境，窺得一些端倪，據《左傳》記載，「叔輒」哭日食，魯叔孫昭子稱「叔輒」爲「子叔」，而以爲「子叔將死，非所哭也」㊱——在於悲歎；「叔弓」聘于晉，辭郊勞、辭居館，晉叔向稱「叔弓」爲「子叔子」，而以爲「子叔子知禮哉！……夫子近德也」㊲——在於讚揚；「叔老」與季孫宿參與向之會，爲晉所敬，《左傳》稱「叔老」爲「子叔齊子」㊳；「公孫嬰齊」請求晉人釋放季文子，辭邑，晉范文子稱「公孫嬰齊」爲「子叔嬰齊」，而以爲「子叔嬰齊奉君命無私，謀國家不貳，圖其身不忘其君。若虛其請，是棄善人也」㊴——在於褒獎；可知稱「叔肸」後人爲「子叔某」時，多有美意，若以「子叔」的「子」字爲男子美稱，稱「子叔」，以表敬意，從而泛稱此族爲「子叔氏」，應是可以理解的；「叔肸」本人雖無「子叔某」型的名號見載於經傳之中，但是根據「叔肸」不義宣公篡逆，「織屨而食，終身不食宣公之食」㊵的事蹟，稱作「子叔肸」應屬可能，即使稱作「子叔」，也符合春秋時人以「子」配行次爲名號的情形㊶。此外，春秋卿大夫氏名，每每取材於行次，如魯國的季氏、宋國的仲氏等，叔肸一族以叔肸的行次——「叔」爲氏，正是當時的現象，叔肸本人生而得氏的機會可能存在，但是不食宣公食的叔肸可能不願接受；叔肸之子公孫嬰齊已有「子叔嬰齊」、「子叔聲伯」等名號，此時立氏的可能性極高，總之，叔肸一族立氏的時間雖難明確認定，但是稱叔肸後人爲「叔某」、

「子叔某」的年代，實與叔肸相去不遠。

參、叔氏之傳承脈絡

叔肸一族，見於《春秋經傳》的人物，叔肸以下，有子叔聲伯（公孫嬰齊）、叔老、叔弓、叔輒、叔鞅、叔詣、叔還、叔青等；不見於《春秋經傳》而見於其他典籍的人物，有定伯閱、西巷敬叔、仲南文楚等；還有雖見於《春秋經傳》，卻未必是叔氏族人的榮駕鵝。以下將就叔氏族人的傳承脈絡逐一加以考辨。

㈠叔肸

《春秋經傳》明文記載，叔肸是魯宣公同母弟㊷，而魯宣公是魯文公之子㊸，因此，叔肸也是文公之子。

㈡子叔聲伯（公孫嬰齊）

子叔聲伯是叔肸之子，韋昭如此主張㊹，杜預也持同樣看法㊺，歷來學者見解一致。

㈢叔老

叔老是子叔聲伯（公孫嬰齊）之子，杜預看法如此㊻；孔穎達則以爲，叔老不僅是子叔聲伯（公孫嬰齊）之子，還是叔肸之孫㊼，歷來學者見解相同。

㈣叔弓

叔弓是叔老之子，杜預持此見解㊽，孔穎達以爲，叔弓更是叔肸曾孫、桓公七世孫㊾，歷代學者没有異説。

㈤叔輒

叔輒是叔弓之子，杜預如此主張㊿，范甯也持同樣看法[51]，歷代學者没有異説。

㈥叔鞅

叔鞅是叔弓之子，杜預持此見解[52]，范甯意見相同[53]，歷代學者看法一致。

㈦叔詣

叔詣繼叔輒、叔鞅之後，出現於《春秋經》[54]，父親何人？學者意見不一，或者以爲叔詣是叔鞅之子[55]，或者以爲叔詣是叔輒之子[56]。叔輒與叔鞅，都是叔弓之子，叔輒的資料，僅見於魯昭公二十一年的《春秋經傳》之中；叔鞅的資料，則在叔輒去世之後，分別見於魯昭公二十二年、二十三年的《春秋經傳》之中；叔鞅卒於魯昭公二十三年，叔詣則於魯昭公二十五年夏「會晉趙鞅」[57]。以時間點而言，時段如此相近，叔詣可能是叔輒之子，也可能是叔鞅之子；以世卿嗣世而言，依序相傳，叔詣可能是叔鞅之子，文獻有限，姑且依照可能性較大的見解，以叔詣爲叔鞅之子。

㈧叔還

叔還的血緣脈絡，歷來衆説紛紜，例如：杜預一人便有兩種不同説法——一説叔還是叔詣曾孫[58]，一説叔還是叔弓曾孫[59]。此外，孔穎達依據《世本》而以叔還爲西巷敬叔之子[60]，程公説以爲叔還是叔詣之子[61]，甚至有《世系》認爲叔還是叔輒之弟、叔鞅之子[62]。查考《春秋經傳》，叔詣在魯昭公二十九年去世[63]之後，即有叔還在魯定公十一年「如鄭涖盟」[64]，叔還若是叔詣曾孫，年代如此相近，而輩分如此懸殊，可能性似乎極微；若是叔弓曾孫，依《春秋經傳》中自叔弓而叔輒叔鞅、而叔詣、而叔還的年序推算，倒是較爲可能，因此，叔還是叔詣曾孫的說法，孔穎達以後的學者⑮都認爲是「轉寫誤耳」⑯所造成的訛謬。不過，孔穎達所依據的《世本》，雖然提供了叔還是叔弓曾孫的線索——「叔弓生定伯閱，閱生西巷敬叔，叔生成子還」，但是，定伯閱與西巷敬叔二人不曾出現於《春秋經傳》之中，而且，《世本》自叔弓而定伯閱、而西巷敬叔、而叔還的脈絡，不同於《春秋經傳》所見，究竟是完全相異的兩組系統？還是名異實同的一個系統？目前難以確認，因此，就《世本》的系統而言，叔還是西巷敬叔之子；就《春秋經傳》的系統而言，叔還是叔詣之子的說法，應屬可能。至於叔還是叔輒之弟、叔鞅之子等異說，學者已經有所匡正⑰，不再贅論。

㈨叔青

叔青是叔還之子，自杜預⑱以來，學者意見相同。

㈩榮駕鵝

榮駕鵝又稱作榮成伯，是否與叔氏同一族，頗有爭議。韋昭認爲榮駕鵝是「聲伯之子」⑲，杜預認爲榮駕鵝是「叔肸曾孫」⑳，程公說認爲榮駕鵝是叔老之子㉑，李鐵君認爲榮駕鵝「或與叔老兄弟」㉒。依年序輩分推算，如果榮駕鵝是叔肸曾孫，那麼，榮駕鵝可能是叔老之子；如果榮駕鵝是聲伯之子，榮駕鵝可能是叔老兄弟，不過，叔老兄弟與叔老之子二者相差一輩，關鍵便在於韋、杜二人說法分歧，雖然叔老於魯襄公二十二年去世㉓後，《左傳》分別於魯襄公二十八年、二十九年、及魯定公元年，記載了榮駕鵝的事蹟，但是，榮駕鵝不像叔老，擁有與叔氏相關的其他名號可提供線索——叔老又稱作「子叔齊子」，榮駕鵝卻無「子叔某」或「叔某」一類的其他名號，而是又稱作「榮成伯」，就「榮駕鵝」與「榮成伯」二名號來看，以「榮」爲氏的可能，似乎高於以「叔」爲氏、或以「子叔」爲氏，而且杜預雖然認爲榮駕鵝是叔肸曾孫，卻没有將榮駕鵝匯入叔氏，而是另列一榮氏，可見榮氏與叔氏有所不同，是人多事繁而典籍不全？還是因故另立而文獻不備？如今已難詳考，縱然榮駕鵝是魯大夫，曾隨魯襄公如楚⑭，魯定公時建言又爲季孫所採納⑮，必然具有相當身分；縱然目前所知魯國只有一個「叔肸」，也只有子叔聲伯又稱作「聲伯」，不致與他族同名者混淆，還是不宜只因榮駕鵝與叔老、聲伯年代接近，且先後相繼出現於《春秋經傳》之中，便不論親疏而貿然比附，因此，在確證出現以前，榮駕鵝仍以別屬榮氏爲宜。

（十一）定伯閱

定伯閱是叔弓之子，不見於《春秋經傳》，自孔穎達引述《世本》資料⑯以來，學者没有異說。

（十二）西巷敬叔

西巷敬叔是定伯閱之子，不見於《春秋經傳》，自孔穎達引述《世本》資料⑰以來，學者没有異說。

（十三）仲南文楚

仲南文楚不見於《春秋經傳》，各家典籍也鮮少提及，後人所輯衆多《世本》中，僅秦嘉謨輯補本、雷學淇校輯本、茆泮林輯本三者徵引《元和姓纂》，提出「叔弓生仲南文楚」的說法。《元和姓纂》原本久佚，今本從《永樂大典》輯出，原始資料出處既難查考，只有暫且備此一說。

肆、叔氏之言行事蹟

叔氏人物的言行事蹟，可從《春秋經傳》中得知一二，雖然詳略不同，但是都非常珍貴，其中，叔肸便是第一個不能忽視的。叔肸只在《春秋經》裡出現過一次，而且訊息簡短——「公弟叔肸卒」⑱，《左氏傳》也僅說明他的「公弟」身分是「公母弟」——「凡大子之母弟，公在曰公子，不在曰弟，凡稱弟，皆母弟也」⑲，然而身爲宣公同母弟的叔肸，作爲究竟如何？《左氏傳》曾經詳述叔肸的同母兄長——宣公如何以庶子身分而在公子遂的操作下，殺嫡子、登君位；文公夫人姜氏過市哭訴——「天乎！仲爲不道，殺嫡立庶」⑳、大歸于齊的事件㉑，以及公子遂之子公孫歸父因父得寵的事實㉒，在在都顯示著情勢的消長，叔肸生存於這樣的環境，是同流？還是獨行？《穀梁傳》裡有著這麼一段文字：

> 「其曰公弟叔肸，賢之也。其賢之，何也？宣弒而非之也。非之，則胡為不去也？曰：兄弟也，何去而之？與之財，則曰：『我足矣！』織屨而食，終身不食宣公之食。君子以是為通恩也，以取貴乎春秋。」㉓

「與之財，則曰：『我足矣！』織屨而食，終身不食宣公之食。」是叔肸的選擇，也替他著墨不多的一生，刻畫出不同於一般的生命情境。

叔肸之後的子叔聲伯（公孫嬰齊），曾於魯成公二年，與季文子等會晉師敗齊；曾於魯成公六年如晉；曾於魯成公八年如莒；曾於魯成公十六年，完成請晉釋放魯季文子的使命；而於魯成公十七年去世于貍脤。子叔聲伯的一生，《左氏傳》中有許多記載，其中爲人所矚目的有：

善待同母異父的手足，卻又拆散妹家而造成不幸——《左氏成公十一年傳》：

「聲伯之母不聘，穆姜曰：『吾不以妾為姒。』生聲伯而出之，嫁於齊管于奚，生二子而寡，以歸聲伯。聲伯以其外弟為大夫，而嫁其外妹於施孝叔。郤犨來聘，求婦於聲伯。聲伯奪施氏婦以與之。婦人曰：『鳥獸猶不失儷，子將若何？』曰：『吾不能死亡。』婦人遂行。生二子於郤氏。郤氏亡，晉人歸之施氏。施氏逆諸河，沈其二子。婦人怒曰：『己不能庇其伉儷而亡之，又不能字人之孤而殺之，將何以終？』遂誓施氏。」

還有：爲兵戎公事而枵腹待人——《左氏成公十六年傳》：

「七月，公會尹武公及諸侯伐鄭。……諸侯之師次于鄭西，我師次于督揚，不敢過鄭。子叔聲伯使叔孫豹請逆于晉師，為食於鄭郊。師逆以至。聲伯四日不食以待之，食使者而後食。」

更有：拒絕賄賂而全力奉公救人——《左氏成公十六年傳》：

「九月，晉人執季文子于苕丘。公還，待于鄆，使子叔聲伯請季孫于晉。郤犨曰：『苟去仲孫蔑，而止季孫行父，吾與子國，親於公室。』對曰：『僑如之情，子必聞之矣。若去蔑與行父，是大棄魯國，而罪寡君也。若猶不棄，而惠徼周公之福，使寡君得事晉君，則夫二人者，魯國社稷之臣也，若朝亡之，魯必夕亡，以魯之密邇仇讎，亡而為讎，治之何及？』郤犨曰：『吾為子請邑。』對曰：『嬰齊，魯之常隸也，敢介大國以求厚焉？承寡君之命以請，若得所請，吾子之賜多矣，又何求？』范文子謂欒武子曰：『季孫於魯，相二君矣。妾不衣帛，馬不食粟，可不謂忠乎？信讒慝而棄忠良，若諸侯何？子叔嬰齊奉君命無私，謀國家不貳，圖其身不忘其君。若虛其所請，是棄善人也。子其圖之！』乃許魯平，赦季孫，」

尤其是子叔聲伯不受賄賂一事，《國語》之中也有相關記載：

「子叔聲伯如晉謝季文子，郤犨欲予之邑，弗受也。歸，鮑國謂之曰：『子何辭苦成叔之邑？欲信讓耶？抑知其不可乎？』對曰：『吾聞之，不厚其棟，不能任重。重莫如國，棟莫如德。夫苦成叔家欲任兩國而無大德，其不存也，亡無日矣。譬之如疾，余恐易焉。苦成氏有三亡：少德而多寵，位下而欲上政，無大功而欲大祿，皆怨府也。其君驕而多私，勝敵而歸，必立新家。立新家，不因民不能去舊；因民，非多怨，民無所使。為怨三府，可謂多矣。其身之不能定，焉能予人之邑！』鮑國曰：『我信不若子，若鮑氏有釁，吾不圖矣。今子圖遠以讓邑，必常立矣。』」[84]

至於瓊瑰滿懷的夢境[85]，則爲子叔聲伯的生命畫下奇妙的休止符。

子叔聲伯之後的叔老，曾於魯襄公十四年，隨季武子會列國大夫而會吳于向；曾於魯襄公十六年，帥師會晉荀偃；曾於魯襄公二十年聘於齊，去怨修好；而於魯襄公二十二年去世。向之會是一次重要的外交活動，晉以霸主之姿責備吳國不德，又執莒公子與戎子，對於魯國卻十分禮遇，《左氏襄公十四年傳》記載當時情形是：

「春，吳告敗於晉，會于向，為吳謀楚故也。范宣子數吳之不德也，以退吳人。執莒公子務婁，以其通楚使也。將執戎子駒支，范宣子親數諸朝，……於是子叔齊子為季武子介以會，自是晉人輕魯幣而益敬其使。」

「益敬其使」將叔老的生命推向了高峯。

叔老之後的叔弓，曾於魯襄公三十年，如宋葬共姬；曾於魯昭公元年，帥師疆鄆田；曾於魯昭公二年，聘晉而辭郊勞與客館；曾於魯昭公三年，如滕葬成公；曾於魯昭公五年，敗莒師于蚡泉；曾於魯昭公六年聘于楚；曾於魯昭公八年，如晉賀虒祁；曾於魯昭公九年，及宋鄭大夫會楚靈王于陳；曾於魯昭公十年，與季孫意如、仲孫貜伐莒；曾於魯昭公十一年，如宋葬平公；曾於魯昭公十三年，帥師圍費而敗績；而於魯昭公十五年，禘于武宮時去世。叔弓豐富的經歷中，有許多精彩的回憶，出使晉國便是其中之一，《左氏昭公二年傳》詳載著：

「叔弓如晉，報宣子也。晉侯使郊勞，辭曰：『寡君使弓來繼舊好，固曰「女無敢為賓」，徹命於執事，敝邑弘矣，敢辱郊使？請辭。』致館，辭曰：『寡君命下臣來繼舊好，好合使成，臣之祿也，敢辱大館！』叔向曰：『子叔子知禮哉！吾聞之曰：「忠信，禮之器也；卑讓，禮之宗也。」辭不忘國，忠信也；先國後己，卑讓也。《詩》曰：「敬慎威儀，以近有德。」夫子近德矣。』」

兩句詩文，爲叔弓一生的言行事蹟保存了生動見證。

叔弓之後的叔輒，曾於魯昭公二十一年哭日食，不久去世。《左氏昭公二十一年傳》記載：

「秋，七月壬午，朔，日有食之。公問於梓慎曰：『是何物也？禍福何為？』對曰：『二至二分，日有食之，不為災。日月之行也，分，同道也；至，相過也。其他月則為災，陽不克也，故常為水。』於是叔輒哭日食。昭子曰：『子叔將死，非所哭也。』八月，叔輒卒。」

叔輒言行不妥，留下了感傷。

叔輒之外，還有叔鞅，曾於魯昭公二十二年，如京師，葬景王；而於魯昭公二十三年去世。

叔鞅之後的叔詣，曾於魯昭公二十五年，會諸國大夫于黃父；而於魯昭公二十九年去世。

叔詣之後有叔還，曾於魯定公十一年，如鄭涖盟；曾於魯哀公五年如齊；曾於魯哀公六年，會吳於柤；而於魯哀公十四年去世。

叔還之後的叔青，曾於魯哀公十九年，因敬王崩而如京師；曾於魯哀公二十三年如越，《左氏哀公二十三年傳》記載了這個新記錄：

「秋，八月，叔青如越，始使越也。越諸鞅來聘，報叔青也。」

以後或許還有些創舉，但已超越春秋時代了。

叔氏這一族，從叔肸到叔青，從春秋中葉到春秋以後，每個人物的舉止動靜與功過得失，經過歲月風霜，似乎依舊鮮活，而歷歷如在目前。

伍、叔氏之羣己關係

叔氏一族，在小我與大我之間的互動，隨著各個人物、各個階段而有不同表現。例如叔肸，對於宣公的態度是「非之」⑧⑥，是否定、是責難，然而，以兄弟關係而言，雖「非之」，卻不能離棄絕決；不過，以君臣關係而言，既「非之」，倒可以「終身不食宣公之食」⑧⑦。對於殺嫡立庶而被譏爲「不道」⑧⑧的公子遂，「非之」或許還不足以表達叔肸的心情；至於與三桓間的往還，雖然没有明文可循，但是忠義與否應是叔肸不變的準則。

叔肸之子子叔聲伯對於公事，始終是盡心盡力，而且表現突出：「四日不食」⑧⑨是「忠」——忠於國、忠於事、忠於人；拒絕利誘也是「忠」——忠於國、忠於君、忠於己。三桓之輩縱然不肖，但是站在國家的立場，站在執行公務的角度，仍然全力維護，一切以國爲重，於是，與國君之間，有著君臣之義；與大夫之間，有著同僚之誼，不易不移，上下之序才能遵循正道而運行。

子叔聲伯之子叔老，數度參與外交事務，各有所成，如齊而使久絕聘問的齊魯二國修好；會于向而使霸主晉國減輕魯國的幣帛獻禮，且「益敬其使」⑨⓪，都顯示出盡心爲國的忠誠，而輔助季武子參與向會，獲得禮遇，也是盡責共事的榮耀。

叔老之子叔弓的言與行，有著兩大特色，一是忠信，一是卑讓。因爲忠信，所以「辭不忘國」；因爲卑讓，所以「先國後已」[91]，不論是出使他國，還是帥師用兵，叔弓對於國事，總是恭敬用命；對於同事，也總是以敬相待，因此，在叔弓生命終止時「去樂」，史書評爲「禮也」[92]，應是人我之間情義相應的具體表現。

叔輒爲日食而哭，或許是擔憂災禍將至，然而憂災的分際必須掌握得宜，不論是憂是喜，人際分寸在羣己關係中，是重要課題之一，可惜叔輒應對得並不理想。

叔鞅、叔詣、叔還、叔青等人，屢次出使，完成任務，便是盡忠職守，忠是君臣之間的指標，忠於事，忠於國，便是忠於代表國家、主持國事的君，忠於君的本義，其實是忠於國、忠於事，叔青使越的新記錄，獲得對方的回應，不僅是個人的成就，也是國事的新頁，更在小我與大我的互動上，爲叔氏、爲魯國，增添榮辱與共的光彩。儘管魯國公室積弱已久，陪臣當國日劇，但是，在不忠的氛圍裡，唯有盡己之心的表現，可以讓君臣之義、上下之道在延緩沈淪的過程裡，獲得思考的空間。

陸、叔氏之歷史評價

春秋魯國叔氏，在歷史長河之中，曾經存在，曾經發光，經過歲月的考驗，留給後人的，是褒？是貶？是歡喜？還是哀愁？對於叔肸，《春秋經》以「公弟叔肸」相稱，君子認爲是由於「通恩」——有親手足之情、有明是非之義，足以「取貴乎春秋」[93]，《穀梁傳》認爲是「賢之」，因爲「宣弒而非之」

——叔肸不苟於不軌，而能堅持原則㉔。《春秋經》的可貴特色之一，便是「一字之褒，寵踰華表之贈；片言之貶，辱過市朝之撻。德之所助，雖賤必申；義之所抑，雖貴必屈。故附勢匿非者，無所逃其罪；潛德獨運者，無所隱其名」㉕，楊士勛認爲，所謂「潛德獨運者」，就是指像叔肸這樣「不食逆主之祿，潛德味身，不求寵榮之名，獨運其道」的人，所以「宣十七年著名春秋，是無所隱其名也」㉖。

子叔聲伯（公孫嬰齊）的生命片段，勾勒出怎樣的一個子叔聲伯？當時晉國范文子的看法是——「子叔嬰齊奉君命無私，謀國家不貳，圖其身不忘其君」㉗，子叔聲伯不受賄賂是「無私」，也是「不忘其君」；枵腹待人是「不貳」，也是「不忘其君」，總結「無私」、「不貳」、「不忘其君」三項，子叔聲伯是范文子口中的「善人」㉘，然而「善人」雖善待手足，卻造成悲劇，不免遺憾，當時來自齊國的鮑國認爲，子叔聲伯能「圖遠」㉙，而子叔聲伯個人所持的信念是：「不厚其棟，不能任重。重莫如國，棟莫如德」⑩⓪，這重「國」重「德」的「圖遠」，或許是子叔聲伯在面對「何其畏晉之甚，而處人夫婦若斯之瀆也」⑩①的譏評時，公私先後輕重、難以兩全的無奈！

叔老的向之會，爲魯國贏得「晉人輕魯幣而益敬其使」的成果，爲季武子博得「益敬其使」的榮耀，也爲自身戴上「益敬其使」的光環，《春秋經》裡清楚寫著：

「十有四年，春，王正月，季孫宿、叔老會晉士匄、齊

人、宋人、衛人、鄭公孫蠆、曹人、莒人、邾人、滕人、薛人、杞人、小邾人會吳于向。」⑩²

留名青史，叔老的聲名因此而顯揚。

叔弓的名號，屢次出現於《春秋經》之中，自魯襄公三十年起，至魯昭公十五年之間，計有十二次，名聲之盛，不言可喻，當時晉國叔向一句「子叔子知禮哉！」⑩³便是最佳寫照，而知禮的叔弓包含了忠信與卑讓的特質，忠信與卑讓使得叔弓的一生更加真誠豐盈，因此，叔向「夫子近德矣」⑩⁴的評語，正爲叔弓的生命意義寫下最佳詮釋。

叔輒哭日食，應是具有善意的，但是聽其言、察其行，不能分辨是非異同的善意，往往不善，魯國叔孫昭子的批評：「子叔將死，非所哭也」⑩⁵，便是合觀內外言行——「非所哭」是由內而外的表現，「將死」則是自外溯及於內的實情——嚴厲之餘，似乎得到了應驗；惜人才、重責備，一聲「子叔」，已將得失蘊藏在其中。

叔鞅、叔詣、叔還、叔青等人，都在《春秋經》裡留下名號，不僅是身分獲得肯定，存在的價值也都有著歷史意義，無須冗辭，成敗自明，人而能得其所哉，即使平凡，也已是不凡。

與魯國的其他世家大族比較起來，叔氏一族的確是有所不同的，沒有分裂的現象，沒有僭越的事實，沒有叛逆的糾葛，沒有滅絕的危機，沒有什麼不堪，更沒有「不道」，從叔肸的賢、到子叔聲伯的善、到叔弓的德，叔氏所擁有的，幾乎都是當時難得的珍寶，即使沒有具體的字眼表彰，每個人物在史冊的字裡行間，也總散發著共同的特質，凝聚出一種力量，使得奸賢之辨、清濁之別、邪正之異、是非之分，都在歷史的鑑戒中，傳達著亙古不變的道理。

註　釋

①《左氏莊公九年經》。

②《左氏僖公三十三年經》：「夏，四月辛巳，晉人及姜戎敗秦師於殽。」

③《左氏宣公十二年經》：「夏，六月乙卯，晉荀林父帥師及楚子戰於邲，晉師敗績。」

④《左氏成公十六年經》：「甲午，晦，晉侯及楚子、鄭伯戰於鄢陵，楚子、鄭師敗績。」

⑤詳《左氏文公八年傳》、《左氏文公十四年傳》。

⑥詳《左氏文公十八年傳》。

⑦詳《左氏文公十六年傳》。

⑧詳《左氏襄公七年傳》、《左氏襄公二十九年傳》、《左氏昭公三十二年傳》史墨與趙簡子語。

⑨詳《左氏昭公二十五年經》、《左氏昭公二十五年傳》。

⑩詳《左氏文公二年經》、《左氏文公二年傳》。

⑪詳《左氏宣公元年經》、《左氏宣公元年傳》。

⑫《左氏文公二年經》、《左氏文公二年傳》。

⑬《左氏文公二年經》、《左氏文公二年傳》。

⑭《左氏文公四年經》、《左氏文公四年傳》。

⑮《左氏文公六年經》、《左氏文公六年傳》。

⑯《左氏文公十五年經》、《左氏文公十五年傳》。

⑰《左氏襄公九年傳》：「公送晉侯，晉侯以公宴于河上。問公年，季武子對曰：『會于沙隨之歲，寡君以生。』晉侯曰：『十二年矣。』」

《左氏襄公元年經》「公即位」杜《注》：「於是公年四歲。」孔《疏》：「九年傳曰『會于沙隨之歲，寡君以生。晉侯曰：十二年矣。』知於是公年四歲。」

《史記・魯周公世家》：「十八年，成公卒，子午立，是爲襄公。是年襄公三歲也。」

⑱《史記・魯周公世家》語。詳見《左氏襄公三十一年傳》：「六月辛巳，公薨于楚宮。……立胡女敬歸之子子野，次于季氏。秋，九月癸巳，卒毀也。……立敬歸之娣齊歸之子公子裯，穆叔不欲，曰：『大子死，有母弟，則立之，無則立長，年鈞擇賢，義鈞則卜，古之道也，非嫡嗣，何必娣之子？且是人也，居喪而不哀，在戚而有嘉容，是謂不度，不度之人，鮮不爲患，若果立之，必爲季氏憂。』武子不聽，卒立之。比及葬，三易衰，衰衽如故衰，於是昭公十九年矣，猶有童心，君子是以知其不能終也。」

⑲《左氏昭公十五年傳》：「十二月，晉荀躒如周，葬穆后，籍談爲介。既葬，除喪，以文伯宴，樽以魯壺。王曰：『伯氏，諸侯皆有以鎭撫王室，晉獨無有，何也？』文伯揖籍談。對曰：『諸侯之封也，皆受明器於王室，以鎭撫其社稷，故能薦彝器於王。晉居深山，戎狄之與鄰，而遠於王室，王靈不及，拜戎不暇，其何以獻器？』王曰：『叔氏，而忘諸乎！叔父唐叔，成王之母弟也，其反無分乎？密須之鼓與其大路，文所以大蒐也；闕鞏之甲，武所以克商也，唐叔受之，以處

參虛，匪有夷狄。其後襄之二路，鏚鉞、秬鬯，彤弓、虎賁，文公受之，以有南陽之田，撫征東夏，非分而何？夫有勳而不廢，有績而載，奉之以土田，撫之以彝器，旌之以車服，明之以文章，子孫不忘，所謂福也。福祚之不登，叔父焉在？且昔而高祖孫伯黶司晋之典籍，以為大政，故曰籍氏。……女，司典之後也，何故忘之？』籍談不能對。賓出，王曰：『籍父其無後乎！數典而忘其祖。』」

⑳《禮記・檀弓上》：「司士賁告於子游曰：『請襲於牀。』子游曰：『諾。』縣子聞之曰：『汰哉叔氏，專以禮許人。』」

㉑詳《左氏文公十八年傳》。

㉒見於竹添光鴻《左傳會箋・宣十七經「公弟叔肸卒」箋》所引。

㉓竹添光鴻《左傳會箋・宣十七經「公弟叔肸卒」箋》：「或以肸為生而賜氏，非也，若已賜之為叔氏，則其子嬰齊當稱叔嬰齊，不當更稱公孫嬰齊矣。」

㉔范照藜《春秋左傳釋人・諸侯臣考一・魯臣考・叔氏》：「公弟叔肸……其子立為卿，後為叔氏。」

㉕《左氏襄公十四年經「春，王正月，季孫宿、叔老會晋……」》孔《疏》：「叔老，聲伯子，叔肸孫，故以叔為氏。」

《世本——張澍粹集補注本・卷五・王侯大夫譜・魯譜・澍桉》：「叔老即子叔齊子，為叔肸孫，以叔為氏。」

竹添光鴻《左傳會箋・襄十四經「春，王正月，季孫宿、叔老會晋士匄」箋》：「叔老，叔肸之孫，故以叔為氏。」

㉖顧棟高《春秋大事表・春秋列國姓氏表・姬姓所分之氏・魯》：「叔氏」「宣公弟叔肸之後。」

㉗范照藜《春秋左傳釋人・諸侯臣考一・魯臣考・叔氏》：「叔氏，出自

文公、叔肸，孫以王父字爲氏，故稱叔氏。」

㉘竹添光鴻《左傳會箋・襄十四經「春，王正月，季孫宿、叔老會晋……」箋》:「叔肸之爲叔氏，猶桓弟季友爲季氏，僖弟仲遂爲仲氏，大宗之後，世爲宗卿也。」

㉙方炫琛《左傳人物名號研究・上篇・第一章・第一節・壬・卿大夫之氏》:「魯叔肸之行次爲叔，其後人以其行次『叔』爲氏。」

方炫琛《左傳人物名號研究・下篇・0394公孫嬰齊》:「公孫嬰齊父叔肸之行次爲叔，而後人因以叔爲氏。」

㉚《禮記・檀弓下・「滕成公之喪……」》孔《疏》:「叔是其氏，此記云『子叔』者，子是男子通稱，故以『子』冠『叔』也。」

方炫琛《左傳人物名號研究・下篇・0394公孫嬰齊》:「然叔氏何以又稱子叔？子爲美稱，春秋時人之字多止一字，而每於字上冠子，稱子某，後人或以某爲氏，如鄭之罕氏、駟氏、游氏、印氏是也。然亦有以子某爲氏，如鄭子人氏、魯子服氏、子家氏是也。叔肸之後或稱叔某，或稱子叔某，與此同例。」

㉛詳方炫琛《左傳人物名號研究・下篇・0965叔肸》。

㉜「叔老」的「老」是「叔老」的名——方炫琛《左傳人物名號研究・下篇・0963叔老》:「左襄十四經『季孫宿、叔老……會吳于向』，……經多書名，老當是其名。」

「叔弓」的「弓」是「叔弓」的名——方炫琛《左傳人物名號研究・下篇・0958叔弓》:「左昭二載叔弓辭郊勞云『寡君使弓來繼舊好』，自稱弓，則弓，其名也。」

「叔輒」的「輒」是「叔輒」的名——方炫琛《左傳人物名號研究・下篇・0986叔輒》:「左昭二十一經『叔輒卒』……經多書名，則輒，其名也。……古人名輒字張，如叔孫輒字張，……杜注既謂叔輒又稱伯張，張當是其字，由名字相應推之，則其名作輒者是，故解詁云：『魯子叔輒，字伯張。』」

「叔鞅」的「鞅」是「叔鞅」的名——方炫琛《左傳人物名號研究·下篇·0987叔鞅》：「左昭二十二經『叔鞅如京師葬景王』……經多書名，鞅蓋其名也。」

「叔詣」的「詣」是「叔詣」的名——方炫琛《左傳人物名號研究·下篇·0982叔詣》：「左昭二十五經『叔詣會晋趙鞅……于黃父』……經多書名，詣蓋其名。」

「叔還」的「還」是「叔還」的名——方炫琛《左傳人物名號研究·下篇·0989叔還》：「左定十一經『叔還如周蒞盟』，……經多書名，還蓋其名。」

㉝如：「子叔嬰齊」、「子叔聲伯」二名號中，「嬰齊」是「公孫嬰齊」的名，「聲伯」是「公孫嬰齊」的謚——方炫琛《左傳人物名號研究·下篇·0394公孫嬰齊》：「左成十六公孫嬰齊自謂『嬰齊，魯之常隸也』，則嬰齊、其名也。左成二經楊注謂公孫嬰齊『謚聲伯』，以聲爲其謚。」

「子叔齊子」的「齊子」是「叔老」的謚配「子」字——方炫琛《左傳人物名號研究·下篇·0963叔老》：「其稱齊子者，杜注云：『齊子，叔老字也。』會箋駁云：『叔老，公孫嬰齊之子，不應以父名爲字，齊是其謚，猶齊姜、齊歸矣。』楊注又駁會箋云：『若不得以齊爲字，則亦不得以齊爲謚，嬰齊以二字爲名，禮記曲禮上、檀弓下並云『二名不偏諱』，是也。』左傳人物名號中，有以謚配「子」之例，亦有以字配「子」之例，……然以字配子稱某子者較少見，此齊子之齊，或是其謚也。」

㉞方炫琛《左傳人物名號研究·下篇·0958叔弓》:「稱子叔子者，於氏下殿男子美稱『子』字，此春秋時卿大夫稱謂的通例。」

㉟方炫琛《左傳人物名號研究·下篇·0986叔輒》:「叔氏又稱子叔，……故同年傳昭子曰:『子叔將死』，即稱其爲子叔。」

㊱詳《左氏昭公二十一年傳》。

㊲詳《左氏昭公二年傳》。

㊳《左氏襄公十四年傳》:「於是子叔齊子爲季武子介以會，自是晋人輕魯幣而益敬其使。」杜《注》:「言晋敬魯使，經所以並書二卿。」

㊴詳《左氏成公十六年傳》。

㊵詳《穀梁宣公十七年傳》。

㊶如魯公子慭又稱子仲，宋皇野也稱子仲。

㊷詳《左氏宣公十七年經》、《左氏宣公十七年傳》。

㊸詳《左氏文公十八年傳》。

㊹《國語·魯語上·「子叔聲伯如晋謝季文子」》韋《注》:「子叔聲伯，魯大夫，宣公弟叔肸之子公孫嬰齊也。」

㊺《左氏成公六年經「公孫嬰齊如晋」》杜《注》:「嬰齊，叔肸子。」

杜預《春秋釋例·世族譜·魯·叔氏》:「公孫嬰齊」——「肸之子子叔聲伯，即子叔嬰齊。」

㊻《左氏襄公十四年經「春，王正月，季孫宿、叔老會晋……」》杜《注》:「叔老，聲伯子也。」

杜預《春秋釋例·世族譜·魯·叔氏》:「叔老」——「嬰齊之子。」

㊼《左氏襄公十四年經「春，王正月，季孫宿、叔老會晋……」》孔《疏》:「叔老，聲伯子，叔肸孫。」

㊽《左氏襄公三十年經「秋，七月，叔弓如宋葬宋共姬」》杜《注》：「叔弓，叔老之子。」《左氏昭公二年經「夏，叔弓如晉」》杜《注》：「叔弓，叔老子。」

杜預《春秋釋例・世族譜・魯・叔氏》：「叔弓」——「老之子。」

㊾《禮記・檀弓下「滕成公之喪，使子叔敬叔弔，進書」》孔《疏》：「世本：叔肸生聲伯嬰齊，齊生叔老，老生叔弓。是叔弓為叔肸曾孫也。」又：「檢勘世本，敬叔是桓公七世孫。」

㊿《左氏昭公二十一年經「八月乙亥，叔輒卒」》杜《注》：「叔弓之子伯張。」

杜預《春秋釋例・世族譜・魯・叔氏》：「叔輒」——「弓之子。」

51《左氏昭公二十一年經「八月乙亥，叔輒卒」》范甯《集解》：「叔弓之子。」

52《左氏昭公二十二年經「六月，叔鞅如京師葬景王」》杜《注》：「叔鞅，叔弓子。」

杜預《春秋釋例・世族譜・魯・叔氏》：「叔鞅」——「叔弓之子。」

53《左氏昭公二十二年經「六月，叔鞅如京師葬景王」》范甯《集解》：「叔鞅，叔弓子。」

54《左氏昭公二十五年經》：「夏，叔詣會晉趙鞅……于黃父。」

55如：杜預《春秋釋例》、李惇《左傳通釋》、馬驌《左傳事緯》、高士奇《左傳紀事本末》、馮如京《左傳大成》、李鳳雛《春秋紀傳》、常茂徠《春秋世族源流圖考》、陳厚耀《春秋世族譜》、范照藜《春秋左傳釋人》、《世本——秦嘉謨輯補本》、《世本——雷學淇校輯本》、竹添光鴻《左傳會箋》、重澤俊郎《左傳人名地名索引》、福岡政成《春秋左傳列國系譜》、蒲百瑞《春秋時代的世族譜校注》等。

㊹如：陸淳《春秋啖趙集傳纂例》、程公說《春秋分記》、程發軔《春秋人譜》等。

㊺《左氏昭公二十五年經》。

㊻《左氏定公十一年經「冬，及鄭平，叔還如鄭莅盟」》杜《注》。

㊼杜預《春秋釋例・世族譜・魯・叔氏》。

㊽《左氏定公十一年經「冬，及鄭平，叔還如鄭莅盟」》孔《疏》。

㊾程公說《春秋分記・世譜・內魯公子公族諸氏世譜・公族・子叔氏》。又，程公說《春秋分記・世譜・世譜敍篇考異・魯公族》：「詣生還。」

㊿見程公說《春秋分記・世譜・世譜敍篇考異・魯公族》所引。

㊳《左氏昭公二十九年經》。

㊴《左氏定公十一年經》。

㊵如：程公說《春秋分記》、范照藜《春秋左傳釋人》、王文源《春秋世族輯略》、張澍《世本——張澍粹集補注本》、雷學淇《世本——雷學淇校輯本》、竹添光鴻《左傳會箋》等。

㊶《左氏定公十一年經「冬，及鄭平，叔還如鄭莅盟」》孔《疏》。

㊷詳程公說《春秋分記・世譜・世譜敍篇考異・魯公族》。

㊸《左氏哀公十九年傳「冬，叔青如京師，敬王崩故也」》杜《注》。

㊹《國語・魯語下・「襄公如楚……榮成伯曰不可」》韋《注》：「成伯，魯大夫，聲伯之子也，名欒。」

㊺杜預《春秋釋例・世族譜・魯・榮氏》。

㊻程公說《春秋分記・世譜・內魯公子公族諸氏世譜・公族・子叔氏》。又，程公說《春秋分記・世譜・世譜敍篇考異・魯公族》：「叔老生二子，曰榮駕鵝，曰叔弓。」

⑫張孝齡《春秋周魯纂論・卷六・子叔氏》按語引李鐵君云：「子叔嬰齊諡聲伯，其子曰叔老，是爲子叔齊子。榮駕鵝亦曰聲伯子，或與叔老兄弟。」

⑬《左氏襄公二十二年經》：「秋，七月辛酉，叔老卒。」

⑭詳《左氏襄公二十八年傳》、《左氏襄公二十九年傳》、及《國語・魯語下》。

⑮詳《左氏定公元年傳》。

⑯《左氏定公十一年經「冬，及鄭平，叔還如鄭莅盟」》孔《疏》：「又《世本》云：叔弓生定伯閱。」

⑰《左氏定公十一年經「冬，及鄭平，叔還如鄭莅盟」》孔《疏》：「又《世本》云：叔弓生定伯閱，閱生西巷敬叔。」

⑱《左氏宣公十七年經》：「冬，十有一月壬午，公弟叔肸卒。」

⑲《左氏宣公十七年傳》。

⑳《左氏文公十八年傳》。

㉑《左氏文公十八年傳》。

㉒《左氏宣公十八年傳》：「公孫歸父以襄仲之立公也，有寵。」

㉓《穀梁宣公十七年傳》。

㉔《國語・魯語上》。

㉕《左氏成公十七年傳》。

㉖《穀梁宣公十七年傳》。

㉗《穀梁宣公十七年傳》。

㉘《左氏文公十八年傳》。

㉙《左氏成公十六年傳》。

㉚《左氏襄公十四年傳》。

⑼叔向語，見《左氏昭公二年傳》。

⑽《左氏昭公十五年傳》：「二月癸酉，禘。叔弓涖事，籥入而卒。去樂，卒事，禮也。」

⑾《穀梁宣公十七年傳》。

⑿《穀梁宣公十七年傳》。

⒀《春秋穀梁傳序》。

⒁《春秋穀梁傳序》楊《疏》。

⒂《左氏成公十六年傳》。

⒃《左氏成公十六年傳》。

⒄《國語・魯語上》。

⒅《國語・魯語上》。

⒆張孝齡《春秋周魯纂論・卷六・子叔氏》。

⒇《左氏襄公十四年經》。

⒛《左氏昭公二年傳》。

⒜《左氏昭公二年傳》。

⒝《左氏昭公二十一年傳》。

文獻與考古資料所見匡器考辨

台灣科技大學　周聰俊

壹、前言

許愼《說文》匚部云：「匡，飯器也，筥也。从匚㞷聲。筐，或從竹。」竹部云：「簠，黍稷圜器也。从竹從皿，甫聲。」是許書匡簠爲二器，極爲明曉。惟檢諸彝銘，〈尹氏貯良簠〉、〈師麻斿叔簠〉、〈史免簠〉、〈叔家父簠〉、〈尹氏叔緐簠〉、〈㝣姒簠〉，諸簠字並作匡，蓋即文獻簠簋之簠，亦即許書釋爲黍稷圜器者也，與《說文》匚部匡（筐），取名雖同而其器有異。吳大澂《說文古籀補》、强運開《說文古籀三補》、容庚《金文編》皆據許書次第，收上舉諸字置於卷十二匚部「匡」篆下，廁於匚、匜二篆之間，蓋以金文之匡即爲許書之匡（筐）也。丁福保編《說文解字詁林》，於匡篆下亦收錄容庚《金文編》所錄匡篆，蓋亦以金文之匡，與許書所收之匡（筐）爲一字也。至其器物是否有異，惟《古籀補》引許書匡篆說，餘皆未嘗言之。古器物學者，或亦引《說文》、《詩》傳之文爲說，以爲先秦典籍所載匡（筐）器，與出土匡器爲一物。所異者，一爲竹編，一爲銅器。然考之載籍，徵之出土實物，可以確知許書所收匩（筐）篆，與金文匲字，其名雖同，而其實則有別異，二物殆不容相混。因不揣淺陋，以「文獻與考古資料所見匡器考辨」爲題，詳加探討辨析，以見出土匡器與典籍所載匡器，乃同名而異實，本非一器也。

貳、文獻資料所見之匡（筐）器

一、經傳所見匡（筐）簠爲二器

據文獻資料所見，筐與筥爲對文，簠與簋爲對文，而諸器並舉者，亦或有所見。

《周禮·舍人》：「凡祭祀，共簠簋，實之，陳之。賓客亦如之。」

《周禮·饎人》：「凡賓客，共其簠簋之實，饗食亦如之。」

《禮記·曾子問》：「天子嘗禘郊社之祭，簠簋既陳……」

《禮記·禮運》：「實其簠簋、籩豆、鉶羹。」

《禮記·樂記》：「簠簋俎豆，制度文章，禮之器也。」

《孝經·喪親章》：「陳其簠簋而哀慼之。」

考簠簋連言，其時代蓋在東周以後，始沿用成習。二者並爲粢盛之器，但簠以盛稻粱，簋以盛黍稷，其用於燕饗，二器所盛則有殊異。檢諸《儀禮》〈聘禮〉、〈公食大夫禮〉二篇，可得確證①。若夫筐筥對舉，則早著錄《詩經》〈采蘋〉、〈采菽〉、〈良耜〉諸篇。且以筐爲筐屬，故經說亦每筐筐對舉，見於《詩

·鹿鳴·序》、《尚書》〈禹貢〉、〈武成〉孔傳。而匡之用以盛藏布帛書籍者，則與篋同（〈士冠禮〉「同篋」，鄭注雲：「隋方曰篋。」）故筐篋亦每並稱，見於《荀子·榮辱》、《漢書·賈誼傳》。又篚者竹高篋也，故《楚辭》〈滑命〉、〈怨思〉亦見筐篚連言。蓋筐匩篋篚，皆制同小異，俱爲方器也。《周禮·掌客》云：

凡諸侯之禮：上公五積，皆眡飧牽，……飧五牢，食四十，簠十，豆四十，鉶四十有二，壺四十，鼎簋十有二，牲三十有六，皆陳。饔餼九牢，其死牢如飧之陳，牽四牢，米百有二十筥，醯醢百有二十甕，車皆陳。車米眡生牢，牢十車，車秉有五藪，車禾眡死牢，牢十車，車三秅，芻薪倍禾，皆陳。……

鄭注云：「簠簋之實，其米實於筐，豆實實於甕。」賈疏云：「鄭皆約〈公食大夫〉解之。」

又《儀禮·聘禮》歸饔餼於賓介節，云：

八簋繼之，黍，其南稷，錯。……兩簠繼之，粱在北。……六簋繼之，黍，其東稷，錯。……兩簠繼之，粱在西。皆二以並，南陳。……米百筥，筥半斛，設于中庭，十以為列，北上。黍稷稻皆二行，稷四行。門外米三十車。車秉有五藪，設于門東為三列，東陳。

凌廷堪《禮經釋例·飲食之例下》「凡牲殺曰饔，生曰餼……」條下云：「以米言之，簠簋之米從飪牢，筥米從腥牢，車米從生牢，經例甚明。」胡培翬《儀禮正義》云：「簠簋之米係已炊為飯者，故從飪牢；筥米係舂熟可即炊者，故從腥牢；車米係留以備用者，故從生牢。《釋例》說似亦可從。」

按〈掌客〉、〈聘禮〉，簋、簠、筥三器並列，簋以盛黍稷，簠以盛稻粱，筥以盛米。隨所盛不同，而其所用之禮器亦因之而異。楊樹達曰：「古書筐與筥爲對文，簠與簋爲對文，匡與簠非一物。」②是據簠簋連言，筐筥對舉，以及簠簋筥並列，可以推知文獻所載簠、簋、筐、筥爲四種不同之器類，蓋較然可見。

二、先秦典籍所載匡（筐）簠器用有殊

《說文》匚部匡篆下云：「飯器也，筥也。從匚㞷聲。筐或从竹。」按許氏以匡（筐）爲飯器，但檢諸先秦典籍，匡（筐）之爲用不一，實不專以盛飯而已。玆就所見，縷列於後：

1.或用以盛黍稷稻粱：

△《詩・良耜》：「畟畟良耜，俶載南畝。播厥百穀，實函斯活。或來瞻女，載筐及筥，其饟伊黍。」鄭箋云：「筐、筥，所以盛黍也。」

△《儀禮・聘禮》：「大夫餼賓大牢，米八筐。上介亦如之。衆介皆少牢，米六筐。皆士牽羊以致之。」鄭注

云：「其陳於門外，黍粱各二筐，稷四筐，二以並，南陳，無稻。」

△《儀禮·聘禮·記》：「凡餼，大夫黍粱稷，筐五斛。」鄭注云：「謂大夫餼賓上介也。」賈疏云：「案上經云『大夫餼賓大牢，米八筐，衆介米六筐』，不辨大小，故此記入辨之。」

△《儀禮·公食大夫禮》：「若不親食，使大夫以侑幣致之。豆實實于罋，簋實實於筐。」鄭注云：「筐米四。」賈疏云：「筐米四者，上文上大夫八簋，今乃生致之，黍稷宜各一筐，稻粱又二筐，故云米筐四。」

△《儀禮·士喪禮》：「貝三實于笄，稻米一豆實於筐。」鄭注雲：「豆，四升。」

2.或用以盛煎穀：

△《儀禮·士喪禮》：「熬黍稷各二筐，有魚腊饌于西坫南。」

△《儀禮·士喪禮》：「設熬，旁各一筐，乃塗。」

△《禮記·喪大記》：「熬，君四種八筐，大夫三種六筐，士二種四筐，加魚腊焉。」鄭注云：「熬者，煎穀也。《士喪禮》曰：『熬黍稷各二筐』，又曰：『設熬，旁各一筐』，大夫三種，加以粱；君四種，加以稻。四筐手足皆一，其餘設於左右。」

3.或用以盛葅：

△《周禮·司巫》：「祭祀則共主及道布及葅館。」鄭注云：「葅之言藉也，祭食有當藉者，館所以承葅，謂若

今筐也。」賈疏云：「筐，所以盛苴者也。」

按稙即〈士虞〉之苴，以供藉祭者；館即〈士虞〉之筐，用以盛苴者。

△《儀禮·士虞禮》：「苴刌茅，長五寸，束之，實於筐。饌于西坫上。」胡培翬《正義》曰：「苴刌茅，謂斷茅以爲苴，而置黍稷之祭於其上。」

4.或用以盛幣帛：

△《尚書·禹貢》：「厥貢漆絲，厥筐織文」，僞孔傳云：「織文，錦綺之屬，盛之筐篚而貢焉。」③

△《詩·鹿鳴》：「呦呦鹿鳴，食野之苹。我有嘉賓，鼓瑟吹笙。吹笙鼓簧，承筐是將。」序云：「鹿鳴，燕羣臣嘉賓也。既飲食之，又實幣帛筐篚，以將其厚意。」毛傳云：「筐，篚屬，所以行幣帛也。」

△《荀子·榮辱》：「今人之生也……餘刀布，有囷窌，然而衣不敢有絲帛；約者有筐篋之藏，然而行不敢有輿馬。」楊注云：「筐、篋，藏布帛者也。」

5.或用以盛蘋、菽藿

△《詩·采蘋》：「于以采蘋，南澗之濱，于以采藻，于彼行潦。于以盛之，維筐及筥。」毛傳云：「方曰筐，圓曰筥。」

△《詩·采菽》：「采菽采菽，筐之筥之」，孔疏云：「筐、筥，所以受采之菜。」

6.或用以盛桑葉

△《詩·七月》：「春日載陽，有鳴倉庚，女執懿筐，遵彼

微行，爰求柔桑。」

鄭箋云：「柔桑，稚桑也。蠶始生，宜稚桑。」

7.或用以盛糗：

△《國語·楚語下》：「昔鬬子文三舍令尹，無一日之積，恤民之故也。成王聞子文之朝不及夕也，於是乎每朝設脯一束、糗一筐，以羞子文。」韋注云：「糗，寒粥也。筐，器名也。」

按《廣雅·釋器》云：「糗，糒也。」《説文》米部云：「糒，乾飯也。」④《左傳》哀公十一年杜注云：「糗，乾飯也。」鄭注〈漿人〉六飲之涼云：「今寒粥，若糗飯雜水也。」是糗本乾飯，糗飯雜水，乃爲寒粥。

8.或以爲曲薄：

△《禮記·月令》季春：「是月也，……具曲植籧筐。后妃齊戒，親東鄉躬桑。禁婦女毋觀，省婦使以勸蠶事。」鄭注云：「時所以養蠶器也。曲，薄也。」

按季春養蠶之事，《呂氏春秋》、《淮南子》亦有記載。《呂覽·季春》云：「具挾曲蒙筐」，高注曰：「曲，薄也。青徐謂之曲，底曰蒙，方底曰筐，皆受桑器也。是月立夏蠶生，故敕具也。」《淮南·時則篇》云：「具樸曲筥筐」，高注曰：「曲，薄也。青徐謂之曲，員底曰筥，方底曰筐，皆受桑器也。」

9.或用以漉酒：

△《詩·伐木》：「伐木許許，釃酒有藇。」又云：「有酒湑我，無酒酤我。」

毛傳云：「以筐曰釃，以藪曰湑。湑，莤之也。」孔疏云：「筐，竹器也。藪，草也。漉酒者，或用筐，或用草。用草者，用茅也。」

由此可知，筐器之爲用，甚爲廣泛。蓋以其器多爲竹編製而成，故能施用多方，不拘一途。若夫簠器之爲用，其見於文獻者，則以《儀禮》所記爲詳。〈聘禮〉歸饔餼：「堂上八簋，黍，其南稷，錯。西夾六簋，黍，其東稷，錯」，又〈公食大夫禮〉正饌設六簋：「宰夫設黍稷六簋」，據此則簋爲盛黍稷之器明矣。〈聘禮〉歸饔餼：「堂上兩簋，粱在北，西夾兩簠，粱在西」（鄭注：「簠不次簋者，粱稻加也」），〈公食大夫禮〉爲賓設加饌：「宰夫授公飯粱，公設之於湆西」，又云：「宰夫膳稻於粱西」，又云：「賓坐席末，取粱即稻，祭于醬湆閒」，又云：「賓北面自閒坐，左擁簠粱，右執湆以降」⑤。據此則簠爲盛稻粱之器明矣。是故鄭注〈掌客〉云：「簠，稻粱器也；簋，黍稷器也」，注〈公食大夫禮〉「宰夫膳稻于粱西」，云：「進稻粱者以簠」。此就文獻所載匡簠二器之施用，而知二者本非一器甚明。

參、考古資料所見之匡器

一、出土匡器與文獻匡器爲同名異實

古彝器中，有自名曰匡，或匡𠤳者，其形制爲長方形斗狀

器腹，下有圈足，器與蓋同形，合之則爲一器，分之則爲相同之二器。見於《金文總集》箸錄者有：

〈尹氏叔媃匡〉（《金文總集》二八九九）

〈白□父匡〉（《金文總集》二九〇一）

〈𡨦姒匡〉（《金文總集》二九一六）

〈師麻斿叔匡〉（《金文總集》二九二九）（見附圖一）

〈尹氏貯良匡〉（《金文總集》二九三〇）

〈史免匡〉（《金文總集》二九五四）

〈叔家父匡〉（《金文總集》二九七二）

此器類，其形制與自名曰医（〈叔邦父医〉，見附圖二）、曰笑（〈陳逆笑〉）、曰𠥳（〈季公父𠥳〉）、曰[illegible]（〈鑄公[illegible]〉）、曰[illegible]（〈魯士[illegible]〉）、曰𠥊（〈季良父𠥊〉，見附圖三）、曰盬（〈白公父盬〉）、曰𠥓（〈仲其父𠥓〉）、曰鈷（〈西替鈷〉）、曰匱（〈[illegible]匱〉）者，完全相類，俱作長方形斗狀器腹，故自汴宋以還，學者皆將此類器定爲一器。夫以匡與𠥊爲同器物之不同稱謂，故銅器中亦有合匡匡而曰「匡𠥊」者，見於〈陳公子仲慶匡𠥊〉。其辭曰：「陳公子中慶自乍匡𠥊，用祈眉壽，萬年無彊，子=孫=永壽用之。」⑥

稽之漢儒經注，筐爲方器，始見《詩・采蘋》「維筐及筥」毛傳，其言曰：「方曰筐，圓曰筥。」後之説者，俱無異辭。今所見筐器圖象，以聶崇義《三禮圖》爲最早（見附圖四）。聶氏引舊圖云：「筐以竹爲之，大筐受五斛，小筐受五斗。」其後爲禮圖者，若宋陳祥道《禮書》、楊甲《六經圖》、明劉績《三禮圖》、清《欽定三禮義疏》、黃以周《禮書通故》，以迄吳之英之《儀禮奭固禮器圖》，大抵皆沿舊圖，器形如凵。若有所異，則器座之有無耳。或爲方底座，聶崇義《三禮圖》、黃以周《禮書通故》所圖是也；或易底座爲四短足，吳之英《儀禮奭固禮器圖》（見附圖五）所圖是也；或爲平底，楊甲《六經圖》（見附圖六）、劉績《三禮圖》所圖是也。其形制，視出土匡器，斜壁似斗者，相差甚遠。劉心源曰：

> 《說文》：「匡，飯器，筥也」，與簠簋是兩物。後人習見簠，不知古器尚有。藉非《說文》，將何取證？今別為一類，從實也。⑦

按細繹劉說，蓋以許書匡（筐）與簠爲二物，其說是矣。然以出土匡器，以爲即典籍所載匡（筐）器，是乃混二者爲一器而無別也。其書別簠匡爲二類，匡類箸錄有〈尹氏匡〉、〈師麻斿叔匡〉與〈叔家父匡〉三銘，蓋以銅匡與簠爲二器，亦非其實（詳後）。其後學者，亦多以先秦典籍所載之匡（筐）與出土匡器爲一物，其誤殆與劉同。陳夢家於〈中國銅器概述〉曰：

> 簠之自名有三：……三、《金文編》所錄自稱匡者五器，《說文》「匡，飯器，筥也」，《詩·采蘋》「維匡與筥」，傳：「方曰匡」，又〈良耜〉「載匡及筥」，箋：「匡、筥，所以盛黍也。」⑧匡為方器而盛黍稷者，是匡亦簠也。⑨

朱鳳瀚《古代中國青銅器》亦曰：

> 宋以來學者將青銅器中一種長方形，斗狀、器蓋同形的器物定為簠，但此種器物在銘文中的自名其字皆不作「簠」，較習見的字形可分為以下幾類：⑴𠥍、⿷匚鈷、⿷匚鈷、盬、鈷；⑵⿰甫夫⿷匚⿰甫夫；⑶匡、⿷匚黃、⿷匚圭。……第（3）類从王、黃得聲，上古韻皆在陽，學者認為此類字均宜讀為匡，即筐。《說文解字》：「匡，飯器」，《詩經·召南·采蘋》：「維筐及筥」，傳曰：「方曰筐」，《詩經·周頌·良耜》：「載筐及筥」，箋曰：「筐、筥，所以盛黍也」⑩。可見匡（筐）亦可作盛粢糧之器，當是簠的異稱，此說有一定道理。惟上引〈采蘋〉與〈良耜〉中之筐均是竹編器，故从竹為形符。銅匡與竹筐形近同，用途有相同處（惟竹筐因是竹制，亦可盛菜，故〈采蘋〉一詩中言以其盛蘋），只是使用不同質材製成。⑪

按陳、朱俱引《說文》、以及《詩》毛傳、鄭箋以爲說，則知二氏蓋與劉氏《吉金文述》合出土銅匡與載籍匡器爲一物，亦無不同。

容庚以銅器匡爲簠之別名⑫，陳芳妹亦以爲匡（筐）有指稱銅器名之可能。其言曰：

> 《儀禮·聘禮》「大牢米八筐」（大夫餼賓章），〈士喪禮〉「熬黍稷各二筐」（陳大斂衣奠乃殯具章），看來

> 筐是盛糧器，甚或是盛飯器。《詩》毛傳：「方曰筐」，更說明筐是方形器。許慎《說文解字》匡字云：「匡，飯器。從匚㞷聲。筐，或从竹。」匡字既見於扶風出土的西周晚期的方形銅器中，許慎對匡字所瞭解的功能及資料，以及毛傳論「匡」字所指的器形，必有所本。……唯解經者，一般僅將「筐」字解為竹器，而不能接受「筐」字只是或從竹，也有指稱銅器名的可能性。容庚將「匡」字視為方形器——簠的別名，而不是專名，應是較為安全而保守的論點。⑬

按簠亦名匡，彝銘可證，無庸贅述。容氏似亦不以爲簠即文獻中所見之匡（筐）。陳氏謂「解經者，一般僅將『筐』字解爲竹器，而不能接受『筐』字只是或從竹，也有指稱銅器名的可能性」，雖未明言銅器中之匡，是否與文獻中之匡爲一器，但以竹器之匡（筐），或亦可能用以爲銅器名，其說至確。是容、陳二氏縱未逕指文獻與銅器中所見之匡爲同名異實，但細繹其說，亦並未以二者爲一器，似可確定。考古人之於物類，每依形色區分，其形體類似，則多施以同一之名，或迻彼物之稱以名此物，蓋不嫌同辭也。雖其名謂稱呼，容有先後之不同，但皆以形似，而命名共用一字而無別，則無可疑也。王國維《爾雅草木蟲魚鳥獸釋例》、劉師培《物名溯源》、《物名溯源續補》，論述詳矣。郭寶鈞於《商周銅器羣綜合研究》中，謂銅匡本即「仿竹筐爲之，〈史免簠〉、〈尹氏簠〉並以筐自名」⑭。是知銅匡之命名，乃迻竹匡之稱以名焉。所以然者，蓋即緣二器形似之故。其爲異物而共名，實可無疑。孔德成嘗爲《簠簋觚觶說》一文，於今傳簠銘簠字作⿷匚⿱夫皿、⿷匚圭、⿷匚古諸形者，亦有徵引，而云：

> 簠之形似匡，故又曰匡。按匡亦方器，《詩·采蘋》「維筐與筥」，傳：「方曰筐」，《左》隱三年：「筐筥錡釜之器」注，及《禮記·月令》：「治曲植籧筐」注……亦云「方底曰筐。」至《詩·良耜》箋：「筐、筥，所以盛黍」⑮，則筐者亦盛粢糧之器，更可證簠筐之密切關係者也。簠筐後出字，其初隻匡字耳。⑯

細繹孔說，蓋謂稻粱方器之簠，所以亦名匡者，乃取其形似匡（筐）筥之匡故也。然則孔氏以銅匡與載籍所載匡（筐）器有別，二器乃同名而異實，蓋亦明矣。斯猶出土簠器，其形制似豆而有異，其器用二者亦有不同。簠之盤狹而底平，與豆盤作碗形或作形者有別。又簠之圈足甚粗而矮，多爲鏤空，與豆不盡類似⑰。《博古圖》卷十八著錄有〈單疑生豆〉一器，其銘云：「單疑生乍養豆用享。」其器形似簠，而自名曰豆，其與豆之關係，於此可以知之。陳夢家以爲此器類乃承殷商、西周之陶豆而來⑱，其說是已。若夫簠之爲用，如〈單疑生豆〉者，此器腹盤鏤空，於濡物亦非所宜。是知簠但爲豆屬耳，而與豆固非一器也。銅匡與載籍習見之匡（筐）爲二器，蓋猶簠與豆之比，以其爲一器者，恐非其實也。

二、出土匡器與文獻簠器爲同實異名

簠之爲器，見諸先秦載籍，而習與簋器連言，曰簠簋。《周禮·舍人》：「凡祭祀共簠簋，實之陳之。」鄭注云：「方曰簠，圓曰簋。」惟許愼《說文》竹部，則謂簋方簠圓，與鄭說異。

鄭玄有《三禮圖》，惜已不傳。今所見簠器圖，亦以聶崇義《三禮圖》所載爲最早。聶氏引舊圖云：「外方內圓曰簠，內方外圓曰簋」，並繪有蓋，蓋頂作一小龜形（見附圖七）。楊甲《六經圖》、《欽定三禮義疏》簠圖同。陳祥道《禮書》則作外圓內方，與聶圖有殊。黃以周《禮書通故》簠器圖，其形制殆與筐器圖相似，所異者，質料有不同，而器蓋之有無耳（見附圖八）。驗諸古彝器，凡外圓者則內亦圓，外方者則內亦方，內外一致，未見有例外。舊圖蓋因魏晉以後，師說方圓之互異，遂有內方外圓與內圓外方之分，此蓋調停許、鄭簠簋方圓之異同耳。斯說殆不足爲據⑲。惟劉績《三禮圖》參考彝器作簠圖（見附圖九），與舊圖迥異，頗具卓識。

按古代器皿，同一器焉，或以金爲之，或以瓦爲之，或以竹木爲之，其質或有不同。而同一器焉，其或隨時代之不同，而其制亦有稍變。竹木之器，不能傳久，易致壞朽，而以金爲之者，漢儒亦未必皆嘗目睹。是禮書所記禮樂諸器，漢儒箋注已不能無誤。後之治禮者，或憑箋注臆定形狀，其圖之失真，蓋亦可知矣。驗諸古彝器，簋器習見，而未見有聶氏《三禮圖》，或《禮書通故》禮器圖所載簠器者。夫簠簋連文，經傳常見，而簠器按舊圖以索求，則不得其證驗。是簠之形制，殆非如後世治禮者所繪之圖象，蓋昭然顯見。

宋儒以來，學者將前舉銅器中自名爲匡、医、笑、[illegible]、[illegible]、𠤳、𥂴、鈷、匴等長方形斗狀器，謂即文獻所載簠簋之簠。惟檢諸彝器，未有自名曰簠者。是故近年有學者質疑，以爲簠乃盛黍稷之圓形禮器，形制似豆，其自名爲笛、鋪、匩，而上舉諸字形而以往通稱爲簠者，均應讀爲《論語·公冶長》「瑚璉」、《禮記·明堂位》「六瑚」以及《左傳》哀十一年「胡簋之事」之瑚或胡，不應讀爲簠，而別簠與𠤳爲二器。以許書簠訓黍稷圜器爲不誤。斯說肇自唐蘭，而高明〈盬簠考辨〉一文，又詳爲論證之。然據現有資料，簠、医、𠤳、匡等雖是不同稱謂，但其實則一，爲盛稻粱之方器。至若笛器者，殆爲豆屬，與簠爲異器。此從𠤳匡器類，彝銘偶或紀其器用，即可證實：

△〈弭仲[illegible]〉：「用盛秫稻糕粱」（金文總集二九八三）

△〈白公父𥂴〉：「用盛糕稻糯粱」（金文總集二九八四）

△〈曾白[illegible]𠤳〉：「用盛稻粱」（金文總集二九八六）

△〈史免匡〉：「用盛稻粱」（金文總集二九五四）

△〈叔家父匡〉：「用盛稻粱」（金文總集二九七二）

△〈叔朕𠤳〉：「用稻粱」（金文總集二九七九）

筆者嘗撰〈簠笛爲黍稷圓器說質疑〉一文，於簠匡器用，文獻彝銘所載相同，曾有詳細敘述。並就簠之古文医，再經由簠器自名中各異體字之音讀，古器形制之類同，以及經傳簠簋連言，實物出土之組合相配，與夫簠爲方器諸端，論述宋人以長方形斗狀器物，下有圈足之器皿，定名爲簠，其說可信，茲不

贅述。是出土銅�，乃三禮中所習見，而用以盛稻粱之簠器，
二者稱謂雖有不同，而其實則未有以異。

肆、結　語

陳祥道曰：「天下之物固有同名而異實，〈聘禮・記〉曰：「四秉曰筥，十筥曰，秉把也，與十藪之秉不同。筥穧也，與半斛之筥不同。」⑳其言蓋有以也。古文字學者將彝銘匩字，據其字形，收於《說文》匚部訓飯器之匡。就其字形而言是矣，然究之實物，則判然爲二器，不容淆混。綜合經傳載記以及出土實物資料以觀之，知載籍匡簠二器殊異，而古器物中之匩，與載籍所言簠簋之簠實爲一器。蓋以銅器之匩晚出，其制長方，形似匡（筐）筥之匡（筐），故又名曰匩。所以然者，蓋古人因物立名，每依形色區分，故凡形色近似者，則多施以同一之名，不嫌同辭也。此所以異實而同名者，其例不乏也。

二〇〇〇年夏初稿　二〇〇〇年冬二稿

本文已提交九十年三月文字學會研討會發表。茲值周師一田七秩誕辰，獻此以爲壽。

參考書目（論文篇目附）

孔穎達疏，《尚書註疏》，清嘉慶江西南昌府學原刻本，藝文印書館影印。

毛亨傳，鄭玄箋，孔穎達疏，《毛詩註疏》，清嘉慶江西南昌府

學原刻本。

鄭玄注，賈公彥疏，《周禮註疏》，藝文印書館。乾隆十三年敕撰，《欽定周官義疏》，《四庫全書》本。商務印書館。

鄭玄注，賈公彥疏，《儀禮註疏》，藝文印書館。

乾隆十三年敕撰，《欽定儀禮義疏》，《四庫全書》本。商務印書館。

鄭玄注，孔穎達疏，《禮記註疏》，清嘉慶江西南昌府學原刻本，藝文印書館影印。

乾隆十三年敕撰，《欽定禮記義疏》，《四庫全書》本。商務印書館。

陳祥道，《禮書》，《四庫全書》本，商務印書館。

黃以周，《禮書通故》，華世出版社。

聶崇義，《三禮圖》，《通志堂經解》本，大通書局。

劉績，《三禮圖》，《四庫全書》本，商務印書館。

吳之英，《儀禮奭固禮器圖》，《續修四庫全書》，上海古籍出版社。

杜預注，孔穎達疏，《左傳註疏》，清嘉慶江西南昌府學原刻本，藝文印書館。

鄭玄注，皮錫瑞疏，《孝經鄭註疏》，《四庫備要》本，中華書局。

楊甲，《六經圖》，明熙春樓吳繼仕仿宋刊本，學苑出版社。

王念孫，《廣雅疏證》，鼎文書局。

王國維，《爾雅草木蟲魚鳥獸釋例》，《海寧王靜安先生遺書》，商務印書館。

劉師培，《物名溯源》，《劉申叔先生遺書》，京華書局。
劉師培，《物名溯源續補》，《劉申叔先生遺書》，京華書局。
許慎，《說文解字》，《古逸叢書》本。商務印書館。
段玉裁，《說文解字注》，藝文印書館。
丁福保，《說文解字詁林》，商務印書館。
吳大澂，《說文古籀補》，藝文印書館。
强運開，《說文古籀三補》，藝文印書館。
楊樹達，《積微居金文說》，北京，中華書局。
容庚，《金文編》（修訂四版），北京，中華書局。
周法高主編，《金文詁林》，香港中文大學。
嚴一萍，《金文總集》，藝文印書館。
劉心源，《奇觚室吉金文述》，藝文印書館。
容庚，《商周彝器通考》，哈佛燕京學社。
陳夢家，《海外中國銅器圖錄》，台聯國風出版社。
郭寶鈞，《商周銅器羣綜合研究》，文物出版社。
朱鳳瀚，《古代中國青銅器》，南開大學出版社。
國立故宮博物院，《商周青銅粢盛器特展圖錄》，國立故宮博物院。
馬承源主編，《中國青銅器》，上海古籍出版社。
王先謙，《漢書補注》，藝文印書館。
韋昭注，《國語》，標點本，裡仁書局。
王先謙，《荀子集解》，藝文印書館。
高誘注，《呂氏春秋》，藝文印書館。
高誘注，《淮南子》，藝文印書館

陳夢家，〈壽縣蔡侯墓銅器〉，《考古學報》一九五六.二。
唐蘭，〈略論西周微史家族窖藏銅器羣的重要意義〉，《文物》一九七八.三。
隨縣博物館，〈湖北隨縣城郊發現春秋墓葬和銅器〉，《文物》一九八〇.一。
高明，〈簠考辨〉，《文物》一九八二.六。
周聰俊，〈簠䈪爲黍稷器說質疑〉，《大陸雜誌》第一百卷第三期，二〇〇〇.三。

註　　釋

①詳見拙文〈簠竽爲黍稷圓器說質疑〉，《大陸雜誌》第一〇〇卷第三期（二〇〇〇年三月），頁八－九，「簠與医匿匡之器用，文獻彝銘所載相同」一節。

②見《積微居金文說》（北京中華書局），卷四頁七八，〈叔家父簠再跋〉。

③按筐本作篚，據阮元《校勘記》改。

④按據段注本，玄應《一切經音義》十五引正作「乾飯也」。

⑤按〈公食大夫禮〉「左擁簠粱」，毛本簠作簋，唐石經、嚴本集釋、通解、敖氏俱作簠，阮氏《校勘記》已言之。《禮記、曲禮上》「執食興辭」，孔疏引此禮正作「左擁簠粱」，擬從簠字是矣。

⑥見〈湖北隨縣城郊發現春秋墓葬和銅器〉，《文物》一九八〇年第一期，頁三五。

⑦《奇觚室吉金文述》（藝文印書館），卷五頁三四〈尹氏匡〉。

⑧按鄭箋，陳氏誤作毛傳，據改。

⑨《海外中國銅器圖錄》（台聯國風出版社），頁一九。

⑩按鄭箋，朱氏誤作毛傳，據改。

⑪《古代中國青銅器》（南開大學出版社），頁八二。

⑫見《商周彝器通考》（哈佛燕京學社），上册，頁三五七。

⑬見《商周青銅粢盛器特展圖錄》（國立故宮博物院），頁七四。

⑭見《商周銅器羣綜合研究》（文物出版社），頁一三七。

⑮按鄭箋，孔氏誤作毛傳，據改。

⑯見《金文詁林》（香港中文大學），卷五上頁二七九七引。

⑰見馬承源主編《中國青銅器》（上海古籍出版社），頁一六一。

⑱參見〈壽縣蔡侯墓銅器〉，《考古學報》一九五六年第二期，頁一○五。

⑲同註1，頁一一一一二，「簠爲方器，鄭說是而許說非」一節。

⑳見《禮書》（《四庫全書》本，商務印書館），卷一百四頁九，筥條下。

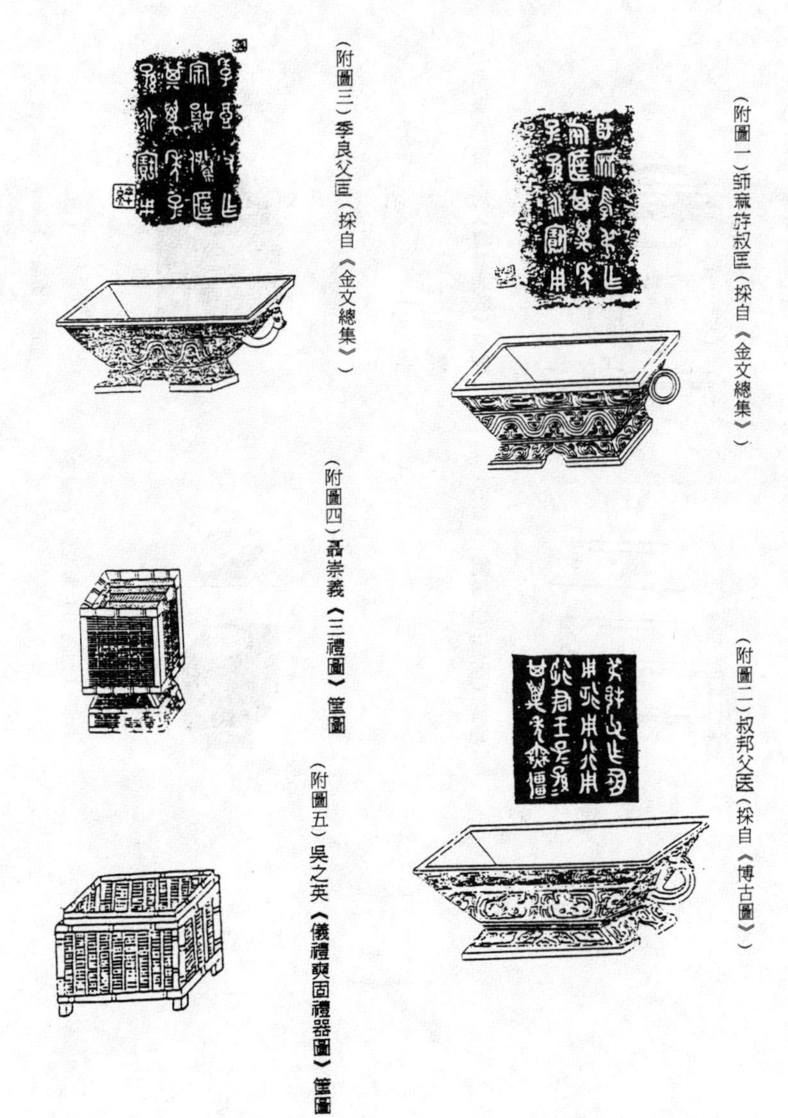

（附圖一）師麻斿叔匡（採自《金文總集》）

（附圖二）叔邦父医（採自《博古圖》）

（附圖三）季良父匡（採自《金文總集》）

（附圖四）聶崇義《三禮圖》筐圖

（附圖五）吳之英《儀禮奭固禮器圖》筐圖

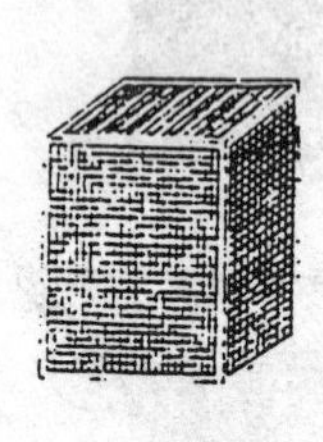

（附圖六）楊甲《六經圖》筐圖

（附圖七）聶崇義《三禮圖》簠圖

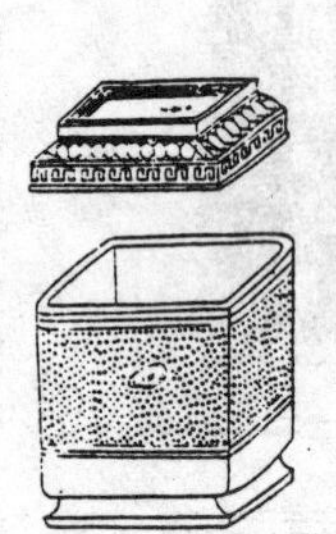

（附圖八）黃以周《禮書通故》簠圖

（附圖九）劉績《三禮圖》簠圖

評陳立《白虎通疏證》之禮學

——以《白虎通》引三禮類爲範疇

中原大學副教授　陳玉台

東漢章帝建初四年，朝廷在白虎觀召開白虎觀會議，參與的儒者有魏應、淳于恭、丁鴻、李齊、賈逵等博士、議郎、郎官及諸儒生，羣賢會聚於此，主題是「講論五經同異」，此次會議除議奏之外，更由班固撰成一本貫通五經大義的《白虎通》，任繼愈《中國哲學發展史-秦漢》對《白虎通》有如下之評價：

> 「《白虎通》……不只是《公羊》學的一家之言，而是概括了各家經學的成果，把董仲舒的思想向前推進了一步。從武帝到章帝的兩百年間，經學是一個時代思潮。如果說董仲舒是這個思潮的起點，《白虎通》則是這個思潮的頂峯。」

因此，《白虎通》係兩漢以來今文經學、古文經學、讖緯之學由紛歧走向統一融合之產物，尤其此書之內容乃是皇帝督率羣臣作出之決議，規範國家制度和社會制度之基本原則，確立各種行爲準則，進而鞏固其政權，已是制度化之思想，甚至產生「法典」之作用。

《白虎通》在經學史上既有如此重要之地位，然而歷代以來，竟有人因其內容龐雜，涉及問題甚多，而以之爲「雜家」之書，又因其中多涉及讖緯，不乏鬼神迷信之說，故長期不受重視。唯清代學者陳立之《白虎通疏證》能全面深入疏通辨疑，闡釋發揮，確爲《白虎通》最佳之研究著作。玉台夙喜《白虎通》，今撰述博士論文「陳立《白虎通疏證》之禮學研究——以《白虎通》引三禮類爲範疇」既竣，於是擇其結論，綜述陳立《白虎通疏證》之五得五失，以就教於方家。

壹、陳立《白虎通疏證》禮學之得

一、陳立《白虎通疏證》禮學之論述能今古兼採

據清代學者莊述祖之考證及近代學者黃彰健之分析，《白虎通》雜論經傳，六藝並錄，傅以讖記，其中以今文經學之觀點居多，但亦採用古文經學中《毛詩》、《古文尚書》、《周官》之說，而今文經學之觀點，由於陳立治公羊學，遂以《公羊傳》今文經學之說居多數。①故陳立《白虎通疏證》每每將今文家與古文家之說並陳，無所偏頗，雖如陳氏所云「祇取疏通，無資辨難」，但《疏證》亦提供古文家之說，以開拓吾人研習經典之領域，足見大儒治學胸襟器度之寬廣也。例：

（一）《白虎通・社稷》：

社無屋何？達天地氣。故〈郊特牲〉曰：「天子大社，必受

霜露風雨，以達天地之氣。」社稷所以有樹何？尊而識之，使民望見即敬之，又所以表功也。故《周官》曰：「司徒班社而樹之，各以土地所宜。」

陳立《白虎通疏證》：

《周禮．大司徒》云：「設其社稷之壝而樹之田主，各以其野之所宜木，遂以名其社與野。」註：「田主、田神後土，田正之所依也。詩人謂之田祖。謂若松柏栗也。」又〈封人〉：「掌設王之社壝，爲畿封而數之。」註：「不言稷者，稷社之細也。」是則社稷皆有樹矣。蓋社稷樹皆封國時所樹，故曰表功。

「周禮」一書，在三禮之中最晚出，至漢武帝時，河間獻王得《周禮》獻於帝，又入祕府，當時諸禮家皆不得見。及劉向、劉歆校書，始著錄於《七略》。兩漢盛行今文經學，且均立於學官，《周禮》晚出，爲古文經，每遭今文經學者之排斥，唯劉歆以爲《周禮》乃周公致太平之書，鄭玄申劉歆之說，自此之後所謂正宗之禮家及注疏家，皆信奉此說，但與鄭玄同時之林孝存（亦作臨孝存）、何休等今文家，皆以爲《周禮》乃戰國時之作品，至唐代，趙匡、陸淳等謂《周禮》乃後人附益，宋、元諸儒，亦有詬病。清代今文學家劉逢祿、魏源等人甚至以《周禮》乃劉歆所僞作，清末廖平、康有爲等竟謂劉歆僞造《周禮》、《左傳》、《毛詩》、《爾雅》，並篡改《史記》以就己說。

近人錢穆曾著《劉向歆父子年譜》，由史入經，列舉事實，說明劉歆無僞造諸經之必要與可能，從而解決了晚清以來經學今古文爭訟之公案。又著《周官著作時代考》，從《周禮》

所載祀典、刑法、田制及其他方面，分析制度之產生發展，論證《周禮》成書於戰國晚季，近人錢玄以爲錢穆此說十分有力且可信，並舉「先秦古籍言九州者有四處」一例來證明錢穆之說確不可易。②

《白虎通》雖多採今文家之說，但在「論社無屋有樹」一條下，除引〈郊特牲〉以明天子大社必受霜露風雨，以達天地之氣外，更引《周官》以明社稷有樹乃是尊而識之，使民望見即敬之，又所以表功也。再引《周官》以明社有樹，且各以土地所宜。陳立《白虎通疏證》即引《周禮．大司徒》以說明設社稷之壝，並依土地所宜而植樹，如松、柏、栗之類，且以所植樹名其社與野，若以松爲社樹，則名松社之野，以別方面。

陳立不僅取《周禮》古文家之說以詮釋《白虎通》所雲「社有樹」，更取佚古文說來說明「社樹必根據其土地之所宜而種植」之理，如《白虎通．社稷》：「《尚書》逸篇曰：大社唯松，東社唯柏，南社唯栗，北社唯槐。」陳立《疏證》云：「或曰：王者五社，大社在中門外，唯松；東社八裡，唯柏；西社九裡，唯栗；南社七裡，唯梓；北社六裡，唯槐；蓋皆佚古文說也。」

由此可知，陳立《白虎通疏證》雖多引今文家解經之說，但亦不廢古文家卓越之見解。

二、陳立《白虎通疏證》禮學之論述能詳於訓詁

㈠《白虎通．禮樂》：

何以知夷在東方？《禮．王制》曰：「東方曰夷，被髮文

身。」又曰：「南方曰蠻，雕踶交趾。西方曰戎，被髮衣皮。北方曰狄，衣羽毛，穴居。」

陳立《白虎通疏證》：

《論語・憲問》：「吾其被髮左衽矣。」《史記・趙世家》：「翦髮文身，甌越之民也。」又〈吳世家〉：「太伯與仲雍逃之荊蠻，斷髮文身。」註：「常在水中，故斷其髮，文其身，以象龍子，故不見害。」案：「被」當讀爲「髲鬄」之「鬄」，故〈少牢禮〉：「主婦被裼」，鄭君破爲髲鬄。《說文》髟部：「髲，鬄也。」「鬄，髲也。」轉注相訓，是二字同意。《史記・司馬遷傳》「其次鬄毛髮。」，註：「鬄，剃也。」「剃」與「薙」同。故《周禮・秋官》掌除草者爲薙人。《禮・月令》：「燒薙行水。」是被、髲、鬄、剃、薙皆通用。故釋家除髮謂之剃髮。《淮南子、原道訓》：「於是人民被髮文身。」注：「被，翦也。」是也。東夷南接蠻越，故其俗亦近焉。「踶」當依今〈王制〉本作「題」，彼注云：「雕，謂刻其肌，以丹青涅之。交趾，足相鄉。」小字本、元本俱作「題」。

《白虎通，禮樂》所引〈王制〉：「東方曰夷，被髮文身。」一般注家多認爲「被髮」即「披髮」，乃相對於「束髮」而言，但陳立於「被髮」之「被」別有見解，認爲乃「斷髮」「剃髮」之意，陳立引〈少牢禮〉：「主婦被裼」，鄭玄破爲「髲鬄」，又據《說文解字》，「髲」、「鬄」二字轉注相訓，乃同義字也，又引《史記》注，《周禮：秋官・薙人》、《禮記、月令》可知：被、髲、鬄、剃、薙皆通用，故〈王制〉所云「被髮文身」即是「文身斷髮」之意。

又〈王制〉所云「雕踶交趾」，陳立《疏證》云：「踶當依今〈王制〉本作題。」但陳立未詳加舉證，按今本〈王制〉作「雕題交趾。」鄭玄注：「雕文謂刻其肌，以丹青涅之。交趾足相鄉。」孔穎達《正義》：「雕題交趾者，雕謂刻也，題謂額也，謂以丹青雕刻其額，非惟雕額，亦文身也。」《白虎通》作「雕踶」，按許慎《説文解字》足部：「踶，躗也。」段玉裁注：「李軌曰：踶，蹋也。」又《説文解字》足部：「躗，衞也。」段玉裁注：「按此必有脫誤，當云：躗，踶也。」而「蹋」字，許慎解爲「踐也。」「踶」字既作「踐踏」解，則《白虎通》所作「雕踶」殊不可解，顯係「雕題」之誤，宜解爲「以丹青雕刻額頭」，此乃南蠻之習俗也。

由上可知，陳立於「被髮」之意，能博引經傳，一一舉證，以明「被髮」即「斷髮」、「剃髮」之意，可謂詳於訓詁矣。

三、陳立《白虎通疏證》禮學之論述能勘正《白虎通》引《禮》文之訛誤

（一）《白虎通・社稷》：

王者諸侯所以有兩社何？俱有土之君也。故《禮・三正記》曰：「王者二社。爲天下立社曰太社，自爲立社曰王社。諸侯爲百姓立社曰國社，自爲立社曰侯社。」太社爲天下報功，王社爲京師報功。太社尊於王社，土地久，故而報之。

陳立《白虎通疏證》：

《玉海》引《五經通義》云：「太社在中門之外，稷在西，王社在藉田中。在國者爲天下報功，在藉田者爲千畝報功也。」則諸侯國社亦立於中門外，侯社亦立於藉田中矣。………「久」疑「大」之誤，「而」疑作「兩」。

按：《白虎通》所引《禮·三正記》與《禮記·祭法》大同小異。唯「天下」作「羣姓」，「太社」作「大社」不同耳。

太社既爲天下報功，王社在藉田，爲千畝報功，故陳立以爲當作「太社尊於王社，土地大，故兩報之。」

（二）《白虎通·宗廟》：

宗廟所以歲四祭何？春曰祠者，物微，故祠名之。夏曰禴者，麥熟進之。秋曰嘗者，新穀熟嘗之。冬曰烝者，烝之爲言衆也，冬之物成者衆。《禮·王制》曰：「春薦韭，夏薦麥，秋薦黍，冬薦稻，韭以卵，麥以魚，黍以豚，稻以雁。」

陳立《白虎通疏證》：

《繁露·祭義篇》云：「春上豆實，夏上尊實，秋上機實，冬上敦實。豆實，韭也。春之所始生也。尊實，麷也，夏之所受長也。機實，黍也，秋之所先成也。敦實，稻也，冬之所畢熟也。〈王制〉以此爲「庶人之禮」。鄭註：「庶人無常牲，取與新時物相宜而已。」

按：陳立指出〈王制〉以此爲庶人之禮，而班固作《白虎通》時略去「庶人」二字明顯失當，因本節屬「宗廟」，宗廟一歲四祭：春曰祠，夏曰禴，秋曰嘗，冬曰烝，庶人無廟，故祭於寢，〈王制〉所云：「春薦韭，夏薦麥，秋薦黍，冬薦稻，韭以卵，麥以魚，黍以豚，稻以雁」與宗廟之祭完全無關，此《白虎通》引《禮》不妥之處，陳立能指正其錯誤之處。

四、陳立《白虎通疏證》禮學之論述能釐清《白虎通》盧文弨校本之誤

《白虎通·社稷》：

大夫有民，其有社稷者，亦爲報功也。《禮、祭法》曰：「大夫以下，成羣立社，曰置社。」〈月令〉曰：「擇元日，命民社。」

陳立《白虎通疏證》：

《禮·郊特牲》：「惟爲社事單出里。」注：「單出里者，皆往祭於都鄙。二十五家爲里。」〈祭法〉注：「大夫不得特立社，與民族居，百家以上則共立一社，今時里社是也。」如鄭此言，則周之政法，百家以上得立社。《獨斷》亦云：「大夫以下，成羣立社，曰置社。大夫不得特立社，與民族居，百家以上則共一社，今時里社是也。」其秦漢以來，雖非大夫，二十五家以上則得立社，故云今之里社。故《禮》疏引《鄭志》云：「〈月令〉『命民社』謂秦社也。」《禮》疏引鄭《駁異義》云：「州長以歲時祭祀州社，是二千五百家爲社也。」又云：「有國及治民之大夫，乃有社稷。」是大夫與民共立社，不得自爲立社，故引〈祭法〉與〈月令〉民社之制證之也，若然，鄭註〈月令〉，自秦以下，民始立社，而此引以證周制者，案《漢書·五行志》：建昭五年，兗州刺史浩賞禁民私立社。臣瓚注：「舊二十五家爲社，而民十家五家共爲私社。」〈孔子世家〉：「楚昭將以書社地七百里封孔子。」注：「二十五家爲里，里各有

社。」則民社不自秦時。鄭自以〈月令〉秦書，故指而言也。然則古之民社，其即如後世村聚所立之神祠歟？盧（文弨）以「〈月令〉曰」九字爲衍文，非也。且里對鄉州言，則二十五家也。里散則通，如《論語》之〈里仁〉，〈雜記〉之里尹，不必限以二十五家也。則凡民間所立之社，皆稱里社，亦不必泥二十五家之社始稱里社也。

根據〈祭法〉：「大夫以下，成羣立社，曰置社。」鄭玄註：「大夫以下謂下至庶人。大夫不得特立社，與民族居，百家以上則共立一社，今時里社是也。」故大夫以下至於庶民，族居百家以上則共立一社，曰置社，鄭玄以爲即是里社，而陳立認爲即是《周禮》所謂「二千五百家立州社。」因「百家以上」並無上限之故。故大夫以下至於庶民所立爲置社，或曰里社，或曰州社，家數不一，性質則同，皆爲民祈福報功之意。

是故上自天子、諸侯，下至大夫、士、庶民皆有社，蓋人非土不立，土地廣博，不可遍敬，故封土立社以祈福報功也。天子之社曰太社、王社，諸侯之社爲國社、侯社，③，自大夫下至庶人所立之社，或曰置社，或曰里社，或曰州社，其實皆同。

至於「〈月令〉曰：擇元日，命民社。」已見於《白虎通·社稷》（一）論歲再祭所引，盧文弨認爲此九字爲衍文，乃涉上文而衍，陳立並不贊成此一說法，陳立《疏證》云：「大夫與民共立社，不得自爲立社，故引〈祭法〉及〈月令〉民社之制證之也，若然，鄭註〈月令〉：自秦以下，民始立社。而此引以證周制者。」又云：「古之民社，其即如後世村聚所立神祠歟？盧

（文弨）以『〈月令〉曰』九字爲衍文，非也，且裡對鄉州言，則二十五家也。里散則通，如《論語》之〈里仁〉，〈雜記〉之里尹，不必限以二十五家也。則凡民間所私立之社，皆稱里社，亦不必泥二十五家之社始稱里社也。」故《白虎通》所引〈月令〉曰以下共九字乃是說明大夫不得單獨立社，與民族居則百家以共立一社耳，盧文弨以此九字爲衍文，非也，陳立《疏證》所言是也。

五、陳立《白虎通疏證》禮學之論述能摒棄成見重視讖緯

陳立《白虎通疏證》援引諸書，經部最多，子史稍少，而讖緯之書尤不在少數，而緯書輯佚之學，清代學者所花費的心血最多，成果也最豐碩，如《緯捃》便是喬松年的鉅作，其他尚有馬國翰的《玉函山房輯佚書》，黃奭的《漢學堂叢書》，趙在翰的《七緯》，均是學術界的瑰寶。

緯的命名，本以配經而言，漢代的緯學實際是經學的一部分，研究漢代經學，若摒棄緯學，便無法窺見全貌。前人常將讖緯分開，譏評漢儒採用緯說，如崔述、秦蕙田等人即是持排斥態度的代表人物。

其實，緯書的作者也是所謂「先儒」，漢代經學許多重要的內涵仍保存在緯書裡面，經學、緯學已密不可分，因而儒者說經援引緯書乃是很自然的，因此，清代學者研究漢學，便不能不溯及緯書。何況緯書不乏富於史料或文學價值的篇章，因此，欲研究古代傳說、習俗、科學、哲學等等，緯書確是珍貴

的庫藏，值得我們開發。

陳立所引的緯書，幾乎遍及七經，《禮》即包括《含文嘉》、《門威儀》、《稽命徵》，另有《春秋》緯、《孝經》緯、《易》緯，實在不勝枚舉，正因《白虎通》多方採擇緯書，所以陳立也必須加以深入探究。以《白虎通號篇》爲例，「三皇」指伏羲、燧人、神農，即是《禮》緯《含文嘉》之説。

又如《白虎通·社稷》云：「歲再祭之何？春求秋報之義也。又引《孝經》緯《援神契》之文，云仲春祈穀，仲秋獲禾，報社祭稷。

緯書在東漢是顯學，不懂讖緯就是沒有學問，大臣奏摺，皇帝詔令，都是動輒稱引緯書，因此不懂緯書便會仕途艱澀。但魏、晉以後，學術風氣大爲改變，歷代帝王嚴格禁止，理性主義的復歸，再加上佛教、道教興起，於是緯學不傳，而緯書也漸漸散逸了，但讖緯不會消亡，只要中國民衆對執政掌權者負有和諧天人的責任的觀念不變，這一類的學術便不會根絕。

另一個議論紛紜的問題，是緯書起源的時代。流行的意見認爲起於西漢晚年哀、平之際，其根據主要是《後漢書》的《張衡傳》，他曾上疏談圖讖，王先謙《後漢書集解》於此引清初閻若璩之言：緯起哀平，但成帝時已有緯名。阮元所編《詁經精舍文集》有徐養原、汪繼培、周治平、金鶚、李富孫等作《緯侯不起於哀、平辨》，論説尤詳。故知成帝時已有整齊的六緯，與五經相提並論，足證緯書有更早的起源，近年來發現的長沙馬王堆漢墓帛書，埋藏于文帝前期，有些内容已有緯書相似處，哀、平之際，不過是緯書大盛的時期而已。

清代很多學者研究經學時，將緯書視爲洪水猛獸，甚或直認爲是妖妄荒謬之言，完全摒棄不顧，這是非常主觀且偏執的作法，將使經學的研究自我設限，不能開拓視野，陳立能摒棄一般經學家的成見，正視緯書的存在與重要性，是十分難能可貴的。

貳、陳立《白虎通疏證》禮學之失

一、陳立《白虎通疏證》禮學之論述偶有引證不妥之病

㈠《白虎通・封公侯》：

君薨，適夫人無子，有育遺腹，必待其產立之何？專適重正也。〈曾子問〉曰：「立適以長不以賢何？以言爲賢不肖不可知也。」

陳立《白虎通疏證》：

《左傳・哀三年》云：「季孫有疾，命正常曰：『吾死，南孺子之子男也，則以告而立之；女也，則肥也可。』」杜預註：「南孺子，桓子之妻也。明康子爲桓子之孽子，故命待南孺子之子生而立之也。」盧云：「『育』字疑衍，『專』字或疑『尊』之誤。」

關於立太子之事，陳立《疏證》引《左傳》記季桓子有疾，其妻南孺子有遺腹子，桓子命正常云：吾死，南孺子之子男也，則告而立之；若女也，則立庶子季孫肥（即日後之季康子）可

也。陳立引此例不妥，因《白虎通》所云乃是「君薨，適夫人無子」之情形，而季桓子非國君，僅是魯國之大夫而已，陳立以此爲例，似欠妥當。

所謂「立嫡，立長不以賢；立子，以貴不以長。」見於《公羊傳・隱西元年》，乃今文家之説。古文家《左氏傳》則異：「王后無嫡，則擇立長，年鈞以德，德鈞以蔔。」陳立《疏證》於今文家與古文家之間，引何休《膏肓》難左氏之説，主張「立嫡，以長不以賢」蓋因「人狀難別，嫌有所私，故絕其怨望，防其覬覦」，故關於立太子之事，陳立贊同今文家「立嫡，以長不以賢；立子，以貴不以長」之説也。

㈡《白虎通・致仕》：

卿大夫老，有盛德者留，賜之幾杖，不備之以筋力之禮。在家者三分其祿，以一與之，所以厚賢也。人生七十，臥非人不溫，適四方，乘安車，與婦人俱，自稱曰老夫。〈曲禮〉曰：「大夫致仕，若不得謝，則必賜之幾杖。」《王度記》曰：「臣致仕於君者，養之以其祿之半。」幾杖所以扶助衰也，故〈王制〉曰：「五十杖於家，六十杖於鄉，七十杖於國，八十杖於朝。」

陳立《白虎通疏證》：

《禮・王制》云：「八十杖於朝。」蓋年過七十，不得致仕，故許之幾杖也。《王度記》下，別采異說也。沈氏彤説云：「前説謂大夫以上，後説謂元士以下。」義或然也。

關於卿大夫年老致仕家居者，其俸祿究竟若干？《白虎通》先云：「在家者，三分其祿，以一與之，所以厚賢也。」後又引《王度記》曰：「臣致仕於君者，養之以其祿之半。」陳立《疏證》云：「《王度記》下，別采異說也。」關於「在家者三分其祿，以一與之」之說，陳立《疏證》解說如下：「《前漢・平帝紀》：元始元年，令天下吏比二千石以上，年老致仕者，參分故祿，以一與之，終其身，蓋古有此說，故莽依用焉。」但陳立又舉出三個俸祿並未減少之例：「然漢世石奮則以上大夫祿歸老於家，周仁則以二千石祿歸老，張歐，天子亦寵以上大夫祿歸老，皆致仕給祿事也。」

然而卿大夫年老致仕之後，俸祿究竟爲原先之三分之一抑或二分之一，沈彤以爲於經書中無可考，其《周官祿田考》有如下之說：「致仕官之所食幾何？曰：於經無考也。《白虎通》云：三分其祿，以一與之。又引《王度記》云：養之以其祿之半。前說當謂食大夫以上，後說當謂食元士以下也。若其家，則皆別受田五十畝耳。」沈彤先云「於經無考」，又以爲《白虎通》所云當謂食大夫以上，《王度記》所云當謂食元士以下，似以此二說分別各有所指，並無矛盾，但沈彤畢竟未能詳加舉證，陳立《疏證》竟斷以「義或然也」，頗覺輕率。

二、陳立《白虎通疏證》禮學之論述偶有文字訛誤或脫漏之處

㈠《白虎通・瑞贄》：

《禮・王度記》曰：「玉者，有象君子之德，燥不輕，溼不重，薄不橈，廉不傷，疵不掩。是以人君寶之。」

陳立《白虎通疏證》：

《説苑·修文篇》:「圭者,玉也。薄而不橈,廉而不劌,有瑕於中,必見於外。」《説文》玉字下云:「石之美者有五德者。潤澤以溫,仁之方也。䚡理自外,可以知中,義之方也。其聲舒揚,專以遠聞,智之方也。銳廉而不忮,絜之方也。」

除《説苑》、《説文》之外,陳立又引《初學記》引《通義》及《管子》凡四家之説,其中《説苑》僅舉三德而已,《管子》列舉六德,《説文》與《初學記》引《通義》則皆云「玉有五德」,但陳立於「《説文》玉字下云:石之美有五德者」以下只列四德而已,在「其聲舒揚,專以遠聞,智之方也」以下漏列「不撓而折,勇之方也」八字,應予補入。

㈡《白虎通·辟雍》:

〈王制〉曰:「小學在公宮南之左,大學在郊。」又曰:「王太子、王子、羣後之太子、公卿大夫元士之嫡子,皆造焉。」

陳立《白虎通疏證》:

〈王制〉疏引熊氏云:「文王時猶從殷禮,故辟雍太學在郊也。」其實大學可移,辟雍不可移,以其觀天文四時,及鳥獸魚鱉,不便於國中也。虞、夏、周皆二學,周則五學。

《白虎通·辟雍》此文引〈王制〉,旨在説明小學及大學之所在地,小學在公宮南之左,大學在郊。但陳立錄孔穎達〈王制〉疏先引熊安生之論:「文王時猶從殷禮,故辟雍太學在郊。」又云:「其實大學可移,辟雍不可移,以其觀天文四時,及鳥獸魚鱉,不便於國中也。虞、夏、周皆二學,周則五學。」根據上下文意,「虞、夏、周皆二學」明顯是「虞、夏、殷皆二學」之誤。才不致與下文「周則五學」相互矛盾。此亦是陳立《白虎通疏證》小小疏失，本篇論文已加勘正。

三、陳立《白虎通疏證》禮學之論述援引讖緯之說有不妥之處

《白虎通・巡狩》：

王者將出告天者，示不專也。故〈王制〉曰：「類於上帝，宜乎社，造於禰。」類祭以祖配不？曰：接者尊，無二禮，尊尊之義。

陳立《白虎通疏證》：

鄭氏〈王制〉註云：「帝謂五德之帝，所祭於南郊者。」《御覽》引《異義》：「今《尚書》說，類，祭天名也，以事類祭之，奈何？天位在南方，就南郊祭之是也。古《尚書》說：非時祭天謂之類。言以事類告也。肆類於上帝，告揖讓，非常祭。謹案：《周禮》郊天無言類者，知類非常祭。從古《尚書》說。」《說文》作「禷」，謂「以事類祭天神」，則亦用古說。其實今古文義相近也。周人夏正郊天於南郊，然而類祭之天，當是蒼帝靈威仰也。

此略引〈王制〉以說明王者將出告天，非不專也。陳立《疏證》援引《五經異義》所載今文《尚書》及古文《尚書》兩家之說，並依從古文《尚書》說，以類非常祭，故非時祭天謂之類。又云：「周人夏正郊天於南天，然而類祭之天當是蒼帝靈威仰也。」

陳立云：「類祭之天，當是蒼帝靈威仰也。」蓋因〈王制〉

鄭玄註云：「帝謂五德之帝，所祭於南郊者。」故陳立以爲祭於南郊之天當是五德之帝，即蒼帝靈威仰也。《周禮．小宗伯》：「兆五帝於四郊。」鄭玄註：「兆爲壇之營域，五帝：蒼曰靈威仰，太昊食焉；赤曰赤熛怒，炎帝食焉；黃曰黃樞紐，黃帝食焉；白曰白招拒，少昊食焉；黑曰汁光紀，顓頊食焉；黃帝亦於南郊。」此乃《春秋》緯《文耀鉤》之說，且五帝亦稱上帝。

先儒對於鄭玄取自《春秋》緯《文耀鉤》之「五帝」說，大多加以駁斥，本篇論文擷取王肅、程子以至秦蕙田、方觀承之說爲例，方觀承駁斥尤烈：「康成〈天神〉之解所以不可據者，以其溺於緯書，既附會星垣，又強立耀魄寶及靈威仰、赤熛怒、含樞紐、白招拒、汁光紀等名目，其大病尤在混禘於郊，瀆祖宗於明堂，所以王肅諸儒力辨其非耳。」

由上可知，陳立《疏證》所云：「周人夏正郊天於南郊」乃是根據〈王制〉鄭玄註而來，並無不妥，但下文「然則類祭天當是蒼帝靈威仰也」則宜刪去，蓋讖緯之說於此無關。

四、陳立《白虎通疏證》禮學之論述偶有探究禮義嫌太簡略之病

㈠《白虎通．瑞贄》：

何謂五瑞？謂珪、璧、琮、璜、璋也。《禮》曰：「天子珪尺有二寸。」又曰：「博三寸，剡上，左右各寸半，厚半寸。半珪爲璋。方中圓外曰璧。半璧曰璜。圓中牙外曰琮。」

陳立《白虎通疏證》：

此約〈玉人〉職及〈聘禮〉記、〈雜記〉文。舊本「牙」字下有『身立』二字係衍文。

陳立《疏證》嫌太簡略，對《禮》文未能深入析論，宜加補足，要點如下：

玉瑞與贄禮，見於《白虎通・瑞贄》，玉瑞指行禮所用之玉器，乃是由石器時代石制之工具、武器、飾物等發展而來。盛行玉器，乃是我中華民族之特點，一九七六年安陽發掘之婦好墓，出土各種玉器達七五五件，製作精美純倫，此即說明早在商丁時代，製作玉器之技術與藝術，已達較高水準，但此類玉器是否供行禮之用，還須進一步研究，在周代有幾種玉器已進入禮器之行列，則毫無疑義矣。④

《周禮・考工記・玉人》：「玉人之事，鎮圭尺有二寸，天子守之；命圭九寸，謂之桓圭，公守之；命圭七寸，謂之信圭，侯守之；命圭七寸，謂之躬，伯守之。」⑤鄭玄以爲除天子鎮圭、公桓圭、侯信圭、伯躬圭之外，當有「子守穀璧，男守蒲璧」之制闕而未載也。

據《儀禮・聘禮》：「圭與繅皆九寸，剡上寸半，厚半寸，博三寸。」鄭玄以爲剡上象天圓地方，賈公彥以爲上剡象天圓，下不剡象地方。⑥

至於《白虎通》所引《禮》曰下「半珪爲璋，方中圓外曰璧，半璧曰璜，圓中牙外曰琮。」一段文字，不見於今本《周禮》、《儀禮》、《禮記》諸書，當係《禮》之逸文，本篇論文已就「五瑞」之形狀與大小加以補述，茲不贅述矣。

㈡《白虎通・三軍》：

《詩》曰：「命此文王，于周於京。」此言文王誅伐，故改號爲周，易邑爲京也。明天著忠臣孝子之義也。湯親北面稱臣而事桀，不忍相誅也。《禮》曰：「湯放桀，武王伐紂時也。」

陳立《白虎通疏證》：

《荀子·正論篇》：「天下歸之之謂王，天下去之之謂亡。故桀紂無天下，而湯武不弑君，由此效之也。湯武者，民之父母也；桀紂者，民之怨賊也。」即時義也。

此引《禮記·禮器》之文而泛稱《禮》曰以明湯放桀而不相誅，然陳立《疏證》引《荀子·正論篇》以明湯、武乃民之父母，桀、紂乃民之怨賊，故湯、武非弑君也，未能闡明《白虎通》所引「《禮》曰：湯放桀，武王伐紂，時也。」其義究竟如何，嫌於簡略，宜加補述如下：

所引《禮》曰一段出自《禮記·禮器》，原文作：「禮，時爲大，順次之，體次之，宜次之，稱次之。堯授舜，舜授禹，湯放桀，武王伐紂時也。」鄭玄註云：「言聖人制禮所先後也。言受命改制度。」孔穎達《正義》又闡明爲何時爲大，順次之，體次之，宜次之，稱次之之理。⑦

宋衞湜《禮記集說》引方慤之說，分別詮釋「時」、「順」、「體」、「宜」、「稱」之涵意：天之運之謂時，人之倫之謂順，形之辨之謂體，事之義之謂宜，物之平之謂稱。故堯舜以德而授受，湯武兵而放伐，非人力之能爲，蓋天運然也，故謂之時。⑧

清孫希旦《禮記集解》也申論「時」之精義：「禮之因革損益，必隨乎時，而嬗、授、放、伐，尤隨時中之大者也。自

『倫』以下，皆禮之經，而『時』者乃禮之權，非有聖人之德而居天子之位，不能乘時創制，以達天下之大權，故禮莫大乎此。」⑨

故堯舜以德而授受，湯武以兵而放伐，非人力所能爲，蓋天運然也，故謂之時。故天下歸之謂之王，天下亡之謂之亡，桀紂既已不仁而失天下，則湯武亦不爲弑君，其理甚明，《孟子》所云：「聞誅一夫紂矣，未聞弑君也。」此之謂也。

五、陳立《白虎通疏證》禮學之論述於《經》與《記》兩者時有誤讀漢人典籍之處

㈠《白虎通・紼冕》下「論爵弁」：

爵弁者，何謂也？其色如爵頭，周人宗廟士之冠也。《禮・郊特牲》曰：『周弁』。〈士冠經〉曰：『周弁，殷冔，夏收』。

陳立《疏證》云：「〈士冠經〉當作〈士冠記〉。」實則此段文字在《儀禮・士冠禮》「記冠義」之下，乃是「經」之後附載之記文，仍爲《禮經》之一部分，故陳立不宜用「當作」二字，有如勘正《白虎通》之訛誤，實有唐突前賢之失也。

㈡《白虎通・謚》：

死乃謚之何？詩云：『靡不有初，鮮克有終。』言人行終始不能若一，故據其終始，從可知也。〈士冠經〉曰：『死而謚，今也。』

陳立《白虎通疏證》云：「〈士冠經〉當爲〈士冠記〉。」案：「死而謚，今也。」此段文字亦在〈士冠禮〉「記冠義」之下，

亦是附載之記文，但漢人皆稱爲「經」，故班固稱〈士冠經〉並無不妥，陳立不宜用「當爲」二字直指其訛誤也。

小結

陳立生於禮學昌盛之清代，此時不僅人才輩出，成就亦巨，以《皇清經解》及《續皇清經解》而言，乃清儒經學著作之薈萃，其中有關三禮者爲最多。形成此種學術風氣之原因，主要由於清代學者懲晚明空疏之弊，崇尚樸學，如清初大儒顧亭林、黃梨洲等，鄙棄空論，獎掖後學多讀古書，多研究典章制度，學習三禮。顧亭林在山東見張爾岐治《儀禮》，贊嘆不已，黃梨洲之大弟子萬充宗、萬季野兄弟，所撰經學著作中特多禮學，清代之禮學便由此逐漸發展形成風尚。陳立擷取衆多禮學大家之卓見，加以師承江都凌曉樓，本治公羊《春秋》，因及漢儒説經師法，以爲莫不備於《白虎通》，故先爲此書作疏證，以條舉舊聞，暢隱抉微爲主，而不事辨駁，既能兼採今古文家之見，無所偏頗；又能勘正《白虎通》原書所引《禮》文及盧文弨校本之訛誤，又能闡揚所引《禮》文之精義，可謂成就斐然。至於偶有申論嫌於簡略，或文字訛誤、缺漏之處，畢竟瑕不掩瑜，故陳立《白虎通疏證》一書中以所引三禮類爲範疇之論述，在清代禮學之研究中自有其不可忽視之成就。

註　　釋

①清莊述祖《白虎通義考》：北京中華書局《白虎通疏證》附錄，頁六〇

四。

②錢玄《三禮通論》，南京師範大學出版社，頁三十～三十一。

③見《白虎通・社稷》「論天子諸侯兩社」所引《禮・三正記》之說。

④見錢玄《三禮通論》，南京師範大學出版社，頁二四七。

⑤《周禮》（清阮元校勘宋本十三經注疏），藝文印書館，頁六三一。

⑥《儀禮》（清阮元校勘宋本十三經注疏），藝文印書館，頁二八四。

⑦《禮記》（清阮元校勘宋本十三經注疏），藝文印書館，頁四五〇。

⑧宋衞湜《禮記集說》，商務印書館，四庫全書經部，一一八冊，頁二十六。

⑨清孫希旦《禮記集解》，文史哲出版社，頁六二八。

《雲夢秦簡》中的父子關係
——父不慈子不孝

銘傳大學應用中語系　余中發

《禮記》的〈禮運篇〉在論及父子之間的關係時，雖然强調的是「父慈子孝」①，但是許慎在《說文解字》裡卻說：「父，巨也。家長率教者，从又舉杖。」②可知在漢代人的心目中，父親在家中所扮演的角色，是不限於「慈」而已，他還負有統治與督教的責任。所以《呂氏春秋》的〈蕩兵〉篇說：「家無怒笞，則豎子嬰兒之過也立見。」③若就《雲夢秦簡》的實例而言，父親的地位除了「率教」之外，對於那些不孝的兒子，尚可通過官府而操有生殺的大權。

在《雲夢秦簡》中，述及父親控告兒子不孝的簡文，一支見於〈法律答問〉，兩支見於〈封診式〉。〈法律答問〉的簡文說：

> 免老告人以為不孝，謁殺，當三環之不？不當環，亟執勿失。④

簡文中所謂的「免老」二字，根據《漢書．舊儀》的說法，知道秦有「六十乃免老」的規定，所以「免老」當指年紀上了六十歲的老人而言。⑤「謁」是告的意思。「三環」其意如何？簡文未加說明，載籍中也不見記載，不過《周禮·秋官·司寇》有司刺之官，掌「三刺、三宥、三赦之法，以贊司寇聽獄訟。」⑥其中所講的「三宥」是「壹宥曰不識，再宥曰過失，三宥曰遺忘。」與簡文所指的事實頗爲相符，因此此處所謂的「三環」，可能就是《周禮》所言的「三宥」。整支簡支的意思是說：「有一位六十歲的老人家，向官府控告他兒子不孝，並且要求處以死刑，是否需要經過三次寬宥的審訊呢？根據規定是不需要經過這種程序的。所以要立即將那個不孝子加以拘捕，以免他逃跑了。」何謂「不孝」？《唐律疏議》有「十惡」之說，其中的「第七惡」就是「不孝」，注文中認爲凡是犯有「告言、詛詈祖父母父母，及祖父母父母在，別籍、異財，若供養有闕；居父母喪，自由嫁娶，若作樂，釋服從吉，聞祖父母父母喪，匿不舉哀。及詐稱祖父母父母死。」⑦等行爲的都稱爲不孝。

《唐律疏議》所載的律令頗多淵源於秦律的，此處所言的「不孝」，到底與《雲夢秦簡》中所謂的「不孝」，是否有相襲之處，則不得而知，不過就《唐律疏議》所言，「不孝」之罪最重者也不過「流二千里」而已，並不如秦律所言之重。

告子　爰書：某里士五（伍）甲告曰：「甲親子同里士五（伍）丙不孝，謁殺，敢告。」即令令史己往執。令史己爰書：與牢隸臣某執丙，得某室。丞某訊丙，辭曰：「甲親子，誠不孝甲所，毋（無）它坐罪。」⑧

遷（䙴）子　爰書：某里士五（伍）甲告曰：「謁鋈

親子同里士五（伍）丙足，遷（䙴）蜀邊縣，令終身毋得去遷（䙴）所，敢告。」⑨

這是〈封診式〉兩支簡文的內容，文中的「爰書」二字，根據《漢書·張湯傳注》的解說是：「爰，換也，以文書代替其口辭也。」⑩它原本是囚犯的口供，但是就秦簡「爰書」所涉及的內容來看，它卻不僅是記錄犯人的口供而已，凡是與司法案件有關的供辭、記錄、報告書等，都可叫「爰書」。「鋈足」就是「刖足」的意思，它是一種斷足的刑罰。〈封診式〉的第一支簡文的意思是說：「某里的士伍甲控告說：『甲的親生兒子，同里的士伍丙，對甲不孝；請求處以死刑。謹告。』當局即刻就命令史己前往將丙捉拿到案，並令史己寫了一分「爰書」說：『本人和牢隸臣某前往捉拿丙，在某家將丙拿獲。』在縣丞某審訊丙時，丙坦誠是『甲的親生兒子，確實對甲不孝，但是沒有其他的共犯。』」第二支簡文的意思是說：「某甲士伍向官府控告說：『請求將本人親生兒子，同里士伍的丙，處以斷足之刑，並將他流放到蜀郡邊遠的地方，使他終身不得離開流放的處所。謹告。』」與〈法律答問〉中的那一支簡文一樣，〈封診式〉中的官府都依照控告者的要求，將被告者判了刑（一殺、一鋈足流放）。不過根據〈封診式〉「爰書」的敘述，那位被鋈足流放蜀郡邊遠地區的「不孝子」，政府並沒有令他自生自滅，除了令他的家屬同往之外，還依法給他飯食。

古人說：「虎毒不食子」，「天下無不是的父母」，如果根據《雲夢秦簡》的這三支父親控告兒子不孝的案例來看，在戰國時代的秦人，父子之間是否有親情的存在，實在令人感到懷疑，無怪賈誼要說：「秦人家富子壯則出分，家貧子壯則出贅。借父耰鉏。慮有德色。母取箕帚，立而誶語。……其慈子則嗜利，不同禽獸者亡幾耳。」⑪並有《呂氏春秋》所云：「秦之野人，以小利之故，弟兄相獄，親戚相忍」的現象了。

註　　釋

①《十三經注疏·禮記》（台北：新文豐出版社，民國六十七年元月再版），頁四三一。

②段玉裁《說文解字注》（台北：天工書局印行，民國八十七年元月再版），頁四三一。

③許維遹《呂氏春秋集釋》（台北：世界書局，民國六十四年三月四版），卷第七，頁二九四。

④《睡虎地秦墓竹簡》（台北：里仁出版社，民國七十年十一月十二日出版），頁四六四。

⑤《睡虎地秦墓竹簡·秦律十八種·倉》「免隸臣妾」〈注一〉引《漢舊儀》曰：「秦制二十等爵，男子賜爵一級以上，有罪以減，年五十六免。無爵爲士伍，年六十乃免。」

⑥《十三經注疏·周禮》（台北：新文豐出版社，民國六十七年元月再版），頁五三九。

⑦唐長孫無忌等撰《唐律疏議》（台北：弘文館出版社，民國七十五年三月一日初版），頁一二。

⑧8同注4，頁五二五。

⑨同注4，頁五二三。

⑩《新校本漢書并附編二種三》（台北：鼎文書局，民國七十年二月四版），頁二六三七。

⑪見《新譯賈長沙集・論時政疏》（台北：三民書局，民國八十五年七月初版），頁五六。

爾雅論著目錄作者索引

臺南師院語教系教授　汪中文編

凡例

一、本索引依據《爾雅論著目錄》而編，以方便學者檢索參考。

二、本索引表依作者姓名劃之多寡排列，各字之先後順序以電腦排序爲準。

三、日文作者，依中文之筆劃順序排列。西文作者兩筆，依照英文字順序，排於最後。

四、各論文，有不提作者者，皆入「佚名」下。

二劃

三劃

四劃

五劃

六劃

七劃

八劃

九劃

十劃

十一劃

十二劃

十三劃

十四劃

十五劃

十六劃

十七劃

十八劃

十九劃

二十劃

二十一劃

西方作者

釋仌兆

師大國文系　季旭昇

《說文解字》有個「仌」字，又有個「兆」字，它們本來是幾乎沒有什麼關係的兩個字，但是戰國秦漢以後，這兩個的字形趨於接近，產生了混用的現象，文獻中漸漸混淆難分。清代《說文》大家段玉裁《說文解字注》因此誤以爲「仌」、「兆」本同字，意思是「灼龜坼」，其說對後代學者造成一定的影響。本文從源頭探討這兩個字，希望把它們的來龍去脈釐清楚。

一・兆的舊說

大徐本《說文解字》二上・八部：

> 𠔁　分也。从重八。八，別也，亦聲。《孝經說》曰：「故上下有別。」兵列切。

據此，仌字从重八，其音義與「八」字幾乎沒多少不同。《說文解字》有一些複體字，其音義與單體完全沒有不同，如「𥸨」，《說文解字》說：「二余也，讀與余同。」其構造原理與「仌」相同。

但是，段玉裁對這個字卻有完全不同的看法，段玉裁《說文解字注》云：（楷體字爲《說文》原文，仿宋體爲段注）

𠔁　分也。

段注：此即今之兆字也。《廣韻》兆「治小切」，引《說文》「分也」，此可證孫愐以前「𠔁」即「兆」矣。又云：「𣅀，灼龜坼也。出《文字指歸》。」《文字指歸》者，曹憲所作，此可證孫愐以前〈卜部〉無「兆坼」字矣。

顧野王《玉篇》〈八部〉有「𠔁」，兵列切；〈卜部〉之後出〈兆部〉，又云「𣅀」同「兆」，此可證顧氏始不謂𠔁即兆字矣！

虞翻說《尚書》「分北三苗」云：「北，古別字。」不知其所本，要與重八之𠔁無涉，豈希馮始還合而岐誤與？

治《說文》者乃於〈卜部〉增𣅀為小篆，兆為古文，於𠔁下增之云：「八，別也，亦聲。兵列切。」以證其非兆字，而《說文》之面目全非矣。

𠔁从重八者，分之甚，龜兆其一也。凡言朕兆者，如舟之縫，如龜之坼。

从重八。

此下刪「八，別也，亦聲」五字。會意。治小切，二部。楚金云：「或本音兆。」按此相承古說也。

《孝經說》曰：

「《孝經說》」者，《孝經緯》也。後鄭注經引緯，亦曰「某經說」。《鄭志荅張逸》曰：「當為注時，時在文網中，嫌引祕書，故諸所還圖讖，皆謂之說。」

故上下有別。

此引緯說字形重八之意也。上別下別，則二「八」矣。《集韻》改為「上下有仌」，非也。

段玉裁這段考證非常費功夫，但可惜錯誤很多。不知道什麼原因，他非常堅持「仌」這個字應該讀作「兆」，以爲就是後世的「龜兆」的「兆」字，並以爲孫愐以前的《切韻》沒有「兆」字，顧野王《玉篇》才開始不認爲「仌即兆字」。換句話說，他認爲「仌」即「兆」、「兆」。

《說文解字》三篇下卜部以「兆」爲「兆」的古文，但段注卻不肯接受，他堅持「兆」是《玉篇》所增，而「兆」則是隋末唐初曹憲所增：

兆：灼龜坼也。

《周禮》注曰：「兆者，灼龜發於火，其形可占者，其象似玉瓦原之璺罅，是用名之焉。」按：凡曰朕兆者，朕者如舟之縫，兆者如龜之坼，皆引伸假借也。

从卜、兆象形。

治少切，二部。

兆　古文兆省。

按古文衹為象形之字，小篆加卜，非古文減卜也。

《廣韻》曰：「兆：灼龜坼。出《文字指歸》。」「兆，治小切。」引《說文》「分也」。「分也」之訓見〈八部〉「仌」下。「兆」出《說文》，則不得云出《文字指歸》，蓋古本《說文》卜部無𠨷、兆字，〈八部〉「𠔁」字即龜兆字。今「𠔁」音兵列切，卜部𠔁中多一筆，以殊於兆，皆非古也。

《玉篇》卜部之外別為兆部，云：「兆：事先見也，形也。𠨷，同上。」假令顧氏所據《說文》早同今本，何為做此紛更乎！是必《說文》無兆，而增此一部，曉然！據《篇》、《韻》以正《說文》，可無疑矣！

尋此字之原委，蓋由虞翻讀《尚書》「分𠔁三苗」為𠔁，云：「𠔁，古別字。」由是信之者，讀《說文》八部之𠔁為兵列切，又增竄「八亦聲」於說解中，而《說文》乃無龜兆字矣！《說文》無龜兆字，梁顧氏作《玉篇》，乃增〈兆部〉於〈卜部〉之後，隨曹憲作《文字指歸》，乃又收𠨷為龜兆字，而改竄《說文》者乃於〈卜部〉增「𠨷」為篆文，「兆」為古文，又恐其形之溷於〈八部〉也，乃增加一筆以殊之，紕繆之由，歷歷可見。前注〈八部〉未能了然，後之學者依此說而刪定可也。

又，按《集韻》、《類篇》皆引《說文》𠨷古省，或作𠔁，臣光曰：「按：𠔁，兵列切，重八也，𠨷古當作𠔁。」是則勉強區分，蓋由司馬公始，徐鍇、徐鉉、丁度等皆作𠔁，司馬公所襲者，夏竦輩之書也。

事實上，段玉裁的堅持是沒有道理的，清代學者反對段說的很多，王紹蘭《說文段注訂補》已予以一一批駁，這兒就不煩徵引了。

段玉裁會有這樣奇怪的改動，主要是「兆」、「𠨷」、「𠔁」等字在歷代文字演變中比較複雜，所以《說文》有一些錯誤，歷代文獻也有一些矛盾，段玉裁想要解決這些矛盾，但他並沒有能真的解決，反而留下了更多錯誤。

《說文》對「兆」的解釋雖然是錯的，但是對「〡」的解釋則是對的。「兆」的本義是「涉」，甲骨文从水从步，象涉水之形。在甲骨文中，卜兆之「兆」的表意初文應是「囚」；周原甲骨作「卲」，从卜召聲，改象形為形聲；《說文》作「𠬪」，从卜兆聲；「兆」應該是它的省形，而這個省形的「兆」和「〡」字又非常接近，所以漸漸相混淆，應讀為「別」的「〡」字因此或被讀為「兆」，段玉裁受了這種影響，於是對《說文》做了錯誤的改動。

二·〡字的初形本義

「〡」字在甲骨文作「八」（戩45.11），从重八，商承祚以為就是《說文解字》的「〡」字，並指出：

段玉裁謂〡為兆之初字，以誼繩之，殆有所疑矣！」（《類篇》二卷二頁）李孝定先生也指出：

> 段注《說文》謂：此即兆垗本字……，段說之誤，王紹蘭、徐承慶、徐灝輩言之審矣。卜辭〡為地名，如「貞乎帚胼姘田于〡」（前 2.45.1）、「匚于☐何☐自〡」（前 5.28.1）……均是。其義不詳，就字形言，許說是也。」（《甲骨文字集釋》二六一葉）

姚孝遂先生以為：

> 商承祚釋〡，以為與許書从重八正合。段玉裁以為『卜兆』之本字，不能說毫無道理。《說文》『〡』與『兆』可

能是同源字，姑存以待考。卜辭均用作地名，義無可考。字之釋𠔁，終覺有所未安。」（《甲骨文字詁林》3301條按語）

旭昇案：甲骨文此字都作地名用，無法從文例來考查它的本義，但是文字是有機的，前有所承，後有所傳，從文字的傳承來看，李孝定先生以爲「就字形言，許說是也」，可從。

「仌」字後世文獻幾乎看不到，只有《三國志·吳書·虞翻傳》裴松之注引《虞翻別傳》云：

（虞翻）奏鄭玄解《尚書》違失事目：「……伏見故徵士北海鄭玄所注《尚書》，以……『分北三苗』，『北』古『別』字，又訓北，言北猶別也。若此之類，誠可怪也。」（藝文印書館《三國志集解》1082頁）

錢大昕注：

《說文》『𠔁，別也』，从二八，𠔁、北字形相似，故誤為北。」（藝文印書館《三國志集解》1082頁）

王紹蘭《說文段注訂補》也說：

二𠔁字今本裴注皆譌北。據云『古別字』，明其是𠔁，非北。假令是北，不得言『古別字』矣！下文亦不得言『又訓北』矣！今《史記·五帝本紀》亦作『分北』，《集解》引鄭書注釋為『分析』，明非『北』字。『北』當訓背，不得訓析，知《史記》亦是𠔁字，皆後人以某氏古文《尚書》改之。」

錢大昕、王紹蘭的解釋是對的，鄭玄所注《尚書》「分北三苗」應該本作「分𠔁三苗」，即「分別三苗」。

除了裴松之所引鄭注《尙書》外，其餘文獻只有字書、韻書保留了這個字，如：

《萬象名義・八部》：「（即仌字），補徹反。分別字、離、解、明。」

《大廣益會玉篇・八部》：「仌，補徹切，分也。古文別。」

「仌」字的音義和「別」字都沒有什麼不同，加上「仌」字和「兆」字字形太近，容易混淆，或許後世因此不再用這個字，都改用「別」字了吧。

三・兆字的初形本義

「兆」字在甲骨文中作「」（《佚》647），从水从步，會雙足涉水之形；或作「」（《甲》411），水形較繁（參《甲骨文編》1345號）。王襄釋爲「涉」：

> 古涉字，象兩足跡在水旁，有徒行厲水之誼，或从水省。（《類纂》正編十一第五十葉下）

姚孝遂云：

> 吳大澂據格伯簋謂「涉从兩止，中隔一水。止，足跡也。……」……卜辭「涉」泛指渡水而言，……「貞，王涉滴，射又鹿罕」（《續》3.44.3）……「……王其涉河……」（《鐵》60.2）……「令自盤涉于河東…」（《綴》23）「滴」即「滴」、「河」即「黃河」，是皆不可「徒行厲水」。（《甲骨文字詁林》764頁）

金文作「」（格伯簋），與甲骨文第二形相同；或作「」（散盤），右旁與甲骨文第一形相同，左旁又加水形（見《金文編》1851號），並不象卜兆形，用作「兆」字用當出於假借。「涉」字上古音在禪紐葉部開口三等，擬音爲*djiap；「兆」字上古音在定紐宵部開口三等，擬音爲*diaw，二字上古音的聲母和主要元音相同，應該可以通。西周晚期金文姚字作「」（旟弔鼎），从女从兆（《金文編》附下 507 號）；戰國金文逃字作「」（中山王譽兆域圖），从辵从兆，《金文編》235 號）；郱字作「」（鄂君啓舟節），从邑从兆（《金文編》1067號），其右旁所从的「兆」形很明顯地與甲骨文「涉」字第一形相同，分明就是「涉」字。

從現有的古文字材料來看，戰國時代單字的「涉」和「兆」已經明顯地開始分化了，戰國楚簡「涉」字作「」形（參《楚系簡帛文字編》813 頁）、「兆」字作「」（《包山楚簡》2.265，「水」形訛爲「儿」形，兩「止」形都訛爲「爪」形（參《楚系簡帛文字編》283 頁）。文例如下：

大兆之金器：一牛鐳、一升鐳……

《包山楚簡》注：「兆，借作朓。《說文》:『祭也。』字亦作祧，《廣雅・釋天》：『祧，祭先祖也。』大朓，大祭。」（63 頁。注 579）是此字雖然相當於後世从「兆」的「朓」或「祧」，但與「卜兆」畢竟是沒有關係的。

秦簡「兆」字作「」（《睡虎地簡》10.157）：

子以東吉，北得，西聞言兇（凶），朝啟夕閉，朝兆不得，晝夕得。以入，見疾。（《睡虎地秦墓竹簡》245 頁）

《睡虎地簡》「兆」字都出現在「朝兆」這個詞中，一共十二見，劉樂賢先生云：「兆讀爲晁，……《文選·長笛賦》：『山雞晨舞，野雉晁雊。』注：『晁，古朝字。』……然則朝兆爲一同義複詞，兆亦朝也。」（《睡虎地秦簡日書研究》370頁）秦陶俑作「」（秦·陶俑435），人名。都不作「卜兆」義用。以上二字形承甲骨文「涉」字第一形，而兩「止」形訛變。至於秦文字的「涉」字，大致與戰國楚簡所見相類似，如《石鼓·霝雨》作「」是。

裘錫圭先生指出馬王堆帛書《老子》乙本有从「卜」的「𣥺」字，但是原釋文誤釋爲「垗」字（〈釋西周甲骨文的𠧞字〉頁30）。其字作「」（參《楚漢簡帛書典》256頁），左邊是「兆」形，右旁的「卜」形似乎和「兆」形的右旁共筆。文例是「我博焉其未𣥺」，這個「𣥺」字應是「朕兆」的意思。由於這個字形出現於西漢初年，因此前引《說文》段注說「孫愐以前〈卜部〉無『兆坼』字」，未必能夠成立，至少我們知道《說文》撰寫的時候，肯定已經有了「𣥺」字。

寫於漢朝初年文、景至武帝初年的《銀雀山漢墓竹簡·尉繚子》「兆」字多見，或作「」（471簡）。《銀雀山漢墓竹簡·尉繚子》：「信在孱兆。」（502簡）今本作「信在未兆」，應該就是「朕兆」的意思。又同書《晏子》：「益壽有徵兆乎？」（603簡）用法同前。是漢朝初年的「兆」字已經用同今義，釋爲「朕兆」了。

漢簡「兆」字作「」（《木簡字典》71頁）、東漢華山廟碑作「」，繼承睡虎地簡的字形，「水」形簡化作「乚」形，兩「止」形訛爲「北」形；《說文》小篆作「」，顯然就是這一系列字形的篆化，「水」形縮短爲小篆的「乙」形，兩「止」形訛爲「𠔁」形，使得小篆的「兆」（）和「𠔁」（）字形趨近。漢精白鏡作「」（《秦漢魏晉篆隸字形表》221頁），中間的

「水」形訛爲兩筆，是我們今天所寫的楷字字形的濫觴。

至於「涉」字，秦文字作「[illegible]」（《石鼓·霝雨》），是繼承甲金文的標準寫法。漢文字「涉」字作「[illegible]」（《孫臏》35），「水」形已經移到左旁，涉水的意味已經不明顯了（參《秦漢魏晉篆隸表》818 頁）；但是在偏旁中，某些「涉」形還保留較古老的寫法，如「瀕」字或作「[illegible]」（《漢印徵》），其左旁所从即是「涉」字（參《秦漢魏晉篆隸表》818 頁）。由此也可以看出「涉」、「兆」確是由一形所分化。

綜合以上的敘述，我們可以看到，「兆」字本來是假借「涉」字，大約到了戰國時代，單字的「兆」和「涉」的字形已經開始分化，但是在偏旁中還是保留著較古老的「涉」形的寫法。相反地，「涉」字的字形卻把「水」形挪到左邊，變成从水从步的左右並列式。

四、𠧞字的初形本義

後世釋爲「卜兆」、「朕兆」的「兆」字，在商代甲骨中本作「[illegible]」（《鐵》2.7.3。參《甲骨文編》475 號，依形隸定作「⿴囗卜」），郭沫若先釋「繇」，以爲其字象卜骨呈兆之形（《甲骨文字研究·釋繇》）。唐蘭以爲字象卜（朴）在卣中，當讀卣聲，在甲骨文中或讀爲繇，或讀爲咎（今讀如稽）（《天壤文釋》第四至十二葉。其餘諸家說甚多，可參《甲骨文字詁林》2240 號）。裘錫圭先生以爲甲骨文「⿴囗卜」應是卜兆之「兆」表意初文，「⿰召卜」（見周原甲骨 H11:5、H11:6、H11:43、H31:4）、「𠧞」皆是其後起形聲字：

> 西周甲骨文中屢見「⿰召卜」字，……應該讀為卜兆之「兆」。……「兆」、「召」在上古音都是定母宵部字。……

《說文》訓「卟」為「卜問」可能別有所據，但與西周甲骨卜辭中「卟」字的用法不能相合。……我在〈說⿴囗卜〉一文中曾指出，出現在殷墟卜辭的占辭之首的「王固曰」的「固」字，也可以寫作「⿴囗卜」，還可以以「⿴囗卜」字為之。其字必與「⿴囗卜」同音或音近。「固」應該從唐蘭先生讀為「繇」，殷虛卜辭中常見的「旬亡⿴囗卜」的「⿴囗卜」，則當讀為與「繇」音近的「憂」。今按，《小屯南地甲骨》2688號把「⿴囗卜」字作，分明象鋸去臼角的肩胛骨上有卜兆之形（口象徵骨臼），則「⿴囗卜」應是卜兆之「兆」的表意初文，「卟」、「⿰兆卜」皆其後起形聲字。「兆」字在金石篆文中作，並不象卜兆形，用作卜兆之「兆」，當出於假借。（〈釋西周甲骨文的卟字〉

金文也有此字，西周早期金文明公尊「魯侯有⿴囗卜工」，「⿴囗卜」字作「」（參《金文編》561號隸定作「叶」），郭沫若釋為「繇」之初文，讀為「猷」，「⿴囗卜工」指謀猷之功（白川靜《金文通釋》一三「明公簋」引《殷周青銅器銘文研究》上四三葉。修訂本未見。）；後又釋為「冎」，讀「⿴囗卜工」為「過功」，謂「優越之戰功」（《兩周金文辭大系考釋》一一葉）；周法高先生釋「叶」，「叶工」謂魯侯有「占卜之功」（《金文詁林》448號案語）；于省吾先生釋「繇」，「⿴囗卜工」指既有謀猷又有功勳（《甲骨文字釋林·釋⿴囗卜》231頁）。近年出土的晉侯㫚簋有「」字，其左旁所從，學者多半以為也是此字。明公尊的⿴囗卜字假借為它用；晉侯㫚簋㫚字是人名，無義可求，看來都和本義「卜兆」無關了。

由於「⿴囗卜」字的「卜兆」義已經由「卟」或「⿰兆卜」、「兆」所擔負，所以漢以後「⿴囗卜」字大概就漸漸廢棄不用了。羅福頤所著《臨沂漢簡佚書零拾·務過篇》有「堯問許⿴囗卜」之詞，「許⿴囗卜」二字凡三見，于省吾先生以為即「許由」無疑（《甲骨文字釋林·釋⿴囗卜》231頁）。這是假借，與卜兆本義無關。自此以後，⿴囗卜字只見於《龍龕手鑑·口部·上聲》：「其九反。」《篇海》同，音已訛轉，意義則是不傳了。

五、結語

由於《廣韻》把「兆」字的意義誤爲「仌」的意義，因此段注誤以爲「仌」「兆」同字。其實在較早的文字典籍中，「仌」字的意義都是「別也」，「兆」的意義是「卜兆」，其分別是很清楚的，如：

《十韻彙編》所收王國維手寫巴黎國民圖書館所藏敦煌《切韻·上聲廿八小》（《切三》）：「兆，卦。」

《萬象名義·八部》：「仌（即仌字），補徹反。分別字、離、解、明。」又〈兆部〉：「兆，除矯反。機、形。」又同部：「𠧞，兆字。」

《大廣益會玉篇·八部》：「仌，補徹切，分也。古文別。」又〈兆部〉：「兆，除矯切，事先見也，形也。」又同部：「𠧞，同上。」

直到《廣韻》才誤把「仌」、「兆」形混同，於是「卜兆」的意義另外造「𠧞」字來表示，《廣韻·上聲三十小》：「兆，十億曰兆。《說文》：『分也。』又，姓。」又：「𠧞，灼龜坼，出《文字指歸》。」

據以上的分析，我們可以肯定：「仌」音「別」，意義是「分」；「兆」音「照」，本義是「涉水」，後來假借爲「卜兆」，後起字作「𠧞」。漢代因爲隸楷的寫法，「兆」字和「仌」字接近，於是

「𠔁」字逐漸消失，由「兆」字繼承了他的意義。

參考書目（常見或通行本不注）：

佐野光一　1975《木簡字典》日本雄山閣出版株式會社

李正光·鄭曙斌·喻燕姣·曹學群·李建毛　1998　《楚漢簡帛書典》　湖南美術出版社

裘錫圭　1997　〈釋西周甲骨文的卲字〉，《第三屆國際中國古文字學研討會論文集》，香港·中文大學

劉樂賢　1993　《睡虎地秦簡日書研究》　中國社科院博士論文。1994年由台北文津出版社出版

國家圖書館所藏善本王梅溪著作概況

鄭定國
Cheng，Ting-kuo
國立雲林科技大學漢學資料整理研究所
National Yunlin University of Science and Techonloty
Yunlin， Taiwan 640， R.O.C.

摘要

臺北國家圖書館善本書室，收藏善本書極富。往昔曾翻閱館中王十朋（梅溪）之善本著作，並臚列所見而筆記之。從中且學得目錄、版本、校勘諸項知識，今條列總館暨分館王十朋著作資料，加以整理，都爲一文以作記實。

壹、前言

昔日因撰著博士論文之故，鎮月奔走於國家圖書館、中央研究院、故宮博物院，浸潤翰林墨香之中，不知不覺，化爲書蠹，遂有莊周之慨。時光固然易得，而手抄筆記，也累縑楮而倍增，忽然之間已積句成篇。其後遂完成博士論文《王十朋及其詩研究》，第許多原始資料並未全用，想棄去之則心有未忍，故整理而欲發表，乃勿忘所以成書之過程，且將所目，歸納於後，依序說明之。今值一田師七秩大壽，尋思往日之提攜，感恩五內，特移此小文，爰爲之壽。

貳、國家圖書館總館所藏王梅溪善本著作情形

一、《會稽三賦四卷》（國圖善本三一八頁，有微卷，編號四〇五五）

據國家圖書館（爲行文方便，下文多簡稱國圖）微卷資料，本書編入史部地理類雜記之屬。國圖以爲是明刊本，書內標明明朝南逢吉注、尹壇補注。書首先有陶望齡序，乃重刻《會稽三賦》之序。只是題名重刻不知是重刻明本？抑是重刻宋本？

重刻《會稽三賦・序》每半頁六行，每行十二字，單框白口。序文內容與《惜陰軒叢書》中「陶望齡《會稽三賦註・序》」相同，次附「會稽三賦目」；次附「圖說」，圖左有段文字云：「右南宋紹興府圖也，列諸首則諸賦者易爲解矣。…若夫題賦不曰紹興而曰會稽者，緊又本古郡以山得名云爾。」

次爲《會稽三賦卷之一・會稽風俗賦并序》卷右下首署有「宋、東嘉王十朋撰；明・渭南南逢吉註；會稽胡大臣訂正。」

次爲《會稽三賦卷之二》卷右下首署有「宋、東嘉王十朋撰；明、渭南南逢吉註；諸暨王朝相訂正。」

次爲《會稽三賦卷之三》；次爲《會稽三賦卷之四》含〈民事堂賦並序〉及〈蓬萊閣賦並序〉，有作者及註者，卻無訂正人之姓名。

本書雖與惜本在內容方面幾乎相同，然仍有少許差異。例如：惜本僕作「𦡸」，此本作「𦡸」；惜本作「桐柏僊之」，此本作「桐柏僊子」；惜本作「禊事修兮」，此本作「禊事脩兮」。國家圖書館《會稽三賦四卷》與惜本大同小異，其小異處多半正確者居多，是明刊善本。其刊刻年份略早於惜本所刊者，但絕非在天順六年以前刊刻。

有一些現像是值得注意者，國圖本《會稽三賦四卷》「久」字刻成「夂」，而「哉」字同惜本、涵本一様刻成「㦲」，爲何如此，乃版本之因襲，抑是明刻本一般現象？

二、《梅溪先生文集》（明正統五年溫州知府劉謙刊本，國圖編號一〇五三〇）

此部書前無序文。如何認定是明正統五年劉謙官刊本應頗有疑問。吾人試分析所見，資料如下：

㈠首列《梅溪先生文集》總目，有「〈廷試策並奏議〉共五卷」、「〈詩文前集〉二十卷」、「〈詩文後集〉二十九卷」、「附錄〈有宋龍圖閣學士王公墓誌銘〉」、「聞禮跋尾一篇」（跋尾可能有，亦可能無，因爲此行字印刷模糊，難以辨識，原文是否存在只好視細讀內容而辨識矣。）

㈡此本來源：係「管理中英庚子賠款董事會」保存文獻之一。吾人在卷首見到一印，約寬二·三公分長四·一公分。上面印文：「管理中英庚款董事會保存文獻之章」。版框長寬如涵本，今上海商務《四部叢刊王梅溪文集》係將涵本縮印者也。印文模式如下：

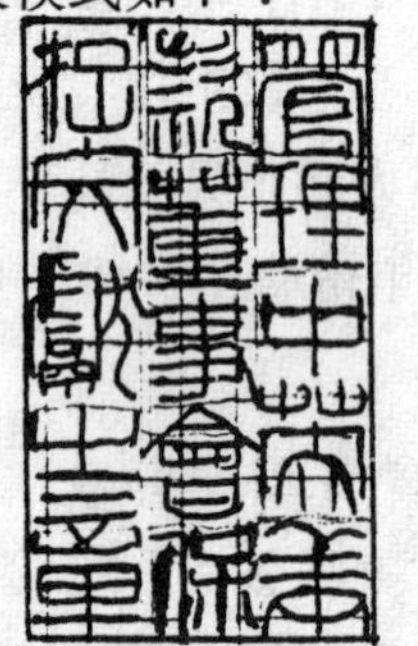

㈢〈廷試策並奏議〉之目錄殘留第四卷、第五卷共一頁。

㈣本刊之字模行款全同涵芬樓本，每半頁十一行，每行二十一字。

㈤卷第一第頁五作「惰文帝而謂之攬權也」，即國圖正統五年刊本「隋」作「惰」，或曰正統五年刊本乃如此？經查涵本早已參考他本補入而作「隋」，且第五頁正統本之塗框於涵本也已補入「事」、「書」二字。本刊版心雙框黑口。此可證明本刊確在諸本之前，保存有較原始之型態。版心樣式如157頁。

㈥正統本共有十冊，茲分冊詳述之：

1. 第一冊。從總目至奏議卷第二。含廷試策卷第一、奏議卷第二。每卷均有多頁模糊不清。

2. 第二冊。含奏議卷第三、四、五。又附錄〈有宋龍圖閣學士王公墓誌銘〉。

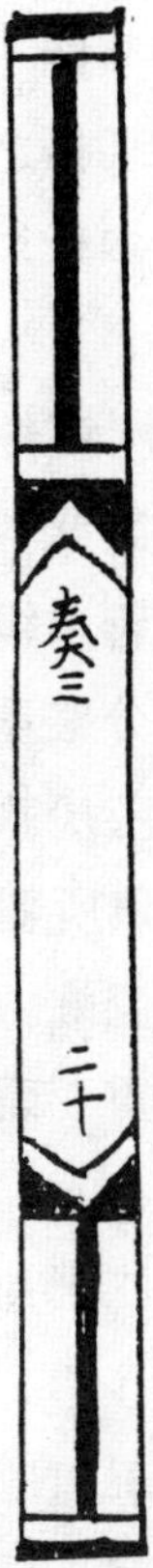

3. 第三册。含《梅溪先生前集》二十卷目錄，十分完整，全同涵芬樓本。另含「《梅溪先生文集》卷第一至卷第十」之内容。卷一首頁蓋有「管理中英庚款董事會保存文獻之章」。

4. 第四册。含《梅溪先生文集》卷第十一至卷第十六。本册首頁也有「管理中英庚款董事會保存文獻之章」。大體而言，本刊本較故宮所有刊本清晰，墨色亦佳。

5. 第五册。含《梅溪先生文集》卷第十七至卷第二十。本册首頁仍有「管理中英庚款董事會保存文獻之章」。卷二十末頁「銘曰」一段文字中「致」、「臻」二字如此，似有缺筆，然亦可能係印刷不良之故。

6. 第六册。含《梅溪先生後集·目錄》全部，印刷之精美，冠乎吾人所見故宮博物院所藏、國家圖書館所藏、史語所傅斯年館所藏之《王梅溪集》諸版本，極其珍貴。原書《後集目錄》早已是單一册，因爲吾人在國圖本刊本中見到一紙深青色封面原題簽，云：「《梅溪先生文集後集·目錄》前六大字後四小字」，因而推知。

7. 第七册。含《梅溪先生後集》卷第一至卷第七。本册首頁依然有「管理中英庚款董事會保存文獻之章」之印文。

8. 第八册。含《梅溪先生後集》卷第八至卷第十五。首頁仍有如前册之印文乙枚。

9. 第九册。含《梅溪先生後集》卷第十六至第二十三。卷第二十一末頁缺卷尾「《梅溪先生後集》卷第二十一」等字樣，此點與涵本相同。卷第二十三缺漏最末一頁，然已補入手抄之整頁補文。手抄者字工整，有書法功力，惟已被蟲蛀去多行，可惜。

定國案：此刊本既標明爲正統刊本，應是一個關鍵性刊本，前承宋刻，後開明清刊本之沿革，然國家圖書館對此刊本並未做成微卷，而將天順六年補跋之本子做成微卷（善本編號一〇五三一），不知係何道理？刊本頁邊蟲蛀情況十分嚴重，此蟲註現象，應是最近若干年所爲。因爲在「管理中英庚款董事會保存文獻之章」之上，往往另有國家圖書館收藏所蓋印文，國圖爲防印文污染對頁，往往再加上一張薄紙，蟲蛀處輒透過此張襯紙，故顯見是近年之「傑作」，國圖對此重要而印刷精善之刊本宜多所費心，免得研究者望之「痛心」。

10.第十册。含《梅溪先生後集》卷第二十四至卷第二十九，又附有「何文淵之後序」。本册首頁仍有「文獻之章」印文。所附《梅溪先生文集·後序》不完整，欠一整頁，且缺王聞禮跋一篇，更加影響刊本年代之斷定。在後篇卷第二十九有一長印一方印，長印長寬各約八公分及一·三公分，印文爲「順德李氏藏書」。方印長寬各約爲一·九公分及一·七公分，印文是「李印文田」，順德李文田應係此刊本收藏人之名姓。

何文淵之後序係正統庚申年即正統五年，國家圖書館可能據此以爲是正統五年劉謙刊本。事實上，天順刊本或天順以後之刊本亦同附此一篇序，是故仍需求證多方，始能證明此刊本確係刊於正統五年。

(七)吾人曾經校勘王梅溪〈會稽三賦〉，考知〈會稽三賦〉於宋朝時因科舉範文流行之故已有單行本，因此《湖海樓叢書》、《惜陰軒叢書》所輯之〈會稽三賦〉較之國圖正統五年本及其以降之明刊本，在內容上更古樸而正確。國家圖書館所云正統五年刊本，以〈會稽三賦〉與涵芬樓天順六年刊本互校，竟然無一處不同，所以此刊本是否確屬正統刊本實啓人疑竇！

三、《梅溪先生文集》五十四卷附錄一卷（國圖善本編號一〇五三一）

本書，在國家圖書館標示以爲是明正統五年溫州知府劉謙刊、天順六年補刻序跋之刊本。共五十五卷（係含附錄一卷，其實仍是五十四卷）二十四册；板框長二一・九公分，寬十三・五公分。

首先前有〈梅溪王先生文集序〉。序上蓋有二印，各約長三公分寬三公分。一枚印文：「吳興劉氏嘉業堂藏印」；另一枚「劉承幹字貞一號翰怡」。序文每半頁六行，每行十一字，雙框，黑口，雙魚尾，框心有刻工之名「黃昊刊」。序文只有天順六年周琰序，內容與上海商務涵芬樓影本同，然欠缺正統五年黃淮之序。其次，附梅溪先生〈文集總目〉，但又缺梅溪先生〈廷試策並奏議目錄〉」。

本書在內容、行款方面，大致雷同於上海商務影印涵芬樓所藏明正統本（其實應屬天順六年本子）。上海商務曾編《四部叢刊初編》時已縮印天順六年之重刻本，縮小後，缺框心，且文中遇有原稿底本印不清或缺印處，則常參酌他本以補正，所以涵芬樓縮印本是較清楚而值得參考之通行本子。

舉例而言，涵縮本卷一第五頁有段文字：「隋文帝而謂之攬權也……所以勸人君攬權以作福。」在國圖補刻天順六年序跋本此段文字有三字塗黑框，不識何字？而涵縮本已移他本補全。類此情況很多，但並不一定從某種固定本子補入。

其次，奏議四卷未列於〈延試策〉之後，此種編排方式與他本不同。

其次，前集目錄；全同涵本。行款亦同，連缺筆也全同。譬如，卷第十詠史詩黃帝之「黃」，國圖天順六年序跋本作「黃」缺末筆。卷第二十末頁涵縮本「銘曰」一段文字「臻」缺半筆，而此國圖天順六年序跋本全無缺筆，疑涵本此字可能印刷不清而致缺筆。

其次，本部書缺後集目錄。後集內容經核對，全同涵芬樓本。

其次，前缺之奏議附此，共四卷，從卷二至卷五，完整無缺。而卷首題曰：「梅溪先生奏議卷第二」。怪哉！何以不排列在〈廷試策〉之後乎？或曰原收藏者裝訂錯誤，原因之一。或曰國家圖書館員裝訂有誤，原因之二。亦或曰原收藏者之前即如此，原因之三。究竟何者爲是？仍待考查。

其次：「附錄〈有宋龍圖閣學士王公墓誌銘〉」及〈王聞禮後跋〉，但缺〈何文淵後序〉。

四、《梅溪先生文集》（正統官刊天順六年修補本，國圖善本編號一〇五三二）

臺北國家圖書館館方標明正統官刊天順六年修補本，此應是以正統五年之官刊刻本雕板爲底子，加上天順六年序跋，加上天順六年重印，因原板已有損壞，損壞部分乃重雕修補，依此續印刊成之本子，則屬修補本。官刊之風氣，至明代而極盛，往往取所搜訪之民間家藏善本鋟板以爲官書（參見袁恬《書隱叢説》，陳騤《中興館閣續錄》（註1））。明代地方官刻雖多，而善本極寡（註2），至於現今吾人所談此本是否如此？試分述之。

㈠本書共十册。前有〈梅溪王先生文集序〉。序下有一印，長寬各約三·五公分及三·二公分，印文：「東郡紹和·彥合珍藏」。序文每半頁六行，每行十一字。序文中間框心有刻工姓名是黃昊作：「黃昊刊」；其他各卷框心有作「仇方」者，有作「旻」者，有作「仇海刊」，有作「永」，有作「才」者，均是刻工之署名，此處頗有宋元刊本之作法，然所刻字體板滯稜角峻厲，刀法略欠靈活。

㈡序文首列「天順六年冬十月朔旦賜進士出身中憲大夫溫州府知府莆田周琰識。次列「正統五年夏四月望日黃淮」之序文，此中消息已曉知吾人，此本乃天順六年以後修補天順六年之修補本，絕非於天順六年修補正統五年之修補本。

㈢其次，附〈梅溪先生文集總目〉，總目末行僅有「聞禮拔」三字。本部書的內容似同涵芬樓本，但吾人確知涵本非影印此本，因爲「聞禮拔」三字與涵本作「聞禮跋尾一篇」不同，且「拔」、「跋」二字顯然刻本不同。

㈣本書所含內容：

1. 第一册。含序、總目（缺廷試策並奏議目錄）；含梅溪先生廷試策卷第一奏議卷第二至第五。附錄〈有宋龍圖閣學士王公墓誌銘〉及「聞禮」之拔尾。內容每半頁十一行，每行二十一字，版心黑口，四邊雙框。廷試策首頁有印章長寬各約四公分及三·五公分，印文：「楊彥合讀書印」。

本書與國圖標明正統五年刊本（善本編號一五〇三〇）之本子絕非同一本。二者有許多不同處，譬如：本書卷四有一「彥」字作「彥」三點偏右，國圖正統本、涵本作「彥」三點偏左。又「或」字，本書卷四作「或」，中圖正統本、涵本作「或」，故知二者不同。

2. 第二册。含〈前集目錄〉（完整）及《梅溪先生文集》卷第一至第四。

3. 第三册。含《梅溪文集卷》第五至第十。

4. 第四册。含《梅溪文集卷》第十一至第十六。

5. 第五册。含《梅溪文集卷》第十七至第二十。卷第二十「銘曰」一段「致」作「致」、「臻」作「臻」，「臻」、「致」似乎缺筆。

6. 第六册。含《梅溪先生後集·目錄》（完整）。

7. 第七册。含《梅溪先生後集》卷第一至卷第七。

8. 第八册。含《梅溪先生後集》卷第八至第十四。本册有許多補刻的頁次，補刻文字較僵硬板滯，刀法不似原版翻刻之靈活。

9. 第九册。含《梅溪先生後集》卷第十六至卷第二十三。卷第十六係補刻，詩題作「九月十三日離仙休」，而國圖正統本及涵本「休」字作「林」，此乃修補本之錯謬；又六客堂詩「制科策」此本作「刷科策」，可謂亂刻矣。疑本書出書較正統本、涵本等更晚，錯亦更多。

10.第十冊。含後集卷第二十四至卷第二十九。又附〈何文淵梅溪先生文集後序〉。

五、《梅溪先生文集》（國圖善本編號一〇五三三）

本部書分裝二函，每函十一冊，共二十二冊。此本比天順六年修補本（國圖編號一〇五三三）印刷還差，全書模糊、漫漶不清，雙框，黑口，墨色差，內容每半頁十一行，每行二十一字。

本書前無序，不知刊自何年代。第一冊首列「梅溪先生文集總目。總目最後一條「聞禮拔……」「拔」字以下塗框，乃刪去之迹，此種現象類似國圖天順六年修補本。總目以外沒有〈廷試策及奏議〉之目錄。次列「梅溪先生〈廷試策〉卷第一、〈奏議〉卷第二」。

第二冊。含〈奏議〉卷第三、四、五。

第三冊。附錄〈有宋龍圖閣學士王公墓誌銘〉，接著是《前集・目錄》，然第一卷殘存一頁，其餘十九卷目錄全存。

第四冊。含《前集》卷第一至卷第四。

第五冊。含《前集》卷第五至卷第八。

第六册。含《前集》卷第九至卷第十一。全書模糊，墨色差，紙質還不錯。

第七册。含《前集》卷第十二至卷第十三。卷十三有殘缺，從「而唐韓子不信之，春秋傳爲…」以下殘佚（頁十六以後闕）。

第八册。含《前集》卷第十四至卷第十五。

第九册。含《前集》卷第十六至卷第十七。

第十册。含《前集》卷第十八至卷第二十。卷二十「致」作「致」，「臻」作「臻」。

第十一册。本册缺《後集·目錄》，直接從〈會稽三賦〉敍起，含「梅溪先生《後集》卷第一、第二」。

第十二册。含《後集》卷第三至卷第五。第五卷有殘缺，自〈遊石門洞詩〉以後亡佚。

第十三册。含《後集》卷第六至卷第八。第六卷首頁亡佚。本册從第二頁「未應低首掾桐廬」句敍起。

第十四册。含《後集》卷第九至卷第十一。卷第十敍至〈莫漕以尊美薦杯詩〉，以下亡佚。

第十五册。含《後集》卷第十二至卷第十三。

第十六册。含《後集》卷第十四至卷第十五。

第十七册。含《後集》卷第十六至卷第十八。卷十六〈九月十三日離仙林詩〉，本卷亦作「仙林」，同國圖善本編號一五〇三二天順六年修補本；「六客堂」詩，本書亦作「剮科策」，字又同天順六年修補本，如此吾人疑此二本皆爲天順六年以後之修補本矣。卷十七缺一頁，從次頁敍起。卷十八缺三頁，從第四頁敍起，至十三頁止，十四頁以後又缺佚。

第十八册。含《後集》卷第十九至卷第二十一。卷十九缺前五頁，從「乞祠不允三十韻」開始敍起。卷二十則完整，卷二十一亦有殘缺。

第十九册。含《後集》卷第二十二至卷第二十三。卷第二十三缺二頁，從「答丘狀元啎」開始敍起。

第二十册。含《後集》卷第二十四至卷第二十五。卷第二十四缺四頁，内容敍至「與陳侍郎俊卿」一文而未完。

第二十一册。含《後集》卷第二十六至卷第二十七。

第二十二册。含《後集》卷第二十八至卷第二十九。本書無〈聞禮跋〉及〈後序〉等資料。

六、《梅溪先生文集》（國圖善本編號一〇五三四）

本部書自始就不同於他本，各本如附序則曰：〈梅溪先生文集序〉而本書云：〈梅溪先生王忠文公文集序〉，序缺天順六年周莆田之序，只存正統五年黃淮之序，似乎刊本年代較早，其實不然，本書稱《王忠文公文集》比較於稱《梅溪先生文集》可能年代更遲，是以國家圖書館之題簽標示此書爲「明正統五年劉謙溫州刊，後代修補本」，意謂年代可能更晚於天順六年修補本之後。

本書共二十册。雙框黑口，中縫未全黑，屬細黑口本，這種情形也不同於以往諸本之粗黑口。

首册除黃淮序外，次附「〈梅溪先生文集總目〉，計〈廷試策並奏議〉共五卷，另有詩文前集二十卷，詩文後集二十九卷，附錄〈有宋龍圖閣學士王公墓誌銘〉、〈聞禮拔〉□□。定國案：「聞禮拔」以下塗框缺字，「跋」作「拔」。

次附〈梅溪先生前集目錄〉。又次，前集卷第一。內容文每半頁十一行，每行二十一字。

定國案：「經查證第一卷已知本書不似天順六年之修補本，因爲刻工筆畫不同。」此刊本行款依舊，遇「仲尼」平抬，遇「國朝、天子」則空字挪抬。部分內容同涵本。本書前集目錄缺一頁，已用毛筆工整修補，本書字迹多半清爽可愛，且修補、補刻之處頗多，字迹均較清楚。原書分卷與國家圖書館今所裝訂者有不同，經檢視所保存之舊書名卷册題簽猶可辨識，或曰原題簽乃收藏家重新整理時所遺留者。

《前集》卷二十「致」作「致」，「臻」作「臻」，凡此有避諱「至」字之可能。《後集》目錄完整。〈奏議〉卷尾有〈跋尾〉一篇係王氏之子聞禮作品。末頁框心刻「海」一字，前頁框心刻有「仇方」二字，《奏議》卷及《後集》框心有刻工名「寬」、「海」、「仇海刊」、「才」、「三」、「如」……等。此等刻工名字有部分同於國家圖書館所藏其他修補本者，各本沿革定有關係。本書紙質差，有些頁次竟使用粗筋黃紙，書中草筋常使印刷不平，致「污染」視覺，此種紙質較他本粗厚而陋。本刊後集卷第二十九之後，附有〈梅溪先生文集後序〉乃正統年間何文淵之序，如同涵本。

參、臺灣分館所藏王梅溪著作情形

當年，各圖書館之間善本書不能製作微卷或影印複本交流，使得研究者東奔西跑，耗時費力，在資訊昌明之今日，真不合科學理念，更何況善本書藏在各館間，各館雖處心積慮地欲照顧它，它確不一定被「善良」照顧，或曰蟲蛀，或曰人爲疏失，或曰天災，總是可能使善本書遭受無可彌補之損害，設若不能複製多部，蓋想見善本書未必能「長留」天地間，良可嘆也。

臺灣分館所收藏王梅溪之著作有兩部，一是《王梅溪尺牘》，線裝一册，共四十三頁。另一是《梅溪王先生文集》，線裝二十五開，十二册，此書係影印上海涵芬樓藏本之影印本，如同臺灣藝文印書館影印文集之線裝本。此兩部書嚴格說來均非真正善本。

今分述此兩部書，以探究其內容及參考價值。

一、王梅溪尺牘

本書源自廣東省立圖書館所藏。線裝一册，共四十三頁。乃上海商務印書館編譯所校訂，上海及各埠商務印書館發行，民國七年二月初版，即中華民國二十四年二月國難後第一版。尺牘者，書箚、書翰、書信、書牘是也。

本書前列目錄，目錄之後即爲書牘之篇題及書牘內文，共收一二七篇王十朋書牘。在此一二七篇中，一二一篇原屬王梅溪詩文集之後集，而有六篇則原存王梅溪詩文集之前集，所以書牘乃係現今梅溪詩文集之選錄，書牘內容屬於「啓」、「小簡」、「手劄」之類。

依目錄次第分析，從「謝王安撫啓」至「答新昌李縣丞結」在後集第二十二卷。從「答喻提舉樗」至「與交代胡侍郎啓」在後集第二十三卷。從「昌齡弟送定葉氏啓」至「代回送定四首」在前集第十六卷。從「與趙安撫辭定奪」至「與虞丞相」在後集第二十五卷。從「答呂主簿廷五首」至「與永嘉南溪國朝宗」在後集第二十四卷。由以上目次可知內容無出自全集之外者，況且本單行本錯字頗多，非屬善本。至於是否適合引作參校資料？吾人以爲爲版本既晚又非精校本，恐無過多參考價值。

二、梅溪王先生文集

斯集源自民國二十二年臺灣總督府圖書館求購所藏，後歸省立臺北圖書館（臺灣分館前身），最後歸屬臺灣分館。本書共線裝二十五册。首册首頁載：「梅溪先生文集《四部叢刊》集部」，次頁載：「上海涵芬樓藏明正統間劉謙溫州刊本，原書版心高營造尺七寸，寬四寸三分。」本書實長約十七公分，實寬約十公分。

本書於序之第四頁，吾人發現有趣之問題，有段文字如此云：「未幾前禦史劉公謙繼守是郡」；「幾」字，上海涵芬樓本（即本書）作「幾」，而上海商務縮印四合一影印涵本卻作「　」，字體不同，奇乎怪哉！疑縮印本曾作修正，或者竟曾參校其他版本而作修補。

此書有周琰識，有黃淮序，識爲天順六年所作，可見絕非正統間劉謙之刊本。次有總目、有廷試策並奏議目錄（有廷試策一卷、奏議四卷）。次有前集目錄及前集二十卷。末有後集目錄及後集二十九卷。

本書第二十卷「致」、「臻」二字均未缺筆、則疑餘書缺筆均有其時代緣故，可是爲何後出之商務縮印本及先出之正統本、天順本或其他明本均有缺筆，實令人困惑不已。缺筆避諱多缺末筆而並非隨意任缺一筆，但是爲何每一版本此二字之缺筆又各有大同小異？本書此二字既完整，則吾人倍疑涵芬樓影本曾有「修補」之可能性！

臺灣分館所藏涵芬樓影本線裝書在後集卷第十一之第六行「撙」字有修補痕迹，第七行「氣壓雲」三字也有修補痕迹；類似此種情況書中尚有許多。

上海商務之涵本影本及後來上海商務涵本影本之縮本，在原理上而言應屬同本，二者内容豈能相異。涵芬樓影本乃就所藏明本黑口雙框之原本影印，而上海商務涵本縮印本乃照涵本影印本縮印者。二書在印製過程中是否各有不同修補則尚待查證。由於涵本及涵本縮印本均是直接出自明刊本，自有其學術上之參考價值存在，若以之作爲研究梅溪文集之底本之一，應屬可行。

肆、結言

歷來學者閱讀古書，皆須熟識版本目錄及校勘之學。此固見校勘之學廣大精深，易入而難秀，然吾於此學平素亦甚喜之，今不忖固陋，據國家圖書館所藏善本王梅溪著作之所見所聞，忠實記錄，望有所自啓，啓人則吾所不敢也。

附註：

註 1：孫毓修，《中國圖書研究（三）·中國雕版源流考》，臺北盤庚出版社印行，1979年。

註 2：陳國慶、劉國鈞《版本學》，臺北西南書局，1978年。

《春秋》書遷釋

陸軍官校文史系　李啟原

前　言

《春秋》經文有關「遷」之記載，總共十條，其別有二類，據僖西元年《公羊》所言：「遷者何？其意也；遷之者何？非其意也。」所謂「遷之者」有三，《穀梁》楊士勛疏引範寧《穀梁略例》謂之「亡遷」①，即：宋人遷宿，齊師遷紀郱鄑郚，齊人遷陽②三者，皆弱小諸侯爲大國驅離，失其封邑。所謂「遷者」有七，範寧《穀梁略例》謂之「好遷」，即：邢遷於夷儀，許遷於葉、夷、白羽、容城，蔡遷於州來③，皆自遷國都於某地者。茲依詞義區別、歷史地理背景、間附經義所在，分類參考三傳而加以討論如次：

一：經文「遷」與「遷於某」之別

《春秋》書「宋人遷宿」，「齊人遷陽」，「齊師遷紀鄑郱郚」三事，皆以一「遷」字示意，蓋指宿、陽、及紀三邑，乃受宋、齊所遷。至於「邢遷於夷儀」、「衞遷於帝丘」等七事，皆以「遷於某（地）」示意，《公羊》於「邢遷於陳儀」發傳曰：

△遷者何？其意也；遷之者何？非其意也。

孔廣森《公羊通義》解曰：「遷者，諸言遷於某者是也；遷之者，若宋人遷宿、齊人遷陽是也。」④故經文所書之詞，單見一「遷」者，上冠遷人之國，下繫被遷之國—各以國爲稱，乃弱小諸侯受大國驅迫，非出自本意。至於書「遷於某」者，乃本國自意欲遷也。

《穀梁》另以書地與不書地之異，以見二者之異，蓋經文書遷宿、遷陽、遷紀三事，則不錄遷於何處；而其所書之邢遷於夷儀、衛遷於帝丘等七事，皆必書其地，區別甚爲整齊。《穀梁》分別釋之：

△（宋人遷宿）遷，亡辭也。其不地，宿不復見也。

△（邢遷於夷儀）遷者，猶得其國家以往者也。其地，邢復見也。

按：《春秋》有君薨於國不地，薨於外則書地；大夫卒於國不地，書地則見卒於外之例。《穀梁》因見經文於遷宿、遷陽之後，宿陽等小國不復見載於《春秋》，蓋失國喪地而歸之於强鄰，其國之諸侯大夫不復有其國家，故名號遂絕，不得復繫以國稱也，傳稱此遷爲「亡辭」，謂經文書遷而不書其地，爲表亡之辭也。范寧則稱此三例爲「亡遷」，以其名雖爲遷，而實同於滅國亡邑。

其國復見於經者，《春秋》則書遷於某（地）。蓋邢遷、衛遷之屬，但移其國都耳，移國都者，或自擇地而自徙，或見迫而求庇，國體尚存，猶爲列國，故傳謂「猶得其國家以往」，《春秋》仍錄其事蹟不絕。故范寧稱遷而書地者爲「好遷」。

二：論好遷、亡遷均為不得已

春秋之際，有遷都遷民而《春秋》未之載，其事另可見於《史記》及《左傳》傳文者。譬如秦德公於魯莊十七年自平陽遷都於雍，事見於《史記》。魯文十三年邾遷都于繹，成公六年「夏四月丁丑，晉遷於新田」，定公六年「令尹子西遷郢於鄀，而改紀其政，以定楚國」，三事猶見於《左傳》。若以秦、楚或以未盟、或以國危之故而未來魯赴告，魯史因不得而紀錄，孔子修《春秋》亦無由而載其事，尚可解釋；然晉、邾與魯國有同盟之誼，其遷都尤屬一國之大事，於情當往赴於魯。且晉之遷新田，雖經文未見，卻別載「季孫行父如晉」以「賀遷」⑤，若無來赴，魯國豈有大夫往賀之理？以此可爲魯史春秋所詳，而孔修春秋略之而不書之證。

以上諸遷都者見於史傳而不見於經，蓋皆擇地而居，益下而利民，或歸於常事不書之列。由是以見：《春秋》所著錄之遷，皆緣其事非常，無論出於本意或迫於强逼，均爲不得已也。

蓋邢、衞、許，蔡之遷都，范寧所謂好遷者，其國均飽受侵略，危在旦夕，不得不離封他徙，以存將亡之國，其情非得已，與黍離之嘆者⑥同悲。而范寧所謂亡遷之屬，則見國亡家覆，君臣播越，終不得興復，而有麥秀之憾⑦。以是而知，

《春秋》著錄之遷，均非善辭也，謹舉其大要，分類詳述如後。

三：書遷之背景

㈠好遷

⑴邢因國潰而遷於齊之夷儀

夷儀有二，一爲晉夷儀：其地在今河北邢臺，魯定公九年「齊侯衞侯次於五氏」，《左傳》言「伐晉夷儀」是也，蓋邢之故地。一爲齊夷儀：在今山東聊城縣，即魯僖西元年經書邢所遷之夷儀，其前經文有齊師次於聶北救邢之事，聶北近於聊城，則聊城之夷儀本爲齊地，齊師援邢不及，故桓公割以爲邢都也。夷儀所以同名異地，竹添光鴻謂：疑夷儀本邢故邑名，後遷於新邑，而仍以故地名之⑧也。

莊公三十二年冬，經書「狄伐邢」，其次年（閔公元年）春，經書「齊人救邢」，《左傳》載管仲請救邢，而有「戎狄豺狼，不可厭也；諸夏親暱，不可棄也」之論，足見狄之脅邢已亟。僖公元年春，經書「齊師宋師曹師次於聶北救邢」，《公羊》傳曰：「救不言次，此其言次何？不及事也。不及事者何？邢已亡矣。」同年六月，繼書「邢遷於夷儀」，《左傳》曰：「諸侯救邢，邢人潰，出奔師，師遂逐狄人，具邢器用而遷之，師無私焉。夏，邢遷於夷儀。」證邢之遷，乃因狄患而國已潰，諸侯之師助之渡河遠遷於齊，齊桓公撥聊城之地而納之，其後又助之以建新都也。

經文接載「齊師宋師曹師城邢」者，是三國之師助邢建新都；《穀梁》僖公二年傳嘗謂：「（城楚丘）楚邱者何？衛邑也，……其不言城衛何也？衛未遷也。」蓋繫邑而言城，則所城猶在本封，故傳言未遷；反之，繫國以言城，則見城於他國也，故書「城邢」者，乃邢遷都於齊境，蓋勢必附齊以自存也。

⑵衛患於狄而遷於帝丘

狄地連亙齊晉，由山西貫河北以及山東之西界，而晉衛鄭邢宋齊魯七國皆遭受其擾，其中尤以邢衛兩國弱國爲烈，春秋閔僖之世，狄最強盛，其侵衛者二，入衛、伐衛、圍衛各一⑨，《春秋》皆著錄之，其所書入衛圍衛⑩，皆破邑拔城之詞，可見爲受狄人蹂躪之甚也。故僖公三十一年，經先書「狄圍衛」而後接書「衛遷於帝丘」，則知衛遷蓋與邢同，棄都他遷，皆緣於狄患不可當也。

考閔僖之世，狄滅邢、滅衛、滅溫、伐齊、伐魯、伐鄭、伐晉並暴虐王室，經文不絕於書，其患之切于中原諸侯，實遠勝於楚。《春秋》詳載邢、衛避禍之遷，但見狄人爲禍之烈，亦以見中原諸侯願擁齊桓公爲伯，喜見其存亡繼絕，攘夷以捍衛諸夏之功也。

⑶許四遷于楚地而爲附庸

許國之遷，實受鄭國所逼，蓋西周末葉有幽王之亂，鄭武公藉機奪虢檜之地而始定其國，然其地當中國要害，四面皆強國，啓疆之計，唯滅弱許以肆其吞噬而已，自魯隱公十一年始，鄭莊公即裂許爲二而已佔其西偏，自是遂視許爲俘邑，許雖勉力復興，綿延至魯定公六年終爲鄭所滅。經文所載許國所遷之葉、夷（又名城父）、白羽（又名析）、及容城四邑，皆楚國之私邑，是鄭國已盡得故許之地，而許則淪爲楚之附庸矣。

成公十五年經文所書「許遷於葉」，乃許之初遷于楚，《左傳》釋曰：「許靈公畏逼於鄭，請遷於楚，辛醜，楚公子申遷許於葉。」故遷葉而許之舊都盡歸於鄭矣。傳稱許受楚公子申所遷，經文不書「楚人遷許」，乃許之始遷都于楚境，係畏鄭逼，而以自遷爲辭也。又遷夷、遷白羽、遷容城者，皆遊徙於楚境；《左傳》昭公十八年載楚令尹之言：「許於鄭，仇敵也，而居楚地，以不禮於鄭。晉鄭方睦，鄭若伐許而晉助之，楚喪地矣，……冬，楚子使王子勝遷許於析，實白羽。」由見楚國亦懼鄭國恃晉來伐，而迫許遷，故許之四遷，皆受楚令，許國君臣客寓於楚，而圖存於他國，雖非本願，終究緣於違害就利，不得然耳。

《春秋》所以四書許遷，清儒顧棟高以爲：「聖人不責許也，楚敗而許滅，楚復而許封，併吞弱小出於中夏，而興滅繼絕反自蠻夷，聖人詳書於策，惡鄭而憫許，並傷中國之無伯也⑪。」

⑷蔡遷於州來而爲吳之附庸

魯昭公十一年，經書「楚子虔誘蔡侯般殺之」、「楚師滅蔡、執蔡世子有以歸用之」，則蔡嘗滅於楚靈王之世；昭公十三年，經書「蔡侯廬歸于蔡」，乃楚平王復而封之。楚國於春秋之際，吞併江漢之間四十二國，漢陽諸姬，楚實盡之；其問鼎中原之勢，雖齊、晉之霸，僅能稍扼其勢。而其滅國專封，橫行南服，漢、淮諸小國莫之敢當也。

魯哀公元年，楚子率三國之師圍蔡，九日而拔之，《左傳》謂「蔡人男女以辨，使疆於江汝之間而還」，欲令蔡遷都近楚，使臣楚而納爲屬國也，楚師既還，「蔡於是乎請遷於吳」，欲叛楚就吳也。同年十一月，蔡遷於州來，其前州來於魯昭公二十三年已入於吳，經書遷於州來即遷於吳也，故蔡遷雖未絕祀，已失位等於吳國之私邑附庸，唯名義不廢，猶列爲諸侯耳

㈡亡遷

⑴書紀三邑之遷，所以憫紀之將亡

紀國與齊境犬牙交錯⑫，春秋之初，齊勢稍張，故時時以復仇爲藉口⑬意欲滅之。齊僖公之將欲滅紀，尤憚魯桓公專意援紀⑭，而其兩戰亦不能下魯；及魯桓公末年，遭齊襄公嗾使彭生而見殺，則紀之大援既除矣。次年，齊襄即於魯之新君初即位，揮師入紀，而有「遷紀郱鄑郚」之舉，從此以往，不出四年，遂終滅紀。《春秋》書遷邑者，唯此一見，此微事而顯之，但憾魯莊公之懦，齊襄之暴，而尤憫紀之將亡也⑮。

⑵遷宿遷陽，乃錄宋魯交惡、齊國吞併之實況

宋人遷宿、齊人遷陽，是移其國而入爲附庸。

隱公七年，經書「夏六月辛亥，宿男卒」，《左傳》僖公二十一年「任、宿、須句、顓臾，風姓也」，則宿爲古國餘裔，春秋之初猶爲獨立之小國，其地在今山東東平縣，春秋時夾於齊魯曹衞之間，處於四戰之地，難以獨存，莊公十年，經書「二月，公侵宋」、「三月，宋人遷宿」，或宋人遷怒而徙之

也，《春秋》錄之，是見宋魯交惡之始，故十年六月齊宋來魯戰而有郎之役。其時宋人不得據宿地而有之，故僅得舉其國而遷去，觀《左傳》定公十年傳，魯之侯犯叛，駟赤誘侯犯如宿等語，則宿地入魯久矣；宿人之下落，竹添光鴻曰：「今安徽宿州，地亦屬宋，或遷之於此歟。」則可聊備一說也。

齊人遷陽者，其事不詳，三傳皆未嘗發傳爲釋，其事宜同於遷宿也。竹添光鴻引《禮記　坊記》所載：陽侯殺繆侯而竊其夫人，而考陽屬侯爵。又據應劭注《漢書·地理志》，以爲城陽陽都縣，是陽之舊都，齊人利其地而遷之東海陽都也，此論亦可備爲一說。

結　語

《春秋》所著錄之十遷，邢、衞係患狄而遷，並諸其他經文同觀，可見閔僖之世，夷狄爲禍之烈，所以爲中國危也。蔡遷而附吳，見吳當時之盛也。宿、陽之遷，可以通見其餘小國之不足以自保也。至若紀、許之遷，顧棟高以爲：「聖人於紀許之亡，屢書不一，而於他國無之，撮其始末，見紀之亡當伯事之未興，許之亡當伯事之已息，天下之一日不可無伯，此非其名效大驗⑯？」信哉。、

註　釋

①見《穀梁》莊公十年「宋人遷宿」楊士勛疏。

②齊師遷紀邢鄑郚，見於莊公元年；宋人遷宿，見於莊公十年；齊人遷

陽，見於閔公二年。

③邢遷於夷儀，見於僖公元年；衞遷於帝丘，見於僖公三十一年；許遷於葉，見於成公十五年；遷於夷，見於昭公九年；遷于白羽，見於昭公十八年；遷于容城，見於定公四年；蔡遷於州來，見於哀公二年。

④見《皇清經解》卷六八三。

⑤見《左傳》成公六年傳。

⑥《詩經・王風・黍離》鄭箋：黍離，愍宗周也。周大夫行役，至於宗周，過故宗廟宮室，盡爲禾黍，愍周室之顛覆，徬徨不忍去而作是詩也。

⑦《史記・宋微子世家》：殷亡，箕子朝周，過故殷墟，感宮室毀壞生禾黍，因傷心而作麥秀之歌。

⑧見《左傳會箋》襄公二十四年「公會晉侯宋公……於夷儀」箋文。

⑨閔公二年狄入衞、僖公十三年狄侵衞，僖公十八年邢人狄人伐衞，僖公二十一年狄侵衞，僖公三十一年狄圍衞。

⑩經書狄入衞，見於閔公二年，其時君死民散，衞國已滅，遺民東徙渡河，野處曹邑，賴齊桓公攘狄而封之，衞文公始得徙居楚丘，重建國家也，然實滅而書入，徙楚丘而不書其遷，《公》《穀》則發傳而釋之：其經書入不書滅，《公羊》以爲爲桓公諱；而經文不書衞遷于楚丘，另於僖公二年書「城楚丘」示意。《穀梁》則以爲不與齊桓專封也。

⑪見《春秋大事表・卷四十四・鄭滅許始末》。

⑫按《國語・齊語》載有齊桓公正封疆，東至於紀酅之事，酅爲紀邑，地近於臨淄，故知齊、紀封土犬牙交錯，而紀邑有凸近齊都者，故齊不除紀，則寢食不得安。

⑬《史記・齊太公世家》載：齊哀公時，紀侯譖之周，周烹哀公。

⑭如桓公六年「公會紀侯於郕」，是紀來諮謀齊難；「紀侯來朝」，請王命求成於齊也；桓公八年「祭公來逐逆王后于紀」，是魯桓公助紀侯請婚於王室，以爲圖存之計也；桓公十三年「公會紀侯鄭伯及齊侯宋公衞侯燕人戰，齊師宋師衞師燕師敗績」是齊人合三國攻紀，魯桓公聯鄭以救紀也；桓公十七年，齊襄公旣立，「公會齊侯紀侯盟於黃」，是魯桓公亟平齊紀之釁也。

⑮凡經文緣本錄末，而辭繁不殺者，皆《春秋》寄垂訓之意在焉。蓋春秋諸亡國之中，唯紀侯無所失道，圖全宗社至矣，又不苦戰以殘民，故不欲書滅以全其賢。另於莊公三年「紀季以酅入於齊」，示紀季能守宗祀；莊公十二年「紀叔姬歸于酅」，示叔姬能守其節。一門節義，足高千古。經文特書大去，而伯姬叔姬之卒葬俱加詳錄，憫之之意深矣。是知所以書齊師遷紀之三邑者，亦用責齊無道之甚，而憫紀侯終不得保其社稷也。

⑯見《春秋大事表》卷四十四。

論《左傳》所見之「讓」德

銘傳大學應用中文系　盧心懋

一、前言

《左傳》之內容包羅宏富，不僅以活潑靈動之筆法，翔實完整記載春秋時代之人事，而具有高度之文學與史學價值，亦常引述時人針對特定人事所發之議論，其形式或不記其名而假君子以發論，或註明發論者之名如仲尼、叔向、王孫滿、衆仲等，亦有作者自抒所見，而以「禮也」、「非禮也」之形式表現者，凡此皆有助於吾人了解春秋時代評論人之善惡賢愚，以及事之興衰成敗之看法爲何，亦可據以進而探究其評人論事之標準爲何。吾人若分析《左傳》中所引述之評論，可以發現在此衆多議論中，似有一共同之傾向，即是先說明發論之前提，或先對某種行爲有所定義，而後據以判斷某人某事，其論述之過程或純粹就事論事，如隱公五年臧僖伯諫魯隱公如棠觀魚爲非禮，即先說明爲君者之職責，而後再加以申論；或正反並舉以資對比參照，如隱公三年石碏諫衞桓公不應寵公子州吁，即先說明愛子之道，而後再說明所謂「六逆六順」之義；因此《左傳》之評論多具有說理清楚透闢，層次井然有序，氣勢暢順之特色。

吾人由《左傳》引述之評論內容可知，如「孝」、「敬」、「忠」、「信」、「儉」、「讓」等，皆爲時人所常引爲判斷人事之依據，至於此種種德目間之關係，時人亦有其看法，如言「孝，禮之始也」（文公二年），「敬，禮之輿也」（僖公十一年），「敬，德之聚也」（僖公三十三年），「忠，德之正也；信，德之固也；卑讓，德之基也」（文公元年），「信以守禮」（僖公二十八年），「儉，德之共也」（莊公二十四年），「讓，禮之主也」（襄公十三年），「忠信，禮之器也；卑讓，禮之宗也」（昭公二年），「讓，德之主也」（昭公十年），此中之「讓」德尤其值得注意，蓋當忠信卑讓並言時，則「卑讓」爲「德之基」、「禮之宗」，此外又謂「讓」爲「禮之主」、「德之主」，其意顯然與所謂「始」、「輿」、「聚」者不同，可知「讓」以先後論則爲基礎，以輕重論則爲主旨。唯細究《左傳》中所見「讓」之涵意，則依其牽涉之層次可分爲國家與個人兩方面，前者《傳》文謂之「卑讓」，後者則僅單言「讓」；此外春秋時代爭戰頻仍，《左傳》中關於戰爭之記載，自戰爭發生之原因，戰前之擬定戰略戰術，交戰之經過，以迄戰後致勝抑落敗之因素檢討，多有詳細之記載分析，依《左傳》之分析可知，往往戰爭中得勝一方，其致勝之主要之原因即在於將士能和衷共濟，推誠服善，而有此結果亦在於能「讓」，是故以下討論《左傳》中所見有關「讓」之涵意及其事例，即分「諸侯卑讓以事大」、「個人謙讓以自處」、「讓以致和克敵」三節述之。

二、諸侯卑讓以事大

春秋時代由於天子之地位日漸陵夷，既不能以德化育天下，又不能以力威服諸侯，遂使大國恃強凌弱，侵人城，滅人國，肆無忌憚，而小國在飽受欺壓之餘，僅能以不滅爲幸，誠如《傳》文昭公十六年所言：

> 二月丙申，齊師至于蒲隧，徐人行成，徐子及郯人、莒人，會齊侯盟于蒲隧，賂以甲父之鼎。叔孫昭子曰：「諸侯之無伯，害哉！齊師之無道也，興師而伐遠方，會之有成而還，莫之亢也，無伯也夫！詩曰：『宗周既滅，靡所止戾。正大夫離居，莫知我肆。』其是之謂乎？」

夫以無伯爲諸侯之害者，蓋當天子無能安定天下之時，若有伯者可以主導國際局勢，則小國或可稍得喘息也。當時諸侯處於如此戰亂數見，唯力是尚之環境中，如何自保遂成爲極端重要之課題，是以諸侯若不自量力，魯莽輕忽，以致戰敗甚而滅國者，則傳文必嚴辭貶責，如《左傳》隱公六年云：

> 五月庚申，鄭伯侵陳，大獲。往歲，鄭伯請成于陳，陳侯不許，五父諫曰：「親仁善鄰，國之寶也，君其許鄭！」陳侯曰：「宋、衛實難，鄭何能為？」遂不許。君子曰：「善不可失，惡不可長，其陳桓公之謂乎！長惡不

悛，從自及也，雖欲救之，其將能乎？〈商書〉曰：『惡之易也，如火之燎于原，不可鄉邇，其猶可撲滅？』周任有言曰：『為國家者，見惡如農夫之務去草焉，芟夷薀崇之，絕其本根，勿使能殖，則善者信矣。』」

陳桓公唯其不能明瞭天下大勢，以鄭國爲可輕，又不能以國家爲重，廣結外援，故君子舉以爲例，詳爲剖析評論，以爲治國君人者戒，又如《左傳》隱公十一年云：

鄭、息有違言，息侯伐鄭，鄭伯與戰于竟，息師大敗而還。君子是以知息之將亡也：「不度德，不量力，不親親，不徵辭，不察有罪，犯五不韙，而以伐人，其喪師也，不亦宜乎？」

按君子論息將亡之原因雖有五項，然觀其先後順序，則顯然度德量力應爲主要原因，息侯輕舉妄動，因違言而伐強敵，若僅喪師尚屬萬幸，倘因此而結怨，又明示人以底蘊虛實，終將有滅國之虞，由是而君子知其將亡也。息侯如此之作爲，已屬不自量力，而宋襄公以勝國之裔，欲爭伯主盟，其輕率妄動更有過於息侯者，是以公子目夷先評之曰：

小國爭盟，禍也，宋其亡乎？幸而後敗。

繼又評之曰：

> 禍其在此乎？君欲已甚，其何以堪之？（俱見僖公二十一年《傳》文）

反之，若能時時以國家生存爲念，度德量力，善爲因應外在之險惡環境，則傳文多有褒美之辭，故《左傳》文公元年云：

> 穆伯如齊，始聘焉，禮也。凡君即位，卿出並聘，踐脩舊好，要結外援，好事鄰國，以衛社稷，忠、信、卑讓之道也。忠，德之正也；信，德之固也；卑讓，德之基也。

由於春秋時代之客觀環境至爲複雜，諸侯之間重利輕義，爾虞我詐，鮮能循禮守分，而當先君既逝，新君即位，國家處於新舊交替之時，其對外關係是否會因此而受到影響，亦應有所考量，而文公即位之後，隨即派遣穆伯至齊國，再次確認兩國間之友好關係，如此是否真能爲緩急可恃之外援固不能逆料，然至少不會因細故而爲國家多樹敵人，且齊、魯密邇，如能長保和平關係，實有百利而無一害也，故《傳》文以忠、信、卑讓許之，然《傳》文謂「卑讓，德之基也」者，蓋若非已先體認彼此大小强弱之情勢，亦將不會有如是之作爲矣。此外，又如《左傳》昭公二年云：

> 叔弓聘于晉，報宣子也。晉侯使郊勞，辭曰：「寡君使弓來繼舊好，固曰：『女無敢為賓。』徹命於執事，敝邑

弘矣，敢辱郊使？請辭。」致館，辭曰：「寡君命下臣來繼舊好，好合使成，臣之祿也，敢辱大館？」叔向曰：「子叔子知禮哉！吾聞之曰：忠信，禮之器也；卑讓，禮之宗也。辭不忘國，忠信也；先國後己，卑讓也。詩曰：『敬慎威儀，以近有德。』夫子近德矣！」

叔弓至晉國報聘，深自謙抑，而辭謝晉平公之禮遇，既合於小國尊重大國之態度，亦未因平公對己之款待周到而驕矜自滿，故叔向稱其威儀敬慎，然其所以能在進退之間謹守分寸，亦因其深切瞭解晉、魯之相對關係，而以完成使命爲重，始克有此表現也。

由此可知，春秋時代小國爲求自保，除循禮而動，不輕啓事端，並事大結援外，實亦別無善策，而事大當以卑讓爲先，此《左傳》以卑讓爲「德之基」、「禮之主」之故也。

三、個人謙讓以自處

春秋時代禮壞樂崩，道德淪喪，諸侯之間幾無道義可言，人我之間亦復如是，客觀環境既已失去對違禮踰分者之制裁力量，人人又非皆能克己復禮，約束自身之非分之想者，故篡弒侵奪，詐僞欺凌之事屢見於《傳》文，而由《左傳》文公元年所記楚大子商臣弒其父成王一事，尤可見其時人心之肆無忌憚，《傳》文云：

初，楚子將以商臣為大子，訪諸令尹子上，子上曰：「君之齒未也，而又多愛，黜乃亂也。楚國之舉，恒在少者。且是人也，蜂目而豺聲，忍人也，不可立。」弗聽，既又欲立王子職，而黜大子商臣。商臣聞之而未察，告其師潘崇曰：「若之何而察之？」潘崇曰：「享江芊而勿敬也。」從之。江芊怒曰：「呼！役夫！宜君王之欲殺女而立職也。」告潘崇曰：「信矣。」潘崇曰：「能事諸乎？」曰：「不能。」「能行乎？」曰：「不能。」「能行大事乎？」曰：「能。」

商臣與潘崇之對答正顯示其時人之爲求得遂所願，竟可泯滅倫常，不擇手段，而商臣之例並非罕見，吾人若覆按《傳》文，可知子弒其父、臣弒其君之例，數見不鮮。夫亂臣賊子弁髦禮義，雖令人嫌惡，然其人本非君子，所爲倒行逆施，畢竟其來有自，固非出人意料之外，然據《左傳》所記，亦有爲人臣者，由於愛君心切，而有非常之舉措者，如《左傳》莊公十九年所記鬻拳强諫楚文王一事，《傳》文云：

十九年春，楚子禦之（按：此為禦巴人，巴人於十八年冬伐楚），大敗於津。還，鬻拳弗納，遂伐黃，敗黃師于踖陵。還，及湫，有疾。夏六月庚申，卒。鬻拳葬諸夕室，亦自殺也，而葬於絰皇。初，鬻拳強諫楚子，楚子弗從，臨之以兵，懼而從之。鬻拳曰：「吾懼君以兵，罪莫大焉。」遂自刖也，楚人以為大閽，謂之大伯。君子曰：

「鬻拳可謂愛君矣，諫以自納於刑，刑猶不忘納君於善。」

而晉國先軫之言行亦近似，《左傳》僖公三十三年記秦、晉殽之戰後云：

文嬴請三帥，曰：「彼實構吾二君，寡君若得而食之，不厭，君何辱討焉？使歸就戮于秦，以逞寡君之志，若何？」公許之。先軫朝，問秦囚，公曰：「夫人請之，吾許之矣。」先軫怒曰：「武夫力而拘諸原，婦人暫而免諸國，墮軍實而長寇讎，亡無日矣！」不顧而唾。……。狄伐晉，及箕。八月戊子，晉侯敗狄于箕，郤缺獲白狄子。先軫曰：「匹夫逞志於君，而無討，敢不自討乎？」免冑入狄師，死焉。

以鬻拳、先軫之用心而論，則皆源於忠君愛國之衷懷，而其言行仍不免有可議之處，設若彼等不能自訟以明其過，將無人追究，亦無人能辨其中之是非矣，長此以往，大臣將目無君上矣，即如《左傳》襄公二十六年云：

春，秦伯之弟鍼如晉脩成，叔向命召行人子員，行人子朱曰：「朱也當御。」三云，叔向不應，子朱怒曰：「班爵同，何以黜朱於朝？」撫劍從之，叔向曰：「秦、晉不和久矣，今日之事，幸而集，晉國賴之；不集，三軍暴骨。子員道二國之言無私，子常易之，姦以事君者，吾所能御也。」拂衣從之，人救之。平公曰：「晉其庶乎？吾臣之所爭者大。」師曠曰：「公室懼卑，臣不心競而力爭，不務德而爭善，私欲已侈，能無卑乎？」

叔向與子員當國君之面，公然爭論，拔劍相向，實爲無禮，晉平公猶欣欣然有喜色，以爲若非大臣皆思盡忠，何能如此，可見其時違禮踰分幾已成常態矣。而所謂能讓者，即在於能自我克制，度之以義，不僅不作非分之想，即如分内應得者，亦可辭之，關於爭心之起與義利之分，晏嬰之言頗爲簡要，其言見於《左傳》昭公十年：

五月庚辰，戰于稷，欒、高敗，又敗諸莊，國人追之，又敗諸鹿門。欒施、高彊來奔。陳、鮑分其室，晏子謂桓子必致諸公：「讓，德之主也，讓之謂懿德。凡有血氣，皆有爭心，故利不可強，思義為愈。義，利之本也，蘊利生孽，姑使無蘊乎，可以滋長。」

原夫晏嬰之言，其意在於若一味逐利，必生後患，唯若能以義爲據，以辨利之應得與否、可得與否，則所得之利方爲長久之利，然春秋時代，人多重利輕義，率意妄爲，並非隨處皆有見得思義，時時自省者，吾人由《左傳》襄公二十四年所記程鄭問降階一事，即可知其時之風氣矣，《傳》文云：

晉侯嬖程鄭，使佐下軍。鄭行人公孫揮如晉聘，程鄭問焉，曰：「敢問降階何由？」子羽不能對，歸以語然明，然明曰：「是將死矣，不然將亡。貴而知懼，懼而思降，乃得其階，下人而已，又何問焉？且夫既登而求降階者，知人也，不在程鄭，其有亡釁乎？不然其有惑疾，將死而憂也。」

夫程鄭並非智者，卻有此種異於常人喜怒之反應，身居高位而思降階，是故然明以爲其人若非將死而憂，即有亡釁。由此可知，一般人多以身居高位，既富且貴爲榮，唯智者方有居高思危之憂患意識，則「讓」德之爲難能可貴亦可想而知，而能讓者多能獲得他人之稱美，如《左傳》僖公八年云：

宋公疾，大子茲父固請曰：「目夷長且仁，君其立之！」公命子魚，子魚辭曰：「能以國讓，仁孰大焉，臣不及也，且又不順。」遂走而退。

春秋時代，爲求得國遂弒父兄君長者多矣，而如宋襄公有繼位爲君之資格，卻有讓賢之心，殊爲難得，故子魚謂其「仁孰大焉」。又如《左傳》襄公七年云：

冬，十月，晉韓獻子告老，公族穆子有廢疾，將立之，辭曰：「詩曰：『豈不夙夜，謂行多露。』又曰：『弗躬弗親，庶民弗信。』無忌不才，讓，其可乎？請立起也，與田蘇游，而曰『好仁』。詩曰：『靖共爾位，好是正直。神之聽之，介爾景福。』恤民為德，正直為正，正曲為直，參和為仁。如是，則神聽之，介福降之，立之不亦可乎？」庚戌，使宣子朝，遂老。晉侯謂韓無忌仁，使掌公族大夫。

韓無忌爲韓厥長子，依序當立，代其父爲卿，然以身有廢疾且不如其弟韓起有才，故自願讓賢，此種胸懷，自屬難得，是以晉悼公亦謂韓無忌爲仁，使掌公族大夫。若宋襄公與韓無忌之能讓，皆是本爲分内應得之權位，因懷讓賢之心，自願謙讓，是以論者皆許之以「仁」。而《左傳》所謂之「讓」，除謂其讓一己分所應得之事物外，亦有謂其辭讓已所不應得之事物者，如管仲與子産即是，前者見於《左傳》僖公十二年，《傳》文云：

冬，齊侯使管夷吾平戎于王，使隰朋平戎于晉。王以上卿之禮饗管仲，管仲辭曰：「臣，賤有司也，有天子之二守國、高在，若節春秋，來承王命，何以禮焉？陪臣敢辭。」王曰：「舅氏！余嘉乃勳，應乃懿德，謂督不忘，往踐乃職，無逆朕命。」管仲受下卿之禮而還。君子曰：「管氏之世祀也宜哉！讓不忘其上。詩曰：『愷悌君子，神所勞矣。』」

管仲雖名位不及國氏、高氏，然桓公之能成伯業，管仲之襄贊佐助，實有功焉，若管仲驕矜自滿，自以爲受上卿之禮乃實至名歸，則天子此舉將爲識者所譏，而國、高二氏亦必有所不滿，故由管仲之答語可知，天子饗之以上卿之禮，於情或有可原，於理實難以服衆，故唯有辭謝，而君子亦由管仲此種守分之態度，預言其能宗族繁衍，世祀不絕，蓋唯有守分謙沖，方能自保而不致結怨樹敵也。此外《左傳》襄公廿六年所載子產之事亦有類似之意，《傳》文云：

> 鄭伯賞入陳之功，三月甲寅，朔，享子展，賜之先路三命之服，先八邑。賜子產次路再命之服，先六邑。子產辭邑，曰：「自上以下，隆殺以兩，禮也。臣之位在四，且子展之功也，臣不敢及賞禮，請辭邑。」公固予之，乃受三邑。公孫揮曰：「子產其將知政矣，讓不失禮。」

依子產之身分而言，誠如杜注所謂「位次當受二邑」，然「以公固與之，故受三邑」，所謂「讓不失禮」者，即指子產於謙讓之外亦能遵君命而行，既不違禮，復能成公之志，具見其思慮精詳善於處事，故公孫揮知其將知政也。

吾人若再以晏子之語論之，則可知以管仲與子產之心性而言，其所以能辭讓或未必盡出於利害得失之考量，然言行循禮合義，自能遠禍保身，蓋所謂「讓」者，其所「讓」者若爲非己所應得者，如管仲以下卿而竟受上卿之禮，則縱然國、高二氏無所怨，亦難免有謗隨譽來之情事；又所讓者雖爲一己分所應得者，亦常涉及旁人之利害得失，如韓無忌讓於韓起，是其受讓進退已非個人之事，稍有遲疑瞻顧，或心懷偏私，則事情之發展或有非己所能預料者，唯有本於義而行，方能心安理得，取信於人，斯則晏子所謂「義，利之本」之真意也。

四、讓以致和克敵

春秋時代大小戰役無數，由《左傳》成公十三年載劉康公之言，所謂「國之大事，在祀與戎」可知，戰爭實乃關乎國家之興滅，社稷之存亡大事，夫《左傳》記事備載首尾，詳其因果，乃其一貫之筆法，記戰事亦不例外，唯於勝敗之間，必詳細記述致勝與落敗之原因，縱觀《左傳》分析之原因，實在於交戰雙方之君臣將士間是否能和衷共濟，乃爲勝負之關鍵，誠如《左傳》桓公十一年所云：

> 楚屈瑕將盟貳、軫，鄖人軍於蒲騷，將與隨、絞、州、蓼伐楚師，莫敖患之，鬥廉曰：「鄖人軍其郊，必不誡，且日虞四邑之至也，君次於郊郢，以禦四邑，我以銳師宵加於鄖，鄖有虞心而恃其城，莫有鬥志，若敗鄖師，四邑必離。」莫敖曰：「盍請濟師於王？」對曰：「師克在和，不在眾；商、周之不敵，君之所聞也，成軍以出，又何濟焉？」

所謂「師克在和，不在衆」，即是《左傳》所記諸多戰役中，得勝一方之特點也，如僖公廿七年《左傳》記晉、楚城濮之戰，晉國戰前之準備工作云：

> 冬，楚子及諸侯圍宋，宋公孫固如晉告急，先軫曰：「報施救患，取威定霸，於是乎在矣。」狐偃曰：「楚始得曹，而新昏於衛，若伐曹、衛，楚必救之，則齊、宋免矣。」於是乎蒐于被廬，作三軍，謀元帥，趙衰曰：「郤穀可，臣亟聞其言矣，說禮、樂而敦詩、書，詩、書，義之府也；禮、樂，德之則也。夏書曰：『賦納以言，明試以功，車服以庸。』君其試之。」乃使郤穀將中軍，郤溱佐之；使狐偃將上軍，讓於狐毛而佐之；命趙衰為卿，讓於欒枝、先軫；使欒枝將下軍，先軫佐之；荀林父御戎，魏犨為右。

相對於晉國君臣之上下一心，將領間之服善讓賢，楚國之氣氛則大異其趣，同年《傳》文云：

> 楚子入居于申，使申叔去穀，使子玉去宋，曰：「無從晉師，晉侯在外十九年矣，而果得晉國。險阻艱難，備嘗之矣；民之情偽，盡知之矣；天假之年，而除其害，天之所置，其可廢乎？軍志曰：『允當則歸』，又曰：『知難而退』，又曰：『有德者不可敵』，此三志者，晉之謂矣。」子玉使伯棼請戰，曰：「非敢必有功也，願以間執讒慝之口。」王怒，少與之師，唯西廣、東宮與若敖之六卒實從之。

然則吾人由此可知，楚國君臣之間，對於是否應與晉文公爲敵交戰，亦有歧見，而子玉之亟於求戰，並非基於謀國之忠，乃出於意氣之私；兩相對照，則勝敗之數，固不待交戰而可逆料矣。除此之外，《左傳》關於類似以和致勝之記載，尚有子囊論楚不能與晉敵，與君子論晉國將佐能讓之影響，子囊之言見於《左傳》襄公九年：

> 秦景公使士雃乞師于楚，將以伐晉，楚子許之，子囊曰：「不可！當今吾不能與晉爭，晉君類能而使之，舉不失選，官不易方，其卿讓於善，其大夫不失守，其士競於教，其庶人力於農穡，商、工、皁、隸不知遷業。韓厥老矣，知罃稟焉以為政，范匄少於中行偃而上之，使佐中軍；韓起少於欒黶，而欒黶、士魴上之，使佐上軍；魏絳多功，以趙武為賢而為之佐。君明臣忠，上讓下競，當是時也，晉不可敵，事之而後可，君其圖之。」

君子之論則見於《左傳》襄公十三年：

> 荀罃、士魴卒。晉侯蒐于綿上以治兵，使士匄將中軍，辭曰：「伯游長，昔臣習於知伯，是以佐之，非能賢也，請從伯游。」荀偃將中軍，士匄佐之；使韓起將上軍，辭以趙武，又使欒黶，辭曰：「臣不如韓起，韓起願上趙武，君其聽之。」使趙武將上軍，韓起佐之；欒黶將下軍，魏絳佐之；新軍無帥，晉侯難其人，使其什吏率其

> 卒乘官屬，以從於下軍，禮也。晉國之民，是以大和，諸侯遂睦。君子曰：「讓，禮之主也。范宣子讓，其下皆讓，欒黶為汰，弗敢違也，晉國以平，數世賴之，刑善也夫。一人刑善，百姓休和，可不務乎？書曰：「一人有慶，兆民賴之，其寧惟永』，其是之謂乎！周之興也，其詩曰：『儀刑文王，萬邦作孚』，言刑善也；及其衰也，其詩曰：「大夫不均，我從事獨賢』，言不讓也。世之治也，君子尚能而讓其下，小人農力以事其上，是以上下有禮，而讒慝黜遠，由不爭也，謂之懿德；及其亂也，君子稱其功以加小人，小人伐其技以馮君子，是以上下無禮，亂虐並生，由爭善也，謂之昏德；國家之敝，恆必由之。」

子囊之言係就事論事，以爲晉國諸卿皆以賢能爲適任與否之考量標準，而非以行輩之長幼，或立功之多寡決定之，如此國君自可「類能而使之」，又居高位之卿能讓賢服善，而不妒賢害能，在下者自然戮力奉公以求表現，此即所謂「上讓下競」，晉國君臣上下有如是之和睦氣象，故子囊以爲不可敵也。至於君子所言則引申謙讓致和之影響，以爲讓所以能致和者，在於居上位者若能讓，將有風行草偃之效，其下者必皆引爲榜樣，遵而行之；而世之治亂，其分別亦在於上下之間係讓抑爭，若上能讓下，下以事上，彼此以禮相待，則相安無事，是謂治世；反之上下之間爭功誇能，互不相讓，則「上下無禮，亂虐並生」，是謂亂世，由是而言之，能讓與否，其影響亦深且遠矣。

領軍之將佐能讓即能致和，反之，爭則不讓，不讓則不和，其所以爭者雖不盡相同，而其爲戰敗之主因則一也，如《左傳》宣公十二年記晉、楚邲之戰，此役楚勝晉敗，而勝負之端倪由戰前荀首之言已可窺知矣，蓋是役也晉之中軍帥荀林父不欲戰，上軍帥士會亦持相同之看法，而中軍佐先縠則執意一戰，將佐不和，必定影響戰局，故下軍大夫荀首有以論之，《傳》文記其言云：

> 知莊子曰：「此師殆哉！《周易》有之，在〈師〉之〈臨〉，曰：『師出以律，否臧，凶。』執事順成為臧，逆為否。眾散為弱，川壅為澤。有律以如己也，故曰律。否臧，且律竭也，盈而以竭，夭且不整，所以凶也。不行謂之〈臨〉，有帥而不從，臨孰甚焉，此之謂矣。果遇，必敗，彘子尸之，雖免而歸，必有大咎。」

此亦「師克在和」之意也，此外如《左傳》定公五年所記鬥辛之言，意亦同之，《傳》文云：

> （定公四年：庚寅，吳入郢，以班處宮，子山處令尹之宮，夫概王欲攻之，懼而去之，夫概王入之。）申包胥以秦師至，秦子蒲、子虎帥車五百乘以救楚。……。吳師敗楚師于雍澨，秦師又敗吳師，吳師居麇，子期將焚之。……。焚之而又戰，吳師敗，又戰于公婿之谿，吳師大

敗，吳子乃歸。……。楚子入于郢，初，鬥辛聞吳人之爭宮也，：曰：「吾聞之，不讓則不和，不和不可以遠爭，吳爭於楚，必有亂，有亂則必歸，焉能定楚。」

此則鬥辛根據吳人入郢之後，所呈現之爭執亂象，斷言其雖能戰勝楚國，但必不能長久佔領，由此亦可知，唯有君臣同僚，彼此以禮相待，同心和睦，方能克敵致勝，長保戰果也。

五、結論

吾人由前述之討論可知，《左傳》所謂之「讓」，其涵意若就「讓」之主體而言，則可分爲分爲國家與個人兩個層面以言之；以國家而言，則所謂「讓」即爲「卑讓」，蓋卑己所以尊人也，小國欲免戰禍、存社稷，唯有卑讓以事大，此乃小國自保之道也；而代表小國出使大國者，亦唯有深切體認此一勢態，方能敬慎威儀，自謙自抑，故《傳》文謂「卑讓」爲「德之基」、「禮之宗」也。其次則爲個人之「讓」，依《左傳》所引晏嬰之語可知，見可欲而有爭心，人皆有之，又由然明之言可知，並非人人皆能時時反省自身之處境，是否有德位不稱、招怨速謗之憂，故能讓者，即爲人所稱美，亦唯有能讓，方有圓滿之結局。至於「讓」之影響，就能「讓」者本身而言，固爲其一己修養之具體表現，在人我關係而言，則可收和睦不爭之效果，此一效果本非因人因事而異者，唯《傳》文中特別著重和睦不爭對戰爭之影響，蓋戰爭之勝敗關乎國家安危，不容掉以輕心，而交戰雙方之將佐，其和睦與否，實爲左右戰事結果之決定性因素；故《左傳》屢次詳爲分析，其重要性可想而知。又《傳》文亦强調在上位者尤應以身作則，率先讓賢服善，使上行下效，且可鼓勵下屬盡力表現，如此則可使「讓」之影響更爲深遠。

而「讓」之所以爲德，與其時之客觀環境，人心習尚有密切之關係，若由此一角度以覘《左傳》所載之春秋大勢，人事興廢，當有更深入之體會也。

主要參考書目

春秋經傳集解	杜預集解	新興書局	七十年六月
春秋左氏傳舊注疏證	劉文淇撰	平平出版社	六十三年元月初版
左傳會箋	竹添光鴻撰	明達出版社	七十一年九月
春秋左傳注	楊伯峻著	源流出版社	七十一年四月再版
左傳譯文	沈玉成譯	木鐸出版社	七十一年二月初版
春秋左傳	王守謙等譯注	臺灣古籍出版社	一九九六年初版
左傳譯注	李夢生撰	上海古籍出版社	一九九六年六月一版一刷

身體論述、醫家傳統與中國古代思潮

臺灣大學中文系　蔡璧名

壹、引言

儘管在傳統學術思想的主流中，形軀並非儒、道諸家關懷的焦點所在，但是在先秦典籍裡依舊有許多概念，仍透過「身體」的語言表達。例如《老子》曾將人體的孔竅比喻爲門戶，而指出「塞其兑，閉其門」（〈五十二章〉），則閉塞身體「門戶」的目的是要隔絕外界，還是要將體內某物保全？莊子描述支離疏的體貌「五管在上」（《莊子·人間世》），論養生之主時又建議應「緣督以爲經」（《莊子·養生主》），但究竟佝僂的脊部何以有「五管」可言？而「督脈」在身體中的部位與功能又何足傳達莊周篇旨？在〈人間世〉討論「心齋」的脈絡下，莊子以「虛室」喻心，並又言及「循耳目內通」，則從「耳目」如何可通至「虛室」？作爲「虛室」之心又是否與具象的器官之「心」有所分別？如果能對古典論述中所涉及的「身體」，予以通盤的理解，我們便能更確切地掌握思想的論旨。

當然古代思想所牽涉「身體」的討論，不僅觸及靜態的結構，事實上也有從內外在的關係網絡，予以動態的考察。孟子在詮解「持其志無暴其氣」時，曾強調「志壹則動氣，氣壹則動志」（《孟子·公孫丑上》），「氣」、「志」間似乎有雙向影響的可能；在論及操持良心的重要性時，也指出體内之氣，會因外在時序的推移，而有「平旦之氣」與「夜氣」的相異變化（《孟子·告子上》）。值得推敲的是：孟子「志」、「氣」互動的觀點，是否反映古代對身體共通的看法？而人置身於天地之間，體内之氣又是如何與自然之氣交通、往來？

尤堪玩味的是，中國傳統中儒、道二大思想主流的工夫，均是著落於「心」上，但是無論是儒家的「正心」、「盡心」，道家的「心齋」、「坐忘」，其工夫的完成，必相應於體貌形軀的變化。莊周筆下「得道的神人」，或言「肌膚若冰雪，綽約若處子」（《莊子·逍遙遊》），或言「色若孺子」（《莊子·大宗師》）；孟子更謂「君子所性，仁義禮智根於心；其生色也，睟然見於面，盎於背，施於四體，四體不言而喻。」（《孟子·盡心上》）内「心」的修爲終可「生色」而「體」現於外。而孟子的聖人「踐形」之論，正是指「心」工夫的究極，當充分踐履於形色。這種内心與外象間的相互照應，究竟只是思想家推導的理想境界，抑或是古代身體觀共相的投影？

「身體」乃是對自我本身進行思考、或開展自我與外界聯繫的起點。先秦典籍中每言「修身」、「治身」、「省身」、「養身」，然身體並非僅限於外表形貌、四肢軀骸，而修養的功夫也並非止於形軀上的保全滋養。曾子所謂「吾日三省吾身」（《論語·學而》），乃將身體視爲自我的載體(agent)，而將之置於社會倫常的關係中與文化傳習的脈絡裡，加以檢省。而孟子不僅以人心有「四端」，猶如身之有「四體」（《孟子・公孫丑上》），在愛養身體的脈絡下，他更提出「大體」、「小體」的分別，强調心性修爲的重要（《孟子・告子上》）。足見傳統思想「身體」的義界，一方面兼攝有形的軀體感官與無形的心意氣志，一方面又延伸至人文化成的範疇。身體本身既是有機、有生命的整體，無法藉由肢解作定性的分析；身體同時又非孤立的存有，與身外的一切絕緣，因此也不能就其自身自修自養而成。

在傳統儒、道思想的主流中，作爲一種理想境界的展現，儒家的「聖人」可以「踐形」，道家的「神人」則「肌膚若冰雪」；作爲一種價值的選擇，則儒家的「身體」可以犧牲，道家的「身體」容或支離。然而不論在上述何種論述的脈絡中，「身體」本身似乎未曾被視作一自足的課題，予以整全性的觀照與檢視。當然這並不意味所有古代思想都對此一課題存而不論或置若罔聞；事實上，以《黃帝内經》爲代表的「醫家」傳統，不僅對這項課題作出正面的回應，而且也提出一套系統性的理解架構。可惜長久以來，《黃帝内經》作爲探究古代身體觀的思想資源，並未受到應有的重視。因此我們有必要回到學術傳統的脈絡中，重新對《黃帝内經》加以適當的定位。

逮自漢武獨尊儒術以降，長久以來中國文化的發展便以儒學傳統爲基調，在儒學研究取得豐碩成果的同時，亦不免形成「傳統」與「儒學」同質化(homogenization)的傾向。直到晚清民初之際，學者終將關注的焦點，投向學術文化源流豐沛的先秦時代，諸子學的傳統才漸次受到應有的重視。藉由歷來對諸子學起源說的討論，適得見既有的「諸子學」其關懷面向所在。《漢書·藝文志》中曾援引劉歆的觀點，提出九流出於王官之論，以爲諸子「皆起於王道既微，諸侯力政，時君世主，好惡殊方，是以九家之説〔術〕〔蠭〕〔逢〕出並作，各引一端，崇其所善，以此馳説，取合諸侯。」民初胡適之先生則以爲諸子出現乃是由於「政治那樣黑暗，社會那樣紛亂，貧富那樣不均，民生那樣困苦。有了這種形勢，自然會生出種種思想的反動。」①牟宗三先生曾對這兩種説法加以分判：他以爲傳統「諸子出於王官」之論是個縱的觀點，乃指出諸子的歷史根源；而胡適之先生是從横的觀點，以社會學的角度解釋思想出現的社會背景。但牟先生以爲上述兩種講法都嫌疏鬆，他認爲諸子興起的真正原因乃是針對周代典章制度的崩解，即「周文疲弊」而發②。姑不論這些説法中何者纔最貼切歷史的真實，但這些對諸子起源的立説與討論都奠基在諸子思想的一種共相上：先秦諸子所構成的思想傳統都有强烈的時代關懷，他們關懷的是人文化成的這個世界，探討的是人作爲社會的存有、政治的存有、歷史的存有等種種課題。但此等對先秦諸子起源説的討論，一方面局限了諸子百家關懷的面向；一方面也忽略了被學派分類所標定爲方技之流的「醫家」這個傳統，可能蘊含的豐富資源。

《漢書·藝文志》曾將「諸子」與「百家」作基本的區别，以爲前者纔是學術思想的探討，後者則僅流於方技之書。《漢書·藝文志》載錄「《黄帝内經》十八卷」，將之歸類爲「醫經」，並將其著說性質定位爲：

> 醫經者，原人血脈經絡〔落〕骨髓陰陽表裡，以起百病之本，死生之分，而用度箴石湯火所施，調百藥齊和之所宜。至齊之得，猶慈石取鐵，以物相使。拙者失理，以瘉為劇，以死為生〔以生為死〕。

〈藝文志〉喻醫經之用乃如磁石取鐵般地，藉湯藥鍼石等方技，循人體陰陽表裡之道，去病回生，簡言之，即是「治病之書」。③但是《黃帝內經》是否只是「治病之書」？這樣的歸類是否符合著家原指？我們可由《內經》本身的說法得到證實，《內經》曾剴切論證其所追求的「道」爲何物：

> 夫四時陰陽者，萬物之根本也。所以聖人春夏養陽，秋冬養陰，以從其根，故與萬物沉浮於生長之門。逆其根，則伐其本，壞其真矣。故陰陽四時者，萬物之終始也，死生之本也，逆之則災害生，從之則苛疾不起，是謂得道。道者，聖人行之，愚者佩之。從陰陽則生，逆之則死，從之則治，逆之則亂，反順為逆，是謂內格。是故聖人不治已病，治未病，不治已亂，治未亂，此之謂也。(《黃帝內經素問·金匱真言論》)

《內經》批評遇病方求治癒之人：「夫病已成而後藥之，亂已成而後治之，譬猶渴而穿井，鬭而鑄錐，不亦晚乎。」則

《内經》對於「身體」的關懷，絕非僅限於醫生之於病人。理想的典範乃是尋治於「未病」、「未亂」之先，認識自己的存在，認識自己在自然中的存在，從而照顧自己的存在，并藉著對「陰陽四時」的掌握，將身體安頓於大化流行之中。對「醫家」而言，這並非枝微末節的技術知識，而是「聖人」行「道」之所在。《漢書·藝文志》將醫家以至百家界定爲方伎、專業之流，並與諸子的思想區隔開來，雖然或可凸顯局部的差異性，但醫家的立說原旨與思想全豹，恐怕反而隱晦不彰。事實上，宋代高保衡、林億等人在《重廣補注黃帝内經素問》序文中，便曾慨嘆地指出《内經》在當時的命運：

> 惜乎唐令列之醫學，付之執技之流，而薦紳先生罕言之。去聖已遠，其術晻昧，是以文注紛錯、義理混淆。殊不知三墳之餘，帝王之高致，聖賢之能事：唐堯之受四時，虞舜之齊七政，神禹修六府以興帝功，文王推六子以序卦氣，伊尹調五味以致君，箕子陳五行以佐世，其致一也。奈何以至精至微之道，傳之以至下至淺之人，其不廢絕為已幸矣。

高、林等人痛惜《内經》一書被後世官方歸類爲「醫學」之部，從而使得《内經》的思想本質遭到漠視或扭曲。在儒學方盛未衰的北宋年間，高、林顯然有意將《内經》的思想，袪除當時既定的成分標籤，强調書中所論實乃「至精至微之道」，與古代聖王所推演的義理並無二致。

近年來對思想傳統中「身體」觀的研究，正在東、西方的漢學研究中興起。而《黃帝内經》在工具知識之外的思想價值，也逐漸地被留意④。但與其說《黃帝内經》逐漸跨出醫學的界線，而與哲學思想等其他領域展開對話，不如說知識分子開始從向固定文獻提問的慣性中出走，爲學術傳統補充原本忽略的養分。

如果我們將《内經》與其所代表的「醫家」傳統，擺脫過去「方伎之流」的成分標籤，重新尋繹其間可能蘊含的思想資源，那麼《内經》所揭露的古代身體觀，不僅可以使我們對諸子思想中涉及身體的論述，有更整全而貼切的掌握；更重要的是，如果思想體系的建構本身，乃代表某種價值觀的選擇，那麼站在與諸子思想對等的立場來考量，我們便可以清楚的發現《内經》代表著中國傳統中另外一種截然不同的聲音：「人」作爲自然中的存有，應該是關懷自我的起點，而在所有人文關係網絡的籠罩之前，人乃是在大化流行中生成開展，《素問·寶命全形論》中岐伯曾開宗明義的指出：

夫人生於地，懸命於天，天地合氣，命之曰人。人能應四時者，天地為之父母。知萬物者，謂之天子。

表面上，岐伯似乎只是從「發生學」(genetics) 的角度來界定人生命的起源。但是「天地」作爲人的父母，或是人作爲自然之子，並不能衹從先天孕生的關係上來了解，更重要的是：人必須透過「應四時」、「知萬物」的後天實踐，才能使天地成爲其生命滋養的泉源。人既生成於天地之間，也始終無法逃離於天地之外，因此認識身體，並從身體與自然的互動中探索養生之道，不僅出自一種職業的需求，一種知識類型的興趣，更是一種生命關懷上的價值選擇。

對身體與自然的關懷與探討，本不該是被排除在思想研究之外的課題。中國人的靈魂觀爲何？形與神的離合與生命的寂動間具有何種關係？存在於自然的人體又以何種模式同自然互動？自然之氣與人體之氣果真只是一氣的流轉？西方醫學的心（heart）、肝（liver）、脾（spleen）、肺（lungs）、腎（kidney）等器官何以在中國歸爲「藏（臟）」類，臟中所藏者只是物質性的實體，或兼容精神性的存有？而各臟腑是否僅爲獨立分治的器官，而無有機的關連？如果其間有緊密的聯繫作用，則又是在何種體系下整合起來的？凡此種種問題，唯有擺脫傳統研究視《内經》爲技術之書的成見，我們才能從原典的文理中，尋繹出切題的回應。

貳、檔案與典範：《黄帝内經》的成書與性質

根據齟齬並存的論説，例如五行的配屬、臟腑的開竅、鍼療誤刺臟而致死的時期等，多處内容上的分歧，我們當可就此推定《黄帝内經》並非出自一人一派之手⑤。不過，面對形式、稱謂上的諸多歧異，如早在文獻流傳之初，書名稱謂便已相當分歧（參見附表一）；甚至隋唐以降，《黄帝内經》的篇名、篇次、篇章分合結構等猶未獲得學者裁定上的共識（參見附表

二），我們似乎有必要調整執著於《內經》爲一部醫學「專著」的立場。倘我們依舊膠著於辨析曾著錄於《漢書·藝文志》的《黃帝內經》，是否即指今本《素問》或《靈樞》；或者就行文脈絡，推敲七篇大論是否原屬《素問》之文；並試圖將《黃帝內經》考定爲三墳舊典⑥、或斷爲春秋戰國之作⑦、或周秦迄漢之書⑧，僅只將成書年代一再往後推延，並無助於我們對相歧的理論雜陳其間的現象，作更適切的掌握，何況根據王冰注本序文，當其整理校注時，便爲求行文符合君臣尊卑之禮，而以「朱書其文」的方式，對《黃帝內經》進行增刪改易的工作。傳本至今，已無朱墨之別可供甄辨，遑論據所謂「原典」來判定確切成書時代。

如果我們能從對「專書」的成見中走出，將《內經》視爲收錄、存放中國古代醫療技術、身體認識、身體與自然互動關係的「檔案」(archive)，所謂《黃帝內經》、《素問》、《靈樞》云云，不過是此「檔案」的總目或分類的標題。後世整理、校注者，自可從其特定的觀點出發，對檔案資料加以選析，分章命篇，組織各自殊異的形式結構；醫療人員亦可從擋案擇取醫療知識、臨牀辨症論治所須；從思想研究者的立場而言，我們亦可對「檔案」進行主題式閱讀，以重新抽繹出相關的思想內容。「檔案」中的資料雖非匯聚於一時一地一人，相關的學說主張亦難免出現互相齟齬的情形，但這並不妨礙我們從中擇取、掌握古人對個我、生命、身體認知的共相。事實上，這種齟齬並存的現象，正反映了《黃帝內經》彙編之初，編者便不刻意進行理論上異同觀點的篩選或融通，而是以兼容並蓄的方式，保存各種論説。

◎附表一　歷代書志著錄情況

有關書目	著錄或引用之書名		
《漢書·藝文志》	《黄帝内經》十八卷		
張仲景《傷寒雜病論》		《素問》	《九卷》
王叔和《脈經》		《素問》	《鍼經》
皇甫謐《甲乙經》		《素問》	《鍼經》
《隋書·經籍志》（子部·醫經）		《黄帝素問》九卷、全元起注本八卷	《黄帝鍼經》九卷
王冰《注》		《素問》、《黄帝内經素問》	《靈樞》、《鍼經》
《舊唐書·經籍志》（子錄·明堂經脈類）		《黄帝素問》八卷	《黄帝鍼經》十卷、《黄帝九靈經》十二卷

《新唐書・藝文志》（子錄・明堂經脈類）		全元起注《黄帝素問》九卷、王冰注《黄帝素問》二十四卷	《黄帝鍼經》十卷、《黄帝九靈經》十二卷
《通志・藝文略》		全元起注《黄帝素問》九卷、王冰注《黄帝素問》二十四卷	《黄帝鍼經》一卷、《内經靈樞經》九卷
《宋史・藝文志》（子類・醫書類）			《鍼經》
《元史・新編藝文志》（子類・醫方類）		《黄帝内經素問》王冰注二十四卷、《素問》全元起注八卷	《黄帝鍼經》九卷、《黄帝靈樞經》九卷

◎附表二　隋・全元起注本與唐・王冰注本《素問》卷第、篇目、篇次、篇章分合對照表

茲將全元起注本與王冰注本所據《素問》卷第、篇名、篇次、篇章分合表述如下⑨：

	卷次	一	二	三	四
全元起注本《黃帝内經素問》	篇目	平人氣象論（十八） 〔決死生〕（二十）⑩ 藏氣法時論（二十二）⑪ 宣明五氣（二十三）⑫ 〔經合〕（二十七）⑬ 調經論（六十二） 〔四時刺逆從論〕（六十四）⑭	移精變氣論（十三） 玉版論要（十五） 診要經終論（十六） 八正神明論（二十六） 〔真邪論〕（二十七）⑬ 皮部論（五十六、五十七）⑮ 氣穴論（五十八） 氣府論（五十九） 繆刺論（六十三）	陰陽離合論（六） 〔十二藏相使〕（八）⑯ 六節藏象論（九） 陽明脈解（三十） 〔五藏舉痛〕（三十九）⑰ 長刺節論（五十五）	生氣通天論（三） 金匱真言論（四） 陰陽別論（七） 經脈別論（二十一） 通評虛實論（二十八） 太陰陽明論（二十九） 逆調論（三十四） 痿論（四十四）

	卷次	一	四	七	十
王冰注本《黃帝内經素問》	篇目	上古天真論（一） 四氣調神大論（二） 生氣通天論（三） 金匱真言論（四）	異法方宜論（十二） 移精變氣論（十三） 湯液醪醴論（十四） 玉版論要（十五） 診要經終論（十六）	經脈別論（二十一） 藏氣法時論（二十二） 宣明五氣（二十三） 血氣形志（二十四）	瘧論（三十五） 刺瘧（三十六） 氣厥論（三十七） 欬論（三十八）
	卷次	二	五	八	十一
	篇目	陰陽應象大論（五） 陰陽合論（六） 陰陽別論（七）	脈要精微論（十七） 平人氣象論（十八）	寶命全形論（二十五） 八正神明論（二十六） 離合真邪論（二十七） 通評虛實論（二十八） 太陰陽明論（二十九） 陽明脈解（三十）	舉痛論（三十九） 腹中論（四十） 刺腰痛論（四十一）
	卷次	三	六	九	十二
	篇目	靈蘭祕典論（八） 六節藏象論（九） 五藏生成（十） 五藏別論（十一）	玉機真藏論（十九） 三部九候論（二十）	熱論（三十一） 刺熱論（三十二） 評熱病論（三十三） 逆調論（三十四）	風論（四十二） 痺論（四十三） 痿論（四十四） 厥論（四十五）

五	六	七	八	九
五藏別論(十一) 湯液醪醴論(十四) 熱論(三十一) 刺熱(三十三) 評熱病論(三十三) 瘧論(三十五) 腹中論(四十) 厥論(三十七、四十五) 病能論(四十六) 奇病論(四十七)	脈要精微論(十七) 玉機真藏論(十九) 〔刺禁〕(二十五)⑱ 刺瘧(三十六) 刺腰痛(四十一) 〔刺齊〕(五十、五十一)⑲ 刺禁論(五十二) 刺志論(五十三) 鍼解(五十四) 〔四時刺逆從論〕(六十四)⑳		痺論(四十三) 水熱穴論(六十一) 〔從容別黑白〕(七十六)㉑ 〔論過失〕(七十七)㉒ 〔方論得失明著〕(七十八)㉓ 陰陽類論(七十九) 方盛衰論(八十) 〔方論解〕(八十一)㉔	上古天真論(一) 四氣調神大論(二) 陰陽應象大論(五) 五藏生成(十) 異法方宜論(十二) 厥論(三十七、四十五)㉕ 咳論(三十八) 風論(四十二) 大奇論(四十八) 脈解(四十九)

十三	十六	十九	二十二
病能論(四十六) 奇病論(四十七) 大奇論(四十八) 脈解(四十九)	骨空論(六十) 水熱穴論(六十一)	天元紀大論(六十六) 五運行大論(六十七) 六微旨大論(六十八)	至真要大論(七十四)
十四	**十七**	**二十**	**二十三**
刺要論(五十) 刺齊論(五十一) 刺禁論(五十二) 刺志論(五十三) 鍼解(五十四) 長刺節論(五十五)	調經論(六十二)	氣交變大論(六十九) 五常政大論(七十)	著至教論(七十五) 示從容論(七十六) 疏五過論(七十七) 徵四失論(七十八)
十五	**十八**	**二十一**	**二十四**
皮部論(五十六) 經絡論(五十七) 氣穴論(五十八) 氣府論(五十九)	繆刺論(六十三) 四時刺逆從論(六十四) 標本病傳論(六十五)	六元正紀大論(七十一) 刺法論(七十二)(亡) 本病論(七十三)(亡)	陰陽類論(七十九) 方盛衰論(八十) 解精微論(八十一)

衡諸歷史與理論的發展，《黃帝内經》作爲中國醫學的「典範」(paradigm)之作，實具有雙重的意義：從歷史發生的序位檢視，《黃帝内經》無疑是首部對後世影響深遠的集成之作；從理論形構的角度評斷，《黃帝内經》所代表的絕非理論模型摸索草創的階段，而是論述系統已大體完成的時期。其理論基本架構不僅爲後世醫籍立説所遵循，事實上，其後千百年來傳統醫學的發展，可説只是在《内經》既有的理論間架上，進行局部填補或演繹的工作，而不再有任何革命性的「典範」將其理論原型取而代之。傳統醫學的這種早熟性格，並不意味中國醫學的發展長期停滯不前，而是反映出古代對認識身體、照顧身體的高度重視，使得對「身體」的理論建構，很早即從不斷檢證之中形成體系。正因爲如此，藉著探討《内經》的理論，我們不僅可以瞭解古代某一特定時期對於身體歷時發展與共時結構的理解，更重要的是可以對整個文化傳統身體觀的發展，從思想的本源上加以掌握。

西方學者保羅·溫修德(Paul U. Unschuld) 曾經在其討論中國醫學觀念史的論著中指出，中國醫學理論發展的特點不同於西方的是：一旦像《黃帝内經》這樣的理論典範奠立之後，儘管其中會衍生出許多不同以致矛盾的觀點，但這些相互衝突的觀點，既不是依循所謂正—反—合式的辯證發展，終被更高的理論「綜合」(synthesis)所統一；也並不符合孔恩式的「典範」(Kuhnian paradigm) 發展模式：激化的矛盾會導致出一個嶄新的、革命性的典範，將原來的典範取而代之。中國醫學理論的發展，照溫氏所言乃是一種將所有不同、甚至對立的觀念，不斷試圖加以類併、融合的過程(syncretism)。㉖衡諸前面的分析，溫氏的論點，確有其獨到之處。不過值得深入探究的是，《黃帝內經》對身體的常變進行系統性解釋，絕非純粹理論上的興趣；事實上，相應於理論的建構，《內經》也發展出互爲體用的養生工夫與醫療方術，如在配合日月陰陽的週期，相應於時氣、月氣與日氣，而配以灸刺、湯藥、導引、食療與作息等治病養生之道。這種理論與實踐的對應特性，正反映出《內經》系統的「理論」建構與「實踐」工夫，具有詮釋學式的辯證關係：傳統對身體的理論建構，不斷隨治療的實證過程而加以修正；而養生與病療的法則，也相應於理論的進展而作有機的調整。也正由於這種强調「理論」之「可實用性」與「實用」之「合理性」的特質，與其將《內經》視爲成於特定時空下一人一家之手，或是定稿的專著，毋寧當作一部在一羣人先後的運用與檢驗之下，不斷發展、修正、增補中的「檔案」，這部檔案以探究身體與自然的互動爲共通關懷的主題，雖然是將過去的經驗加以集結與整理，但也對未來的檢驗保持一定理論的開放性。而這正是以《內經》爲代表的醫家傳統，在知識型態上極具特色之所在。

誠如前面舉證儒、道等古代思想中皆有涉及「身體」的論述，透過《黃帝內經》的研究，從橫向的共時意義而言，一方面既可檢視古代醫家身體觀的特定立場，又在一定程度上可以支援我們對其他思想體系的理解。從縱向的學術史所牽涉的課題而言，《內經》的身體觀，當不止局囿於一般醫學史研究的領域，而是含括了中國哲學範疇中的「形神」與「氣」的命題，以及傳統「養生」的思想。

首先，與存有論密切相關的形神生滅離合命題，不但在魏晉時代蔚成風潮，也一直是中國思想史上聚訟紛紜的焦點。㉗而《内經》對「身體」的探討，每從生命的源動寂滅出發，必然兼含有形的身手四肢、骨肉臟腑，與無形的神、魂、意、魄、志、心、氣，形神的生滅離合，自然是其主要的考察對象。因此我們不但可以通過《内經》，來掌握傳統形神關係的原初特質，而且也可藉此對後來道教思想的發展、或佛教文化東傳後對中土的影響，有更確切的甄別與辨析。

再者，「氣」可說是中國哲學思想中極具特色的範疇，自先秦諸子以迄近代譚嗣同、章太炎等人，對氣的研討可說貫穿整個中國歷史。㉘《黄帝内經》既以研討身體結構、身體與自然的互動爲中心，必然要關照到「氣」在人體内的作用，以及「氣」在身體與自然的溝通、對應中所擔任的角色與屬性。因此，如果要對「氣」論在中國思想史上的開展與衍化，有更爲整全的瞭解，那麼追本溯源，我們便不得不對《内經》的身體觀，做深入的考覈。恐怕也唯有如此，我們才能貼切地瞭解到「氣」在中國哲學的理論建構中，何以會佔有舉足輕重的關鍵地位。

當然，《黄帝内經》既以强身益壽爲標的，自然會涉及種種「養生」的課題。事實上，不論是早期的儒家㉙、道家、雜家，或是後來仙道思想盛行之下道教的養生方術，舉凡以身體爲工夫修行所在的養生學説，莫不在傳統認知的身體形構上立説開展。㉚《内經》既是後世醫家的典範，自然成爲後來養生思想所取法的資源。因此，對《黃帝內經》身體觀的分析，當是掌握傳統養生思想的重要原點之一。

總而言之，本文雖可歸屬於醫家思想的研究，但又與一般醫學思想的研究不同㉛。我們不僅希望能就《黃帝內經》本身，抽繹出其身體觀的理論基架或思維模式，更希望從理論的橫向對話上，關照到其與同時期其他思想的共相與殊相；並扣合歷史的縱向脈絡，特別注意到《內經》中對「形神」關係的探討、「氣」的命題與其醫家觀點所涵攝的養生思想。

基於上述的考量，本文將首先探討生命歷程中的身體觀，考察《內經》如何在動態的時間脈絡，藉著對氣的分析，來瞭解身體在時間序列中的榮盛衰老。透過對《內經》理論建構的掌握，我們將分三個彼此環扣的課題，對《內經》進行主題式的考掘：一是從形神的生滅離合，檢視生命的構造因素與動力因素；一是從氣在身體與自然溝通的脈絡中，探究氣如何透過人體的內部結構、人體與外在環境的互動中，影響人的奇正常變；一是根據《內經》將臟腑與經脈整合的理論特色，分析在身體結構的意義上，傳統醫家如何將個我的情志、形氣、內外表裡予以有機的統合。值得注意的是，《內經》對身體的探討，始終未曾將身體孤立於自然之外，其論述中所涉及對自然的種種認識，也始終著落在與身體的對應或交通的意義上。因此我們將以身體與自然的互動關係貫穿整個討論。

參、生命歷程中的身體觀

孔子曾向弟子指出「君子有三戒」：

> 少之時，血氣未定，戒之在色；及其壯也，血氣方剛，戒之在鬥；及其老也，血氣既衰，戒之在得。（《論語·季氏》）

孔子提出三「戒」，可說是針對各年齡區段容易發生偏差行爲的提醒。而各年齡區段容易發生的偏差行爲，與該區段的生理特徵，顯然有相應的關聯。換言之，孔子所提醒的行爲戒律乃是針對身體在不同年齡階段，其血氣有「未定」、「方剛」與「既衰」等不同的徵候，氣血在不同的狀態會導致不同的性情與行爲傾向。孔子以「血氣」並舉，注意到兩者有由「未定」、「方剛」到「既衰」的同步消長過程，似乎也透露出孔子對氣血相生特性，有一定程度的掌握，或許乃是當時的共識。

《内經》既視身體爲一動態的生命機體，必然也考量到身體的時間性因素。將身體内外在的變化，進行歷時性的分期，乃是掌握身體動態發展的重要途徑。《素問·示從容論》曾指出隨年齡的變化，身體容易產生病象的部位有所不同：

> 夫年長則求之於府，年少則求之於經，年壯則求之於

藏。

指出少、壯、老容易患病部位，由「經」而「藏」而「府」的移轉。患病部位所以隨年齡轉移，自然與其間身體發生的演變，具有密切的關聯。唐·王冰曾解釋三個年齡區段的身體變化，乃是由於各年齡階段的行爲習慣所導致：

> 年之長者甚於味，年之少者勞於使，年之壯者過於內。過於內則耗傷精氣，勞於使則經中風邪，恣於求〔味〕則傷於府，故求之異也。

老人飲食較爲豐厚，主司消化、傳導的胃腸諸「腑」便較易受病；年少者多服勞役，過勞則脈氣衰少，難抗風邪來襲，邪氣循絡入經，自然容易產生「經脈」方面的疾病；至於年壯者往往勞於房事，而傳統認爲生殖能力由腎藏所司，如果房事不節，精泄氣損，腎臟先受其害，並將牽連其他臟腑。

當然，根據體質的變化將人體生物年齡加以分期，或是以生物年齡加以切割，以區分各階段體質上的變化，只是一種理想型態上的概略劃分。但是對人體動態的變化予以共相上的掌握，乃有助於對身體奇正常變之判準。《素問·上古天真論》詳盡地載錄了對於人體的歷時性認識：

> 岐伯曰：女子七歲，腎氣盛，齒更髮長。二七而天癸至，任脈通，太衝脈盛，月事以時下，故有子。三七腎氣

平均，故真牙生而長極。四七筋骨堅，髮長極，身體盛壯。五七陽明脈衰，面始焦，髮始墮。六七三陽脈衰於上，面皆焦，髮始白。七七任脈虛，太衝脈衰少，天癸竭，地道不通，故形壞而無子也。丈夫八歲，腎氣實，髮長齒更。二八腎氣盛，天癸至，精氣溢寫，陰陽和，故能有子。三八腎氣平均，筋骨勁強，故真牙生而長極。四八筋骨隆盛，肌肉滿壯。五八腎氣衰，髮墮齒槁。六八陽氣衰竭於上，面焦，髮鬢頒白。七八肝氣衰，筋不能動，天癸竭，精少，腎藏衰，形體皆極。八八則齒髮去。

茲將文中用來辨識年齡區隔的生物屬性特徵分爲二類，其一爲鬢髮、牙齒、面容、筋骨、肌肉等，爲臟腑以外的身體形貌部分。茲表述如下：

女						男					
身體結構 特徵 年齡	鬢髮	牙齒	面容	筋骨	肌肉	鬢髮	牙齒	面容	筋骨	肌肉	身體結構 特徵 年齡
七（七歲）	髮長	齒更				髮長	齒更				八（八歲）
二七（十四歲）											二八（十六歲）
三七（廿一歲）		真牙生而長極					真牙生而長極		筋骨勁強		三八（廿四歲）

四七（廿八歲）	髮長極			筋骨堅					筋骨隆盛	肌肉滿壯	四八（卅二歲）
五七（卅五歲）	髮始墮		面始焦			髮墮	齒槁				五八（四十歲）
六七（四十二歲）	髮始白		面皆焦			髮鬢頒白		面焦			六八（四十八歲）
七七（四十九歲）									筋不能動		七八（五十六歲）
						髮去	齒去				八八（六十四歲）

《內經》用來劃分年齡區段的身體特徵，其二爲人體結構中的無形物質與徑路，如：腎氣、肝氣、陽氣、任脈、太衝脈、陽明脈、三陽脈，以及有別於無形之氣的有形流質：「天癸」。亦將其於生命歷程中的消長，表述如下：

女				男			
身體結構特徵／年齡	臟氣	經脈	天癸	臟氣	經脈	天癸	身體結構特徵／年齡
七	腎氣盛			腎氣實			八
二七		任脈通、太衝脈盛	天癸至，月事以時下	腎氣盛		天癸至，精氣溢寫	二八

三七	腎氣平均			腎氣平均			三八
四七							四八
五七		陽明脈衰		腎氣衰			五八
六七		三陽脈衰			陽氣衰於上		六八
七七		任脈虛、太衝脈衰少	天癸竭	肝氣衰		天癸竭，精少	七八
							八八

由表可知《素問》對於生命的歷時性認識，乃以身體中脈氣與臟氣，「氣」的盛衰、多少、通暢與否，左右了生物年齡的青春與衰老，不僅直接影響髮膚等外在形貌，也決定了人體的生殖能力。《内經》對人體生物年齡的討論，不僅注意到身體特徵隨時間的變化，具有性別上的差異，更從「氣」的虛實盛衰來理解影響變化的動力因素。體貌在外表有形的徵候變化，實爲身體内在無形的「氣」象所制約。

這種以「氣」的盛衰，爲辨識生物學年齡主要依據的説法，亦見於《靈樞．天年》，但《靈樞》是採用較常見的十年一期，爲劃分生物年齡區段的單位；且因問對的主題爲人體出生至死「氣之盛衰」的光景，而非側重於生殖能力等，故其所對身體的動態變化，從初生以至百歲，涵蓋了整個生命歷程：

> 黄帝曰：其氣之盛衰，以至其死，可得聞乎？岐伯

曰：人生十歲，五臟始定，血氣已通，其氣在下，故好走。二十歲，血氣始盛，肌肉方長，故好趨。三十歲，五臟大定，肌肉堅固，血脈盛滿，故好步。四十歲，五臟六腑，十二經脈，皆大盛以平定，腠理始疏，榮華頹落，髮頗斑白，平盛不搖，故好坐。五十歲，肝氣始衰，肝葉始薄，膽汁始滅，目始不明。六十歲，心氣始衰，苦〔善〕憂悲，血氣懈惰，故好臥。七十歲，脾氣虛，皮膚枯。八十歲，肺氣衰，魄離，故言善誤。九十歲，腎氣焦，四臟經脈空虛。百歲，五臟皆虛，神氣皆去，形骸獨居而終矣。（《靈樞·天年》）

茲將氣的歷時性消長，與所相應的形貌、官能特徵，乃至言行、情緒變化，悉表述如下：

年齡	氣之盛衰	形貌特徵	感官機能	言行特徵	情緒特徵
十歲	（五臟始定），血氣已通，其氣在下			好走	
二十	血氣始盛	肌肉方長		好趨	
三十	（五臟大定），血脈盛滿	肌肉堅固		好步	
四十	（五臟六腑），十二經脈，皆大盛以平定	腠理始疏，榮華頹落，髮頗斑白		好坐	
五十	肝氣始衰，（肝葉始薄，膽汁始滅）		目始不明		
六十	心氣始衰，血氣懈惰			好臥	苦憂悲

七十	脾氣虛	皮膚枯			
八十	肺氣衰			言善誤	
九十	腎氣焦，四臟經脈空虛				
百歲	（五臟皆虛），神氣皆去	形骸獨居而終			

如果我們把《素問》與《靈樞》對於身體的歷時性認識相對照，會發現二者的殊異處剛好可以相參互補而並無衝突。比方《素問》說女子四十二歲「面皆焦，髮始白」，《靈樞》也說人四十歲「榮華頹落，髮頗斑白」；又《素問》稱男子五十六歲「肝氣始衰」，《靈樞》亦謂「五十歲，肝氣始衰」。固然由於二者劃分年齡區段的差異，使指稱年歲微見不同，但在最相近的年齡區段中，對同一形貌部位（如：面、髮），同一臟氣（如：肝氣）盛衰的描述，是極爲一致的。《素問》言「氣」未及「血」，《靈樞》雖謂十歲「血氣已通」、二十歲「血氣始盛」、六十歲「血氣懈惰」，皆兼及血、氣，但其描述身體的歷時消長，仍是以「氣」的盛衰爲主軸的。

以生物年齡的共相爲基準，透過檢校各個身體獨特的「時間年齡」，我們便可掌握身體的奇正常變。如《史記·扁鵲倉公列傳》中漢初著名醫家淳于意在應詔論對時，曾舉齊文王病例，適由時間年齡與生物年齡的差異，得見身體之病變：

> 脈法曰：「年二十脈氣當趨，年三十當疾步，年四十當安坐，年五十當安臥，年六十已上氣當大董〔董〕。」文王年未滿二十，方脈氣之趨也而徐之，不應天道四時。㉜

淳于氏引《脈法》㉝中的一段話，簡單說明人在二十、三十、四十、五十、六十歲，相應於不同的年齡區段，身體具有普遍的共相。淳于意所以論斷齊文王的身體症狀爲病，迨由齊文王的時間年齡「未滿二十」，倘具相應（「應天道」）的生物學年齡，則其身體機能應是「脈氣當趨」；今却不然，未滿二十的時間年齡，已呈顯生物學年齡四、五十歲的衰態，所謂「方脈氣之趨也而徐之」。正因時間年齡與生物學年齡間存在相當的差異，醫家淳于意方謂其：「不應天道四時」。《內經》對生理機序的詮解與病因療法的探討，正是基於生物年齡的共相與時間年齡的殊相；身體既在時間的座標中與時遷化，受到「氣」象所牽制的體質機能，便必然或處於動態的平衡，或可能產生對應上的差序失調。《內經》裡身體的生理與病理，究其實，正如一刃兩面，乃是一理的「常」與「變」；彼此間並不是分岐性的對立，而是在身體觀的建構上，形成一種相互詮解的互補關係。

肆、心神的認識：人觀中的形與神

《莊子・德充符》曾以孔子描述使楚時所見爲喻：

> 丘也嘗使於楚矣，適見㹠子食其死母者，少焉眴若，皆弃之而走。不見己焉爾，不得類焉爾。所愛其母者，非愛其形也，愛使其形者也。

小豬仔在一開始還不知母豬已經死去，仍如昔地羣聚在母體身旁準備吸吮母乳，但不久便發現到母親死去的事實，因此驚惶地四散而逃。莊子以非常具象的描繪指出，小豬仔對母親身體的熟悉與親近，並非生命寂滅後獨剩的形骸，而是賦予身體能動性的「使其形者」。從死生存亡的交界，我們可以發現，身體作爲生命的載體，在有形的軀殼之外，還有更關鍵的組成因子構成生命的動源。

不可諱言，當我們試圖將古典中關於神、魂、形、氣等生命構成質素的討論，以現代語彙加以定位，難免會產生義理與義界上的糾纏。無怪乎曾有學者主張傳統文化的基調乃是純形氣而無靈魂的人生觀㉞。有些學者甚至斷定魂、魄、精、神本質上都是「氣」㉟。但是如果以《内經》爲據，檢討身體的生命構成因素時，我們恐怕不得不對這些論斷有所保留。

《内經》對身體的探討，當然不僅從肢解的方式作形廓上的靜態描述，而是必然涉及構成身體生命現象的基本質素。在探討身體的構造因與動力因時，《内經》曾就生命現象的源始、躍動以至寂滅，而將「根於中者」的動物與「根於外者」的礦、植物，做了根本的區分：

> 根于中者，命曰神機，神去則機息。根于外者，命曰氣立，氣止則化絕。㊱（《素問·五常政大論》）

後者生成之本悉由外氣所化，因此「氣止則化絕」；而前者雖亦受外氣牽引，但其生化之本，乃由內在「神機」所發，是以

「神去則機息」。人既爲「毛、羽、倮、鱗、介」之屬，「神」無疑是構成生命的關鍵所在。由此可見，在人的身體結構中，「神」與「氣」實不可混爲一談；「氣」作爲形構的基礎，乃是所有生物、無生物所共有，唯有「使其形」的「神」，才是「根于中者」生命現象的根源。

以現代的語彙來看《內經》所論「形」「神」的即離關係，那麼「形」所指的是軀體，「神」則爲靈魂之屬。人的生命如果「形與神俱」，則「盡終天年」可期（《素問·上古天真論》）；若「形」「神」相失，所謂「出入廢則神機化滅」，恐怕「無以生、長、壯、老、已」（《素問·六微旨大論》）。由此可見中國的靈魂觀，不僅早已伴隨其對生命現象的觀察而出現，更是在探究生命存有的基本前提。

這種以形神的離合，來理解生死的分際，不僅是醫家探討身體的理論基礎，更具有在知識價值取向上的深刻寓意。漢代司馬談在綜論六家要旨的結語中，便特別强調：

> 凡人所生者神也，所託者形也。神大用則竭，形大勞則敝，形神離則死。死者不可復生，離者不可復反，故聖人重之。由是觀之，神者生之本也，形者生之具也，不先定其神〔形〕，而曰「我有以治天下」，何由哉？（《史記·卷一百三十·太史公自序》）

表面上司馬談似乎是從道家的立場出發，批評空言治天下者，未能真正理解到神、形作爲構成生命的「本」、「具」，才應該是思想關懷的重點。但司馬談以「聖人」對生命的重視爲關注的焦點，實與《内經》理論的價值取向若合符節。

雖然從生命的構成而言，形、神同等重要，缺一不可；但就治養的優先性而論，「使其形者」的神，顯然更具關鍵性的地位。《淮南子．泰族》以治身與治國進行類比時，便指出治養的優先次序：

> 治身，太上養神，其次養形；治國，太上養化，其次正法。神清志平，百節皆寧，養性之本也。肥肌膚，充腸腹，供嗜慾，養生之末也。

身本兼具形、神兩者，治「身」當應兼及「養神」與「養形」，但兩者之中，護膚飽腹乃是易行的末節，而「神清志平」則是難爲的根本。事實上，以强身益壽爲目的的醫家傳統也對「養神」的優先性再三致意，在《素問．寶命全形論》所列「鍼有懸布天下者五」之中，「治神」即爲首要。

如果「神」可「養」、可「治」，那麼究竟神如何透過空間的聯繫，成爲形軀生命的動源？《素問．六節藏象論》曾指出：

> 心者，生之本，神之處也。

「心」作爲「神」的居處，進而賦予身體的生命。《内經》這種「心爲神處」的觀點，衡諸時代相近的思想傳統與醫療文化，宜爲先民對身體的認知共相。例如《淮南子·泰族》即言「棲神於心」，〈精神〉篇亦言「神者，心之寶也。」，在醫療傳統中，從環布心臟部位的「神堂」、「神道」、「靈臺」、「神府」諸穴名稱及各穴所佔相關位置，以及灸法中神魂有病即以灸心治之㊲，均反映出在理論上與實踐上先民對靈魂存有的肯定。《素問·調經論》曾經論及「神」的過與不足，反應在情緒上的徵候：

帝曰：神有餘不足何如？岐伯曰：神有餘則笑不休，神不足則悲。

「神」既居處於「心」，則「神」的有餘與不足，自然會影響心理的狀態。從治療的角度而言，透過鍼刺與湯藥等療法，我們自可從根本的治神上，以調解情緒的過度表現。

當然，在《內經》中，狹義的「神」每與「魂」、「意」、「魄」、「志」並舉，分指位居五臟之神，合稱爲「五神」。根據《素問·宣明五氣》、《素問·陰陽應象大論》與《素問·五運行大論》等相關記載，我們可列表五神與五臟、五種情志表現的對應關係如后：

五臟	肝	心	脾	肺	腎
五神	魂	神	意	魄	志
五志	怒	喜	思	悲	恐

「五神」藏主五臟，不僅是賦予各臟器生理機序的動源，也因

而影響了與五臟相應的「怒」、「喜」、「憂（思）」、「悲」、「恐（驚）」等心理狀態與情緒表現。就與五臟對應的特殊脈絡而言，「五神」各有專司，但若據此判定《內經》以爲人有五個種靈魂、甚至五種生命的觀點㊳，恐怕忽略了《內經》是在解析臟腑的脈絡下，指出「五神」各藏於五臟，並分主各臟的生理機能。人同時具有多種靈魂的論斷，不但模糊了在「神」「形」對應或在「五神」並舉時，「神」有作爲整體或作爲部份的不同指涉，更重要的是，它一方面縮小了身體所含括的範疇，將整全的身體化約爲五臟；一方面又擴大了「五神」宰制的領域，將分居五臟的「五神」延伸至全體的人身。

事實上，即就「神」、「魂」、「意」、「魄」、「志」的相互關係而言，一如心、肝、脾、肺、腎五臟間，既在橫的聯繫上有彼此牽引的依存關係，在縱的聯繫上又有輕重主從的制約關係。根據《內經》所提出的政治組織模型，來理解臟腑間主從輔補的關係㊴，則五藏之中「心」既爲於「君主」之官，則舍止於心之「神」，顯然居於宰制五神的中樞位置。因此與其說「五神」代表五種靈魂並存的生命觀，無寧說「五神」是在有機的整合下，透過整體的「形」「神」交融，賦予人的生命。

伍、氣的認識：身體與自然間的交融與對立

《素問・六微旨大論》曾言簡意賅地點出人與自然的關係：

上下之位，氣交之中，人之居也。

人身處於「上下之位，氣交之中」；生命的孕育，既有賴於「天地合氣」而成；體質的轉化病變，也與「陰陽之氣」的交通息息相關。身體與自然的關係既如此密切，《內經》也始終將身體放在自然的變動中加以考察。

自然對人體的影響，既可從空間上來檢證，體質會因應不同的居處環境與地理方位而改變㊵；又可從時間因素上來衡量，例如陰陽二氣隨著四時推移、而有不同的生化盛衰，例如《素問・厥論》即指出「春夏則陽氣多而陰氣少，秋冬則陰氣盛而陽氣衰。」《素問・至真大要論》更明白指出：

夫氣之生與其化，衰盛異也。寒暑溫涼盛衰之用，其在四維㊶。故陽之動，始於溫，盛於暑；陰之動，始於清，盛於寒。春夏秋冬，各差其分。

氣隨四時的流轉而有寒暑溫涼等盛衰變化，進而制約人身體之氣的運行。

《內經》將人體中氣血的變化，放在一日㊷、一月㊸、以至一年的時間週期上㊹，進行對比與分析。這種週期性的探討，反映出《內經》對自然與身體互動關係上的特殊信念：自然的變化不僅與人體的變化息息相關，影響深遠，而且自然的規律與人體的規律，又有一定的內在聯繫。《素問・離合真邪論》：

> 夫聖人之起度數，必應於天地，故天有宿度，地有經水，人有經脈。天地溫和，則經水安靜；天寒地凍，則經水凝泣；天暑地熱，則經水沸溢；卒風暴起，則經水波涌而隴起。夫邪之入於脈也，寒則血凝泣，暑則氣淖澤，虛邪因而入客，亦如經水之得風也。經之動脈，其至也亦時隴起。

同樣處於天地氣交之中，浩浩蕩蕩的江河湖海，尚且受溫、寒、暑、風等自然之氣的影響：自然界氣候溫和，則經水安靜流暢；天寒地凍，則經水流行凝澀不利；天氣酷熱的時候，經水因之沸騰外溢；狂風驟然來臨，則經水波浪洶湧而隆起。人體既與江河同處於整體的自然時空中，理當無法自外於溫、寒、暑、風等自然之氣的影響。所以在《素問》的身體觀中，人體的經脈一如自然界的江河，當寒氣來襲，便會使經脈中的氣血滯澀不暢；待熱氣竄入體内，則使氣血濡潤流溢；風邪侵入經脈，也彷彿江河暴風驟起一般，會使經脈氣血的搏動，在脈象上出現波濤般隆起的現象。

就佔據一定空間的具體形軀而言，無形的體内之氣似乎爲形廓所範圍，然而人之所以能開放於自然之中，當然並不只是透過呼吸與外界溝通。事實上，數百個佈居於體表的「俞穴」（氣穴），才是身體與自然交流的所在。前言《莊子》筆下的「支離疏」，由於傴僂脊曲，所以「五管在上」，此「五管」其實即爲《内經》所謂的「五藏俞」（《素問・水熱穴論》）。身體既爲一整全的有機體，五臟深藏於内，俞穴佈現於外，氣穴以臟爲名，顯然説明在傳統的身體觀中，内臟與皮表，透過經脈的聯繫，便形成交流溝通的網路。換言之，臟腑由裡至表與外界交通的孔道，主要便是散布於體表的氣穴，所以《靈樞·五閱五使》論及五臟之所以能將其氣色表現於體外，正是因爲「脈出於氣口，色見於明堂。」在《素問·風論》中更藉「門戶」比喻俞穴，以凸顯俞穴在身體與自然交通中的空間意涵：

> 風中五藏六府之俞，亦為藏府之風，各入其門戶所中，則為偏風。

身體爲一整全的機體，而人又統一於外在自然世界之中，在此整體觀中，俞穴是身體與外界相通的「門戶」。從疾病產生的成因而言，外界的風氣正可經過「俞穴」而深入臟腑；從應用層面來闡釋針刺療法時。正是基於俞穴的這種特性，在臨牀的運用上，《内經》的鍼刺療法，便試圖從掌握俞穴的開闔上，節制内外之氣間的輸應。是以其鍼刺的基本原則，乃在於欲瀉其氣，必吸氣時納針、呼氣時出針；欲補其氣，則須值呼氣時納針、吸氣時出針。㊺此臨牀應用的背後，正透顯氣穴在身體結構中，所具有的作用意義與形式意義：就作用意義言，俞穴非靜態地儲存氣流，而是動態地「輸應」氣流；就形式意義來説，俞穴爲體内之氣於體表會聚的所在，一如腹地較廣的「谷谿」受納持續流動的江河；就與外界溝通的象徵意義而言，俞穴則爲内、外之氣可由之出入交通的「門戶」。簡言之，亦即在此針刺手法應用的背後，潛藏著以全身數百俞穴，爲體内之氣與自然之氣，進行交通、出入門戶的身體觀。由此可見，所謂身體開放於自然之中，並不是一種純粹感應式的假說，而是一種具體結構性的對應。內外之氣經由具體路徑通應，使身體與自然間形成密切交流的網路。

就人體本身的網路而言，體表的氣穴，作爲對外開放的「門戶」，既是體外邪氣入侵的起點，也是體內衛氣留止的終站。《内經》中將氣行人體的路徑，透過經絡系統加以掌握：「氣穴」與「孫絡」交會，而「孫絡」爲「絡」的分支，再輸導入「經」㊻。在《内經》所建構十二經脈中，陰陽經脈分由手足循行身首，各經脈間也因氣的流轉而彼此聯繫，由表入裏，自末至本，形成一套立體的交通動線，網絡全身。

但由經絡構成的循環網路，雖可構成一封閉系統（closed system），卻並非一孤立系統（isolated system），仍開放於自然界中。人體既然開放於自然之中，則貫通週身的經脈網路，便不只是體内「正氣」運行的管道，同時也是體外「邪氣」侵襲的路徑。就體内「正氣」與經絡體系的相應而言，主內的「榮氣」注於經脈，固表的「衛氣」則「循皮膚之中，分肉之間」，部署於氣穴㊼。至於疾病生成與轉變，也正是由於體外邪氣，同樣憑藉正氣所周行人體的經絡網路，逐步深入體內。《素問·繆刺論》曾引岐伯解釋邪氣侵入的路徑：

夫邪之客於形也，必先舍於皮毛，留而不去，入舍於孫脈，留而不去，入舍於絡脈，留而不去，入舍於經脈，內連五藏，散於腸胃，陰陽俱感，五藏乃傷，此邪之從皮毛而入，極於五藏之次也。

由於經絡是「氣」行人體的道路，故不管「正氣」、「邪氣」在人體中皆需循之而行；邪氣既是由外而來，自得由氣門依序入行人體。所以說邪氣入襲人體，一定先侵入皮毛；倘衛氣不足以固衛體表，邪氣滯留不去，就會入於孫絡；再逗留不去，那就進入絡脈；如果仍無藥石等發散、解表將邪氣表散於外，邪氣依舊滯留不去，將進一步入侵經脈，終抵於五臟。所謂疾病的的生成與發展，正是體外「邪氣」沿著「皮表—孫絡—絡—經—臟腑」等次第，與榮、衛兩氣交戰消長的結果。由此可見，身體對自然的開放，不僅表現在生成化育的仰給關係上，同時也蘊含了兩者相互對應的緊張性：在身體與自然的交通過程中，既有滋養輔助的層面，也有對立衝突的可能。因此，人不能只是被動地棲身於天地之間，人必須主動地「應四時」、「知調陰陽」，隨時調養身體以因應自然的遷化流轉。

陸、陰陽與表裡：經脈網絡中的藏與府

在前面討論神、形相即相離與生命生發遷化的關係時，我們已注意到《內經》以神、魂、意、魄、志等「五神」，各寓藏於心、肝、脾、肺、腎等「五臟」。就整體的對應而言，「神」寓於「形」，乃爲「根於中」者生命的動源；從分殊的配屬而論，「五神」藏於五臟，乃賦予各臟腑官能生命力的形上存有，並各專主不同情志的表現。

在以氣的相融與交爭，探究身體開放於自然的溝通與衝突時，我們也發現臟腑乃位居脈氣流經網絡的要津：在經絡系統中，臟腑既是運行疏導體内「正氣」的樞紐；而當體外「邪氣」由氣穴、孫絡、絡脈、經脈漸入裏層，臟腑又爲「邪氣」入侵的底站。因此身體在情志與形氣上的種種變化，皆主導於臟腑，在病理上，各種病象也與經脈中的臟腑息息相關。

單就器官個別的功能而論，臟腑部署於體内，五臟主司藏神蓄精，六腑則專職傳味化物。《内經》曾以官僚體制對應各臟腑在身體的角色與功能，根據《素問·靈蘭祕典論》所論，我們可將各臟腑與所類比的官位、功能表述如后：

臟腑	對應官位	主司功能
心	君主	神明出
肺	相傅	治節出
肝	將軍	謀慮出
膽	中正	決斷出
膻中	臣使	喜樂出
脾、胃	倉廩	五味出
大腸	傳道	變化出
小腸	受盛	化物出
腎	作强	伎巧出
三焦	決瀆	水道出
膀胱	州都	津液藏，氣化則出

值得注意的是，〈靈蘭祕典論〉中特别强調「此十二官（臟）

者，不得相失」的特性，反映出十二官（臟）相互爲用、相互聯繫、相互影響的密切關係。一如理想的政治組織中，君主與任一官吏均無法獨立於國家官僚體系之外。各個官職，雖有其頗具差異性的職司與功能，但不同的職司，必然也必須整合在龐大的國家機器中合作無間。由此可見，各個臟腑的分工，乃是「關係」先於「個體」、「整體」先於「部分」，在整體合作的前提下進行的。

《内經》以官僚組織象徵臟腑結構，除了藉以說明十二臟間「相使」、「相失」等在整體中的互動關係外，亦透顯出各臟腑在分工與互動的同時，仍有一定的主從關係，一如黃帝提問中所藉用君臣結構中的「貴賤」之別。根據《素問·靈蘭祕典論》所論，「心」於十二藏中扮演的角色爲「君主之官」，十二臟間的整體聯繫是在「心」的主導下實現。一旦「主不明」則「十二官（臟）危」，氣流行使的道路將失去正常情況下的通暢（「使道閉塞而不通」），終至「形乃大傷」。可知臟腑間氣行之道的通暢與十二臟間的正常連繫，皆取決於「心主」的清明與否。正基於此主宰功能，乃以官僚體系中最貴之「君主」，爲其象徵㊽。

當然這種官僚體制的類比，並未對臟腑彼此互動的關連，予以理論的解釋。事實上，各臟腑間互動關係的複雜性，恐怕也遠超過官僚體制的類比。從理論的層面而言，依照《内經》陰陽配屬的觀點，五臟與六腑之間：亦即脾與胃、肝與膽、肺與大腸、心與小腸、心包絡與三焦、腎與膀胱間，乃兩兩構成陰陽表裏上的對應，形成相互牽引依存的關係；依照《内經》五行生化剋勝的觀點，五臟——心、肝、脾、肺、腎相互間，又具有一定傳導與制約上的聯繫。如此一來，臟腑不再是範圍於體內某部位的器官，一方面各個臟腑獨具的功能，在陰陽與五行的橫向連結下統合起來；另方面又通過「經隧」的網絡，臟腑的機制影響，更由內而外，延展至全身。《內經》中構成生命的形、氣、神，也因此被有機地整合起來。

基於臟腑與經脈系統緊密結合下的整體身體觀，《內經》建立了一套理論與實踐兼顧的「臟象」學說。從經絡系統中病（邪）氣循行的路徑而論，若未對邪氣及時抑止，則邪氣始侵皮表腠理，漸入絡脈、經脈而終抵臟腑。五臟六腑無疑是維持人體生命機能的最後防線。相對而言，臟腑的種種徵象也會依循著經絡體系透顯於體表。藉用明代名醫張介賓「臟居於內，形見於外」㊾的觀點，所謂臟象，乃是體內臟腑機能質性反映於體外，而有種種相應的表象，依據《素問．六節藏象論》中岐伯的分析，我們可簡略歸納成下表：

臟腑	主要功能（本）	居處之神	相應之體表（華）	充養之處（充）	陰陽屬性	通應之氣
心	生	神	面	血	陽中之太陽	夏氣
肺	氣	魄	毛	皮	陽中之太〔少〕陰	秋氣
腎	封藏	精	髮	骨	陰中之少〔太〕陰	冬氣

肝	罷極	魂	爪	筋	陽中之少陽	春氣
脾、胃、大、小腸、三焦、膀胱	食稟	營	脣	肌	至陰	土氣

從表中我們可發現各臟腑各具不同的功能，臟腑機能的健全與否，反映於體表的部位與色澤也就有所不同，這種臟與象「桴鼓影響」的對應關係，自有其理論的基礎。以心爲例，《靈樞·邪氣臟腑病形》篇即指出：「十二經脉，三百六十五絡，其血氣皆上於面」，既然心主血脈，則必然會影響臉部的色澤變化。從病象來説：「血不流則髦色不澤，故其面如漆紫者，血先死」（《靈樞·經脈》）。同理，肺臟主「氣」，而氣有「熏膚、充身、澤皮，若雲霧之溉」的功用（《靈樞·決氣》），從負面的作用而言，則「氣不榮則皮毛焦」（《靈樞·經脈》），是以肺臟機能的良窳對皮毛的滋養自有關鍵性的影響。至於腎臟對頭髮榮華的作用，前引《素問·上古天真論》描述男女生長過程中體質的變化時，即從腎氣的盛衰虛實，來描繪成長過程中「齒更髮長」、「髮始墮」、「髮鬢頒白」、「齒髮去」等種種情形。

必須加以甄別的是，作爲《内經》體系基礎的「臟象」理論，事實上不衹是一種生理學式的論説（physiological discourse）——將「心、肝、脾、肺、腎」等内臟，與「面、爪、唇、毛、髮」或「血、筋、肌、皮、骨」等外象，建立起

「裏」「表」對應的關係；它還蘊涵一種心理學式的論說(psychological discourse)。在前文我們已論提及《内經》乃以五神分處於五臟，所謂「心藏神，肺藏魄，肝藏魂，脾藏意，腎藏志」(《素問·宣明五氣》)，這五神不僅賦予各臟器官能的生命動源，亦與一定的情緒反應有密切的關聯；《素問·陰陽應象大論》篇即明白指出：「人有五藏，化五氣，以生喜、怒、悲、憂、恐」；類似的論述，並見《素問·五運行大論》。就臟象的對應關係而言，心理上某種情緒的表現，與某臟腑的生理活動息息相關。必須强調的是：這種生理之「臟」與心理之「象」的對應關係，絕不可理解成一種唯物主義式的化約論——將所有心理現象都片面地予以物質性的解釋，歸因於某一臟腑的生理反應。相反地，内臟的生理機能與心理上的情志表現，乃是一種相互辯證的關係：雖然五臟在化導四時五行中「寒、暑、燥、濕、風」等五氣的過程中，會因時、因氣而有心理上相應的「喜、怒、悲、憂、恐」出現；但從個體主動的立場而言，常人接應外物，自然會有心緒情感上的牽動，而過度的「喜、怒、悲、憂、恐」，則相對地將損傷各情意所對應臟腑的機能，是以《素問》屢言：「喜傷心」、「怒傷肝」、「思傷脾」、「憂傷肺」、「恐傷腎」(並見〈陰陽應象大論〉與〈五運行大論〉)，而《靈樞·百病始生》中亦指出「喜怒不節則傷藏」。是以在一定的情況下，心理因素反而對生理機能造成重大影響。由此可見，《内經》的臟象理論在處理生理與心理關係上，兩者雖有密切的對應作用，但絕不能相互化約。五臟在涵化五氣的過程中，固然會導引相應的情志表現；但失調的情志狀態，則同樣會造成「氣」的揚抑升降，從而影響了臟腑的正常運作。

是以從病症的辨析上，可由臟腑的病因理解體貌的病象；在辨症論治的運用上，又可從病象推導出病因，以尋求根治之道，而不致限囿於局部的病情表象，流於「頭痛醫頭」式的片面治療。另方面臟腑的機能又與心理的情感表現，具有對應性的聯繫，身體既然開放於自然氣化的過程中，五神主五臟，涵化四時之氣，便有各種相應的情志表現；然而在人與萬物接應的脈絡中，又容或有各種情志的牽動，從而影響臟腑的機能。心理的生理間相互的影響，適形成一種雙向的辯證關係。

柒、結論：養身於天地之間

從一開始，我們便不從後世分類的立場，或職業分化的角度，將《内經》思想當作純粹的醫學理論與醫學技術之書，而是將之視爲文化傳統的資源之一，容或與其他主流的思想體系進行對話。我們並無意貶抑儒家或道家傳統在整體文化資源中的重要性，也不是要否定他們在中國歷史長期發展中所扮演的關鍵角色，但是我們有必要探尋在歷史鋪衍的主旋律外，還可能潛藏的其他聲音，他們可能被吸納成共鳴的和弦，或者被排斥爲錯亂的雜音，甚至被消音爲未及演奏的靜默。而考掘這些聲音最可行的方法，無疑是回到所有樂譜都尚未被權力的樂團演出前各種開展的可能。如果我們根本上就擺脫對傳統「醫家」的刻板印象，回到百家爭鳴的文化論域中，那麼《内經》所代表的「醫家」的傳統，正如亦曾擅場一時的「法家」、「農家」傳統，當可被視爲在衆聲喧嘩的時代中，一種與其他諸子並列而且交光互影的思想傳統。而參與這個傳統塑造的知識份子，對其思想體系的正當性（legitimacy），當有一定的自信。換言之，寓身於「醫家」這個傳統的知識分子，並非只是出於職業上的要求，或是純粹知識的興趣，而是包含一種價值的選擇。

與其它主流思想對照起來，以《内經》爲代表的醫家思想，既無涉於「憂世之亂而思有以拯濟之」的時代關懷，恐怕也無意對「周文疲弊」的現象提出任何相應的主張。他們的終極關懷，乃是著落在對自己身體與自然間的聯繫與互動上，試圖從保形全神中安頓在大化流行裡的個體生命。在《内經》中没有孔孟「殺身成仁」、「捨身取義」等道德優先性的考量，也没有老莊神往「嬰之未孩」、「玄同生死」的超脱境界；《内經》所關懷的對象、所探討的理型，既非「堯舜其猶病諸」的聖人，也不是「不食五穀」的神人、「死生无變於己」的至人、「登假於道」的真人，而是如果「不食飲七日」便會氣散精盡而亡的「平人」（《靈樞·平人絕穀》）。儘管在《素問·上古天真論》中黄帝亦曾提出上古「真人」、中古「至人」、「聖人」與「賢人」等不同層次的理想境界㊿，這些人物「保真全神」的工夫與境界縱有高下，但所欲照顧的「身體」與常人無異。不論「真人」的「提挈天地、把握陰陽」，「至人」的「和於陰陽」、「遊行天地之間」，「聖人」的「處天地之和」，或是「賢人」的「法則天地」、「逆從陰陽」，他們顯然都是試圖從與「天地」、「陰陽」的相契交融中來「安身立命」。

尤堪玩味的是：貫串《内經》全文，乃是一系列黃帝與岐伯、雷公等人的問答對話。這種託言於黃帝的論述型式，當然與當時尊古賤今的習尚有一定的關係，誠如《淮南子·修務》篇中所論：「世人多尊古而賤今，故爲道者必託之於神農黃帝而後能入説。」51但在這種託言黃帝的論述底層，同時蘊涵著一種價值取向，黃帝以位居人極之尊而殫精於醫理的探索，可見《内經》的編著者有意透過「黃帝」之名，賦予這種思想的正當性與正統性。《素問·寶命全形篇》中，黃帝向岐伯請教鍼法治病時，曾憂心地表示：

> 天覆地載，萬物悉備，莫貴於人，人以天地之氣生，四時之法成，君王眾庶，盡欲全形，形之疾病，莫知其情，留淫日深，著於骨髓，心私慮之。

天下人不論是位居君王，或身等衆庶，雖皆亟望能保身全形，然而多不諳疾情病因。《内經》藉用黃帝擔慮萬民的口吻，毋寧是要凸顯出醫家思想的重要性：所有人都是以自然界作爲其生命歷程的開端，而「寶命全形」本應是所有人最「切身」的關懷。

當然，《内經》對身體與自然的探索並不是一種純粹認識論上的興趣或存有論上的關懷；與其説《内經》思想的基調環繞在「認識自我」(know yourself) 的詮釋上，毋寧説所有關於「認識自我」的理論建構，其實都指向「照顧自我」(take care of yourself) 的關懷上52。《内經》這種從「照顧自我」

的關懷為出發點，以尋繹「經驗共相」的知識型態，來探討身體與自然的關係，在中國思想傳統上可謂獨樹一幟。

由於存在之初，人便置「身」於陰陽造化的熔爐中，身體既然「無所逃於天地之間」，生理的奇正變化便與自然的律動流轉，形成無法分割的統一整體；本文之所以將「身體與自然」作為探討《黃帝內經》身體觀的總題，正是因為《內經》所探討的身體，絕非自度自化、自生自滅的孤立存有，而總是嵌陷在變動不居的時空網絡之中與時遷化。《內經》屢言「合人形於陰陽四時」（《素問·八正神明論》）、「人與天地相參」（《素問·欬論》），又說「上下之位，氣交之中，人之居也」（《素問·六微指大論》），足見《內經》裡的身體無時不處於天地「氣交」之中，而與日月陰陽的推移、地域居處的遷異、以及自然之氣的變動，「息息」相關。

身體既與大化流行的韻律密切相關，對身體的照顧亦須因應天地自然的變化，《內經》每云「謹奉天道」（《素問·五運行大論》）、「法天則地，合以天光」（《素問·八正神明論》）、「法天則地，隨應而動」（《素問·寶命全形論》）、「補瀉勿失，與天地如一」（《素問·脈要精微論》）、「化不可代，時不可違」、「養之和之，靜以待時」（《素問·五常政大論》）。而相應於這些原則性的主張，更有在養生與治病上種種具體的方案。

這種身體生理與自然運行的對應性，反映在養生保健的功夫上，便有《內經》中種種配應時序、節候的作息規範。例如《素問·生氣通天論》：

> 故陽氣者，一日而主外，平旦人氣生，日中而陽氣隆，日西而陽氣已虛，氣門乃閉。是故暮而收拒，無擾筋骨，無見霧露，反此三時，形乃困薄。

當夜暮低垂，由於陽氣已虛，而氣門已閉，人便不該再擾動筋骨，以免形體毀損或因而致病。在《素問・四氣調神大論》中，更明白列出人的起居作息，也都必須配合天地四時的遷化，相應時氣而有所調整。試表述如后：

時氣	相應養生之道
春三月，此謂發陳；天地俱生，萬物以榮。	夜臥早起，廣步於庭，被髮緩形，以使志生，生而勿殺，予而勿奪，賞而勿罰，此春氣之應，養生之道也。
夏三月，此謂蕃莠；天地氣交，萬物華實。	夜臥早起，無厭於日，使志無怒，使華英成秀，使氣得泄，若所愛在外，此夏氣之應，養長之道也。
秋三月，此謂容平；天氣以急，地氣以明。	早臥早起，與雞俱興。使志安寧，以緩秋刑。收斂神氣，使秋氣平。無外其志，使肺氣清，此秋氣之應，養收之道也。
冬三月，此謂閉藏；水冰地坼，無擾乎陽。	早臥晚起，必待日光，使志若伏若匿，若有私意，若已有得，去寒就溫，無泄皮膚，使氣亟奪，此冬氣之應，養藏之道也。

隨著四季節候的特質，人的起居作息，便需有相應的調整，在行爲心志的表現上，應該配合季節的韻律，而有所謂春生、夏長、秋收、冬藏的因應之道。就從屬的關係而論，身體既是自然的一部份，體內的志、氣應有四時的變化；就對應的關係而言，身體若能配合四時的特性而動，便能與大化流行相融洽相

諧，與時遷化而不爲所制。

這種對身體與自然相應關係的重視，反映在疾病治療上，便是注意因應時序、節候與環境，調整療方。以鍼刺爲例，《内經・繆刺論》對「邪客於臂掌之間，不可得曲」與「凡痺往來行無常處」的病痛，都建議應：

> 以月死生為數，月生一日一痏，二日二痏，〔漸多之〕；十五日十五痏，十六日十四痏，〔漸少之〕。

隨著月亮由朔至望，鍼刺的次數乃逐日增加，到月圓時刺達十五鍼之後，復隨月亮由盈漸缺，次數則逐日少一鍼。此鍼刺療法之所以因應月象的原因，當是考慮到人體體内氣血會受到月體的影響而有衰盛的變化，若不依月象圓缺施治，一旦鍼刺超過了應刺的日數，就會傷耗體内正氣；不及應刺的日數，邪氣便無法悉數瀉於體外，所謂「鍼過其日數則脫氣，不及日數則氣不寫」。（《内經・繆刺論》）

從理論建構到工夫實踐上的養生保健與治病療疾，《内經》這種對身體與自然間互動的高度關注，其實正反映出傳統身體觀的特殊價值取向：唯有將人體置於自然的網絡中，身體的整體性與有機性，才能得到適當的關照。《素問・氣交變大論》曾經指出「道」的内涵：

> 《上經》曰：夫道者，上知天文，下知地理，中知人事，可以長久，此之謂也。帝曰：何謂也？岐伯曰：本氣

位也，位天者，天文也，位地者，地理也，通於人氣之變化者，人事也。

對醫家傳統而言，「上知天文」與「下知地理」，並非要窮究各種關於天地自然的知識，《內經》從「氣」的角度，來界定其「天文」與「地理」的內涵。而之所以要對天氣與地氣運行律則予以通盤的瞭解，其目的歸根結底乃是要掌握人體之氣各種可能的變化。

《靈樞・經水》篇中，黃帝曾提出以地理上「經水」比擬生理中「經脈」之說:「經脈十二者，外合十二經水，而內屬于五藏六府」，一如地表上十二經水有「大小、深淺、廣狹、遠近各不同」，五臟六腑的「高下、大小、受谷之多少亦不等」。以川流大地的河水來對應周流人身的經脈，這種身體與自然間的類比亦出現於其他先秦典籍，如《管子・水地》篇即指出：「水者，地之血氣，如筋脈之流通者也」，隱然將人體與地象視爲可相互詮解的生命機能。這種類比固然有牽强之處，不過，岐伯在回答黃帝時曾畫龍點睛地指出：這種類比的精髓所在，乃是「人之所以參天地而應陰陽也」，將人體生理與自然地理相參，重點當不在形態上的比附，而是反映出天地與人體間一種相應的生命現象。換言之，人身的「地理性」和天地的「生理性」既可相互參照，我們當可藉由對自然世界運作韻律的觀察，提供理解自身的參考架構。這當然並不意味我們對自然中天文地理的掌握，乃先於對身體的探索或較對人體生理機能的理解更爲全面或完整；相反地，古代醫療傳統非常自覺人類對自然探索的局限性。岐伯在回答黃帝的「經水」、「經脈」對應的提問時，便明白表示「人生于天地之間，六合之內」，但「天之高」、「地之廣」，實非人力所能度量，也非關懷的重點所在。可見《內經》所著力探索的自然，並非泛指天地間的種種奧祕，而是與人氣變化息息相關的自然。換言之，傳統醫家所關懷的「自然」，必須置於探究「身體」的脈絡中，才有意義可言。「人事」既依存在「天文」與「地理」之間，而「天文」與「地理」又都因緣於氣的流轉，與「人事」息息相關。

從《內經》的對「道」的界定來看，《內經》所說的「得道」，自有別於將生命境界完全建構於精神主體的儒、道二家。但《內經》所推崇的「真人」、「至人」、「聖人」、「賢人」，在身強壽益的同時，亦各有其心靈境界可說，如「守神」、「全神」、「無恚嗔之心」、「內無思想之患」與「以恬愉爲務，以自得爲功」等，均可見《內經》養生目的雖在强身益壽，但其工夫與境界，均非只在「形軀」上立説，而爲身、心境界的同時朗現。相較於大傳統中的儒、道二家，如果莊子稱「肌膚若冰雪」的神人，孟子謂「可以踐形」的聖人，我們認爲孟、莊筆下致力於「心」、成就於「心·身」的境界型態，已非僅是「即心言心」，更爲「即心言心·身」的思想類型。那麼，以却老全形爲終極目的，而兼有「治神」、「調氣」雙重工夫、境界可説的《黃帝內經》，自可歸屬於「即心·身言身」之思想型態。《內經》所謂「得道」的理想境界，既非儒家在人倫的網絡中成就內聖外王，亦非道家齊同生死物我的逍遙無待，而是身處於大化流行之中，能夠「知萬物」、「應四時」（《素問．寶命全形》），可以「先知日之寒溫，月之虛盛，以候氣之浮沈，而調之於身」（《素問．八正神明論》），亦即將身體與自然間的關係安頓得融洽和諧，使天地成爲滋養身體的源頭活水，終能「壽敝天地」而「與道合同」。

註　釋

①胡適，《中國古代哲學史》（臺北：臺灣商務，1965年），頁39。另胡適對「諸子出於王官論」的批駁，可參見其〈諸子不出於王官論〉，《古史辨》第四册上編（臺北：藍燈文化事業，1987景印）頁1-8。

②牟宗三，〈中國哲學之重點以及先秦諸子之起源問題〉，收入其《中國哲學十九講》（臺北：學生書局，1986年），頁53-68。

③近代熊十力先生亦曾分辨「諸子」與「百家」的性質，前者乃現代「哲學」之屬，而後者則「以專門之業得名，猶今云科學」，說見氏著《讀經示要》（臺北：廣文，1985年）卷二，頁48-49。從思想的背景來看，熊先生作如此的分辨，其實乃意在矯正當時學界認爲中國傳統中無「科學」研究的論斷。因此並非貶抑「百家」的學問價值。

④例如一九八四年山東齊魯書社所出版的《中國古代佚名哲學名著評述》中，即有劉長林撰〈黃帝內經〉一文，文中曾對《黃帝內經》內容的豐富性、思想性作如下詮釋：「除了醫學之外，《內經》還記錄了秦漢以前的許多其他方面的科學成就，包括天文學、曆法、氣象學、地理學、心理學、生物學等等，內容十分豐富。古代的自然科學，尤其是醫學、天文學往往和哲學緊密地結合在一起。在這一方面，《內經》表現得特別突出。《內經》的作者們把自己的醫學理論自覺地建立在古代樸素哲學的基礎之上，因此他們對當時的一些重大的哲學問題作了研

究，并將自然科學所取得的先進成果，從哲學的角度作了概括和闡發。這就使《內經》不僅成爲我國科學史上的巨著，而且在哲學史上占有重要的地位。」見辛冠潔、丁健生主編，《中國古代佚名哲學名著評述》（山東：齊魯，1984年），頁405-406。

⑤儘管《內經》非成於一時一地一人一派的觀點，已爲學界不刊之論。現代仍有學者嘗試根據《內經》的內容，而重構學派的分類與傳承的系譜。例如日本學者山田慶兒即據問對者的身份，將《內經》類分爲黃帝派、少師派、伯高派、岐伯派、少俞派等五個學派。這種學派與傳承關係的分類，雖與《內經》立論的分歧性相互呼應，但恐怕會流於將《內經》的思想體系作僵硬的劃分。另一日本學者石田秀實便認爲，欲將《內經》重作學派分類的作業，幾乎是不可能之事，他以爲要將先秦諸子的典籍審定源流、將基本思想與理論變化予以系統的判分，尚且不易，至於《內經》乃屬「技術思想」之書，雖然有原始理論的記載，但也往往將後來新發展的技術取代舊有的技術，或者新附加的技術與過去技術兩相結合，是以兩者間的界限已不復清楚。文章經過好幾個時代的改變，恐怕已經無法尋繹成書年代的任何線索。加上技術本身具有「祕傳主義」的特色，因此無法以歷史主義進化論的方式，作時間上的定性分析。筆者大體接受石田的分析，然石田顯然仍沿襲傳統自劉歆以降對《內經》的成見，以爲《內經》乃屬「技術之書」，與先秦諸子的思想性質不同，此點與筆者的立場有根本的差異。山田慶兒的論點，見其〈《黃帝內經》の成立〉（《思想》，662號，1979年8月），同一觀點並可見其英文論文：'The Formation of Huang-ti Nei-ching' (Acta Asiatica, 1979, 36:67-89)。又山田對其派別劃分的假說有進一步討論，參見〈九宮八風說と少師の派立場〉（《東方學報》，59號，1980年3月）。石田秀實的批判，見〈《黃帝內經》の形成與變遷〉，收

錄於《九州國際大學論集》通卷第105號，〈教養研究〉第1卷第1號，1989年7月。

⑥主張《黃帝內經》確係黃帝及其臣子所著述者，例如：晉・皇甫謐《針灸甲乙經》云：「《素問》、《九卷》皆黃帝、岐伯選事也。」宋・林億序《重廣補注黃帝內經素問》亦視《內經》爲「三皇遺文」、「三墳之餘」。

⑦認爲《黃帝內經》爲春秋戰國或戰國時人所爲者，例如北宋・邵雍：「《素問》、《陰符》，七國時書也。」見氏著《皇極經世書》（臺北：中華，1966年3月）卷八下，頁三十八下。程顥曰：「觀《素問》，文字氣象，只是戰國時人作。謂之三墳書則非也。道理總是，想當時亦須有來歷。」《二程全書》（臺北：中華，1966年3月）遺書十五，頁十八下。司馬光在〈與范景仁第四書〉中指出：「謂《素問》爲眞黃帝之書，則恐未可。黃帝亦治天下，豈可終日坐明堂，但與岐伯論醫藥鍼灸耶。此周、漢之間，醫者依託以取重耳。」，《司馬文正公傳家集》（臺北：臺灣商務，1965年），卷六十二，頁756。明・方以智〈詩說庚寅答客〉則以爲「《靈樞》、《素問》也，皆周末筆。」，《通雅》（臺北：臺灣商務，1986年）卷首三，頁十九下。

⑧主張周末、秦、漢三時期爲《內經》創作時期者，如明・方孝儒云：「世之僞書衆矣。如《內經》稱黃帝，《汲冢書》稱周，皆出於戰國秦漢之人。故其書雖僞，而其文近古，有可取者。」見《遜志齋集》（臺北：中華，1970年）卷四雜著，〈讀三墳書〉，頁九上。胡應麟曰：「醫方等錄，雖亦稱述黃岐，然文字古奧，語致玄眇，蓋周秦之際，上士哲人之作。其徒欲以驚世，竊附黃岐耳。」《少室山房筆叢》（臺北：世界，1963年）卷三・甲部，〈經籍會通三〉，頁36。清・崔述云：「顯爲戰國、秦、漢間人所撰。」《崔東壁遺書》（上海：上海古

籍，1983年）〈補上古考信錄〉卷之上，頁36。

⑨本圖乃據《重廣補注黃帝內經素問》宋·林億、孫奇、高保衡等《新校正》而繪。林億等《新校正》於《素問·上古天眞論第一》下注云：「按全元起注本在第九卷，王氏重次篇第，移冠篇首。今注逐篇必具全元起本之卷第者，欲存《素問》舊第目。見今之篇次皆王氏之所移也。」則本表功能，要在見隋、唐二注本所見《素問》篇次結構的巨大殊異。爲使卷次差別易見，茲將唐·王冰注本篇次以“（ ）”標誌於全本篇題之後。又以《新校正》只載各篇於全元起注本所居卷次，故圖中同卷之前後次第，並無次序意義。

⑩《素問·三部九候論》下《新校正》云：「按全元起本在第一卷，篇名〈決死生〉。」圖中篇名夾“〔 〕”號者，指全元起注本篇名異於王冰者。

⑪《素問·藏氣法時論》下《新校正》云：「按全元起本在第一卷，又於第六卷〈脉要〉篇末重出。」

⑫《素問·血氣形志》篇下《新校正》注云：「按全元起本此篇併在前篇，王氏分出爲別篇。」意即全元起本合〈血氣形志〉於〈宣明五氣〉篇中，王冰則別爲二。

⑬《素問·離合眞邪論》下《新校正》注云：「按全元起本在第一卷，名〈經合〉；第二卷重出，名〈眞邪論〉。」

⑭《素問·四時刺逆從論》下《新校正》云：「按『厥陰有餘』至『筋急目痛』，全元起本在第六卷；『春氣在經脈』至篇末，全元起本在第一卷。」篇分居二卷，則宜各有篇題，然未詳言，故皆以「四時刺逆從論」名之，而加“〔 〕”號，以別篇名殊於王冰注本者。

⑮《素問·經絡論》下《新校正》云：「按全元起本在〈皮部論〉末，王氏分。」

⑯《素問·靈蘭祕典論》下《新校正》云:「按全元起本名〈十二藏相使〉在第三卷。」

⑰《素問·擧痛論》下《新校正》注云:「按全元起本在第三卷,名〈五藏擧痛〉,所以名『擧痛』之義,未詳。按本篇乃黃帝問五藏卒痛之疾,疑『擧』乃『卒』字之誤也。」

⑱《素問·寶命全形論》下《新校正》注云:「按全元起本在第六卷,名〈刺禁〉。」

⑲《素問·刺要論》下《新校正》云:「按全元起本在第六卷〈刺齊〉篇中。」

⑳詳注⑭。

㉑《素問·示從容》篇下《新校正》云:「按全元起本在第八卷,名〈從容別黑白〉。」

㉒《素問·疏五過論》下《新校正》云:「按全元起本在第八卷,名〈論過失〉。」

㉓《素問·徵四失論》下《新校正》云:「按全元起本在第八卷,名〈方論得失明著〉。」

㉔《素問·解精微論》下《新校正》云:「按全元起本在第八卷,名〈方論解〉。」

㉕《素問·氣厥論》下《新校正》注云:「按全元起本在第九卷,與〈厥論〉相併。」然《素問·厥論》下《新校正》又注云:「按全元起本在第五卷。」則不明〈厥論〉於全元起本中居卷五抑卷九,姑兩存之。

㉖參見Paul U. Unschuld, Medicine in China: A History of Ideas. (Berkeley and Los Angeles: University of California Press, 1985) Reprint (Taipei: Southern Materials Center, Inc, 1987) pp.57-58. 關於溫氏所提及孔恩的理論,可參見Thomas Kuhn, The Structure of

Scientific Revolutions (Chicago University Press, 1970). 孔恩有專文針對「典範」一詞進行討論，見其 "Second Thoughts on Paradigms " in The Essential Tension, Selected Studies in Scientific Tradition and Change (Chicago University Press, 1977), pp.293-319.

㉗關於歷來對形神生滅離合的紛紜爭論，可參看張立文，《中國哲學範疇發展史》（天道篇）（北京：人民大學出版社，1988年），頁659-679。林麗眞師曾以魏晋南北朝的志怪小說爲切入點，藉文學與哲學間的參照對話，具體分析魏晋思想中生死與形神離合的多樣關係。參見師著，〈從魏晋南北朝志怪小說看「形神生滅離合」問題〉，收入《魏晋南北朝文學與思想學術討論會論文集》（臺北：文史哲，1991年），頁89-131。

㉘近人以「氣」爲論著主題的研究甚夥，對中國歷代「氣」的思想作通論性的介紹，可參考張立文主編，《氣》（北京：中國人民大學，1990年），日文論作，可以小野澤精一、福永光司、山井湧等人所編的名著爲代表：氣の思想——中國における自然觀と人間の展開（東京：東京大學出版會，1980年）。

㉙專文探討儒家養生思想的研究，如周京安，〈中國古代儒家思想與養生觀念之探討〉，《文史哲學報》第42期，頁103-152，1995年4月。

㉚關於中國傳統醫家、道教與佛教文化中的養生思想，可參考坂出祥伸編，《中國古代養生思想の總合的研究》（東京：平河出版社，1988年），該書最後一章並收錄數篇論文，討論日本、伊斯蘭、印度、歐洲各文明的養生思想，可一併參考。

㉛近年中國醫學思想史的研究在中國、日本、西方漢學界逐漸興起，較著名的如中國馬伯英撰《中國醫學文化史》（上海：上海人民，1994

年），日本石田秀實撰《中國醫學思想史》（東京：東京大學出版會，1994年），西方如Manfred Porkert, The Theoretical Foundations of Chinese Medicine.（The MIT Press, 1st ed.,1978; reprint，臺北：南天，1981年）。Paul U. Unschuld, Medicine in China: A History of Ideas.（Berkeley: The University of California Press, 1986）

㉜《史記》北京：中華書局，1959年9月，頁2814-2815。

㉝馬王堆漢墓出土帛書中有整理有定名爲《脈法》者，但從現刊版本殘缺文字的字數來看，無法容納這段引文，故兩書非一種。淳于意所引古醫籍《脈法》，或已亡佚。

㉞例如錢賓四先生曾在《靈魂與心》一書中表示：「中國春秋時人看人生，已只認爲僅是一個身體，稱之曰形。待其有了此形，而纔始有種種動作，或運動，此在後人則稱之曰氣。人生僅只是此形氣，而所謂神靈，則指其有此形氣後之種種性能與作爲，故必附此形氣而見，亦必後此形氣而有。並不是外於此形氣，先於此形氣，而另有一種神靈或靈魂之存在。此一觀念，我們可爲姑定一名稱，稱之爲無靈魂的人生觀。當知此種無靈魂的人生觀，實爲古代中國人所特有。同時世界其他各民族，似乎都信有靈魂，而中國思想獨不然。由此引伸，遂有思想上種種其他差異。」見錢穆，〈中國思想史中之鬼神觀〉，《靈魂與心》（臺北：聯經，1976年），頁63。

㉟參見杜正勝，〈形體、精氣與魂魄：中國傳統對「人」認識的形成〉，收錄於黃應貴主編《人觀、意義與社會》（臺北：中央研究院民族學研究所，1993年4月）頁27-88。杜先生以爲「魂氣、形魄二分的說法」，乃是「戰國以下的觀念」（頁64）並强調「大概在春秋末年以前，魂魄是不太分的，它們可能同質而異名，都用來描述人體之內超乎感官和心之上的存在，本質都屬於『氣』，是可以貫通生死分界的一

種存在。」（頁65）並指出「氣、精、神三者一也，其本在氣，而和形體對稱」（頁67）。類似的觀點，並見其〈生死之間是連繫還是斷裂？——中國人的生死觀〉，《當代》第五十八期（1991年2月）頁24-41，文中再次明言「不論魂或魄本質上都是氣」（頁38）、「精、氣、魂、魄都是氣」（頁39）。

㊱〈五常政大論〉云「根于中」的五類，包括毛、羽、倮、鱗、介，均屬動物，而「人」不具毛、羽、鱗、介，所以歸於倮類之長。所謂「根于外者亦五」，則包含了臊焦香腥腐五氣、酸苦辛鹹甘五味、青赤黃白黑五色等，於萬物之中各有所宜之形類，含括植物、礦物等。

㊲例如一九七一年於甘肅掘得的「武威漢代醫簡」中，便載有「黃帝治病神魂，忌人生一歲毋灸心，十日而死。」此處所論雖爲針灸禁忌，提醒醫者在治療神魂方面的病症時，若病人的年齡只有一歲，則不可灸其心，否則十日將死。推敲這段文字背後的意涵，在一般的情形下，一歲以上的病人若有「神魂」方面的疾病，在治療上所相應的部位乃是其「心」。「武威漢代醫簡」較《素問》年代稍晚，而其將「心」視爲「神」之居止處的看法，則與《素問》若合符節，可見「心爲神處」當是醫療傳統的共識。參見〈武威漢代醫簡的發現與清理〉及〈武威漢代醫藥簡牘在醫學史上的重要意義〉，收錄於甘肅省博物館、武威縣文化館編，《武威漢代醫簡》（北京：文物出版社，1975年10月），頁20-24。

㊳如楊儒賓先生在詮解《左傳・昭公・七年》子產論鬼之語，根據子產「既生魄，陽曰魂」的觀點，楊先生推論「子產的話語裡不排斥人可能同時擁有幾個靈魂。」又說：「後世道教徒或醫家言五藏神」，即「言人身有多種生命」，以爲個體中既言魂、魄，甚至魂、神、意、魄、志並具，即表示個我中存有二個或五個靈魂。見楊儒賓主編，

《中國古代思想中的氣論及身體觀》（臺北：巨流，1993年），〈序〉，頁17-18。

㊴《素問・靈蘭祕典論》曾藉政制結構的形式，詳述各臟腑的功能與相應關係：「黃帝問曰：願聞十二藏之相使，貴賤何如？岐伯對曰：悉乎哉問也，請遂言之。心者，君主之官也，神明出焉。肺者，相傅之官，治節出焉。肝者，將軍之官，謀慮出焉。膽者，中正之官，決斷出焉。膻中者，臣使之官，喜樂出焉。脾胃者，倉廩之官，五味出焉。大腸者，傳道之官，變化出焉。小腸者，受盛之官，化物出焉。腎者，作强之官，伎巧出焉。三焦者，決瀆之官，水道出焉。膀胱者，州都之官，津液藏焉，氣化則能出矣。凡此十二官者，不得相失也。故主明則下安，以此養生則壽，歿世不殆，以為天下則大昌。主不明則十二官危，使道閉塞而不通，形乃大傷，以此養生則殃，以為天下者，其宗大危，戒之戒之！」《素問》所稱說的「君主」、「相傅」、「將軍」、「中正」、「臣使」、「倉廩」、「傳道」、「受盛」、「作强」、「決瀆」、「州都」諸官，當非出自對現實政治官職的記實，而是根據臟腑在整全人體中的個體功能，所形塑、組織的理想官職結構：在人體內，心的重要性如一國之君，以其藏有神明，具精神活動、思想意識的功能；肺相當於輔佐君主的宰相，主周身之氣，與心神的關係至為密切，且人體上下內外的活動，均需憑之調節；喻「肝」為統率軍隊、運籌謀劃的將軍，主思想謀慮的功能；膽的作用影響決斷，故喻為平次人才的中正之官；膻中包蔽心臟之外，猶如貼近君主的「臣使」，膻中之氣和順與否，正表達君主意志的喜怒；脾胃受納運化水穀五味，供養全身，故為「倉廩之官」；大腸功主「傳導」，使水穀糟粕變化成形而排出；小腸則是「受盛」脾胃已消化的食物後，進一步起分化作用；腎主司生殖能力，故名「作强之

官」；三焦主疏通津液，條暢全身水路的周行，故稱「決瀆之官」；膀胱位置最低爲全身津液會聚之處，故喻爲承接上令，轉轄地方的「州都之官」，並通過氣化作用而使尿液排出體外。

㊵例如《素問·陰陽應象大論》所謂：「地之濕氣，感則害皮肉筋脈」。《素問·異法方宜論》更提到不同的居處環境對人體不同的影響，而治療的方法也有相應的不同：「黃帝問曰：醫之治病也。一病而治各不同，皆愈何也？岐伯對曰：地勢使然也。故東方之域，天地之所始生也，魚鹽之地，海濱傍水，其民食魚而嗜鹹，皆安其處，美其食，魚者使人熱中，鹽者勝血，故其民皆黑色踈理，其病皆爲癰瘍，其治宜砭石，故砭石者，亦從東方來。西方者，金玉之域，沙石之處，天地之所收引也，其民陵居而多風，水土剛强，其民不衣而褐薦，其民華食而脂肥，故邪不能傷其形體，其病生於內，其治宜毒藥，故毒藥者，亦從西方來。北方者，天地所閉藏之域也，其地高陵居，風寒冰冽，其民樂野處而乳食，藏寒生〔滿〕病，其治宜灸焫，故灸焫者，亦從北方來。南方者，天地所長養，陽之所盛處也，其地下，水土弱，霧露之所聚也，其民嗜酸而食胕〔魚〕，故治宜微鍼，故九鍼者，亦從南方來。中央者，其地平以濕，天地所以生萬物也衆，其民食雜而不勞，故其病多痿厥寒熱，其治宜導引按蹻，故導引按蹻者，亦從中央出也」。地勢的不同，造成居處、飲食的差異；由於殊異的居處、飲食，已造就居民殊異的體質，所以即使各地居民所罹患的是相同的病症，也將針對患者體質的不同，平日居處、飲食的不同，而有各自殊異、各符所需的治療方式。

㊶王冰注云：「春始於仲春，夏始於仲夏，秋始於仲秋，冬始於仲冬。故丑之月，陰結冰於厚地；未之月，陽焰電掣於天垂；戍之月，霜淸肅殺而庶物堅；辰之月，風扇和舒而陳柯榮秀。此則氣差其分，昭然

不可蔽也。」張介賓曰：「辰、戌、丑、未之月。」皆以仲春、仲夏、仲秋、仲冬解「四維」。見《類經》卷二十七〈運氣類・勝復蚤晏脉應〉，頁642。

㊷《素問・生氣通天論》云：「陽氣者，一日而主外，平旦人氣生，日中而陽氣隆，日西而陽氣已虛，氣門乃閉。是故暮而收拒，無擾筋骨，無見霧露，反此三時，形乃困薄。」人體陽氣的生發盛衰隨著「平旦」、「日中」、「日西」的時序消長。《素問・八正神明論》亦有類似的說法：「天溫日明，則人血淖液而衛氣浮，故血易寫，氣易行；天寒日陰，則人血凝泣，而衛氣沈。」指出氣候溫和、日光明亮，則人體的血液濡潤流暢，衛氣也因而充盛浮行於表；若天氣寒冷，陰霾蔽日，則人身的血液流動艱澀，衛氣也因之沉伏於裏。

㊸《素問・八正神明論》云：「月始生，則血氣始精，衛氣始行；月郭滿，則血氣實，肌肉堅；月郭空，則肌肉減，經絡虛，衛氣去，形獨居」。月亮初生，人的血氣就開始充盈，衛氣也隨之暢行；月亮正圓的時候，人體血氣充盛，肌肉堅實；月黑無光之時，則人的肌肉軟弱，經絡空虛，衛氣消沉，形體苶然獨居。可見《內經》相信人體中氣的狀態，與天體中月的盈虧，亦有密切的相應性。

㊹例如《素問・四時刺逆從論》曾云：「春氣在經脈，夏氣在孫絡，長夏氣在肌肉，秋氣在皮膚，冬氣在骨髓中」。並指出其原因乃是：「春者，天氣始開，地氣始泄，凍解冰釋，水行經通，故人氣在脈。夏者，經滿氣溢，〔入〕孫絡受血，皮膚充實。長夏者，經絡皆盛，內溢肌中。秋者，天氣始收，腠理閉塞，皮膚引急。冬者蓋藏，血氣在中，內著骨髓，通於五藏。」春天，天氣剛剛升發，地氣剛剛泄露，自然界凍土已解，冰也融化，水流行而河道通，相應於此，人體經脈也如河道般暢通，所以人應春而氣盛於經脈。夏天陽氣大盛，經脈之

氣充盛而流溢於更貼近腠理的孫絡，孫絡得到氣血的滋養，皮膚也就飽滿充實。長夏，經脈、絡脈、孫絡氣血皆已充盛，故能充盈內溢於肌肉。秋季，天氣開始收斂，人體腠理隨之閉塞，皮膚氣穴收斂緊縮。冬季天氣愈寒，萬物閉藏，人體之氣亦收藏於內，氣行附著於骨髓，貫通五臟。正因爲人體衞氣隨季節有浮沉升降，候氣之脈，也就有了春弦、夏鉤、秋浮、冬沉「脈象」的不同，詳見《素問・玉機眞藏論》。

㊺《素問・離合眞邪論》中黃帝曾問及體內之氣不足時，應如何用鍼法補強，岐伯應曰：「必先捫而循之，切而散之，推而按之，彈而怒之，抓而下之，通而取之，外引其門，以閉其神。呼盡內鍼，靜以久留，以氣至爲故，如待所貴，不知日暮，其氣以至，適而自護，候吸引鍼，氣不得出，各在其處。推闔其門，令神〔眞〕氣存，大氣留止，故命曰補。」對待體內之氣不足的虛症，在循經摸準穴位後（「捫而循之」），用手切按使經氣布散（「切而散之」），再揉按肌膚使經脈之氣通暢（「推而按之」），更用手指彈於穴位使氣䐜起（「彈而怒之」），之後，招著穴位精確進針部位後下針（「抓而下之」），待脉氣流通再行出針（「通而取之」），引皮使氣穴閉合，不使經氣外泄（「外引其門，以閉其神」）。這樣一個在出針後推闔氣穴的手法，意在關閉體內、體外之氣得以溝通的「門戶」：氣穴，使氣穴下方經由針刺而會聚通暢的經氣不由「氣門」外洩。

㊻《素問・氣穴論》介紹人體三百六十五穴位分布狀況，曾提及「孫絡三百六十五穴會」，指孫絡與三百六十五氣穴相會。《靈樞・脈度》：「經脈爲裏，支而橫者爲絡，絡之別者爲孫。」《素問・調經論》亦云：「絡之與孫脉〔絡〕俱輸於經」，可見「孫絡」爲「絡」的分支，亦即絡之小者。今言氣穴與孫絡相會，而氣穴開闔於體表，可見「孫絡

—絡—經」，不僅爲末與本的關係，且此「末—本關係」在人體中爲屬於三度空間由淺至深，由體表至體內的實存網路。這點由《素問・調經論》提到治療「神有餘」者的針刺手法時，說：「神有餘，則寫其小絡之血，出血勿之深斥，無中其大經，神氣乃平。」顯見孫絡(「小絡」)淺、經脈深的空間意涵。《素問・皮部論》見：「絡盛則入客於經，陽主外，陰主內。」更以陰、陽相對觀念，說明經內、絡外的空間部居。

㊼在空間分佈上，榮氣行於內，衞氣行於外，是以《素問・疏五過論》云：「病深者，以其外耗於衞，內奪於榮。」就作用功能言，顧名思義，衞、榮二氣分別具「衞外」與「榮內」之功，《素問・生氣通天論》云：「陰者，藏精而起亟〔爲守〕也。陽者，衞外而爲固也。」此處以內、外分別陰、陽，所謂陰、陽之氣，意同榮、衞之氣。榮氣的功能乃在於蓄藏精氣於內，榮養五臟；而衞氣的作用則爲保護、固衞體表。

㊽「心」之主導功能得之於「神明」的說法，頗與《莊子・齊物論》中對「眞宰」、「眞君」的看法類似。〈齊物論〉云：「若有眞宰，而特不得其眹；可行已信，而不見其形；有情而無形。百骸、九竅、六藏，賅而存焉，吾誰與爲親？汝皆說之乎？其有私焉？如是皆有爲臣妾乎？其臣妾不足以相治乎？其遞相爲君臣乎？其有眞君存焉！如求得其情與不得，無益損乎其眞。」莊周以一連串的追問，導引出對「眞宰」、「眞君」存在的肯定（「可行已信」、「有情」、「如求得其情與不得，無益損乎其眞」），一如《素問》肯定有「神（神明）」棲止於心；此外，對於與其他臟腑（包括百骸、九竅）的相對關係，莊周以「眞君—臣妾」爲喻，《素問》則以「君—臣」爲喻；而莊子肯定「眞君」（「眞宰」），意同於對「臣妾足以相治」、「遞相爲君臣」的否定，亦一如《素問》云「主明則下安」、「主不明則十二官危，使道閉塞而不通，形乃大傷」，强調「心」的主導地位。此蓋二

者對身體的共識。

㊾張介賓，《類經》卷三〈藏象類・藏象〉(臺北：新文豐，1976年)，頁46。

㊿如《黃帝內經素問・上古天眞論》云：「帝曰：夫道者，年皆百數，能有子乎？岐伯曰：夫道者，能卻老而全形，身年雖壽，能生子也。黃帝曰：余聞上古有眞人者，提挈天地，把握陰陽，呼吸精氣，獨立守神，肌肉若一，故能壽敝天地，無有終時，此其道生。中古之時，有至人者，淳德全道，和於陰陽，調於四時，去世離俗，積精全神，游行天地之間，視聽八達之外，此蓋益其壽命而強者也。亦歸於眞人。其次有聖人者，處天地之和，從八風之理，適嗜欲於世俗之間，无恚嗔之心，行不欲離於世，〔被服章，〕舉不欲觀於俗，外不勞形於事，內無思想之患，以恬愉爲務，以自得爲功。形體不敝，精神不散，亦可以百數。其次有賢人者，法則天地，象似日月，辯列星辰，逆從陰陽，分別四時，將從上古，合同於道，亦可使益壽而有其極時。」

(51)見《淮南子》，收入楊家駱編，《新編諸子集成》(臺北：世界書局，1983年)，第七册，頁342。

(52)近年來有些學者也開始探索西方思想史上所潛藏「照顧自我」(epimlēsthai sautou; take care of yourself)的傳統，相對於希臘思想中習知的主流概念德爾菲(Delphi)神殿的神諭：「認識自我」(gnothi sauton; know yourself)，「照顧自我」的思想，顯然頗爲隱晦不彰。根據法國思想史家米歇・傅科(Michel Foucault; 1926-1984)的觀點，在古代希臘、羅馬的傳統裡，正是基於「照顧自我」的需求，才有「認識自我」的努力。參見其 "Technologies of the Self," in Luther H. Martin et al. ed., Technologies of the Self (London: Tavistock Publications Ltd., 1988) pp.19-22。

〈離騷〉飛天遠遊的時間問題

靜宜大學中文系副教授　魯瑞菁

關鍵詞：扶桑、若木、咸池、昆侖、兩種原型時間、禮儀中心

提要：本文主要從兩種原型時間觀念的角度探討〈離騷〉飛天遠遊的時間問題，所謂兩種原型時間觀念，一種指直線性、相繼性、時間點性、並可由外在符號標度與計量的客觀時間觀念，另一種指場域性、同時性、時間場性、是由內在主體體驗與感悟的主觀時間意識。前輩學者曾從上述客觀的時間觀念探討了〈離騷〉主人翁的飛天遠遊，從而形成「周遊四日三夜說」與「周遊三日二夜說」兩種不同說法。本文首先也以客觀的時間觀念爲前題，並從中國神話地理中，東方殷夷族「太陽一日行程」天文宇宙系統，與西方華夏族「昆侖通天大山」天文宇宙系統之間的交會融合現象，指出前二說的盲點，更提出「周遊二日一夜說」的新說；其次，本文再指出以客觀的時間觀念爲前題，實際上並不能相應於〈離騷〉飛天遠遊的時間問題，必須從主觀時間意識的角度切入，才是相應的理解方式，因爲，無論飛天周遊經歷了幾日幾夜，其實都只是身心體驗與感悟的片刻整體（亦即整體片刻），而片刻整體（整體片刻）即是永恆。

一、前言

氣往轢古、驚采絕艷的〈離騷〉堪稱中國古今第一詩，其原因不只在於它是中國第一位專輯詩人屈原的代表作品，也不只在於「其思甚幻」、「其文甚麗」、「其旨甚明」，而且還於「其言甚長」①。一部〈離騷〉以三百七十三句、二千四百九十字的篇幅②，傲視中國詩壇；對此長篇巨作的結構安排即顯出作者不凡的詩情才性來。很明顯的，一篇〈離騷〉的結構可以大分作兩部分，即從開頭「帝高陽之苗裔兮，朕皇考曰伯庸」至「雖體解吾猶未變兮，豈余心之可懲」止，凡一百二十八句，爲第一大段，堪稱〈離騷〉上章，作者歷述了一己出生、家世、德才、理想，與從政的生涯經歷，是作者對個人自然、世俗、客觀之生命歷史時間的長河敍述③；而自「女嬃之嬋媛兮，申申其 予」至結尾「既莫足與爲美政兮，吾將從彭咸之所居」止，凡二百四十五句，爲第二大段，可稱〈離騷〉下章，作者以四次對話穿插三段飛天遠遊④，造成起伏、迭宕的奇崛效果，是作者對心靈、神聖、主觀之生命體驗時間的永恆嚮往。

在〈離騷〉下章中，作者所安排的四次對話——女嬃之罵、重華之陳⑤、靈氛之占、巫咸之降——乃是以神判、巫儀的原型形式，使由自身分裂出來的兩個方面——自我與衆神，互相質疑、詰問，從而進行更深一層次的心靈探索⑥。因而，從「時間」的角度言，這四次對話屬於一種內在感悟、心理體驗的時間流程；同樣的，作者所安排的三段飛天遠遊——閶闔延佇、周流求女、西海爲期——則是以原始薩滿幻視通神的巫術儀式喻示著對美與理想（亦即「終極關懷」）的不悔追求⑦，經由周流尋覓、上下求索的試煉歷程，飛天英雄裂變的自身再度統合爲一體，亦即英雄的自身與宇宙本體終於密合爲一，故其時間的流程是神聖的、神祕的、體驗的、感悟的，不能用日常的、自然的、計量的、標度的時間尺度來衡量。

本論文所指稱的〈離騷〉三段飛天遠遊，從語言文本的角度看，都具有一個共同的文式、句法特點，那就是它們都是以「朝……，夕……」這樣的句式、套語來展開的，如：

第一段：「朝」發軔於蒼梧兮，「夕」余至乎懸圃。

第二段：「朝」吾將濟於白水兮，登閬風而緤馬。……巫咸將「夕」降兮。

第三段：「朝」發軔於天津兮，「夕」余至乎西極。⑧

英人大衞・霍克斯（David Hawkes）曾指出，這類句式、套語是原始巫師舉行追尋女神儀式時所慣用的，巫師用「朝……，夕……」這樣的句式，來表現其行程無限漫長的感覺，整日時間在詩中僅佔一行篇幅就飛逝過去了，它們屬於戲劇表演性質的語言，而不是敍述性質的語言⑨。換句話說，這類句式、套語中的「朝」、「夕」等時間用詞，具有一種宗教性、神聖性、心理性、主觀性的意味，並不是在日常性、世俗性、自然性、客觀性的意義上使用的。

由於前輩學者並未分清楚兩種原型時間觀念的差異⑩，於是只從日常性、世俗性、自然性、客觀性的時間尺度觀念，單方面地看待〈離騷〉的三段飛天遠遊，因而將第一與第二段飛天遠遊看成是在自然的、連續的、可標度與計量的時間點內發生的事件，由此形成了「周遊四日三夜説」（如清代謝濟世的《離騷解》）與「周遊三日二夜説」（如近人金開誠的〈離騷「周遊三日」辨〉）等兩種説法，然其對第三段飛天遠遊的歷時問題則無法説明，也無法與前兩段飛天遠遊的時間統合連貫起來，這即顯示出其以客觀性時間尺度作爲詮釋觀念的疏漏不全處。

本文之作，首先想從對以上兩種異説的檢討中，提出另一種意見，即「周遊二日一夜説」；換言之，由於前二説並未注意到中國神話地理中，東方殷夷族「太陽一日行程」天文宇宙系統，與西方華夏族「昆侖通天大山」天文宇宙系統之間，神話地名有交會融合的現象，因而連帶產生出錯誤的計量、標示時間法。若能明白中國神話地理空間的東西二元交融、對稱結構，則〈離騷〉第一、二段飛天遠遊總共歷時兩個白天一個夜晚（二日一夜），是很清楚的。不過這些都仍舊是在文學語言文本的邏輯敘述下，以客觀標示的時間尺度爲前題所得到的結論，自有其詮釋的不足之處。因爲如前所述，〈離騷〉飛天英雄遠遊的艱苦行程實喻示著歌主心靈的深度試煉歷程，有如一場通過儀式或啓蒙儀式，故其時間流程必然是心理的、體驗的、感悟的、神祕的，並不能用日常的、自然的、計量的、標度的時間尺度來衡量；因此，必須從另一種原型時間，即主觀感悟的時間意識對此問題作一總括與釐清。

二、四日三夜遊？三日二夜遊？

以下先將〈離騷〉相關的文本徵引於下，並加入筆者的按語，以便進行討論：

跪敷衽以陳辭兮，耿吾既得此中正；駟玉虯以乘鷖兮，溘埃風余上征。朝發軔於蒼梧兮，

（按，以上一句爲筆者之第一日）

夕余至乎縣圃；欲少留此靈瑣兮，日忽忽其將暮。吾令羲和弭節兮，望崦嵫而勿迫；路曼曼其修遠兮，吾將上下而求索。

（按，以上文字爲謝之第一日、金之第一日）

飲余馬於咸池兮，總余轡乎扶桑；折若木以拂日兮，聊逍遙以相羊。（按，以上文字爲謝之第二日）

前望舒使先驅兮，後飛廉使奔屬；鸞皇爲余先戒兮，雷師告余以未具。吾令鳳鳥飛騰兮，繼之以日夜；飄風屯其相離兮，帥雲霓而來御。紛總總其離合兮，斑陸離其上下；吾令帝閽開關兮，倚閶闔而望予。時曖曖其將罷兮，結幽蘭而延佇；世溷濁而不分兮，好蔽美而嫉妒。

（按，以上文字爲謝之第三日、金之第二日、筆者之第一夜）

朝吾將濟於白水兮，登閬風而緤馬；忽反顧以流涕兮，哀高丘之無女。溘吾遊此春宮兮，折瓊枝以繼佩；及榮華之未落

兮，相下女之可詒。吾令豐隆乘雲兮，求宓妃之所在；解佩纕以結言兮，吾令蹇修以爲理。紛總總其離合兮，忽緯繣其難遷；夕歸次於窮石兮，朝濯髮乎洧盤。保厥美以驕傲兮，日康娛以淫遊；雖信美而無禮兮，來違棄而改求。覽相觀於四極兮，周流乎天余乃下；望瑤臺之偃蹇兮，見有娀之佚女。吾令鴆爲媒兮，鴆告余以不好；雄鳩之鳴逝兮，余猶惡其佻巧。心猶豫而狐疑兮，欲自適而不可；鳳皇既受詒兮，恐高辛之先我。欲遠集而無所止兮，聊浮遊以逍遙；及少康之未家兮，留有虞之二姚。理弱而媒拙兮，恐導言之不固；世溷濁而嫉賢兮，好蔽美而稱惡。閨中既以邃遠兮，哲王又不寤；懷朕情而不發兮，余焉能忍與此終古。

（按，以上文字爲謝之第四日、金之第三日、筆者之第二日）

（下文略）

謝濟世認爲〈離騷〉以上所描述的飛天周遊共歷時四日，他在「朝發軔」四句下説「第一日朝發而夕至，誤以仙居爲帝居」；又在「飲余馬」四句下云「第二日日出命駕，日入猶未息駕。折枝拂塵，聊且散步」；其後他再以「繼之以日夜」前後各句（按，即「前望舒使先驅兮」至「好蔽美而嫉妒」）是敘説「第三日傳命速駕，如鳥斯飛，繼日繼夜，已而將至，風雲並起，似乎雨亦隨來者，其奈風則飄而霓又見何？似此光景，帝恐難見」⑪。總括謝氏以上的看法是認爲「朝發軔於蒼梧兮」至「好蔽美而嫉妒」的周流行程共費時三日，於是之後的「朝吾將濟於白水兮」至「余焉能忍與此終古」則自然成爲飛天周遊的第四日行程。金開誠不同意謝氏的意見，他認爲，「朝發軔於蒼梧兮」至「吾將上下而求索」，這是述説周流的第一日行程（此與謝氏相同）；而「飲馬咸池」以下至「叩閽不納」、「蔽美嫉妒」則皆在一天之内（不應如謝氏强分爲二天），是周遊的第二日行程；至於「朝吾將濟於白水兮」至「余焉能忍與此終古」一段則爲第三日行程⑫。

仔細比較謝、金二氏「四日三夜」與「三日二夜」的不同意見，問題似乎出在「飲余馬於咸池兮」至「好蔽美而嫉妒」一段中，金氏將這一段看作是一日的行程，而謝氏則（以「前望舒使先驅兮」爲分界）看作是兩日的行程。二人差異的關鍵處即在對「繼之以日夜」一句的解讀上，謝氏將此句解讀爲「繼日繼夜」，即以另一日的日夜來繼前一日的日夜（實際上是以另一日的日來繼前一日夜），金氏則解讀成「夜以繼日」，則是同一日的夜來繼同一日的日。我們再看其他注家對此句的解讀，如王逸讀成「續以日夜」、汪瑗讀成「日夜並進」，屈復讀成「日夜疾驅」⑬，似乎都與謝氏的理解較接近。不過，從上下文義看，未嘗不可將「繼之以日夜」的「日夜」理解成是在泛指時間，「繼之以日夜」即掌握日夜時間，兼程趕路。連貫上下文，其義在描繪〈離騷〉主人翁在若木所在處逍遙相羊後，接著命鳳凰飛翔，日夜兼程趕路，以繼續周流求索（上至天門閶闔）的歷程⑭。

雖説筆者贊成金氏對「繼之以日夜」一句的解讀，但並不代表筆者贊成金氏所提出的「三日二夜説」。筆者認爲從日常的、世俗的、自然的、客觀的時間流程而言，上面所徵引的一整段文字實表述了「二日一夜」的行程，這是較符合敍述文本脈絡的讀法。換句話説，即從「朝發軔於蒼梧兮」至「好蔽美而嫉妒」一段所敍述者，乃是第一日及第一夜的行程（再細分，則由「朝發軔於蒼梧兮」至「聊逍遙以相羊」爲第一日行程，由「前望舒使先驅兮」至「好蔽美而嫉妒」爲第一夜行程）；而由「朝吾將濟於白水兮」至「余焉能忍與此終古」一段所敍述者，則爲第二日白天的行程（這段行程還一直延續至底下的靈氛之占）。

因而，筆者與謝、金二氏不同之處，首先在於由「朝發軔於蒼梧兮」至「好蔽美而嫉妒」這一段，謝氏將此段認作描述了三日二夜的行程，金氏則認作描述了二日一夜的行程，而筆者則以爲是描述了一日一夜的行程，這是下一節將要進一步討論的第一個問題。其次的不同之處在於，謝、金二氏將「朝吾將濟於白水兮」至「余焉能忍與此終古」一段看作是一整天（包含日夜）的行程，而筆者認爲這只是白天的行程，此段行程還包括之後的靈氛占卜，直至「巫咸『夕』降」，才寫到這一天傍晚的行程，這是下一節將要進一步討論的第二個問題。

三、二日一夜遊

上述第一個問題所以會有歧異的關鍵即在於對「飲余馬於咸池兮，總余轡乎扶桑；折若木以拂日兮，聊逍遙以相羊」這四句的解讀上。

首先要指出的是，「飲余馬於咸池兮」等四句所標示的時間流程是直貫至下文「前望舒使先驅兮」等飛天儀仗、車駕的安排、及「吾令帝閽開關兮」等欲入天門的求索，因此它不能如謝氏斷裂文本的讀法，將「飲余馬於咸池兮」等四句與下文「前望舒使先驅兮」等句分開，看成是對不同兩日行程的描述（金氏此處的看法與筆者相同，但卻沒有明確說出道理來）。

其次要指出的是，「飲余馬於咸池兮」等四句所述的時間又是直接承繼上文「夕余至乎縣圃」等七句而來，乃是描繪〈離騷〉主人翁在黃昏時到達昆侖懸圃後的情景，因此它不能如謝、金二氏斷裂前後文的時間關係，認爲是對不同兩日行程的描述。

綜上所述，「朝發軔於蒼梧兮」一句，表示了〈離騷〉主人翁起程後一天白日的行程，而「夕余至乎懸圃」以下至「好蔽美而嫉妒」之間的文字，則全部是描寫第一日黃昏時分，遊覽懸圃、上扣天門的行程活動。

以下就以「飲余馬於咸池兮」等四句的時間點爲中心，分兩點來說明其與前後文時間流程的關係。

㈠、在「飲余馬於咸池兮，總余轡乎扶桑；折若木以拂日兮，聊逍遙以相羊」這四句之後，文章接著描繪〈離騷〉主人翁爲飛登天國所準備的盛大扈從儀仗，而其中「前望舒使先驅」一句，寫的是命使月御望舒在前方照明，可證此時天色已暗⑮；而「後飛廉使奔屬」一句則寫出命遣風伯助陣，欲其行速（因爲此時天色已暗）；而後「繼之以日夜」一句，表示其趁夜兼程趕路，已如前述⑯。其後主人翁終於到達天門之前，不料卻被拒於天門外，於是他發出「時曖曖其將罷兮」雙關感嘆語，日暮途窮之際，只得「結幽蘭而延佇」，此時約莫仍是同一日黃昏的更晚時分。

以上「前望舒使先驅兮」一段的時間不但承「飲余馬於咸池兮」等四句所述的時間流程而來，更承繼再上文的「夕余至乎懸圃」等七句所描寫的黃昏之筆而來，它們全都是寫同一日黃昏這一段時間點內的情景。〈離騷〉主人翁朝發蒼梧，夕至縣圃，他迫不及待地想要趁夜趕路，上登此行的目的地太帝之居，但由於經過一整個白天由東南而西北的行程，人已疲，馬已累，他必須暫事休息，重整車駕，因此他飲馬咸池，總轡扶桑，「折若木以拂日兮，聊逍遙以相羊」，在西方日落處稍事喘息後，才開始分命僕從，重整車駕、儀仗⑰，迫不及待地趕赴下一波上登帝居的行程。換句話說，不論是「飲余馬於咸池兮」四句的暫事休息，還是「前望舒使先驅兮」四句的儀仗安排，或是「吾令鳳鳥飛騰兮」六句的兼程趕路，抑是「吾令帝閽開關兮」六句的被拒天門外，全部都是由「吾」、「余」等字領首，並承繼上文「夕『余』至乎縣圃」所敍的黃昏時分而來，它們一齊描述了在同一日黃昏的時間點內所進行的行程活動。黃昏在這裡是作爲客觀、計量、標示的一段時間單位（時間點）被使用的，這樣凝縮致密的時間點安排，正與〈離騷〉上章個人生命時間點會聚成的長河歷史敍述，形成極大的反差，也造成文勢極强烈的宕盪。

㈡、如同上文指出的，「飲余馬於咸池兮」等四句的時間乃是直承上文「夕余至乎縣圃」等七句的時間流而來，是描繪同一日黃昏時分到達懸圃後，飲馬咸池、總轡扶桑、折若木拂日、聊逍遙相羊的情景，因此，「飲余馬於咸池兮」等四句就不能像謝、金二氏所說的，是描繪〈離騷〉主人翁忽然又遠遊到東方日出扶桑之處，並重新開始另外新的一天行程；實則〈離騷〉主人翁三次西行的目標都在西方通天聖山——昆侖神山區域⑱，並進行一連串神聖空間的巡遊（亦是心理試煉、追尋的歷程），而不是亂無章法的一下子飛到西，一下子又飛到東⑲。

前輩學者所以會將「飲余馬於咸池兮，總余轡乎扶桑；折若木以拂日兮，聊逍遙以相羊」這四句的時間與上文「夕余至乎縣圃」等七句的時間流分割開來，而認爲這四句是寫又一天的情形，那是由於受到以下資料的影響所致：

a·《淮南子·天文訓》：「日出於暘谷，浴於咸池，拂於扶桑，是謂晨明。登於扶桑，爰始將行，是謂朏明。」⑳

b·王逸注「飲余馬於咸池兮」四句：「若木在崙崙西極，其華照下地。」

c·《山海經·大荒北經》：「大荒之中有衡石山、九陰山、灰野之山（按，「灰野」原作「洞野」，從郝懿行校改），上有赤樹、青葉、赤華，名曰若木。」郭璞注：「生昆侖西，附西極，其華光赤下照地。」郝懿行《箋疏》云：「《文選·月賦》注引此經，『若木』下有『日之所入處』五字。」

d·《文選·月賦》：「擅扶光於東沼，嗣若英於西冥。」李善注：「扶光，扶桑之光也，東沼，湯谷也；若英，若木之英也，西冥，昧谷也。」

根據以上各條資料記載，「咸池」、「湯谷」、「扶桑」位於東方，是日出之處；而「西冥」、「若木」則位於西方，是日入之處。因此，「飲余馬於咸池兮」四句很容易使人認爲是描述另一日（即第二天）從日出到日落、由東而西周遊的行程。換句話說，也就是〈離騷〉主人翁在第一天的黃昏時分到達昆侖懸圃遊歷後，又飛向東方扶桑處，等待第二天日出時分再向西飛行這樣的說法自然是順理成章的，只是他這麼大費周章到底所爲何來呢？

如果考慮到上面徵引的資料中，李善的說法可能是深受《淮南子》影響的，而《淮南子》是淮南王門下客卿雜集先秦諸子百家之說所形成的統合性著作，在此包羅「鴻烈」的宏篇巨制中，已多有與漢代大一統帝國相符合的歷史地理思想在內，其〈天文訓〉中的太陽一日運行系統也不例外。此處細緻、嚴整、對稱的「太陽一日行程」歷法系統已經統合成一種具有神聖意義的天文宇宙模式——它把一個社會共同體歷史信仰中的宇宙秩序和價值觀念用類似法典、教條的形式固定下來，以使後人尊奉不疑㉑，即有如波蘭人類文化學者馬淩諾斯基（Bronislaw Malinowŝki）所說的神話憑照般㉒。那麼在這種整齊、統合、對稱的大系統之前，應該還有一種較早期的、簡略的、未成系統的「太陽一日行程」模式，因此必須注意到在《淮南子》統合成整齊龐大體系之外零星的資料與記載。關於扶桑、若木就必須注意以下的記載：

a·《楚辭·天問》:「羲和之未揚,若華何光?」王逸注:「言日未出之時,若木何能有明赤之光華乎?」

b·《說文·叒部》亦云:「叒,日初出東方湯谷,所登榑桑,桑木也,象形。」

c·《拾遺記》卷一:「窮桑者,西海之濱,有孤桑之樹。」

d·《初學記》:「日入崦嵫,經於細柳,入虞淵之池,曙於蒙谷之浦。西垂景在樹端,謂之桑榆。」

a、b兩條資料說明東方日出處亦有若木,而c、d兩條資料則說明西方日入處亦有(扶)桑樹;此外,郝懿行《山海經箋疏·大荒北經》「若木」條云:「《說文》所言是東極若木,此經及〈海內經〉所說乃是西極若木,不得同也。」是郝氏認爲東西極各有若木㉓,而段玉裁《說文解字注·叒部》於「飲余馬於咸池兮」等四句云:「〈離騷〉『總余轡乎扶桑』、『折若木以拂日』二語相聯,蓋若木即謂扶桑,扶若字即榑也㉔。」是若、桑二字原爲一字,扶、榑音通,有大的意思㉕,《山海經·大荒東經》說扶木之柱有三百里,《文選·思玄賦》注引《十州記》說扶桑長數千丈,大二十圍,凡此資料皆說明了東西極日所出入處並有扶桑、若木一類的「宇宙大樹」㉖。

底下再看咸池問題,不唯東西極日出入處有「宇宙大樹」(扶桑、若木),且東西極日出入處亦有「宇宙大池」。〈離騷〉「飲余馬於咸池」句,王逸注曰:「咸池,日浴處也。」

並未說明是在東還是西？王氏又在〈九歌・少司命〉「與汝沐兮咸池」句注曰：「咸池，星名，天池也。」也未指明咸池位置。而《史記・天官書》中則以咸池爲星名，並與東宮蒼龍、南宮朱鳥、北宮玄武三者並列，位屬西宮。是前引《淮南子・天文訓》認爲咸池在東㉗，《史記・天官書》則以咸池在西，乍看似有矛盾，實則正反映出東西兩極並有天池、大池、咸池㉘，這就猶如東西日出入兩極皆有湯谷㉙、甘淵、虞淵、蒙谷㉚、羽淵㉛、昧谷㉜一樣，它們都是上古「太陽一日行程」神話中的「宇宙大池」㉝。

在上古神話中，太陽神每天清晨先在東方「宇宙大池」（湯谷、咸池）沐浴後，充滿精神地登上東極「宇宙大樹」（扶桑、若木），準備開始一天的行程；到了黃昏之時，太陽神由西極「宇宙大樹」（扶桑、若木）降下，落入西方「宇宙大池」（蒙谷、咸池）中，再次沐浴，洗淨一天行程的疲憊，並由此進入水（海）底黃泉。而這種想法應產生自位處東方濱海之地的殷族部裔㉞，因此上述觀念屬於一種早期東夷殷商部族所信仰的「太陽一日行程」天文宇宙系統，其後，隨著上古部族的不斷遷徙，這個系統逐漸與西方華夏部族所信仰的「昆侖通天大山」天文宇宙系統交會融合㉟。在〈離騷〉中，可見的東方殷夷族「太陽一日行程」天文宇宙系統的地名有：扶桑、窮石、洧盤、羽之野、崦嵫、若木、咸池等；而屬西方華夏族「昆侖通天大山」天文宇宙系統的地名有：昆侖、懸圃、靈瑣、瑤台、閶闔、閬風、赤水、白水、流沙、西極、西海等，其中夷夏文化交融雜揉的現象是很明顯的㊱。由於〈離騷〉主人翁三次飛天遠遊的足迹都以昆侖聖域爲中心，所以其中出現的東方「太陽一日行程」系統地名，都只是東西文化交會融合後的現象，並不能據此認爲主人翁一下飛到西，一下又飛到東㊲。

綜上所述，「飲余馬於咸池兮」四句中的咸池、扶桑、若木，指的是西方昆侖日落處的咸池、扶桑、若木，此四句承上文「夕余至乎縣圃」等七句的時間流程而來，述寫歌主行色匆匆地趕路，在黃昏時刻到達日落處（咸池、扶桑、若木），並在此飲馬、總轡；稍事休息後，歌主折下若木之枝以拂軾（或揮擊）太陽，以補充、增强太陽的光芒與熱力，使太陽不遽沈㊳，以便逍遙相羊一番㊴9，並準備趁著尚有光亮時上征帝居。其後主人翁安排車駕、儀仗，急速兼程趕路，在同一日稍晚的黃昏到達天門；上扣天關，卻被拒絕，「時曖曖其將罷兮」，天色已經大暗矣㊵。在〈離騷〉上章中，主人翁始終對一己自然的、可計量的生命時間之流逝，充滿著焦慮感、無力感、恐懼感，同樣的感覺與情緒也反映在〈離騷〉下章，當他飛天遠遊追求美與理想之時，而「黃昏」正是一種最能表達時間流逝感、急迫感與焦慮感的原型意象。因此，「夕余至乎縣圃」至「好蔽美而嫉妒」一大段緊扣住黃昏時刻點，作細緻的情景描繪，可謂頗有深意。換句話說，自「朝發軔於蒼梧兮」至「好蔽美而嫉妒」一段所敍述者，皆爲第一日全日夜之行程，而尤著重描寫此日黃昏時分的情景，其凝縮致密的時間安排與〈離騷〉上章歷史點疏散遼闊的長河式展示，形成了强烈的對比。

以上1、2兩點説明爲本節所論的第一個問題，接下來繼續討論第二個問題。

自「朝吾將濟於白水兮」至「余焉能忍與此終古」一段，描寫主人翁第二日白天接連四度求女的行程，其由白水至閬風高丘，行程一路下降，其後再偏向東三求美女，行程的匆促緊迫，刻畫出「及榮華之未落兮，相下女之可詒」的急迫之感來。其後飛天求女過程一再遭遇挫折與失敗，迫使主人翁疑則問卜，故靈氛之占也在「同一日」（即第二天）白天的行程內，直至向東南飛回遠遊的出發點蒼梧（九嶷），等待巫咸「夕」降時，才到了「當日」（第二天）傍晚，整個行程連續緊凑，一則反映出歌主對時間流逝的焦慮感、恐懼感；一則也與〈離騷〉上章個人生命歷史的長河敍述形成疏落與致密的强烈對比。這裡要指出的問題是，在「求宓妃之所在」一節中有下面這段文字：

紛總總其離合兮，忽緯繣其難遷；夕歸次於窮石兮，朝濯髮乎洧盤。保厥美以驕傲兮，日康娱以淫遊；雖信美而無禮兮，來違棄而改求。

（明）汪瑗在「夕歸次於窮石兮，朝濯髮乎洧盤」二句下注曰：「二句言既無所遇，進不易合，則將歸隱而自脩耳。如下文欲遠集而無所止，聊浮遊以逍遙之意。舊注以宓妃言之，非是。先言夕歸者，承上朝濟白水而來也。」㊶汪氏很敏鋭地注意到這裡「夕……朝……」句式的問題，他認爲此二句是承上文「朝吾將濟於白水兮」而來，寫的是主人翁「將歸隱自脩」的心懷。若依汪氏所言，則這裡又過了一天一夜，而之後的求有娀佚女、有虞二姚則將是再下一日的事了。然則，汪氏之說卻有待商榷，其實「夕歸次於窮石兮，朝濯髮乎洧盤」二句，乃是轉筆泛寫宓妃淫遊的行徑，並不是寫歌主自己，正如（清）王萌與劉夢鵬所指出的，「歸次二語，正見宓妃遨遊自恣之意」、「夕歸、朝濯，即下淫遊之意」㊷。而（清）朱冀更從行文文義、語氣角度指出：「上下文俱說宓妃，中間忽插入大夫沐髮，請教有何取義？且文氣如何聯貫耶㊸？」以上三家看法是正確的，因此，「夕歸次於窮石兮，朝濯髮乎洧盤」二句必是寫宓妃，而且是虛寫宓妃平日的自恣㊹，並非實寫其一日的淫遊，相對於三次的「朝……夕……」大單元而言，乃自成一小單元，於此更見〈離騷〉筆法、結構之詼詭奇崛、神幻不測。以上爲本節所論第二個問題。

總結本節所論，〈離騷〉第一、第二次飛天遠遊共歷時二日一夜是很明白的。

四、內在體驗的時間意識

本文前兩節從日常性、自然性、可計量的時間角度，針對謝濟世與金開誠二氏的「周遊四日三夜說」與「周遊三日二夜說」兩種說法加以檢討，進而提出「周遊二日一夜說」；本節則將再從體驗的、感悟的、宗教的心理時間角度對此問題作一總括、釐清。

在〈離騷〉下章中，不論是四次戲劇性的對話，或是三段巡遊性的飛天，詩人都充分運用了原始巫術儀式的原型，創造性地表現出一種追求「終極關懷」㊺的感情與欲望。其中的女嬃之罵、重華之陳是猶如〈九章・惜誦〉裡所安排的神聖法庭，其目的在「所作忠而言之兮，指蒼天以爲正」，即作者面向諸神的自我申辯，這是源於原始巫儀的神判法㊻；而靈氛之占、巫咸之降則來自原始巫儀的占卜、降神術；至於巡遊性的飛天遠遊則深受薩滿巫師幻覺通神的影響㊼。由是〈離騷〉下章俱是運用原始神聖性的儀式、法術，創造性地轉換、超越內在心靈的矛盾掙扎，以尋回完整、永恆、普遍、絕對、無限的自我㊽。換句話說，〈離騷〉下章中所顯現的時間俱爲一種神聖性、心靈性、體驗性的時間，喻示了歌主內心對超驗的、神聖的、美善的生命之追求與嚮往。

當〈離騷〉主人翁換上極具象徵性意義的香草衣帶服飾㊾，來到女嬃面前，請求女嬃爲他主持公道，女嬃卻「申申其予」；他覺得女嬃所言並不公正而不信服，於是親征沅湘，尋求遠祖重華的支持；在得重華中正的神判後，他由蒼梧（九嶷）聖地出發㊿，飛向西北，上征昆侖帝居（此爲第一段飛天），卻被拒於天門之外；之後，他下降至閬風高丘（相當《尚書・禹貢》九州之地的「雍州」），哀高丘之無女；其後行程偏東，至洛水（相當〈禹貢〉的「豫州」）求宓妃，至有娀、有虞（相當〈禹貢〉的「冀州」）求佚女、二姚（以上爲第二段飛天）；可是求女卻一再地失敗，於是他飛去請靈氛占卜決疑，之後再度向東南飛回到上征的出發點蒼梧（九嶷），請巫咸降神㉛;最後他聽從靈氛的「勉遠逝而無狐疑兮」及巫咸的「勉陞降以上下」,終於下定決心,再度重整車駕,轉向昆侖,發軔天津,至乎西極,路不周、指西海,此時〈九歌〉、〈九韶〉的祭舜之樂舞奏起㉜(此爲第三段飛天),……。

以上三段飛天周遊,就神話地理空間而言,第一、二段由東南而西北,至廣至大,然其目的地猶可揣摩,而第三段則相對地無終點化了㉝;就心理時間流程而言,第一、二段歷時二日一夜,而第三段歷吉日將行後,時間最終停駐在「蜷局顧而不行」的一刻,於此剎那間,時間也相對地無終點化了。不過,如同前文已指出的,主人翁三段周遊的地理空間皆是以昆侖爲中心的神話地理空間,而三段周遊的時間流程也不能以日常的、自然的、標度的時間尺度來計算。〈離騷〉中使用「朝……,夕……」這種具有悠久傳統的巫術儀式套語、句式,即有爲內在心理體驗、感悟之時間定位的重要意義,它以神聖巫術儀式中的「一日」爲單位,與現實、計量時間中「一日」的計算頗不相同,它表徵的是巫師在通神飛天儀式中所經歷的整體時間流程㉞。

換句話說,〈離騷〉下章乃是以神話巫術儀式表現出心靈想像的神聖空間與時間,它以此時此刻心理感覺的虛時間,對應〈離騷〉上章生命客觀歷史的實時間(其實,就能感受的主體而言,生命只有此刻是最實在的,無論過去、未來,皆是虛在),虛實相間辯證,營造出似真似幻、似夢似醒的奇崛、詭譎效果。

再進一步來看,在〈離騷〉下章中,始終有一條主線牽繫著歌主飛天遠遊儀式的進行（與心靈的想像），這條主線即是主人翁內在的「重華情結」，與「重華情結」相聯繫的，首先是舜之葬所「蒼梧（九嶷）」聖地，其次則是「〈九歌〉、〈九韶〉」等祭舜的經典性樂舞。如：

1· 濟沅湘以南征兮，就重華而陳詞
2· 朝發軔於蒼梧兮，夕余至乎縣圃
3· 百神翳其備降兮，九嶷繽其並迎
4· 奏九歌而舞韶兮，聊假日以媮樂

「蒼梧（九嶷）」聖地是一種神聖的「禮儀中心」（或稱「祭典場域」）㊺，而〈離騷〉下章自「濟沅湘以南征兮，就重華而陳詞」起，至「僕夫悲余馬懷兮，蜷局顧而不行」止，都可能是〈離騷〉歌主預想自身在此神聖的「禮儀中心」向其神話、宗教性的始祖——太陽神舜——所作的陳詞，這也是〈離騷〉下章「重華情結」一直牽繫著主人翁心靈的原因。

當〈離騷〉下章歌主「濟沅湘以南征兮，就重華而陳詞」之後，他開始了飛天之旅，無論是第一、二段九州之內的行旅，亦或是第三段九州之外的浪遊，尋尋覓覓，上下求索，皆是一個史詩般受難主體精神的試煉與追尋之旅，時間雖然推展至「想像性的此刻」，但是他卻始終不曾離開「蒼梧」這一「想像的禮儀中心」㊻；即使在文本最後，〈九歌〉奏、〈韶舞〉舞㊼，主人翁以經典性的舜舞、舜樂超越了語言性、概念性限定，達至精神的終極點，並由此精神終點回返人的血緣之初㊽，使裂變的自身再度統合爲一體，而其空間的遊走與時間的流轉，卻始終在方寸的體驗與感悟之中，未曾離開「神聖中心」一步，也未曾離開「神聖此在」一刻。換言之，〈離騷〉主人翁以神話時、空的無終點，表徵心靈體驗與感悟的一體泯滅，最終臻於一種樂園的境界㊾；可是這種無時、空感的樂園境界卻突然在一瞬間就被楚地的山川大地、楚祖、楚史及楚民——亦即强烈的「舊鄉情結」打破了、破碎了，主人翁一下子陷入了矛盾痛苦的深淵，不能自拔，絕望已極。凡此皆說明〈離騷〉下章的時間俱屬於歌主內在體驗的時間意識。

五、結語

〈離騷〉是一篇生命史詩，也是一篇心靈史詩，既是屈原傾其全身心能量的鉅作，也是受難主體嘔心瀝血的陳詞。從文本的結構安排來看，〈離騷〉可分爲上下兩章，〈離騷〉上章是屈原自陳、回溯其前半生的生命歷史及人生堅持，具有一種歷史長河式的生命史詩性質；而〈離騷〉下章則以原始巫術儀式爲原型，安排了四次對話與三段遠遊，創發爲一種身心突破式的心靈史詩性質。其中上章大歷史跨度的時間流程與下章中致密緊縮的時間流程，形成了强烈的對比，造成整個文勢起伏宕盪、鬼變神怪的效果，這是從日常性、世俗性、自然性時間尺度得到的觀察。若是換個角度，從心理性、神祕性、主體性的時間角度作考察，則〈離騷〉下章的四次自我裂變與三段飛天遠遊，實俱是在一心之中，亦俱是在一點（禮儀中心——蒼梧）之中、一刻（神祕時刻——此刻）之中。〈離騷〉上章的「回憶性此刻」與〈離騷〉下章的「想像性此刻」密合爲〈離騷〉受難英雄全身心的總體體驗⑥⓪，這有如一種神話宗教式的冥契體會，正如（美）喬瑟夫·坎伯（Joseph Campbell）所云：「世界中心是動靜集中的點，動是時間，靜是永恆，意識到你生命中的片刻其實是永恆的一個片斷，而去經驗存在於短暫經驗中永恆的一面，就是一種神話經驗⑥①。」而屈原也正是以此神話、宗教性體驗，來超脫現實生活中種種的悲愁與哀苦；然而，此種神話、宗教性體驗最終卻敵不過具有強烈現實感的「舊鄉情結」。最後，當這種冥契體會轉變成文字敍述時，又必須受限於在一定時間流程中佔有固定空間位置的文字敍述特性，而不像主觀體驗是在一個體驗流內的（一個純粹自我內的）一切體驗的統一形式化，這樣說來，兩種原型時間觀念在〈離騷〉文本敍述之內與之外，就永遠是一組難以調合的悖論了。

註　釋

①「其思甚幻」四句爲魯迅譽〈離騷〉之語，見氏著《漢文學史綱要》，《魯迅全集》第九卷頁370，北京：北京人民文學出版社，1981年。

②其中「曰黃昏以爲期兮，羌中道而改路」二句13字爲衍文，不計：而「亂曰已矣哉」則視爲一句。此採用游國恩之說，見游國恩《離騷纂義》頁506，台北：明文書局，1982年。

③古人早以見出〈離騷〉有此兩大段的區分，如汪瑗曰：「篇首至此當一氣講下，而所謂〈離騷〉之意已略盡矣。下文不過設爲女嬃之罵，重華之陳，靈氛、巫咸之占，而反覆推衍其好修之美、遠遊之興耳。」又

王邦采曰：「文勢至此，爲第一大段結束，而全文已包舉。後兩大段雖另闢神境，實即第一段之意，而反覆申言之，所謂言之不足，又嗟嘆之也。其中起伏斷續，變化離奇，令人莫測。諸家不辨過脈，妄分段落，眞是小兒强作解事者。」以上俱見游國恩《離騷纂義》頁180－181引。

④關於〈離騷〉的四次對話與三段飛天遠遊，蕭兵有詳細的分析（參見蕭兵《楚辭的文化破譯》頁117－194，武漢：湖北人民出版社，1997年），不過蕭兵在文中用的是「三次飛天遠遊」，筆者覺得用「三段飛天遠遊」之說實更精準。

⑤關於女嬃的身分，各家說法不一，有屈原姊、屈原妹、屈原女侍等說，但也不能排除女嬃爲女巫（女星神代表）的可能性；又重華之陳的「重華」，是神話中的太陽神舜，爲屈原星命上、精神上、文化上的祖先神。參見蕭兵《楚辭的文化破譯》頁129－134。

⑥楊義指出，「內在自我的分裂」成爲詩人向更深層面進行精神探索和詰究的形式，也成爲他經過死亡意識洗禮之後獨特形態的再生，這種內蘊也透過三次飛天求女表現出來。參見楊義《楚辭詩學》頁86，北京：北京人民出版社，1998年。

⑦參見拙作〈〈離騷〉「飛天」與「求女」母題析探〉一文，張以仁先生七秩壽慶論文集編輯委員會編《張以仁先生七秩壽慶論文集》頁1045－1051，台北：學生書局，1999年1月。

⑧同樣的句式也見於《九歌》的〈二湘〉中，如〈湘君〉「『朝』騁騖兮江皋，『夕』弭節於北渚」、又〈湘夫人〉「『朝』馳余馬兮江皋，『夕』濟兮西澨」。又〈離騷〉還有「汩余若將不及兮，『恐』年歲之不吾與。『朝』搴阰之木蘭兮，『夕』攬洲之宿莽」、又「老冉冉其將至兮，『恐』脩名

之不立。『朝』飲木蘭之墜露兮，『夕』餐秋菊之落英」，〈離騷〉這裡用「恐……，朝……，夕……」的句式、套語，呈顯出主人翁對時間流逝的急迫感，以及對德性的修持、對理想的堅持，也顯示出一種主觀的心理時間流程，而非客觀的自然時間流程。又這個「文學句式」恐怕也是由「儀式句式」積澱而來。

⑨見（英）大衞·霍克斯（David Hawkes）〈神女之探尋〉一文，莫礪鋒編《神女之探尋》頁33–34，上海：上海古籍出版社，1994年。

⑩本文所謂「兩種原型時間觀」的概念，主要來自德國哲學家胡塞爾（Edmuvnd Husserl）的現象學時間觀念，胡塞爾認爲有兩種時間，一是客觀時間觀念，一是主觀時間意識。客觀時間觀念是指直線性、相繼性、時間點性、並可由外在符號標度與計量的客觀時間觀念；而主觀時間意識是指場域性、同時性、時間場性、並能由內在主體體驗與感悟的主觀時間意識。詳細介紹見楊河《時間概念史研究》〈胡塞爾的現象學時間觀念〉一節，北京：北京大學出版社，1998年。

⑪見游國恩《離騷纂義》頁254、267、275引。

⑫見金開誠〈離騷「周遊三日」辨〉，《楚辭研究》頁139，《北方論叢》叢書第3輯，1983年。

⑬見游國恩《離騷纂義》頁274–275引。

⑭謝、金二氏的爭議還可以換個角度來考慮，那就是謝、金二人都同意〈離騷〉主人翁來到若木處已是日暮黃昏時分，那麼從若木處至天門閶闔到底距離多遠？要花多少時間呢？謝氏認爲要一夜一日（繼日繼夜），即一整天的行程，所以主人翁是在第二天的黃昏到達天門的，若木至天門的距離是稍遠的；而金氏則認爲夜以繼日的行程就到達了，即主人翁在同一日稍晚的黃昏到達了天門，若木至天門的距離還

滿近的。若木至天門到底距離如何？筆者以爲，若想用世俗的、客觀的、現實的時間觀念來測量神話地點間的距離，是永遠也得不到確解的，神話地點間的距離乃屬於一種神聖的、主觀的、心理的空間，一如神話的時間流程般。不過，若拉回到語言敘述的文本層次，從上下文的敘述脈絡來看「繼之以日夜」一句，筆者仍是較贊成金氏之說的。

⑮如（清）魯筆所說「月御前驅，令其萬里光明不暗」，（清）王邦采也說「望舒句，爲日暮渲染也」，見游國恩《離騷纂義》頁271引。

⑯（清）錢澄之云：「折若木以拂日，日終不可反，故使月御先驅，下文所謂『繼之以日夜』也。月前而風後，欲其行速也。」見錢澄之著、殷呈祥校點《莊屈合詁》頁165，合肥：黃山書社，1998年。

⑰這裡描繪熱鬧的儀仗場面對比了他剛開始啓程時「駟玉虯以乘鷖」的孤淸心情，但卻又不及第三段儀仗場面的繁盛。而〈離騷〉三段飛天的儀仗卻又比不上〈遠遊〉所描繪的，其中玄機大可玩味。

⑱考慮到崑崙不只是天堂神國的象徵，亦具有冥府陰界的象徵，那麼正好與黃昏的意象結合起來。換句話說，〈離騷〉主人翁正是在白日與黑夜交會的兩可（中介）時刻到達崑崙懸圃，並接著上征天帝之居的。

⑲劉熙載《藝概・賦概》曰：「〈離騷〉東一句、西一句，天上一句，地下一句，極開闔抑揚之變，而其中自有不變者存。」（劉立人、陳文和點校《劉熙載集》頁119，上海：華東師範大學出版社，1993年）而所謂「其中自有不變者」應指〈離騷〉主人翁飛天遠遊的模式乃是仿照太陽由東至西運行路線的原型，因此，接下來問題的關鍵就在於指出，東、西極日出、日落處各有扶桑、若木及咸池。

⑳《淮南子・天文訓》的全文是：「日出於暘谷，浴於咸池，拂於扶桑，

是謂晨明。登於扶桑，爰始將行，是謂朏明。至於曲阿，是謂旦明。至於曾泉，是謂蚤食。至於桑野，是謂晏食。至於衡陽，是謂隅中。至於昆吾，是謂正中。至於鳥次，是謂小還。至於悲谷，是謂餔時。至於女紀，是謂大還。至於淵虞，是謂高舂。至於連石，是謂下舂。至於悲泉，爰止其女，爰息其馬，是謂懸車。至於虞淵，是謂黃昏；至於蒙谷，是謂定昏。日入於虞淵之汜，曙於蒙谷之浦。行九州七舍，有五億萬七千三百九里，禹以爲朝、晝、昏、夜。」

㉑吾人可以看到有兩個重要法典、教條，皆以太陽的行程爲座標。其在戰國、秦漢之際被訂定下來後，一直是後代人民遵行不悖的寶典。其一是一日四時（朝、晝、昏、夜）的法規，由禹訂立——如注17引《淮南子·天文訓》。其二是一年四時（春、夏、秋、冬）的法規，由堯訂立——如《尚書·堯典》：「乃命羲和，欽若昊天；曆象日月星辰，敬授人時。分命羲仲，宅嵎夷，曰暘谷。寅賓出日，平秩東作；日中、星鳥，以殷仲春。厥民析，鳥獸孳尾。申命羲叔，宅南郊。平秩南訛；敬致。日永、星火，以正仲夏。厥民因；鳥獸希革。分命和仲，宅西，曰昧谷。寅餞納日，平秩西成；宵中、星虛，以殷仲秋。厥民夷；鳥獸毛毨。申命和叔，宅朔方，曰幽都。平在朔易；日短、星昴，以正仲冬。厥民隩；鳥獸氄毛。帝曰：『咨！汝羲暨和。期三百有六旬有六日，以閏月定四時成歲。』允釐百工，庶績咸熙。」葉舒憲將這種以太陽運行爲準則的宇宙天文系統模式，稱爲中國文化的元語言，是中國哲學、文化心理發生、發展的出發點，參葉舒憲《中國神話哲學》第一、二章，北京：中國社會科學出版社，1993年。

㉒馬凌諾斯基認爲這類憑照（法典、教條）被奉爲神聖的，藉著儀式、道德和社會組織而具體表現出來，構成原始文化所必有的、活生生的

一部分。這類憑照並非向壁虛構，而是人們對現實作原始性的、重要的、相關聯的陳述，藉此以決定人們目前的生活、命運及活動。其中所含的知識，爲人們提供儀式活動和道德行爲動機，並指示如何去活動、去行爲。見馬凌諾斯基《巫術、科學與宗教》頁86-87，朱岑樓譯，台北：協志工業叢書出版股份有限公司，1989年。

㉓郝懿行《山海經箋疏·大荒北經〉「若木」條》云：「《說文》所言是東極若木，此經及〈海內經〉所說乃是西極若木，不得同也。」

㉔ 聞一多也指出，若木即西方之扶桑（見〈神仙考〉注38，《神話與詩》頁178，台北：藍燈）。蕭兵則較郝、段、聞三氏更進一步，認爲若木乃扶桑之枝椏，扶桑是整體，若木屬部分，二者不可分割，因此不唯東西極各有若木，且東西極亦各有扶桑。東極之扶桑——若木乃太陽神鳥始翔時的盤桓之所，而西極之扶桑——若木乃太陽神鳥終落時的歇息之地（見蕭兵《楚辭的文化破譯》頁141）。蕭氏推測若木、扶桑乃部分、整體的關係，似太過鑿著了。

㉕古無輕唇音，故「夫」古讀「尃」，又從「夫」、「尃」得聲之字均有遍大之義，如《廣韻》：「颫風，大風。」《詩經·小雅·北山》：「溥天之下，莫非王土。」《左傳·昭公七年》引作「普天之下」。

㉖蕭兵認爲由於古人「日出而作、日入而息」的生活型態，使得他們往往運用高山、大樹等爲座標，測量太陽的相對位置以計時，所以《山海經》、《楚辭》、《淮南子》裡都記載著很多日出之山、日沒之山和太陽神樹，而扶桑及其枝椏若木就是從測量太陽相對位置的標杆生長起來的太陽神樹，也是神話學上所稱的「宇宙樹」（見蕭兵《楚辭的文化破譯》頁137-138）。然不只有日出、日沒之山（宇宙山）和太陽神樹（宇宙樹），還有日出入之池、水、湖、海（宇宙海）。必須注

意的是，以「太陽一日運行」爲內容的太陽神山（宇宙山）、太陽神樹（宇宙樹）、太陽神海（宇宙海），和以「宇宙中心觀」爲內容的宇宙山（如昆侖）、宇宙樹（如建木）、宇宙海（如天池）是大不同的。前者多與太陽有關，具有東西二元對稱的性質；而後者則多與北辰有關，是一元中心論的。學者多混淆二者，是未辨明古人觀測太陽或北辰的結果，乃具有大不同的心理效應矣。

㉗然《淮南子・天文訓》另處又云：「紫宮者，太一之居也；軒轅者，帝妃之舍也；咸池者，水魚之囿也；天阿者，羣神之闕也，四宮者，所以司賞罰。」此處的「咸池」應非〈天文訓〉在述說太陽一日運行系統時「日浴咸池」的「咸池」，是〈天文訓〉中已有兩個不同的咸池了。

㉘咸池之「咸」如扶若、榑之「扶」、「榑」，也有遍大的意思，如《國語・魯語上》：「小賜不咸。」韋昭注：「咸，遍也。」《莊子・知北遊》：「周、遍、咸，三者異名同實，其指一也。」

㉙《山海經・大荒東經》載：「湯谷上有扶木，一日方至，一日方出，皆載於烏。」

㉚《淮南子・天文訓》：「（日）至於虞淵，是謂黃昏；至於蒙谷，是謂定昏。」但下文接著卻又說：「日入於虞淵之汜，曙於蒙谷之浦。」是蒙谷既是日落處，又是日出處。

㉛蒙谷、羽淵最原始的地望應在山東省蒙山（泰山蒙陰縣西南）、羽山（東海祝其縣南）附近。見《漢書・地理志》班固自注。

㉜昧谷亦即蒙谷，《尚書・堯典》：「分命和仲，宅西，曰昧谷。」《傳》曰：「昧，冥也，日入於谷而天下皆冥。」又《楚辭・天問》說太陽「出自湯谷、次於蒙汜；自明及晦，所行幾里」，蒙汜即蒙谷。

㉝在「太陽一日行程」天文宇宙系統中，東西極各有「太陽神樹」（宇

宙大樹）及「太陽神池」（宇宙大池），這是一種神話的東西二元對稱性；而地球上的生物體一般都具有橫向（左右）的二元對稱感，這種感覺顯然具有生存價值，能使生物體認清潛在的危險、同伴和食物。因此，神話中的二元對稱性似乎可以追溯到原始人類的二元對稱感。

㉞參管東貴《中國古代十日神話之研究》，《中研院史語所集刊》33本頁322-325，1961年。又（英）艾蘭《龜之謎——商代神話、祭祀、藝術和宇宙觀研究》頁14-40。成都：四川人民出版社，1992年。

㉟這裡關於上古部族集團的分法是參考徐旭生〈我國古代部族三集團考〉，氏著《中國古史的傳說時代》第二章，台北：里仁書局，1999年。又關於昆侖作爲中央世界大山的討論可參蕭兵《中庸的文化省察·神話篇》第三章，武漢：湖北人民出版社，1997年。

㊱據上文說明可知，中國上古神話天文宇宙系統可以分爲東方夷族的「太陽一日行程」系，與西方華夏的「昆侖通天大山」系，雖然隨著上古部族的不斷遷徙，兩個系統間有互相融合的現象，但更多時候，兩個系統間是彼此形成兩兩相對稱性的結構。在歷史的發展中，「太陽一日行程」系後來讓位於「泰山封禪」系，與「昆侖大山」系更形對稱；再後「泰山封禪」系又讓位給「蓬萊、方諸」系，仍保持東方仙島、西方聖山的對稱性。至於「昆侖」系（及與之相繫的西王母）爲何地位穩固，始終具有蓬勃的創發力？李豐楙近日有文討論這個問題，見氏著〈多面王母、王公與昆侖、方諸聖境〉，「空間、地域與文化」國際學術研討會，2000年11月16-18日。

㊲再進一步思考，既然歌主已經到達西方昆侖聖區，在尚未上征天庭，完成此行目地之前，他又勞時費事地回到東方，之後再重復一次由東

向西的行程，行爲與行文都如此拖沓，其目的何在呢？錢澄之認爲「自東徂西，然後可以遂吾上下求索之情。」（錢澄之著、殷呈祥校點《莊屈合詁》頁164-165、211）這是不明白上下求索必自崑崙始，實不必東西徒勞求索也。

㊳前文主人翁令羲和弭節，目的在不使太陽遽暮；而此處折若木拂日，則是以若木之枝的光芒（其華照下地）補充、增强太陽的光芒，一如〈九歌·東君〉的「操余弧兮反淪降」，是以射日弓矢光芒補充、增加太陽光芒，使不遽暗般。故（清）錢澄之注「折若木」句云：「折若木以拂日，猶麾戈以返日也。吾既至西，猶當拂日，使不遽沈，得以逍遙相羊，庶可從容以求索耳。」又注「操余弧」句云：「淪降，日西沈也；操弧反之，猶麾戈以回日也。」（見錢澄之著、殷呈祥校點《莊屈合詁》頁164-165、211）按，錢氏說的「麾戈返日」指的是《淮南子·覽冥訓》所載的故事「魯陽公與韓構難，戰酣，日暮，援戈而撝（揮）之，日爲之退三舍」，這裡都是運用原始巫術「同能致同」的原理，所以折若木（太陽樹）拂日、操弓弧（太陽光芒的象徵）反淪降、麾戈返日等都可使太陽維持熱力而不遽沈。

㊴對歌主而言，上下求索的心是急迫的、緊促的，但其中卻也有從容的、逍遙的時刻；正如〈離騷〉上章中，主人翁對一己可計量的生命時間之流逝，充滿著焦慮感、恐懼感，但卻也有「步余馬於蘭皐兮，馳椒丘且焉止息」的時候，心理上一張一弛的矛盾與文學筆法上一緊一鬆的節奏始終相互呼應。

㊵正可能表面原因是由於天色大暗，帝閽因職責所在（《說文·門部》：「閽，常以昏閉門隸也。」）才不替主人翁開天門。而深層原因是如夏大霖所言：「倚門而望，冷眼不瞅睬也。言君眷無常，朝端雜亂，

君門闕隔，黨人間阻也。」（見游國恩《離騷纂義》頁282引）屈原在此仍使用其一貫的曲筆致情。

㊶見游國恩《離騷纂義》頁312引。

㊷又（清）徐文靖考神話中窮石一地，即歷史上羿自鉏所遷之地，那麼此處似又暗寓著宓妃與羿的淫遊之事。以上三說並見游國恩《離騷纂義》頁312、314引。

㊸見游國恩《離騷纂義》頁313引。

㊹這應是豐隆（令豐隆求宓妃之所在）、蹇修（令蹇修爲媒理）回報給飛天英雄的消息，頗有傳聞之辭的味道，所以是虛寫時間。

㊺這種「終極關懷」可以名之爲永恆、普遍、絕對、無限，也可以稱作生命力、內在需要、內心衝動，還可以概括爲終極存在、終極價值、本原、美、神等。

㊻〈離騷〉主人翁在重華之陳後，云「耿吾既得此中正」，此「中正」即〈惜誦〉的「指蒼天以爲正」的「正」，都是神明公正的裁判。而女嬃與重華乃如同〈惜誦〉中的五帝、六神、山川之神、咎繇等，都是作爲替主人翁「節中」、「折中」，即評斷是非曲直（神判）的一方。

㊼參見拙作〈〈離騷〉「飛天」與「求女」母題析探〉一文，《張以仁先生七秩壽慶論文集》頁1048－1051。

㊽在這裡神話學與心理學是交融在一起的。

㊾參拙作〈論離騷中的「香草服飾」〉，《靜宜人文學報》第十一期頁121－133，1999年7月。

㊿《山海經・海內經》：「南方蒼梧之丘、蒼梧之淵，其中有九嶷山，舜之所葬，在長沙零陵界中。」

51巫咸降神時，「百神翳其備降兮，九嶷繽其並迎」，錢澄之注此二句云：「百神皆降，巫咸與焉。百神降而九疑迎，九疑有地主之誼。」（錢澄之著、殷呈祥校點《莊屈合詁》頁174）是錢氏認爲當百神擁翳巫咸（亦巫亦神）而降時，九疑山（土、社）神繽迎，以盡地主之誼。故巫咸降神之處當在九疑。又蕭兵指出，巫咸所降之神即舜，見蕭兵《楚辭的文化破譯》頁160－161。

52過常寶認爲原始的〈九辨〉、〈九歌〉、〈九韶〉合而言之，是一整套祭祀儀式，分而言之，則爲巫樂、巫歌、巫舞。且大規模的舉行這種儀式是爲了祭祀大神舜的。見過常寶《楚辭與原始宗教》頁41－69，北京：東方出版社，1997年。

53參見楊義《楚辭詩學》頁127。

54內在心理體驗的時間仍需用現實、計量的時間單位詞彙如「朝」、「夕」等加以表述，換言之，心靈的體會仍需用現實語言來表達，這也是無可奈何的。尤其是當這種心靈的體會落實爲文本時，更不能脫離文字敘述本身的邏輯及其時間特性了，這猶如錢鍾書所云：「離奇荒誕之情節亦須貫串諧合，誕而成理，奇而有法。」又云：「無稽而未嘗不經，亂道亦自有道，未可鴻文無範，函蓋不稱也。」又云：「更進而知荒誕須蘊情理。」見錢鍾書《管錐篇·離騷·前後失照條》（第二册頁593－595），北京：中華書局，1986年。

55〈離騷〉下章出現兩個神話宗教上的神聖「禮儀中心」——昆侖及蒼梧，前者爲西北方華夏民族的文化傳統，後者則是南方楚民族的文化傳統。在此禮儀中心場域，人更能脫離日常、世俗的意識狀態，而達到一種精神性的「形而上學」突破、一種超驗的冥契體會。

56游國恩即以〈離騷〉「濟沅湘以南征兮，就重華而陳詞」二句，認爲〈離騷〉作於頃襄王朝，屈原被放江南之時（見氏著〈論屈原之放死及楚辭地理〉，《游國恩學術論文集》頁54、72，北京：中華書局，1999年）。不過，筆者認爲「濟沅湘以南征兮，就重華而陳詞」二句或爲想像之辭，〈離騷〉仍最有可能作於懷王24年至26年，屈原被放於漢北之時。漢北丹陽位於今河南省西南部，即丹水、淅水交會之淅川一帶，處中原邊陲（參見劉和惠《楚文化的東漸》頁61－80，武漢：湖北教育出版社，1995年），據《史記・楚世家》載，這是楚祖熊繹爲周成王始封之處；而王逸《楚辭章句・天問》云：「屈原放逐，憂心愁悴，徬徨山澤，經歷陵陸。嗟號昊旻，仰天歎息。見楚有先王之廟及公卿祠堂，圖畫天地山川神靈，琦瑋譎詭，及古賢聖怪物行事。」可見此地頗有楚族先王之廟及公卿祠堂，自當不乏楚祖顓頊及祝融的神廟祠堂，筆者頗疑〈離騷〉首二句「帝高陽之苗裔兮，朕皇考曰伯庸（按，伯庸即祝融）」，即屈原放逐離別、中心愁思、憂傷煩亂時，浪遊到楚祖顓頊及祝融的神廟祠堂，吁請祖先神爲其神判的陳詞（《史記・屈原列傳》云：「離騷者，猶離憂也。夫天者，人之始也；父母者，人之本也。人窮則反本，勞苦倦極，未嘗不呼天也；疾痛慘怛，未嘗不呼父母也。」），此爲「眞實性的此刻」；而以下回溯其前半生生命歷史的〈離騷〉上章爲「回憶性的此刻」，再下〈離騷〉下章的女嬃之罵、重華之陳等爲「想像性的此刻」。

57（清）朱冀云：「奏〈九歌〉、舞〈韶舞〉，以怡性情而悅耳目，一切皆行文之渲染，猶畫家之著色也。極淒涼中偏寫得極熱鬧，極窮愁中偏寫得極富麗。筆舌之妙，千古無兩。」（見游國恩《離騷纂義》頁451引），然此處尚不只朱氏所說的「行文之渲染」，屈原用經典樂舞所表達的實是一種超驗的、非語言所能形容的意識狀態，是一種整個人被完全打開的全身心的突破。

(58)楊義指出，這個精神原點就是人生和精神的「舊鄉」，是存在著「帝高陽之苗裔兮，朕皇考曰伯庸」，以及降生、受名等往事的「人之初」，從「人之初」始，以「人之初」終，一種無比奇麗紛繁的精神歷程的軌迹，竟然是一個書寫在天地之間的大圓。參見楊義《楚辭詩學》頁128、133。

(59)可以將〈離騷〉主人翁三段飛天的目的看成是在追尋極樂園（見蕭兵《楚辭的文化破譯》頁166－171），所以這裡有一個重回失樂園的神話原型在，而在樂園之中，時間永恆停留在此刻（過去、現在、未來融合爲一），空間永遠停駐在此在（無在而無所不在）。正如（法國）M.耶律亞德（Mircea Eliade）所指出的：「中心是最顯赫的聖域、絕對實在之地。同樣的，其他絕對實在的象徵（生命與不死之樹、青春之泉等）也都位於中心地。通往中心的道路是一條『艱難之道』，此種艱難可從實在的每一層面看出：寺廟中艱難的渦旋階梯（如波羅布德寺廟）；朝聖（麥加、哈德瓦、耶路撒冷）之旅；尋求金羊毛、金蘋果、生命藥草的英雄探險歷程；迷宮之邅迂徘徊；追尋自我、自我存有『中心』之道時所遇的苦難等等，莫不如此。此道費力險峻，步步危機，因爲它事實上是一條由俗入聖、由夢幻泡影到眞實永恆，也就是由死而生、從人到神的通過儀式。抵達中心等於受過洗滌，一場啓蒙。昨日塵俗虛幻的存在，今日一變而爲清新非凡、眞實而持久的生命。」見M.耶律亞德（Mircea Eliade）《宇宙與歷史——永恆回歸的神話》頁13－14，楊儒賓譯，台北：聯經出版事業公司，2000年。

(60)我們現在一旦回憶過去、或想像未來，那並不是一分鐘、一秒鐘地去回憶與想像，而是一下子便達到了其時其地、其景其情；換言之，再長的時間，在人們心理運作的過程中，也是作爲具有一定（一瞬）時間的心理實體之整體狀態而被感知的。這一定（一瞬）的時間感知，不是對時間長短的感知，而是對時間長短之總體特徵與印象的感知，是感知主體心理的總體印象。

61見喬瑟夫・坎伯與莫比爾（Bill Moyers）合著《神話》頁159－160，朱侃如譯，台北：立緒出版社，1995年。

《春秋左氏傳》的弭兵思想及其禮義精神

成　玲

一、前言

《左傳・隱公・十一年》有云：

> 禮，經國家、定社稷、序人民、利後嗣者也。

《昭公・二十五年傳》又云：

> 夫禮，天之經，地之義也，民之行之也。天地之經而民實則之。

春秋時代的周室雖已名存實亡，其禮文制度仍是維繫政治社會運作的主要憑藉。而欲瞭解春秋時代諸侯國之間，政權傾軋之際的政治思想，則莫過於《左傳》了。《左傳》一書以詳贍的史料記載作爲詮釋《春秋》經義的主要方法，並以禮制思想貫串全書，冀能維繫周禮之宗族組織、宗法制度、封建制度於不墜。就《左傳》其成書目的而言，禮不僅是世人應然遵循的道德規範，更是歷史演進過程中，維護綱領統紀的主要憑藉。

《哀公・十四年傳》云：

> 君子曷為為《春秋》？撥亂世，反諸正，莫近于《春秋》。

而太史公司馬遷亦嘗曰：「《春秋》，禮義之大宗。」蓋孔子之修作《春秋》，欲以爲禮義精神撥亂反正之道。而左丘明因懼孔門弟子口授傳旨，人人異端，各安其意，失其禮義之真，遂因孔子《春秋》，具論其語，而成《左氏春秋》一書。是以，左氏深刻知悉唯有「禮」才是解決人類紛爭的主要途徑。

綜觀《左傳》一書，斷以「禮也」者，凡六十七處，斷以「非禮也」者，凡三十二處，近乎百條有關禮的論述載語，可看出《左傳》作者面對日漸勢微的傳統禮制，仍欲力挽於不墜者，實因禮之內涵兼有確定名份、維持秩序的觀念，舉凡國家政治制度、社會組織的建立，皆有賴禮之爲用。雖然，春秋之際，周天子的地位已如告朔餼羊，然齊桓稱霸，葵丘之盟依舊受拜周胙①，晉文納王復辟有功，周襄王寧願割地以爲犒賞，仍不許晉文以王禮隧葬之請②，可見當時尊王的禮義思想未因五霸的篡興而蕩然無存，晚至春秋末年，周禮對諸侯各國之間仍具規範與約束性③。本文試圖由諸侯之間的救患、分災與討罪等事例爲據，兼以禮義精神爲詮釋方法，探討有關《春秋左氏傳》的弭兵思想。

二、諸侯救患分災討罪的禮義精神

《左傳·僖公·元年》云：「凡侯伯救患分災討罪，禮也。」所謂禮者，《周禮·春官·大宗伯》曰：

> 以凶禮哀邦國之憂，以喪禮哀死亡，以荒禮哀凶札，以弔禮哀禍災，以禬禮哀圍敗，以恤禮哀寇亂。

《周禮》鄭玄注：「哀謂救患分災，凶禮之別有五。」而據秦蕙田《五禮通考》中所謂的凶禮可細分爲荒禮、札禮、災禮、禬禮、恤禮、唁禮、問疾禮、喪禮等。那麽，《左傳·僖公·元年》所言的禮，統而言之，即指五禮中的凶禮，應無異議矣。因此，春秋之際，周室與諸侯、諸侯與諸侯之間，凡遇此救患、分災之事，莫不以凶禮互相弔恤慰問者，蓋因「陰陽之沴，國家代有，雖堯湯之世，不能無水旱之災，所恃者有荒政以濟之爾。——蓋王者視天下猶一家，四海之内，有匹夫不被其澤者，如疾痛痾癢之切身，必求所以安全之，所謂吉凶與民同患者，此也。」④

就禮義精神而言，春秋時代之禮樂征伐雖已諸侯而出，然保障人民生命、維繫倫常秩序的大禮大法，斷不能因政權的移轉而稍有減損。周室一統之世，階級分明，諸侯之於周天子，有貢賦勞役之義務；周天子之於諸侯，統轄分封、賞賜討罪之權柄仍未喪失。而後大道既隱，周室衰微，侯伯自立門戶，城郭溝池以爲固，甚而越俎代庖，挾天子之名號施天下。如此一來，所以「別嫌疑、明是非」的行禮權柄，遂爲諸侯所操矣。

《左傳》善於言禮，對於「天下有道，則禮樂征伐自天子出；天下無道，則禮樂征伐自諸侯出。」的現象，是否認同呢？抑或認爲救患分災討罪乃天子之事，而對於諸侯僭越行禮的行徑大加撻伐呢？以下分別針對《左傳》内容中有關救患、分災、討罪的事例詳加討論。

㈠、「救患」本義

《周禮·春官·大宗伯》曰：「以凶禮哀邦國之憂。」賈公彥疏云：

> 左氏僖元年夏六月，邢遷於夷儀，諸侯城之，救患也。凡侯伯救患分災討罪也，……救患，即邢有不安之患，諸侯城之，是救患也。

以傳解傳，《左傳》於襄公十四年亦曰：「是故天子有公，諸侯有卿，— —皆有親暱以相輔佐也，善則賞之，過則匡之，患則救之，失則革之。」又襄公二十八年傳，子產指出「救其災患」是大適小的五美之一⑤。由此可知，所謂「救患」者，意指當乙國爲丙國攻圍時，凡同盟的甲國或有血親關係的兄弟邦侯，出兵救援乃禮之所宜。襄公十一年傳曰：「凡我同盟，毋壅利 、毋蘊年、毋保姦、毋留慝，救災患、恤禍亂、同好惡、奬王室。」同盟諸侯國之間的救援行動，既可藉此修敦睦邦鄰之好，又可因戰事之戒備而稍減怠忽輕慢之心，誠如孟子之言「入則無法家拂士，出則無敵國外患者，國恆亡。」春秋時代，諸侯早已擁兵自重，對於盟國之間的救患兵事，未嘗不是另一種靖國安民的武力宣示，據此以觀《左傳》對於諸侯救患的立場，認爲是同盟邦國互相依存的應盡義務外，也是諸侯各國居安思危的自保之道。

㈡、「分災」本義

所謂「災」者，凡傷及蒼黎、害及民物者，如水、火、兵戎、天災、蟲禍之屬皆是也。《左傳》所載有關災異之事相當多見，或言災異之生乃應乎周天子之政，若君主失德敗政，則必寒暑失調，天災人禍叢生，「國家將有失道之敗，而天迺先出災害以譴告之。不知自省，又出怪異以警懼之，尚不知變，而傷敗乃至。以此見天心之仁愛人君，而欲止其亂也。」⑥此爲一說；而陳槃《左氏春秋義例辨》則不以爲然，他認爲凡經書災記異者，皆「舊史恆例」、「史載之筆，大事書之于史策」、「舊史恆辭」，純係「左史記事」的史官筆法，僅直書其事而無託事闡義之目的。就《春秋》經傳的文字敍述來推論，經文記錄災異之事，多以短短數字簡略帶過，傳文則未見詳盡記載，倘若《左傳》成書之旨，本爲存留孔子筆削《春秋》的微言大義，而言災記變之文，又具撥亂反正之效，何以不見《左傳》於此大作文章？是如董仲舒者之言，不免有穿鑿附會之嫌。而陳氏就以史筆之說以避附會之說，而卻忽略「常事不書」的書寫體例，亦有偏頗之失。如果能將經傳有關災異的內容，予以全盤歸納分析，由時代先後、發生次數、記載詳略等條件因素，作爲判斷的理據，則記災的文辭，或許能從單純的史筆書法中，探知一二義旨。

㈢、「討罪」本義

封建一統之世，天子與諸侯的朝聘往來，基於宗法制度的精神，以此序貴賤尊卑之次，並因以修睦結好。《周禮》大行人職云：「時聘以結諸侯之好，王法之行，時加聘問以懷諸侯，乃常禮也。」然而，《春秋》經文雖不乏來朝聘問的紀錄，卻對征戰、侵伐、襲取等情事著墨甚多，記載詳贍，殆因周室已名存實亡，若侯國之間發生大國恃強淩弱、或小國不事大國，而僭越無禮者，諸侯皆得以「尊周室」之名，出師征討。故諸侯用兵，僅適於伐叛、昭戒、加威，其聲罪討伐亦在匡正不軌而已。

《左傳》何以言「討罪」？討者，《說文》云：「討，治也。從言從寸。」本義爲用語言聲討責求，故《周禮．大宗伯》賈疏便明白指出：「討罪，謂諸侯無故相伐，是罪人也。霸者會諸侯共討之，是討罪也。」春秋之際的周天子，早已大權旁落，盟主、霸主已然擔負起維持國際正義的大一統使命，其勢至此，則左傳所指「侯伯討罪禮也」，也是因勢制宜的權與變吧！《公羊傳．宣公．十一年》即說明其中道理：

> 諸侯之義不得專討，……，上無天子，下無方伯，諸

侯有為無道者，臣弒君、子弒父，力能討之則討之，可也。

天下無道，則禮樂征伐自諸侯出，實乃亂世中維繫統緒於不墜的唯一方法！

三、弭兵的禮義精神

「大一統」的思想是孔子修作《春秋》的主旨，而面對以力假仁的霸道世界，諸侯紛紛因封土生根而日益壯大，是必最終以爭戰方式重新取得大權。若欲達成一統的王道理想，除了揭示「弭兵」之指，以避免「率土地而食人肉」的征戰殺戮外，孔子怕也別無他法了。因此，《左傳》「諸侯救患分災討罪，禮也。」一語，便有弭兵思想的深刻內涵。邦國之間救濟分災，本是宗法封建制度下，親親之情、尊尊之制的具體展現。而「討罪」一詞更可概括非戰的弭兵思想，救患者，拯救被圍之國；討罪者，聲討違信背盟之國。救患意同於聲討，論述的角度或有不同，終極目標卻無二致，《左傳》行文遣詞而不避繁重者，必有其重言之故。

諸侯之於周室的義務，救患、分災、討罪爲主要項目，貢賦、勤師更不可缺，如楚人不貢包茅、魯人不納貢⑦，天子立刻責求如期赴貢；至如依時朝聘、服事勞役、勤師王室等，也是諸侯不可輕怠的職責。《左傳・成公・元年》，因諸侯等未依時勤師，王遂使人來告兵敗⑧，左氏既已明確指陳諸侯之責，其用心或可略述一二如下。首先，《左傳》有意地將封建制度中，王室與諸侯之間的互動關係、內涵深意加以揭示，以彰顯於後世，誠欲挽回封建周禮日漸衰微的頹勢。其次，左氏藉此抒發內心無限深沈的感慨。當時，諸侯各國野心勃勃，莫不各自擴張軍備、私擁重兵，既不共王職又私相會盟、討伐相乘，是以春秋一世屢見侵奪大戰，周室雖不容允，卻又無力處理諸侯日漸坐大的現象，以今觀之，能不悲哀？諸侯不敬天子，屢屢違逆天命，甚者猶公然出兵與王師抗衡⑨，周室地位淪喪，面對諸侯的僭位逾禮的行徑，豈能一一書於史册以教戒世人？爲此，左氏逢此宗法敗離、封建瓦解之時，遂揭櫫「侯伯救患分災討罪，禮也」一例，以示後學，還原《周禮》的制禮的初衷與用心，至於經傳所載之事是否合禮，則不在另下斷語，但由後學辨析而已。由此以觀左氏的弭兵思想，實以禮義精神爲其中心思想！以下分別由「救患」、「分災」、「討罪」的角度，匯整《左傳》相關的事例資料，對此主題作進一步的說明。

(一)、救患例

周祚至春秋末年，威信日墜，徒留虛名而仍得以存其位者，實賴封建的制立、宗法的推行及喪服的規範。這三種制度並行的結構下，上以天子爲中心，外輻以各諸侯，織構成一嚴密的隸屬關係網絡，彼此間或因血親遠近不同而各有親疏的等差，應盡職責亦有不同，但是「親親」、「尊尊」與「內外」的倫理秩序於是建立；「內其國而外諸夏，內諸夏而外夷狄」的國族觀念於焉奠立。因而秉持人飢己飢、人溺己溺的精神，中原諸夏各國彼此互相扶持、弔唁慰問，既是義務也是責任，正所謂「救災恤鄰，道也。」

綜觀《春秋》經文言及「救」字者，僅二十四例，或直書某師救某、或書多國聯合救某，相對於經文中，書侵伐征戰之例頗爲詳盡的情形來看，其中涵義便有深入探討之必要。《春秋》之例，常事合乎禮者，則不書；書，則必以識其非常也。試說上例之義：侯伯遇爭戰之事，同姓友邦理應出兵相救，是爲「常事」，則史官筆法自不應載錄，循此，則此救患之例不必書而仍書之，且又非偶爲的現象，那麼，其中自有可探之深義矣。試檢覈《春秋》經傳中有關「救患」一詞的事類（經文二十四處，傳文四十九處），或已經論經、或經傳合論，以說其理焉。

1.諸侯會盟相救，凡七見：

莊公二十八年，秋，公會齊人宋人救鄭。

僖公元年，春王正月，齊師宋師曹師次于聶北救刑。

僖公六年，秋，諸侯遂救許。

僖公十五年，三月，公孫敖帥師及諸侯之大夫救徐。

文公九年，三月，公子遂會晉人宋人衞人許人救鄭。

成公七年，秋，公會晉侯齊侯宋公衞侯曹伯莒子邾子杞子救鄭。

襄公五年，冬，公會晉侯宋公衞侯鄭伯曹伯齊世子光救陳。

上述七例中，以成公元年的會師救援爲書寫正例，而僖公元年所記「齊師宋師曹師救刑」一事，諸夏之國率師護救北方的刑國，使其免於夷狄的侵擾，諸侯救災恤鄰之意可謂深遠矣。至於其中筆法不同之處，試闡釋其旨趣如下。

僖公十五年，公孫敖帥師及諸侯之大夫救徐一事，據《左傳》所載內容得知，因楚人伐徐，於是匯集齊侯宋公陳侯衛侯鄭伯許男曹伯等國，先盟於牡丘，會商救徐之計，再次軍於匡。試想，楚國自春秋時代以來，由一個文化水準落後的蠻夷之邦，隨著武力的逐漸强大，而漸次提昇其國際地位。然而，面對楚國的攻打，諸侯何須會盟聯手拯救呢？且就地理位置而言，徐國位處江皖與山東之交，楚國遠在兩湘一帶，縱使楚君爲擴大版圖不惜遠征，諸夏之國以齊、魯二師援之，便可因地理位置之便，以逸待勞，輕取而滅之。不然，諸夏各國卻勞動小國先盟於牡丘，再次軍於匡，並僅以大夫領軍救援，救患如救急，諸侯的救援動作實在有悖用師救患之禮！此爲常事不書而書的微言大義之一。

又如文公九年一例，經文以「公子遂會晉人宋人衛人許人救鄭」，公子遂者，魯莊公之子，晉人者晉大夫趙盾，宋人者宋大夫華耦，衛人者衛大夫孔達。大夫領軍出征，書法上卻「貶而稱人」者，譏其緩於救援，故傳言「以懲不格」者，亦罪其未能及時折衝弭兵，反爲夷狄所襲也。其中，魯以公子帥師，尚得其禮，各國以大夫出師，已知禮樂征伐的權柄爲大夫所掌，而愈見周室之微矣！

2.書某救某者，凡九見：

莊公六年，春王正月，王人子突救衛。

閔公元年，春王正月，齊人救刑。

僖公十八年，夏，師救齊。

僖公十八年，五月，狄救齊。

僖公二十八年，春，楚人救衛。

宣公十二年，冬，十有二月，衛人救陳。

襄公五年，十有二月，公自至救陳。

襄公十五年，夏，公救成至遇。

哀公十年，冬，吳救陳。

此救患之例，因援救者僅有一國，故於書法上較爲簡易，不過仍能由行文的異同中略說其旨。綜觀以上九例，唯有莊公六年一條，出現「王人」一詞，也是《春秋》經中唯一王室出師救患之例，《公羊傳》以爲寓有褒貶，傳云：

> 王人者何？微者也。子突者何？貴也。貴則其稱人何？繫諸人也。曷為繫諸人？王人耳。

胡安國《春秋傳》，同樣以爲：

> 王子微者，子突其字也。以下士之微超從大夫之例而書字者，褒救衛也。

何以王室救患，便贏得「貴也」、「褒救衛也」的推崇？普天之下，莫非王土，《春秋》特書此事者，於周室將衰之際，存尊王之統緒也。

在《春秋》寓有弭兵思想的前題下，如果蠻夷之邦能提升其文化水準，進而與諸夏各國相互扶持、患難相助，書中亦能給予合於禮義精神的正面褒揚。試以僖公十八年「狄救衛」、二十八年「楚人救衛」二事爲例。《穀梁傳·僖公·十八年》云：「狄救齊，善救齊也。」胡氏《春秋傳》更明言：

> 聖人謹華夷之辨，所以明族類、別內外也。雒邑，天地之中，而醜戎居之，亂華甚夷。再稱公子，各日其會、正其名與地，以深別之者，示中國夷狄終不可雜也。

中原諸夏與夷狄之邦，族類不同，文化有別，道德規範亦有不同，即「內諸夏而外夷狄」、「尊王攘夷」之義也。雖然《左傳·閔公·元年》曾說：「戎狄豺狼，不可厭也；諸夏親暱，不可棄也。」但是孔子修作《春秋》所抱持的態度是相當包容的，他認爲即使是位處偏遠、文化水準不高者，只要能行宜得體、處世合禮，皆宜以諸夏之禮待之。「楚人」救衛便是最好的說明。

楚國登載於《春秋》的稱謂有「荊」、「荊人」、「楚人」、「楚子」之異，依《公羊傳·莊公·十年》云：「荊者何？州名也。州不若國，國不若氏，氏不若人，人不若名，名不若字，字不若子。」⑩就侯國城邦的指稱方式而論其尊卑，的確是《春秋》明內外之辨、嚴夷夏之防的要旨，而內外華夷觀，亦非就地域環境而言，如楚國居處之地，自入春秋以來，未見徙易，稱謂卻有此變化，實就禮儀文化立說也。按查楚國稱謂發生改變的事例可知一二，由「荊」改稱「荊人」者，始於莊公二十三年，經書「荊人來聘。」《公羊傳》解釋：「荊何以稱人？始能聘也。」何休注：「因其始來聘，明夷狄能慕王化、修聘禮、受正朔者，當進之，故始稱人。」由「荊人」改稱「楚」者，始於僖公元年「秋七月，楚人伐鄭。」其後不再以「荊」之名相稱，説明楚國能向慕諸夏禮義精神，《春秋》無不進之也。

3.稱大夫之人帥師救某國者，凡八見：

文公三年，十有二月，晉陽處父伐楚救江。

宣公元年，秋。晉趙盾帥師救陳。

宣公九年，冬十月，晉郤缺帥師救鄭。

成公六年，冬，晉欒書帥師救鄭。

襄公十年，冬，楚公子貞帥師救鄭。

襄公十二年，春王正月，季孫宿帥師救郃。

襄公二十三年，八月，叔孫豹帥師救晉。

哀公七年，冬，鄭駟弘帥師救曹。

封建的階級制度中，自公侯之等⑪至卿士大夫之階，都擁有「刑不上大夫」的特權，其中士大夫於當時政治舞臺所扮演擔任的角色與職責，均屬奉命執事而已。其與侯伯的隸屬關係，猶如諸侯之於周天子，各有應盡的責任與義務。然逢此春秋動蕩之際，諸侯紛紛僭越而天子卻無力治轄，「禮樂征伐自諸侯出」；而後，每況愈下，卿士大夫勢力也愈見熾張，不再受命于侯伯，專權擅政且相與私盟，已是「禮樂征伐自大夫出」矣！今由《春秋》救患事類的直指大夫之名的不同敍述筆法，或能藉由弭兵相關事例的呈現，窺知其於政權嬗遞中禮義不存的感慨！

綜覽《春秋》詳錄征戰侵襲而略言救患之事者⑫，或見其僭禮越份，以寄筆削誅伐之旨；或見恃强而暴師的援軍，欲救而不救，亦於書例中譏刺之。蓋「兵，凶器也，戰，危事也，聖人不得已而用之。」⑬君子有不忍之心，以行不忍之政，除犯九伐之失⑭，君子不得已而用兵，蓋將以少數之死，易多數之生，戰伐用兵遂不能免耳。此亦弭兵思想的禮義精神之一。

㈡、分災例

以農立國的周朝在宗法封建制度的配合下，除王畿之外，各國諸侯都有采邑與人民，構成一種各自獨立又上下相屬的經濟模式，即受封者需定期繳納賦稅，其餘獲益可歸所有。而每遇逢天災人禍時，彼此之間分糧賑濟，自屬義不容辭之務。如隱公時，周室至魯國告饑，隱公爲之請糴於宋衞齊鄭等國，《左傳》以爲得禮而贊之，胡安國《春秋傳》也明言其旨：

> 古有救災之政，若國凶荒，或發廩以賑之，或移粟以通之，或徙民以就食，或為粥溢以救餓莩，或興工業以聚失業之人，……，雖有乾旱水溢，民無菜色，所以備之者如此。

《春秋》經傳中言災異之處不少，卻對如何分災著墨較少，據上文所引胡氏之説，分災之政以凶荒之禮處之，故本文據經傳書饑、乞糴等事類試作説明。

1.經書「饑」，凡三見：

宣公十年，冬，饑。

宣公十五年，冬，饑。

襄公二十四年，冬，大饑。

饑者何？《穀梁傳》云：「二穀不熟謂之饑，……，五穀不熟謂之大饑。」就古代農制而言，三年耕必有一年之蓄，以備凶年補敗之需，正所謂「春省耕而補不足」、「秋省斂而助不餒給」者，皆體恤百姓之用心也。《孟子・盡心篇・下》亦云：

> 易其田疇，薄其稅斂，民可使富也。……，聖人治天下，使有菽粟如水火，菽粟如水火而民焉有不仁者乎？

是知爲政養民之道，首於使其免除凍餒之患。因此，天下有饑，而賑以積貯之穀，合於禮制的「常事」，常事不書而書之者，則上述三例，便有貶刺之旨矣。《穀梁傳・襄公・二十四年》申論其中道理，傳云：

> 五穀不升為大饑，……，謂之大侵，大侵之禮，君食不兼味，臺榭不塗弛，侯廷道不除，百官不而不制，鬼神禱而不祀，此大侵之禮也。

《春秋詳說》以爲：

> 自宣公即位以來，六年書螽，七年書大旱，今書大水，復書饑，咎證仍頻，未有甚於此時者也。旱而書大旱，水而書大水，以變常書也。……，宣以臣而弒其君，以子而逐其母，罪大惡極，天討未加發而為水旱之災，百姓重受其虐，春秋書之，以垂戒於後。

綜合以上說法，宣、襄二君因頻於外事、不恤民隱，爲政不能務農重穀、節用愛人，致使國用無度，倉廩虛竭，《春秋》爲貶其失君之道，特書之以見意也。

2.經書「告糴」，凡一見：

> 莊公二十八年，冬，築微，大無禾麥。臧孫辰告糴于齊。

告糴者，《公羊傳》云：「告糴者何？請糴也。」何休注曰：「古者三年之耕必餘一年之儲，九年耕必有三年之積，雖遇凶災，民不饑乏。莊公享國二十八年，而無一年之蓄。」何以莊公即位二十八年竟未有一年之蓄？且就經文的記載細繹其故。就莊公任內曾發生的災異來看共有「六年，螟。」、「七年，秋，大水，無麥苗。」、「十七年，多麋。」、「十八年，秋，有蜮災」、「二十四年，大水。」、「二十五年，大水。」六次災異中均未見告糴之請，可知莊公於此尚知愛民養民也。然而自此之後至二十八年的請糴事件，短短三年之間何以三年之耕而無一年之蓄？經文記載如下：「二十五年，秋，大水。」、「二十六年，春，公伐戎。」、「二十六年，秋，公會宋人齊人伐徐。」、「二十七年，春，公會杞伯姬於洮。」、「二十七年，夏六月，公會齊侯宋公陳侯鄭伯同盟于幽。」、「二十七年，冬，公會齊侯於城濮。」「二十八年，秋，荊伐鄭，公會齊人宋人救鄭。」、「二十八年，冬，築郿。大無麥禾。」、「二十九年，春，新延廄。」歷歷可見莊公於短短數年間，兵革力役不息，既築郿城又新做延廄，且頻於會盟，焉見其用心於民正？故《左傳》於二十八年大無麥禾一事書云：「臧孫辰告糴于齊，禮也。」告糴所以救民，救民所以安民，安民所以合禮，因此齊救饑言禮，則罪莊公窮兵黷武之無禮自明矣。

㈢、討罪例

明辨是非，分別善惡，提倡德義，從成敗裡見教訓⑮。《左傳》所以擅寫戰爭者，誠欲以此爲戒鑑，重建尊王一統的禮樂與綱常制度。吾人不難於敍述征伐的內容中發現，傳文中常借由賢達人士之口轉述「禮」的觀念。因此，由傳文所載征伐討罪的文字觀之，更能證成《春秋》經義中的弭兵思想及其所欲闡釋的禮義精神。

諸侯征伐之兵既在於匡正亂世，則討罪尤重於示威，以重新建立倫常長幼之序、正班爵階級之義。《左傳・文公・七年》就明白指出「叛而不討，何以示威？」，並於莊公二十三年傳文中申論之：

公如齊觀社，非禮也。曹劌諫曰：『不可，夫禮，所以整民也，故會以訓上下之則，制財用之吊，朝以正班爵之義，帥長幼之序，征伐以討其不然。』

《左傳》據論孔子修作《春秋》之義，於此卻未見論述「討罪」者，太史公司馬遷自序引述董仲舒之言：「周道衰微，孔子爲魯司寇，諸侯害之，大夫壅之，孔子知言之不用，道之不行也，是非二百四十二年之中，以爲天下儀表，貶天子、退諸侯、討大夫，以達王事而已矣。」而所謂王事者，「天子有討亂臣賊子之責，王綱廢墜，不能聲討致罪。孔子作《春秋》在遏人慾於橫流，存天理於既滅，褒善貶惡，垂法後世，使亂臣賊子懼其貶責，而不敢肆行無忌，寓賞罰於褒貶，故曰天子之事。」⑯綜觀以上說法，討罪書例不多見於《春秋》經文之故，實欲以書「伐」之例反證之，《左傳》每於伐例之下將其征伐之由詳盡說明，便是如此用心。

若將《左傳》傳文言及討罪者加以整理，仍可細分爲二，一是聲討侯國內部的弒君賊子與亂黨逆臣，如宣公四年「子家弒其君靈公，十五年，鄭子家卒，鄭人乃討幽公之亂，斲子家棺而逐其族」、襄公二十一年「齊侯使慶左爲大夫，復討公子牙之黨」、襄公二十四年「陳人復討慶氏之黨」，此部份不涉及本文旨趣，容後於它文中再論。至於聲討罪責的另一類內容，便是侯伯之間的討伐，其類例細說如下：

1.奉周室王命以討諸侯：

侯伯之於周天子，理應禦外侮、平內亂以護衛王室之責。

反是，凡有不從王命、意圖謀叛者，諸侯之間得以肩負起尊王一統之任，以維繫周室不墜之位。如魯隱公九年，宋公不共公職，鄭伯便以天子左士卿之命討伐宋公；隱公十年，齊人鄭人入郕，鄭莊公以王命討宋之不庭。然而，仔細對《左傳》此類事件的描寫作歸納，除於桓公五年載有「王奪鄭伯政，鄭伯不朝，秋，王以諸侯伐鄭。」及莊公三十年「春，王命虢公討樊皮。」二事外，便不再有奉王命出兵討罪的文辭記錄，是諸侯皆恭敬王命、受其號令？抑或王室更見微敗已至王令不行？由後文的諸侯紛紛擅權自重、公然用兵以逞己欲的記載來看，王室的威信至此已蕩然無存，而《左傳》貶責感慨之意自在其中矣。

2.諸侯師出有名的聲討：

《左傳·隱公·二年》：「鄭人伐衞，討公孫滑之亂也。」

《左傳·僖公·四年》：「秋，伐陳，討不忠也。」

《左傳·僖公·九年》：「齊侯以諸侯之師伐晉，……，討晉亂也。」

《左傳·僖公·二十三年》：「齊侯伐宋，以討其不與盟于齊也。」

《左傳·僖公·二十三年》：「楚成得臣帥師伐陳討其貳於宋也。」

《左傳·僖公·二十三年》：「晉陳鄭伐許，討其貳於楚也。」

《左傳·文公·二年》：「晉人以公不朝來討。」

《左傳・宣公・九年》:「會於扈,討不睦也。」

《左傳・宣公・十一年》:「楚子爲陳夏氏亂,故伐陳,……,將討於少西氏。」

《左傳・成公・三年》:「晉郤克……討赤狄之餘焉。」

《左傳・成公・十五年》:「會於戚,討曹成公也。」

《左傳・襄公・元年》:「齊人不會彭城,晉人以爲討。」

《左傳・襄公・五年》:「楚人討陳叛故。」

《左傳・襄公・八年》:「冬,楚子囊伐鄭,討其侵蔡也。」

《左傳・襄公・二十六年》:「晉人爲孫氏故,召諸侯將以討衛。」

《左傳・昭公・十三年》:「晉侯將以諸侯來討。」

《左傳・定公・六年》:「公侵鄭,爲晉討鄭之伐胥靡也。」

《左傳・定公・十年》:「晉人討衛之叛故。」

出師征伐本有「訓下事上」之義,諸侯所以聲罪致討者,或討謀亂,《左傳・隱公・三年》:「鄭人伐衛,討公孫華之亂。」或討不忠,《左傳・僖公・四年》:「秋,伐陳,討不忠也。」或討不睦,《左傳・宣公・九年》:「晉侯宋公衛侯鄭伯曹伯會於扈,討不睦。」或討背盟貳心者,此類最多,如《左傳・僖公・二十》三年:「秋,楚成得臣帥師伐陳,討其貳於宋也。」

以上所列，實爲征伐常例，孔子不於經文中明白揭示，左氏則懼後人莫知其意，遂於傳中各明其由，以爲論斷之據。胡安國《春秋傳》便以爲：

> 云聲罪者，鳴鐘擊鼓，整眾而行，兵法所謂正也；潛師者，銜枚臥鼓，出人不意，兵法所謂奇也。

循此以觀，經文以「侵」、「襲」等文辭描寫戰事，筆削貶責的深意自不待言矣。輕行而掩之者曰「襲」，以强攻弱又掩其不備者曰「侵」，那麼此類的聲討便屬非禮之爲了。

3.諸侯無禮的聲討：

《左傳・僖公・十五年》：「冬，宋人伐曹，討舊怨也。」

《左傳・僖公・十九年》：「宋人圍曹，討不服也。」

《左傳・僖公・二十六年》：「齊師侵我西鄙，討是二盟也。」

《左傳・文公・十五年》：「遂伐曹，入其郛，討其來朝也。」

《左傳・宣公・元年》：「宋文公受盟於晉……，將爲魯討齊，皆取賂而還。」

《左傳・成公・三年》：「諸侯伐鄭，……，討邲之役也。」

《左傳・襄公・二十年》：「愬諸楚，……，楚人以爲討。」

所謂「討舊怨」、「討不服」者，事涉複雜，不便一一詳說，茲以僖公十五年「冬，宋人伐曹，討舊怨也。」一事爲例略說其義。此例宋襄公出兵討曹者，純爲私怨耳。宋襄公曾於魯莊公十四年十違背「北杏之會」的約定，齊侯遂率諸侯之師加以討伐，曹伯與之，宋公由是對曹國有所不滿，此曹何罪之有？竟者惹來日後被宋公所圍之禍！實則此爲當時霸權遞轉的一個重要指標，宋襄之伐曹，固然不合禮制，卻也是齊桓威德已衰，權力取而代之的絕好時機，因此宋襄公藉故加兵於曹，圖霸之心昭然若揭，其後又執滕圍曹⑰，亦張本於此，《春秋》譏其失禮也，故胡安國《春秋傳》評之：

> 愛人不親反其仁，治人不治反其智，襄公不能省德而急於合諸侯，執嬰齊，非伯討也，不足以示威盟曹南非同志，不足以示信，卒於兵敗身傷，不知反求諸己，欲速見小利之過也。

宋襄公謀霸之心過於急切，終致兵敗身傷，由其無禮討罪於曹可見一斑。《春秋》經文對於君子「不得已而用之」的戰爭侵伐，原就不以爲然，更何況面對「爭地以戰，殺人以盈野；爭城以戰，殺人盈城」的亂世，於此，《春秋》的弭兵大義可以推知矣！

四、結語

《左傳》因善於描寫爭戰之事而得「好言戰」之譏，事實上，如實呈現歷史的意義，在於說明窮兵黷武必敗、背德無禮者必亡的真理。孔子所謂「自諸侯出，蓋十世希不失矣；自大夫出，五世希不失矣。」也是認爲「馬上治天下」的方式，絕非國家長治久安之道。雖然《左傳》詮釋戰爭的內容甚爲精彩，但對戰爭卻有另外一番看法，左氏於襄公二十七年引子罕的言論，以爲爭戰本是匡時濟世的良方，子罕說：

> 天生五材，民並用之，廢一不可，誰能去兵？兵之設久矣，所以威不軌而昭文德也。聖人以興，亂人以廢，廢興存亡昏明之術，皆兵之由也。

左氏對於戰爭的看法，既不如墨翟的「非攻」主張；其政治理想，也未如老子李耼的「小國寡民」，他仍然希望在周室既微之際，勉力維繫一統的政局，故欲藉由爭戰所引發的相關事件：救患、分災、討罪的詳盡記錄，在禮崩樂壞之世，重建維持宗法秩序、政治綱紀的常道，亦即重新揭示儒家所尊尚的禮義人文精神。

孔子生當春秋末年，面對以親親精神爲紐帶的政治體制逐漸瓦解的情勢，用以「經國家、定社稷、序民人、利後嗣」的禮制及其精神意義，實不容再遭踐踏與破壞。但另一方面也警悟天下所以敗亂，周禮的僵化與廢棄，也難辭咎由。於是，藉著整理魯史《春秋》之便，重新反省，去蕪存精，以期爲大一統之道建立普遍而永恆的原則！左氏承其筆削旨趣，運用詳贍而富多變的史料與文辭，藉敘事以顯事理，並闡發經文所未言之奧蘊。今由《左傳・僖公・元年》所言「凡侯伯救患分災討罪，禮也。」一例，作爲本文論述之據，並進一步探究《春秋》的弭兵思想，或可稍得其存緒周禮的禮義精神也。

參考書目

春秋左傳正義（十三經注疏本），杜預注、孔穎達疏，藝文印書館

春秋公羊傳（十三經注疏本），何休解詁、徐彥疏，藝文印書館

春秋穀梁傳（十三經注疏本），范寧集解、楊士勛疏，藝文印書館

周禮注疏（十三經注疏本），鄭玄注、賈公彥疏，藝文印書館

春秋釋例，杜預撰，中華書局

春秋本例，崔子方撰，輯入通志堂經解

春秋大事表，顧棟高撰，輯入皇清經解續編

春秋詳說，黃仲炎撰，輯入通志堂經解

春秋傳，胡安國撰，商務印書館

春秋要領，程發軔撰，東大圖書公司

春秋三傳比義，傅隸樸撰，商務印書館

春秋繁露，董仲舒撰，商務印書館
五禮通考，秦蕙田撰，大通書局
左氏春秋義例辨，陳槃撰，中央研究院
左傳載語之禮義精神，李啓原撰，國立高雄師範大學國研所碩士論文（六十九年）
從左傳論春秋時代之政治倫理，李新霖撰，文津出版社
公羊家哲學，陳柱撰，中華書局
中國封建社會，瞿同祖撰，聯經出版社
經典常談，朱自清撰，復文圖書出版社

註　釋

①事見《左傳·僖公·九年》：「夏，會于葵丘，尋盟且脩好，禮也。」

②事見《左傳·僖公·二十五年》：「戊午，晋侯朝王，王饗醴命之宥，請隧，弗許。」

③有關《周禮》的規範作用，由《左傳·哀公·七年》景伯之言可知一二，他說：「君若以禮命於諸侯，則有數矣。若亦棄禮，則有淫者矣。周之王也，制禮上物不過十二，以爲天之大數也，今棄周禮而曰必百牢，亦唯執事。」

④語見秦蕙田《五禮通考》荒禮的案語。

⑤《左傳·襄公·二十八年》，子產曰：「大適小則爲壇，小適大苟舍而已，焉用壇。僑聞之，大適小有五美，宥其罪戾。赦其過失、救其災患、賞其德刑、教其不及。」

⑥語見《漢書·董仲舒傳》。

⑦楚人不貢苞茅一事，見《左傳·僖公·十五年》；魯人不納貢一事，見

《左傳・桓公・十五年》。

⑧事見成公元年經：「秋，王失敗績於茅戎。」傳曰：「秋，王人來告敗。」

⑨《左傳・桓公・五年》：「王奪鄭伯政，鄭伯不朝，王率諸侯伐之，鄭伯禦王，……王卒大敗，祝聃射王中肩。」

⑩此即東漢何休「文諡例」中所謂的「七等例」。以爲七種稱謂中有漸次等差與尊卑的意涵。

⑪《左傳・隱公・五年》：「王者之後稱公，其餘大國稱侯，小國稱伯子男。」

⑫《春秋》經傳中敍及救患者僅四十九見，而戰伐侵襲之事則多達二百餘例。

⑬語見老子《道德經》一書。

⑭見《周禮》大司馬九伐之職曰：「馮弱犯寡則眚之，賊賢害民則伐之，暴內凌外則壇之，野荒民散則削之，負固不服則侵之，賊殺其親則正之，放弒其君則殘之，犯令陵政則杜之，外內亂鳥獸行則滅。」

⑮語見朱自清《經典常談》一書，頁三十八。

⑯見程發軔著《春秋要領》之十。

⑰事見僖公十年經：「春，王三月，宋人執滕子嬰齊。秋，宋人圍曹。」

《春秋繁露》之公羊義法探析

台灣師範大學國文研究所博士生　楊濟襄*

論文提要

《公羊傳》以闡揚孔子的微言大義為主旨，董仲舒《春秋繁露》之學出自《公羊春秋》，其研究《公羊》學乃大事發揮了春秋義法，並且應用於實際政治上。本文深入剖析所謂公羊義法的實質內容，由《春秋繁露》對公羊義法的闡明，與《公羊傳》歷代公羊先師所論述者作比較，以釐清董氏公羊義法與《公羊傳》義法的異同。並進一步確認，董氏《春秋繁露》在公羊學史上承先啟後的地位。

關鍵詞：公羊傳、董仲舒、春秋繁露、微言大義。

壹、《公羊傳》義法撮要

春秋大義訴諸微言，其義多口授，弟子退而異言，遂致春秋一經，說者多家。其顯者：一左氏，二公羊，三穀梁，四鄒氏，五夾氏。可惜「鄒氏無師，夾氏未有書」，今所見者，惟左氏，公羊，穀梁三家而已。三家之中，左氏主「事」，敍事以見本末；公、穀主「義」，借事以明義，三傳各有所長。《漢書·藝文志》云：

> 仲尼思存前聖之業……以魯周公之國，禮文備物，史官有法……因興以立功，就敗以成罰，假日月以定歷數，藉朝聘以正禮樂。

春秋一書藉著魯史所載的典章制度、人物行事，寫出典制人事之所當宜，彰顯出評論善惡是非、功過得失的精神，其目的仍在建立禮義名分及道德標準，以實現其德治主張。從「傳以解經」的立場而言，《公羊傳》可謂專爲《春秋》釋義之書。其解經之特殊處，就語言學而言，多齊語；就訓詁學而言，多字句制度之解說：而最令人注目，亦可謂《公羊傳》之基本立場者，則爲其不重史實，而特重經義之態度。《公羊傳》之解經，是以孔子筆削《春秋》爲大前提，《公羊》先師們認爲：《春秋》之義昭乎筆削，而筆削不單只是「史料取捨」而已，尚有「歷史建設」與「歷史批判」的作用①，因此，《公羊》先師們認爲：孔子論次史記舊聞，對當時之典章制度，人物行事，評判其善惡是非，功過得失，而寓道德禮義之價值於微言；所以，爲了彰顯孔子蘊涵之筆削大義，《公羊傳》在解釋《春秋》經文時，往往字斟句酌，有時不免瑣碎，甚或失之穿鑿。

> 公羊僖公二十八年經：「夏四月，己巳，晉侯、齊

師、宋師、秦師及楚入戰于城濮。楚師敗績。」

傳云：「此大戰也，曷為使微者？子玉得臣也。子玉得臣則其稱人何？貶。曷為貶？大夫不敵君也。」

比觀左傳記述城濮之戰，歷述其事之始末及參戰人物之行動性格，敍事生動，議論閎肆，文彩艷麗，深具史學與文學上之雙重價值。而《公羊傳》對此史實，不著一辭，卻特別標舉其中的「君臣之義」，對有悖此義之子玉，予以筆誅；這是《公羊傳》傳義不傳事的寫作要旨。尤有進者，《公羊》爲闡明春秋之義，史實常淪爲理想之附庸：亦即假借史實，表達預設之義理。如：

公羊襄公三十年經：「秋七月，叔弓如宋，葬宋共姬。」

傳云：「宋災，伯姬卒焉。其稱謚何？賢也。何賢爾？宋災伯姬存焉，有司復曰：『火至矣，請出。』伯姬曰：『不可。吾聞之也：婦人夜出，不見傅母不下堂。』傅至矣，母未至也，逮乎火而死。」

伯姬因守禮而死，《公羊傳》爲褒賢其守禮之義，竟然把襄公三十年之前的史事：成公八年、九年、十年衞晉齊之來媵，皆解爲：

傳云：「媵不書，此何以書？錄伯姬也。」

似乎預知伯姬之善而詳錄之。如此一來，史實存在的目的，似乎就只是爲了附會義理之表達而已。《公羊傳》假借史實闡發義理的作法，雖然不免矯往過正之失，然而，探究其根本精神，實本出於孔子揚善抑惡之意。若是單以記錄史事的觀點，有責於《公羊》，或許將只見到《公羊傳》的過正之處，而無法看出《公羊》其寓褒貶於字裡行間、維護義法之可貴精神。

關於《公羊傳》之義法，茲撮舉如下：

一、三世說

《公羊》隱公元年、桓公二年、哀公十四年傳，「所見異辭，所聞異辭，所傳聞異辭」之文三見。表明時之遠近，大別爲三：「所傳聞」、「所聞」、「所見」。

公羊隱公元年經：「公子益師卒。」

傳云：「何以不日？遠也。所見異辭，所聞異辭，所傳聞異辭。」

《公羊傳》以《春秋》作者的所見、所聞、所傳聞來解釋書例的異同。它認爲，距作者生活時代較遠的，作者已難詳知其情，文有不備，故記有缺失，總其原因即在於：「遠也」；時代相隔太遠，所以「無聞焉爾」（隱公二年）。所見、所聞、所傳聞的不同，導致了「異辭」的產生，近世則詳，遠世則略。《公羊傳》不以爲三世之異辭是恩有厚薄、情有親疏所造成，它反覆陳述的是「遠也」，「祖之所逮聞也」，以及「無聞焉爾」。也就是說，《公羊》認爲異辭的現象，並非是作者有意造成的，而是時代造成的；《公羊傳》將《春秋》分爲所見、所聞、所傳聞三個階段，儘管其主要目的是爲了闡釋「異辭」，但它實具歷史分期的意味。

公羊桓公二年經：三月，公會齊侯、陳侯、鄭伯于稷，以成宋亂。」

傳云：「內大惡諱，此其目言之何？遠也。所見異辭，所聞異辭，所傳聞異辭。隱亦遠矣，曷為為隱諱？隱賢而桓賤也。」

隱桓二公俱屬所傳聞之世，其褒貶評價之標準本應相同。但《公羊傳》於二公之大惡，因隱公有讓國之美，桓公有簒弒之惡，故一者諱之，一者貶之，顯然，賢與賤的講究，又勝於歷史時間遠近的講求之上，因時間遠近而產生的「異辭」，在面對道德的是非褒貶時，《公羊》還是以道德價值的建立爲重。

二、夷夏內外之辨

公羊成公十五年經：「冬，十有一月，叔孫僑如會晉士燮、齊高無咎、宋華元、衛孫林父、鄭公子鰌、邾婁人，會吳于鍾離。」

傳云：「曷為殊會吳？外吳也。曷為外也？春秋內其國而外諸夏，內諸夏而外夷狄。」

公羊隱公十年經：「六月，壬戌，公敗宋師于菅。辛未，取郜。辛巳，取防。」

傳云：「內大惡諱，此其言甚之何？春秋錄內而略外，於外大惡書，小惡不書，於內大惡諱，小惡書。」

《公羊傳》認爲，《春秋》是以魯爲中心，依親疏內外而有「魯」、「諸夏」、「夷狄」三層次：內外層次不同，其評價標準亦異。故以魯爲內，諸夏爲外，必先錄內而略外，至於內之大惡，則諱而不書；所謂的「內外」，其實是相對的說法，若以魯爲內，則諸夏爲外；若以諸夏爲內，則夷狄爲外。從《公羊傳》反覆强調「夷狄之」可以看出，它對夷禮、夷俗充滿了鄙視之意，夷狄不尊王、不講禮義，因此，禮制不備的夷狄不能與諸夏同列，從《公羊傳》我們可以看到春秋時代，夷狄入居中原，「南夷與北狄交，中國不絕若線」（《公羊傳》僖公四年）。夷狄不僅與諸夏雜居，且勢力逐漸强盛，侵伐中國，滅中原小國。而中原諸國不僅在軍事上逐漸居於劣勢，主會盟的霸主竟是原爲蠻貊之邦的楚國、吳國；一方面源由於夷狄的入侵，另方面則導因於中原諸國對禮義的喪棄，使得《公羊傳》產生强烈的憂患意識，高倡夷夏之別。

孔子曾經盛贊齊桓、管仲之功曰：「管仲相桓公，霸諸侯，一匡天下，民到於今受其賜。微管仲，吾其被髮左衽矣。」（《論語・憲問》）認爲齊桓、管仲能攘除夷狄，建立霸業，是值得贊揚的歷史功勳。而《公羊傳》也認爲「桓公救中國，而攘夷狄，卒怗荊，以此爲王者之事也」（僖公四年）；二者都認爲齊桓公在「中國不絕若線」之時，攘除夷狄，挽救了中國。《公羊》甚至說「桓公救中國」，是「王者之事」，《公羊傳》特別記載：「『喜』服楚也」，對攘夷所取得的勝利所流露的欣喜，正源自於對中原時局的深深焦慮。

> 公羊隱公二年經：「無駭帥師入極。」
>
> 傳云：「此滅也，其言入何？內大惡諱也。」
>
> 公羊襄公九年經：「春，宋火。」
>
> 傳云：「外災不書，此何以書？為王者之後記災也。」

以諸夏爲內，夷狄爲外，在傳文中分別有「不與夷狄之執中國」（隱公七年、僖公二十一年）、「不與夷狄之獲中國」（莊公十年）、「不與夷狄之主中國」（昭公二十三年、哀公十三年）的記載，可以看出《公羊傳》「異內外」的主張，與維護諸夏執政的立場有很大的關係。

然而當時的局勢，諸夏互相攻伐，滅同姓，棄禮義，雖爲諸夏，其行爲實同「夷狄」；因此，《公羊傳》認爲，諸夏與夷狄的差別，在於文化差異；例如：言夷狄「無義」、「匿嫡之名」、「不能朝」、「無君無大夫」等，而所謂《公羊傳》堅持的「大一統」，其實就是用周文化化及四方；如果僅是堅持夷、夏之分，堅持攘夷，《公羊傳》的理論，並沒有超出前人之處，《公羊傳》理論的特異之處，在於它提出的夷、夏互相轉化：

公羊昭公二十三年經：「戊辰，吳敗頓、胡、沈、蔡、陳、許之師于雞父。胡子髡、沈子楹滅，獲陳夏齧。」

傳云：「然則曷為不使中國主之？中國亦新夷狄也。」

公羊定公四年經：「冬，十有一月，庚午，蔡侯以吳子及楚人戰于伯莒。楚師敗績。」

傳云：「吳何以稱子？夷狄也而憂中國。」

顯而易見，以上內外之分，係以禮義文化爲價值標準。因此，魯不諱內大惡，斥中國爲「新夷狄」，反稱吳爲「吳子」以爵進之。夷狄若接受中國的禮治教化，則可以進爲華夏；相反，華夏僭亂，亦可以退爲夷狄；夷狄、華夏是可變的。

三、大一統

《公羊》家法講究微言大義，因此，在尚未討論「大一統」之前，首先須分辨「一統」與「統一」的不同，才能有助於認知公羊家所謂的「大一統」主張。所謂一統者，以天下爲家，世界大同爲目標；以德行仁之王道理想，即一統之表現。然則一統須以統一爲輔，也就是說，反正須以撥亂爲始；統一，乃約束力之象徵，肅齊天下於一；以力假仁之霸道世界，即爲統一之結果。「一統」與「統一」既有王道與霸道的分別，《公羊傳》每每在霸道政治中，特別推崇王道的展現，「統一」實寓於「一統」之下。《公羊傳》開宗明義首揭「大一統」之旨者，見於：

公羊隱公元年經：「春，王正月。」

傳曰：「元年者何？君之始年也。春者何？歲之始也。王者孰謂？謂文王也。曷為先言王而後言正月？王正月也。何言乎王正月？大一統也。」

此段文字，經漢代公羊家之發揮，而有「五始」之說（見何休《春秋公羊傳解詁》）。然而，究其原始，《公羊傳》之「元」、「春」，不過爲「君之始年」、「歲之始」，別無其他深義，依《公羊傳》的看法，真正的微言所在，在於「王」字。

《公羊傳》大「一統」之義，在於使天下定於一。此可分別從兩方面言之：即就一統之形式言，乃一統之天下；就一統之人物言，則是定于一尊之王。所謂一統之形式，意即天下之土地人民，均一乎一人之下。傳言「王者欲一乎天下」（公羊成公十五年傳）、「王者無外」（公羊隱公元年、桓公八年、僖公二十四年、成公十二年傳），表明周王朝是大一統的王朝，王朝所統轄的各諸侯國，均歸周王朝所有，都是周天子的屬下，因此，對周天子來説，天下的每一寸土地、每一個諸侯國，不管其遠近如何，其政令教化，無遠弗居，不僅皆爲「內」，且無內外之別，如同《詩·小雅·北山》所云：「溥天之下，莫非王土。率土之濱，莫非王臣。」

孔子據魯史修春秋，始於魯隱公即位之年，書曰：「元年春王正月。」此元年即魯隱公之元年，爲當時諸侯史記各自紀年之常筆。然而，關於「王正月」的解釋，《公羊傳》云「王者孰謂？謂文王也」，意指「王」爲「文王」；文王乃周制法度之祖，無論天子抑或諸侯，皆應尊之敬之。故今周天子爲繼文王者，應守祖法；魯爲諸侯，亦應守王法。如此，「王正月」，文王之正月，亦即周之正月，明示諸侯所用正朔仍依周天子制度。此以魯紀年而奉周王之正朔，不僅表明正朔同於周正，同時也寓有天下一統於周之意；《公羊傳》認爲，這樣的微言，亦可見春秋以降，各國不奉周室正朔之非。《公羊》成公八年傳曰：「元年，春，王正月，正也。」即此之謂也。

《公羊傳》主張由周天子一統天下，與孔子奉周政爲矩範，並無二致。而漢世公羊家王魯之説，不僅非《公羊傳》本意，亦與孔子「從周」之志不合。總之，封建之分土而治，亦即領導權合法之規劃分責，《公羊傳》之天下一統，乃是以周天子爲天下共主之分權一統，有異於秦漢以來之專制天下，强調集權絕對之一統。

四、尊王

《公羊傳》撥亂反正，以「尊王」爲當務之急，因此，解說《春秋》之微言大義，便從宗法封建尊尊之制中，發展出「尊王」概念，强調君臣上下自有分際，諸侯身爲臣子，須謹守君臣之義，接受天子號令，不得擅越職權。一如《論語·季氏篇》所載：

> 孔子曰……天下有道，則禮樂征伐自天子出。天下無道，則禮樂征伐自諸侯出。

《禮記·中庸》：

> 非天子，不議禮，不制度，不考文。……雖有其位，苟無其德，不敢作禮樂焉；雖有其德，苟無其位，亦不敢作禮樂焉。

聖人居天子之位，以其德而制禮樂、舉征伐；除了居天子之位的聖人，他人不能舉征伐，作禮樂，制法度，考定文字。無德之人而妄作，必致「愚而好自用」；無位之人而妄作，則爲「賤而好自專」；然而，這些悖作之事，卻是春秋亂世周室式微之後，諸侯僭上的普遍現象，《公羊》「尊王」的訴求，正是有鑑於「天下無道」，矯正社會亂象而生的殷盼。

公羊成公十三年經：「夏，五月，公自京師，遂會晉侯、齊侯、宋公、衛侯、鄭伯、曹伯、邾婁人、滕人伐秦。」

傳云：「其言自京師何？公鑿行也。公鑿行柰何？不敢過天子也。」

春，晉侯向魯乞師，成公乃先到京師，再會諸侯伐秦。成公既然到了京師，不敢過天子而不朝，遂修朝禮而後行。

公羊莊公五年經：「冬，公會齊人、宋人、陳人、蔡人伐衛。」

傳云：「此伐衛何？納朔也。曷為不言納衛侯朔？辟王也。」

公羊莊公六年經：「秋，公至自伐衛。」

傳云：「曷為或言致會？或言致伐？得意致會，不得意致伐。衛侯朔入于衛，何以致伐？不敢勝天子也。」

諸侯爲納公子朔而伐衛，而天子不欲立朔，乃使人救衛，事未果，朔終入于衛。所謂「辟王」、「不敢勝天子。」，皆爲尊王之義而發。

《公羊傳》因宣揚尊王之義，對於天子之世子母弟及使者，亦一併禮遇之。如：

公羊僖公五年經：「夏，公孫慈如牟。及齊侯、宋公、陳侯、衛侯、鄭伯、許男、曹伯，會王世子于首戴。」

傳云：「曷為殊會王世子？世子、貴也，世子猶世世子也。」

公羊宣公十年經：「秋，天王使王季子來聘。」

傳云：「王季子者何？天子之大夫也。其稱王季子何？貴也。其貴奈何？母弟也。」

世子將承襲王位，而天子母弟與天子有手足之親，因此，延申尊王之義所及，世子母弟也得到特別的尊崇。

公羊僖公八年經：「春，王正月，公會王人，齊侯、宋公、衛侯、許男、曹伯、陳世子款盟于洮。」

傳云：「王人者何？微者也。曷為序乎諸侯之上？先王命也。」

王人雖地位卑微，但因爲銜王命之故，所以《公羊》特別優先記載，表達尊重其行使王權的殊貴身分，這些都是《公羊》推尊王者之義矣。

綜觀春秋之世，諸侯實罕有尊王之心，《公羊傳》爲勉有德、勸爲善，對於稍有尊王之心，或有匡周之志者，無不爲之隱惡揚善；對於不從王命，僭越天子者，則必貶絕而痛惡之。

貳、《春秋繁露》對公羊義法的闡明

董仲舒在漢景帝時，與胡毋子都同爲《公羊春秋》第一批博士，何休《春秋公羊傳解詁・序》云：「往者略依胡毋生條例，多得其正」，說明了胡毋子都原本也有講解《公羊春秋》的著作，可惜已經亡佚；董仲舒的著作雖然也散佚不少，但畢竟還留傳下一些，因此，董氏便成爲中國經學史上第一位公羊學專家。《公羊傳》主要是闡揚孔子的微言大義，董仲舒之學出自《公羊春秋》，其研究公羊學乃大事發揮了春秋義法，並且應用於實際政治上，《漢書・藝文志》錄有《公羊董仲舒治獄》十六篇，然今已亡佚，董氏之學今僅存者，只有《春秋繁露》及《漢書》本傳中所載的三篇〈賢良對策〉。因此，欲研究董仲舒對《公羊春秋》「推見至隱」的思想，《春秋繁露》一書，仍是不可或缺的主要材料②。至於在《春秋繁露》中，董氏對公羊學者闡釋的《春秋》義法，又有哪些繼承和開創呢？茲就《春秋繁露》對公羊義法的發揮，分九點敍述如下：

一、大一統

《春秋》隱公「元年春，王正月」，《公羊傳》曰：「何言乎王正月？大一統也。」董仲舒特別重視「大一統」，在〈賢良對策〉第三他說：「《春秋》大一統者，天地之常經，古今之通誼也。」認爲《公羊春秋》所提出的大一統思想是宇宙不變的真理、古今通用之準則。董氏的大一統理論有兩大内涵，即「天子受命於天，天下受命於天子」和「抑黜百家，獨尊儒術」；前者是從政治上實現並鞏固大一統，後者則是從思想上實現大一統。

董仲舒曾多次提到天、天子、民三者之關係，《春秋繁露·玉杯》（以下凡《春秋繁露》引文，均只標出篇目）云：「《春秋》之法，以人隨君，以君隨天」，天下所有的人，都要服從於國君，而國君則服從於天意、天命。在〈爲人者天〉，他說得更明確：

> 天子受命於天，天下受命於天子，一國則受命於君。君命順則民有順命，君命逆則民有逆命。故曰：『一人有慶，萬民賴之。』此之謂也。

天子既然是受命於天，那麼，換言之，天子也是天意的代表，所以「天下受命於天子」，無論貴族大臣、諸侯蕃王、平民百姓對天子都要唯命是從，百依百順，唯有如此，天下才能吉慶有餘，生活安順，也才能實現所謂的「大一統」。〈天地之行〉云：

一國之君，其猶一體之心也……內有四輔，若心之有肝肺脾腎也，外有百官，若心之有形體孔竅也；親聖近賢，若神明皆聚於心也；上下相承順，若肢體相為使也。

董氏將國君比作心臟，將朝廷大臣比作肝肺脾腎，將外地百官，比作四肢，認爲大臣、百官、萬民若能聽命於君，上下承順，則「肢體相爲使」，國家上下就能和諧安定，這樣，天下一體的「大一統」局面，就得以實現、延續，猶如人之一體，只要「上下承順」，就能正常地生活、思考。

「抑黜百家，獨尊儒術」是董氏大一統思想的另一內涵，這個理論是《公羊》先師所未曾言及的，可說是董氏的發明。由董仲舒在〈賢良對策〉第三中所說的：

《春秋》（按：此實指《春秋《公羊傳》》）大一統者，天地之常經，古今之通誼也。今師異道，人異論，百家殊方，指意不同，是以上無以持一統。法制數變，下不知所守，臣愚以為：諸不在六藝之科、孔子之術者，皆絕其道，勿使並進。邪辟之說息，然後統紀可一，而法度可明，民知所從矣。

可以看出來，在獨尊儒術之前的西漢社會，政治上雖然已實現大一統，但思想方面卻比較紛雜，各派思想，特別是儒、道兩派思想經常發生爭論，甚至還引起宮廷鬥爭；思想的不統一，確實給當時的朝廷、社會帶來許多的麻煩和混亂，董氏在好道家言的竇太后去世之後，對漢武帝提出「抑黜百家，獨尊儒術」的主張，其實是「水到渠成」，將政治的大一統延伸至學術思想的一統，從掌控「意識形態」著手爲政治大一統穩固基礎。董氏「抑黜百家，獨尊儒術」的建議，不僅有助於政治權力的鞏固，對後代也產生極大的影響，儒家思想的精華，如大一統、仁政愛民、明道正誼等，已經成了中華民族精神的主要內涵，當然，抑黜百家，獨尊儒術也限制了學術的自由，阻礙了各種思想的發展，其負面影響也是不容忽視的。

二、正名分

《莊子·天下》指出「春秋以道名分」，儒家論政，以正名爲始，子路問爲政之先，孔子答之以「必也正名」，孔子之高倡「正名」，旨在强調君臣上下之權義關係，由於政治上之名分正與不正，與治亂攸關，因此，孔子成《春秋》，以微言大義行「正名分」之效，而使亂臣賊子懼；董氏深研《春秋》，對名分也十分重視，在〈深察名號〉有云：

> 《春秋》辨物之理，以正其名，名物如其真，不失秋毫之末。

又云：

治天下之端，在審辨大。辨大之端，在深察名號。名者，大理之首章也。錄其首章之意，以窺其中之事，則是非可知，逆順自著，其幾通於天地矣。

《漢書》董仲舒本傳亦載董氏云：

正者，王之所為也。……上承天之所為，而下以正其所為，正王道之端云爾。

孔子曰：「名不正則言不順，言不順則事不成，事不成則刑罰不中，刑罰不中則禮樂不興，禮樂不興則民無所措手足！」孔子早已言及正名的作用，董仲舒則加以發揮，董氏把《春秋》的正名問題，也歸入「天人哲學」的系統中，君主正名須法天之所爲，天之所爲乃君主正名之依據，換言之，董仲舒是本天意而談正名。〈深察名號〉云：

是非之正，取之逆順；逆順之正，取之名號；名號之正，取之天地，天地為名號之大義也。古之聖人，謞而效天地，謂之號，鳴而施命，謂之名。名之為言，鳴與命也。號之為言，謞而效也；謞而效天地者為號，鳴而命者為名。名號異生而同本，皆鳴號而達天意者也。天不言，使人發其意；弗為，使人行其中；名則聖人所發天意，不可不深觀也。

董氏認爲，名號的作用在表達天意，名號得正之後，即應各就其名號安守其位，克盡其責，不可踰越；如天子應奉天，諸侯應奉天子，大夫應奉諸侯，所以，〈深察名號〉又說：

> 號為天子者，宜事天如父，事天以孝道也；號為諸侯者，宜謹視所侯奉之天子也；號為大夫者，宜厚其忠信，敦其禮義，使善大於匹夫之義，足以化也。

〈精華〉云：「《春秋》慎辭，謹於名倫等物者也。」「名倫等物」即分別人倫名物之差等，如：親疏、尊卑、文質、貴賤、大小、內外、遠近……等，可見董氏重視「正名」，與《春秋》「謹於名倫等物」是相應的。

三、存三統

後世公羊學有所謂「三科九旨」之說，其實，「三科九旨」這個專名並未見於《公羊傳》之傳文，而見於徐彥的疏文。徐彥疏提到：

> 問曰：「《春秋說》云：『《春秋》設三科九旨。』其義如何？」答曰：「何氏之意，以為三科九旨正是一物；若總言之，謂之三科，科者，段也；若析而言之，謂之九旨，旨者，意也。言三個科段之內，有此九種之意。故何氏作《文謚例》云：『三科九旨』者：『新周故宋，以《春秋》當新王，此一科三旨也』。又云：『所見異辭，所聞異辭，所傳

聞異辭，二科六旨也』。又『內其國而外諸夏，內諸夏而外夷狄，是三科九旨也』。」（徐彥「隱公第一」下疏）

依徐彥所言，何休的「三科九旨」之說，乃是總論「新周故宋，以《春秋》當新王」、「所見異辭，所聞異辭，所傳聞異辭」、「內其國而外諸夏，內諸夏而外夷狄」這三段內容中的九種含意。

董仲舒在《春秋繁露》中，早已言《春秋》大義有「六科」（見〈正貫〉）、「十指」（見〈十指〉）。

《春秋》，大義之所本耶？六者之科，六者之旨之謂也。

然後援天端，布流物，而貫通其理，則事變散其辭矣。故誌得失之所從生，而後差貴賤之所始矣。論罪源深淺，定法誅，然後絕屬之分別矣。立義定尊卑之序，而後君臣之職明矣。載天下之賢方，表廉義之所在，則見複正焉耳。幽隱不相逾，而近之則密矣。而後萬變之應無窮者，故可施其用於人，而不悖其倫矣。（〈正貫〉）

《春秋》二百四十二年之文，天下之大，事變之博，無不有也。雖然，大略之要有十指。十指者，事之所繫也，王化之所由得流也。舉事變見有重焉，一指也。見事變之所至者，一指也。因其所以至者而治之，一指也。強幹弱枝，大本小末，一指也。別嫌疑，異同類，一指也。論賢才之義，別所長之能，一指也。親近來遠，同民所欲，一指也。承周文而反之質，一指也。木生火，火為夏，天之端，一指也。切刺譏之所罰，考變異之所加，天之端，一指也。舉事變見有重焉，則百姓安矣。見事變之所至者，則得失審矣。因其所以至而治之，則事之本正矣。強幹弱枝，大本小末，則君臣之分明矣。別嫌疑，異同類，則是非著矣。論賢才之義，別所長之能，則百官序矣。承周文而反之質，則化所務立矣。親近來遠，同民所欲，則仁恩達矣。木生火，火為夏，則陰陽四時之理相受而次矣。切刺譏之所罰，考變異之所加，則天所欲為行矣。（〈十指〉）

但是，「六科」、「十指」與後來何休以下之公羊學家所言之「三科九旨」，在內容上並不相同，我們只能懷疑，後世以「科」、「旨」解春秋義法的釋經手法，似乎是承襲自董仲舒而來。徐彥疏曾提及緯書《春秋說》之宋氏注文，其文曰：

三科者，一曰張三世，二曰存三統，三曰異外內，是三科也。

與何休之說相較，何休的「所見異辭，所聞異辭，所傳聞異辭」與宋氏注之「張三世」一科相應；而何休的「新周、故宋、以春秋當新王」，則是與「存三統」一科相應；至於「內其國而外諸夏，內諸夏而外夷狄」，則與「異內外」一科相應。然而，宋氏注文的「三科」與「九旨」，分別各有所指，與何休之「三科九旨正是一物」：「九旨」寓於「三科」之中，二者並不相同。徐彥疏提及的緯書《春秋説》之宋氏注文，其文曰：

> 九旨者，一曰時，二曰月，三曰日，四曰王，五曰天王，六曰天子，七曰譏，八曰貶，九曰絕。時與日月，詳略之旨也；王與天王天子，是錄遠近親疏之旨也；譏與貶絕，則輕重之旨也。

顯然，後世學者對春秋學「三科九旨」一詞，至少有二種解釋方式：一爲何休《文謚例》所言「三科九旨正是一物」，在「張三世、存三統、異内外」之中，析出「九旨」；另一爲宋氏注緯書《春秋説》所言，其「三科」之實質内容與何休同，但「九旨」別有所指。民國·柯劭忞便根據這二種説法而推論，所謂「三科」（何休與宋氏論點相同之處），是公羊學的觀點；而「九旨」則應是穀梁學的内容（依宋氏注「九旨」：「時月日……」的説法）③。若再進一步分辨所謂的「三科」（亦即何休與宋氏論點相同之處），我們可以發現，三科之中，「張三世」、「異内外」二科，何休所言之内容，實際見於《公羊傳》之傳文④，同時，在《春秋繁露》中，董氏也多所著墨，何休之説，顯然前有所承。

至於何休「新周故宋，以春秋當新王」的論點，卻是《公羊傳》所未有⑤，而是出自於《春秋繁露》的「三統説」。緯書《春秋説》宋氏注以「存三統」爲科名，更直指其與《春秋繁露》

「三統說」的關係。

三統說是董仲舒的歷史觀，以黑統、白統、赤統循環反覆，將朝代之遞嬗視爲三統之循環，王者一繼位，必須改制以應天，由前一統進入另一統，整個定制須予更改：

> 所謂新王必改制者，非改其道，非變其理，受命於天，易姓更王，非繼前王而王也。……改正朔，易服色者，無他焉，不敢不順天志而明自顯也。（〈楚莊王〉）

董仲舒在〈三代改制質文〉云：

> 故春秋應天作新王之事，時正黑統，王魯、尚黑，絀夏、親周、故宋，樂宜招武，故以虞錄親，樂制宜商，合伯子男為一等。

董仲舒認爲，一個新王接受天命，建立一個新王朝之後，必須封前二個王朝的後代爲王。孔子雖然實際沒有受命爲「新王」，但是他所作的《春秋》，卻代表了一王的法制；依董仲舒的歷史觀來說，春秋爲「新王」，繼周代「赤統」之後，而爲「黑統」，所以「尚黑」。周初曾封夏朝的後代於杞，封殷商的後代於宋，讓他們在自己的封地内，奉行其正朔。春秋既爲「新王」，往上推去，以杞爲後的夏，與當時統治者的距離就遠了，所以說「絀夏」；爲殷商後代的宋，春秋封其後人，使他來繼承「白統」，所以說「故宋」；周是春秋以前的王朝，春秋也封其後人，使他來繼承「赤統」，所以說「親周」。

「三統說」顯示出董仲舒的歷史觀，又因為董仲舒在《公羊》學的地位，「三統說」便成為後代公羊學家的歷史觀。董仲舒的「三統說」其實只到「春秋應天作新王」，對秦漢該以何法何統繼之未予說明；此外，值得注意的是，由於「三統說」是以春秋當一王的法制，褒貶當世君臣的得失，作為後代君王的借鑒，所以，在公羊博士的宣揚之下，漢朝時，《春秋》彷彿是一部憲法，凡是遇到政治上或法律上重大的問題，都引用《春秋》來解決。

四、張三世

所謂「張三世者」，董仲舒在〈楚莊王〉云：

> 春秋分十二世以為三等，有見，有聞，有傳聞。有見三世，有聞四世，有傳聞五世：哀、定、昭，君子之所見也；襄、成、文、宣，君子之所聞也；僖、閔、莊、桓、隱，君子之所傳聞也。所見六十一年，所聞八十五年，所傳聞九十六年。

他將春秋二百四十二年，歷十二公，分為三世，僖、閔、莊、桓、隱五公，為「所傳聞世」；襄、成、文、宣四公，為「所聞世」；哀、定、昭三公，為「所見世」。康有為在《春秋董氏學》卷二指出：

> 三世為孔子非常大義，託之春秋以明之。所傳聞世為據亂，所聞世託升平，所見世託太平。亂世者，文教未明也；升平者，漸有文教，小康也；太平者，大同之世，遠近大小如一，文教全備也。

由董氏原文，看不出據亂、升平、太平之意，康有爲此處的解釋其實是藉題發揮己意，未必是董氏之學，若以僖、閔、莊、桓、隱五公爲據亂世，以襄、成、文、宣四公爲升平世，以哀、定、昭三公爲太平世，實與事實不符；董氏此處言「見三世，聞四世，傳聞五世」者，只是上溯時代之遠近，並沒有特別標之以政治社會進化階段之意，其主要用意，不過是從歷史時序的觀點，藉三世之遠近，表明親近疏遠的態度。故曰：

> 於所見，微其辭；於所聞，痛其禍；於傳聞，殺其恩，與情俱也。（〈楚莊王〉）

本著儒家親近疏遠的大義，朝代愈近者「微其辭」，朝代愈遠者「痛其禍」，朝代更遠者「殺其恩」，故對朝代愈遠者，批評愈嚴苛，由此親近疏遠之義，推而廣之，「亦知其貴貴而賤賤，重重而輕輕；有知其厚厚而薄薄，善善而惡惡也」（〈楚莊王〉）。

五、孔子作《春秋》之旨

春秋爲一亂世，君不君，臣不臣，孔子藉《春秋》一書寓褒貶、別善惡，褒者以賞善，貶者以罰惡，董氏在〈王道〉云：

> 孔子明得失，差貴賤，反王道之本，譏天王以致太平，刺惡譏微，不遺小大，善無細而不舉，惡無細而不去，進善誅惡，絕諸本而已矣。

所謂「褒善貶惡」，那麼，孔子成《春秋》，目的在彰顯哪些具體的「善」行呢？董仲舒將孔子作春秋之要旨歸爲十項，在〈十指〉云：「《春秋》二百四十二年之文，天下之大，事變之博，無不有也。雖然，大略之要有十指。」十指之說如下：

> 一指：事之所繫也，王化之所由得流也。舉事變見有重焉。（百姓安）
>
> 二指：見事變之所至者。（得失審）
>
> 三指：因其所以至者而治之。（事之本正）
>
> 四指：強幹弱枝，大本小末。（君臣之分明）
>
> 五指：別嫌疑，異同類。（是非著）
>
> 六指：論賢才之義，別所長之能。（百官序）
>
> 七指：親近來遠，同民所欲。（仁恩達）
>
> 八指：承周文而反之質。（化所務立）
>
> 九指：木生火，火為夏，天之端。（陰陽四時之理相受而次）
>
> 十指：切刺譏之所罰，考變異之所加，天之端。（天所欲為行矣）

董氏說明了孔子作《春秋》的十項指歸，是在「安百姓」、「審得失」、「正事之本」、「明君臣之分」、「著是非」、「序百官」、「務立教化」、「達仁恩」、「次陰陽四時」、「行天之欲爲」。這些含義皆相當隱微，可說是不見於《春秋》經文的字面記載；本著《公羊傳》微言大義傳《春秋》的精神，董仲舒亦以微言義法闡釋《公羊傳》，其所得是否有發《公羊傳》所未發者？董仲舒爲後代的公羊學者開出了大方向、大格局；但是，因微言義法而不免產生的攀援附會，使我們在研究後世「公羊學」時，必須嚴格的區分《春秋》、《公羊傳》、《公羊》學，三者在理論與思想上的種種異同。

六、貴元

貴元也就是慎始之意，〈玉英〉云：「謂一元者，大始也。」王道之化在於正其始，《春秋》所載魯國十二公，皆起於元年春，董氏認爲，其立意即在於「正本」；〈王道〉云：

> 《春秋》何貴乎元？而言之元者，始也。言本正也。

〈重政〉亦云：

> 是以《春秋》變一謂之元，元猶原也，其義以隨天地終始也。

元爲天地萬物之根源，所以，《春秋》大義，特別在貴元重始，同時，董仲舒也把「始」的觀念，推極於「天之端」而落實於政治上的「尊君」，〈二端〉云：

> 是故《春秋》之道，以元之深，正天之端；以天之端，正王之政，以王之政，正諸侯之即位；以諸侯之即位，正境內之治；五者俱正，而化大行。

在〈賢良對策〉中亦有談及「貴元」之意者：

> 臣謹案《春秋》之文，求王道之端，得之於「正」。「正」次「王」，「王」次「春」；「春」者，天之所為也；「正」者，王之所為也。其意曰：上承天之所為，而下以正其所為，正王道之端云爾。然則王者欲有所為，宜求其端於天。

「春王正月」是《春秋》全書的第一句話，《公羊》先師藉用這句話，提出「大一統」思想，董氏又藉用這句話提出「君權天授」的思想。董氏說，「春王正月」四個字中，「春」位列第一，說明天是至高無上的，「王」緊隨其後，說明國君的一切行動都是稟承於天的；「正」位列第三，說明國君又以其所爲，去「正」其萬民、統治萬民。由於國君是「上承天之所爲」，是天意的代表，那麼，天下萬民理所當然要聽命於國君，效力於國君。正莫大於貴始，若爲政不率先正始，則爲《春秋》所譏；因此，〈二端〉所云，「元之深」、「天之端」、

「王之政」、「諸侯之即位」、「境內之治」，五者正則四海歸一，天下大治，便是從《春秋》「春王正月」的「貴始」之義所作的發揮。

七、異內外，嚴夷夏之防

異內外是內其國而外諸夏，內諸夏而外夷狄，協合諸邦，攘除夷狄，亦爲《公羊春秋》之大義。

> 《春秋》曰：晉伐鮮虞。奚惡乎晉，而同夷狄也。曰：《春秋》尊禮而重信。（〈楚莊王〉）
>
> 是故吳、魯同姓也，鍾離之會，不得序而稱君，殊魯而會之，為其夷狄之行也。雞父之戰，吳不得與中國為禮，至於伯莒黃池之行，變而反道，乃爵而不殊。召陵之會，魯君在是，而不得為主，避齊桓也，魯桓即位十三年，齊宋衛燕舉師而東，紀鄭與魯戮力而報之，後其日，以魯不得偏，避紀侯與鄭厲公也。《春秋》常辭，夷狄不得與中國為禮，至邲之戰，夷狄反道，中國不得與夷狄為禮，避楚莊也。邢、衛，魯之同姓也，狄人滅之，《春秋》為諱，避齊桓也。（〈觀德〉）

所謂「內外、夷夏」，並非定制不易；董仲舒也認爲，《春秋》以德爲親，若諸侯有夷狄之行，則以夷狄視之，如：晉伐鮮虞之事便是；反之，夷狄進於中國，則中國之，像吳王夫差黃池之行便是。

董仲舒以《春秋》對於晉、楚之戰，於城濮之戰則予晉，於邲之戰則予楚，就算原來是夷狄，有合禮之行，《公羊傳》也將秉「為賢者諱」的義法，而隱諱之，董氏認為這便是《春秋》關於「夷夏之辨」有微言大義的地方。對於《春秋》的內外、夷夏之辨，在〈竹林〉他也提到：

> 《春秋》之常辭也，不予夷狄而予中國為禮，至邲之戰，偏然反之何也？曰：《春秋》無通辭，從變而移，今晉變而為夷狄，楚變而為君子，故夷其辭以從其事。

夷夏雖有別，然夷狄若尊禮而重信，雖夷狄亦可進而為華夏，反之，雖華夏亦退而為夷狄，此為《春秋》華夏夷狄之辨的精神所在；由此可知，董氏固然重夷夏之辨，但是承襲《公羊傳》的精神，其思想觀念並非狹隘的種族主義，〈仁義法〉云：「王者愛及四夷。」「愛及四夷」為儒家仁愛精神的表現，亦為中華民族對各民族的融合力量，董仲舒秉持《春秋》異內外的精神，對於諸夏夷狄的衡定，完全基於仁義道德的表現，並不限於地域遠近之關係。

八、尊禮重信

《春秋》一書，凡合禮、守信者，皆美之、贊之；若違禮、背信，則予以譏惡。如魯、齊於柯之盟，齊桓雖然失其地，但能以信守顯示天下，所以孔子稱賢。董仲舒於〈精華〉云：

> 齊桓挾賢相之能，用大國之資，即位五年，不能致一諸侯，於柯之盟，見其大信，一年，而近國之君畢至，鄄幽之會是也。

同時，在〈楚莊王〉亦有云：

> 《春秋》尊禮而重信，信重於地，禮尊於身。何以知其然也？宋伯姬疑禮而死於火，齊桓公疑信而虧其地，《春秋》賢而舉之，以為天下法。

因爲尊禮重信而喪失政治利益，甚至賠上了生命，齊桓與伯姬得到《春秋》的贊美，對於這一類的行爲，董氏特別指出「《春秋》賢而舉之，以爲天下法」；此外，董氏也强調，對於違禮之行，《春秋》則譏刺之以矯其失，〈玉杯〉云：

> 《春秋》譏文公以喪娶，……《春秋》之論事，莫重於志。今娶必納幣，納幣之月在喪分，故謂之喪取也。且文公以秋祫祭，以冬納幣，皆失於太早，《春秋》不譏其前，而顧譏其後，必以三年之喪，肌膚之情也，雖從俗而不能終，猶宜未平於心，今全無悼遠之志，反思念取事，是《春秋》之所甚疾也。

又《春秋》大義特別强調「貴信賤詐」，所以，凡有背信之事，《春秋》皆惡之，如鄭伐許便是。〈竹林〉云：

> 《春秋》曰：鄭伐許，奚惡於鄭而夷狄之也。曰：衛侯遬卒，鄭師侵之，是伐喪也。鄭與諸侯盟於蜀，以盟而歸，諸侯於是伐許，是叛盟也。伐喪無義，叛盟無信。無信無義，故大惡之。

「貴信重禮」不僅是《春秋》大義，董仲舒更以之爲行爲善惡衡量的指標。

九、別嫌疑、明是非

《春秋》論事，事同則辭同，但如有事同而辭異者，公羊家認爲，孔子必另有深義。所以，講求義法的《公羊傳》，亦特別重視別嫌疑、異同類，以明其是非。董氏在〈度制〉認爲：百亂的根源，皆出於「嫌疑纖微」，若不早加以防範，將會日漸擴大，而造成大亂。所以聖人必須「章其疑」、「別其微」、「絕其纖」，以釋嫌疑。因此，常於「衆人之所善，見其惡焉；於衆人之所忽，見其美焉」，如昭公四年，楚靈王殺齊慶封，因靈王是懷惡而討，與慶封同罪，人所周知，故《春秋》直稱以楚子（〈楚莊王〉）。又宣公二年，晉靈公被趙穿所殺，當時趙盾不在朝，但《春秋》卻直呼「晉趙盾弒其君夷皋」，董氏在〈玉杯〉指出，靈公被殺時，趙盾雖不在，但嫌其無盡臣責，所以因其所賢，而加之大惡，目的在於繫其以重責，矯枉而直之。因此，董氏亦秉持「別嫌疑、明是非」之義法，排除一般人的疑惑，來建立行爲法律之準則。

參、《春秋繁露》論春秋義法與《公羊傳》有別之處

一、藉以尊王的方式

董仲舒「天子受命於天，天下受命於天子」其實是《公羊傳》「擁戴周王」的繼承與發展，二者的目的雖然相同，都是爲了加强天子的權力，但是他們所訴諸的方式卻不相同。

《公羊傳》對周王的擁戴，表現在對《春秋》的詮釋上，換言之，《公羊傳》裡對周王的擁護，是透過「譏世卿」、「爲周王的失敗避諱」、「反對諸侯專封」等方式，在《春秋》義法中彰顯出來，其著眼點是現實而理性的；董氏「天子受命於天，天下受命於天子」，其著眼點則已從現實與理性轉向神祕的天意、天命，董氏的目的，是想藉助天意、天命，來樹立天子的絕對權威，以便使天下萬民產生一種對天子的先天的恐懼感、神祕感、崇拜感，進而實現大一統，並達到鞏固天下的目的。《公羊》先師解說《春秋》，儘管有不少牽强附會之處，但其基本風格是現實的，理性的，而董氏解說《公羊傳》，儘管有不少精辟之處，但是，其基本風格卻是神祕的⑥，這是《公羊》學研究中的一個重大轉變，它影響到此後二千多年《公羊》學的研究。

二、對於災異之看法

《春秋》一書有大量的當時災異（即自然災害、奇異的氣象、天象）的記載，如水災、火災、蟲災、旱災、日食、慧星

出現、地震等，如：桓公十四年，「秋八月壬申，御廩災。乙亥，嘗」，《公羊傳》說：「御廩者何？粢盛委之所藏也。御廩災何以書？記災也。常事不書，此何以書？譏。何譏爾？譏嘗也。曰：猶嘗乎？御廩災，不如勿嘗而已矣」，「御廩」即魯君糧倉，「嘗」爲以新收的麥子獻祖的祭祀。《公羊傳》說，《春秋》之所以要記下御廩火災這件事，是爲了譏刺魯桓公，因爲魯桓公在災後三天（從壬申到乙亥僅三天）又舉行嘗祭，窮竭國力，增加百姓的負擔，顯然是不可取的，《公羊傳》的這段解說是從現實的情理去分析；可是，《春秋》的這些災異記載到了董仲舒筆下，便成了上天對人君的警告，成了某種政治事件的預兆及懲罰，充滿濃厚的神祕主義的色彩；董氏認爲，《春秋》既傳達天道，又反映人情，凡《春秋》所譏刺，所憎惡的人物，上天都要以災害、怪異來顯示，「人之所爲，美惡之極」，都是與「天地流通，往來相應」（《對策》第三），也就是說，在壞人或壞事出現之前，上天都要以各種災害或奇異的氣象、天象進行預示。〈二端〉又說：「（《春秋》）書日蝕、星隕、有蜮、山崩、地震、夏大雨水，冬大冰雹、隕霜不殺草、自正月不雨至於秋七月，有鸜鵒來巢，《春秋》異之，以此見悖亂之徵」，這是說，《春秋》所記載的日蝕、水旱等現象都是悖亂的徵兆，不可等閒視之，此外，在《漢書·五行志》中，也保存了許多董氏以神祕的「見悖亂之徵」的理論來解釋《春秋》災異的例子，這些充滿神祕色彩的解說，就是後人所概括的、作爲董氏公羊學思想中「天人感應」理論的重要組成部分。〈爲人者天〉云：

> 為人者天也，人之為人（從盧文弨校）本於天，天亦人之曾祖父也，此人之所以乃上類天也……人之德行，化天理而義；人之好惡，化天之暖清；人之喜怒，化天之寒暑……人之副在乎天，人之情性有由天者矣。

董氏認爲，天人是相感應的，既然「爲人者天」，天是人的主宰，那麼，人的悖亂，天自然要加以干預，自然要以各種災異來警告、懲處，〈必仁且智〉云：

> 災者，天之譴也；異者，天之威也；譴之而不知，乃畏之以威。凡災異之本，盡生於國家之失。國家之失乃始萌芽，而天出災異以譴告之。譴告之而不知變，乃見怪異以驚駭之。驚駭之尚不知畏恐，其殃咎乃至。

董氏在這裡說得很明白，凡一切災異，都是上天對國家之失的警告、懲處；董氏就是本著這個理論去解釋《春秋》所記載的一切災異的。如：莊公二十五年經文載，「六月辛未朔，日有食之，鼓，用牲於社」，《公羊傳》云：「日食，則曷爲鼓用牲於社？求乎陰之道也」，《公羊》說明，日食時所以要敲著鼓用牛羊去祭土地神，是爲了助陽抑陰，日爲陽，月爲陰，日爲月所遮擋，是因爲陰氣過剩而引起的；此文用陰陽的觀念去解釋災異，是當時陰陽宇宙論觀點的反映，但是董仲舒卻把這次的日食看成是「主邊兵夷狄象也，後狄滅邢、衞」（《漢書・五行志下之下》），認爲天象是人事吉凶的預測；此外，〈五行變救〉云：「五行變至，當救之以德，施之天下，則咎除。不救以德，不出三年，天當雨石」，董氏認爲，五行異常，災異發生，這是天對人君的警告，這時人君如能施以德政、仁政，災異就會消失，五行的運行就會正常；董氏的天人感應說，在積極意義方面，對統治者有勸戒約束的作用，但是董氏的天人感應說也經常被一些奸黨佞臣用作篡位奪權的依據，如王莽就是利用天呈符瑞來篡奪西漢政權的，恐怕這是董仲舒所始料未及的。

三、關於人倫關係的詮釋

儒家對人倫關係相當重視，孔子曾說：「君使臣以禮，臣事君以忠」（《論語·八佾》），孟子亦云：「父子有親，君臣有義，夫婦有別，長幼有序，朋友有信」（《孟子·滕文公上》），《禮記·大學》云：「爲人君，止於仁；爲人臣，止於敬；爲人子，止於孝；爲人父，止於慈；與國人交，止於信」，《公羊傳》則在此基礎上，又提出丈夫親迎，夫妻一體，父有子，子不得有父，兄弟之間的親親之道等，新的人倫關係的行爲準則；董仲舒爲《公羊春秋》的專家，他的人倫思想是在孔、孟及《公羊》先師等人的人倫思想基礎上發展而成的，具體內容就是他所歸納的「三綱⑦」、「五常⑧」。〈基義〉云：「君臣、父子、夫婦之義，皆取諸陰陽之道。君爲陽，臣爲陰；父爲陽，子爲陰；夫爲陽，妻爲陰」，三綱中的每一種關係都分別隸屬於陰或陽，董氏又認爲：在陰和陽中，陽爲主，陰爲次，在〈天辨在人〉有云：「陽貴而陰賤，天之制也」，既然陽貴陰賤，陽主陰次，陽尊陰卑，那麼，人倫中與陽相對應的君、父、夫自然就處於主導地位，〈基義〉云：「凡物必有合，……陰者，陽之合；妻者，夫之合；子者，父之合；臣者，君之合；物莫無合，而合各有陰陽……陰道無所獨行，其始也不得專起，其終也不得分功，有所兼之義。是故臣兼功（歸功）於君，子兼功於父，妻兼功於夫，陰兼功於陽，地兼功於天。」董氏認爲，陰是爲了配合陽而存在的，故臣、子、妻也分別是爲了配合君、父、夫而存在的，由於只是居於配合的地位，因此，故臣、子、妻即使有功，也應歸功於君、父、夫，就像陰歸功於陽一樣。此外，董仲舒亦將五行理論推及到他的人倫思想中，他在〈五行相生〉分別將木、金、水、火、土與仁、義、禮、智、信配合，使道德倫理與五行系統的配應產生關係，在〈五行之義〉中，董氏也用五行關係去規範人倫關係，以「火之樂土」比子之贍養父親，以「水之克金」比子之喪父之痛，以「土之敬天」比忠臣事君，他將人倫中的種種關係與五行相生相克理論聯繫起來，使人彷彿覺得這些聯繫都是冥冥中的主宰早就安排好了的，只待人們去發現、去探索。董仲舒在闡述人倫道德時，總是用陰陽五行說--陰陽關係、五行規律去解釋、去規範各種人倫準則，因而有著濃厚的神祕色彩，這是以現實、理性爲基本特徵的孔、孟及《公羊》先師等人所沒有的「陰陽五行化的人倫思想」。

肆、結論

《公羊傳》的思想，爲漢代帝王的政治統治、思想統治提供有益的借鑒，加强他們統治的權力，鞏固其政治地位。「大一統」是《公羊傳》的重要思想之一，董仲舒根據這個思想，建議漢武帝以孔子之術，將政治上的統一局面，延伸及學術與思想，爲漢代的統一、强盛奠定基礎。

《公羊傳》之解經，是以孔子筆削《春秋》爲大前提；它將《春秋》分爲所見、所聞、所傳聞三個階段，儘管其主要目的是爲了闡釋「異辭」，但它實具歷史分期的意味。《公羊傳》「異内外」的主張，與維護諸夏執政的立場有很大的關係。諸夏與夷狄的差別，在於文化差異；《公羊傳》堅持的「大一統」，其實就是用周文化化及四方；内外之分，係以禮義文化爲價值標準。《公羊傳》有鑑於「天下無道」，因此，解説《春秋》之微言大義，便從宗法封建尊尊之制中，發展出「尊王」概念，强調君臣上下自有分際，諸侯身爲臣子，須謹守君臣之義，接受天子號令，不得擅越職權。

《公羊傳》主要是闡揚孔子的微言大義，董仲舒之學出自《公羊春秋》，其研究公羊學乃大事發揮了春秋義法，並且應用於實際政治上。

董仲舒特别重視「大一統」，他認爲《公羊春秋》所提出的大一統思想是宇宙不變的真理、古今通用之準則。董氏的大一統理論有兩大内涵，即「天子受命於天，天下受命於天子」和

「抑黜百家，獨尊儒術」；前者是從政治上實現並鞏固大一統，後者則是從思想上實現大一統。這兩大內涵，是《公羊》先師所未曾言及的，可說是董氏的發明。

孔子早已言及正名的作用，董仲舒則加以發揮，董氏把《春秋》的正名問題，也歸入「天人哲學」的系統中，君主正名須法天之所爲，天之所爲乃君主正名之依據，換言之，董仲舒是本天意而談正名。董氏認爲，名號的作用在表達天意，名號得正之後，即應各就其名號安守其位，克盡其責，不可踰越。可見董氏重視「正名」，與《春秋》「謹於名倫等物」是相應的。

特別值得一提的，就是董仲舒所發明的，不見於《公羊傳》，卻影響爾後各代《公羊》學者，被奉爲《公羊》義法的「三統說」。三統說是董仲舒的歷史觀，以黑統、白統、赤統循環反覆，將朝代之遞嬗視爲三統之循環，王者一繼位，必須改制以應天，由前一統進入另一統，整個定制須予更改；董仲舒的「三統說」其實只說到「春秋應天作新王」，對秦漢該以何法何統繼之並未予以說明；之後，「三統說」的推演模式，卻成爲後代公羊學家歷史觀的一種範本，對於朝代遞嬗，各朝代所稟持的制度法統，提出各種不同的看法。由於董仲舒的「三統說」是以春秋當一王的法制，褒貶當世君臣的得失，作爲後代君王的借鑒，所以，在公羊博士的宣揚之下，漢朝時，《春秋》彷彿是一部憲法，凡是遇到政治上或法律上重大的問題，都引用《春秋》來解決。

《春秋》大義，特別在貴元重始，同時，董仲舒也把「始」

的觀念，推極於「天之端」而落實於政治上的「尊君」，「春王正月」是《春秋》全書的第一句話，《公羊》先師藉用這句話，提出「大一統」思想，董氏又藉用這句話提出「君權天授」的思想。董仲舒「天子受命於天，天下受命於天子」其實是《公羊傳》「擁戴周王」的繼承與發展，但是他們所訴諸的方式卻不相同。《公羊傳》對周王的擁戴，表現在對《春秋》的詮釋上，在《春秋》義法中彰顯出來，董氏「天子受命於天，天下受命於天子」，其著眼點則已從現實與理性轉向神祕的天意、天命，董氏的目的，是想藉助天意、天命，來樹立天子的絕對權威，並鞏固天下。這是《公羊》學研究中的一個重大轉變，它影響到此後二千多年《公羊》學的研究。

《春秋》一書有大量的當時災異（如水災、火災、蟲災、旱災、日食、慧星出現、地震等）的記載，，《春秋》的這些災異記載到了董仲舒筆下，便成了上天對人君的警告，成了某種政治事件的預兆及懲罰；董氏認爲，《春秋》既傳達天道，又反映人情，凡《春秋》所譏刺，所憎惡的人物，上天都要以災害、怪異來顯示，這些充滿神祕色彩的解說，成爲董氏《公羊》學思想中「天人感應」理論的重要部分。

儒家對人倫道德相當重視，《公羊傳》則在此基礎上，又提出丈夫親迎，夫妻一體，父有子，子不得有父，兄弟之間的親親之道等，作爲人倫關係的禮則；董仲舒的人倫思想是在孔、孟及《公羊》先師等人的人倫思想基礎上發展而成的，他所謂的「三綱」，三綱中的每一種關係都分別隸屬於陰或陽，陽貴陰賤，陽主陰次，陽尊陰卑，此外，董仲舒亦將五行理論推及到他的人倫思想中，他在〈五行相生〉分別將木、金、水、火、土與仁、義、禮、智、信配合，使道德倫理與五行系統的配應產生關係，在〈五行之義〉中，董氏也用五行關係去規範人倫關係，以「火之樂土」比子之贍養父親，以「水之克金」比子之喪父之痛。他將人倫中的種種關係與五行相生相克理論聯繫起來，董仲舒在闡述人倫道德時，總是用陰陽五行說--陰陽關係、五行規律去解釋、規範各種人倫準則，因而產生了濃厚的神祕色彩，這是以現實、理性為基本特徵的孔、孟及《公羊》先師等人所沒有的「陰陽五行化的人倫思想」。

董仲舒將孔子作春秋之要旨歸為十項，這些含義皆相當隱微，可說是不見於《春秋》經文的字面記載；由於是本著《公羊傳》微言大義的精神下功夫，董仲舒為後代的《公羊》學者開出了大方向、大格局；但是，因微言義法而不免產生的攀援附會，使我們在研究後世「公羊學」時，不只須要分辨《春秋經》與《公羊傳》，更必須謹慎的釐清《公羊傳》與後世公羊學，彼此之間在理論與思想上的種種異同。

主要參考書目

專書：（按書名筆劃排列）

《公羊傳漫談》　翁銀陶，台北：頂淵，民86年。
《史記會注考證》　瀧川龜太郎，台北：藝文，民61年。
《兩漢思想史》卷二　徐復觀，台北：學生，民78年。
《春秋公羊傳要義》　李新霖，台北：文津，民78年。

《春秋繁露》 董仲舒，台北：中國子學名著集成編印基金會印行。
《春秋繁露》 董仲舒，台北：中華書局，民64年。
《春秋繁露注》 凌曙，台北：世界書局，民55年。
《董仲舒》 韋政通，台北：東大圖書，75年。
《董仲舒思想研究》 華友根，上海：社會科學院，民81年。
《董仲舒政治思想之研究》 賴慶鴻，台北：文史哲，民70年
《董仲舒與西漢學術》 李威熊，台北：文史哲，民67年。
《董仲舒與新儒學》 黃朴民，台北：文津，民81年
《董學探微》 周桂鈿，北京：北京師範大學，民78年。
《漢書注》 顏師古，台北：永康出版社。

期刊：（按日期先後排列）

〈董仲舒的君權神授說〉金耀基，《大學生活》第四卷第十二期，民48年4月。
〈董仲舒的政治思想〉楊樹藩，《國立政治大學學報》第二期，民49年12月。
〈董仲舒的仁義學說〉賴炎元，《孔孟月刊》第五卷，第二期，民55年10月。
〈漢武帝抑黜百家非發自董仲舒考〉戴君仁，《孔孟學報》第16期，民57年3月。
〈董仲舒學術思想淵源〉賴炎元，《南洋大學學報》第二期，民57年。
〈董仲舒不說五行考〉戴君仁，《中央圖書館館刊》新二卷二期，

民57年10月。

〈董仲舒與何休公羊學之比較〉賴炎元，《南洋大學學報》第三期，民58年。

〈董仲舒對策的分析〉戴君仁，《大陸雜誌》第四十二卷第六期，民60年3月。

〈董仲舒的治道和政策〉賀凌虛，《思與言》第十卷第四期，民61年11月。

〈董仲舒生平考略〉賴炎元，《南洋大學學報》第八及第九期，民63-64年。

〈董仲舒的人性論〉林麗雪，《孔孟月刊》十四卷四期，民64年12月。

註　釋

①近代英國哲學家柯靈烏（R·G·Collingwood）以「史料取捨」、「歷史建設」、「歷史批評」三元素，說明史學思想之自主性。此雖爲外來語，但根據柯氏解說，頗能涵蓋春秋筆削之義，而公羊傳所謂之筆削，亦確具備該三項條件。故在此借以說明之。詳見余英時，〈「章實齋與柯靈烏的歷史思想--中西歷史哲學的一點比較」〉，《歷史與思想》，台北：聯經出版事業公司，民68.07，第五版，頁189−191。

②《春秋繁露》共十七卷，八十二篇，其中第三十九、四十、五十四篇爲闕文，所以實際只有七十九篇。由於《漢書·藝文志》只著錄《公羊董仲舒治獄》十六篇及《董仲舒百二十三篇》，不見《春秋繁露》之名；在《漢書》本傳也說董仲舒「說《春秋》事得失，〈聞舉〉、〈玉杯〉、〈蕃

露〉、〈清明〉、〈竹林〉之屬，復數十篇，十餘萬言，皆傳於後世」，〈蕃露〉只是一篇名；今本《春秋繁露》卻作爲書名；因此，關於《春秋繁露》的眞僞向來有爭議。

《春秋繁露》之名，雖然到《隋書・經籍志》才出現；然而，無論是〈藝文志〉或本傳，在《漢書》裡提到董仲舒著有關於《春秋》的專書，卻是一致的看法；《後漢書・皇后紀》也提到東漢馬皇后「尤善《周官》、《董仲舒書》」，《四庫全書總目》認爲「今觀其文，雖未必全出仲舒，然中多根極理要之言，非後人所能依託也」。比對《漢書》本傳以及〈五行志〉中有關董氏學術的記載，今本《春秋繁露》雖然個別篇張有可能出自他人之手，然而貫串於書中的總體思想與理路，卻是後人無法僞作的。因此，本文論董氏之公羊義法，並不侷限於《春秋繁露》中的單一篇章來立論，綜觀今本《春秋繁露》，斟酌之際，亦盡量輔以史傳之行文爲證。

③詳參：柯劭忞，《春秋穀梁傳注》，台北：力行，1970。

④何休所指「所見異辭，所聞異辭，所傳聞異辭」之文，（亦即宋氏注之所謂「張三世」者），在《公羊傳》傳文中三見，分別是隱公元年、桓公二年、哀公十四年傳。

何休所指「內其國而外諸夏，內諸夏而外夷狄」之文，（亦即宋氏注之所謂「異內外」者），出現在《公羊傳》成公十五年傳文之中。公羊成公十五年經：「冬，十有一月，叔孫僑如會晋士燮、齊高無咎、宋華元、衞孫林父、鄭公子鰌、邾婁人，會吳于鍾離。」傳云：「曷爲殊會吳？外吳也。曷爲外也？春秋內其國而外諸夏，內諸夏而外夷狄。」

⑤《公羊傳》宣公十六年傳文雖有「新周」一詞：「成周宣謝災，何以

書？記災也。外災不書，此何以書？新周也。」由文義可知，此處乃論述內外親疏之辨，「新周」實爲「親周」之意，與「三統說」朝代遞衍之「新周」，毫無關係。

又「故宋」一詞，不見於《公羊傳》，而二見於《穀梁傳》。《穀梁傳》桓公二年「其不稱名，蓋爲祖諱也。孔子故宋也。」、襄公九年「外災不志，此其志，何也？故宋也。」此處「故宋」一詞，乃指孔子先祖淵源於宋。與「三統說」朝代遞衍之「故宋」，亦毫無關係。

至於「新王」之說，則完全未見於三傳。

⑥詳參：翁銀陶，《公羊傳漫談》，台北：頂淵，民86.03，P170。

⑦「三綱」者，〈基義〉有云：「天爲君而覆露之，地爲臣而持載之，陽爲夫而生之，陰爲婦而助之，春爲父而生之，夏爲子而養之，王道之三綱可求於天。」

⑧「五常者」，《漢書‧董仲舒傳》：「仁義禮智信，五常之道，王者所當修飾也。」

＊楊濟襄，台灣師範大學國文研究所博士班四年級，現爲高雄醫學大學、高雄海洋技術學院兼任講師。主要研究方向爲：秦、漢思想及傳統禮俗。著有《秦漢以前「四方」觀念的演變及發展研究》(1997 年中山大學中文所碩士論文)，已發表之期刊論文有〈由《淮南子》看先秦至漢初陰陽觀念之轉化〉、〈陸賈《新語》之援引人物及其政治思想之時代意義探析〉、〈《公羊傳》「得意致會，不得意致伐」義例探析〉、〈荀子禮論與其政治思想之關聯〉等共計十餘篇。

理智與情感

——和合何以可能

張立文

哲學之思的契機，是對於渾沌的事和物的神奇魅力所激起創造意識的萌發，以及對於不知的人生與社會的憂患意識所興起終極關切的衝動。前者使人理智地沈思，後者使人情感地反省；前者「人之思」是以客體自然宇宙爲對象，後者「人之省」雖也以客體社會爲對象，但以自省自我身心爲重要內涵；前者以追究終極真理爲目標，後者以追究價值理想爲目標。西方傳統哲學側重於前者，中國傳統哲學注重於後者，現代中國哲學則試圖在兩者的衝突融合中，來建構新哲學、新思維、新體系的和合體。

無論是「哲學起源於知識的驚詫」，還是源頭於憂患的活水，他們都在求索一定之道。儘管道的內涵殊異，但天下的大勢，殊途而同歸，百慮而一致。

中國自清以來，在「大一統」和獨尊程朱理學的情境下，哲學的厄運愈來愈糟，不能解脫，以至於現代。假如說「其他一切科學都不停在發展，而偏偏自命爲智慧的化身、人人都來求教的這門學問卻老是原地踏步不前，這似乎有些不近情理」①那麼，如何改變？怎樣轉換這種「不近情理」，兩個多世紀以來，東西哲學家都做出了嘔心瀝血的探索。儘管如此，中國哲學卻一直在這種「不近情理」的陰影裡過活。

一

筆者 1988 年提出和合學思想②，到 1995 年完成兩卷本《和合學概論》的撰寫③，其間在國内外及港台等地報刊發表十多篇關於和合學的論文。和合學哲學體系的建構，以「生生」爲契入點，「生生」是天地間最基本、最一般的德性，和合是生生的所以然之理，和合學則是對生生之理的追求。換言之，「和合學是對如何生生的爲什麼的追求，即諸多差分元素要素爲什麼衝突融合？爲什麼衝突融合而生生新事物，新結構方式？以及新事物、新生物化生的所當然的所以然的探討，亦是對和合生生的生命力源泉的尋求。因此，和合學亦即新生命哲學、新結構方式學説，即生生哲學」④。這也是對於哲學這門學問「老是原地踏步不前」的回應和「不近情理」的衝決。

現代西方哲學拒斥形上學本體論的結果是：從謂詞邏輯的後門逐出，又從模態邏輯的前門引入。之所以如此，是因爲形上學本體論是任何邏輯系統建構的基礎性元理論。從邏輯上講，單一論的困境是如何分化變現形上學本體，使其能圓融地説明世界的多樣性；多元論的困境是怎樣將一系列形上學本體元整合爲一個系統，使其能完滿地解釋世界的統一性。以現代邏輯角度來看，前者可稱爲直覺主義或構造主義，如自然數皮亞諾系統的構造和自然數的空集遞歸構造；後者可稱爲形式主義或演繹主義，如數理邏輯的羅素——懷特海系統，幾何的希爾伯特系統。若按中國的哲學思維，兩者並非只有衝突，而無融合，非此即彼，而是相反相成，互動互補，可以融突而和合爲新理論思維形態。

要使和合哲學體系聳立於人文精神世界，必須在《和合學概論》第一章第二節基礎上對以往哲學文化中的「古今之變」、「中西之爭」、「象理之辨」這三大思辨進行和合解構。這是因爲這三大思辨是圍繞著人文價值時間、全球生存空間和精神活動邏輯而展開的曠日持久的理論思辨。它們彼此纏結，根深蒂固，遮蔽了人文精神世界的和合本真及其和樂意境。爲了適應建構和合哲學的需要，必須勘測出堅如磐石的地基，並清除和改造一些碎石瓦礫，這是建構的前期準備，其目的在於彰顯和合效用歷史，和合價值式能以及和合語言存相的本真面目與原初形態。

㈠

自先秦延續到現代的「古今之變」，始終沒有達到太史公司馬遷所提出的「通」的和合目標，一直存在著對人文價值及其時間進程的片面化理解。盲目「崇古」，或是一味「是今」以及「古爲今用」，都是以二分古今，遺忘未來作爲「前識」的。以古爲古，以今爲今，古今彼此對立，相互外在，支離和合時間的三維序態（即往古、現今和將來），剖分其二，遺忘其一，湊成什麼「古今辯證法」，是傳統「古今之變」的思維運思的基本方法，亦是傳統形而上學所導致的二分思維方式。

其實，往古、現今和未來三維序態既衝突，又融合，構成縱向時間鏈。這是因爲時間就其本質而言是大化流行的。過去的遺傳、積累至現今，現今的肩負蘊涵著往古，而又孕育、化生著未來。宇宙萬物，人類社會，概莫能外。「數往者順，知來者逆」。人文精神及其價值創造中的時間，不是「斗轉星移」的天文學時間，也不是「電閃雷鳴」的物理學時間，而是「自強不息」的人文學時間，「革故鼎新」的價值學時間。前兩種時間是非生命的、無智能的實在性時間，嚴格服從相對論和量子學所揭示的有關變換法則；後兩種時間是生命體的、智能化的主體性時間，遵循「大易之道」所擬議的陰陽卦變模式。前者是天道大化流行的演變方式，是自然給予的；後者則是人道參贊化育的日新節律，是文化創造的。但長期以來由於受曆法編制技術的遮蔽性影響，人們誤將天文物理時間看作人文價值時間，以致於「治曆」而不「明時」。時間的天人差分與人文和合被反覆遮蔽，迄今處於鬱而不發，暗而不明之中。

人類遠在曆法尚未產生，結繩記事的時代，當中國在伏羲之時，人文精神剛剛從動物無意識水平中蘇醒起來時，先民們已經感悟到人文價值時間的逆轉性及其和合性。在意向化的人文價值時間長河裡，既往之事依序凍結在記憶的此岸，像繩索上已打好的紐結一樣歷歷在目；現在之事處於煩忙之中，像正在打結的繩索一樣令人費心；將來之事漸漸呈現其端倪，通過面向未來的籌畫越出精神世界的地平線，提前到達生活實踐境域，像待打紐結的繩索一樣舒展在手上。原始人一條用於記事的繩索，已經形象化地將人文價值時間全序化地展現出來。按照這條人文價值化的時間繩索，欲敍說往事，追溯的思緒可按由近及遠的順序，由手上的紐結往上計數，並同時激活記憶冰層，緬懷往事本原；欲瞻望將來，聯想的翅膀可沿著見微知著的線索，由手上的紐結往下推尋，並同時激發想像浮點，深達來者根據。當先民們依記事繩索「數往」或「知來」時，人文精神世界的價值時間，始終與物理事實世界的天文時間彼此逆向，所以「易逆數也」。「數往」則逆向「原始」，「知來」則逆向「反終」，兩者均以上乎的現在爲計數或籌畫的「時間始基」。天文物理時間與人文價值時間的逆向關係可簡要圖示如下：

天文物理時間：	過去態	現在態	未來態
逆向關係：	數往者順溯	人生此在	知來者逆料
人文價值時間：	往古態	現今態	將來態

時間序列的天人分道與逆向對稱，是人文價值創造及其時間和合本質的自然前提。天人時間分道，使人類有了駕馭天文物理時間，並獨立從事智能創造的無限可能性；天人時序逆向對稱，更使人類有能力打通時間隧道，並相繼完成前人未竟的價值創造大業，運用非生物本能的人文手段積累經驗知識，使人文精神世界不斷繼往開來，走向繁榮和輝煌。正是因爲天文和人文是在相反的時間序列中演進的，因此才能不斷發生開闢歷史新紀元的時間革命。

若依據大易原理，「順乎天而應乎人」的時間革命，其發生的雙重機制是：「水火相息，二女同居其不相得」。在天人之際，當天文之水要熄滅人文之火時，或者當人文之火要烘乾天文之水時，天人之際將發生產業革命或科技革命。在人文內部，當「數往」與「知來」過分亢進或過分抑鬱時，人文內部將發生政治革命或思維革命。

此兩類時間革命的使命在於：依天道運行編制曆法，爲人道創業昌明時序。曆法是天文物理時間的陰陽編碼，四時更替按六十甲子分級循環。人事活動依照陰陽和合曆法的編碼表有序進行，通過參贊天地之化育而開創人文價值時間。與天文物理時間相比，人文價值時間具有以下獨特性質：

第一，人文價值時間具有「原始反終」的超循環結構。人文創造活動及其價值影響都是有始有終的人爲事業，有其發生，發展和退化的過程和必然被不斷超越的命運，而天文物理時間則是無始無終的永恆流逝。

第二，人文價值時間的三維序態同時到場，簇擁著人生此在全時序地呈現其奮鬥歷程和生命意義。由既往事迹凍結的往古時態通過記憶方式滯留在場，人生參贊化育的現今時態通過操勞方式顯著占場，籌畫美好前景的將來時態通過想像方式先行到場，想像空間越大，即虛擬性空間越大，將來時態的前景愈美好。三維時態和合會聚，同時集結現場，使人文精神世界具有當下即是和瞬間即永恆的全序特徵（天台宗的「一念三千」是對人文價值時間全序化特徵的宗教悟解），而天文物理時間則是偏序性的，過去態和未來態均不在場，在場的時間只有現在態。

第三，人文價值時間具有「無中生有」的創造性間斷。通過開闢歷史發展的新紀元，人文價值時鐘更新換代，出現以往未曾有的運作頻率和生活節奏。時鐘革故鼎新之際，人文形態發生突變，價值尺度產生轉換，精神世界湧現出前所未有的生存方式、意義標準和自由維度。例如農耕文化形態與工商文化形態，道德價值中心與功利價值中心，其所在的人文精神世界有著截然不同的運作頻率和生活節奏。換言之，沒有創造性間斷，人文價值時間就會產生滯脹現象，人們日復一日、年復一年地在同一文化形態和同一價值中心裡留連忘返，生命智慧及其創造潛能會因此陷入鬱而不發的「明夷」困境。與此相反，天文物理時間不具有創造性間斷，總是在量子化水平上連續不斷地延續。

綜上種種，人文精神世界的和合時間是從天文物理時間中差分出來的人文價值時間，並且通過不斷的曆法變革與天文物理時間保持和合諧振。但由曆法標誌的時間僅僅是人文的「天時」，只能對和合生存世界的衣食住行等生活活動起外在性的和形式化的約束作用。譬如現代高科技通過對和合世界的邏輯顯相和智能創造，可在嚴冬季節種植蔬菜，在酷暑季節製造冰霜。人文價值時間有不同於「天時」的人化品格，其終始和合循環、三維和合在場以及創造和合躍進等特徵，正是時間和合本質的人文綻出和價值測度。傳統「古今之變」之所以千年阻塞不「通」，根本原因就在於它固執人文價值時間內的兩段碎片或兩個截面，按照「逝者如斯夫，不舍晝夜」的天文物理時間來辯證求通，結果只能是日趨窮途末路，並不斷煽動古今大戰。譬如秦始皇的焚書坑儒，「文化大革命」的破「三舊」和橫掃一切牛鬼蛇神，均屬古今之間爆發的文化惡戰！致使傳統文化遍體鱗傷，幾乎滅絕，民族精神幾度窒息。

㈡

生存活動空間的和合通識：近世「中西之爭」的局域化偏狹。

人文價值時間的往古、現今、將來三態的融突和合，我們名之謂「縱向超越」的時態，這便是「古今」之所以可能平等對話、同情理解的所以然之故。生存活動空間的中西文化的融突和合，我們名之謂「橫向超越」的空態，這便是「中西」之所以可能平等交流、互動互滲的所以然之故。人文價值時間的「縱向超越」的時態與人文價值空間的「橫向超越」的空態，在一定的因緣下融突和合，而爲人文價值時空態。

近世的「中西之爭」是古代「華夷之辯」（或「夷夏之辯」）的歷史延續和範圍擴展。它們都以地方本位主義和文明中心假説作爲論爭的信念支柱，都帶有明顯的局域化情感偏激和意識狹隘，缺少全球和合化、人類同根生的和合通識。

華夏農耕生產在黄河、長江中下游地區孕育成熟，並很快進入「鬱鬱乎文哉」的文明階段。相反，與中原毗鄰的周邊地區長期處於以游牧或狩獵爲主的「野蠻」狀態。因此，從湯武革命到滿清入關，華夏文明及其農耕文化始終蒙受「蠻夷」侵擾和游牧掠奪。西歐在中世紀一千年裡，也多次遭受北方蠻族的入侵和洗劫，中西文化在上古中古時期的際遇，有很多相通之處。古代的「華夷之辯」以及相關的「王霸之辯」，曲折地反映了農耕生存與游牧生存方式爭奪發展空間，華夏禮樂「王道」與蠻夷征伐「霸道」較量智慧謀略的歷史過程。

按照一般的說法，農耕方式高於游牧方式，禮樂「王道」優於征伐「霸道」。但從五千年的華夏文明史來看，游牧生存方式及其征伐「霸道」近乎陽剛雄健的「乾道」，其勢能遠遠勝於農耕生存方式及其禮樂「王道」。「蠻族」一旦形成軍事聯盟，產生天才首領如成吉思汗等，就如「飛龍在天」，勢如破竹，橫掃中原，導演一幕又一幕「禮壞樂崩」，家破人亡，國家破碎，哀鴻遍野的淒慘景象。

幾千年來，華夏文明死守禮樂「王道」，農耕文化飽經歲月滄桑，猶如陰柔雌順的「坤道」，儘管最後多能以「厚德載物」的博大胸懷，醫治游牧侵擾和「霸道」征伐的滿目瘡痍，融合戎狄蠻夷，但畢竟過於狷介，缺少「自強不息」的狂者進取精神。滿清皇帝雍正與儒生呂留良有關夷夏的爭辯說明，天下的生存空間沒有固定的歸屬和主權，按照「順乎天而應乎人」的革命遊戲規則，誰能征伐天意，買通人心，誰就是暫時的贏家，這便是「勝者王侯，敗者寇」的規則，勝者就可以隨順自己的意願而「制禮作樂」，歌舞昇平。

依據後天卦序，「帝出乎震」，「戰乎乾」，構成雷天《大壯》（☳☰）之態勢。剛強以動，銳不可擋。雖說「征凶」「小人用壯」，但畢竟「大者正也，正大而天地之情可見矣」。因此，狂者進取而強行征伐「霸道」，先發制人，正是以無情的燒殺搶掠體現天地化育的正大之情。所以，「君子用罔」，無能制止。帝「齊乎巽」，「致役乎坤」，構成風行地上觀（䷓）的景觀，柔順而遜，厚不可測。因此，狷者有所不爲而弱守禮樂王道，後發化人，正是以「有孚」的神道没教掩飾湯武革命的暴力之智。所以要「觀我生，觀民也」，以民情爲價值標準。

由此可見，古代的「華夷之辯」和「王霸之辯」，僅僅局限於中原地域和宗法倫理，看不到覆蓋華夏與四夷的東亞都是黃色人種的生息領地，以至「龍戰於野，其血玄黃」；看不到涵攝「王道」與「霸道」的融突大道就是乾坤和合之道，以至「文武之道，一張一弛」。羣龍爭戰於廣闊的原野，同室操戈，兩敗俱傷；文武張弛於仁義道德，分合振蕩，融突絪縕，治亂循環。中華生命智慧不斷虛耗，「龍的傳人」，成爲「東亞病夫」。

如果說上千年的「華夷之辯」並没有從根本上動搖華夏文明中心和禮樂「王道」正統，那麼，近百年的「中西之爭」已經徹底衝決了根深蒂固的「華夏中心」，無情破滅了「禮儀之邦」的天朝神話。

近世的「中西之爭」，實質上是東亞農耕生存方式與西歐工商生存方式、儒教倫理道德傳統與新教倫理道德傳統在中國疆域裡的短兵相接。經過百餘年的殊死較量，中方被迫節節後退，廢除帝制，開放門戶，强制工商化，打倒孔家店；西方步步爲營，設立租界，輸出資本，推行歐美化；吸納新教徒。無情的事實業已證明：華夏不是世界文明的地理中心，儒教不是人類文化的道德正統。華夏文明只是發育在黃河流域，推廣到長江流域以及東亞和南亞部分地區的農業文明，隨著耕地的不斷貧瘠和生活的趨於奢侈，華夏農業文明日益衰落，無力經受「船堅炮利」的戰火考驗；儒教文化僅是扎根於宗法倫理，寄生在君主政體的道德文化，隨著禮節的日趨繁瑣和榮辱的逐漸僵化，儒教倫理文化業已枯萎，不能容納「民主科學」的血淚洗禮。因此，向歐美學習工業技術和商務管理，去西洋請教民主理念和科學精神，已成爲新文化運動以來華語世界無可奈何的共識。

然而，歐美的工商文明也不是世界文明的地域中心，西方的倫理觀念也不是人類文化的道德正統。工業化對自然生態系統的大規模掠奪，商業化對精神生活環境的深層次侵蝕，民主化出現少數人對多數人的獨斷專行，科學化衍生出工具理性對價值理性的無情蔑視。這些迹象表明，歐美工商文明決不是世界文明的價值歸屬，西方倫理文化亦非人類文化的精神家園。

世界文明只有相對性的經緯測度，沒有固定的智能中心。各地域的文明如同燦爛的星辰，交相輝映，共同守護著全球生命智慧的無限奧祕。人類文化只有比較級的特徵分野，沒有絕對的價值正統。各民族的文化恰似怒放的花卉，爭奇鬥艷，相與透露出和合精神的澄明意境。近世的「中西之爭」之所以偏激而狹隘，除了迫在眉睫的「救亡圖存」和震撼民心的「强國保種」之外，全球一體化意識的無故缺席和人類同根生情感的麻木不仁，是其最深刻的原因。

「本是同根生，相煎何太急」！原子能的科學發現，技術控制和軍事利用，第一次將全人類的不同種族以及生態圈的芸芸衆生逼上新的諾亞方舟，第一次暴露出生命之樹的同根性及其生機的偶然性與脆弱性。面對足以將衆生連根拔起，使文化毀於一旦，將生命智慧埋葬在無底深淵的原子洪流和中子輻射，人類只能在巡遊銀河的地球上同舟共濟，以和愛之情和生和處，和立和達。除此之外，別無選擇。

「停舟暫借問，或恐是同鄉」？在地球生態方舟上，不管白種人黃種人，莫論東半球西半球，其實都是來自五大洲、四大洋的地球人。但因自然經濟的封閉性，不同種族定居於一洲之土，不同半球來去在一洋之側，雖說同是地球人，反而「生小不相識」。哥倫布的地理大發現和麥哲倫的環球大航行，是全球化的前奏曲。可是，這些殖民主義探險家見金不見人，並不像中國偉大航海家鄭和那樣樂善好施。因此，地理大發現給美洲印第安人帶來的是滅絕人性的死神，環球大航行給亞非有色人種送來的是罪大惡極的戰神。新航路開闢後的五百年間，全球範圍的經濟、政治、軍事、文化和宗教等等衝突不斷升級，並發生過兩次世界大戰和近半個世紀的冷戰。與此同時，融突也日趨進步、迫切需要。經過五個世紀的融突，和合已經成爲全球化的主施律與跨世紀的協奏曲。人類在對話與合作中彼此相識，終於發現原來大家竟是患難與共命根相連的「同鄉」。

人類在生活活動空間的和合通識形成之後，「中西之爭」已經失去了立論的支柱。現在，我們作爲家住亞細亞黃土地、來去太平洋西海岸的中華民族，應在全球化的進程中展示東亞智慧的「中庸」之道和「高明」之境，同時容攝西方智慧的精緻之術和純粹之理，以和合智慧助燃世界文明火炬，耕耘人類文化之田園，爲地球方舟掌舵護航，爲人類命根施肥澆水。

㈢

人文精神邏輯的和合源泉：古典「象理之辨」的無根化遊蕩。

在「古今」、「中西」的融突和合的「大視域」裡，想像的翅膀自由翱翔。在人文價值的「時態」、「空態」的縱橫融突互補中，思議的廣域開花結果。

古典形而上學是一種抑愛崇智的在場形而上學。貶抑愛情欲望及其詩意想像，推崇理智認識及其概念思維，使這種形而上學具有枯燥乏味，晦澀難懂的抽象本質。和合哲學體系須全面啓動「和愛」原理，設法激活「象性」範圍，深入探測激情淵源，使其思想哲學體系成爲意境迭宕、引人入勝、想像玄妙、回味無窮的和合精神殿堂。

哲學是一種追根究底的學問，從哲學史的角度來考察，一是，從感性呈現的東西通過由表及裡上升到理解中的東西，這裡所謂由表及裡是指由現象到本質、由具體到抽象、由形而下到形而上的過程，最終是以理解的東西，即抽象的、形而上的本質爲根底。從柏拉圖、亞里士多德到黑格爾，基本上是沿著這種傳統形而上學思維模式發展的。

二是，現代西方哲學衝決了傳統形而上學從現實具體到抽象永恆的本質的追問方式，從當前在場的東西超越到其背後的未出場的東西⑤，在場的與未出場的東西都是現實的東西，並非是抽象的永恆的本質。這種追問方式並不是滯留在當下在場東西之中。它也要求超越和追究根源，只不過是從在場的現實東西超越追究到不在場的現實東西而已，譬如海德格爾所說的從顯現的東西到隱蔽的東西的追問，即從「有」到「無」的超越。尼采、海德格爾、伽達默爾等基本上是沿這種超越、追問的思維模式發展的。

海德格爾認爲，「愛智」一詞可能由赫拉克利特製造的，在赫氏看來，「一」就意味著整體，「智」指存在是存在者，即存在集合存在者於其中，以致於它就是存在者。「愛智」之「愛」，就是與「智」協調一致，即與存在合一。智者派把「愛」作爲一種對「智」的特性追求，其追求的問題變成了「什麼是存在者」?「愛智」就成爲哲學。哲學的最高任務是人與存在合一、協調以及人把存在當作外在之物加以追求。前者是赫氏和巴門尼德；後者由柏拉圖實現。海德格爾倡導回到前者，哲學就是與存在者的存在相適應。

但自柏拉圖以來，西方形而上學就逐漸開始了「愛」與「智」的二元分離運動，亦出現了這樣一種現象：神學有「愛」無「智」，虔誠信仰「上帝」，以至達到癡迷的狀態；哲學有「智」無「愛」，抽象推演「邏輯」，幾乎接近冷酷無情水準。前蘇格拉底的愛智二學（philosophy）逐漸分裂，嬗變成後蘇格拉底的愛神之學（Theology）和理智之學（metaphysics）。

柏拉圖把認識分爲想像、信念、理智和理性四個等級，前兩個等級屬於感覺「意見」，後兩個等級屬於理念知識（「心智」）。前者探討生成變化，後者探討存在。後者高於前者，理性高於想像，因而在「理想國」裡，代表理性、象徵智慧的哲學王管理國家，而代表情欲、務必節制的詩人畫家只能與農工商爲伍，從事技藝性生產。

人與存在合一，與存在對話，傾聽存在言說。奧古斯丁是探索心靈奧祕的大師，他顛倒了柏拉圖信仰與理性的關係，主張信仰先於並高於理性，批判「理智上的傲慢」。他認爲上帝是真理，也是愛情，愛上帝即是愛「大愛」，人若不愛別人，也不能愛上帝，愛「大愛」。他最後還是將愛情無條件地奉獻給了上帝及其永恆之光。在靈魂上升和淨化的過程中，情欲及其印象被連根拔起，其形而上的神性僅是一縷虛脫的啓示靈光。

康德雖然十分重視想像在直觀不在場對象方面的能力，並借助想像力的概念提供「統覺」和「圖式」。但在實踐領域，康德仍然推崇概念思維，輕視情感想像。康德本人終身未娶，過著像機械鐘錶一樣刻板的世俗生活，以道德力量約束激情，以理性概念融解想像，其異化式的人格正是無詩情畫意的古典形而上學的真實寫照。

黑格爾的絕對理念體系，從邏輯上終結了古典的「理智之學」，理性通過犧牲個性僭越了上帝的名份。黑格爾之後，叔本華描繪了「作爲意志和表象的世界」，非理性因素開始步入大雅之堂；尼采通過重估一切價值，將愛欲及其想像從埋葬上帝的墳墓裡救出，使人文精神的種子從天堂回歸大地。胡塞爾通過現象學還原，重新發現了哲學與詩在內在源泉上的神祕親緣關係。其後，海德格爾通過向人生此在的自由發問，追尋存在的時間意義，第一次使「煩」、「怕」、「畏」等生存情態和名正言順地進入哲學形上學本體論的闡釋境域，成爲理性超越自身的基礎結構和原初概念。幾乎與此同時，克爾凱郭爾、陀思妥耶夫斯基、卡夫卡、加繆、薩特等思想家從文學角度描述存在的個體性、時間性和非理性，使激情、欲望和想像等精神因素從被理智冰封的凍土層下像火山爆發一樣噴射出來，成爲20世紀西方科技文明、藝術創作、哲學翻新、文化繁榮的源頭活水。透視20世紀西方哲學文化撲朔迷離的奇異景觀和轉眼即逝的衆多流派，不難看出其中的激情湧運、欲望昇華和現象馳騁，而這些正是智能和合創造的原始動力。

當西方哲學重返「澄明之境」，恢復「愛智」權威，爲亞里士多德以來的形上學本體論在「大地」、「人生此在」和「生活世界」中尋根奠基之時，中國哲學卻「抽刀斷水」，用「一分爲二」的奧卡姆剃刀，攔腰截斷了「體用一源，顯微無間」的象理和合傳統，用寫對聯的拼湊方式，讓「形而上學」不明不白地作了辯證法的活靶子和所有哲學迷誤的替罪羊。中國傳統哲學文化從此「花果飄零」，只能以「漢學」的知識考古方式寄寓在西方哲學文化的邊緣上，以「國故」的文獻訓詁方式棲息在現代哲學文化的夾縫裡，出現了種種的「無本體」、「無根基」的游離現象。

中國古典哲學文化以表意語言和象形文字爲特殊的符號媒體，「象性」範疇、「實性」範疇和「虛性」範疇兩兩復合，構成言外有象、象外有意、意外有境的重重無盡、回味無窮的和合精神境界。加上中國哲學家没有選擇形式化的公理演繹系統，没有開發抽象化的邏輯思維形式，如名家和墨家的邏輯系統在秦漢以後便式微了，而是借助於《周易》的象、數、理卦爻陰陽變易模型來言志、抒情和比擬。因此，中國哲學文化象理和合本源没有出現生離死別式的二元分離運動，没有出現過像西方哲學文化中理智對想像的拒斥現象。儘管隨著時勢和際遇的變遷，象理各有陰陽消失，此顯彼隱的偏頗。和兩漢哲學文化倚重象數、喜歡鋪陳堆砌，焦贛的《易林》和司馬相如的漢賦爲其代表，魏晉哲學文化崇尚義理，嗜好玄遠清談，王弼的《易注》和陶潛的詩歌是其典範。但是，直到新文化運動前夕，象與理没有截然對立的分離現象，至少在文壇以及文獻中是如此。例如程朱道學，伊川《易傳》窮理不廢象，朱子《周易本義》明象不棄理，然而，兩者均不雜合情欲和意願。

誠然，中國傳統哲學的天人神祕感通，象理本源和合雖具有整體優勢，能夠實現内在的「橫向超越」，有資格跨越時空限隔而與現代西方哲學交流對話，但畢竟因差分不足而混沌難開。象理顯微無間又促使情理難解難分，家國虛假同構，血緣情網恢恢，孝忠治理天下，大公無私而存理滅欲，以理殺人而頑石補情，諸如此類的顛倒夢想，在中國思想史上竟然是史實。

綜上所述，和合哲學體系首先需要爲「愛智」正名，還形而上道體「不生不滅、不垢不淨、不增不減」的超越身世，借鑒當代西方「不在場」（Absent）的形而上學思路，向世人提供和合人文精神及其生命智慧不在以理殺人犯罪現場的確鑿證據和有力辯護，護理被傷害的和合世界根基，促進生命智慧

「枯楊生稊」，移植生根，嫁接開華，達成對「中西之爭」的和合超越，了斷民族精神的顛沛劫難和無根飄零。

㈣

人文精神和合邏輯的本源在象理渾然未分的激情之中。激情是詩意想像、哲思推理的自然智能基礎，是和合精神的原初激發狀態，具有無限的創造力和無窮的可能性。中國古代的氣範疇和氣質概念，其生意和動機均在激情深處。喜怒哀樂「未發」之「中」與「已發」之「和」以及將發之「機」，也與激情密切相關。無激情作源泉的想像，是乾癟癟的無意境的空象；無激情作本根的理智，是冷冰冰的不流行的死理。古典「象理之辯」的無根化飄零，在西方表現爲「愛」與「智」的生離死別，在中國表現爲象理合一的忘情滅欲。和合形而上學要使「愛」「智」團圓，爲「象」「理」補情，使人文精神通體和合，生機勃勃。

和合體是從三個維向「和合起來」的：一是通過解構「古今之變」疏明人文價值時間的和合本性，轉生傳統，將往古、現今、將來和合成一條不斷超越的思議昇華之路；二是通過解構「中西之爭」疏明生存空間的和合特徵，融攝全球，使「和立」、「和達」與「和愛」和合成一條不斷通達的言説流行之路；三是通過解構「象理之辯」疏明人文精神的和合結構，守護激情之源，搏擊想像之翼，使和合之道與和樂之體成爲人類的精神家園和終極關懷。

和合體三項維向的和合解構與和合三維世界的渾沌對應關

係大致爲：

「古今之變」及其和合解構——和合意義世界及其規矩測度；

「中西之爭」及其和合解構——和合生存世界及其智能創造；

「象理之辯」及其和合解構——和合可能世界及其名字擬議。

對古今、中西、象理三大思辨的和合解構，依次清理了文明碎片、種族偏囿和理智傲慢，疏理出人文精神世界的和合價值時間、和合生存空間與和合邏輯本源，爲和合哲學體系主體工程奠基。

二

奠基是必需的，也是必要的，和合的奠基與和合必然性的論證，從一個方面對和合學何以可能給出了回應。

由於和合哲學體系是「和愛」與智慧的結晶，是爲人類和中國度越五大危機及中西文化和現代化的挑戰、衝突所營造的諾亞方舟；也是爲安頓高科技與全球化而構建的精神家園。鑒於此，必須到多重視域中採集建築材料，對古今中外的多元文化經驗進行高濃度提煉，對體系的建築藍圖作多種觀照和嚴格自我評審。

和合是否合理？和合學何以成立？和合對象性前提是什麼？即和合何以可能？這種提問意識是把和合本身置於拷問之

下，使被提問，即追問的對象全部敞開，通體透明。提問意識不僅打消了把一些理論學說、思想當作不可提問的真理來接受，而深受其蔽，而且提問意識促使人們衝決舊思維模式和理論框架，發現新理論、新思維。從這個意義上說，哲學家的任務在於提出問題，歷史學家的任務在於總結問題，政治家的任務在於解決問題。這個說法若有點合理性的話，那麼，由歷史學家、哲學家寫的思想史、哲學史不能成爲一種蓋棺論定、最終結論，成爲束縛思想、理論的枷鎖，而應成爲可資利用的資源和研究者起步的階梯。

和合之所以是必然的和可能的，是因爲 21 世紀人類面臨著共同的挑戰和危機，追求著共同的理想和目標。東西南北有遠見、有理智的思想家、謀略家、政治家都在思考 21 世紀人類怎樣才能生活得更美好。人與自然、社會、人際、心靈、文明間及民族與民族、國與國、集團與集團之間，應以什麼新原理、新原則、新思維來建構新關係、新秩序、新規範，使人人能安身立命。儘管東西南北的思想家、謀略家、政治家的思維方式、價值觀念、政治立場、宗教信仰殊異，但所面臨的挑戰和危機是共同的，人人不可逃的。基於此，經各方的相互對話、理解，國際間可以獲得一些低度的共識，共同認同和遵循的原理原則。

㈠

21 世紀人類所共同面臨的挑戰和衝突，概而言之，有人與自然、人與社會、人與人、人的心靈和不同文明之間的五大衝突，並由此而引發了五大危機，如生態危機、社會危機、道德危機、精神危機、價值危機。它關係著人類的生命存在和利益。爲了求索化解此五大衝突之道，追究人類文化的出路和前景，東西方學者從各個層面提出了各種各樣的理論、學說和設想，組織了各種機構，做出許多有益的工作，但效果與價值理想相距甚遠。

如何恢復生態平衡？治理環境污染，防止臭氧空洞，整治土地沙漠化，解決資源匱乏，計畫人口生育，預防疾病肆虐。如何協調社會危機？解決國際社會南北貧富不均，東西發達與不發達失衡的衝突；如何解決以逃離經濟困難爲主，以及民族衝突戰爭所造成的難民、移民浪潮帶來的緊張、衝突和暴力？如何制止黑社會組織、恐怖組織，拐賣人口、婦女、兒童以及金權交易、政治腐敗等社會問題。如何和諧人際衝突？化解道德失落，行爲失範，社會失序問題？制止爾虞我詐，坑蒙拐騙，公然搶劫，謀財害命，强暴婦女、殺人放火等危害人際關係的種種現象。如何消除心靈的苦悶、痛苦、煩惱、焦慮、悲哀、憤怒、壓抑等等的緊張，而能獲得心靈的愉悅、快樂和舒暢。如何化解各文明之間的衝突？使不同文明間相互對話、相互理解、相互容納，不搞對抗、戰爭和殺戮。

凡此種種，必須以「己所不欲，勿施於人」的人類良知，面對人類所面臨的五大衝突和危機，打破狹隘的家國、地區、地域觀念，以自覺的全球意識來審視、籌畫全球化的問題，以全人類的福祉爲擔當。雖不能建構全人類共同的、一致的價值理想、倫理道德、終極關懷、精神家園，但可以先行確立一些各民族、各國家基本認同的規則、原則、原理和價值觀念。各民族、各國家、各集團應把注意力集中到如何化解現代人類所面臨的衝突和危機的現實，而不應去挑起或加劇這種衝突和危機，這是時代的需要，也是時代精神的呼喚。

若以此爲價值標準和價值導向來審視全球一切文化，則無所謂西方文化與東方文化的絕對界限或優劣之分，而視其能否爲化解五大衝突和危機提供理論思維的指導；也可以跳出傳統與現代兩極二分的固定框架，人們可以轉換視角，用一種新的衝突融合而和合的理念，來思考人類所面臨的衝突與危機，傳統與現代的困惑。

㈡

世界的資本主義化（近代化）是從西方起始的，與此同步的是世界化的殖民運動。在西學東漸的情境下，中國的農業文明受到西方工業文明的衝擊，大刀長矛受到洋槍洋炮的轟擊，其優劣、强弱之勢不言而喻。於是在觀念層面也發生激烈衝突，「華夷」倒轉，發生了以「西夷」爲進步的轉換。中國有識之士在反省、檢討自己傳統軍事、經濟、政治、文化的利弊之後，實行了價值觀念的變化，提出了「師夷長技以制夷」的對策。以「夷」爲師的目的雖爲「制夷」，但邁出了向打破鎖國、放眼世界的轉變。這種轉變是以器物層面的軍事技術契入，而及制度文化和價值文化。

當時人們囿於中國的内因外緣和社會迫切需要解決的現實問題，有識之士、知識精英們所思考的首要問題、核心問題是如何「救亡圖存」？如何引進西方技術和制度？如何趕上西方？以使自己不挨打、受侵略。從形而上學層面的人文學說來說，對西方文化採取了一種簡單化的「拿來」爲價值取向。就是以西方的學說、觀念爲指導思想，來改造中國傳統學術思想，或把中國學術思想削足適履地套入西方學術思想的框架，以至觀念層面的概念、範疇的釋義，也是以西方的內涵爲內涵，西方的標準爲標準，西方的真理爲真理。這樣長此以往，使東方中國文化的自立、自主、自尊、自信的主體性受到挫傷和喪失，民族的獨立性受到損害和削弱。

中國從戊戌變法、辛亥革命到五四運動，都是學西方，向西方追求真理的過程。特別自五四運動以來，中國人對於傳統儒家文化批判之激烈，言詞之刻薄，情感之痛絕，是任何西方人的批判所望塵莫及的。其批判所使用的思想理論武器、價值標準，又都是中國人從西方文化中「拿來」的。五四時期是用西方文化中的「德先生」和「賽先生」來打倒「孔家店」；史無前例的「文化大革命」中又用西方思想中的「以階級鬥爭爲綱」、「無產階級專政下繼續革命」爲指導，批倒批臭「孔老二」，不僅要使儒家文化遺臭萬年，而且要踏上千萬隻脚使他永世不得翻身。

這兩次急風暴雨式的批判，兩次革儒家文化的命，究竟使中國社會經濟、政治發展了多少？當人們從理智的「文革」災難中走出來放眼世界時，又發現了中國在國力、政治、經濟、軍事、科學、技術等各方面落後於西方。在革自己傳統文化的命並不能趕上西方的複雜心態下，又一次無可奈何地把注意力回到五四時期中西文化優劣比較的討論中，既企圖從傳統文化中尋找中國之所以落後的原因，又希望找到傳統文化轉換爲現代文化的捷徑，於是掀起了文化的大論爭，提出各種主張，作爲對外來西方文化挑戰的回應。

事實上中國近現代的改良家、革命家，無一不以西方物質、制度、價值文化爲樣板，照搬照抄。他們中的一些人成爲西方文化的傳播家、宣傳家、注釋家。這樣中國失去了對人類共同面臨的挑戰的關注及相應的回應，在人類所面臨的前沿問題上，聽不到與中國文明古國相稱的、應有的聲音、主張和設想、中國文化幾乎放棄，或者說不自覺地退出了人類和世界的舞台，西方文化占據了人類和世界的殿堂。這就助長了西方文化傲視世界的氣勢。時至今日，西方文化中心論者動輒以自己的價值觀念、政治觀念强加東方、南方和中國，東方和中國文化的獨立、自主、平等受到了踐踏。

㈢

當代中國是一個發展中的國家。1949 年以後曾學習原蘇聯東歐社會主義工業文明，以建設現代化國家，提出「超英趕美」的口號。「文革」後改革開放，引進西方科學技術、管理制度以及市場經濟等模式。在文化上仍思考傳統與現代的關係，即中國傳統文化如何向現代化和世界化轉換？以適應現代化轉型的需要，於是提出了種種主張。

這些主張大體有：就中西體用而言，或主「中體西用」論，或倡「西體中用」說，或宣「中西互爲體用」論，或導

「中西爲體、中西爲用」論；就繼承傳統文化而言，有「抽象繼承」，「具體繼承」，「選擇繼承」，「宏觀繼承」等；就文化創新而論，有「創造性的解釋」，「創造性的轉化」、「綜合創新」，「分析地揚棄與綜合地創造」；以及「全盤西化」論，「儒學第三期發展」說，「復興儒學」論，「返本開新」論等等，都有其提出的時代的理由和需要、價值和意義，不可輕率否定。

儘管提出了這種傳統文化走向現代化的主張，企圖實現從發展中國家向發達的現代化國家轉型，但爲什麼中國仍然未能走向現代化？未能按照上述那種主張和設想實現現代化和世界化？其中有政治的、經濟的、制度的種種複雜的內因外緣問題；也有價值觀念、思維方式、文化素質、科學技術方面的問題。然就這些主張的本身來說，都屬於如何和怎樣向現代化轉型的方法或手段的探討，這類探討還可以繼續，還可以提出更多的方法或手段。這種方法和手段與唐到宋初在外來印度佛教文化挑戰下，對儒、釋、道三教文化採取兼容並蓄的方法和手段相比較，從文化整合的意義上說，名雖異而實則同。但其共同的缺失是沒有落到實處，無「實相」的擔當者。光進行方法和手段的論爭，並不能解決現實的現代化轉型的衝突或挑戰。

這是因爲，作爲方法和手段的背後，隱藏著一隻「無形的手」，即價值觀念這隻手。不同的歷史時期、國家民族、宗教信仰、思維方法，以及不同社會地位的人，他們的利益和需要及對客體可能形式、價值合理形式的理解和詮釋都截然而異。因此，判斷、評估什麼是應該肯定的？是有價值的？什麼是體用？本末？中學應當以及爲什麽爲體？西學應當以及爲什麽爲用？解釋和理解應當以什麽爲標準？創造性轉化，什麽是創造性？應轉化出什麽才符合創造性？綜合創新，以什麽爲新？儒學應當復興什麽？以及返什麽本？開什麽新？選擇什麽？繼承什麽？什麽是精華？什麽是糟粕？等等，都會隨上述的不同而出現截然不同的價值取向，價值評價、價值理想，很難取得一致的、統一的看法，很難實現向現代化轉型。

中國人長期求索向現代化轉型方法和道路，經歷千辛萬苦、曲折坎坷的磨難。面對上述三方面衝突和挑戰，任何理論學説，只有接受這個現實的衝突和挑戰，才能煥發其生命的活力和智慧。

如何化解人類所面臨的五大衝突和危機？如何回應西方文化的挑戰？怎樣實現向現代化的轉型？使呼喚一種新的理論思維形態，對此三大衝突和挑戰做出化解和回應。這種呼喚是時代的需要，是時代精神的體現，亦是和合學對象性前提是什麽的説明，也是和合學合理性的前提的陳述及其必然性的論證，這種必然性就是和合學的自然而然性的表徵。

這是因爲：

和合是中國文化人文精神的精髓和中國文化的生命智慧，它對化解人類所共同面臨的五大衝突和危機具有巨大的魅力；對回應西方文化的挑戰具有强大的生命力；對傳統文化的現代轉型具有内驅的動力。人類面臨的五大衝突和危機，只有和合學才能合理地、道德的、審美地解決；而且能創造性地化解中西文化的價值和合；以及傳統文化的現代轉型，使中國哲學文化以嶄新面貌走向世界和新千年。

世界多元化呼喚和合。在後冷戰時代，儘管一些政治家、軍事家堅持冷戰思維，搞單極化，但冷戰已不復存在，多元化、多極化是世界的大勢，冷戰思維、單極化已不合時宜，它只會製造麻煩，挑起動亂和戰爭。21世紀是多極化世紀，世界的政治、經濟、文化、制度、發展道路、生活樣式，無可懷疑的將是有容乃大的多元化。因其多極化、多元化，所以才有全球化、一體化，這便是相反相成；正因爲多極化、多元化，所以才迫切地、必然地要求和，而使世界「萬物並育而不相害，道並行而不相悖」。萬物、道多元並育、並行而相互衝突，相互融合而不相害、相悖，才能實現全球化的和合。

市場經濟、工業經濟、信息經濟亦呼吸和合。馬爾庫塞認爲，當代發達資本主義社會是一個「病態社會」，人不僅成爲商品，而且是商品的奴隸、損害了人性、人的個性和尊嚴。人與自然、社會、人際、人的心靈的衝突愈來愈加劇；生態、人文、道德、精神危機愈來愈深重，其影響、危害所及，不僅是個人、一個國家、一個地區，而且迅速影響、危害全世界。特別是因特網時代，一種計算機病毒就可迅速傳遞全世界。2000年5月4日「愛蟲」病毒，在數小時內通過帶有「我愛你」留言的電子郵件流傳到世界各地，有人估計這種病毒所造成損失高達100億美元，麥卡菲公司總裁吉恩·霍奇斯說，這與1999年出現全部計算機病毒所造成的121億美元損失不相上下⑥。各種形式的犯罪活動，已滲透到人類生活活動的各個領域。換言之，那裡有人的活動，就有人的犯罪活動。化解這種犯罪活動以及人與自然、社會、人際、自我心靈的衝突和危機，除了制訂相關的法律法規，以制約其行爲外，還需要一種精神理念，以喚起人的自我生態、人文、道德等意識的自覺，這種精神理念便是「融突論」的和合學。

世界的存在和發展需要和合。天地間萬事萬物之所以存在？一物之所以作爲一物而存在？就在於萬事萬物既衝突又融合而和合存在，一物之所以爲一物，就在於一物内部在元素，基因衝突融合，而和合存在。若無融突和合，那只有破缺和否定，便不能構成萬事萬物或一物，事物就不可能存在。從這個意義上説，和合是事物存在的自性或本真。和合存在於事物的屬性、功能以及運動、變化之中，也存在於事物的關係網絡、相對相關之中。既是在場的顯現，也是不在場的隱蔽中的存在。就此而言，融突和合便是對何以可能的可能，何以必然的必然的回答。

三

和合是一切人文價值的原價值，是整個意義世界的奠基石，正像精髓是生命血液的原生質一樣。其實，東西南北各民族的文化傳統、人文精神以及生命智慧是不可以長短、優劣分辨的，只能承諾這樣一個價值公設，而各民族的文化傳統、人文精神和生命智慧是和合平等的，以免造成「鳧脛雖短，續之則憂；鶴脛雖長，斷之則悲」的文明悲哀。據此，必須清除古今、中西的體用、華夷、厚薄之爭，運用和合價值規矩，化解在意義世界風靡了一個多世紀的社會達爾文主義、文化法西斯主義和精神絕對平均主義等文明病毒。

和合學以和合是人類文化的新世紀精神，是萬事萬物存在的價值本體和存在的本真狀態。事物因和合而化生，而存在，也只有在和合中才能維持其存在並獲得發展。特種人類文化都是人類生活智慧的結晶，都是一種和合體。人類文化的多樣性、差分性，根源於人類生活智慧的多樣性、差分性、正是人類文化的多樣性、差分性，構成了人類文化的衝突和融合；人類文化正是在衝突融合中和合，和合體才獲得了新的內容、新的結構和方式，人類文化進入一個新的領域和境界；在新領域和境界中，新和合體的價值和地位得到了彰顯。

和合學是否可行？怎樣可行？需要進行可行性的論證。雖在我的《和合學概論》中已有論證，這裡只作一個簡單的概括。

一是人類共同面臨五大衝突和危機，從全球化的視角來看，也可以說是地球生態村的東西、南北雙重對抗。所謂東西對抗，是指誕生過四大文明古國和四大宗教的東半球與培育出現代工業文明的西半球圍繞中心價值觀念的激烈較量；南北對抗是指北半球已發達工業國家與南半球的農業國家資本價值形態嚴重摩擦。人類必須盡快化解五大衝突和危機，變對抗爲對話，較量爲商量，摩擦爲親和。若不儘快化解和實施轉變，全球的自態生態和人類的文化生機將要衰竭和毀滅。這就必然而自然地呼喚一種新的理論或學說，作爲化解衝突和危機，實現對抗向對話等轉變的指導，和合學是最佳化的理論選擇。

二是五大衝突和危機，以及雙重對抗，其實質是意義世界

價值觀念的衝突在社會文化不同層面的顯現與表露。20 世紀是一個彌漫和充滿著對抗，衝突和戰爭的世紀，也是一個飛速發展著科學、技術和信息的世紀。從兩次世界大戰，兩極對立的冷戰，到各地區連綿不斷的民族衝突、種族戰爭、乃至多國參與的局部戰爭，其背後無不有一支無形的文化價值觀念或意識形態的「手」在作祟，是一種文化價值觀念企圖唯我獨尊，獨霸世界，其他一切文化價值觀念只有俯首聽命，遵循實行。任其衝突下去，對抗到底，一方面勢必兩敗俱傷，耗竭人類自然智能及其價值創造的所有活力；另一方面，東西南北各種形式的動亂和戰爭必將此起彼伏，日無寧日，世無寧日，一切智能創造的物質和精神產品面臨毀滅，人類將倒退到貧窮的地獄。

當前，人類所面臨的價值衝突，並非是童話世界裡小紅帽與大灰狼式的善惡衝突，而是芍藥花與玫瑰花式善善衝突。在地球生態村和文明大觀園裡，每個民族都有一棵永垂不朽的智慧命脈，都要求平等的經濟生存權和政治發展權，每種文化都是一朵永不凋謝的精神鮮花，都申明獨立的道德自尊心和藝術自由度。特別是全球經濟一體化和信息技術的迅猛發展，以及毀滅性武器不斷擴散和高精尖化，已經把人類的命運和前途緊緊地捆在一起。

在一方面要尊重各民族文化和價值觀念的獨立生存和自由發展，於是便有差分和衝突，衝突便是諸元素（換言之即各民族文化和價值觀念）性質、特徵、功能、力量、過程的差分和由差分而導致互相衝撞、傷害、攻擊、牴牾狀態。另一方面人類所面臨的問題和衝突的共同性愈來愈多；人類的命運和前途的相關性愈來愈緊密；人類的要求和願望一致性愈來愈貼近，人類的利益和理想的認同性愈來愈趨同。如何化解這兩難的情結？使全球意識與民族意識，全球文化價值觀與民族文化價值觀由衝突而融合，由對抗而對話，由拒斥而交流，其最佳文化價值的選擇便是和合學。

三是人類社會文明的價值中心點或人類文化的意義極限值。既非東亞西歐，亦非南非北美，正如地球是圓而又圓的一樣，其表面經緯線處處道路連通，網絡互聯，根本尋找不到，也没有預設中心點。人類文化的意義世界也是規矩圓融無礙，道德拓扑貫通，性命渾然對應的和合價值本體。但是，社會的進步有先有後，社會的發展有快有慢，文化的力量有强有弱。先者、快者和强者往往通過各種手段，包括科技的、文化的、制度的、軍事的，乃至戰爭的手段來宣揚自己的强勢和實力，並通過上述的手段而强加給後者、慢者和弱者，以便控制他們。其實，社會文化的先後、快慢、强弱的幕後無不有著一個文化價值觀念的非和合衝突，這就爲文化價值中心論虛構了可能和市場。這種虛擬的可能和市場不斷反覆宣揚，便取得一些人的認同，而流布世界，這就造成了由文化價值中心主義到文化價值獨裁主義、霸權主義的轉變，其後果必然要感染和社會達爾文主義和文化法西斯主義的惡疾。在當前來看，和合學的和生、和處、和立、和達、和愛五大文化價值，是政治這種惡疾的最可行性的選擇。事實上不會有，情理不該有任何既定的文化價值和文明的中心主義。和合學自身只給出上述曲成方圓的價值規矩和救治藥方，不預設任何染過色彩的文化意義或文化價值中心主義。

四是和合意義世界有規矩而無中心。引導一場價值觀念的變革，是創立和合學的目的之一。這場價值觀念的變革是不殺人，只創造，只准和平發展的和合運動。由文明衝突而引起的價值危機的陰影，一直籠罩在世人的心頭。亨廷頓在 1993 年發表了《文明的衝突》一文，雖然他認爲在全球化背景下，非西方文明將不再是西方殖民主義壓迫下的歷史客體，而是將西方一樣成爲推動和塑造歷史的力量，但他並沒有因此而探討不同文明間融突共生的可能前景，而是以他的冷戰思維和價值觀念，宣揚西方文明與儒教文明、伊斯蘭文明的對抗、衝突，主張放慢西方的裁軍速度。

亨廷頓的文明衝突論，並不是新發明，早在一個世紀前的 1897 年，美國學者馬漢在《哈珀月刊》上發表了《世紀展望》一文，提出了文明衝突論，他認爲由於通訊技術的繁榮，使不同起源、不同種族特性的文明之間的接觸，爲潛在的衝突提供了舞台，在現代化進程中東西文明仍然相異，並構成對西方文明的嚴峻挑戰，西方不得不準備以武力迎接挑戰。無論是馬漢的和亨廷頓的文明衝突論，其實質都是以西方文化價值中心論爲基礎和出發點，以防止、排斥和打擊其他文明對西方文明造成的威脅。尼采的「重估一切價值」之所以被法西斯利用，原因在於其學説的非理性、超人性等權力意志。

在和合學看來，衝突和融合不僅是宇宙間普遍現象，而且衝突融合總是相依不離，互滲互濟。衝突是融合之所以存在的前提和條件，融合是衝突的必然價值取向，否則衝突只有負面的價值和意義。21 世紀的人類文化價值，既非「東風壓倒西風」與「西風壓倒東風」的兩極對立形態，亦非「三十年河西，三十年河東」的東方文化價值的世紀，而是東西方文化價值互學、互動、互滲、互補的世紀；是衝突融合而和合的世界，即和合而化生新的人類文化——和合學的世紀。在 21 世紀中，和合可以作爲驅散殺氣，洗滌血迹，撤消霸權，排除積怨的救治療法。

五是中華和合人文精神之所以有可能、有資格充當化解人類價值衝突和危機的道德信使，其根據就在於她擁有全球政治、經濟、文化可持續發展戰略所必需的思想資源和道德傳統。這裡所説的可持續發展並不是單純的處理人與自然關係，保護生態環境的平衡，愛護地球資源，使經濟再生產與自然再生產、經濟系統與生態系統融突、協調，而是指自然環境、資源、人口與人類社會政治、經濟、文化、思維、習俗整體性、平衡性、協調性發展；可持續發展事實上是自然社會價值控制理論，並非是文明價值的創新理論。發展的道路、模式是多樣的，人與自然的平衡、協調的方式、方法也是多元的，在高科技的新千年，不必固守一種「持續發展」的模式和道路。在持續思維的指導下，延續重於創新，持續多於轉生，創造和轉生在延續和持續下受到了困囿和限制。

在和合學的視野下，全球經濟、政治、文化可持續發展戰略是在既衝突又融合的動態過程中，自然、社會、人際、心靈、文明中諸多要素和合爲新生命、新事物的總和。因此，和合學的主旨是生生，「天地之大德曰生」，「生生」是天地間最根本的屬性，最偉大的德性。這樣和合學可以在擔當化解人類所面臨的五大衝突和危機中，邁向和合世界。

註　釋

①康德：《任何一種能夠作爲科學出現的未來形而上學導論》，龐景仁譯，第4頁，商務印書館，1997。

②參見拙著：《新人學導論》第211～219頁，北京，職工教育出版社，1989年6月版。該書第五章第二節《和合型與完美型——合一的氛圍》，就「和合」作了論述。

③見拙著：《和合學概論——21世紀文化戰略的構想》，首都師範大學出版社，1996。

④同上書，第90頁。

⑤參見張世英：《進入澄明之境》第8頁，商務印書館，1999。

⑥參見《「愛蟲」病毒變新種，追蹤調查與展開》，《參考消息》2000年5月9日，第7版。

後記：2001年1月8日接傅武光教授大函，得悉吾兄周何教授七十壽辰。1984年在德國漢堡大學的第六居退溪國際學術會議上獲識吾兄，當時雖初次見面，卻無話不談，親密無間。傅偉勳教授和杜維明教授都説，兩岸雖間隔30多年，想不到你們卻像老朋友見面一樣親切，這使韓國學者都很羨慕。倏忽十有七年，吾兄亦將七十矣，吾兄一生福慧雙修，因綴拙文爲賀。

張立文　2001、2、10于北京

慶祝周一田先生七秩誕辰論文集

編　　者：慶祝周一田先生七秩誕辰論文集編委會
發 行 人：許錟輝
出 版 者：萬卷樓圖書有限公司
台北市羅斯福路二段 41 號 6 樓之 3
電話(02)23216565・23952992
FAX(02)23944113
劃撥帳號 15624015
出版登記證：新聞局局版臺業字第 5655 號
網 站 網 址：http://www.wanjuan.com.tw/
E -mail：wanjuan@tpts5.seed.net.tw
經 銷 代 理：紅螞蟻圖書有限公司
台北市內湖區文德路 210 巷 30 弄 25 號
電話(02)27999490
FAX(02)27995284
承 印 廠 商：晟齊實業有限公司
電 腦 排 版：浩瀚電腦排版股份有限公司
定　　價：400 元
出 版 日 期：民國 90 年 3 月初版

ISBN 957-739-339-X